거기, 내가 가면 안 돼요?

이금이 장편소설

을로을로

차례

아직 끝나지 않은 이야기

다큐멘터리 〈자작의 딸〉은 광복 70주년 특집으로 편성되었다. 일제강점기 조선총독부로부터 귀족 작위를 받은 가문의 딸, 윤채령 박사를 주인공으로 한 내용이었다.

구성과 글을 맡은 나는 촬영에 앞서 윤 박사와 다섯 차례 사전 인터뷰를 했다. 1920년생인 그녀는 고령임에도 보청기를 사용하는 것 말고는 지팡이도 짚지 않을 만큼 정정하고 정신도 맑았다. 특히 우리가 집중적으로 다루고자 하는 청년기의 기억을 잘 간직하고 있었다. 그 기억을 뒷받침할 만한 자료도 풍부했고 무엇보다 드라마틱한 삶 자체가 흥미진진했다.

촬영 과정은 순조로웠고 결과물은 만족스러웠다. 그러나

윤채령 박사는 자신이 주인공인 다큐멘터리가 방영되는 것을 보지 못했다. 촬영이 끝나고 얼마 뒤 세상을 떠났기 때문이다. 마치 숙제를 마친 아이처럼 홀가분하고 편안한 얼굴로 잠자리에 든 뒤 깨어나지 않았다고 한다. 다큐멘터리는 윤채령 박사의 마지막 생전 모습을 담은 기록물이 됐다. 우리는 엔딩 컷으로 장례식 장면을 내보내 그녀의 죽음을 애도했다. 그 장면은 잊어서는 안 될 시간이 지금도 흘러가고 있음을 상징적으로 보여 주며 작품의 의미를 더해 주었다. 방송은 꽤 호평을 받았다. 정규 방송으로 늦은 밤 시간대에 편성됐던 프로그램은 광복절 당일 오전에 재방송되었다.

〈자작의 딸〉이 방영된 뒤 박사의 손주 윤성우 이사는 별장으로 촬영 팀을 초대했다. 그는 윤채령 박사를 다큐멘터리의 주인공으로 섭외하는 데 가장 큰 공을 세운 인물이었다. 양수리 별장엔 그의 아내와 아홉 살 된 아들, 일곱 살짜리 쌍둥이 딸들도 와 있었다. 노을 진 강을 배경으로 아이들 웃음소리가 가득한 정원에서의 바비큐 파티는 상류사회를 다룬 드라마의 한 장면 같았다.

윤성우 이사는 마흔을 갓 넘긴 나이에 초, 중, 고로 이루어진 윤성학원의 주인이 됐다. 그뿐아니라 만만치 않은 부동산도 물려받았다. 윤 이사의 부친이자 윤채령 박사의 외아들인 윤진수 씨는 1980년대 초 미국에서 교통사고로 사망했다고 한다. 어릴 때부터 할머니 손에서 자란 윤성우 이사는 조모에 대한 존경과 애정이 대단했다. 우리끼리 그 이야기가 나왔을 때 촬영 팀 누군가가, 나라도 그렇게 많은 걸 물려준 할머니라면 하느님처럼 떠받들겠다고 했다. 우리는 웃으며 그 말에 공감했다.

윤성우 이사는 다큐멘터리가 지난해 자율형사립고로 전환한 고등학교 지원율에도 긍정적인 영향을 끼칠 것 같다며 고마워했다. 그리고 내게 할머니의 평전을 만들고 싶다고 했다. 먹고살기 위한 글쓰기에 매여 있지만, 나는 두 권의 책을 펴낸 소설가다. 내 이력을 파악하고 있는 그는 전 연령층이 재미있게 읽을 수 있는 평전을 원했다. 그동안 간간이 해왔던 기업가나 연예인의 자서전 대필 작업에 비하면 훨씬 매력적인 일이다. 우리는 조만간 따로 만나 구체적인 논의를 하기로 했다.

며칠 뒤 프로덕션 사무실 직원으로부터 연락이 왔다. 방송을 본 누군가가 내 전화번호를 묻는다고 했다.

"무슨 일이래? 사무실에서 처리할 수 없는 일이야?"

프로그램이 방영되고 나면 여러 일들이 뒤따른다. 내용과 관련된 출연자의 항의 전화도 있고, 반대로 감사함을 표시하기도 하고, 출연자의 지인이라며 연락처를 묻기도 하고, 또는 뒤늦게 내용과 관련된 요긴한 제보를 주기도 한다. 대부분 누가 대응하든 상관없는 일들이다.

"그게요, 콕 집어서 강 작가님 번호를 알려 달래요."

엔딩 크레디트에 나간 이름을 보고 일을 맡기려는 건가? 방송을 본 지인들로부터 글이 좋았다는 말을 듣긴 했다. 이

게 다 윤채령이라는 인물을 만난 덕분이다. 나는 번호를 가
르쳐 주라고 했고, 곧 노인요양병원 실장이라는 여자로부터
전화가 왔다.

"이렇게 불쑥 연락드려 죄송해요. 우리 할머니 환자 중에
다큐를 보신 분이 작가님을 꼭 뵙고 싶어 하세요. 만나게 해
달라고 어찌나 간곡하게 부탁하시는지 거절할 수가 있어야
지요. 그래서 방송국으로 전화했더니 외주업체 연락처를 알
려 주시더라고요."

실장의 말투에 미안한 기색이 가득했다.

사실 일반 시청자들은 다큐멘터리의 작가에게는 관심이
없다. 이름을 제대로 기억하는 사람도 드물다. 그래서 나를
그토록 만나고 싶어 하는 노인이 누구인지, 이유가 무엇인
지 몹시 궁금했다. 〈자작의 딸〉을 보고서라니 윤채령 박사
와 연관된 사람이거나 관련된 일인 것은 분명했다. 실장이
알려 준 할머니의 나이는 윤 박사와 동갑이었다.

"작가님께 직접 하실 말씀이 있으시대요. 무슨 이야긴지
는 함구하고 계세요."

친구일까? 윤채령 박사에 관해 더 말하고 싶은 게 있을지
모른다. 평전을 쓰게 될 수도 있으니 윤 박사와 연관된 일이
라면 무엇이든 환영이다.

나는 다음 날 경기도 양주에 있는 요양병원을 찾아갔다.
윤성우 이사에게 열정과 성의를 보여 주는 일이기도 한지
라 별 성과가 없어도 시간 낭비는 아니다. 산자락에 있는 요

양병원은 요즘 기세 좋게 생겨나고 있는 여느 노인 대상 병원들과 비슷했다. 내 또래쯤으로 보이는 실장에게 할머니에 관해 물었다.

"기대 안 했는데 와 주셨네요. 정말 감사해요. 김수남 할머니는 여기서 박사 할머니로 통해요. 그 연세에 영어도 할 줄 알고 아는 것도 많으셔서요. 총기 있는 분인데 얼마 전 심하게 앓고 나서는 기력이 많이 약해지셨어요."

실장 말대로 그 나이에 영어를 하고 박사라고 불릴 정도면 상당한 지식인이다. 짐작대로 친구라면, 윤 박사의 유학 시기 친구일 확률이 높았다. 진작 알았다면 다큐에 인터뷰한 꼭지쯤 넣었어도 좋았을 텐데. 이미 방영된 것을 안타까워할 만큼 나는 윤채령 박사의 삶에 매료돼 있었다.

실장은 작은 탁자와 의자들이 놓여 있는 휴게실로 안내했다. 가족과 만나거나 두셋이 모여 담소를 나누고 있는 노인들이 보였다. 잠시 후 간병인이 미는 휠체어를 타고 한 노인이 다가왔다. 자그마한 몸집에 백발의 머리를 짧게 자른 할머니였다. 얼굴엔 굵고 가는 주름과 검버섯이 가득했지만 단아한 인상이었다. 분명히 초면인데 낯이 익었다. 하긴, 노인이 되면 다 비슷해지기 마련이다.

휠체어가 맞은편에 멈춰 섰다. 실장이 노인에게 찾는 사람이 왔음을 알렸다. 팔걸이를 잔뜩 움켜쥔 할머니가 날 뚫어져라 보았다. 자기가 원하는 사람이 맞는지 살피는 것 같았다.

"안녕하세요? 강해란이라고 합니다."

나는 꾸벅 인사했다. 노인이 간병인과 실장을 물리쳤다. 단둘이 되고서도 할머니는 말없이 나를 보기만 했다. 온몸의 에너지를 끌어모아 가동하는 듯 형형한 눈빛이었다. 나보다 갑절도 더 산 노인의 눈빛이 내 밑바닥까지 투시할 것같아 서둘러 용건을 꺼냈다.

"절 보자고 하셨다면서요? 윤채령 박사님을 아세요? 박사님과 동갑이시던데 혹시 친구분이세요?"

"내가 그 자작의 딸이외다."

내 말을 자르듯 치고 들어온 목소리는 떨리지만 또렷했다. 나는 어리둥절해졌다.

"네? 그게 무슨 말씀이세요?"

"내가 그 윤채령이란 말이오."

"도대체 무슨 말씀을 하시는 건지. 윤채령 박사님은 얼마 전에 돌아가셨……."

나는 말을 다 끝맺지 못했다. 낯이 익은 이유를 알았기 때문이다. 노인은 윤채령 박사와 비슷했다. 아주 많이. 자매일까? 아니, 나이가 같으니 쌍둥이? 하지만 윤 박사에겐 여자 형제가 없었다.

"그 사람은 가짜요."

단호하고도 확신에 찬 어투에 나는 잠시 할 말을 찾지 못했다. 소용돌이치듯 끓어오르는 생각 때문에 오히려 멍해져 노인을 바라보았을 뿐이다. 보면 볼수록 윤채령 박사와 닮왔다. 만에 하나 앞에 있는 할머니가 정말 자작의 딸 윤채령이라면 그녀의 삶을 방송으로 만든 우리, 아니 나는 어떻게 되는 걸까. 그 다큐멘터리의 실질적 기획자는 나였다.

자료 조사차 20여 년 전 시사 계간지를 뒤지다 우연히 윤채령 박사 인터뷰를 읽은 게 시작이었다. 나라에서 주는 훈장을 받고 난 뒤에 한 인터뷰였다. 그녀가 설립한 윤성학원은 명문 사학으로 널리 알려져 있었다. 그래도 '자작의 딸로 태어나 한국 교육계의 대모로 살다'라는 눈길을 끄는 제목이 아니었으면 그냥 지나쳤을 것이다.

호기심을 끈 건 '한국 교육계의 대모'가 아니라 '자작의 딸'이었다. 반만년 역사에서 유럽식 귀족 칭호가 사용된 때는 일제강점기밖에 없다. 국권피탈 뒤 일본에 공을 세운 사람들이나 조선 왕족들에게 조선총독부에서 작위를 주었다. 거부하지 않고 작위를 받아들였다면 친일파로 봐도 무방할 것이다. 해방 뒤에도 친일파 자손이 선대의 영화를 이어 누리는 예는 너무 흔하기에, 자작의 딸과 교육계의 대모라는 간극에는 별다른 의문이 생기지 않았다. 하지만 결코 자랑이 아닌, 자작의 딸이라는 이력을 당당하게 드러내고 있다면 그간의 세월에 관심 가져도 좋을 만한 무언가가 숨어 있다는 뜻이다. 윤 박사의 어린 시절과 청년기는 일제강점기와 맞물려 있었다. 잡지에 실린 그 시기의 이야기는 짧지만 강렬했고, 간략하게 기술된 만큼 상상력을 자극했다. 90대 중반의 나이라 고인이 됐을 거라고 추측했는데 윤채령 박사는 생존해 있었다.

　나는 제이프로덕션 정 대표에게 광복절 특집 기획안을 냈
다. 몇 년 전 방송국을 나와 외주 프로덕션을 설립한 대학 선
배였다. 윤채령 박사의 인터뷰 기사와 내 기획안을 본 선배
는 탐탁지 않아 했다.

　"유관순 같은 열사도 아니고, 만주 벌판에서 항일운동을
한 것도 아니고. 뭐 특별한 게 없잖아. 게다가 자작의 딸이면
빼도 박도 못하는 친일파 자손인데 광복절 특집으로 다뤘다
가 괜히 구설에 오르는 거 아니야? 생존 인물은 더 골치 아
프고."

　"사람들은 이제 역사책에서 골백번 본 것 같은 인물이나
이야기에는 감흥을 못 느껴요. 일제강점기 자작의 딸이면
금수저라는 이야기잖아요. 사람들이 왜 욕하면서도 재벌 나
오는 드라마를 보겠어요? 특별한 삶에 대한 동경이나 호기
심 때문이라고요. 그동안 작위를 거부하거나 부귀영화를 마
다하고 독립운동에 투신한 남자들 이야기는 많이 나왔어요.
그런데 여성 인물로는 공부한 신여성이나 기생을 다룬 적은
있어도 귀족의 딸은 없었던 것 같아요. 윤채령 이야기는 그
동안 다뤘던 일제강점기 인물들하고 차별화가 돼 관심을 끌
거라고요. 인물을 발굴한다는 의미도 있고요."

　나는 정 선배를 설득했고 결과는 앞에서 말한 대로 성공
적이었다. 그랬는데⋯⋯.

나는 고개를 저었다. 아니다. 4개월 동안 만났던 윤채령 박사와 내 눈으로 확인한 자료들이 거짓일 리 없었다.

"죄송하지만 무슨 말씀이신지 이해가 안 가요. 증거라도 있나요?"

내 말이 끝나기도 전에 소임을 다했다는 듯 노인의 표정은 급격하게 허물어졌다. 눈에서 빛이 사라지자 할머니는 금방이라도 바스러질 삭정이처럼 보였다. 할머니는 갑자기 정신이 든 듯 두려움 가득한 얼굴로 간병인을 부르더니 방으로 돌아가겠다고 했다. 나는 의례적인 작별 인사도 없이 멀어지는 노인의 뒷모습을 바라보았다. 우롱당한 것 같으면서도 뭔가 찜찜했다.

"김수남 할머니께서 무슨 말씀을 하시던가요?"

실장이 맞은편에 와 앉으며 물었다. 분명히 중요하고 의미 있는 이야기를 했을 거라고 철석같이 믿는 듯한 표정을 보자 짜증이 치밀었다.

"저분 정상이신가요? 글쎄 당신이 다큐에 나온 분이라고 하시네요. 그분은 얼마 전에 돌아가셨는데요."

내 목소리엔 제대로 알아보지도 않고 연락한 것에 대한 항의가 담겨 있었다. 실장은 표정이 어두워지며 치매 전조 증상 같다고 했다. 치매. 그 단어가 너무 반가웠다. 정정하고 깐깐하던 윤채령 박사도 가끔씩 엉뚱한 소리를 할 때가 있었다. 아무 이상 없는 게 오히려 신기한 나이다. 그런데 치매라고 해도 왜 그런 주장을 하는지 궁금했다. 그럴 만한 접점이나 단초가 있지 않고서야 어떻게 자신을 다른 인물로 생각할 수 있을까.

"김수남 할머니 가족은 어떻게 되나요?"

나는 별 의미 없이 묻는 체했다.

"아무도 안 계세요."

노인과의 만남이 허무하게 끝났음을 안 실장은 공연히 시간을 빼앗았다며 미안해했다. 이것저것 더 물어보고 싶은 게 많았지만 나는 참고 돌아왔다. 아는 만큼 신경 쓰이는 법이다. 그래, TV 보다가 자기와 비슷하게 생긴 사람이 나오니까 착각한 거야. 치매에 걸리면 없던 이야기도 막 꾸며 낸다잖아. 나는 그렇게 결론지었다. 방송에 나간 윤채령 박사가 가짜여서는 안 된다. 아니, 가짜일 수가 없었다.

그런데 시간이 지날수록 김수남 할머니의 표정과 목소리가 잊히기는커녕 더욱 생생해졌다. 당장이라도 쫓아가 왜 그런 말을 했는지 캐묻고 싶었지만 나는 그렇게 한가한 처지가 아니다. 칠순에 가까운 친정어머니와 중2짜리 딸을 부양하기 위한 글들이 빚쟁이처럼 줄 서 있다. 헤어진 전남편한테서 양육비를 받아 내기란 은행에서 대출받는 것보다 더 어려웠다.

며칠 뒤 요양병원 실장한테서 문자가 왔다. 김수남 할머니가 다시 날 불러 달라고 해서 어쩔 수 없이 전하지만 바쁘면 오지 않아도 된다는 내용이었다. 나는 마치 연락만 기다리고 있었던 것처럼 즉시 답했다. 지금 출발할게요. 문자를 보내자마자 모든 걸 팽개치고 요양병원으로 향했다.

가는 내내 할머니에게 무슨 일이라도 생길 것 같아 초조했다. 정정하던 윤채령 박사가 갑자기 세상을 떠난 것처럼 노인의 건강은 당장 어떻게 될지 알 수 없다. 더구나 김수남 할머니는 자신이 윤채령이라고 주장하고 있다. 이 상태로 돌아가시거나 정신을 놓는다면 평생 찜찜함을 느끼며 살게 될 것이다. 나는 가속페달을 밟았다.

보자마자 노인의 건강부터 묻는 내게 실장은 우려했던 대로 할머니에게 치매 증상이 시작됐음을 알렸다.

"그래도 아직은 양호한 상태세요. 증상이 더디게 진행되길 바라는 수밖에요."

잠시 뒤 나는 김수남 할머니와 단둘이 마주 앉았다. 2인실엔 할머니 혼자였다. 처음 보였던 그 눈빛으로 돌아온 노인이 내게 물었다.

"내 이야기를 들을 준비가 되었소?"

이유 모를 압도감에 나는 겨우 고개를 끄덕였다.

몇 달 동안 이어진 만남의 시작이었다. 또한 앞으로 펼쳐질 긴 이야기의 시작이기도 하다.

1부

떠나는 사람들

1920년~1939년

가회동 저택

1920년 4월 29일 새벽, 드디어 곽 씨의 진통이 시작됐다. 두부 장수나 물장수도 겨우 일어나 눈곱을 떼고 있을 시간이었다. 가회동 저택의 집사 박 서방이 전등 불빛이 미치지 않는 구석구석 남포등을 내걸어 짙푸른 고요 속에 잠들어 있던 안채 사람들을 깨웠다. 안채가 환해지자 담장 너머의 사랑채와 별채를 감싼 어둠이 더 짙어졌다. 너른 집 안팎의 경계를 서던 사내 하나가 안을 기웃거리다 박 서방의 지시에 물러갔다.

박 서방댁은 안채 살림을 맡고 있었다. 그녀는 출산 수발을 구실로 며칠 전부터 와 진 치고 있는 마님의 친정붙이들이 참견하기 전에 자신이 할 일을 해 나갔다. 삼신할미는 물론 성주신과 조왕신, 터주신 그리고 측간신에게까지 첫 우물물을 바쳤다. 그런 다음 미역을 꺼내 물에 담갔다. 혹여 꺾이거나 부서질세라 찬방 시렁 위에 조심스레 모셔 두었던 것이다.

안채의 행랑어멈들은 박 서방댁의 지휘 아래 예행연습이라도 한 것처럼 일사불란하게 움직였다. 찬모 술이네만이 그 일에서 제외된 채 가회동 저택 사람들의 아침을 준비하고 있었다. 그녀는 숨통을 틔우려는 듯 가끔씩 가슴을 탕탕 쳤다. 굴뚝에서 피어오른 연기는 새벽안개 사이로 흩어졌고, 장작 타는 냄새는 축축한 대기에 스며들었다.

사랑채의 윤형만 자작은 아내의 산통이 시작된 줄 까맣게 모른 채 잠들어 있었다. 주인의 새벽잠을 방해하지 말아야 하는 것은 30여 명에 이르는 붙박이 하인들이 반드시 지켜야 할 행동 수칙 중 하나였다. 새로 온 사람이 있다면 첫날이 다 가기 전에 그 이유를 알게 됐다. 안채든 바깥채든 신입 교육을 명목으로 또다시 이야기판이 펼쳐졌기 때문이다. 1년이 채 지나지 않은 일이라 언제든 새로운 이야기가 덧보태질 준비가 돼 있었다.

"새 자작 나리는 밤마다 귀신이 괴롭혀서 첫닭 운 다음에나 겨우 잠이 든대. 그러니 새벽잠을 방해하면 경을 치는 거지."

"귀신이요? 무슨 귀신요?"

"작년에 돌아가신 헌 자작 나리 귀신이라는구먼."

"아버지가 왜 아들을 해코지한대요?"

"왜겠어? 이 많은 재산에, 벼슬에, 이쁜 첩들을 죄다 두고 비명횡사했으니 원통해서겠지."

"그래서가 아니여. 아들이 괘씸해서 그라제. 벼슬도 물려주고, 재산도 물려줬더니만 백 일 만에 탈상을 해치워 버린다는 게 말이 되는가?"

"그거야 왜놈덜이 못 하게 하잖어. 나라님도 삼년상을 못 치르는 판인디."

"그기 핑계가 되나. 누가 뭐라 캐싸도 맘만 있으믄 얼마든지 하는 기제. 그기 아이고 남사시러바서 일찍 탈상을 한 기다. 그 냥반이 보통 우세스럽게 죽었나."

이 대목이 되면 자작 나리는 그 양반으로 강등됐다.

"어떻게 죽었는데요?"

"경성 천지가 뜨르르하게 소문났구만 귀가 어둔갑네. 복상사라 안 허든가."

"복상사요? 그게 뭐래요?"

나이 든 하인들은 조롱 섞인 얼굴로 옛 상전의 죽음에 대해 수군거렸고, 아직 어린 하인들은 못 알아들은 척하면서도 눈을 반짝였다.

"내 보기엔 별채를 저대로 비워 두니께 귀신이 자꾸 기웃거리는 거 같어. 집은 날마다 쓸고 닦어 사람 온기를 채워 줘야 하는 건디."

"그러게. 그 좋던 별채가 1년도 안 돼서 흉가가 되고 말았어."

수목이 어우러진 작은 동산과 다리 놓인 연못까지 갖춘 별채 정원은 궁궐 후원 못지않다는 평을 듣던 터였다.

"낮에도 어쩌다 가까이 갈라치면 냉기가 돈다니께. 자네들, 사람들이 어째서 이 집을 가회동 저택이라고 부르는 줄 알어?"

"그걸 모르는 사람이 어딨어? 집이 크니까 그렇게 부르는 거지. 경성에서도 손꼽히잖어."

"그게 아니라 저주받은 집이라 저택(詛宅)이라고 부르는 거라네."

이쯤 되면 무리 중 가장 연장자가 나서서 마무리를 지었다.

"하여간 말 만들기 좋아하기는. 우리야 배 안 곯게 해 주는 주인이 최고 아닌가. 누가 뭐래도 여기가 다른 집들보다 편한 건 사실이잖아. 그러니 우리라도 이 집이 잘되기를 빌어야지. 아무튼지 간에 자작 나리 기침하실 때까지는 방귀 소리도 내면 안 되네. 그러다 쫓겨난 사람들 많으니까 명심해."

하지만 마님의 산통이 시작된 그 새벽, 안채 사람들만큼은 무쇠 솥뚜껑을 기운차게 열어젖히고 우물에 두레박도 마음껏 내리 던졌다. 오히려 누군가 소리 내지 않으려 굼뜨게 굴면 핀잔이 쏟아졌다. 평소에는 윤 자작 눈에 뜨일세라 그림자처럼 드나들던 곽 씨의 친정붙이들도 제 일이 가장 중요하다는 양 목청껏 사람들을 부렸다. 10년 만의 경사인 것이다. 누구보다 기뻐할 사람이 자작 나리일 테니 오늘만큼은 잠을 깨우는 게 잘하는 짓이란 생각이 암묵적으로 퍼지고 있었다.

소문의 사실과 거짓은 뼈와 살 같아서 말끔하게 분리하기 어렵다. 사랑채의 형만이 밤마다 불면증에 시달리는 것은 아버지 귀신 때문이 아니라 언제 담장을 넘어 들어와 자신의 목에 칼이나 총을 겨눌지 모를 도적들 때문이었다. 독립군이거나 강도거나 또는 독립군을 빙자한 강도거나 그는 크게 구분하지 않았다. 그에게는 모두 자신의 재산을 축내려는 도적으로 보였다. 따지고 보면 원인은 죽은 아버지한테서 비롯된 것이니 귀신 때문이라는 말이 아주 틀리지만은 않았다.

형만이 잠을 깬 것은 창호를 뚫고 들어온 눈부신 햇살 때문이었다. 기척을 내기 무섭게 문밖에서 사랑채 심부름꾼 갑수의 목소리가 들려왔다.

"나리, 마님의 산통이 시작되셨습니다요."

형만은 벌떡 일어나 방문을 열어젖혔다. 갑수의 표정엔 나리가 기침하길 조바심치며 기다린 기색이 역력했다.

"언제부터더냐?"

"벌써 한나절은 됐습니다요."

"뭐야? 그럼 깨우지 않고. 그래, 지금 상황이 어떻다더냐? 당장 안채로 가서 누구든 설명해 줄 사람을 오라 해라."

저라고 안 깨우고 싶었겠습니까요. 깨웠다간 무슨 경을 치려구요. 갑수가 하고픈 말을 얼굴에 드러낸 채 잰걸음으로 물러갔다. 형만은 잠옷 차림으로 마루에 나와 응접 의자에 앉았다.

윤 자작이 일본 옷인 유카타를 잠옷으로 입는 것을 두고 사람들은 자기 식대로 의미를 부여하고 평가했지만 그로서는 편해서라는 게 이유의 전부였다. 가문을 세우는 일이라면 무엇이든 했던 아버지의 그늘 아래서 형만은, 이른 사람들은 손주도 볼 나이인 서른여섯 살이 되도록 보기 좋고 입에 달고 몸에 편하고 마음이 내키는 것만 탐하며 살아왔다. 그의 인생 최대 목표는 생을 다할 때까지 그런 삶을 유지하는 거였다.

벽시계의 시침이 9시를 향해 가고 있었다. 무르익은 봄 햇살이 마루 깊숙이 들어와 있었다. 형만은 옷 갈아입을 생각도 잊은 채 벌떡 일어나 마루를 서성거렸다. 아버지가 세상을 떠난 뒤 가회동 저택에 찾아온 경사는 그 의미가 자못 컸다. 형만은 얼결에 물려받은 많은 것들에 당당할 수가 없었다. 경성 전체가 수군거리며 자신을 주시하고 있었다. 그는 새 생명이 찾아온 이유가 세상에 가회동 저택의 주인은 이제 윤형만 자작임을 알리기 위해서인 것만 같았다.

안채에서 불려 온 사람은 술이네였다. 형만은 뜰아래 서 있는 아낙을 마루 위로 올라오게 했다. 평소라면 얽은 자국이 얼굴 가득한 찬모에게 말을 걸기는 고사하고 눈길 주는 일조차 없었을 것이다. 술이네는 1년 넘게 행랑살이를 하면서도 형만과 독대하는 게 처음이었다. 걷어 올렸던 저고리

소매를 펴며 황급히 마루 위로 올라온 술이네는 무릎을 꿇고 앉았다. 주먹 쥔 손을 허벅지에 단단히 괴었는데도 어깨가 달달 떨렸다.

형만은 선물받은 장난감을 빨리 펼쳐 보고 싶어 하는 어린아이 같은 얼굴로 질문을 쏟아 냈다. 술이네는 마님의 상황이 해산하기 위해 세상 모든 여자들이 겪어야 하는 절차임을 설명하느라 진땀을 흘렸다. 결국 자신이 할 일은 아무것도 없다는 사실을 깨달은 형만이 마지막 명령을 내렸다.

"만일을 대비해서 의원에도 왕진을 청하라 이르거라. 마님께는 내 아무 데도 출타하지 않겠다고 전하고. 이제 그만 가 보아."

살았다 싶은 얼굴로 일어선 술이네는 뒷걸음질해 물러났다. 마루 끝에 다다라서야 돌아서는 찬모에게 자식의 탄생을 앞두고 마음이 한껏 너그러워진 형만이 선심 쓰듯 물었다.

"아들이었던가? 어린애는 잘 크지?"

형만은 오가다 술이네 등에 아이가 매달려 있는 것을 본 적이 있었다. 느닷없는 질문에 움찔한 술이네는 흩어지는 정신을 간신히 모으며 대답했다.

"예, 나리. 애는 얼마 전 고향으로 떼어 보냈습니다."

"그랬군. 수시로 갑수를 들여보낼 터이니 마님 상황을 보고하게."

술이네의 아이가 조금도 궁금하지 않았던 형만은 건성으로 대꾸한 뒤 지시 사항을 말했다. 허겁지겁 사랑채를 빠져

나온 술이네는 바깥마당에 와서야 막혔던 숨을 틔우기 위해 주먹으로 가슴을 쳤다. 두 눈 가득 피눈물이 고였다.

가회동 저택에 들어오는 조건은 아이 때문에 일에 지장이 생겨서는 안 된다는 것과 아이가 두 돌이 되는 즉시 고향으로 떼어 보내는 것이었다. 인력거꾼이었던 남편은 지난해 만세 사건 때 일경의 총에 맞아 숨졌다. 술이네는 혹시 해코지라도 당할까 싶어 남들에게는 사고사로 둘러댔다.

졸지에 과부가 된 술이네는 삼 남매를 성환에 있는 시어머니에게 보낸 뒤 돌쟁이 막내만 데리고 가회동 저택에서 행랑살이를 시작했다. 드난살이로 일하는 동안 술이네 음식이 형만의 아버지 윤병준 자작 입맛에 맞은 덕이었다. 병준이 세상을 떠나고 곽 씨가 임신을 하고부터 찬모의 역할이 더 커졌다.

보름 전 아침 술이네 아들은 눈을 까뒤집을 정도로 열이 끓었다. 그날따라 곽 씨는 아침부터 화전이 먹고 싶다, 만두를 내놓아라, 청요리가 먹고 싶다, 두부를 쑤어라, 시시각각 변덕을 부려 술이네의 혼을 빼놓았다. 술이네는 곽 씨에게 아들을 의원에게 보일 수 있게 해 달라고 간청했다. 그러나 아이 때문에 성가시게 굴 거면 당장 나가라는 매몰찬 대답만 돌아왔다. 술이네는 열이 끓는 아들을 행랑방에 뉘어 놓은 채 들여다볼 새도 없었다. 술이네가 부엌데기들을 이리저리 심부름 보내 놓고 땀을 뻘뻘 흘리며 두부를 쑤는 사이 두 돌을 앞둔 아이는 저 혼자 까무러쳤다 깨어났다 하다 짧은 명줄을 놓았다. 술이네는 시퍼렇게 굳은 막내아들을 안고서도 혀를 깨물며 울음을 삼켜야 했다.

"죽은 목숨은 어쩔 수 없고, 당장 쫓겨나지 않으려면 정신줄 똑바로 잡고 있어야 혀."

박 서방댁 말이 아니더라도 마님의 출산을 앞두고 안채에서 아이가 죽어 나간 일이 알려졌다가는 무슨 경을 칠지 몰랐다.

술이네에겐 아비 없는 삼 남매가 남아 있었다. 박 서방이 조용히 아이의 작은 몸뚱이를 수습해 주었다. 박 서방댁은 때가 돼 아이를 시골집에 보낸 것으로 소문을 내 주었다. 천안 태생인 박 서방댁은 고향이 비슷한 술이네를 동기간처럼 여겼다. 자식 잃은 어미의 슬픔 앞에서 안채 행랑 사람들은 한마음으로 입을 다물었다.

"부정 탈지 모르니께 마님 출산 수발에는 알아서 빠지도록 햐."

박 서방댁이 미리 일렀다. 술이네가 삼신할미에게 바칠 쌀이나 미역에 손도 못 댄 이유였다.

술이네는 아들이 두 돌이 되도록 줄어들 생각을 않는 젖을 말리려고 엿기름 삭힌 물을 들이켰다. 그동안은 젖이 흔해 부러움을 샀지만 아이를 잃고 나니 그보다 고통스러운 게 없었다. 보름이 지나서도 아이 생각이 머리를 스치면 돌덩이처럼 딱딱해진 가슴에 젖이 돌았다. 흘러내린 젖으로 저고리 앞섶과 치마허리가 뻣뻣해질 때면 슬픔이 칼날처럼 심장을 저몄다. 그러면 이 집에서 버텨야 하는 이유가 목구멍에 풀칠하기 위해서 말고 더 있을 것만 같아 저절로 이가 앙다물어졌다.

형만은 갑수가 대령한 대야 물에 세수를 했다. 늦은 아침은 간단했다. 콩고물을 노랗게 입힌 인절미 몇 쪽—떡 종류는 계절에 따라 바뀌었다—과 커피 한 잔이면 족했다. 도쿄 유학 때 커피에 맛을 들인 형만은 아예 집에 커피 만드는 도구를 갖춰 놓고는 명동 진고개의 일본인 잡화점에다 커피 원두를 주문해 직접 내려 마셨다.

갑수가 가장 이해할 수 없는 게 만석지기 주인 나리의 간소한 아침이었다. 곳간에 쌀이 그득한데 고작 떡 몇 쪽에 쓰디쓴 양탕국 한 잔으로 아침을 때우다니. 시커먼 커피를 보고 사람들은 서양 탕약 같다고 양탕국이라 불렀다. 냄새가 그럴듯해 언젠가 몰래 맛본 커피는 말 그대로 탕약처럼 썼다.

"우리 나리는 쌀이 넘쳐 나니 안 먹어도 배가 부른가 봐요."

그 쌀이 자기 것이 아닌 갑수는 숟가락 놓기도 전에 벌써 배가 고파 행랑채 부엌을 기웃거렸다.

형만은 술이네가 조금도 해소해 주지 못한 조바심을 커피로 달랬다. 그리고 총독부에서 주최한 혼례 축하 만찬이 밤늦게 끝나서 미처 보지 못한 어제 자 신문을 펼쳤다. 형만은 조선총독부 기관지인 매일신보와 창간한 지 얼마 안 된 동아일보를 구독했다. 두 신문 모두 머리기사로 도쿄에서 있을 대한제국 황태자 이은과 일본 왕실의 공주 마사코의 혼혈 결혼 소식을 보도하고 있었다.

매일신보가 조선 왕실과 일본 왕족 간의 혼인을 일본과 조선이 융화하는 좋은 전례라고 떠들썩하게 선전한 반면, 동아일보는 얄궂게 결혼 기사 아래 이은과 약혼했다 파혼당한 민갑완의 삶을 더 크고 상세하게 다루고 있었다. 조선 왕자가 일본 왕족 여자와 혼인한다고 세상이 분개하고 있었지만 형만은 별 관심이 없었다.

"좋을 때로군."

아침부터 환한 햇살이 쏟아지고 온기 품은 공기가 청량한 날씨는 혼례식을 치르기에도, 한 생명이 태어나기에도 부족함이 없었다. 그의 눈은 신문 하단의 광고에 머물렀다. 은단, 구두, 영양제를 지나 분유 광고에 이르자 다시 형만의 생각은 태어날 아이에게로 향했다.

'아들일까? 딸일까?'

강휘와 형제가 될 아들이면 더 좋겠지만 지금은 어느 쪽이든 순산이 급선무였다. 형만은 진즉부터 아들과 딸, 두 개의 이름을 지어 놓았다.

형만은 그 전까지 자식의 출생에 무심했다. 자신보다 아버지와 더 상관있는 가문의 일이며, 안채에서 벌어지는 여자들의 일이라고 여겼기 때문이다. 자식의 출생이 이리 큰 기쁨과 설렘으로 다가오는 것은 아버지의 자리를 물려받아

서인가? 아버지가 살아 있다면 얼마나 기뻐했을 것인가! 형
만의 얼굴에 씁쓸한 미소가 번졌다. 자식의 도리를 다할 기
회를 주지 않은 것은 아버지다.

작년 여름 80칸에 가까운 가회동 저택에서는 윤병준 자
작의 회갑연이 성대하게 벌어졌다. 담장 너머 세상은 만세
사건의 여파로 뒤숭숭했지만 담장 안에서는 자작의 무병장
수를 축하하고 기원하는 연회가 떠들썩하게 펼쳐졌다. 윤
자작은 자신이 이룬 것들에 흠뻑 취해 있었다.

부모의 사망 뒤 양자로 갔던 집에서 뛰쳐나온 병준은 여
기저기 떠돌다 일본인 거류지인 초량으로 흘러들었다. 그리
고 무역상 고바야시 상회에 일꾼으로 들어갔다. 열여덟 살
때였다. 언어가 힘이란 사실을 깨달은 그는 일본어 공부에
매달렸다. 실력이 늘어갈수록 주인은 병준에게 점점 더 큰
일을 맡겼다. 그의 일 중에는 사업을 확장하려는 고바야시
와 관련 업무를 주관하는 조선 관리들 사이의 통역도 있었
다. 일어에 능통하게 되자 그가 상대하는 사람들의 지위도
높아졌다. 권력의 속성을 알게 된 병준은 아예 직업을 통역
으로 바꾸어 고급 인맥을 쌓아 갔다. 그때부터 병준의 인생
은 바람 탄 불길처럼 활활 피어올랐다.

인맥을 이용해 벼슬자리를 꿰찬 뒤 자신도 놀랄 만큼 승
승장구하던 병준은 중앙으로 진출해 마침내 정부의 요직을
차지하기에 이르렀다. 그리고 조선과 일본의 병합에 기여한
공로를 인정받아 조선총독부로부터 자작 작위를 받았다.

행운이 계속되면 운명에 대해 자신하게 마련이다. 병준은 점점 배포가 커져 웬만한 위험이나 위기는 코웃음 칠 정도가 됐다. 단 하나 꿀리는 게 있다면 내세울 것 없는 가문이었다. 그 부족함을 병준은 작위와 중추원 참의라는 벼슬, 온갖 짓을 가리지 않고 불려 나간 만석지기 땅, 대저택과 숱한 여자들로 메웠다. 매국 행위와 근본 없는 가문에 손가락질하는 사람들을 비웃듯 병준은 온갖 부귀영화를 누리며 회갑까지 살았다. 그리고 천수까지 주어졌다고 자만하던 순간 낯뜨거운 죽음으로 삶을 마감했다.

한 인간의 삶은 죽음으로 완성되고 규정된다. 병준은 자작이자 중추원 참의, 각종 회합의 회장, 만석 지주, 또는 민족 반역자, 을사10적, 매국노라는 정치·사회적 이름을 벗어던지고 '윤복상'이라는 조롱 섞인 이름으로 사람들의 기억에 남았다. 그의 죽음은 공로자로든 매국노로든 그에게 각자의 의미를 부여했던 사람들을 민망하고 허탈하게 만들었다. 입에 올리기도 낯부끄러운 호칭이 매국노란 악명보다 높아졌지만 그건 저잣거리의 이야기일 뿐 여전히 단죄자 명단에서 '을사10적 윤병준'을 지우지 않은 사람들도 있었다.

형만이 아버지의 작위를 물려받은 순간 명단 속의 이름은 윤형만으로 바뀌었을 것이다. 그렇다고 작위를 거부해 당장의 실권자이며 앞으로도 그러할 조선총독부에 배일자로 낙인찍히고 싶은 생각은 조금도 없었다. 아버지는 살아생전 다양한 무리로부터 숱한 습격을 당했다. 형만이 서너 명의 장정들로 경계를 세우면서도 밤마다 쉬이 잠들지 못하는 까닭이었다.

윤형만 자작은 총독부에도 대를 이어 충성하고 있음을 보여 주는 한편, 만세 사건 뒤 수립된 상해 임시정부나 의열단 같은 독립운동 단체에도 은밀히 후원하는 것으로 작위와 재산, 그리고 생명을 보전코자 했다.

해가 설핏 기울기 시작했다. 곽 씨는 진통이 잦아졌다. 현재의 고통과 이전의 기억이 함께 떠올라, 지옥에서 전수돼 온 불방망이가 머릿속이고 배 속이고 가리지 않고 지져 대는 것 같았다. 곽 씨가 이를 악물자 친정 고모가 무명 수건을 접어 입에 물려 주었다. 답답하다고 도리질 치는 곽 씨에게 고모가 타일렀다.

"잘못하다간 치아가 모두 나가네."

곽 씨에겐 이미 세 번의 출산 경험이 있었다. 아들 둘과 딸 하나를 낳았지만 한 명도 남지 않았다. 두 아이는 돌을 채 넘기지 못한 채 저세상으로 갔고 한 아이는 숨진 상태로 세상에 나왔다. 세 명의 자식이 태어날 때도 죽을 때도 남편은 집에 없었다.

10년 만의 임신에 쏟아진 형만의 관심은 곽 씨에게 기쁨보다 고통을 안겨 주었다. 형만이 임부에게 좋다는 약이며 음식들을 수시로 들여보내고, 그가 사들인 신기한 아기 물건들이 안채에 쌓일 때마다 곽 씨는 혼자 감당해야 했던 아픈 기억들로 괴로웠다. 아버지 품에 한 번 안겨 보지 못하고 세상을 떠난, 이제는 얼굴 생김새조차 떠오르지 않는 세 아이가 생각나 가슴이 찢어지는 것 같았다. 임신 기간 내내 곽 씨를 괴롭힌 것은 입덧보다 더 힘든 과거의 기억이었다.

오후가 되자 유치원에서 돌아온 강휘가 인사를 왔다. 건넌방을 쓰는 강휘는 안방 분위기에 기가 눌린 듯 겁먹은 얼굴로 곽 씨 발치에 앉았다. 곽 씨는 강휘를 보자 뜨거운 것이 울컥 치솟았다.

"아가, 이리 가까이 와."

곽 씨의 힘겨운 손짓에 강휘가 무릎걸음으로 다가앉았다.

"어머니, 많이 아파요?"

강휘가 걱정스레 물었다. 곽 씨는 땀이 흥건한 손으로 강휘의 손을 찾아 쥐었다. 제법 도톰해졌지만 여전히 말랑말랑한 손이었다. 또 진통이 시작됐다. 곽 씨가 자기도 모르게 손아귀에 힘을 주자 강휘가 화들짝 놀라 제 손을 잡아 뺐다.

"너, 어미가 싫으냐? 어미가 죽을지도 모르는데 그래도 괜찮아?"

곽 씨의 사나워진 목소리에 강휘는 울상이 됐다. 곽 씨의 올케가 박 서방댁에게 눈짓을 했다.

"도련님, 마님이 시방 동생 낳으시느라 힘들어서 그래요. 자, 그만 저하고 나가유."

박 서방댁이 강휘를 잡아끌며 일어섰다. 강휘는 퉁퉁 붓고 땀범벅이 된 어머니를 불안한 눈으로 한 번 보고는 도망치듯 방을 빠져나갔다. 곽 씨의 눈가로 눈물이 주르륵 흘렀다. 강휘 손 대신 요 자락을 움켜쥔 손등에 파랗게 힘줄이 솟아올랐다.

"다 소용없어. 남 자식 키워 봤자 소용없다구. 머리 크면 계모라고 쳐다도 안 볼걸."

곽 씨가 일그러진 얼굴로 신음처럼 내뱉었다.

"그래서 지금 배 아파 자식 낳느라 고생이잖아요. 쓸데없는 생각으로 기력 쓰지 말아요."

올케가 곽 씨의 땀을 닦고 팔을 주물렀다. 강휘는 형만이 첩에게서 얻은 자식이었다.

곽 씨는 형만을 초례청에서 훔쳐본 순간 첫눈에 좋아하게 됐다. 병준은 권력의 중심에 있었지만 며느릿감은 정치하고 거리가 먼 몰락한 양반 가문에서 골랐다. 굽은 나무가 산을 지키는 것처럼, 수수하고 튼실하게 생긴 며느리가 무던하게 가문을 지키고 번성하게 하리라고 여겼다. 아들 마음에 들든지 말든지는 상관없었다. 젊은 남자가 일시적으로 데리고 놀 여자는 세상에 널려 있었다.

조부로부터 여인의 도리가 담긴 경전들을 배우며 자랐지만 곽 씨는 형만을 보자마자 부부간의 제일은 사랑임을 깨달았다. 이미 화류계의 환락에 젖어 있던 형만은 새 가구를 들이는 것처럼 감흥 없이 혼례를 치렀다. 그러곤 열흘 만에 도쿄로 유학을 떠나 버렸다. 그 짧은 기간에 삼신할미가 아이를 점지해 주었다. 형만에게 흠뻑 빠진 곽 씨는 남편을 꼭 닮은 아들을 낳고 싶었다. 대를 이어야 한다는 의무감보다는 아들을 낳아 남편한테 사랑받고 싶은 마음이 더 컸다. 소원대로 아들을 낳았지만 아이는 세상을 떠났다. 그 뒤로도 마찬가지였다.

곽 씨가 아이를 낳고 잃을 때마다 형만은 유학 중이었다. 혼자 아픈 일들을 겪는 동안 남편을 향한 그리움은 더욱 절절해졌다. 곽 씨는 형만이 하루빨리 학업을 마치고 돌아와 곁에 있어 주기를 고대했다. 남편이 집에 있으면 아이도 지킬 수 있을 것 같았다. 하지만 졸업하고 온 형만이 가장 먼저 한 일은 신여성 최인애와 살림을 차린 일이었다. 이화학당 출신이라는 최인애는 첩인 주제에 안방을 넘보았다. 형만은 곽 씨에게 이혼을 요구했다. 신식 물 먹은 모던 보이들이 신여성에 빠져 조강지처를 버리는 일이 유행처럼 번지고 있었다. 곽 씨는 케케묵은 기억 속 고리짝에 넣어 두었던 여인의 도리를 내세워 완강히 저항했다.

"신학문 배운 년들은 만나고 갈라서는 게 쉬운지 모르겠지만 나는 그렇게 안 배웠소. 윤씨 집에 시집온 이상 죽어서 나갈지언정 살아서는 떠날 수 없소. 차라리 날 죽이시오."

곽 씨가 버틸 수 있었던 건 경전의 구절이 아니라 시아버지의 비호 덕분이었다. 병준은 형만의 어머니 박 씨에 이르기까지 세 번 상처한 뒤 더 이상 아내를 맞이하지 않았다. 대신 옆집 세 채를 사 허문 다음 별채를 지어 첩을 들였다. 가회동 저택에 입성한 병준의 첩들은 안채를 욕심냈지만 그는 어떤 미인계나 앙탈에도 꿈쩍하지 않고 안주인이라는 곽 씨의 위상을 지켜 주었다. 곽 씨는 남편의 첩 최인애가 무사히 아이를 낳을 수 있었던 것 또한 시아버지 덕분이었음은 알지 못했다.

다시 아랫배를 통째로 뽑아내는 듯한 고통이 몰려왔다. 해를 묵히며 더욱 독해진, 형만에 대한 원망과 분노가 뜨거운 용암처럼 끓어올랐다.

"나리 불러와. 자작인지 작대긴지 내 앞에 끌어다 놔."

곽 씨가 짐승처럼 울부짖었다. 형만이 곁에 있다면 머리카락을 쥐어뜯고 멱살을 잡아 흔들고 싶었다. 형만과 최인애의 사랑은 아들을 낳은 인애가 한강물에 투신자살하면서 떠들썩하지만 깔끔하게 결말지었다. 병준은 돈으로 시끄러운 일들을 처리한 뒤 강휘를 곽 씨의 품에 안겨 주었다. 자식이 없는 며느리에게 주는 최고의 벌이자 위로였다. 그대로 내동댕이치고 싶은 갓난애를 안고 곽 씨는 다짐했다. 두 연놈 때문에 흘린 피눈물을 그대로 되갚아 주리라. 최인애를 없었던 존재로 만드는 것이야말로 진정한 복수였다. 강휘가 곽 씨를 친엄마로 알고 자라는 한 형만은 드러내 놓고 인애를 추억하지 못할 것이다.

눈먼 열정에는 때로 당황스러운 결과가 따르기도 한다. 지극정성으로 키운 결과 강휘는 제 아버지와는 데면데면하면서도 곽 씨와는 살가운 모자 사이가 됐다. '애'와 '증'의 무게를 저울로 재자면 처음에는 증오 쪽으로 추가 기울었지만 시간이 지날수록 애정의 무게가 더 무거워졌다. 그리고 강휘가 일곱 살이 된 지금은, 그 아이가 자신의 배를 거치지 않았음이 가끔씩만 생각났다. 작년, 뜻하지 않은 임신을 한 뒤에도 강휘에 대한 애정은 줄어들지 않았다. 강휘를 통해 곽씨는 비로소 아이 키우는 행복과 재미를 맛보았다.

생각지도 않게 네 번째 임신을 한 곽 씨에게 아이를 가졌다는 기쁨과 또다시 그 아이를 잃을지 모른다는 공포가 번갈아 가며 찾아왔다. 낮이면 한껏 고양된 기분으로 친정 식구들을 불러들여 출산 준비를 하고 아랫사람들을 들볶으며 임부의 권리를 누렸다. 하지만 밤이 되면 끔찍한 악몽에 식은땀을 흘리며 깨어나곤 했다. 그때마다 곽 씨는 돌아가신 시아버지의 이름을 부르며 아이의 안전을 기원했다. 곽 씨가 임신할 수 있었던 것도 어찌 보면 시아버지 덕분이었다. 하지만 거인의 손이 아랫배뿐 아니라 내장까지 쥐어짜는 것 같은 고통 속에서는 시아버지조차 원망스러웠다.

회갑연 때 술을 올리는 형만 부부에게 윤병준 자작이 말했다. 일본어를 배울 때만큼의 노력으로 사투리를 고친 그의 말투에선 가진 것에 걸맞은 위엄이 느껴졌다.

"이제 내가 바라는 오직 한 가지는 자식을 더 두어 가문을 번성케 하는 것이다. 아직 늦지 않았으니 그 사실을 유념토록 해라."

병준으로서는 당연한 바람이었다. 자신이 당대에 우뚝 세운 가문의 영화를 대대로 이어 가야 하는데 자손이라고는 달랑 주색잡기에 빠져 있는 아들과 밖에서 낳아 온 손주 하나뿐이었다. 회갑을 맞이한 병준의 유일한 아쉬움이었다.

그날 밤 곽 씨는 안주인으로서 시아버지 회갑연을 잘 마무리한 것에 안도감을 느끼며 자리에 들었다. 별채의 연회는 아직 끝나지 않았지만 그 시중은 아랫사람들이 들 것이다. 단잠에 빠져 있을 때 형만이 헛기침을 하며 들어섰다. 남편이 마지막으로 안채에 걸음 한 것이 언제인지 기억도 나지 않는 곽 씨는 괴한이라도 침입한 듯 소스라쳤다. 형만은 술에 절어 횡설수설하며 곽 씨 위로 쓰러졌다.

곽 씨의 몸에 새 생명이 깃들인 새벽, 또 하나의 목숨은 세상을 떠났다. 세간의 평가가 어떻든 시아버지를 존경하며 의지했던 곽 씨는 병준의 죽음을 진심으로 슬퍼한 몇 안 되는 사람 중 하나였다. 곽 씨 외에 오래전부터 데리고 있었던 늙은 하인과 조부의 귀여움을 한 몸에 받았던 손자 강휘가 뜨거운 눈물을 흘렸다.

임신 기간 내내 곽 씨는 시아버지가 저승에서도 사라지지 않을 무소불위의 권력으로 태중의 아이를 비호해 주기를 빌었다.

아직 푸른 하늘에 개밥바라기별이 돋아났다. 안채에선 여전히 소식이 없었다. 진통 시간이 길어지자 형만은 입이 마르고 애가 탔다.

"어찌 이리 소식이 없는 게냐?"

갑수는 주인의 닦달로 온종일 짚신 바닥에 불이 나게 사
랑채와 안채를 오갔다. 산모만큼이나 지친 갑수는 마님의
출산을 형만보다 더 바랐다.

"설마 잘못되는 건 아니겠지?"

형만은 불안한 얼굴로 중얼거렸다. 불안함은 불길한 생각
을 불러왔다. 10년 전에는 아이들만 잘못됐지만 이제는 노
산인 곽 씨에게도 재앙이 닥칠 것 같았다. 이 나이에 재취를
들이는 성가신 절차를 겪고 싶지 않았다. 남의 입길에 오르
내리는 것은 아버지의 죽음으로 족했다. 형만은 갑수에게
명령했다.

"너 어서 집 안의 불이란 불은 모두 밝히도록 해라."

형만은 아이가 불빛의 인도를 받아 무사히 자기에게 오기
를 바랐다. 하루 종일 애태우는 동안 곽 씨가 오래전 혼자 겪
었을 고통과 슬픔이 조금, 아주 조금 이해됐다. 형만은 두렵
기 시작했다. 아내나 아이가 잘못되면 자신의 삶에도 악운
이 닥칠 것 같았다. 가회동 저택의 새 주인으로 인정받기는
커녕 저주받은 집안의 후계자로 낙인찍힌 채 스러져 가는
미래가 보이는 듯했다. 형만은 곽 씨에게 한배를 탄 동지애
를 느끼며 무사히 출산하면 큰 보상을 해 주리라 다짐했다.

곽 씨는 마지막 안간힘 끝에 아기를 세상에 내놓았다. 딸
이었다. 대기 중이던 왕진 의사가 산모와 아기의 건강함을
알렸고, 하인들이 안채 중문에 생 솔가지와 숯덩이를 끼운
금줄을 내걸었다. 사내아이였다면 빨간 고추를 꽂은 금줄이

대문에 내걸렸을 것이다.

절망에 빠져 있던 형만은 딸이라서 서운한 감정은 조금도 없었다. 가문을 물려줄 아들은 강휘 하나로 충분했다. 심지어 말년의 기쁨과 위안이 돼 줄 자식으로는 이웃집 애처럼 뻣뻣한 아들보다 딸이 더 낫다는 생각이 들었다. 형만은 딸의 이름을 노래처럼 되뇌며 안채로 들어섰다. 중요한 회합에라도 참석하는 듯 양복을 제대로 갖추어 입고서였다.

말끔히 치웠어도 후끈한 공기와 비릿한 냄새가 여전한 안방으로 형만이 들어섰다. 곽 씨의 친정 식구와 아랫사람들이 썰물처럼 빠져나갔다. 형만은 쥐었다 놓은 두부처럼 만신창이가 된 몰골로 누워 있는 아내를 고마움과 연민이 담긴 표정으로 보았다. 아들을 원했던 곽 씨는 낙담한 채 질끈 감은 눈을 뜨지 않았다. 치하의 말이든 위로의 눈길이든 받아들임으로써 남편에게 지난 잘못을 덮어 버릴 기회를 주고 싶지 않았다.

형만은 곽 씨에게 말 한마디 건네지 못한 것을 조금도 아쉬워하지 않으며 비단 강보에 싸인 아기를 들여다보았다. 분유나 이유식 광고에 등장하는 달덩이처럼 복스럽고 어여쁜 아기를 상상했던 형만은 몹시 당황했다. 강보 속의 아기는 작고 쭈글쭈글하고 잔털로 뒤덮인 빨간 생명체에 불과했다.

생명체가 어린 단풍잎 같은 손을 폈다 쥐었다 하며 꼼지락거렸다. 입을 오물거리며 방긋 웃기도 했다. 배냇짓에 불과했지만 형만은 아기가 자기를 보고 웃는 거라고 착각했다. 형만의 얼굴이 서서히 환해지더니 눈 가득 물기가 어렸다. 형만은 산모의 존재는 까맣게 잊은 채 조심스레 강보를 안아 올렸다. 그리고 벅찬 음성으로 아이를 환영했다.

"네가 채령이로구나. 내 딸 윤채령!"

생일 선물

               채령은 거울을 보았다. 유모가 머리를 바짝 당겨 땋아 눈꼬리가 더 치켜 올라갔다. 자신의 작품에 흐뭇해하는 유모 술이네의 얼굴이 어깨 너머로 보였다. 다른 때 같았으면 짜증을 냈을 텐데 지금은 새 옷에 홀려 있었다. 아버지가 생일 선물로 일본인이 운영하는 진고개 양품점에 특별히 주문해서 사 온 것이었다. 자잘한 레이스로 마무리한 흰 옷깃을 덧댄 감색 원피스와 흰색 반 타이츠는 잘 어울렸다. 채령은 빨간색 작은 가방을 가로 멘 자기 모습이 여덟 살짜리 꼬맹이가 아니라 종로 거리에 내놓아도 손색없을 여학생으로 보였다. 이대로 검정 에나멜 구두를 신고 별채로 달려가고 싶었지만 마지막 절차가 남아 있었다.

        “어여 어머니한티 가 보셔유.”

술이네가 채령의 어깨를 잡아 문 쪽으로 돌려세웠다.

"안 가면 안 돼?"

"또 불벼락 맞고 싶은개 벼유."

술이네가 방문을 열자 장송곡처럼 처량한 노랫소리가 커졌다.

광막한 광야에 달리는 인생아 너의 가는 곳 그 어데냐

쓸쓸한 세상 적막한 고해에 너는 무엇을 찾으려 하느냐

곽 씨가 끼고 사는 유성기에서 흘러나오는 노래는 윤심덕의 〈사의 찬미〉였다. 응접실로 꾸민 마루에는 얼마 전 형만이 채령의 보통학교 입학 선물로 들여놓은 피아노가 자리를 차지하고 있었다. 벽에 걸린 시계에서 뻐꾸기가 튀어나와 아홉 번을 울었다. 아버지가 출발한다고 한 시각이었다. 마음이 급해진 채령은 통통통 뛰어 안방 미닫이 앞에 섰다. 그러곤 마음을 다잡듯 심호흡한 뒤 입을 열었다.

"어머니, 저 들어가요."

방문을 연 채령은 자기도 모르게 얼굴을 찌푸렸다. 방 안에 가득 찬 담배 연기 때문이었다. 비대한 몸집의 곽 씨가 비단 보료에 비스듬히 누워 긴 담뱃대를 문 채 연기를 뿜어내고 있었다. 산후병을 다스리느라 먹어 댄 온갖 보약이 임신중의 부종을 살로 만들었고 그 이후에도 곽 씨는 계속 몸의 부피를 늘리고 있었다. 살이 빠지는 특효약이라는 귀띔에 피우기 시작한 담배는 이제 곽 씨에게 없어서는 안 될 벗이 됐다.

채령은 안으로 들어가 어머니 앞에 섰다. 곽 씨는 자세를 바꾸지 않은 채 딸을 올려다보았다.

"어머니, 어때요?"

채령이 숙제 검사 받듯 원피스 자락을 살짝 치켜들고 팽그르르 돌았다. 치마가 나팔꽃처럼 펼쳐졌다. 채령을 훑어보는 곽 씨 얼굴에 순간 질투의 빛이 스쳐 갔다.

'저 아인 지금 내 남편과 나들이를 하려는 것이다.'

채령이 대여섯 살 되면서부터 형만은 틈날 때마다 딸을 대동하고 연주회다 전람회다 드라이브다 하며 돌아다녔다. 모르는 사람이 보았으면 형만이 홀아비인 줄 알았을 것이다. 형만이 딸만 데리고 다닐수록 가회동 저택의 안방마님에 대한 소문은 점점 더 부풀어 이젠 창경원에 있는 하마나 코끼리에 비견되곤 했다.

좋은 소문은 걸어가고 나쁜 소문은 날아가는 법이어서 곽 씨의 뚱뚱한 몸이 보료 바닥에 눌어붙었다는 이야기까지 떠돌았다. 곽 씨는 대문을 나서는 순간부터 사람들이 수군거리며 돌아보는 통에 외출하고 싶지도 않았다. 그리고 형만뿐 아니라 어린 딸에게도 점점 심사가 꼬여 갔다. 곽 씨가 할 수 있는 일이라곤 채령이 안채의 소속임을 부녀에게 주지시키는 것뿐이었다. 딸을 단속하는 곽 씨의 태도에는 일반적이고 상식적인 수준을 넘어서는 가혹함이 있었다.

채령은 채점한 시험지를 돌려받기 위해 선생님 앞에 선 것처럼 긴장한 표정으로 어머니의 한마디를 기다렸다. 곽 씨는 채령이 가회동 저택을 통틀어 무서워하는 오직 한 사람이었다. 지금도 곽 씨는 입을 다문 채 채령을 벌세우고 있었다.

'너는 아침 이슬을 머금은 청보랏빛 나팔꽃처럼 나날이 싱그러워지는데 널 낳은 나는 속절없이 방에 갇힌 중늙은이가 돼 가고 있구나.'

곽 씨가 감사나운 눈길로 그저 바라보고만 있자 채령은 어찌해야 좋을지 몰라 치맛자락을 비비적거렸다.

"눈꼬리가 쪽 찢어진 게 암괭이 같네."

곽 씨는 자기도 모르게 내뱉고 말았다.

〈사의 찬미〉가 화를 돋운 탓도 있었다. 노래를 부른 가수 윤심덕은 지난해 가정 있는 남자인 김우진과 현해탄에 빠져 동반 자살 했다. 그들의 불륜은 낭만적이면서도 애절한 정사(情死)로 미화됐고 윤심덕의 음반은 불타나게 팔렸다. 음반을 사와 안채에 들여보낸 사람은 형만이었다. 유행하는 음반이니 사 보낸 것이겠지만 기분에 따라 노래는 곽 씨의 속을 뒤집었다 젖혔다 했다. 어머니의 심통 사나운 말에 채령은 울상이 됐다.

"술이네한테 다시 땋아 달랄까요?"

"뭘, 니 아버지 기다릴 텐데 나가 봐. 매사에 조신하게 굴고."

곽 씨는 담배를 깊숙이 빨아들였다 하얀 연기를 토해 냈다.

나부시 인사하고 돌아선 채령은 곽 씨가 다시 부를까 겁 난다는 듯 종종걸음으로 방을 나갔다. 뒷모습을 바라보는 곽 씨의 얼굴에 후회와 서운함, 씁쓸함이 연기처럼 어지러 이 섞였다.

형만은 곽 씨에게 애정은 인색한 대신 선물은 풍족하게 해 주었다. 화려한 자개장롱 안에는 철철이 새로 지은 고급 옷들이 가득했고 보석함에는 금붙이와 패물이 넘쳐흘렀다. 유성기는 진즉에 사 주었고 얼마 전 경성방송국이 개국하자 쌀 열 가마 값에 달하는 라디오도 들여놔 주었다. 유리 분합 문을 해 단 안채 마루에는 양탄자가 깔리고 응접세트가 놓 였다. 새로 들여놓은 피아노가 응접실의 격을 높여 주었다. 그것으로 형만은 아내에게 보상해 주겠다고 한 결심을 지켰 다고 생각했다.

"죽으면 다 두고 갈 저런 물건들이 무슨 소용이야."

헛헛한 곽 씨의 마음은 조금도 채워지지 않았다. 정성으 로 키운 강휘는 사랑채로 옮겨 간 뒤 자신의 치마폭을 벗어 났다. 배 아파 낳은 채령도 온전히 자기 것은 아니었다. 늘어 나는 몸의 부피만큼 내부의 빈 굴도 넓어져 갔다.

곽 씨는 〈사의 찬미〉를 들을 때마다 강휘의 생모 최인애 가 떠올랐다. 김우진과 윤심덕처럼 두 연놈도 함께 죽기로 약속한 게 아니었을까? 그래 놓고 제 몸은 끔찍하게 위하는 형만이 뒤를 따르지 않은 것일 수도 있다. 한번 그렇게 생각하니 사실인 것만 같았다. 곽 씨는 상상력을 보태 오래전 상처를 헤집으며 그 고통을 즐기는 지경에 이르렀다. 곽 씨가 머리를 쓸 때라곤 그럴 때뿐이었다.

곽 씨의 하루는 그날그날 당기는 사람들을 불러들여 맛난 것을 해 먹으며 노는 게 다였다. 친정 쪽 일가붙이, 진기한 박래품을 갖고 다니는 방물장수, 장안의 풍문을 모아 들려주는 이야기꾼, 좋은 일보다 나쁜 일을, 앞날보다 지난날을 더 잘 맞히는 점쟁이에 이르기까지 다양했다. 곽 씨는 곳간 열쇠만 쥐고 있을 뿐 안살림은 유모로서의 역할이 줄어든 술이네가 도맡아 했다. 그 일을 성심으로 하던 박 서방댁은 작년에 세상을 떠났다.

방을 나온 채령은 마루 아래 서 있는 유모를 보자 시무룩한 기색을 지웠다. 아랫사람에게 속내를 그대로 보여서는 안 된다는 아버지의 말이 생각나서였다.

"마님이 뭐라셔요? 이쁘다지유?"

술이네가 댓돌 위에 구두를 신기 좋게 놓아 주며 물었다. 잠깐 망설이던 채령이 대답했다.

"응, 고양이처럼 예쁘대."

채령은 술이네가 더 물어볼까 봐 재빨리 섬돌에서 내려와 별채 쪽으로 달려갔다.

"아이고, 넘어질라. 살살 뛰셔유."

채령의 뒤에 대고 소리친 술이네는 못마땅한 표정으로 중얼거렸다.

"마님도 참, 숭허게 꽹이라니. 좋은 말도 많이 있구먼."

채령을 키우며 술이네는 아이를 두고 곽 씨와 벌이는 신경전을 은근히 즐겼다.

술이네는 태어나자마자부터 젖을 물려 키운 채령이 가끔씩 자기 딸인 것 같은 착각에 빠졌다.

낳는 일로 어미로서의 기력을 다 써 버렸는지 곽 씨에게선 젖이 나오지 않았고, 채령은 우유병 꼭지를 빨지 않았다. 술이네가 악을 쓰며 울어 대는 채령을 안자 젖 냄새를 맡은 아기는 본능적으로 품을 파고들었다. 졸라맨 치마허리에 갇혀 있던 젖가슴을 꺼내 놓기 무섭게 채령은 맹렬하게 젖꼭지를 빨아 댔다. 귀를 먹먹하게 하던 울음소리 대신 꼴깍꼴깍 젖 넘기는 소리가 방 안에 가득 찼다. 아비 얼굴엔 드디어 아이가 살게 됐다는 안도의 표정이 번졌지만 어미 얼굴엔 안도감과 더불어 서운한 빛이 드리웠다.

형만과 곽 씨는 술이네의 막내아들이 고향으로 갔음을 의심하지 않았다. 아니, 그녀의 아들에겐 아무 관심도 없었다. 술이네는 돌아앉아 젖을 먹이는 내내 철철 흐르는 눈물을 주인 모르게 닦아 내야 했다. 자작의 딸이 마치 자기 아이의 목숨을 제물로 삼아 태어난 것 같았다. 술이네는 그런 아이에게 젖을 물리고 있는 처지에 대한 한탄과 더불어 자기에게 목숨을 의지한 작은 생명에게 지독한 애정을 느꼈다. 그 뒤 채령에게 젖을 먹일 때마다 술이네는 혼란스러운 감정을 맛보아야 했다.

술이네가 채령의 유모가 될 수 있었던 건 자식이 세상을 떠난 뒤에도 마르지 않은 젖 때문이 아니라 곰보인 덕분이었다. 얼굴이 얽지 않았다면 곽 씨는 서른도 안 된 술이네를 유모로 삼자는 형만의 말을 절대로 받아들이지 않았을 것이다.

안채와 별채 사이에 난 쪽문을 지나는 순간 딴사람이 된 듯 채령의 얼굴이 환해졌다. 별채의 풍경 역시 딴 세상인 듯 달라졌다. 형만은 딸의 백일이 지나자 서둘러 아버지가 지었던 별채를 허물고 양식, 일식, 조선식이 혼합된 새 건물을 올렸다.

2층으로 올린 건물의 전체적인 외관은 양식이었으나 박공지붕에 기와를 얹어 주변 경관과의 조화를 꾀했다. 하지만 기와집들로 이루어진 동네에서 키 크고 눈 파란 이양인이 갓 쓴 것처럼 튀는 2층 건물은 북촌의 명물이 됐다. 형만은 우뚝 솟아 경성을 발아래 둔 별채가 마음에 들었다.

자연석으로 이루어진 십여 개의 돌계단을 올라가면 장미 넝쿨로 감싸인 아치형 포치가 있었다. 포치 기둥에는 '무극광업'이라는 세로 현판이 걸려 있었다. 별채는 본사였고 실질적인 사무소는 금을 캐는 현장에 있었다. 채령은 별채 건물 앞까지 드문드문 놓인 넓적한 돌판을 폴짝폴짝 뛰어 건넜다. 연못에서 비단잉어가 물살을 만들었다. 연못 가운데 만들어진 작은 섬에는 운치를 더하는 등 굽은 소나무 세 그루가 있었다.

형만은 집 꾸미는 일에 돈을 아끼지 않았다. 안채와 사랑채도 몇 번이나 수리를 했으며 가구도 유행 따라 바꾸었다. 사람들은 박색인 여자가 화장이나 옷, 패물로 용모를 감추려는 것처럼 형만이 근본 없는 가문을 가리기 위해 대를 이어 애쓴다고 비웃었다.

지하실이 있는 별채 건물은 형만의 미적 감각, 허영심, 과시욕이 표출된 곳이자 동시에 불안감이 응집된 공간이었다. 형만은 애초에 전통 주택보다 낯설고 복잡하며 비밀 공간을 많이 둔 별채를 살림집으로 삼을 생각이었다. 별채는 흙과 나무가 기본 골조인 안채나 사랑채보다 튼튼하고 내부 구조가 복잡해, 한밤중 도적이나 독립군이 들이닥쳤을 때 숨기 쉬웠다. 하지만 곽 씨는 화려하지만 위압감을 주는 내부 장식이나, 침실과 식당을 오가려면 계단을 오르내려야 하는 게 마음에 들지 않았다. 게다가 변소가 집 안에 있어 께름칙했고 구조가 복잡해 제 집에서 길을 잃게 생겨 먹었다. 무엇보다 곽 씨는 자기가 주인으로 군림할 수 있는 안채를 떠나고 싶지 않았다.

형만은 강휘에게 사랑채를 물려주고 자신은 별채 2층으로 옮겼다. 별채에선 한 달이 멀다 하고 여러 명목으로 연회가 벌어졌다. 때로는 정원에서 가든파티를 열기도 했다. 화려한 연회에 한 번이라도 참석한 사람들은 윤형만 자작의 건재를 인정했고 다음 파티에도 초청자 명단에 낄 수 있기를 바랐다. 그게 형만이 연회를 여는 가장 큰 목적이었다.

별채 앞에는 이미 형만이 나와 있었다. 차도 대기 중이었다.

채령은 오랜만에 만나는 양 한달음에 달려가 아버지 품에 안겼다. 조끼 주머니에 드리워진 회중시계 줄이 뺨에 닿았다. 그 감촉마저 좋았다.

"이리 이쁜 공주님은 누구 딸인가?"

형만이 채령을 번쩍 안아 올리며 물었다. 진심으로 눈부셔하는 표정이었다.

"글쎄, 누군가? 저어기 왕 서방 딸인가?"

채령의 능청스러운 말에 운전기사와 박 서방, 배웅 나온 술이네까지 웃음을 터뜨렸다.

"뭐라고? 에잇."

형만이 채령을 안은 팔에 힘을 주었다. 채령이 캑캑거리다 항복했다.

"숨 막혀요. 윤형만 자작님 복덩이 채령이에요."

딸이 바동거리는 게 재미있다는 듯 형만은 좀 더 장난을 치다가 내려놓았다. 채령이 안방에서 한 것처럼 다시 팽그르르 돌았다.

"아버지, 나 어때요?"

형만이 엄지손가락을 추켜세웠다. 그러곤 양팔을 벌리며 자신의 매무새를 내보였다.

"아버지도."

채령도 엄지손가락을 척 내밀었다.

아버지는 언제 봐도 멋쟁이였다. 오늘도 회색 양복과 중절모가 잘 어울렸다. 채령은 친구들의 젊은 아버지보다 머리가 희끗희끗한 자기 아버지가 훨씬 더 근사해 보였다. 아버지 곁에 있으면 겁나는 것도 무서운 것도 없었다.

"자, 타자."

형만이 채령을 뒷좌석에 앉히곤 자신도 탔다. 운전기사 옆에 박 서방이 앉았다. 아내가 부인병으로 저세상 사람이 된 뒤 급작스레 늙은 박 서방은 두 살 어린 형만보다 20년은 더 나이 들어 보였다.

"아버지랑 둘만 가는 게 아니었어요?"

채령이 눈을 동그랗게 뜨며 물었다.

얼마 전 형만은 새 자동차를 구입했다. 그만한 차를 타는 사람들은 손수 운전하는 법이 없었지만 형만은 일찍이 강습소까지 다니며 면허를 땄다. 일각에서는 근본 없는 피가 흘러 그렇다고들 수군거렸다. 남들이 뭐라건 형만은 운전을 즐겨, 종종 혼자 또는 채령을 태우고 청량리나 노량진까지 드라이브를 가곤 했다.

"오늘은 좀 멀리 간단다. 여주 소작지에 갈 거야."

"정말요? 그럼 오빠 대신 제가 가는 거예요?"

채령의 눈이 기대로 반짝거렸다.

강휘가 보통학교를 졸업하자 아들을 대하는 형만의 태도는 표 나게 달라졌다. 윤병준 자작은 모든 것을 틀어쥔 채 아들에게는 기생을 끼고 놀 만큼의 권한만 허락했다. 그런 아버지와 달리 형만은 강휘에게 일찍부터 후계자 훈련을 시킬 계획이었다. 아비란 때가 되면 아들이 밟고 지나갈 수 있도록 디딤돌이 돼 주어야 한다고 생각해 강휘를 위한 지원을 아끼지 않았다.

첫 번째로 강휘의 고등보통학교 합격 파티를 열어 주었다. 형만이 유난 떤다는 뒷소리를 들으면서도 파티를 연 데는 의도가 있었다. 미리 선배나 동기들과의 자리를 마련해 숫기도 사교성도 없는 아들의 학교생활을 도우려는 뜻도 있었지만, 강휘가 가회동 저택의 유일무이한 후계자임을 세간에 인식시키려는 의도가 더 컸다.

두 번째는 무극광업 현장 사무소로의 동행이었다. 형만의 유일한 아들이었으므로 곽 씨조차 당연하게 여겼다. 하지만 채령은 서운함을 느꼈다. 어려서 명확하게 표현할 수는 없었지만 아버지가 진짜 중요하고 좋은 건 오빠하고만 나눈다는 느낌이 강했다. 인절미로 치면 떡은 오빠에게 주고 자신에겐 남은 고물을 주는 것 같다고 할까. 고물이 떡보다 더 맛있어서 큰 불만은 없었다. 그런데 아버지가 소작지에 데려간다고 하자 그냥 나들이를 하는 것보다 훨씬 더 좋았다.

"오빠 대신이 아니라 거기에 네 생일 선물이 있으니 네가 가야지."

"생일 선물요? 이 옷 사 주셨잖아요."

그뿐만 아니라 형만은 채령의 반 아이들 모두에게 입에서 사르르 녹는 카스텔라와 달콤하면서도 입에 짝짝 붙는 칼피스를 돌렸다.

"고작 그걸로 끝낼 수는 없지. 진짜 생일 선물은 따로 있으니 기대하려무나."

채령을 흡족하게 할 자신이 있다는 듯 형만이 미소 지었다.

"고마워요, 아버지!"

채령은 형만의 목을 끌어안고 뺨을 비볐다. 채령은 아버지의 까칠까칠한 턱의 감촉과 산뜻한 로션 향기를 좋아했다. 이렇게 멋진 아버지가 어째서 남산만 한 몸집을 한 채 방에서만 뒹구는 어머니 같은 여자와 결혼했는지 이해할 수 없었다.

어렴풋이 느끼고 있는 오빠와 자신에 대한 아버지의 차별은 아무래도 어머니 탓인 것 같았다. 아버지는 안채에 옷과 패물과 신식 물건들을 철철이 들여보내는데 어머니는 고마워하기는커녕 아버지를 미워하고 욕했다. 아버지도 그런 어머니가 고울 리 없을 테고, 그런 사람 자식에게 모든 걸 주고 싶지도 않을 것이다.

채령도 강휘의 어머니가 첩이라는 사실을 알고 있었다. 채령은 첩을 젊고 예쁜 여자라고 받아들였다. 그러니 아버지가 더 좋아한 사람은 분명 자기 어머니가 아닌 오빠의 어머니였을 것이다. 사랑하는 사람의 자식에게 더 잘해 주고 싶은 건 당연했다. 하지만 곽 씨조차 친딸인 자기보다 강휘를 더 좋아하는 것은 이해할 수 없었다. 친구를 집에 데려오지 않을 정도로 곽 씨가 창피한 채령은 자기 생모도 아리따운 첩이었으면 좋겠다고 생각했다. 그랬다면 곽 씨가 자신을 미워하는 것도, 자신이 곽 씨를 창피해하는 것도 조금은 덜 슬프고 덜 미안할 것이다.

　차가 동대문을 벗어나자마자 버섯처럼 엎드린 초가집들
과 논밭이 나타났다. 개울가엔 수양버들이 머리 감는 여인
네처럼 연둣빛 머리채를 드리우고 있었다. 쟁기질이 시작된
들판의 흰옷 입은 사람들은 나래 접고 내려앉은 학처럼 보
였다. 복숭아꽃 살구꽃이 구름처럼 피어오른 들판 풍경은
그림처럼 아름다웠지만 보릿고개를 넘는 사람들은 채울 수
없는 허기로 시름에 젖어 있었다. 머리에 광주리를 이거나
지게를 지거나 달구지를 몰고 가던 사람들이 자동차 경적
소리에 허둥지둥 길섶으로 물러섰다. 아낙네의 등에 알궁둥
이로 매달린 아이가 주린 얼굴로 시퍼런 코를 빨아 먹었다.
그들은 먼 세상 풍경으로 멀어져 갔다.

　형만은 창에 매달려 밖을 내다보고 있는 채령을 흐뭇한
미소로 지켜보았다. 채령은 말 그대로 복덩이였다. 채령이
태어난 이태 뒤 충청도에 있는 논과 잇닿은 산자락에서 사
금이 발견됐다. 아버지가 논을 사면서 헐값에 산까지 구입
한 덕에 행운은 형만의 몫이 됐다.

　땅을 최고 안전한 투자처로 여겨 농토 늘리는 일에 몰두
했던 윤병준 자작과 달리 형만은 외국의 호사스럽고 신기한
물품을 수입해다 파는 양행 사업에 꿈이 있었다. 하지만 생
전의 아버지는 허락하지 않았다. 병준에겐 아들이 하려는
사업이 주색잡기보다 더 위험해 보였다. 부산에서 가장 컸

던 야마모토 상회의 주인은 물건 실은 배가 뒤집히는 바람에 망했다. 병준은 아들이 사업에 손을 대느니 여자와 술에 빠져 노는 게 차라리 낫다고 생각했다.

자신도 모르는 새 아버지의 행로를 따라 걷던 형만은 가리지 않고 여자를 탐했던 한 인간의 말로에 큰 충격을 받았다. 그는 병준의 죽음 뒤 기생들을 끼고 벌이는 연회에 발을 끊었다. 상중이어서가 아니라 여자에 대한 흥미 자체가 사라져 버렸다. 대신 아버지 때문에 지기를 펴지 못한 양행 사업으로 관심을 돌렸다.

그런데 자금 마련을 위해 팔려고 내놓았던 충청도 땅에서 생각지도 않았던 노다지가 터졌다. 아버지로부터 행운도 물려받은 게 틀림없었다. 형만은 아버지처럼 맨땅에서 일어설 불굴의 의지와 끈기는 없었지만 굴러 들어온 복을 확실히 자기 것으로 만들 정도의 순발력과 패기는 갖고 있었다. 또한 도쿄제대에서 상과를 전공한 그에겐 경제 감각도 있었다. 벼슬을 해 봤자 어차피 허수아비 노릇밖에 하지 못할 식민지 백성에게 돈보다 더한 권력은 없었다. 큰 자산가가 되면 아무도 자신과 가문을 함부로 하지 못할 것이다. 아버지에게 억눌려 있던 형만의 사업 감각이 그 사실을 꿰뚫어 보았다.

그는 지체하지 않고 채굴권을 따내 금을 찾아 산은 물론 논까지도 파헤치기 시작했다. 형만은 전국 각지에 흩어져 있는 땅들을 팔아 최신 장비와 인건비를 마련했다. 그리고 곧바로 회사를 차려 헐값에 따낸 채굴권을 비싼 값에 파는 일까지 겸했다.

윤병준 자작이 세상을 뜬 뒤 호사가들은 벼락출세라는 모래 위에 지어진 집이 언제 무너지나 내기까지 하며 주시했다. 귀족 작위를 받은 사람들 중 제대로 재산을 보전하는 사람은 거의 없었다. 대다수가 주색잡기와 미두[*], 투기, 도박과 아편 등으로 살림을 거덜 냈다. 그러나 몰락 첫 순위로 꼽히던 형만의 가문은 오히려 번성했다. 노다지라는 행운에 취해 흥청거리는 대신 제대로 사업을 해 나간 덕이었다. 돈이 곧 권력이라는 그의 생각은 점점 더 확고해졌다. 그의 목표는 조선에서 제일가는 자산가가 되는 거였다. 그리고 자자손손 그것을 유지하는 것이었다.

면 소재지를 지난 차가 고개를 넘고 신작로를 따라 여주 안골마을로 들어섰다. 경성에서 가깝고 쌀 맛이 좋아 양곡 대는 땅으로 남겨 둔 곳이다. 땅은 이제 아버지 때에 비하면 반으로 줄어들었다. 대신 은행에 채권과 주식과 현금이 쌓여 있었다. 그것들은 형만이 자고 있을 때에도 착실하게 이자를 불려 나갔다.

차가 마을 어귀에 당도하는 사이 지주의 행차 소식이 빠르게 퍼졌다. 마름이 뒹굴듯이 달려와 머리를 조아렸고 작인들과 동네 아이들이 모여들었다. 마름의 큰아들이 마치

---

[*] 현물 없이 쌀을 팔고 사는 일로, 실제 거래가 목적이 아니고 쌀의 시세를 이용하여 약속으로만 거래하는 일종의 투기 행위.

자기 차인 양 거들먹거리며 아이들을 쫓았지만 그들은 잠시 물러났다 다시 달려들었다. 기사가 크게 경적을 울리자 애어른 할 것 없이 화들짝 놀라 뒷걸음질 쳤다. 하지만 눈길은 차 안의 사람들, 특히 꼬마 숙녀 채령에게서 떨어질 줄 몰랐다. 원피스를 차려입은 채령은 읍내의 일본 아이들보다 더 눈에 띄었다.

마름의 집으로 가기 위해서는 좁은 고샅길을 지나야 했다. 그 길은 집집마다 흘러나온 오물 섞인 물로 질척거렸고, 외양간이나 돼지우리에서 나는 악취와 뒤엉켜 더할 수 없이 고약한 냄새를 풍겼다. 박 서방이 코를 쥔 채 서 있는 채령에게 등을 들이댔다. 채령은 박 서방의 등에 업혀 짚 두름에 엮인 시래기 다발처럼 주르르 뒤따르는 아이들을 내려다보았다. 머리에는 부스럼을 달고 얼굴에는 버짐이 허옇게 핀 저들이 짐승인가 사람인가 하는 눈빛이었다. 형만 일행은 곧 마름의 집에 당도했다. 뒤따르던 무리는 사립문가에 병풍처럼 둘러섰다.

"준비됐는가?"

마름의 아내가 서둘러 훔쳐 낸 마루 끝에 형만이 걸터앉자, 박 서방이 마름에게 물었다.

"그러문입쇼. 안 서방네 셋째 딸년인데 참하고 바지런한 게……. 저기 오네요. 미리 와 있으라니까 왜 이렇게 꿈지럭거려. 나리 기다리시잖어."

마름이 딸의 등을 떠밀며 들어오는 안 서방에게 버럭 소

리 질렀다. 채령보다 두어 살 많은 듯한 여자아이가 울음을
터뜨리며 버티었다.

"싫어요, 싫어. 안 갈래요."

딸의 목덜미를 움켜쥐고 뜰아래로 끌고 온 안 서방은 딸
이 더 큰 소리로 울자 뺨을 후려쳤다. 채령은 움찔했고 형만
은 이맛살을 찌푸렸다.

"이년아, 그치지 못해. 경성 나리 댁에 가면 배도 안 곯고,
니 식구들도 팔자가 필 텐데 왜 이래."

마름이 거들었다.

"싫어요. 엄니, 아버지랑 여기서 살래요. 경성 싫어요."

형만의 표정은 점점 굳어졌고 마름은 어쩔 줄 몰라 했다.
그때 사립문가의 아이들 틈에서 한 여자애가 툭 튀어나와
우는 아이 옆에 서더니 말했다.

"거기, 내가 가면 안 돼요?"

안 서방 딸보다 몸집도 더 작고 어려 보였다.

"수남이 이년, 거기가 어디라고 감히. 저리 가지 못해!"

마름이 발을 구르며 주먹을 치켜들었지만 수남은 버티고
서서 형만을 빤히 올려다보았다. 여기저기 기운 자국에 소
매 끝이 나달나달한 무명 치마저고리를 입고 머리는 언제
감았는지 모르겠는 모양새였다.

수남을 잠시 훑어보던 형만이 물었다.

"너 몇 살이냐?"

"여덟 살이오."

수남은 형만의 시선을 피하지 않았다.

"이년아, 그건 호적 나이지. 제 죽은 언니 호적을 그대로 물려받아서 그런 거지 실제로는 일곱 살이구먼요."

마름의 말을 듣는 둥 마는 둥 형만의 눈은 수남을 향해 있었다.

"너, 경성이 어딘지 알고나 가겠다고 나서는 거냐?"

형만이 물었다.

"알아요. 고개 너머, 또 너머에 있잖아요."

주눅 들지 않은 대꾸에 형만이 피식 웃었다.

"집 떠나서 어미 찾지 않고 살 자신 있느냐?"

형만의 질문에 수남은 입을 앙다문 채 고개를 힘차게 끄덕였다. 형만이 딸을 바라보았다.

"넌 둘 중 누굴 데려가고 싶으냐?"

채령은 아버지가 왜 이 지저분한 촌 계집애들을 데려가려고 하는지 모르겠지만 가기 싫다고 우는 아이보다는 수남이 나았다. 채령이 수남을 가리키자 형만이 명령했다.

"저 아이 아비를 불러오게."

마름이 안 서방 부녀를 몰아내며 수남의 집으로 달려갔다. 마름이 반도 가기 전에 그 소식은 벌써 수남의 집에 가 닿았다. 채령은 내내 잊지 않고 있던 것을 아버지에게 물었다.

"아버지, 내 생일 선물은 어디 있어요? 언제 주실 거예요?"

형만이 수남을 턱짓으로 가리켰다.

"저 아이가 생일 선물이다."

채령은 실망한 기색을 감추지 못했다. 이렇게 더럽고 쓸모없어 뵈는 선물은 난생처음이었다. 자신을 쏘아보듯 빤히 쳐다보는 눈빛도, 아버지에게 머리를 조아리지 않는 모습도 마음에 들지 않았다. 그런 아이를 데려가기 위해 형만은 수남네가 소작으로 부치고 있던 논 서 마지기를 넘겨주겠다고 했다. 안 서방의 딸을 데려가는 대신 1년에 쌀 세 가마씩 주기로 했던 것에 비하면 엄청난 값이었다.

"나리, 안 서방에게 주기로 했던 것이면 충분합니다."

박 서방이 의견을 냈으나 형만은 듣지 않았다.

"대신 저 애 부모가 제 딸한테 아무 권한이 없음을 분명히 하게. 영원히 말일세."

형만은 어려서 데려온 아랫것이 머리 크면서 딴소리를 하거나 부모가 이러쿵저러쿵 개입하는 게 귀찮았다. 어려서부터 길들인 갑수를 놓고 흥정하다 결국 빼내 간 것은 먹여만 줘도 고맙다던 그의 아비였다. 한편으로는 채령에게 주는 선물값을 높임으로써 딸에 대한 애정을 증명하고 싶었다.

수남 아비는 벼락 치듯 떨어진 행운을 누가 채 갈까 봐 문서에 허둥지둥 지장을 찍었다. 부모의 권한을 영원히 포기하며 만일 수남이 도망치거나 부모가 간섭할 시엔 논 서 마지기를 도로 내놓는 것은 물론 위약금까지 문다는 내용이었다.

"이제 거래가 끝났으니 아이를 씻기고 옷도 갈아입혀서 데려오게."

박 서방이 일렀다.

순식간에 안골마을에 퍼진 소문은 딸 가진 모든 부모를 부럽게 만들었다.

여덟 번째 아이

　　　　　　　　　수남의 아버지는 돈을 붙여 내놓아
도 주워 가지 않을 딸년을 논 서 마지기에 사 간다고 하자 어
안이 벙벙했다. 수남이 태어날 때 남다른 징조가 있었는지
떠올려 보았으나 죽은 아이들까지 합쳐 자식이 열이나 되는
탓에 어느 기억이 수남의 것인지 헷갈렸다. 집에서 수남이
태어나던 때를 기억하는 사람은 수남 자신뿐이었다. 수남
또한 그게 자신의 기억인지 큰언니한테 들은 것인지는 알지
못했다.

　이른 봄에 쌀독 빈 집 아낙네 박속 긁듯이 어미의 양분을
바닥까지 파먹으며 열 달을 견딘 생명은 이제 마지막 관문
을 앞두고 있었다. 하지만 문은 쉽사리 열리지 않았고 어미
나 생명이나 모두 포기할 지경에 이르렀다. 시어머니는 아

비가 산달을 앞두고 문에 뚫린 구멍들을 메웠기 때문이라고 구시렁거렸다. 하지만 그것은 아비가 세상에 태어날 생명에게 베풀 수 있는 유일한 사랑이었다. 시커멓게 독 오른 한여름 모기가 사람 짐승 가리지 않고 달라붙어 악착같이 피를 빨아 먹고 있었다.

짚과 흙을 개어 바른 벽을 할퀴며 어미는 고통스러워했다. 여덟 번째 출산이었지만 쉬운 적은 한 번도 없었다. 어미는 아픈 것보다 또 딸일까 봐 그게 더 걱정이었다. 남동생 보라는 뜻으로 수남이라는 이름을 지어 준 딸이 갓 돌을 넘긴 얼마 전에 죽은 것도 불길했다. 또 딸이라면 배 속의 생명과 함께 자신도 이 세상을 그만 떠나고 싶었다.

아무리 용을 써도 문이 열리지 않아 포기하려던 생명에게 큰언니의 목소리가 들려왔다. 조금만 더 힘을 내. 배 속에 있는 동안 엄마 목소리보다 더 익숙해진 음성이었다. 자신의 존재를 알리듯 아이가 치받자 어미는 마지막 기운을 끌어모아 힘을 주었다. 생명 또한 마지막 힘을 내었고, 무사히 태어나 얼마 전 죽은 언니의 이름을 물려받았다.

"또 지지배네. 어찌된 놈의 뱃구레 속에는 지지배밖에 안 들었대."

시어머니는 며느리가 아들을 낳은 적이 있다는 기억은 까맣게 잊은 채 솥뚜껑을 소리 나게 메어쳤다. 그 아들은 백일을 넘기지 못하고 죽었다. 아이들의 죽음은 너무 흔한 일이어서 가족 외에는 큰 이야깃거리도 되지 못했다.

아비는 제 어머니의 기세에 눌려 아이 낳느라 생사를 넘나들었던 아내 얼굴 한 번 들여다보지도 못하고 뒷산 기슭에 태를 묻었다. 입술이 시퍼레지도록 참꽃을 따 먹던 마을 아이들이 무심한 눈길로 바라보았다. 그가 묻는 게 먹을거리였다면 아이들은 참꽃으로는 어림없는 허기를 달래기 위해 몰려들었을 것이다. 대신 비쩍 곯은 개들이 주둥이를 끌며 모여들었다. 아비는 발을 한 번 굴러 쫓는 시늉을 했을 뿐더 기운을 내지 못했다. 소 한 마리 빌릴 수 없어 직접 쟁기질을 하고 있는 판에 헛된 힘을 쓸 기력이 없었다.

지주가 윤형만 자작으로 바뀌면서 소작농들의 삶은 더욱 피폐해졌다. 일본의 산미 증식 계획에 적극 동참한 형만은 수로 개선이나 못줄을 이용한 모내기, 화학비료 사용 등을 강권했다. 그로 인해 소출은 늘었지만 더 높아진 소작료와 비룟값을 내고 나면 나머지 쌀로는 몇 달도 버티기 어려웠다. 쌀을 팔아 만주에서 들여온 옥수수와 조로 바꾸어도 머릿수 많은 식구들 배를 채우기에는 턱도 없었다. 당장 이자가 비싼 장리쌀이라도 얻어 와야 보릿고개를 넘길 수 있을 것이다. 이런 시기에 입이 하나 더 늘었다는 건 아비 어깨에 얹힌 짐이 그만큼 더 무거워졌다는 의미밖에 없었다.

어미는 누더기나 다름없는 포대기에 감싸인 딸을 보았다. 아직 미끈미끈하고 하얀 태내 기름이 쭈글쭈글한 몸을 뒤덮은 빨갛고 작은 생명에게 어미는 묘한 슬픔을 느꼈다. 또 딸이라서만은 아니었다. 아이의 운명이 위의 딸들과는 다른

길로 갈 것이라는, 엄마의 손길이 미치지 않는 곳에서 환히
빛나는 존재가 될 것이라는 얼토당토않은 예감 때문이었다.
어미는 그 뒤로도 딸을 하나 더 낳고 마지막으로 드디어 아
들을 낳았다. 아들이라는 기쁨은 낳는 순간으로 끝나고 어
미는 또다시 집안일과 농사일에 뼈와 살을 바쳐야 했다.

찬기가 겨우 가신 물을 끼얹어 가며 수남을 씻기던 어미
머릿속에 딸을 낳았을 때 느꼈던 감정이 느닷없이 떠올랐
다. 까맣게 잊고 있던 기억이었다. 이것이었던가. 자식을 팔
다니. 민며느리로 보냈던 맏딸도 실은 팔려 간 것이나 다름
없었다.

남편의 결정이지만 어미는 부모로서 또 자식을 파는 일
에 부끄러움을 느꼈다. 하지만 어미도 논 서 마지기는 과분
하다고 여겼다. 마지막일지도 모른다는 생각에 어미는 가장
좋은 옷으로—그래 봤자 누더기를 겨우 면한 것이지만—골
라 입히고 부뚜막에 앉힌 채 보리보다 옥수수와 조가 더 많
이 섞인 밥을 고봉으로 퍼 주었다. 수남의 동생 수옥과 경석
이 처음 벌어진 상황에 불만을 품고 찡찡거렸다.

수남이 밥을 먹는 동안 어미는 머리를 빗겨 주었다. 그 일
도 처음이었다. 낳기만 했을 뿐 딸이 일곱 살이 되도록 무얼
먹고 어떻게 자랐는지 생각나는 게 거의 없었다. 수남은 자
신이 태어나기도 전에 죽은 큰언니 이야기를 자주 했다. 혼
자 놀면서도 누구와 이야기라도 하듯 조잘거리기 일쑤였다.

맏딸이 보살펴 줬다는 게 참말인가? 큰딸은 열다섯 나이에 시집에서 몸을 풀다 아이와 함께 죽었다. 어미는 황급히 그 생각을 떨쳐 버렸다. 혹시라도 귀신 붙은 년이라며 계약을 무르자고 할까 봐 겁났다. 논 서 마지기의 주인이 되면 남은 아이들 배도 덜 곯릴 테고 딸들 시집갈 때 이불 한 채씩이라도 해 줄 수 있을 것이다. 그뿐만 아니라 하나뿐인 아들 경석이 크면 보통학교에도 보낼 수 있다. 비로소 지주가 된 실감에 머리 빗기는 어미의 손이 떨렸다.

짠지 반찬 하나로 순식간에 밥그릇을 비운 수남은 포만감에 흡족해 게트림을 했다. 그러는 동안 마을 사람들이 딸을 앞세워 너도나도 마름네 집 앞으로 모여들었다. 형만의 마음이 바뀔까 봐 불안해진 수남 아비는 늘쩡거리는 아내에게 욕을 퍼부었다. 씻고 옷을 갈아입었다고 하나 크게 달라진 것 없는 수남이 부엌에서 나오자 할미가 눈물을 질금거리며 말했다.

"이년아, 어디서든 지 귀염은 지가 받는 게야. 집에서처럼 허튼소리 지껄이지 말고 싹싹하고 눈치 빠르게 잘해."

보퉁이를 든 수남은 처음 받아 보는 대우와 관심에 의기양양해져 자동차라는 것에 올라탔다. 자매들과 경석은 부러움보다 오히려 두려운 기색으로 수남을 지켜보았다. 앞좌석에는 형만이 앉고 뒷자리에 채령과 수남이 앉았다. 박 서방은 며칠 머물며 소작지 일을 볼 예정이었다. 마소가 끄는 것도 아닌데 저절로 굴러가는 자동차가 너무 신기해 수남은 자신이 고향을 떠나고 있음을 알아차리지 못했다. 큰언니가 사람들 틈에 끼어 배웅하는 것도 보지 못했다.

채령은 수남과 닿을까 봐 한쪽 창가에 몸을 바짝 붙여 앉았고, 수남 역시 휙휙 스쳐 가는 바깥 풍경에 정신을 판 채 다른 쪽 창에 달라붙었다.

수남은 고개 너머에 무엇이 있는지 늘 궁금했다. 큰언니가 들려주는 이야기로는 성이 차지 않았다. 장에 가는 사람도, 학교에 다니는 몇 안 되는 동네 아이들도, 더 먼 곳에 갔던 사람도 모두 고개를 넘나들었다. 수남은 할머니나 아버지가 장에 갈 때마다 데려가 달라고 조르고 몰래 쫓아가기도 했지만 중간에 들켜 매타작만 당했을 뿐이었다.

그런데 차에 앉아 고개를 넘다니. 할머니의 옛날이야기 속에서는 구미호가 나오는 좁고 가파른 길이었지만 지금은 소달구지나 트럭이 넘나들 수 있을 만큼 넓고 완만해졌다. 마을 사람들이 부역으로 만든 그 길로 죽어라 농사지은 쌀이, 먹을 것도 남기지 않은 채 실려 나갔다.

수남은 몸을 돌려 멀어져 가는 마을을 바라보았다. 지독한 배고픔과 어른들이 내는 온갖 악다구니와 욕설, 코를 찌르는 거름 냄새와 아이들 떠드는 소리로 가득하던 안골마을은 석양에 잠겨 아름답게 빛났다. 수남이 큰언니와 함께 늑대 새끼처럼 누비던 뒷산도 점점 작아졌다.

깊은 골짜기, 아이들 손길이 미치지 않는 곳에 가면 머루가 있고 다래가 있었다. 개암나무나 산뽕나무 열매도 허기를 달래 주었다. 맑고 차고 단맛이 나는 개울물도 있었다. 산속은 수남이 제대로 안겨 보지 못한 엄마 품처럼 푸근했다. 그 산이 이제 손바닥으로도 가려졌다. 가까이서 보는 것과 멀리서 보는 것엔 큰 차이가 있었다. 집을 떠나는 게 어떤 의미인지 알지 못한 채 수남은 처음 보는 광경에 흠뻑 취해 있었다.

"얘, 아버지가 이름 묻잖아."

채령이 핀잔을 주어서야 수남은 정신을 차렸다.

"수남이요. 김수남."

비로소 낯선 사람들에게 둘러싸인 현실을 직시한 수남은 지금까지와는 달리 주눅 든 기색으로 대답했다.

"앞으로 애기씨 잘 모셔야 한다."

수남은 턱을 치켜든 채 자신을 내려다보는 채령을 빤히 쳐다보았다.

"네."

잘 모시려면 어떻게 해야 하는지 알지 못했지만 수남은 작은 소리로 대답했다.

형만은 딸에게 괜찮은 선물을 한 듯싶어 흡족했다. 그동안 어른들 틈에서 자라는 딸이 늘 신경 쓰였다. 고보생이 된 강휘가 제 동생과 놀아 줄 리 없고 집에 어린아이라고는 채령뿐이었다. 형만은 학교에서 돌아오면 늘 유모 치맛자락을 붙잡고 다니는 딸아이 심부름도 해 주고, 시중도 들고, 말동무도 해 줄 또래 계집아이를 구하기로 마음먹었다. 성가시게 굴지 모를 가족이 가까이 사는 경성보다는 시골에서 찾는 게 나을 것 같아 소작지에 미리 일러두었던 것이다. 원래는 채령보다 두세 살 많은 아이를 원했으나 수남을 보고 마음이 바뀌었다.

형만이 주저 없이 수남을 택했던 건 땟국물이 흐르는 얼굴 너머로 느껴지는 총기 때문이었다. 잘 길들이면 오래도록 채령의 수족으로 부릴 수 있을 것이다. 시집갈 때 딸려 보내도 된다는 생각을 형만은 황급히 지워 버렸다. 언젠가는 그런 날이 오겠지만 벌써부터 가슴 아픈 생각은 하고 싶지 않았다.

그날 밤 형만은 집에 도착하자마자 술이네를 불렀다. 아버지와 외출했다 오는 날이면 채령은 집에 닿기 전 잠든 척해 어머니의 질문 세례를 피했다. 그 사실을 알기에 부리나케 달려간 술이네는 보퉁이를 끌어안고 서 있는 수남을 보곤 어리둥절해졌다. 어두워서 얼굴은 잘 보이지 않았지만 초라한 행색은 알 수 있었다. 수남과 자신을 번갈아 보는 술이네에게 형만이 말했다.

"채령이 몸종으로 데려온 아일세. 오늘은 늦었으니 마님한테는 내일 인사시키고. 자네가 끼고 잘 가르쳐서 채령이 학교 갔을 때는 집안일도 시키고 하게. 당돌한 구석이 있으니 매질을 해서라도 잘 길들이게."

형만은 기사에게 채령을 방까지 조심히 안아다 눕힐 것을 명령했다. 그는 채령이 돌을 넘기고부터는 딸을 별채로 불러냈지 안채에는 좀처럼 걸음을 하지 않았다.

술이네는 수남에게 따라오라 이르고 기사를 쫓아갔다. 수발을 들기는커녕 비리비리해서 오히려 채령이 돌봐 주게 생겼지만 안채에 일손이 하나 더 생긴 것은 반가운 일이었다. 술이네는 수남을 잘 길들여 채령이 없을 때는 자신의 수족으로 삼고자 마음먹었다.

"애기씨 잠자리 봐 드리고 올 테니께 너는 여기서 지둘리고 있어."

오는 길에 본 경성 야경만으로도 얼이 빠진 수남은 임금님이 사는 대궐이라고 해도 믿을 만큼 커다란 집에 다다르자 완전히 넋이 나갔다. 수남은 불이 훤한 안채 마루를 홀린 듯 보았다. 안골마을 집 안방 문에 손바닥보다 더 작게 붙어 있던 귀한 유리가 수십 장, 아니 수백 장은 있는 것 같았다. 그리고 마루엔 처음 보는 진기한 물건이 가득했다. 눈길 닿는 곳마다 놀라워 꿈속이나 이야기 속에 있는 건 아닌지 헷갈렸다. 자기도 모르게 주춤거리며 다가가던 수남은 갑자기 쏟아지는 불빛에 깜짝 놀라 돌아다보았다. 석유 냄새와 함께 남포등 불빛이 바로 앞에서 흔들거렸다.

"넌 누구냐?"

수남은 덮치듯 다가온 거대한 몸집에 겁을 먹고 뒷걸음쳤다. 술이네와 함께 수남은 안방으로 불려 들어갔다. 밤인데도 대낮처럼 환한 방, 번쩍번쩍 빛나는 온갖 물건들과 난데

없이 들려오는 뻐꾸기 울음소리, 처음 보는 거구의 여인 앞에서 수남은 꿈이라고 확신했다. 그런데 어디서부터가 꿈인지 알 수 없었다. 자기가 가겠다고 나선 순간인지, 엄마가 씻겨 주고 고봉밥을 주었던 때부터인지, 차에 올라탔을 때부터인지. 수남은 가겠다고 나선 그 순간에서 깨기를 바랐다. 흙벽 가루가 떨어지는 좁은 방에서 할머니와 언니들 틈에 끼어 빈대에 물린 몸을 긁어 대며 누워 있기를 바랐다. 그런 생각들을 하느라 수남은 곽 씨가 자신을 뚫어져라 살펴보고 있는 것도 알지 못했다.

변소에 다녀오던 곽 씨는 불빛에 비친 수남을 처음 본 순간 채령과 닮았다고 생각했다. 그래서 좀 더 자세히 보려고 방으로 들인 것이다. 곽 씨는 수남이 오게 된 연유를 캐물었지만 술이네가 형만으로부터 들은 게 다였다. 소작지에 남은 박 서방 대신 불러들인 운전기사로부터 수남을 논 서 마지기에 사 왔다는 사실을 알아냈다. 쌀 두어 가마면 족할 계집애한테 논 서 마지기라니. 술이네가 놀라 새삼스러운 눈길로 수남을 훑어보았다. 곽 씨는 수남을 볶아쳤지만 나이나 이름, 가족 관계 말고는 속 시원한 대답을 들을 수 없었다. 원래는 다른 아이가 오기로 했는데 그 애가 싫다고 해서 자기가 왔다는 것이다. 여러 번 물어도 똑같은 대답이었다. 어째서 채령을 닮았는지에 대한 의문은 풀리지 않았다.

곽 씨는 참지 못하고 술이네에게 물었다.

"유모, 이년 우리 채령이하고 닮은 것 같지 않아?"

"닮기는유, 마님. 어떻게 애기씨하고 천하디천한 촌년하고 닮을 수가 있겠어유."

술이네는 또 강짜가 시작되는구나 하는 표정이 됐다. 곽 씨는 형만에게 수가 틀리면 그 분을 주위 사람들에게 풀었다. 그때마다 고달픈 건 안채 행랑 사람들이었다. 곽 씨는 정신이 번쩍 들었다.

'그렇지. 감히 누굴 닮아.'

술이네에게 속내를 드러냈다는 사실에 자존심 상한 곽 씨는 명령을 내렸다.

"비싸게 사 왔으니 값을 해야지. 낼부터 당장 안채 청소를 맡기게. 이년이 몸값을 제대로 하는지 지켜볼 테니."

유모가 수남을 데리고 나간 뒤에도 곽 씨는 잠이 오지 않았다. 아무리 생각해도 가늘고 살짝 치켜 올라간 눈매부터 아이치고는 곧은 콧날과 도톰한 입매까지, 닮은 구석이 너무 많았다. 채령이 보름달처럼 둥근 얼굴이라면 수남은 하관이 갸름해 복 달아나게 생긴 것만 다를 뿐이었다.

곽 씨도 처음엔 자신이 억지를 쓰고 있다고 생각했다. 만일 수남이 형만의 핏줄이라면 채령의 몸종으로 데려오지는 않았을 것이다. 하지만 수상한 일이 한두 가지가 아니었다. 채령이 태어날 무렵 형만은 수로 사업이니 산미 증식이니 하면서 걸핏하면 소작지에 내려갔다. 지저분하고 불편한 걸 질색하는 형만으로서는 드문 일이었다. 뒤이어 떠오른 생각이 마음을 더욱 들쑤셨다.

'수남이 에미년이 남의 씨 낳은 게 무슨 자랑이라고 떠들었겠어. 제 서방이나 자작한테는 그 사실을 숨기고 들이민 걸 수도 있잖아. 어린 게 제가 오겠다고 스스로 나섰다는 게 말이 돼? 지 에미가 수를 쓴 게 틀림없어.'

모든 걸 알고 있을 박 서방이 소작지에 남은 것도 수상했다. 채령과 촌 계집애가 닮았다는 생각은 얼마 뒤 일어난 일로 사라졌지만 수남을 볼 때마다 곽 씨의 눈길은 저절로 사나워졌다.

자리에 눕자마자 곯아떨어진 수남과 달리 술이네는 잠이 멀찌감치 달아나 버렸다. 수남이 논 서 마지기 값이란 말에 어린아이임에도 시기심이 인 탓이다. 술이네는 월급을 알뜰하게 모아 삼 남매 중 막내이자 유일한 아들인 태술이 열 살이 됐을 때 성환 집에서 20리 떨어진 곳에 있는 4년제 보통학교에 보냈다. 경성살이를 하면서 가진 것 없는 사람은 배우기라도 해야 목숨을 부지할 수 있다는 걸 깨친 덕분이었다. 그 아들이 내년 봄 졸업한다.

술이네는 형만에게 태술을 무극광업이든 무극양행이든 한 군데에 넣어 달라고 사정할 참이었다. 태술이 일을 제대로 익힐 때까지는 먹여 주고 재워 주는 것만으로도 감지덕지였다. 아직 말도 못 꺼내고 있는데 보잘것없는 계집애를 논 서 마지기에 데려오자 자기 것도 아닌 땅이 아깝고 뭔지 모르게 억울했다. 그러면서도 한편으로는 다른 욕심이 생겼다.

회사 일 할 재목이 못 되면 강휘의 수발을 들게 해 달라고 부탁하면 어떨까? 그동안 강휘를 돌봐 주던 구씨 할아범은 이제 너무 늙었다. 유모인 자기가 있는데도 수남을 데려온 걸 보면 강휘에게도 그 또래 아이를 붙여 줄지 모른다. 채령과 수남처럼 강휘와 태술도 한 살 차이다. 회사 일도 좋지만 장차 가회동 저택의 모든 것을 물려받을 강휘의 수족이 되는 것도 나쁘지 않았다. 수남이 논 서 마지기짜리면 보통학교를 졸업할 내 아들은 얼마나 받아야 할까? 술이네는 행복한 상상에 빠졌다. 하지만 자기 아들한테도 논 서 마지기는 과했다. 문득 채령과 수남이 닮았다는 마님의 말이 괜한 강짜가 아닐지 모른다는 생각이 들었다.

수남이 잠꼬대를 하며 술이네 품을 파고들었다. 처음엔 살차게 밀어내던 술이네는 잠결에 수남을 끌어안았다. 잠을 깨서도 그녀는 팔을 풀지 않았다. 어린 나이에 팔려 온 아이가 죽은 자식 같고 고향의 자식들 같아서였다. 하지만 술이네가 해 줄 수 있는 일이라곤 참새 새끼처럼 작은 아이가 집 생각날 겨를이 없도록 쉴 새 없이 일을 시키는 것뿐이었다.

'편해 봐야 쓸데없는 잡생각만 들지 좋을 것 없어.'

수남이 불쌍할 때마다 술이네는 마음을 모질게 먹고 일을 시켰고, 이 사람 저 사람이 제 일을 떠넘기는 것도 모르는 척했다.

수남은 안채 요강을 비우고 청소하고 온갖 심부름을 하는 것보다 채령에게 시달리는 게 훨씬 더 고단했다. 처음 데려오던 날 차 안에서 멀찌감치 떨어져 앉았던 것과 달리 채령은 학교에서 돌아오기만 하면 수남을 그림자처럼 달고 살았다. 처음엔 난생처음 보는 장난감에 넋이 팔려 수남은 채령이 불러 주기만을 기다렸다. 공주 방처럼 꾸며진 채령의 방에는 소꿉놀이, 인형 같은 놀잇감들이 넘쳐 났다.

밥그릇, 접시, 주전자 등 진짜 살림살이처럼 생긴 소꿉놀이도 신기했지만, 옷을 입혔다 벗겼다 할 수 있고 누우면 눈이 감기는 인형이 수남은 가장 신기했다. 학교에서 돌아오면 채령은 그것들을 한바탕 늘어놓고 놀았다. 수남은 옆에서 구경하는 것만으로도 가슴이 뛰었다.

인형 몇 개를 가지고 혼자 엄마도 됐다 아이도 됐다 하며 놀던 채령이 어느 날 불쑥 수남에게 말했다.

"너 이거 줄까?"

고장 나서 한쪽 눈이 감기지 않는 인형이었다.

"진짜요?"

수남은 믿을 수 없었다.

"그래."

채령이 수남 앞에 인형을 던져 주었다. 인형은 누워서도 파란 한쪽 눈을 뜬 채로 있었다. 수남은 허겁지겁 인형을 안아 올렸다. 그러곤 조심스레 쓰다듬었다. 인형이 생기다니. 가슴이 쿵쾅거렸다. 큰언니와 동생 수옥한테 구경시켜 주고 싶었다. 아니, 자랑하고 싶었다.

"난 공주님이야, 넌 뭐 할래? 거지 할래?"

채령이 화려한 드레스를 입은 금발 머리 인형을 방바닥에 세웠다.

"음……, 난 선녀 할래요."

"에, 무슨 선녀가 옷도 거지 같고 애꾸눈이니?"

채령이 놀리자 수남은 할머니가 들려준 옛날이야기를 떠올렸다.

"왜냐하면 응, 하늘나라에서 잘못을 저질러서, 응, 그래서 옥황상제님한테 벌받느라 이런 거예요. 그러니까 이제 다시 선녀가 돼서 하늘나라로 갈 거예요."

지어낸 이야기지만 그럴듯했다.

"칫, 퍽이나 그러겠다. 아무튼 지금은 애꾸눈에 거지인 거지? 난 공주님이다. 이 애꾸 거지야, 이리 오지 못하겠느냐."

채령의 말에 수남은 기분이 나빠졌다. 자기를 무시하는 건 참을 수 있는데 자기 인형한테 함부로 대하니 화가 났다.

"지금은 이렇지만 금방 다시 선녀님이 될 거라니까요. 선녀님은 공주님보다 훨씬 높은 사람이에요."

채령이 수남의 말이 끝나기도 전에 자기 인형으로 수남의 인형을 밀어 넘어뜨렸다.

"이 애꾸야, 제대로 안 보고 뭐 해?"

"선녀님한테 감히 무슨 짓이냐. 옥황상제님이 주는 벌이다!"

수남이 호통치며 자기 인형을 들어 올려 더 세게 채령의 인형을 후려쳤다. 채령의 인형이 나가떨어졌다. 잠시 어리둥절하던 채령의 낯빛이 파래졌다.

"이게!"

채령이 달려들어 수남의 얼굴을 할퀴었다. 그동안 참았던 분이 폭발한 수남도 채령의 머리채를 잡았다. 둘은 서로의 머리끄덩이를 잡고 뒹굴었다.

가회동 저택에는 주인 일가 외에도 친인척, 별채 사무실 직원, 방문객, 붙박이로 일하는 행랑 사람들, 출퇴근하거나 일이 많을 때 불러 쓰는 드난살이 일꾼까지 합쳐 늘 6, 70여 명이 북적거렸다. 그 가운데서 신참 일꾼이 주목받기란 쉬운 일이 아니었다. 하지만 수남은 며칠 되지 않아 집 안에서 가장 눈에 띄는 아이가 됐다. 처음엔 감히 채령과 싸운 일 때문이었다. 사람들은 수남을 볼 때마다 재미있어하며 어떻게 싸웠는지 흉내 내 보라고 시키곤 했다. 그 일로 혹독한 매질과 하루 세 끼를 꼬박 굶은 수남은 그 이야기만 나오면 덴겁해서 달아났다.

다음은 고향 집에서부터 달고 온 이 때문이었다. 수남의 몸을 탈출한 이들은 신천지를 찾아 대이동을 시작했다. 결벽증이다 싶을 만큼 깔끔한 형만 탓에 집안 식구는 물론 부리는 사람들도 청결과 위생에 큰 신경을 썼다. 과신했던지라 머리카락이나 옷 솔기에 서캐가 하얗게 깔릴 때까지 아무도 짐작하지 못했다.

수남이 온 지 열흘쯤 됐을 때서야 이가 창궐하고 있음이 밝혀지고 집 안에 대대적인 소독 작업이 펼쳐졌다. 가회동 저택 사람들은 위아래 없이 머리에 살충제를 뿌렸다. 수남이 집에서 입고 왔던 옷은 물론 여분 옷과 그것을 쌌던 보자기며 짚신까지 아궁이 속으로 들어갔다. 고향에서 가져온 것이라곤 이제 몸뚱이뿐이었다. 침모가 낡은 옷을 뜯어 수남의 옷을 지었다. (대부분 박래품인 채령의 옷들은 작아지기를 기다리는 곽 씨의 친정붙이들이 줄을 서 있어 차례가 오지 않았다.) 그리고 마지막으로 수남은 머리를 박박 밀어야 했다.

수남은 바깥마당에 놓인 나무 의자에 앉았다. 큰 구경이라도 난 것처럼 채령은 물론 안채 부엌데기들과 바깥채 하인들까지 몰려들었다. 보자기를 두른 수남은 금방이라도 울음이 터질 것 같은 얼굴이었다. 술이네가 가위로 먼저 머리채를 싹둑 잘랐다. 수남은 목이라도 잘린 듯 눈을 질끈 감았다. 태어나서 지금까지 길러 온 머리카락이다. 비록 어머니 손길은 아니지만 언니들이 감겨 주고 빗겨 주고 땋아 주었던 기억이 묻어 있었다. 마치 그 기억이 잘려나가는 것 같았다.

술이네가 단발이 된 수남의 머리카락을 한 움큼씩 쥐고는 쑹덩쑹덩 잘랐다. 발밑으로 뭉텅뭉텅 떨어지는 머리카락이 너는 더 이상 안골에 살던 수남이 아니라고 말하는 것 같았다. 가회동 저택, 주인 아가씨 몸종임을 잊지 말라고 경고하는 것 같았다. 수남은 울지 않기 위해 이를 앙다물었다. 잠시 뒤 행랑아범 중 한 사람이 바리캉을 가져와 남은 머리를 밀어냈다. 기계가 머리를 밀고 지나가는 느낌이 오싹했다.

경성에 온 며칠 동안 수남은 안골마을 전체를 합친 것보다 넓어 보이는 가회동 저택에 홀리고, 끼니를 거르지 않는다는 기쁨에 들떠 하루하루를 보냈다. 채령에게 괴롭힘을 당하고 몸이 고달파도 힘든 줄 몰랐다. 하지만 고향에서는 발 뻗기도 어려운 좁은 방에서 자고, 걸핏하면 배를 곯고 두들겨 맞은 적은 있어도 머리를 박박 깎인 적은 없었다. 수남은 자신이 집을 떠나왔음을 비로소 실감했다.

"중중 까까중, 중중 땡중."

옆에서 구경하던 채령이 놀려 댔다. 채령에게도 이가 옮았지만 머리를 깎는 대신 술이네가 하루에 몇 차례씩 참빗으로 빗겨 주었다. 채령의 검은 머리채는 이가 생기기 전보다 더 반질반질 윤이 났다. 이 때문에 머리가 깎인 사람은 가회동 저택에서 수남뿐이었다.

"그러고 보니 머리통도 목탁같이 생겼네."

술이네가 수남의 목에 둘렀던 보자기를 끌러 탁탁 털며 말했다. 그녀는 곽 씨의 말이 문득 떠올라 속으로 중얼거렸다.

'마님도 참, 도대체 어디가 닮았다는 겨. 수남이 년은 마빡이고 뒤통수고 툭 튀어나왔는디, 애기씨는 납대대한 게 두상부터 다르구먼. 심간이 편하니 헛생각만 하는 겨.'

곽 씨도 나중에 수남의 머리통을 보고는 의심을 거두었다.

수남은 주춤주춤 일어서며 민머리를 만져 보았다. 까끌까끌한 감촉이 남의 머리 같았다. 아니, 머리통이 아예 없어진 것 같았다. 마치 머리카락이 보호자였던 양 혼자 서 있는 기분이 들었다. 술이네가 빗자루를 던져 주며 머리카락을 쓸어 담아 바깥 행랑채 아궁이에 갖다 넣으라고 했다.

"그거 버리고 내 방으로 와."

채령이 말하곤 술이네와 함께 중문 안으로 사라졌다. 수남은 머리카락이 수북한 부삽을 들고 마당을 가로질러 바깥 행랑채로 갔다. 남자와 밤도망을 했다 붙잡혀 온 안골 우물집 둘째딸도 머리채를 잘리기는 했지만 이렇게 박박 깎이지는 않았다. 언젠가 동네에 나타났던 탁발승과 동자승이 떠올랐다. 수남은 자기를 따라오는 그림자에서 동그란 머리통만 눈에 들어왔다. 아이들은 아까 채령이 그랬던 것처럼 땡중이라고 놀리며 돌을 던졌다. 수남에겐 집안 사람들이 비죽비죽 웃으며 보내는 눈길이나 놀리는 소리가 모두 돌팔매 같았다.

머리카락을 아궁이에 넣은 뒤 수남은 사랑채 뒤란의 굴뚝 옆으로 가 웅크리고 앉았다. 가회동 저택에서 수남이 혼자 있을 수 있는 유일한 곳이었다. 꽃이 진 살구나무의 연초록 잎이 하늘거렸다. 아직 무성하지 않은 잎 사이를 파고든 햇살이 땅바닥에 무늬를 아로새겼다. 굴뚝에 기대 앉아 있노라면 수남은 고향 집 감나무 아래에 있는 것 같았다. 안채 마루의 벽시계에서 뻐꾸기라도 울면 영락없었다. 밤마다 옛날 이야기를 들려주던 할머니와 대하기 어려운 아버지, 무뚝뚝한 어머니와 네 명의 언니, 여동생과 남동생이 저절로 떠올랐다.

수남은 빡빡머리로 채령에게 가고 싶지 않았다. 얼마나

놀려 댈지 생각만 해도 싫었다. 채령에게 수남은 방에 있는 갖가지 인형이나 소꿉놀이 같은 놀잇거리 중 하나였다. 말을 하고 움직이고 가끔씩은 자기 주장을 펼쳐 더 흥미로운. 수남은 채령을 종잡을 수가 없었다. 언니처럼 다정하게 굴다가도 한순간에 돌변해 포악을 부리곤 했다. 이젠 채령이 아무리 못되게 굴어도 대들 수 없었다.

"나리가 너 같은 촌년을 왜 논 서 마지기씩이나 주고 데려왔겠어. 니가 할 일은 애기씨 입 속의 혀가 되고 손발이 되는 거여. 안 그러면 넌 도로 촌구석으로 쫓겨 갈 테고, 니 아버지도 논을 뺏길 겨."

수남이 채령과 싸운 날 술이네가 종아리를 때린 뒤 한 말이었다.

수남은 떠나오던 날 자신을 씻겨 주고 옷을 갈아입혀 주고 머리를 빗겨 주던 어머니의 손길을 떠올렸다. 그뿐인가. 동생들을 제쳐 두고 자기에게만 밥을 주었다. 할머니는 눈물을 글썽거렸다. 태어나 처음 받아 보는 대우였다. 논 서 마지기 대신 떠나오지 않았으면 절대 일어날 수 없는 일들이었다. 쫓겨 가는 것보다 더 두려운 일은 굶는 것이었다. 채령과 싸운 뒤 수남은 꼬박 하루를 굶었다. 집에서도 끼니를 거를 때가 많았지만 그때는 다 같이 굶었다. 하지만 가회동 저택에서 혼자만 밥을 먹지 못하는 건 견디기 힘들었다.

수남은 술이네에게 종아리를 맞은 날 밤 찾아왔던 큰언니가 생각났다. 언니는 눈물이 그렁그렁한 얼굴로 말없이 수남의 상처를 어루만져 주었다. 고향을 떠난 뒤 처음 보는 언니가 몹시 반가웠다. 그러나 굶주림과 일에 지친 수남은 말 한마디 건넬 힘도 없었다.

사람들은 큰언니가 귀신이라고 했다. 큰언니를 본다는 이유로 수남은 대추나무 둥치에 묶인 적도 있었다. 귀신을 쫓기 위해서였다. 수남은 언니가 귀신이어도 상관없었다. 전처럼 자신이 필요로 할 때 나타나 주기를 바랐다. 고향을 떠나온 지금 자신을 이곳까지 찾아와 줄 사람은 앞으로도 언니뿐이었다.

'언니, 보고 싶어.'

수남은 무릎 위에 턱을 얹었다. 사람들 앞에서 참았던 눈물이 흘러내려 무릎을 적셨다.

'언니, 제발 와 줘.'

그 순간 긴 그림자가 다가와 수남의 그림자를 덮었다.

'언니다!'

그런데 짚신 대신 구두가 보이고 흰 치마 대신 검은 바지가 보였다. 뒤로 넘어갈 만큼 고개를 젖히자 강휘의 얼굴이 보였다.

"도, 도련님."

수남은 술이네가 가르쳐 준 호칭대로 부르며 엉거주춤 일어섰다. 검정 교복 차림의 강휘는 말없이 주머니에서 무언가를 꺼내더니 수남에게 내밀었다. 사탕이었다. 수남은 휘둥그레진 눈으로 사탕과 강휘의 얼굴을 번갈아 보았다.

수남이 일곱 살 되도록 사탕을 먹어 본 기억은 딱 한 번이었다. 일본 무슨 기념일에 주재소 소장이 마을 아이들에게 나눠 준 사탕은 혼을 홀딱 뺏길 만큼 달콤했다. 그 맛이 고스란히 떠올랐다. 이렇게 귀한 걸 왜 나한테. 수남이 감히 받지 못하자 강휘가 수남이 손을 끌어다 사탕을 쥐여 주었다. 수남의 눈길이 손바닥에 놓인 사탕에 달라붙은 사이 강휘는 사라졌다.

선망과 경멸

　　　　　　1929년 가을, 조선총독부가 시정 20주년 기념으로 개최한 조선박람회가 경복궁에서 열렸다. 궁 앞에 관람객이 길게 줄서 있었다. 경성 사람뿐 아니라 지방에서 올라온 단체 관람객도 많았다. 그들은 무리를 이루어 단체별로 같은 색깔의 표를 가슴이나 어깨, 소맷자락에 붙인 채 깃발을 따라다녔다. 사람들은 경성역에 도착하면서 벌써 넋이 반은 달아난 표정으로 앞사람 꽁무니를 쫓아가기에 바빴다. 경성 사람들에게는 촌사람들의 어리바리한 모습이나 그들이 하는 실수 자체도 구경거리였다.

　이미 개막식 행사와 학교 소풍으로 두 번이나 온 적 있는 채령이 자신을 놓칠세라 바짝 붙어 서 있는 수남에게 뻐기듯 말했다.

"거봐, 내 말이 맞지? 대단하지?"

수남은 처음 경성에 오던 날 차 안에서 보았던 밤 풍경을 생생하게 기억하고 있었다. 길가 공중에 매달려 있는 등불이며 여기저기서 번쩍이는 오색 불빛들은 실제가 아니라 이야기 속의 도깨비불 같아 보였다. 대낮의 경성 거리는 도깨비들이 떼 지어 나와 제각기 방망이를 두드려 놓은 것처럼 어지러웠다. 집에서부터 경복궁까지 전차와 자동차와 인력거가 정신없이 오가는 길을 걸어오는 동안 수남은 휘둥그레진 눈을 가만히 둘 수가 없었다.

경성에 온 지 2년 반이 되는 동안 수남이 가회동 저택 밖으로 나온 것은 처음이었다. 아직 어려 바깥심부름을 할 일도 없었거니와 오전에는 집안일 하고 오후에는 학교에서 돌아온 채령의 시중을 드는 것만으로도 하루가 모자랐다. 대문 틈새로 골목을 내다본 적은 많았지만 누가 까까머리인 자신을 볼까 봐 몸을 잔뜩 감추고서였다. 게다가 경성은 눈 감으면 코 베어 가는 곳이라 밖에 나가면 나쁜 사람들에게 잡혀간다고 술이네가 틈날 때마다 겁주는 바람에 수남은 나갈 엄두를 내지 못했다. 하지만 늘 담장 너머가 궁금했다.

수남의 머리는 이제 겨우 바짝 깎은 상고머리 꼴이었다. 짧은 머리가 여전히 부끄러웠지만 거리에는 상고머리를 한 여자아이들이 제법 눈에 띄었다. 수남은 그동안 가회동 저택이 대궐 같다고 생각하며 지내 왔는데 눈앞에 임금님이 사시던 진짜 궁궐이 있었다. 가회동 저택보다 몇만 배는 더

커 보이는 경복궁에는 하늘을 찌를 것처럼 높이 솟은 선전탑이 여기저기 서 있었다. 커다란 음악이 고막을 울리다 못해 심장까지 두드렸다. 잔뜩 흥분한 수남은 여기저기 두리번거렸다.

"침 닦아라. 벌써부터 이러면 안에 들어가서는 까무러치겠네."

채령의 말에 수남은 얼굴이 빨개져 입가를 훔쳤다.

"입장권 사 올 테니 꼼짝 말고 여기들 있어라."

강휘가 말하곤 매표소 쪽으로 갔다. 수남이 교복 입은 강휘의 뒷모습을 좇았다. 두 눈엔 존경과 믿음이 가득 담겨 있었다. 울고 있는 아이에게 사탕을 건네준 그 순간 강휘는 자신이 수남에게 어미 오리와 같은 존재가 됐음을 알지 못했다. 어미 오리를 죽자고 따라다니는 새끼 오리와 달리 수남이 오히려 눈에 띌세라 피해 다닌 탓이었다. 물론 빡빡 민 머리 때문이었다.

처음엔 사탕 맛에 홀려 아무 생각도 할 수 없었지만 시간이 지나면서 수남에겐 가장 서럽고 외로운 순간에 강휘가 나타나 준 사실이 사탕보다 더 큰 의미로 다가왔다. 도련님이 마치 '이 집에서 난 네 편이야.'라고 말해 준 것 같았다. 강휘는 가회동 저택에서 자작과 곽 씨 다음으로 힘을 가진 사람이다. 하인들은 물론 채령조차도 함부로 할 수 있는 상대가 아니었다. 수남은 그런 도련님이 자기 편이라고 생각하자 든든했고, 남의집살이가 견딜 만했다.

자기가 잘라 놓고서도 보기 안됐던지 술이네는 수남의 밥에 검정콩을 골라 담아 주곤 했다.

　"머리카락 자라는 데는 이게 딱이여."

　수남은 마치 보약처럼 검정콩을 먹었다. 머리가 겨우 봐 줄 만해졌을 때 그동안의 마음고생에 보상이라도 하듯 나들이할 행운이 주어졌다.

　"수남아, 너 횡재했다. 도련님하고 애기씨 박람회 구경 가는디 나리가 너도 같이 보내 주랴."

　자신을 데려가겠다고 한 사람이 강휘인 줄 알았으면 수남은 그 자리에서 심장이 터져 버렸을 것이다. 수남은 자기도 모르게 머리를 쓸어 보고 매무새를 살폈다.

　"이년아, 니 꼬락서니는 왜 살피는 겨? 너 구경하라고 데려가는 거 아니니께 정신 똑바로 차리고 애기씨 잘 모시고 다녀."

　술이네가 부러 더 엄한 얼굴로 수남의 역할이 무엇인지 분명히 했다.

　"알았어요. 근데 태술 오빠는 같이 안 가요?"

　"태술이는 어엿한 회사 직원인디 그런 데 놀러 다닐 새가 어딨어? 나리 모시고 현장 다니기도 바쁘구만."

　태술은 작년에 보통학교를 졸업하고 별채 사무실의 사환이 됐다. 아직까지는 심부름꾼에 불과하지만 차차 제대로 된 일을 배울 거라고 했다. 술이네는 아들이 한울타리에 있다는 것만으로도 든든하고 뿌듯했다.

집에만 있었어도 수남은 박람회에 대해 웬만큼 알았다. 총독부는 식민 통치의 정당성과 성과를 조선 사람은 물론 일본인과 외국인들에게 과시하기 위해 박람회를 반드시 성공시켜야만 했다. 그러나 세계적인 대공황의 시작과 맞물려 일본 경제는 불황의 늪에 빠져들고 있었고 조선 또한 3년째 가뭄과 흉작으로 기근에 시달리고 있었다.

총독부는 몇 달 전부터 대대적인 선전 행사를 벌였다. 조선의 유지나 청년은 물론 기생들까지 동원된 가장행렬이나 제등 행렬, 자동차 퍼레이드 등이 펼쳐졌고 경성역에서 경복궁으로 가는 남대문통에는 기둥을 세우고 전등불을 매달아 분위기를 돋우었다.

학생들은 홍보에 이용하기 가장 손쉬운 도구였다. 그들은 수업 시간에 박람회를 홍보하는 포스터나 엽서 등을 그렸으며 〈조선박람회가〉를 외웠다. 채령이 날마다 부르는 통에 수남까지 걸레질을 하며 '동무야 가자 가자 박람회 가자 우리의 자랑터로 발 맞춰 가자' 하고 흥얼거릴 정도였다.

"다른 데는 지난번에 왔을 때 봤으니까 오늘은 아동국하고 서커스만 구경할 거야."

그동안 아동국에 사람이 너무 많아 제대로 놀이 기구를 타지 못한 아쉬움이 컸던 채령이 말했다. 수남은 채령이 말하는 비행기니 회전목마니 해저 탐험관이니 하는 것들이 도통 무엇인지 알 수 없었다. 또한 아이들을 위한 세상이라는 것도 상상이 되지 않았다.

매표소 앞에 줄을 선 강휘는 순사가 곤봉을 휘두르며 거지를 쫓아내는 모습을 보았다. 박람회장 앞에는 관람객 말고도 잡상인과 거지들이 들끓었다. 양복에 모자를 쓴 사람이 매서운 눈초리로 강휘를 바라보았다. 강휘는 그 사람도 순사일 거라고 생각했다. 박람회를 이용해 만세 시위나 독립운동을 벌이려는 사람들을 색출하기 위해 경계가 삼엄했다. 강휘 같은 학생들은 요시찰 대상이었다.

그런 일과 전혀 상관없는 강휘는 피로한 눈길로 선전탑들을 보았다. 일본 기린 맥주와 아지노모토 조미료 광고가 멀리서도 보일 만큼 크게 쓰여 있었다. 박람회장 정문은 광화문이었다. 본디 경복궁의 정문인 광화문은 조선총독부가 강제로 해체해 궁궐 동문인 건춘문 북쪽으로 옮겼다. 그러곤 추녀에 일본식 물받이를 달아 놓았다. 궁궐은 1915년에 벌써 조선물산공진회 개최를 핑계로 헐리고, 축소되고 변형되었다. 총독부는 심지어 궁궐의 건물을 뜯어 일본인에게 팔기까지 했다. 이제 경복궁 전면은 새로 지은 조선총독부 청사가 가로막고 있었다.

강휘는 요즘 교실에서 자주 오가는 대화 내용을 떠올렸다. 대부분은 박람회 단체 관람에 대한 성토였다.

"왜 우리가 이런 일에 동원돼야 하는 거야? 백성들의 고혈을 짜 먹겠다는 수작에 왜 우리가 깨춤을 추어야 하느냐고."

"맞아. 조박(조선박람회)이 실업자들을 구제하고 덕분에 경기가 좋아진 것처럼 선전하지만 눈 가리고 아웅이지, 그

때문에 토막촌이 철거되고 못사는 사람들은 더 어렵게 됐는데."

버스걸이나 상점 여자 점원의 하루 임금이 70전쯤 되니 어른 30전, 아이 5전인 관람료는 도시 노동자 하루 임금의 절반에 해당하는 돈이었다. 시골에서 올라온다면 여관비나 식비, 차비 등이 더 들 것이다.

조선박람회의 성공적인 개최를 위해 각 지역별로 협찬회가 구성되었다. 그들의 임무는 지역 특설관 설치를 위한 자금 조달과 관람객 유치였다. 경성 협찬회 임원인 형만은 박람회 홍보와 기부금 모금을 위한 파티를 별채에서 여러 차례 열었다. 그 사실을 알고 있는 강휘는 급우들의 이야기가 모두 자기 들으라고 하는 말 같았다. 조용히 앉아 책을 읽고 있어도 등짝이 따갑고 가슴이 조여들었다.

오래 기다린 끝에 드디어 표를 산 강휘는 채령과 수남을 데리고 안으로 들어갔다. 정문에서부터 경회루 앞까지 일직선으로 통로가 나 있고, 통로를 사이에 두고 각종 전시관들이 늘어서 있었다. 하지만 채령의 관심은 입구 바로 오른쪽에 있는 아동국에만 있었다. 강휘 또한 어린 계집아이들을 데리고 인파를 헤치며 박람회장 곳곳을 돌아다닐 생각은 없었다. 강휘는 또래 여학생들이 저만치 보이기라도 하면 두 아이와 관계없는 사람인 양 딴청을 했다.

강휘가 채령을 데리고 박람회에 온 것은 장수 때문이었다. 같은 반인 장수는 강휘의 유일한 친구였다. 아현동 토막촌에 살던 장수네는 그곳이 철거되는 바람에 졸지에 집을 잃었다. 식구들은 살길을 찾아 뿔뿔이 흩어졌고 장수도 학교를 그만두어야 할 처지가 됐다. 며칠 전에서야 그 사실을 안 강휘는 장수를 무작정 집으로 데려왔다. 아버지에게 회사 일이든 채령이 과외 선생이든 일자리를 부탁할 생각이었다. 그러면 장수가 졸업할 때까지 숙식과 학교 등록금을 해결할 수 있을 것이다. 강휘는 별채 사무실로 찾아갔다. 하지만 형만은 강휘가 별 볼 일 없는 장수 따위와 가깝게 지내는 것을 못마땅해했다.

"사내에게 친구는 제2의 자산이다. 친구를 보면 그 사람이 어떤 사람인지 알 수 있는 게야. 네 조부님이 왜 널 유치원에 보냈겠느냐. 내가 왜 고보 합격 파티를 열어 주었겠느냐고. 어려서부터 우리와 걸맞는 가문의 친구들을 사귀라고 그런 것이다. 앞으로도 너와 모든 면에서 어울리는 친구를 사귀도록 해라. 다만 어려운 처지의 사람에게 동정을 베푸는 것은 나쁜 일이 아니니, 그 애가 거처를 찾아 나갈 때까지 사랑채에 머무르는 건 허락하마. 대신 조건이 있다."

강휘는 아버지에게 너무 큰 걸 바랐다는 사실을 깨달았다. 일자리는커녕 당장 쫓아내지 않는 걸 고마워해야 했다.

"조건이 뭡니까?"

강휘가 불퉁스레 물었다. 또 내로라하는 집안의 여자와 선을 보랄 게 뻔했다.

"이번 공일에 채령이 데리고 박람회에 다녀오너라."

뜨악한 표정의 강휘에게 형만이 말했다.

"세상천지에 피를 나눈 혈육은 너희 단둘뿐이다. 특히 너는 내가 죽으면 채령이 아비 노릇까지 해야 하는 게야. 그런데 그렇게 소 닭 보듯 데면데면해서야 어디 오누이라고 할 수 있겠느냐. 머잖아 유학 가거나 장가라도 들면 더 멀어질 텐데 앞으로는 종종 채령이하고 남매의 정을 쌓도록 해라. 사랑으로 불러 공부도 가르쳐 주고 대화도 좀 나누고."

아버지의 길고 지루한 이야기 중에서 '내가 죽으면'이란 말이 강휘의 귀뿐 아니라 가슴에도 꽂혔다. 강철 심장을 지닌 것 같은 아버지가 죽음을 생각한다는 자체가 놀라웠다. 어쩌면 그 말이 장수 문제보다도 더 강휘의 마음을 흔들었는지 모른다.

강휘는 쉬지 않고 재깔거리는 채령을 보며 수남을 데려오길 잘했다고 생각했다.

"저하고만 가면 채령이가 심심할 테니 수남이도 같이 데려가겠습니다."

채령과 단둘이 다닐 일이 엄두가 나지 않아 생각해 낸 것이다.

"따로 수발들 일도 있을 테니, 그러도록 해라."

채령과 단둘뿐이었다면 그 수다를 자신이 감당해야 했을 것이다. 강휘는 한시바삐 숙제를 해치우고 싶었다.

아동국 중앙에는 높은 장식탑이 서 있었고 시원스레 물을 뿜어 올리는 분수대엔 물고기와 자라, 물새들이 돌아다니고 있었다. 수남은 자신이 있는 곳이 현실이라는 게 믿어지지 않았다. 아이들을 위해 이렇게 넓은 공간과 대단한 놀이 기구들을 만들어 놓았다니. 부모와 함께 와 뛰어노는 아이들이 많다는 사실도 놀라웠다. 아동국을 돌아다니는 아이들은 다른 세계에서 온 것 같았다. 수남이 아는 아이들은 굶주린 채 어른 못지않게 집안일을 해야 하는 고향 아이들과 공주처럼 사는 채령뿐이었다.

"기차부터 탈 테야."

흥분한 채령이 폴짝폴짝 뛰며 말했다. 작은 기차가 아동국을 둘러싼 철도 위를 달리고 있었다. 강휘가 표를 끊어 왔다. 두 장이었다. 자기도 모르게 침을 꼴깍 삼킨 수남은 그 소리가 너무 커서 들렸을까 봐 얼굴이 빨개졌다.

"오빠도 같이 타려고?"

채령이 물었다. 기차를 타는 어른들도 심심찮게 있었다.

"내가 어린애냐? 수남이랑 둘이 타라고."

강휘는 기차 타는 동안만이라도 아이들에게서 벗어나고 싶었다.

수남이 채령보다 더 놀란 얼굴을 했다. 그림자처럼 붙어 다닌다고 해서 채령이 누리는 것이 자신에게도 주어지는 건 아니었다. 가끔씩 채령이 무언가를 나눠 준다고 계속 기대해서도 안 되었다. 지난 2년 반 동안 깨친 사실이었다.

"수남이도 타라고? 저 기차를?"

채령이 당치 않다는 얼굴을 했다.

"그럼 같이 와서 너 혼자 탈 생각이었어?"

강휘가 퉁명스레 말하며 채령과 수남에게 표를 한 장씩 나눠 주었다. 채령의 표정을 보자 장수를 친구로 인정해 주지 않는 아버지가 떠올라 불쾌했다.

표를 본 채령이 수남에게 요금이 10전이라고 알려 주었다. 그게 얼마나 큰돈인지 가늠조차 되지 않는 수남은 표를 소중하게 감싸 쥐었다. 자신에게 일어난 횡재가 사실임을 증명해 주는 물건이었다. 순서를 기다리는 동안 수남의 가슴은 숨이 가쁠 만큼 빠르게 뛰었다.

"우리 차례다!"

둘은 넘어질 듯 뛰어가 작은 기차에 올라탔다. 철길을 달리던 기차가 컴컴한 굴속으로 들어서자 벽면에 다른 나라들의 풍경 그림이 펼쳐졌다. 마치 그곳을 유람하는 것 같았다. 두 번째 터널에서는 부산에서부터 금강산까지 조선의 풍광이 펼쳐졌다. 수남은 자기가 보는 게 무엇인지 어디인지 잘 알지 못했다. 하지만 그림을 보는 것만으로 꿈을 꾸는 기분이었다. 깨고 싶지 않은 꿈을 꿀 때처럼 기차에서 내리고 싶지 않았다.

마침내 유람이 끝나고 기차에서 내릴 때 채령이 "재밌지?"하며 수남을 보고 웃었다. 그저 몸종으로 대했던 지금까지와는 다른, 같은 경험을 공유한 사람에게 보내는 친근한 미소였다. 그 뒤에도 강휘가 표를 두 장씩 사 준 덕분에 수남은 채령과 함께 파도타기와 회전목마를 탔다. 채령도 혼자보다는 수남과 같이 타는 게 더 재미있는지 더는 뭐라 하지 않았다. 함께 다니는 동안 수남은 채령이 모셔야 하는 '애기씨'가 아니라 친구가 된 기분이었다. 채령도 마찬가지 인지 자기도 모르게 수남의 손을 잡곤 했다.

해저 탐험관에서 바다 여행을 하고 맹수 사냥관에 갔다. 그곳엔 호랑이, 사자, 곰 같은 동물 모형들이 있었다. 총을 쏴 작은 동물 모형을 떨어뜨리면 밀크 캐러멜이나 사이다 등을 상품으로 주었다. 총은 아이들만 쏠 수 있었다. 채령이 모두 실패한 뒤 수남이 쏜 총에 곰 모형이 떨어져 열 개들이 캐러멜 한 갑을 받았다. 수남은 거의 숨이 넘어갈 만큼 흥분 했다. 채령에게 얻어먹은 적이 있어 말랑말랑하고 쫀득거리 면서 혀가 녹아 없어지는 것 같은 달콤한 맛을 잘 알았다. 손 에 쥐기만 했는데도 단침이 입 안 가득 고였다.

"수남이가 큰일 했네."

강휘가 웃으며 말했다.

수남은 캐러멜을 먹기가 아까웠다. 그대로 간직한 채 두 고두고 바라보며 오늘을 떠올리고 싶었다. 하지만 채령의 시선이 캐러멜에 꽂혀 있었다. 수남은 공평하게 나눠 다섯 개를 채령에게 건네주었다. 채령이 샐쭉한 얼굴로 다른 손 을 내밀었다.

"그거 다 내놔. 니 건 다 내 거야."

울상이 된 수남은 강휘를 심판관인 양 바라보았다. 강휘 가 난감한 표정을 지었다.

"그게 왜 네 거야. 수남이가 받은 거잖아."

강휘는 수남의 믿음을 저버리지 않고 편을 들어 주었다. 수남의 얼굴이 활짝 펴졌다.

"아니야. 우리 돈으로 데려온 거잖아. 그러니까 미루꾸도 우리 거지."

채령이 발끈했다.

"이따 매점 가서 사 줄 테니까 지금은 사이좋게 나눠 먹어."

강휘가 달랬지만 채령은 막무가내로 수남의 손에서 남은 캐러멜을 채뜨려 갔다. 수남이 또다시 강휘를 보았으나 그는 슬그머니 외면했다.

잠시나마 친구처럼 다녔던 채령과 수남 사이는 다시 주종관계로 돌아섰다. 수남은 가회동 저택에 자신만의 것이 있다는 생각은 온 지 며칠 되지 않아 아예 하지 않게 됐다. 그래서 채령이 무엇을 주었다 빼앗아 갈 때도 서운하거나 화나지 않았다. 그런데 캐러멜만큼은 자기 것이란 생각이 들고, 채령에게 빼앗긴 것이 억울하고, 강휘가 편을 들어 주지 않아 서운했다.

채령이 캐러멜 한 개를 내밀었을 때 수남은 고개를 가로 저었다. 남의 것으로 선심 쓰는 채령에게 장단 맞추고 싶지 않았다.

"싫음 관둬라. 오빠, 나 비행기 탈래."

강휘가 이번에도 표를 두 장 끊어 왔지만 수남은 도리질

했다. 채령이 캐러멜을 빼앗아 가는 것을 그냥 보고만 있었던 강휘에 대한 서운함의 표시였다. 사탕을 준 도련님을 자기편이라고 여기는 수남의 생각을 인정하듯 강휘는 그 뒤에도 수남을 볼 때마다 웃는 얼굴로 대했다. 비웃음과는 달랐다. 수남도 채령과 강휘의 어머니가 다르다는 사실을 알았다. 평소 오누이 사이가 남 같은 것도 그 때문이라고들 했다. 셋만의 나들이에서 강휘가 자신의 표까지 사 오자 수남은 도련님이 애기씨보다 자기편이라는 믿음이 강해졌다. 그 때문에 채령과 단둘이 있었다면 절대 내보이지 못했을 감정과 제 나이다운 본성이 드러났다.

"오빠가 타, 응? 저것 봐, 어른들도 많이 타잖아. 오빠랑 타고 싶단 말이야."

차례가 다가오자 채령은 강휘를 졸랐다.

망설이던 강휘가 수남을 바라보았다. 그는 계집아이들의 실랑이가 피곤했다. 이럴 줄 알았으면 수남을 데려오지 않았을 텐데. 아니, 박람회에 오지 않았을 것이다.

"정말 안 탈 거야?"

수남이 고개를 끄덕이자 할 수 없다는 얼굴로 강휘가 말했다.

"그럼 우리 다 탈 때까지 다른 데 가지 말고 여기서 기다려."

강휘는 채령과 함께 바닥으로 내려온 비행기에 올랐다. 높다란 탑과 연결된 쇠줄에 매달린 네 대의 비행기는 공중에서 빙빙 돌며 오르내렸다. 그때마다 타고 있는 사람들이나 구경꾼들 사이에서 환호성이 일었다. 수남은 그 모습을 바라보다 깊은 한숨을 내쉬었다. 바닥에 선 채 올려다보고 있는 자신과 공중을 날고 있는 채령. 잠시 잊고 있었을 뿐 채령과 자신 사이에는 하늘과 땅만큼의 거리가 있었다.

오늘 아동국에서 있었던 일들이 알려지면 마님이나 나리에게 경을 칠 것 같았다. 술이네가 알아도 분수 모르는 계집아이라고 머리를 쥐어박힐 것이다. 그래도 채령이 캐러멜을 빼앗아 간 것이나 강휘가 끝까지 편들어 주지 않은 것은 못내 서운했다.

"수남아. 여기야, 여기."

수남 앞을 지나칠 때 채령이 모든 것을 잊은 듯 해맑게 웃으며 소리쳤다. 그 옆에서 강휘도 웃고 있었다. 비행기가 반대편으로 돌아갔을 때 수남은 그 자리를 떠났다.

"오빠, 재미나지? 타기를 잘했지?"

채령의 말에 강휘는 못 들은 척 다른 곳을 보았다. 단둘이 되자 금세 어색해졌다. 아버지가 걱정하는 대로 강휘는 채령에게 오누이의 정을 느끼지 못했다. 아마 곽 씨를 계속 생모로 알고 있었다면 여동생을 많이 사랑하거나 아니면 어머니의 사랑을 빼앗겼다고 질투했을 수도 있다. 그러면서 자연스레 어린 여동생에게 각별한 감정을 갖게 되었을 것이다.

강휘가 생모에 대해 처음 안 건 아홉 살 때였다. 강휘가 급장이 되자 부급장이 된 아이가 걸핏하면 시비를 걸어 왔다. 둘은 곧잘 말싸움이나 몸싸움을 했고, 이길 때도 질 때도 있었지만 급장이며 자작의 아들인 강휘 쪽이 조금 더 우세했다. 어느 날 단둘이 있을 때 부급장이 비웃듯이 말했다.

"그래 봤자 넌 첩의 자식이야."

강휘는 첩이 무엇인지 알고 있었다. 할아버지와 살던, 어머니보다 더 젊은 나이의 별채 여자들이었다. 어릴 때였지만 안 보는 데서 하인들이 그 여자들을 무시하던 모습이 뚜렷하게 생각났다. 꿈에도 생각지 않았던 일인데도 강휘는 부급장의 말이 사실임을 알았다. 그동안 이해되지 않던 사소한 의문들이 그 말로 단숨에 해결됐기 때문이다.

사랑으로 자신을 녹여 없앨 듯 정을 쏟다가도 어느 순간 서리보다 싸늘한 얼굴로 내치던 어머니, 자신을 대하는 외가 식구들의 묘한 눈빛, 늘 무뚝뚝하던 아버지가 어느 날 술에 취해 자신을 끌어안고 누군가의 이름을 부르며 강휘만은 꼭 지켜 주겠다고 되뇌던 것, 자신이 나타나면 수군거림을 그치는 하인들…….

그 덕분에 강휘는 담담함을 유지할 수 있었다. 회심의 일격에 미동도 하지 않는 사람만큼 강한 상대는 없다. 부급장은 어른들이 쉬쉬하는 이야기를 발설했다는 뒤늦은 두려움 때문인지 그 뒤로 오히려 고분고분해졌지만 강휘의 삶은 그 사실을 알기 전과 후로 나뉘었다. 자신이 알게 된 걸 아무에게도 밝히지 않았기에 외형상 바뀐 것은 없었다. 하지만 '그래 봤자'라는 말은 강휘의 가슴 밑바닥에 심연을 파 놓아, 잘 지내다가도 한 번씩 그곳에 빠져 허우적거렸다.

강휘는 딱 한 번 생모 이야기를 입에 올린 적이 있었다. 밥 먹다가 박 서방댁에게 불쑥 물었던 것이다.

"내 친어머니는 어딨어?"

"에구머니나, 그게 무슨 말씀이세유? 안방에…….."

펄쩍 뛰는 시늉을 하던 박 서방댁은 강휘가 담담한 기색으로 바라보자 체념한 듯 한숨을 쉬며 말했다.

"진즉에 돌아가셨어유. 그러니께 어머니는 안방마님 한 분뿐이다 생각하고 사세유."

강휘는 어머니가 죽었다는 박 서방댁 말이 믿어지지 않았다. 막연히 언젠가 만날 거라고 상상했다. 죽은 듯 소식이 없는 것도 자식의 앞날을 위해서일 거라고 믿었다. 때로는 그 사실이 열심히 살 동력이 돼 주기도 했다. 어머니와 만나는 장면을 상상하며 강휘는 열심히 공부하고, 아버지의 눈에 들기 위해 노력했다. 차라리 그 이야기를 듣지 않았더라면…….

비행기가 서서히 내려오더니 움직임을 멈추었다. 땅에 발을 딛자 강휘는 진짜 비행기를 타고 멀리 여행 다녀온 기분이었다. 그런데 수남이 보이지 않았다. 강휘는 주위를 둘러보았다. 그 사실을 깨달은 채령도 두리번거렸다. 흰색 저고리와 검정 치마를 입은 아이들은 너무 많았다. 강휘의 표정이 굳었다. 시골에서 온 수남은 집 안에서만 지내던 아이였다. 글자도 읽지 못했다. 그런 아이에게 박람회장은 물론 아동국만 해도 너무 넓었다. 신문에는 날마다 박람회장의 미아 소식이 실렸다.

"오빠, 수남이 넌 도망갔나 봐."

채령이 울상을 지었다.

"도망을 왜 가?"

말은 그렇게 하면서도 강휘 얼굴에 걱정이 드리웠다. 만일 이대로 잃어버린다면 수남의 처지는 지금보다 나빠질 게 뻔했다.

"내가 찾아볼 테니 넌 여기 꼼짝 말고 있어."

강휘가 심각한 목소리로 말했다.

"나도 같이 갈래."

채령이 강휘의 옷자락을 잡았다.

"만약 수남이가 돌아오면 길이 어긋나잖아. 그럼 영영 찾지 못할 수도 있어. 여기 꼼짝 말고 있다가 수남이 오면 이 자리에 꼭 같이 있어야 해."

채령이 긴장한 채 고개를 끄덕였다. 수남을 영영 찾지 못할 수도 있다는 말에 겁이 났다. 어떤 의미로든 수남은 채령에게 없어서는 안 될 존재가 되었다.

강휘는 수남을 찾으러 뛰어갔다. 채령에게 캐러멜을 빼앗길 때 구원을 요청하는 얼굴로 자신을 바라보던 모습이 떠올랐다. 그때 강휘는 귀찮다는 생각에 모르는 척했다. 사라진 수남에 대한 걱정과 함께 비행기 위에서 하던 생각이 이어졌다.

강휘가 생모에 대해 자세히 알게 된 건 고보 합격 축하 파티에서였다. 풍문이나 소문은 당사자나 측근에게 가장 늦게 도달하는 법이다. 형만은 심사숙고해서 자신의 위상과 걸맞다고 생각하는 집 자제들을 골라 초대장을 보냈다. 파티는 신문 가십난에서도 다루었을 만큼 성대했다. 상류층의 무분별하고 과한 자식 사랑 행태를 비판하는 내용이었지만 형만은 개의치 않았다. 기사를 쓴 자도 형만이 초대해 준다면 감지덕지해서 달려올 게 뻔했다. 이제 형만이 두려워하는 대상은 조선총독부 하나뿐이었다. 두려움이 줄어들자 배포도 커지고 살기도 편해졌다.

강휘와 동갑에서부터 서너 살 많은 명망가의 자제들은 누대로 세습해 온 가문과 신분에 자긍심이 높았다. 나라의 주인이 골백번 바뀌어도 흔들리지 않을 만큼 유서 깊은 가문에서 태어나 선민의식을 골수에 새긴 자들이었다. 그들은 근본 없기로 이름난 윤 자작 가문을 무시하고 있었다. 하지만 가회동 저택 별채의 위용과 연회의 규모를 실제로 보고는 눈이 휘둥그레졌다. 눈앞에 보이는 것에 대한 선망이든 이면에 대한 경멸이든 한쪽을 택한 사람들은 차라리 나았다. 문제는 선망과 경멸, 양극의 감정을 동시에 가진 사람들이었다.

그들은 근본 없는 가문으로도 모자라 첩의 자식인 주제에 대저택과 사업체를 물려받을 유일한 후계자 강휘에게 맹렬한 질투를 느꼈다. 시기심은 그들을 본능적으로 상처를 찾아 움직이는 구더기처럼 만들었다. 그들이 물론 강휘의 생모 이야기를 공공연하게 발설한 것은 아니었다. 하필 그 시간에 파티에 염증을 느끼고 정원으로 나온 강휘가 잘못이라면 잘못이었다. 앞으로 다니게 될 학교의 선배이며 중추원 참의나 은행장의 손자인 그들은 정원에서 담배를 피우며 이야기를 나누고 있었다. 은행장 손자는 술잔을 든 채였다.

"……화류계 여자래."

강휘는 그 말이 사내들이 모이면 으레 판을 벌이는 여자 이야기인 줄 알고 호기심에 귀를 기울였다. 가능하면 자연스레 대화에도 낄 생각이었다. 남자들이란 그렇게 친해지는 법이니까.

"경성 장안에서 그 계집을 품어 보지 않은 사내가 없단다."

"그런 여자랑 혼인하겠다고 난리를 피웠다니 윤 자작 안목도 알 만해."

느닷없이 튀어나온 윤 자작이란 단어에 강휘는 오히려 들킬세라 몸을 웅크려야 했다. 그들이 말하는 입에 담기도 창피한 행실의 여자는 바로 자신의 생모였다. 그리고 그 여자는 감히 정실부인인 어머니의 자리를 넘보다 스스로 목숨을 끊었다. 강휘는 부끄러운 생모가 이 세상 사람이 아니라는 사실에 안도감부터 느꼈다. 그 감정은 두고두고 강휘를 괴롭혔다.

고보에 진학한 강휘는 더 혼란스러워졌다. 이번엔 첩의 자식이라서가 아니라 자작의 아들이라 자신을 경멸하는 아이들과 맞닥뜨렸기 때문이었다. 보통학교 때는 아직 어려서 뭘 몰랐고, 일본인 담임은 물론 교장의 총애까지 받았던 터라 느끼지 못했던 시선이었다. 친일파의 자식에게 보내는 그 눈빛은 첩의 자식에 대한 경멸보다 더 선명하고 날카로웠다. 장수만이 편견 없이 강휘를 대했다. 강휘는 자신을 경멸하는 아이들과 선망하는 아이들 모두에게 장수가 오해와 비난을 받고 있음을 알았다. 그런 친구를 아버지가 싫어한다고 해서 내보낼 수는 없었다.

하지만 우정을 끝까지 지킬 수 있을까? 강휘는 자신 또한 기회가 생기면 언제든지 남을 멸시할 수 있는 인간일지 모른다고 생각했다. 그러니까 캐러멜의 주인인 수남을 모른 체하고 그것을 당연한 듯 빼앗은 채령에게 동조한 것일 테다.

강휘는 수남을 찾아다니는 동안 자신이 그 애에게 남다른 감정을 느끼고 있음을 깨달았다. 안채에 문안 인사 하러 갔다가 처음 본 뒤 생글거리며 종종종 뛰어다니는 수남은 강휘 눈에 자주 띄었다. 치맛자락을 팔락거리고 머리 타래를 흔들며 뛰는 모습을 볼 때마다 강휘는 산길에서 다람쥐라도 만난 것처럼 저절로 걸음이 멈춰지고 미소가 지어졌다. 채령과 싸웠다는 이야기를 들었을 때는 통쾌한 기분이 들기도 했다. 감히 주인 아가씨와 머리채를 잡고 싸우다니. 그 장면을 상상하면 피식피식 웃음이 나오고 도대체 어떤 아이인지 궁금해졌다. 그러다 서재 창문 너머로 머리를 깎이는 수남을 보았다. 아이는 그동안 보아 온 모습과 달리 잔뜩 위축돼 있었다.

강휘는 처음 가회동 저택에 왔을 때의 자신을 떠올렸다. 돌도 되기 전이었으므로 기억나는 건 하나도 없었다. 하지만 엄마를 잃고 낯선 곳에 내던져진 어린애는 온몸으로, 마음으로 느꼈을 것이다. 어린 나이에 남의 집에 와 머리를 깎이는 저 아이의 마음과 다르지 않았을 것이다. 그는 수남을 자신인 듯 바라보았다. 그리고 밖으로 나가 자기 자신에게 가듯 아이에게 다가갔다. 울고 있는 또 다른 자신에게 그가 줄 수 있는 것은 보약 먹은 뒤의 입가심용 사탕이 고작이었다.

강휘가 걱정하며 찾아다니는 동안 수남 또한 새롭게 어떤 사실을 깨닫고 있었다. 수남이 자리를 떠난 것은 채령과 강휘에 대한 서운함 때문이기도 했지만 그보다는 목이 말라서였다. 강휘와 채령이 비행기를 타는 동안 얼른 물을 마시고 올 생각이었다. 들어올 때 물을 마셨던 음수대를 찾아가며 수남은 채령이 내민 캐러멜을 거절한 것을 후회하고 있었다. 기억을 더듬어 찾아간 음수대에서는 아까와 달리 물이 나오지 않았다. 이 꼭지 저 꼭지를 돌려 봐도 마찬가지였다. 역시 물 먹으러 왔다 돌아가려던 여자아이가 수남에게 말했다.

"얘, 자꾸 돌려 봐도 소용없어. 여기 고장이라고 쓰여 있잖아."

수남은 또래 여자아이가 가리키는 팻말을 보았다. 조선 글자와 일본 글자라는 사실만 알지 아이가 말해 주지 않았으면 무슨 뜻인지 몰랐을 것이다. 수남은 아이의 뒷모습을 바라보았다. 자기와 다를 것 없어 보이는 아이였다. 아까보다 더 큰 갈증을 느끼며 다른 음수대를 찾아다니다 수남은 길을 잃었다. 저 멀리에서 돌고 있는 비행탑 쪽을 향해 걸어가도 길은 나오지 않았다. 그러다 아예 아동국을 벗어나 바글거리는 사람들 틈에 섞이자 더 혼란스러웠다.

수남은 더럭 겁이 났다. 넓은 경성에 자신이 아는 데라곤 가회동 저택뿐이었다. 어머니 아버지를 비롯한 가족은 잘 생각나지 않았다. 강휘를 좋아하게 된 다음부터는 큰언니조차 찾아오지 않았다. 수남은 오래간만에 큰언니를 부르며 울먹거렸다. 하지만 귀신도 이 복잡한 곳까지는 찾아오지 못할 것 같았다.

수남에게는 가회동 저택이 집이고 그곳 사람들이 가족이나 다름없었다. 술이네가 그리웠다. 채령이 보고 싶어졌다. 누구보다 오늘 내내 채령과 자신을 지켜 주며 뒤따라 다니던 강휘가 생각났다. 다시는 그 사람들을 보지 못한다고 생각하자 슬프고 무서웠다. 수남은 간신히 울음을 참고 지나가는 아이에게 길을 물었다. 자신이 길을 잃었다는 것을 알면 나쁜 사람들이 잡아갈지 몰라 어른에게는 묻지 못했다.

"아동국 가려면 어디로 가야 하니?"

"비행기 타는 데는 어디로 가야 하는지 아니?"

수남이 물을 때마다 아이들은 이정표를 보며 알려 주었다.

"이쪽으로 가면 나온대."

"저기로 가라고 쓰여 있네."

겨우 방향을 찾아 부리나케 걷고 있는데 어떤 손길이 덥석 어깨를 잡았다. 수남이 깜짝 놀라 올려다보니 시뻘게진 강휘의 얼굴이 보였다.

"야, 맘대로 돌아다니면 어떻게 해? 한참 찾아다녔잖아."

강휘가 버럭 소리 질렀다. 수남은 와락 울음을 터뜨리며 강휘에게 달려들었다. 강휘는 자기 앞자락에 얼굴을 묻고 엉엉 울어 대는 작은 계집아이를 어떻게 해야 할지 몰라 난감해하다 등을 토닥이고 짧은 머리카락을 쓰다듬었다.

그들의 꿈

　　　　　　　형만의 호출에 태술이 잔뜩 긴장한
얼굴로 들어섰다. 진고개 상점에서 배달꾼이 다녀간 뒤였다.

"부르셨습니까?"

"안채에 전해 드려라."

형만이 가리킨 것은 바구니에 담긴 비누와 치약이었다.
비누에서 향기로운 냄새가 났다.

바구니를 들고 사장실을 물러 나온 태술은 숨을 토해 냈
다. 무극광업과 무극양행을 겸한 별채 사무실에 사환으로
취직한 지 한 달이 돼 가지만 형만을 대하는 일은 여전히 긴
장되고 떨렸다. 태술에게 형만은 다른 세상 사람 같았다.

바구니에 든 세숫비누와 치약이 새삼스레 그 사실을 일깨
워 주었다. 그동안 태술은 방앗간에서 얻어 온 쌀겨 가루나

굵은 소금, 그마저도 귀해 산에서 캐 온 백토로 세수를 하거나 이를 닦았다. 끼니를 잇기도 어려운 형편에 씻는 것은 사치였다.

어머니가 돈을 부쳐 주고 할머니와 누나들이 쉴 새 없이 일해도 성환에서는 늘 배를 곯았다. 하나뿐인 손자라고 특별 대우를 받았지만 배불리 먹어 본 기억이 없었다. 그러나 가회동 저택에 와서는 보리밥일망정 끼니를 거른 적이 없고 간간이 연회 때 남은 양식 요리나 청요리 같은 별미도 맛볼 수 있었다.

별채에선 20일 새 벌써 두 번이나 연회가 벌어졌다. 연회를 처음 보던 날 태술은 아무 일도 맡지 못한 채 구경만 해야 했다. 별채 철대문 앞으로 자동차와 택시, 인력거가 줄지어 도착하고 잘 차려입은 손님들과 한껏 꾸민 기생들, 악공들이 끊임없이 내리는 것을 보며 입을 다물지 못했다. 보통학교를 졸업하자마자—비록 어머니 덕이 크고 사환에 불과하지만—경성에 있는 회사에 취직했다고 우쭐했던 일이 부끄러웠다. 가회동 저택에 와서 주인 일가의 삶을 보고 태술은 사람이 이렇게 살 수도 있다는 걸 처음 알았다.

순사나 교사가 되거나 점포 차리는 것을 가장 큰 성공이라고 생각했던 태술은 형만을 보면서 목표가 바뀌었다. 윤형만 자작은 태술이 본 가장 위대하고 훌륭한 사람이었다. 그는 자작 나리처럼 큰 부자가 되겠다는 목표를 세웠다. 형만이 그리될 수 있었던 건 물려받은 가문과 재산 덕이다. 그런데 자신에겐 아무런 밑천이 없었다. 실력을 키우면 스스로의 힘으로도 성공할 수 있는 세상이 올 거라는 양숙희 선생님 말씀이 유일한 밑천이었다. 학교에 하나뿐인 조선인 교사였던 양숙희 선생님은 졸업하는 아이들에게 이곳이 끝이 아니라 시작임을 누누이 강조했다.

밤마다 태술은 행랑채 좁은 방, 하인들 발치에서 새우잠을 자면서도 형만처럼 성공해 어머니와 할머니를 호강시켜 주는 꿈을 꾸었다. 아직은 상황이 여의치 않지만 일이 익숙해지면 통신중학교 공부를 시작할 계획이었다.

막 사랑채에서 돌아오던 술이네가 반색하며 태술을 부엌으로 끌어들였다. 부엌엔 아무도 없었다.

"뭔 일로 온 거여?"

"이거, 나리가 안채에 갖다 드리라고."

태술이 바구니를 찬방에 내려놓았다.

"지금 마님 화투놀이 하시는 중이여. 끊으면 역정 내시니께 끝나고 전해 드릴게. 온 김에 그리 앉아서 국수 좀 먹고가. 사랑채에 얹혀 지냈던 도련님 친구 있지? 그 친구가 놀러 왔다고 도련님이 국수를 말아 달래서 넉넉하게 삶았어. 과외 자리 잡아서 나간 거라더니 대우가 시원찮은개 벼. 여기서보다 꼴이 한참 틀렸어."

강휘는 요즘 학교에 가지 않았다. 광주의 통학 기차에서 일본 남학생이 조선 여학생을 희롱한 사건에서 비롯한 학생 운동은 전국으로 번져 나갔고 많은 학생들이 검거됐다. 그 일에 대한 항의로 많은 학교 학생들이 동맹 휴학 중이었다. 강휘네 학교도 마찬가지였다.

태술은 그들의 행동을 배부른 짓이라 여겼다. 읍내 주재소장 사택에 식모로 간 큰누나는 소장의 노리개가 됐어도 일을 그만두지 못했다. 소장의 처와 장모에게 들켜 두들겨 맞고 쫓겨난 뒤에야 벗어날 수 있었다. 그 일을 아는 사람은 가족 중 태술뿐이었다. 태술 등에 업혀 집으로 돌아오며 누나는 할머니나 경성에 있는 어머니에게 비밀로 하자고 애원했다. 태술이 한 일이라고는 고작 그 비밀을 지킨 것뿐이었다. 결국 누나는 애 딸린 홀아비한테 시집갔다. 가난한 소작농 집으로 시집간 작은누나 또한 간도로 떠나 소식이 끊겼다. 이제 성환 집엔 늙은 할머니 홀로 지내고 있었다.

"금방 점심 먹었는데……."

말은 그렇게 하면서도 태술은 찬방에 걸터앉았다.

"돌두 씹어 먹을 나인디 보리밥이 그새 꺼졌지, 여적 남았것어. 어째 많이 삶고 싶더라니."

술이네는 흥이 나 남은 국수에 국물을 붓고 김치도 꺼내 귀퉁이가 깨진 개다리소반 위에 놓아 주었다. 국수는 두어 젓가락질 만에 사라졌고 태술은 국물 한 방울까지 다 마셨다. 술이네는 눈부신 표정으로 태술의 꿀렁이는 목울대를 바라보았다. 떨어져 사는 동안 아들은 늠름한 장정이 됐다. 아들과 한집에서 살게 된 사실이 술이네는 아직도 꿈만 같았다.

술이네는 작년부터 기회가 생길 때마다 형만에게 넌지시 아들 이야기를 했다. 채령을 두고 술이네와 형만 사이에는 신뢰가 형성돼 있었다. 채령을 보살피는 일에 관한 한 형만은 곽 씨보다 술이네를 더 믿었지만 그녀의 아들에 대해서는 아니었다.

"마침 사무실에 사환이 필요했던 참이니 보고 정함세. 꼭 쓴다고 기대하지는 말고 한번 부르게."

형만이 말했다. 그는 자신의 직관과 판단을 믿을 뿐 남의 말에 귀를 잘 기울이지 않았다. 수남을 덥석 데려온 것처럼 자신이 직접 보고서는 산골 무지렁이 계집애도 망설임 없이 선택하지만 그러지 않고서는 누구도 신임하지 않았다. 그동안 술이네가 꾸던 꿈은 언감생심이 됐다. 허드렛일이라도 시켜만 주면 고마운 노릇이었다. 술이네는 부랴부랴 태술을 불러올린 뒤 바깥 행랑채에 머물게 하며 사흘 동안 씻기고, 먹이고, 새 옷을 사 입히고, 경성 구경을 시켜 어리바리한 촌티를 조금이나마 벗겨 낸 뒤 형만에게 선보였다.

강인한 턱과 벌어진 어깨를 지닌 태술은 제 또래보다 성숙하고 다부져 보였다. 비쩍 말라 휘청거리는 강휘보다 어른스러워 보일 정도였다. 형만은 태술을 보자 마음이 바뀌어 강휘 시중을 들게 하고 싶었다. 하지만 강휘가 질색하며 거부했다. 고보에 들어가면서부터는 자기 일신에 관한 일은 스스로 하겠다며 그동안 수발들던 행랑아범도 물린 터였다. 형만은 당연히 누려야 할 것들을 마다하는 아들을 못마땅해하며 태술을 사환으로 채용했다. 숙식 제공에 월 5원이었다.

술이네는 국수를 다 먹은 태술에게 부리나케 설탕물을 타 주었다. 사카린이나 당원하고는 비교도 안 되게 귀한 것이라 설탕을 떠내는 손이 달달 떨렸다. 마님에게 들켰다간 목이 날아갈 일이었다. 이런 걸 뭘, 하면서도 태술은 설탕물을 단숨에 마시고 입술까지 핥았다.

수남이 부엌으로 들어서다 태술을 보곤 활짝 웃었다.

"오빠."

태술의 얼굴도 환해졌다. 태술이 가회동 저택에서 편하게 대할 수 있는 사람은 아직 어머니와 수남뿐이었다. 평소 술이네를 엄마처럼 의지하는 수남은 태술이 오는 날부터 오빠라고 부르며 따랐다.

"아이구, 태술이 왔을 때 편지 좀 읽어 달래야지."

침모가 부리나케 쫓아와 치마허리에서 편지를 꺼냈다. 일본으로 돈 벌러 간 남편 편지였다.

"나리가 찾으실 텐디. 얼른 가 봐야 하잖어?"

술이네가 가로막고 나서자 침모가 움칫했다.

"잠깐은 괜찮아요. 편지 주세요."

태술은 조선어와 일본어를 모두 읽고 쓸 줄 알았다. 태술이 편지를 읽는 동안 술이네는 마치 안방마님이라도 된 것처럼 가슴을 쭉 펴고 부뚜막에 걸터앉아 있었다. 침모는 남편의 편지를 한 마디라도 놓칠세라 귀 기울이며 훌쩍거렸다. 수남은 부러움과 놀라움이 가득한 얼굴로 태술을 바라보았다. 글을 읽고 있는 태술은 심부름하러 뛰어다닐 때와 달라 보였다. 또한 글로 사람의 마음을 전달할 수 있다는 게 신기했다.

박람회에 다녀온 뒤 수남은 글자에 대해 많은 생각을 했다. 글자 앞에서 자신은 눈뜬장님과 같은 존재였다. 글자를 모르면 음식 앞에 독약이라고 쓰여 있어도 멋모르고 먹을 테고, 허방다리라고 쓰여 있어도 모르는 채 발을 디딜 것이다. 채령은 평소에 숙제라며 교과서를 소리 내 읽곤 했다. 일본어는 알아듣지 못했지만 채령이 조선어 책을 읽을 때면 수남의 귀는 저절로 쫑긋 섰다. 채령의 방 청소를 할 때마다 수남은 교과서를 한참씩 들여다보았다. 채령이 없는 때면 기억을 되살려 채령이 읽던 내용과 비슷한 그림이 있는 부분을 펼쳐 놓고 소리 내 읊어 보곤 했다. 그러기만 해도 글을 아는 것처럼 기분이 좋아졌다. 그 모습을 들킨 날 채령이 놀려 댔다.

"다 틀렸다. 글자도 모르면서 흉내만 내면 뭐해?"

"글자는 학교 다녀야만 배울 수 있는 건가요?"

수남이 멋쩍으면서도 아쉬운 얼굴로 물었다.

"왜? 너도 글 배우고 싶어?"

수남은 고개를 끄덕였다.

"왜? 니가 그걸 배워서 어디다 쓰려고?"

채령은 진정 이해할 수 없다는 표정이었다.

"딱히 쓸 데는 없지만 그래도 모르는 것보다 아는 게 좋지 않을까요? 술이네 아주머니가 개똥도 약에 쓰일 때가 있다고 하던데요."

"넌 죽어도 못 할걸. 굉장히 어렵거든."

채령이 새침해져선 일본어 책을 큰 소리로 읽었다. 수남은 그 옆에서 걸레질을 했다.

수남은 감히 자신이 글을 배울 수 있다는 생각은 하지 못했다. 공부는 채령이나 강휘처럼 지체 높은 사람들이 할 일이지 종살이하는 처지에서는 꿈도 꿀 수 없는 일이라 여겼다. 하지만 비슷한 처지인 태술이 글자를 줄줄 읽고 침모가 이르는 대로 척척 받아쓰는 것을 보자 수남의 갈망은 더 커졌다.

태술이 편지 읽기를 마쳤다.

"아이고, 고맙다. 시간 될 때 답장도 부탁해. 이거 별거 아니지만 썰렁할 때 목에 둘러."

침모가 품에서 자투리 천으로 만든 목도리를 꺼냈다.

"아니, 이런 거 안 주셔도 되는데……."

태술이 쑥스러운 얼굴로 술이네 쪽을 돌아다보았다.

"아이구, 그런 걸 뭘……. 아주머니 성의니께 추울 때 두르고 다녀."

술이네의 입매가 뿌듯함으로 실룩거렸다.

"넌 읽어 줄 거 없어?"

태술이 자신에게 시선이 붙박인 채 서 있는 수남에게 물었다.

"나도 글 배우고 싶다."

수남이 자기도 모르게 속마음을 내뱉자 태술이 선뜻 나섰다.

"내가 가르쳐 줄까?"

"아서. 니가 무슨 시간이 있다고 그랴. 수남이도 그럴 짬 없어."

술이네가 손을 내저었다.

"조선글은 금방 배울 수 있어요. 시간 날 때마다 가르쳐 줄게."

약속대로 태술은 가끔씩 밤에 안채 행랑방으로 왔다. 수남은 '가갸거겨'부터 시작해 곧 받침 없는 글자는 읽을 줄 알게 됐다. 고작 그뿐이었는데도 세상이 달라 보였다. 아직 모르는 글자가 많았지만 다섯 글자가 있으면 간신히 읽을 수 있는 두 개의 글자로 나머지를 짐작했다. 세상은 아는 만큼 상상할 수 있었다.

술이네는 계집아이라도 까막눈은 면해야 한다는 생각에 일거리도 줄여 주고 등잔불 심지도 돋워 주었으나 수남이 지나치게 열성을 보이자 슬그머니 걱정이 됐다.

"지지배가 머리에 든 것 많아야 팔자만 드세지 좋을 거 하나도 없어."

술이네는 정말 그렇게 생각했다. 공부는 바깥일 하는 남자한테나 필요한 것이지 여자는 남편 그늘에서 살림 잘하고 순종하며 사는 게 가장 큰 행복이라고 여겼다. 그녀는 남편과 사별한 지 10년이 넘었지만 과부인 게 여전히 부끄러웠다.

술이네는 처음부터 한방에서 데리고 잔 수남에게 특별한 감정을 갖고 있었다. 그리고 아이가 자라는 걸 지켜보는 동안 새로운 욕심이 생겼다. 수남은 말귀를 잘 알아듣고 바지런했다. 술이네는 아직 열 살밖에 안 된 수남을 잘 키워 5, 6년쯤 뒤에 태술과 혼인시키고 싶었다. 더 솔직한 심정은 태술이 되바라지고 사치스러운 경성 여자나 바람 든 이웃집 하녀들에게 빠지기 전에 수남을 민며느리라도 삼고 싶었다. 하지만 자신이나 태술이나 남의집살이를 하는 처지에 가당치 않은 일이었다.

더구나 수남은 자작 나리가 사 온 아이였다. 예전처럼 노비 문서가 있는 건 아니지만 그래도 수남을 며느리로 삼으려면 형만의 허락이 필요했다. 어쩌면 사 올 때 치른 값을 내라고 할지도 몰랐다. 자그마치 논 서 마지기였다. 잠들기 전마다 궁리하던 술이네는 좋은 방법을 생각해 냈다. 태술과 수남이 혼인해서도 계속 이 집 일을 하는 것이다. 태술은 형만의 신임을 얻어 회사에서 큰일을 맡고, 수남은 안채 살림을 맡아 한다면 그보다 좋은 수가 없다. 예전의 박 서방 부부처럼 말이다. 술이네는 아들이 회사에서 자리 잡고 수남이 더 크면 형만에게 둘의 혼인을 부탁하기로 마음먹었다. 일이 완전히 무르익기 전에 남들이 알아 좋을 것 없기에 아무에게도 말하지 않았다.

술이네의 속내를 알 리 없는 수남은 열심히 글을 익혔다.

태술은 수남이 열성인 데다 실력이 쑥쑥 늘자 신바람이 나 조선글을 다 깨치면 일본어까지 가르쳐 주겠다고 했다. 수남은 아는 글자가 하나 늘 때마다 새로운 세상이 열리는 것 같았다. 청소할 때면 채령의 교과서 중에서 조선어로 된 것을 읽어 보곤 했다. 모르는 글자뿐 아니라 이해되지 않는 내용이 있으면 태술에게 물어 깨쳤다.

수남은 그해 봄부터 사랑채 청소도 맡았다. 수남은 자신이 맡은 수많은 일 중 그 일을 가장 좋아했다. 호사스럽고 신기한 물건들이 넘치지만 안채 청소는 몸보다 마음이 더 고됐다. 채령의 성격은 이제 익숙해져 그리 힘들지 않은데 처음부터 자신을 못마땅해하던 곽 씨의 사나운 눈길은 여전히 숨도 못 쉬게 무서웠다.

기역 자를 엎어 놓은 것 같은 사랑채는 누마루와 그와 잇닿은 너른 방, 그리고 마루와 쪽마루를 끼고 이어진 손님방 세 칸으로 이루어져 있었다. 형만은 마루에 유리 분합문을 설치하고 사방이 틔어 있던 누마루 기둥 사이에도 격자 유리창을 달아 방으로 만들었다. 강휘의 서재였다. 반질반질 윤이 나는 너른 호두나무 책상과 책들이 가득 꽂힌 책장이 있고, 흰 옥양목 커튼 사이로 부드러운 햇살이 비쳐 드는 방은 주인을 닮아 조용하고 온화했다.

수남이 청소하는 시간은 강휘가 학교에 간 뒤였다. 책상 위에 펼쳐진 공책에서 강휘가 쓴 일본 글자를 보았을 때 수남은 무슨 내용인지 알고 싶었다. 읽다가 엎어 놓은 책을 볼 때면 무슨 이야기인지 궁금했다. 강휘가 가장 소중하게 여기는 책장 속의 책들도 마찬가지였다. 수남은 책장에서 조선어로 된 책들을 꺼내 보곤 했다. 읽지 못하는 글자, 이해하지 못하는 내용은 더디게 줄어들었다. 수남은 강휘가 읽은 책들을 만져 보고 펼쳐 보며 언젠가 그 책들을 술술 읽는 자신을 그려 보았다.

어느 날 수남은 청소하다 말고 책상 위의 책을 떠듬떠듬 읽고 있는 모습을 강휘에게 들키고 말았다.

"어, 글 읽을 줄 아네?"

강휘가 들어온 줄도 모르고 있던 수남은 깜짝 놀라 책상에서 후닥닥 멀어졌다. 도련님 책에 함부로 손을 대다니. 혼날 일밖에 없었다.

"누구한테서 배웠어?"

화를 내는 대신 강휘는 궁금해했다.

"태, 태술 오빠한테서요. 아직 잘 몰라요."

수남이 새빨개진 얼굴로 대답했다.

"글 배워서 어디다 쓰려고?"

책상 위에 걸터앉은 강휘가 호기심 어린 눈빛으로 물었다. 채령도 같은 질문을 했었다. 하지만 표정이 달랐다. 수남은 강휘 얼굴에 어린 미소를 보자 잔뜩 주눅 들었던 마음이 슬며시 펴졌다.

"음……, 길 잃어버렸을 때 찾으려고요."

수남의 대답에 강휘가 하하하, 웃었다. 소리 내 웃는 걸 좀처럼 보지 못한 수남은 놀란 눈으로 강휘를 바라보았다. 눈이 마주치자 강휘는 머쓱해하며 웃음기를 지웠다. 그리고 짐짓 어른스러운 표정을 지으며 말했다.

"그래. 책 속에 길이 있다고 하니 틀린 말은 아니다. 조선 글이 앞으로 계속 쓰일지는 모르겠지만 모르는 것보다야 낫겠지. 열심히 해. 꼬맹이가 공부한다니 상을 주마."

강휘는 새 공책 한 권과 지우개 달린 연필 두 자루를 건네주었다. 수남은 감히 받지 못하고 뒷걸음질했다. 그동안 수남은 태술이 구해다 준 광고지 뒷면, 채령이 쓰다 남긴 공책은 물론, 땅바닥, 부뚜막의 아궁이 옆면 등을 공책 삼아 글씨 연습을 했다. 몽당연필에서부터 나뭇가지, 부지깽이가 필기도구였다. 시간처럼 필기도구도 늘 부족했다. 그런 것들이 흔하게 굴러다니는 채령의 책상을 치울 때면 부러워 침이 다 넘어갔다.

"쓰고 남은 거니까 걱정 말고 어서 받아."

강휘의 채근에 수남은 공책과 연필을 받아 들었다. 세상을 다 얻은 기분이었다. 새 공책과 지우개 달린 연필이라면 글씨가 저절로 써질 것 같았다.

강휘가 도쿄로 유학을 떠난 뒤에도 수남은 청소를 핑계로 사랑채에 드나들었다. 또한 채령의 감당할 수 없는 변덕에 지치거나 어른들로부터 견디기 어려운 대우를 받은 날이면 잠깐씩 숨어들기도 했다. 수남은 강휘가 책상에 앉아 펜에 잉크를 찍어 무언가를 쓰거나, 햇살이 쏟아져 들어오는 창가에서 책 읽던 모습을 떠올리며 방학이 되기만을 기다렸다.

유학 갔던 강휘가 첫 방학을 맞이해 돌아온 다음 날 수남은 청소를 핑계로 사랑채에 갔다. 빨랫거리도 많을 것이다. 도련님 옷이라면 아무리 많아도 힘들지 않았다. 강휘는 음악을 틀어 놓은 채 마루에서 짐 정리를 하고 있었다. 활짝 열린 여행 가방 옆에 옷가지가 수북하게 쌓여 있었다. 수남은 뜰아래 서서 강휘가 음악에 맞춰 휘파람을 불며 가방 정리하는 모습을 바라보았다.

"수남이 청소하러 왔나 보구나. 그동안 잘 지냈니?"

수남을 발견한 강휘가 싱긋 웃으며 먼저 말을 건넸다. 수남은 아무 말도 하지 못하고 고개를 꾸벅 숙였다.

"일거리가 많다. 어서 올라와라."

수남은 마루 위로 올라갔다. 강휘가 수남을 보며 말했다.

"꼬맹이 많이 컸네. 아닌가? 목만 길어진 건가?"

수남은 놀리는 것처럼 들려 목을 움츠리면서도 놀란 눈이 되었다. 도련님이 내게 농을 던지다니. 강휘는 많이 변한 것 같았다. 유학을 떠나기 전보다 밝고 활기차졌다고나 할까.

"그동안 빈방 청소하느라 수고했어. 아주 깨끗하더라. 그런데 짐 푸느라고 또 어지럽혔으니 오늘도 부탁한다."

강휘 말에 수남은 상기된 표정으로 고개를 끄덕였다. 그동안 사람들에게 명령만 받았지 부탁을 받은 적은 없었다.

"참, 청소하기 전에 이리 와서 하나 골라 봐라."

강휘가 옆에 놓여 있던 종이 가방을 들어 올리더니 말했다. 수남은 주춤주춤 다가가 가방 안을 들여다보았다. 일본에서 사 온 듯한 물건들이 담겨 있었다. 수남은 놀라 강휘를 바라보았다.

"어서 골라. 어머니 심부름으로 사 온 건데 넉넉하니까 하나 가져도 돼."

강휘가 채근했다. 사양해야 한다는 생각보다 갖고 싶은 마음이 앞섰다. 도련님은 줬다 빼앗았다 변덕 부리는 아가씨와는 달랐다. 수남은 벌써 가방 안을 들여다보고 있었다. 예쁘고 화려한 거울과 빗, 작은 향주머니들로 가득했다. 정말 가져도 될까? 수남이 주저하자 강휘가 가방을 추어올리며 재촉했다.

수남은 침을 꼴깍 삼키며 다시 들여다보았다. 거울이 탐났지만 자신이 갖기에는 과한 것 같은 데다 강휘 앞에서 거울을 고르는 게 왠지 부끄러웠다. 수남은 향주머니 중 한 개를 집었다. 골무만 한 크기의 앙증맞은 빨간색 향주머니에는 금실 은실로 된 수가 놓여 있었다. 그것을 손에 쥐자 가슴이 떨렸다. 향주머니에서 박하 향기가 났다.

"청소 끝내고 갈 때 이 가방 좀 안채 어머니한테 갖다 드리렴."

강휘는 친구와 약속이 있다면서 나갔다.

수남은 강휘한테 선물을 받은 게 믿어지지 않아, 청소하는 것도 잊고 향주머니를 보고 또 보았다. 눈을 감고 향기를 들이켰다. 온 세상이 박하 향으로 가득 찬 것 같았다. 채령의 예쁜 옷이나 신발, 머리핀이 하나도 부럽지 않았다. 채령의 방에 있는 모든 것을 다 준대도 바꾸고 싶지 않았다. 수남은 혹시라도 남의 눈에 띌까 봐 향주머니를 방에 있는 궤짝 깊숙이 넣어 두고 닳을세라 아꼈다.

형만은 강휘가 오자마자 별채 정원에서 환영 파티를 열었다. 명문 세도가의 아들뿐 아니라 딸들도 자리한 연회였다. 형만은 본격적으로 강휘의 신붓감 고를 준비를 했다. 아버지는 며느릿감을 보잘것없는 가문에서 구했지만 형만은 아니었다. 가문과 사업을 더욱 강고히 하는 데 도움이 돼야 할뿐더러 강휘의 취약한 출신 성분을 덮을 만한 혼인이어야 했다. 그렇다고 강제로 결혼시키고 싶지는 않았다. 형만은 파티에 초대한 세도가의 딸들 중 강휘 마음에 들 아가씨가 분명히 있을 거라고 자신했다. 여자를 마다하기에는 피 끓는 청춘이었다.

연회장 출입이 금지된 채령은 담장 너머를 넘겨다보며 남자는 물론 여자들 품평회를 했다. 남자고 여자고 채령에게 좋은 평을 듣는 사람은 없었다.

"아가씨 점수가 너무 짜네요. 내 눈에는 다 멋있고 이뻐 보이기만 하는데요."

우물가에 앉아 푸성귀를 다듬던 수남이 말했다.

사실 수남의 눈에는 한껏 차려입은 사람들 틈에서도 강휘만 보였다. 대학생이 되더니 더 멋있어졌다. 수남은 도련님이 파티에 온 신여성들 중 가장 어여쁘고 착한 여자와 혼인해 사랑채에 살았으면 좋겠다고 생각했다.

"네가 사람 볼 줄이나 알아? 참 수남아, 이 향 좀 맡아 봐."

채령이 다가와 수남의 코에 향주머니를 불쑥 들이밀었다. 수남이 갖고 있는 향주머니와 같은 것이었다. 수남은 채령이 혹시 그 사실을 알고 있으면 어쩌나 싶어 가슴이 철렁했다.

"박하 향기 나지? 이 향주머니 오빠가 도쿄서 사 온 건데, 갖고 있으면 좋아하는 사람하고 이어진대."

"도, 도련님이 그러셨어요?"

수남의 얼굴이 발그레 달아올랐다.

"얘는, 오빠가 그런 말이나 할 줄 아는 사람이니? 지난번에 백화점 갔다가 점원한테 들은 말이야. 내지에서는 사랑 고백할 때 향주머니 선물을 많이 한대. 애고, 나는 언제 오빠가 아니라 멋진 남자한테 이런 걸 받아 볼까?"

채령이 집게손가락에 건 향주머니를 뱅뱅 돌리며 한숨 쉬었다.

어린 시절엔 아버지의 후광으로 돋보였지만 열일곱 살이 된 채령은 이제 자신의 용모만으로도 넘치게 빛났다. 그 사실을 가장 잘 아는 사람은 그녀 자신이었다. 종종 고백 편지를 받고 학교 앞이나 집 앞까지 남학생들이 찾아오니 모를 수 없었다. 하지만 채령에겐 자유연애가 허락되지 않았다. 세상이 바뀌었대도 남자들에게 업적이 되는 연애가 여자들에게는 여전히 치명적인 흠이었다. 채령은 온갖 영화 속 여

주인공에게 자신을 대입시킨 뒤 하루는 클라크 게이블과 국경을, 하루는 게리 쿠퍼와 세월을, 또 하루는 험프리 보가트와 생명을 불사하는 사랑에 빠졌다. 채령은 주위 남자들이 감히 대적할 수 없는 존재들과 연애를 하며 그들을 시시한 풋내기로 만들었다. 그게 세상 남자들을 무시하게 만들어 오히려 그녀의 주가를 높여 주었다.

강휘가 집을 떠난 뒤에도 채령에게 주어진 임무는 귀염둥이 딸 노릇뿐이었고, 누릴 수 있는 자유 또한 사치뿐이었다. 나이가 들어도 변하지 않는 자신의 역할이나 마음껏 손에 넣을 수 있는 물건들에 물린 채령은 허용되지 않는 것을 갈망하기 시작했다. 가상의 사랑에 싫증 난 채령은 실제 사랑을 꿈꾸었다. 열정적인 사랑은 그녀가 시도할 수 있는 유일한 모험이었다.

"사랑을 위해서라면 죽어도 좋아."

채령이 밥 먹듯이 자주 하는 말이었다. 수남은 원래도 채령의 말이나 생각에 태반은 공감하지 못했지만 그 말은 더 이해할 수 없었다. 이 세상에 먹고사는 일만큼 중한 것은 없다고 수남은 생각했다. 수남이 알고 있는 대다수의 사람들 역시 목구멍에 풀칠하기 위해 온갖 고통과 비루함을 참아 내고 있었다. 수남은 채령이 가진 게 많아서 그런 거라고 생각했다. 몸뚱이와 목숨뿐인 처지로는 꿈도 꿀 수 없는 망상 같은 생각.

"그깟 사랑이 뭐라고 목숨을 버린대요?"

수남이 정말 모르겠다는 얼굴로 말하자 지난해부터 생리를 시작한 채령이 비웃었다.

"아직 달거리도 안 하는 어린애가 뭘 알겠니. 가서 암죽이나 더 먹고 와."

얼마 뒤 시샘하듯 수남도 초경을 치렀다. 술이네가 달거리용 천을 챙겨 주며 일렀다.

"시방부턴 너도 애를 밸 수 있는 여자가 된 겨. 그러니 몸가짐 각별히 조심허고."

몸의 변화는 신기하게도 마음의 변화까지 가져왔다. 사랑채 뒤란에 핀 살구꽃잎이 점점이 떨어져 흩날리는 것을 보는 순간 수남은 채령의 말을 이해했다. 그러자 강휘를 향한 그리움이 뜨거운 물결처럼 가슴에 차올랐다. 그동안 새끼 오리가 어미 오리 따르듯 좋아하던 마음과는 전혀 다른 빛깔이었다.

그동안 강휘를 좋아했던 감정이 그로부터 무언가를 받아서였다면 새롭게 생긴 감정은 무엇이든 주고 싶은 마음이었다. 지금껏 수남은 가진 게 없다고 생각해 왔다. 자신은 다른 하인들과 달리 몸뚱이마저 주인의 것이었다. 그러니 강휘에게 할 수 있는 보답도 청소나 빨래 같은 것뿐이라고 여겼다. 하지만 강휘를 향한 감정이 사랑이라고 생각하자 채령의 말처럼 그를 위해서라면 어떤 희생도 치를 수 있을 것 같았다. 그 마음만으로도 수남은 가슴속에 무언가 가득 찬 느낌이었고, 먹고살기 위해 버둥거리는 행랑채 사람들과 다른 존재가 된 것 같았다.

수남은 향주머니를 꺼내 들여다보고 또 들여다보았다. 세월은 향기를 앗아 가 이제 코에 대고 깊은 숨을 들이켜도 아주 희미한 냄새만 날 뿐이었다. 하지만 수남의 감각은 처음 맡았던 향기를 또렷하게 기억하고 있었다. 향주머니를 가지고 있으면 좋아하는 사람하고 이어진다는 채령의 말도 늘 함께 떠올랐다. 물론 강휘가 자기한테만 선물을 준 것도 아니고, 향주머니를 고른 사람도 자신이었다. 그런데도 수남은 강휘한테서 고백과 함께 향주머니를 받은 듯한 착각에 빠졌다. 밤이면 달콤한 상상이 다래 넝쿨처럼 번어 나가 잠을 설쳤다. 아침이 되면 정신이 돌아와 주위에 어여쁘고 지체 높고 학벌 좋은 아가씨들도 많은데 도련님이 왜 보잘것없는 나한테, 하는 생각이 들었다. 그러면 한없이 슬퍼졌다.

수남은 강휘가 어느 결에 자신의 일부가 됐음을 깨닫고는 생각만으로도 큰 잘못을 저지른 것 같아 주위를 살폈다.

'생각만이니까. 아무도 모르게 혼자 생각만 하는 거니까.'

그녀는 자신에게 변명하듯 중얼거리곤 했다.

여름을 보내고 다시 도쿄로 간 강휘는 겨울방학 때 돌아오지 않았다. 그리고 다음 해 1학기 중간에 어디론가 사라졌다. 형만은 그 사실을 강휘의 편지를 받고서야 알았다. 자신에게 주어진 가문의 영욕을 모두 내려놓고 떠나니 죽은 셈 치고 찾지 말라는 내용이었다. 형만은 아들의 편지를 받고 처음엔 코웃음을 쳤다. 늦된 강휘가 이제서 치기 어린 방황을 하는 거라고 생각했다.

"골샌님인 것보다 낫군. 그래, 세상 구경도 하고 집 밖이 얼마나 험한지 깨닫는 것도 나쁘지 않아."

강휘가 오래 견디지 못하고 돌아올 거라고 확신한 형만은 그 사실을 아무에게도 알리지 않았다. 하지만 한 달쯤 뒤 도쿄 유학생으로 이루어진 항일 조직이 검거되면서 새로운 사실이 밝혀졌다. 경성으로 압송돼 온 유학생들 중에는 강휘의 친구 장수가 있었다. 장수는 강휘의 하숙집에서 검거됐다. 그제야 형만은 강휘가 그동안 장수와 함께 지냈음을 알았다. 장수는 강휘가 조직과 아무런 연관이 없다며 자신에게 남긴 편지를 증거물로 내놓았다. 하숙비를 두 달치 미리 내놓았으니 그 안에 살 방도를 마련하라는 내용이었다.

"네가 어떻게 강휘하고 같이 지낸 게냐?"

장수를 면회한 형만이 노여움에 떨며 물었다.

"강휘가 숙식을 제공해 준다고 해서 염치 불고하고 같이 지내게 됐습니다."

인력거를 끌며 고학하던 장수 역시 강휘가 어디로, 왜 떠났는지 짐작조차 못 했다. 경찰에서도 강휘와 그 조직의 연관성을 찾아내지 못했다. 그러나 어디로, 왜 떠났는지는 의문으로 남았고 장수와 동거했던 강휘는 요주의 감시 대상이 됐다. 형만은 강휘의 편지를 내놔 봤자 의심만 더하고, 성가신 일이 일어날 것 같아 함구했다.

형만은 혼자 있을 때 강휘의 편지를 다시 꺼내 찬찬히 읽

어보았다. 자신에게 주어진 것을 버리는 데 일말의 아쉬움
도 없는 듯 편지는 간단하고 명료했다.

'가문의 영욕, 영욕이라 했겠다. 제 놈이 욕되게 하는 데
한몫한 주제에.'

형만은 새삼 치미는 분노로 편지를 와락 움켜쥔 채 부들
부들 떨었다.

'제 어미를 잡아먹은 것으로 모자라 아비를, 가문을 잡아
먹으려고 하는구나.'

형만은 인애의 자살이 강휘 때문이라고 여겼다. 집에 데
려다 놓은 아들에게 정을 줄 수 없었던 이유였다. 임신하기
전에는 애정 없는 본처 자리보다 사랑하는 연인의 자리가
더 낫다던 여자였다. 하지만 아이를 갖자 마음이 달라져 이
혼을 종용했다. 형만이 아버지에게 간청했지만 이혼은 불가
하니 인애를 첩으로 삼으라는 말만 돌아왔다. 아이는 형만
과 곽 씨 호적에 올라야 했다. 형만은 인애가 핏덩이를 두고
자살한 게 아들의 앞날을 위해서라고 추측했다. 아들이 첩
의 자식이란 소릴 듣지 않게 하려고 목숨을 끊은 것이다. 자
식을 낳음으로써 더욱 공고해진 첩의 자리가 치욕스러워 견
딜 수 없다는 유서 내용을 형만은 자기 식대로 받아들였다.

형만은 죽은 연인에게 강휘를 윤씨 가문의 당당한 후계자
로 키워 내겠다고 다짐했다. 약속을 지키기 위해 그는 최선
을 다했다. 그런데 자신의 노력과 기대를 헌신짝처럼 팽개치
고 사라지다니. 형만은 아들에게 지독한 배신감을 느꼈다.

'아비 덕에 호의호식하면서 온실 속 화초처럼 자란 놈이 얼마나 견딜라고. 머잖아 빌면서 기어 들어올걸. 그때, 지금까지 누려 온 게 당연한 게 아니란 걸 단단히 가르칠 테다.'

형만은 몇 달 동안 벼르고 별렀다. 그러나 1년이 다 돼 가도록 소식이 없자 불안해진 형만은 사람을 풀어 강휘의 행방을 찾았다. 하지만 빈집의 웃자란 풀처럼 소문만 무성할 뿐 정확한 소식은 알 수 없었다.

"이제껏 소식이 없는 걸 보면 죽은 게 분명해. 마님이 굿할 때도 객사한 도련님 원혼이 찾아왔다며 무당이 꺼이꺼이 울었다잖아."

"무신 소린교. 남의 부인을 좋아했다 캅니더. 그래서 그 여자하고 밤도망 쳤다 아입니꺼."

"역시 피는 못 속이는개 벼. 할아버지 아버지하고 다르게 점잖다 했더니만 결국은 그런 사고를 치는구먼."

"그게 아니라 일본서 누구랑 싸우다 그만 사람을 죽였대. 그래서 나리가 어디다 숨겨 두고 사건이 무마되기만 기다리고 있는 거라네. 사람 풀어 찾는 척하는 것도 다 남들 눈 속이려는 거고, 실은 도련님을 보살피러 보내는 거래. 세상에서 제일 쓸데없는 걱정이 상전 걱정이라네. 우리같이 보잘것없는 것들은 국으로 일이나 하자구."

강휘 소식은 2년이 지났을 즈음 수상쩍은 사람들의 방문이 잦아지면서 다시 집안을 떠돌았다. 누구는 강휘가 상하이에 있다고 했고, 누구는 만주에, 또 누구는 연해주에 있다고 했다. 아직 일본에 있다는 사람도 있었다. 어디에 있든 그가 형만의 입장을 곤란하게 만드는 일을 하고 있다는 결론은 일치했다. 아들 때문에 형만이 곧 작위도 빼앗기고 사업도 망할 거라는 소문이 은밀하게 퍼져 나갔다.

그 무렵 형만은 여러 감정을 거친 끝에 강휘가 제발 살아 있기만을 바라는 단계에 이르렀다. 아버지와 아들을 모두 비명횡사로 잃은 당사자가 되는 건 생각만으로도 끔찍했다. 아버지의 죽음으로 실추된 명예는 자신의 노력으로 회복했지만, 아들의 죽음은 곧 가문이 망하는 지름길이었다. 하지만 저들의 주장대로 강휘가 일본의 주요 인사 테러, 공공 기관이나 열차 폭파 등을 일삼는 항일 무장 단체에 가담해 있다면 살아 있어도 가문을 위협하기는 마찬가지였다. 형만은 누구보다 먼저 강휘를 찾아내야 했다.

수남은 어딘지 가늠할 수조차 없는 곳을 떠돌고 있을 강휘에 관한 소문 하나하나에 애가 달고 가슴이 저렸다. 소문 속의 강휘는 자신이 보아 온 조용하고 점잖은 모습과 너무 동떨어져 있어 서운할 지경이었다. 수남은 강휘의 안녕을 기원하며 기도하는 마음으로 사랑채를 쓸고 닦으며 속으로 빌었다.

'도련님, 향주머니 잘 간직하고 있으니까 어디서든 무고하게 지내셔요.'

수남은 이미 향기가 사라진 향주머니가 강휘와 자신을 이어 줄 신표라도 되는 양 애지중지했다.

1937년 여름, 5년제 여자고등보통학교를 다닌 채령이 졸업할 때가 다가오자 여기저기에서 혼담이 들어오기 시작했다. 형만은 채령이 상급 학교에 진학하는 것을 원하지 않았다. 그는 여자의 행복은 남들이 가지 않은 길에 발자국을 내는 게 아니라 사람들이 앞서가며 다져 놓은 길을 편하게 걷는 거라고 믿었다. 길이 아닌 곳은 거칠고 험하기 마련이다. 나혜석이니 김일엽이니 하는 여자들이 그곳에 발자국을 찍고 길을 내겠다며 호기를 부렸지만, 그들이 얻은 것은 세상의 손가락질뿐이었다.

형만은 화초처럼 곱게 기른 딸이 좋은 가문으로 시집가 평범한 여자의 길을 가기를 바랐다. 경성에서 손가락 안에 드는 형만의 재산은 뿌리 얕은 가문이나 아버지와 자신을 둘러싼 추문, 강휘를 두고 떠도는 말들을 쓸어 덮고도 남았다. 누가 뭐래도 채령은 일등 신붓감이었다. 딸을 두고 거래할 생각은 없었으나 형만은 누이 좋고 매부 좋은 식으로 자식을 사이에 두고 상부상조할 만한 가문을 고르고 있었다.

곽 씨도 형만 못지않게 열성적으로 채령의 신랑감을 물색했다. 평소 딸의 말이라면 거절하는 법이 없는 형만도 혼사 문제에서는 채령을 배제하는데, 곽 씨는 말할 나위도 없었다. 채령은 초조해지기 시작했다. 지금 같은 상황이라면 졸업식장에서 바로 혼례식장으로 갈 판이었다. 채령은 연애는 커녕 얼굴도 못 본 채 부모가 짝지어 준 남자와 결혼하고 싶지 않았다. 정략결혼의 상대에게 애정이 생길 리 없고, 그 결과가 어떨지는 어머니의 현재 모습을 보면 알 수 있었다.

궁리하던 채령은 유학을 결심했다. 졸업하는 대로 혼례식장에 끌려갈지 모를 현실에서 도망치려면 그 길밖에 없었다. 또한 자유롭게 사랑을 찾아 나서기 위한 길이기도 했다. 그런데 아버지가 유학을 보내 줄지 미지수였다. 대부분의 남자나 그들의 집안에선 공부 많이 한 여자를 좋아하지 않았다. 채령은 단식투쟁도 불사하리라 결심하고 먼저 형만에게 유학 얘기를 꺼냈다. 꽉 막힌 어머니보다는 세상 물정에 밝은 아버지와 말이 더 통할 것 같아서였다. 자신을 사랑하는 아버지에 대한 믿음도 있었다. 하지만 형만은 생각해 볼 것도 없이 반대했다. 그릇과 여자는 내돌리면 깨진다는 인식이 깊이 박혀 있는 사회에서 유학한 여자들은 편견이나 선입견의 대상이었다.

"그만큼 배웠으면 혼인해서 남편 보필하고 자식 키우기에 부족함이 없는데 유학이라니. 왜 사서 고생을 하려 들어. 안 된다."

형만은 달래듯 말했다.

"여자는 그저 남편의 그림자로 내조 잘하고, 자식 잘 키우면 된다는 생각은 구시대의 낡은 생각이에요. 저는 남편과 자식을 위해서가 아니라 저 자신을 위한 삶을 살고 싶어요. 그러기 위해서는 여자도 공부를 해야 해요. 아버지, 제발 허락해 주세요."

채령은 잡지나 소설에서 읽었을 뿐 생각해 본 적 없는 말들을 술술 내뱉고 있는 자신이 흡족했다. 형만은 똑부러지게 자기 주장을 펴는 모습을 보자 처음으로 채령이 딸인 것이 아쉬웠다. 채령이 아들이었다면 강휘도 경쟁의식을 느끼며 좀 더 현실감을 가졌을 것이다. 형만은 강휘도 없는데 채령마저 먼 곳으로 떠나보내고 싶지 않았다.

"공부를 더 하고 싶다면 이화여전에 가는 게 어떻겠냐?"

형만이 타협안을 제시했다.

"기왕 공부하는 거 내지에 가서 하고 싶어요."

일본은 자기 나라 영토를 식민지와 구분 짓기 위해 내지라고 불렀다. 본국이라는 의미였다. 그리고 조선은 비하의 뜻으로 반도라 칭했다. 일본인은 내지인, 조선 사람은 반도인으로 불렸다. 채령의 목표는 공부가 아니라 사랑을 찾는 거였다. 그러기 위해선 집을, 어머니를 떠나야 했다.

열여덟 살이 돼서도 채령은 아침마다 어머니에게 매무새를 점검받았다. 조금이라도 멋을 부리거나 귀가가 늦을라치면 곽 씨는 길길이 뛰며 딸을 화냥년 취급했다. 자신은 온갖 이상한 사람들을 끌어들여 종일 화투나 마작을 하고 먹자판이나 벌이면서 딸에게는 요조숙녀가 되기를 강요하는 어머니를 채령은 혐오하다 못해 증오했다. 그런 어머니가 정해 준 혼처와의 결혼은 생각만으로도 끔찍했다. 아예 어머니는 상상도 못 할 미국으로 유학 가고 싶었지만 그곳은 너무 멀고 낯설어 용기가 나지 않았다.

채령이 두려워하는 오직 한 사람이 곽 씨라면, 형만이 이 길 수 없는 단 한 사람은 채령이었다. 형만은 채령을 주저앉힐 방법을 궁리하다 안채로 갔다. 곽 씨가 강압적으로 채령의 유학을 막는다고 해도, 무조건 딸 편을 들었던 지금까지와는 달리 모르는 척할 셈이었다. 급한 마음에 형만은 미리 이르지도 않은 채 안마당으로 들어섰다.

주인 나리의 갑작스러운 등장에 안방과 응접실에 가득하던 사람들이 느닷없이 파헤쳐진 흙 속의 두더지들처럼 우왕좌왕했다. 형만은 미간을 찌푸린 채 마당에 서서 집 안이 정리되길 기다렸다. 잠시의 움직임으로도 곽 씨는 가쁜 숨을 몰아쉬며 형만 맞은편 의자에 앉았다. 푸짐한 곽 씨의 몸은 응접 의자에 가득 찼다. 형만은 볼과 턱살이 늘어진 곽 씨의 얼굴 대신 어깨 너머 벽에 걸린 장식품들을 바라보며 이야기를 꺼냈다.

"채령이 일본 유학을 고집하는데 당신은 어찌 생각하오?"

곽 씨는 처음 듣는 이야기에 정신이 산란해졌다. 그녀는 채령이 여학교를 졸업하면 붙잡아 앉혀 놓고 신부 수업을 제대로 시키리라 마음먹고 있었다. 안채 소속인 딸의 성공적인 결혼으로 자신의 존재를 증명하고 싶었다. 어디 내놔도 손색없을 규수로 만들기 위해 장안의 유명한 독선생들을 알아보는 중이었는데 느닷없이 유학이라니. 게다가 무조건 딸 편인 사람이 새삼스레 의견을 묻는 것도 수상쩍어 곽 씨는 할 말을 찾지 못했다. 형만이 대답을 기다리지 못하고 말했다.

"계집아이를 멀리 보내는 건 당신도 내키지 않을 것이오. 그러니 좀 타일러 보시오. 정 대학엘 가고 싶으면 유학 말고 이화여전에 가라고 말이오. 집에서 학교 다니다 괜찮은 혼처가 나타나면 바로 혼례 치르기도 좋지 않겠소."

형만의 말은 곽 씨 머릿속에 있던 계획은 물론 고정관념까지 한순간에 날려 버렸다. 이화여전이라니. 곽 씨는 '이화' 자만 들어도 피가 거꾸로 솟았다.

'아직도 최인애 그년을 잊지 못하고 딸까지 그 학교엘 보내려는 거야.'

딸이 첩년이 나온 학교에 가는 꼴은 볼 수 없었다. 곽 씨는 주먹 쥔 손을 부르르 떨며 평소 생각과 구만리는 동떨어진 주장을 펼쳤다.

"지금 세상이 어떤 세상인데 계집아이라고 유학을 막다니요. 강휘는 두말없이 보냈으면서 왜 이러십니까? 앞으로는 여자들도 공부하면 출세하는 세상이 온답디다. 뜨르르한 가문에 시집보내 봤자 층층시하에서 시집살이나 하고, 잘난 서방 첩질하는 꼴이나 보며 살 게 뻔한데 금지옥엽 키운 내 딸이 그렇게 사는 건 싫소. 나는 유학 찬성입니다!"

그 말을 하는 동안 곽 씨는 아껴 두었던 딸에 대한 애정이 샘솟았고, 사랑하는 딸이 넓은 세상에서 자유롭게 훨훨 날아다니며 살기를 바라는 마음이 간절해졌다.

늦더위가 기승이었다. 수남은 우물가에서 저녁 지을 보리쌀을 씻고 있었다. 긴 머리 타래가 등에서 이리저리 흔들렸다. 수남은 짧은 머리에 포한이 졌는지 머리카락 길이가 엉덩이에 이르는데도 자르지 않았다. 갑자기 두레박이 첨벙하고 우물에 드리워지는 소리가 났다. 고개를 들어 보니 태술이었다. 수남은 활짝 핀 분꽃처럼 웃었다.

"오빠, 언제 왔어요?"

"좀 전에 와서 사장님 뵙고 나오는 길이야."

길어 올린 우물물을 벌컥벌컥 들이켠 태술이 턱으로 흘러내린 물을 손으로 훔치며 말했다.

흰 셔츠에 양복 윗도리를 걸친 모습에서 제법 사내 티가났다. 여드름투성이에 변성기의 목소리를 지녔던 모습은 어디에도 없었다. 태술은 어느덧 스물세 살이었다. 수남은 자연스레 태술보다 한 살 더 많은 강휘를 떠올렸다.

"아주머니가 어젯밤 오빠 꿈 꿨다고 하더니 이렇게 올 줄 아셨나 보네. 어여 가 봐요."

수남이 말했다. 아들 이야기를 할 때면 술이네 얼굴에선 곰보 자국마다 빛이 났다. 그 환한 표정을 보면 옆에 있는 사람도 덩달아 기분이 좋아졌다. 물론 입만 열면 아들 자랑이라고 입을 삐죽거리는 사람들도 있었지만 말이다.

"그동안 별일 없었고?"

태술은 가지 않고 수남이 보리쌀 씻은 물을 쏟아 내자 자배기에 두레박 물을 부어 주었다. 그러곤 또 물을 길어 올렸다.

"아주머니한테 가 보지 않고 뭐 해요? 두레박 이리 주고 얼른 가요."

쭈뼛거리던 태술은 채소 가게에서 부려 놓고 간 푸성귀를 한 바구니 안은 음성댁이 다가오자 작은 소리로 수남에게 말했다.

"이따 아홉 시에 사랑채 살구나무 아래로 나와. 할 말 있어."

말을 마친 태술은 음성댁에게 너스레를 떨며 인사했다.

"서울물 자시더니 몰라보겠네요."

음성댁은 금광에서 사고를 당해 사망한 일꾼의 아내였다. 형만이 보상 차원에서 안채 행랑어멈으로 들인 것이다. 요즘 곽 씨의 날 선 눈길은 음성댁을 따라다니고 있었다.

"우리 할머니, 어머니, 아버지 다 무고하신가유?"

음성댁은 아기를 못 낳아 모진 구박을 받았다면서도 시댁 식구 안부부터 물었다.

"노인네들은 정정하니까 걱정 말고 아주머니나 잘 지내시랍니다."

"내려갈 때 우리 집에 뭐 하나 좀 전해 줘유."

수남은 음성댁이 종로통에 심부름 가는 자신에게 안티푸라민을 사다 달라고 했던 게 생각났다.

수남은 태술과 음성댁의 이야기에 오래간만에 고향에 있는 가족을 생각했다. 남들처럼 월급이라도 받으면 집에 돈을 부치든가 물건을 사 보내든가 할 텐데 수남의 수중엔 단

돈 10전도 없었다. 그래도 박 서방 아저씨가 전해 준 말로는 수남과 바꾼 논 덕분에 식구들이 굶지는 않는다고 했다. 박 서방이 병들어 가회동 저택을 떠난 뒤 형만은 여주 소작지를 팔았다. 그 뒤로는 고향 소식을 들을 길이 없어졌다. 안골에서 산 기간보다 가회동 저택에서 산 세월이 더 많아지는 동안 고향에 대한 기억도 희미해졌다. 이제는 집이 그립지도, 가족들이 생각나지도 않았다. 그래도 모처럼 고향 생각에 수남은 감상에 젖었다.

안채 마루의 괘종시계가 아홉 번을 치고 나서도―곽 씨는 뻐꾸기 소리가 심란하다고 괘종시계로 바꿔 버렸다―수남은 술이네가 잠들 때를 기다렸다. 태술과 밤에 따로 만난다는 걸 왠지 알려서는 안 될 것 같았다. 술이네의 코 고는 소리가 들려온 뒤에야 수남은 조심스레 밖으로 나갔다.

수남이 살구나무 아래로 가자 태술이 불쑥 나타나 더 짙은 어둠 속으로 잡아끌었다. 밤이라 그런지 맨살에 와 닿는 공기가 선뜩했다. 어디선가 풀벌레가 울었다. 둘은 사랑채 뒷마루에 걸터앉았다. 강휘가 안에 없다는 사실에 수남은 새삼스레 허전했다. 할 이야기가 있다던 태술은 발부리로 땅만 툭툭 찰 뿐 말이 없었다. 평소 싱거운 장난도 치고 흰소리도 많이 하던 사람인데 이상했다.

"왜 보자고 했어요? 참, 나도 할 말 있는데."

수남이 먼저 입을 열었다.

"뭔지 해 봐."

태술이 반가운 기색으로 말했다.

"우리 엄니, 아버지 소식이 궁금하네요. 오빠가 현장 내려가는 길에 한번 들러 줄 수 없어요? 음성댁 아주머니가 고향 이야기 하는 거 보니까 갑자기 생각나서요."

"널 팔아먹은 부모가 뭐가 그리 그립냐?"

태술의 목소리가 조금 퉁명스러워졌다.

"그래도 내가 이렇게 있는 건 엄니, 아버지 덕이잖아요."

"알았어. 알아봐 줄게."

태술은 수남의 청을 거절한 적이 없었다.

"고마워요. 이젠 오빠가 이야기해 봐요. 왜 보자고 했는지."

"이거……."

태술이 주머니에서 무언가를 꺼내 건네주었다. 작은 손거울이었다.

"웬 거울이에요? 아, 미스 차 언니한테 전해 주라고요?"

어리둥절해하던 수남이 태술의 뜻을 알았다는 듯 말했다. 미스 차는 별채 사무실의 타자수였다. 미스 차가 양갱과 버선을 수남에게 주며 태술의 어머니한테 전해 달라고 한 적이 있었다. 태술 오빠에게 관심 있느냐고 묻자 미스 차는 얼굴이 빨개졌다.

"무슨 소릴 하는 거야? 빨리 받아."

"미스 차 언니한테 직접 주지 왜 나한테……."

"이 맹추야, 너 주려고 산 거야. 아까 오다 종로통 양품점에서 샀어. 다음엔 박가분 사다 줄게."

어둠이 눈에 익자 태술의 표정이 어슴푸레 보였다. 뿌듯함이 가득한 얼굴이었다.

"이걸 왜 나한테 주는 건데요?"

수남은 거울을 받는 대신 여전히 영문 몰라 하는 얼굴로 말했다.

"넌 눈치가 없는 거냐, 없는 척하는 거냐? 사내가 여자한테 이런 걸 왜 주겠어? 널 좋아한단 말이다."

태술이 약간 떨리는 목소리로 말했다. 수남은 가슴이 쿵하고 내려앉았다. 조금도 눈치채지 못했던 일이었다.

확실한 직장, 통신중학교 졸업, 활달하고 서글서글한 성격 덕에 태술에겐 따르는 여자들이 많았다. 더러 누가 중신을 서기도 했지만 그때마다 술이네는 거절했다. 사람들은 시어머니 눈이 눈썹 위에 붙었으니 어떤 며느리가 와도 성에 차지 않을 거라며 흉을 보았다. 수남은 태술 모자가 남 같지 않아 늘 술이네와 태술이 모두 흡족해할 만한 신붓감이 나타나기를 바라고 있었다. 그런데 난데없이 태술에게 고백을 받다니. 수남은 실망할 술이네부터 떠올랐다.

"오빠, 농담도 잘하네요."

"농담 아냐. 넌, 넌 날 어떻게 생각해? 사내로 생각한 적 한 번도 없어?"

태술이 물었다. 수남은 어둠 속에서도 자신을 쏘아보는 눈길이 느껴졌다. 태술을 남자로 생각해 본 적은 없었지만 난생처음 받아 보는 고백에 가슴이 떨렸다. 사실 태술은 수남 처지에 넘치는 상대였다. 태술만 해도 과분한데 강휘라니. 수남은 자신의 가당찮은 마음에 한숨을 내쉬었다.

"니가 누구한테 마음 두고 있는 줄 알아."

수남이 대답 대신 한숨을 내쉬자 태술이 뭔가 감 잡은 표정으로 말했다. 수남은 가슴이 덜컥 내려앉았다. 팔려 온 주제에 감히 도련님을 마음에 품다니. 자작 나리나 안방마님 귀에 들어갔다가는 치도곤을 당하는 것으로도 모자라 당장 쫓겨날 게 분명했다. 돌아가기엔 고향도, 집도 너무 아득했다.

"무, 무슨 소리를 하는 거예요?"

수남은 떨리는 목소리를 누르며 말했다.

"너 테라오 과장 좋아하잖아."

생뚱맞은 소리에 수남은 태술을 바라보았다.

"그래서 일본말 배운다는 핑계로 자꾸 만나는 거 다 알고 있어."

"오빠가 그걸 어떻게 알았어요? 아니, 내 말은 내가 일본말 배운다는 거……."

수남이 무극양행 일본인 직원 테라오 준페이에게 일본어를 배우는 것은 사실이었다. 조선글을 익힌 수남은 일본어가 너무 알고 싶었다. 수남 나이에 일본어를 모른다는 건 보통학교도 나오지 않았다는 뜻이다. 채령처럼 여학교에 진학하는 여자들은 경성에서도 많지 않았지만 그래도 보통학교 과정 정도는 다들 마쳤다. 학교에서 조선어보다 일본어를 훨씬 더 많이 가르쳤기에 보통학교를 졸업하면 일본어를 읽고 쓰고 말할 줄 알았다. 바깥심부름이 잦아지면서 일본어를 접할 일도 많아졌다. 그때마다 수남은 보통학교도 다니지 못한 게, 아니, 그 사실을 들킨 게 창피해 식은땀이 났다. 일본어를 가르쳐 주겠다던 태술은 대부분 현장에 내려가 있었다.

준페이는 사랑채 손님방에 기거했다. 청소하러 간 수남이 일본어에 관심을 보이자 선뜻 가르쳐 주겠다고 했다. 조선어를 못하는 선생 덕에 수남의 일본어 진도는 빠르게 나가 이제 기본 글자를 읽고 쓰는 정도가 됐다. 수남은 준페이에게는 고마운 마음만 있을 뿐인데 태술이 오해하자 어이없었다.

"왜 몰라? 좋아하면 다 알게 돼 있어. 너 정신 차려. 테라오 상은 일편단심 채령 아가씨만 바라보고 있으니까. 그렇지 않더라도 내지인이 널 받아 줄 거 같아? 만일 그런다면 노리개로나 삼겠지."

태술은 일본 놈한테 짓밟힌 큰누나 생각이 나 어금니를 물었다.

테라오 상이 채령 아가씨를 좋아하고 있다니. 수남은 태술의 오해보다 그 사실이 더 놀라웠다. 덥수룩한 머리와 큰 키가 부끄럽다는 듯 구부정한 등, 그리고 늘 소매에 검정색 토시를 끼고 있는 준페이를 채령은 아버지 회사 직원 이상으로 생각하지 않았다. 세상 남자가 오로지 준페이뿐이라고 해도 채령은 그에게 마음을 주지 않을 게 분명했다. 수남은 준페이가 불쌍했다.

내가 좋아한다는 걸 알면 도련님은 어떨까? 수남은 그 생각을 황급히 지웠다.

"테라오 상은 그런 나쁜 사람 아니에요. 그리고 난 테라오 상 좋아하지 않아. 그냥 일본말을 배우는 것뿐이에요."

태술이 거울을 억지로 수남 손에 쥐여 주며 말했다.

"아무래도 상관없어. 1년만 기다려. 동대문이나 자하문 밖에라도 집 한 칸 장만하면 우리 혼인하자. 할머니도 모셔 오고, 어머니 모시고 나가서 같이 살자. 내가 열심히 일하는 것도 다 사장님한테 신임 얻어서 혼인 허락받으려고 그러는 거야. 나하고 혼인하면 넌 종살이에서 풀려날 수 있어."

태술의 목소리에 열기가 서려 있었다. 수남의 손목을 잡은 손도 뜨거웠다. 수남은 귓가에 제 가슴 뛰는 소리가 북 치듯 들려오는 것을 느꼈다. 강휘한테서는 영원히 듣지 못할 고백일 것이다.

떠나는 사람들 1

1938년 3월 14일 경성역, 안내원이
확성기에 대고 9시발 부산행 기차의 탑승을 재촉하고 있
었다.

"아버지, 저 이제 기차 탈게요."

볼연지를 칠한 것처럼 뺨이 상기된 채령이 기차를 돌아다
보며 말했다. 여대생이 돼 집을 떠나는 광경은 그녀가 오랫
동안 꿈꿔 왔던 장면이었다. 채령은 검정 저고리와 통치마
교복을 벗고 볼록한 가슴과 잘록한 허리를 강조한 투피스를
입은 자신의 모습에 흡족해했다. 웨이브를 넣은 단발머리에
종 모양의 모자 클로슈를 쓴 차림새는 최신판 일본 잡지에
서 튀어나온 듯했다.

"아버지가 함께 가서 챙겨 줘야 하는데 미안하구나. 조심

해서 다녀오거라."

형만의 얼굴엔 객지로 떠나보내는 딸에 대한 걱정과 이별의 아쉬움이 가득했다. 하지만 그는 유학 가는 딸을 동행할 만큼 한가한 처지가 아니었다.

지난해 일본은 중국과 전쟁을 시작했다. 단숨에 전 대륙을 점령할 것 같던 초반 기세와 달리 일본군은 중국의 지구전에 부딪혀 전선만 넓히고 있었다. 전쟁 기간이 길어지자 불똥은 조선에도 튀어 지난 2월 조선 육군 특별 지원령이 공포됐다. 조선인에게 황군의 병사 지위를 줄 수 없다던 일본은 병력 충원이 어려워지자 시혜를 베풀듯 군에 지원할 수 있도록 법을 제정한 것이다. 총독부는 조만간 일본에 내린 국가총동원법을 조선에도 실시할 계획이었다. 군인뿐 아니라 전쟁에 필요한 수많은 인력을 조선에서 충당하려는 의도였다.

형만은 앞장서 국방헌금을 쾌척했다. 그리고 전쟁을 지원하는 단체를 꾸리느라 바빴다. 형만이 이렇게 열성적인 것은 여전히 밝혀지지 않은 강휘의 행적 때문이었다. 형만은 아들이 신출귀몰한 테러리스트일 수도 있다는 소문을 결코 믿지 않았다. 하지만 강휘의 존재는 언제 터질지 모르는 폭탄과 같았다. 형만은 뇌관에 불붙일 빌미를 주지 않기 위해 강휘의 행적을 꼬투리 삼아 수작 거는 자들을 돈으로 쓸어 덮었다. 또 한편으로는 강휘의 뒤를 캐는 형사와 밀정에게 또 다른 밀정을 붙여 놓았다. 형만은 하루하루가 불안해 딸이 떠나는데도 도저히 자리를 비울 수 없었다.

채령은 아버지의 한없이 복잡하면서도 동시에 텅 빈 듯한 표정을 보면서 놀랍게도 자신은 작별이 안타깝지도 서운하지도 않음을 깨달았다. 언제부턴가 채령은 아버지의 유난스러운 관심과 애정이 족쇄처럼 불편했다. 여학생이 된 뒤에도 갖고 싶은 물건이 있거나 용돈이 더 필요할 때면 아버지에게 애교를 부렸지만 어릴 때와 같은 감정은 아니었다. 아버지와 헤어지는 마당에도 채령의 관심은 오로지 자기 자신에게 있었다. 약간의 죄책감을 느낀 채령이 형만의 손을 잡으며 말했다.

"아버지는 사업을 돌보셔야지요. 테라오 상이 있으니 제 걱정은 마세요."

채령도 강휘 문제와 사업상 일들이 엮여 아버지가 곤란한 상황에 처해 있다는 것을 어렴풋이 알고 있었다. 쓸데없는 짓을 하는 강휘가 못마땅했지만 크게 걱정하지 않았다. 아버지가 해결 못할 일은 없을 터였다.

"오냐. 채령아, 객지 생활이 힘들면 지체 없이 돌아오거라. 공부로 부족함을 채워야 하는 가난하고 비천한 태생의 아이들과 너는 달라. 지금 그대로도 완벽하게 만들어 줄 아비가 있다는 걸 잊지 말아라."

이 순간 형만이 가장 바라는 일은 딸이 유학을 포기하는 것이었다. 채령은 마음이 바뀐 아버지가 앞길을 가로막을 것 같아 슬며시 손을 놓고 앞자락에 뭐가 묻은 양 터는 시늉을 했다.

채령이 진학할 학교는 우여곡절 끝에 도쿄에서 교토에 있는 여학교로 바뀌었다. 혹시라도 도쿄에 강휘와 무언가를 도모하는 세력이 있어 채령에게 나쁜 영향을 미칠까 봐 걱정한 형만 때문이었다. 게다가 자신이 익히 경험한 방종과 환락이 곳곳에 넘치는 대도시에 딸을 내놓는 것도 내키지 않았다. 도쿄 다음으로 많이 가는 오사카도 고려해 보았으나 사람들 성정이 거칠다는 이야기와 조선인 노동자가 많은 게 걸렸다. 때마침 오사카에서 살았던 준페이도 그곳은 공장이 많아 공기가 안 좋고 번잡하다며 교토를 추천했다.

채령은 집을 떠나는 게 가장 큰 목적이었으므로 도쿄든 교토든 상관없었다. 기왕이면 일본 최대 도시인 도쿄로 가고 싶었지만 교토도 천 년 동안 수도였다니 지루한 시골은 아닐 것이다.

"테라오 군, 우리 채령이 잘 부탁하네. 도착하는 대로 전보 넣는 거 잊지 말고."

준페이가 형만이 내민 손을 황급히 잡았다.

"네. 그렇게 하겠습니다."

준페이의 얼굴은 술이라도 마신 것처럼 벌겠다. 잠을 설친 탓에 눈까지 충혈돼 있었다. 평소의 침착하고 차분한 모습 대신 누가 보아도 눈치챌 수 있을 만큼 들떠 있었다.

형만이 준페이에게 교토까지 안내를 맡긴 데는 여러 이유가 있었다. 우선 일본인인 준페이와 동행하는 덕에 채령은 기차에서나 배에서 문제없이 일등실을 이용할 수 있었다. 물론 자작의 딸이라는 지위로도 일등실 이용에 무리는 없었다. 하지만 자신이 동행하지 않는 터라 여정 중에 생길지 모를 돌발 변수까지 고려한 조치였다.

그리고 실질적으로 채령의 유학을 준비한 사람은 준페이였다. 교토에서 살게 될 방을 구한 것도 그였다. 수남을 함께 보내는 만큼 하숙보다는 자취가 낫겠다고 결론 내린 형만은 준페이에게 방을 알아보라고 지시했다.

준페이는 고모할머니 스즈키에게 여자 두 명이 쓸 방을 알아봐 달라는 편지를 보냈다. 러시아와의 전쟁 때 징병됐던 남편을 잃은 뒤 오 남매를 혼자 키운 고모할머니는 준페이가 가장 가깝게 생각하는 혈육이었다. 스즈키는 함께 살던 큰아들네가 직장 때문에 이사를 나가게 돼 봄이면 2층이 빌 거라는 소식을 전해 왔다.

'마침 세 들일 사람들을 찾고 있었는데 괜찮다면 우리 집은 어떻겠니?'

반가운 일이었다. 준페이는 스즈키의 집을 추천했다. 그는 조선인이 일본에서 어떤 대접을 받는지 잘 알았다. 할머니가 세상의 따가운 시선은 물론 유혹으로부터 채령을 지켜줄 것 같았다.

"인정도 많고, 동네에서 평판도 좋으신 분입니다."

사실을 말하면서도 준페이는 사심이 들어간 것 같아 얼굴이 뜨거워졌다.

"나중에 옮기더라도 처음엔 테라오 군이 소개하는 집으로 가는 게 낫겠다."

거짓말은커녕 보태는 것도 잘하지 못하는 준페이의 말인 만큼 형만은 찬성했다. 아예 집을 장만해 채령이 더 안락하게 지내게 할 수도 있었지만 형만이 가장 원하는 바는 딸이 객지 생활을 견디지 못하고 돌아오는 거였다. 그러자면 집처럼 편하게 만들어 줘서는 안 되었다. 그렇다고 너무 고생시키는 것도 가슴 아픈 일이니 준페이가 얻어 준 자취방은 여러모로 적절했다.

기차가 요란한 소리를 내며 증기를 내뿜기 시작했다. 부녀가 작별 인사를 나누는 동안 한옆에 짐짝처럼 서 있던 수남이 호기심 어린 눈길로 두리번거렸다. 새로 지어 입은 투피스가 영 어색했다.

"내지에 가면 같이 다닐 일도 많을 텐데 촌스럽게 치마저고리를 입는단 말이야? 옷은 모두 양장으로 준비해. 나 조선인입니다, 하고 광고하는 머리도 좀 자르고."

최신 유행 스타일의 옷이며 화장법을 연구하는 게 가장 큰 유학 준비였던 채령이 일렀다. 수남은 엉덩이에 닿을 정도로 치렁치렁했던 머리를 어깨 길이로 잘랐다. 채령이 더 짧게 자르라고 했지만 그것만은 듣지 않았다. 한복만 지어 본 침모가 채령의 옷을 갖다 놓고 어설프게 흉내 내 양장 옷 한 벌을 만들었다. 수남이 입고 있는 투피스였다. 수남이 처음 그 옷을 입어 보았을 때 술이네가 고개를 갸웃거렸다.

"그전에 마님이 수남이 년이 애기씨랑 닮은 것 같다고 했었는디 지금 보니 그런 것 같네. 침모 눈엔 어때 보여? 양장옷을 입혀 놓으니께 비슷해 보이지 않어?"

술이네가 침모에게 물었다.

"형님, 농이라도 그런 소리 말아요. 수남이는 거무튀튀한 게, 박속처럼 뽀얀 애기씨 발꿈치도 못 따라가게 생겼구만. 둘이 닮은 게 아니라 옷 만든 내 솜씨가 그럴듯한 거예요."

침모가 우스갯소리로 넘겼다.

"그런 거지? 눈이 침침해져서 제대로 안 보이는 모양이여."

술이네가 눈가를 훔쳤다.

"하도 울어 눈이 짓물렀나 봐요. 태술이는 어디서든 잘 지낼 테니 너무 걱정 마셔요."

침모가 술이네를 위로했다. 태술은 얼마 전 노다지를 찾겠다며 가회동 저택을 떠났다.

형만의 손짓에 한 발 물러서 있던 수남이 다가갔다.

"아기씨 잘 모시도록 해라. 그게 너의 첫 번째 임무이고 마지막 임무임을 잊지 말거라."

형만이 엄한 어조로 말했다. 수남은 형만이 따로 불러 지시한 또 하나의 임무를 떠올렸다. 일주일에 한 번씩 채령에 대한 보고 편지를 쓰는 거였다. 물론 채령에게는 절대 비밀이었다. 아직 편지를 쓸 만큼의 실력이 아니라고 생각한 수남은 형만의 말에 순종할 수 없었다.

"나리. 저는 까막눈이에요. 제발 그 분부만은……."

수남이 울상을 지으며 말했다.

"그동안 일할 시간 내서 조선글, 일본글 배운 거 다 알고 있다."

그 때문에 일을 소홀히 한 적은 없었지만 수남은 큰 잘못을 저지른 것 같아 머리를 조아렸다. 형만이 좀 전보다 부드러운 목소리로 말했다.

"명문장을 바라는 게 아니니 그저 네가 쓸 수 있는 만큼 채령이가 어찌 지내는지 알려 주면 된다. 그 일에 드는 비용은 생활비에서 지출하거라."

수남은 허리를 숙여 대답 겸 인사했다. 가슴께에서 바짝 졸라매던 한복 치마와 달리 허리에 걸친 양장 치마가 금방이라도 흘러내릴 것처럼 불안했다. 낯선 곳으로 떠나는 마음도 마찬가지였다. 채령을 따라가게 됐다는 말을 처음 들었을 때 수남은 잠이 오지 않을 만큼 설렜다. 거긴 또 어떤 세상이 펼쳐져 있을까? 더구나 일본은 강휘가 학교를 다니던 곳이다.

그런데 막상 출발할 시간이 되니 설렘보다는 불안함이 앞섰다. 편지 쓰기에 대한 부담까지 겹쳐 잔뜩 걱정스러운 얼굴로 수남이 먼저 삼등실에 올랐다.

"이제 그만 가야 합니다."

준페이가 사람들이 급하게 뛰어오르는 기차 쪽을 바라보며 말했다. 형만이 빠른 말투로 다시 일렀다.

"지내는 데 불편함이 없도록 잘 챙겨 주고 오게."

"아버지, 편지 자주 할게요. 몸 건강히 계세요."

채령은 형만을 한 번 껴안고는 기차를 향해 걸음을 서둘렀다. 새로 맞춘 옷으로 가득한 트렁크 두 개는 행랑아범이 이미 실어 둔 터였다. 준페이가 형만에게 깍듯이 인사한 다음 채령 뒤를 따랐다. 형만의 시선은 차에 올라타는 딸의 뒷모습을 좇다, 채령이 사라진 뒤에는 일등실의 창을 더듬었다. 채령이 일등실 창으로 모습을 나타내기도 전에 기차는 움직였다. 형만은 혹시나 채령이 내다볼지도 모른다는 생각에 기차를 향해 손을 흔들었다. 쉰을 훌쩍 넘긴 남자의 중절모 아래로 희끗희끗한 구레나룻이 보였다.

채령과 준페이가 막 일등실로 들어서자 기차가 덜컹하고 움직였다. 채령은 드디어 자유라고 외치고 싶은 것을 간신히 참으며 준페이가 안내하는 자리에 앉았다. 팔걸이가 있는 의자와 작은 탁자, 흔히 보기 어려운 식물 화분이 놓인 일등실 내부는 기차 안이라기보다는 부민관이나 조선호텔 로비 같았다. 손님들 또한 일등실에 어울리는 고급 양복과 기모노 차림의 일본인이 대부분이었다. 조선인으로 보이는 사람도 있었지만 실내에선 조선말이 들리지 않았다.

출발할 때 감돌기 마련인 수선스러운 분위기가 가라앉자 사람들은 신문이나 책을 보거나 일행과 조용히 대화를 나누었다. 뜨개질감을 꺼내 든 여자도 있었다. 어디든 모이기만 하면 시끌벅적한 조선 사람들과 많이 달랐다. 채령은 기차를 탄 것만으로도 벌써 미개한 조선을 떠난 것만 같았다. 나이, 신분, 교양, 모든 면에서 자신보다 더 많이 가진 사람들 틈에서 채령은 유일하게 내세울 수 있는 젊음의 광채를 내뿜으며 도도한 몸짓으로 잡지를 펼쳤다. 나이를 불문하고 남자들의 힐끔거리는 눈길과 여자들의 경계심과 시샘 어린 시선을 보지 않고도 느낄 수 있었다.

일본 화장품 회사에서 발행하는 월간지에는 최신 유행하는 화장법이나 국내외 패션, 공연 소식 등이 실려 있었다. 어젯밤 가방에 넣기 전까지도 보고 또 보았던 잡지가 갑자기 시시해졌다. 내일이면 일본에 있게 될 텐데 잡지는 지난달 것이었다. 일본에 가면 경성과는 비교도 안 될 만큼 화려한 백화점들이 즐비할 것이다. 채령은 건성으로 넘기던 잡지를 덮어 버렸다. 끓어넘치는 기분을 풀어 놓을 수 있는 수남이 곁에 없는 게 짜증 났다.

채령은 승객 중 일등실과 가장 어울리지 않는 준페이를 힐끗 쳐다보았다. 잔뜩 긴장한 채 몸을 곧추세운 그는 채령이 아는 일본인 중에서 가장 빙충맞아 보였다. 그런 사람과 여덟 시간이나 같이 앉아 있어야 한다고 생각하니 한숨이 나왔다.

그때 제복을 입은 차장이 들어와 인사하며 식당에서 커피나 맥주, 다과를 팔고 있다고 알려 주었다. 점심 때나 이용할 수 있을 거라 생각했던 채령은 발딱 일어섰다.

"식당에 갈래요."

준페이가 허둥지둥 따라 일어섰다. 채령이 바라보자 준페이가 당황한 얼굴로 말했다.

"사장님께서 한시도 곁을 떠나지 말라고 하셨습니다."

채령은 혼자 식당에 앉아 있는 것보다는 준페이라도 옆에 있는 게 나을 것 같았다.

흰색 보를 씌운 작은 탁자와 큰 탁자가 두 줄로 놓인 식당 칸에서는 검정 원피스에 흰 앞치마를 두른 종업원들이 손님들 시중을 들고 있었다. 조용한 객실보다 말하고 행동하는 게 자유로웠다. 채령은 2인용 탁자에 앉았다. 준페이가 어정쩡한 자세로 곁에 서 있었다.

"그러고 서 있으면 사람들 다니는 데 걸리적거리잖아요. 어서 앉아요."

채령이 나무라듯 말하자 준페이는 수줍은 기색으로 맞은편에 앉았다. 채령과 단둘이 마주 앉는 게 처음인 준페이는 시선 둘 곳을 찾지 못해 쩔쩔맸다.

종업원이 주문을 받으러 왔다. 다른 테이블을 슬쩍 둘러본 채령은 과감하게 맥주를 한 잔 시켰다. 벌써 술에 취한 기분인 준페이는 차를 주문했다. 맥주가 나오자 채령은 단숨에 반 정도를 마셨다. 잠을 설치고 아침도 거른 빈속에 맥주가 들어가자 찌르르한 느낌이 배 속은 물론 온몸에 퍼졌다. 1년 전 수학여행 가서 선생 몰래 술을 마셔 본 뒤 처음이었다. 집을 벗어나 유학 간다는 사실이 실감 났다. 흥이 올라 너그러워진 채령이 준페이에게 물었다.

"테라오 상은 교토가 고향이야?"

준페이는 일고여덟 살 어린 채령의 일본어 반말이 사랑스러웠고 그만큼 가까워진 느낌이었다.

"고향은 요코하마입니다."

준페이가 고향을 입에 올린 것은 오래간만이었다. 그동안 고향을 잊고자 안간힘 쓰며 살았다.

"그럼 교토에 있다는 친척은 누구야?"

채령은 유학 간다는 사실에 들떠 자세한 건 정작 하나도 알지 못했다.

"아버지의 고모님입니다."

"부모님은 요코하마에 살고 계셔?"

준페이의 얼굴이 어두워졌다.

"돌아가셨어요."

"두 분 다?"

준페이가 고개를 끄덕였다.

"저런, 언제?"

"아버지는 대지진 때 돌아가시고 어머니는 몇 년 전에 돌아가셨습니다."

"대지진 때 몇 살이었어?"

"열한 살이었습니다. 조선 나이로 하면 열두 살이었지요."

그때를 떠올리면 가슴이 지진 난 땅처럼 갈라졌고 불구덩이 속으로 추락하는 기분이 들어 아예 생각하지 않고 지냈다. 그런데 이상하게도 채령이 관심을 가져 주자 고통스러운 기억도 견딜 수 있을 정도가 됐다. 채령이 종업원을 부르더니 맥주를 한 잔 더 시켰다. 맥주가 오자 준페이에게 말했다.

"마셔."

점심까지 먹은 뒤 일등실로 돌아온 채령은 술기운과 식곤증을 이기지 못하고 잠이 들었다. 기차가 흔들릴 때마다 채령의 팔과 머리가 준페이 몸에 닿았다. 깜짝 놀라 몸을 움츠렸던 준페이는 채령이 완전히 자신에게 몸을 기대자 좀 더 편안하게 해 주려 애썼다. 준페이는 그늘이나 고민이라고는 한 점도 없어 보이는 채령의 얼굴이 그렇게 가까이 있다는 사실에 행복했다. 채령의 밝은 기운이 몸을 타고 자신에게로 전이되는 것 같았다.

준페이가 조선인 회사 무극양행에 입사한 것은 채령 때문이었다. 전에 근무했던 백화점의 상사가 군 복무를 마치고 돌아온 준페이에게 무극양행을 소개했다. 회사나 사장도 마음에 들고 조건도 좋았지만 준페이는 영 자신 없었다. 통역을 붙여 준다고 해도 혼자 조선인들 틈에서 살아갈 수 있을까. 일본인은 조선인을 멸시했고, 조선인은 일본 사람 앞에서는 고개를 숙이는 척했지만 뒤로는 증오했다.

형만을 만나고서도 선뜻 결정하지 못한 채 사무실을 나온 그는 정원 연못가에서 잉어 밥을 주는 채령을 보았다. 그녀는 수남과 함께 무어라 떠들며 웃고 있었다. 준페이는 무슨 말인지 알아듣지도 못하면서 거침없이 소리치고 깔깔대는 모습에 마음을 빼앗겼다. 무극양행에서 일한다면 날마다 채령을 볼 수 있을 것이다. 준페이는 결정을 보류하고 나온 사무실로 다시 돌아가 일하겠다고 말했다.

준페이의 숙소는 사랑채에 있는 손님방이었다. 채령과 한집에 살게 됐지만 그녀와 가까워지기는커녕 얼굴 보기도 쉽지 않았다. 준페이는 담배를 핑계 삼아 틈날 때마다 연못가 의자로 나갔다. 안채에서 흘러나오는 채령의 목소리를 듣거나 별채로 가는 모습을 보기 위해서였다. 그때마다 수면 위로 주둥이를 내밀고 뻐끔거리는 비단잉어가 보잘것없는 네 처지를 알라고 경고하는 것 같았다.

강휘가 없어도 며칠에 한 번씩 청소하러 오는 수남이 준페이의 빨래를 맡았다. 자신과 마주칠 때마다 한 마디라도 알려고 애쓰는 수남을 보고 준페이가 먼저 일본어를 가르쳐 주겠다고 했다. 퇴근하고 나면 무료한 탓도 있었지만 채령과 가까운 수남하고라도 친해지고 싶은 이유가 더 컸다.

준페이는 수남에게 일본어를 가르칠 때마다 앞에 있는 사람이 채령이라면 얼마나 좋을까, 생각했다. 하지만 어쩌다 말할 기회가 생기면 더듬거리는 쪽은 오히려 준페이였다. 준페이는 시간이 채령과의 거리를 좁혀 주기를 기대했다. 그러나 시간은 그에게 채령이 감히 좋아할 수 없는 상대라는 사실을 분명히 해 줄 뿐이었다. 이유는 무수히 많았다. 그녀는 반도인이라고 해도 귀족 작위를 가진 지체 높은 집안의 딸이고 자신은 고아나 다름없는 가난뱅이였다. 대학도 나오지 못했고 봉급쟁이에 불과했다. 일본인이라는 사실도 채령 앞에서는 그다지 좋은 조건이 아니었다.

준페이는 자신을 힐끗거리는 승객들의 눈길을 느꼈다. 채령이 기댄 채 잠든 때문일 것이다. 저들 눈엔 내가 어떤 사람으로 보일까? 형만이 맞춰 준 최고급 양복 안에 상처로 만신창이가 된 소년이 웅크리고 있다는 것을 사람들은 알까? 준페이는 채령에게서 전해 오는 기운에 용기 내어 과거 속으로 발을 들이밀었다.

준페이가 태어난 요코하마는 도쿄에서 멀지 않은 항구도시다. 준페이는 요코하마를 좋아했다. 곧고 넓게 정비된 도로들과 이국적인 건물, 어둠을 밝히는 가로등, 전차, 항구를 가득 메운 커다란 여객선과 작은 배들과 고동 소리, 이민선을 타기 위해 전국에서 모여든 사람들, 모토마치 거리를 오가는 다양한 인종과 다채로운 언어……

준페이네는 외국인 거류지에서 항구 쪽으로 이어진 상점 거리 모토마치에서 우키요에 공방을 했다. 준페이의 할아버지 테라오 다케시는 우키요에 화가였다. 풍속화의 일종인 우키요에에는 몇백 년 이어져 내려온 그림 양식이었다. 요코하마의 이국적인 문물을 묘사한 우키요에에는 '요코하마에'라는 별칭으로 불릴 만큼 호황일 때도 있었지만 사진이나 인쇄 기술 등의 발달로 급속하게 사라져 갔다. 다케시는 요코하마에서 가장 유명하지는 않았지만 마지막까지 그 직업을 고수한 사람이었다.

테라오 공방 1층엔 그림 판매를 겸한 갤러리와 제작실이 있었고 2층은 살림집이었다. 목판화로 제작되는 우키요에는 그림을 그리는 화공, 그림을 목판에 새기는 조각가, 그리고 색을 칠해 종이에 찍는 일을 하는 판화가 등이 필요했다. 직원을 열 명까지 둔 적도 있었다고 하나 준페이가 기억하는 건 할아버지가 그림을 그리고, 아버지가 목판에 새기고, 지로 삼촌이 채색하는 가내수공업으로 축소된 공방이었다. 주로 동양의 그림 양식에 호기심을 가진 서양인들의 주문을 받아 제작했는데 그마저도 일감이 줄어들어 나중엔 집을 팔고 세를 살아야 할 지경이었다.

할아버지는 아들 둘과 딸 셋을 뒀는데 준페이의 아버지가 맏이였다. 묵묵히 할아버지를 따르던 아버지와 달리 둘째 아들이자 막내인 지로 삼촌은 사양산업인 우키요에 작업에 인생을 허비하는 것이 늘 불만이었다. 아버지 그림에 색깔을 입히는 일 대신 자신의 인생에 새로운 색을 칠하고 싶어 했던 지로는 준페이가 아홉 살 때 집을 떠났다. 지진이 일어나기 두 해 전이었다. 준페이는 자신과 열다섯 살 차이 나는 삼촌을 아주 좋아했다. 아버지하고의 기억보다 삼촌하고의 추억이 훨씬 많았다. 준페이가 세상에 관해 남보다 일찍 배운 게 있다면 모두 삼촌 덕이었다.

지로는 화물선에 숨어 밀항할 계획을 준페이에게만 이야기했다. 다른 사람에게 말했다면 미친놈 소리를 들었을 게 뻔했다. 하지만 삼촌은 그 일을 해냈다. 1년 만에 지로가 미국에서 편지를 보내왔을 때 식구들은 지옥에서 온 소식인 것처럼 놀랐다. 그는 밀항에 성공했고, 미국에서 형제와 다를 바 없는 친구들을 만났고, 비자 문제만 해결되면 가족 모두를 초청하겠다고 큰소리쳤다.

'미국은 역사가 없는 나라라 전통에 대한 관심이 아주 높답니다. 아버지가 여기 샌프란시스코에 와서 우키요에 공방을 차리면 요코하마 같은 시골구석에서보다 훨씬 더 돈도 잘 벌고, 명예도 얻을 거예요.'

가족 중 지로가 편지에서 한 말을 믿은 사람도, 초청장이 오길 목 빼고 기다린 사람도 준페이뿐이었다. 준페이는 다른 식구들이 어째서 삼촌을 믿지 않는지 이해되지 않았다. 준페이가 보기에 삼촌은 자기가 한 말을 모두 실행에 옮긴 사람이었다.

지로는 집을 떠날 때 가방 맨 밑바닥에 아버지의 그림에 자신이 색을 입힌 우키요에 열 장을 챙겨 넣었다. 일본풍에 환장하는 서양인들을 보며 살았던 터라 요긴하게 쓰일 일이 있으리라 생각했다. 결국 그 덕을 톡톡히 보았고, 테라오 다케시는 아이러니하게도 골칫덩이 둘째 아들이 빼돌린 그림 덕분에 자신이 우키요에 화가였음을 세상에 알릴 수 있게 됐다. 지진으로 집이 무너지고 불타 그림은 물론 다케시 자신까지도 세상에서 사라졌기 때문이다.

1923년 9월 1일에 일어난 대지진은 준페이한테서 할아버지는 물론 아버지와 두 동생도 앗아 갔다. 준페이는 영원히 받쳐 주리라 믿었던 땅이 순식간에 갈라져 지옥 구덩이 같은 아가리를 벌린 채 사람과 가축, 집과 나무 들을 집어삼키는 것을 보았다. 눈앞에서 벌어지는 광경이 현실 같지 않았다. 준페이는 본능적으로 불길과 무너져 내린 건물의 잔해들을 헤치며 뛰었다. 여섯 식구 중에서 네 식구가 죽고 어머니와 준페이, 둘만 남았다.

사람들 모두 넋이 나간 가운데 흉흉한 소문이 돌았다. 부둣가에서 일하던 조센징들이 지진이 난 틈을 타 집에 불을 지르고, 우물에 독을 풀고, 여자들을 강간했다는 것이다. 도쿄에서는 못된 짓을 한 조센징을 자경단*이 직접 응징하고 있다는 소식이 들려왔다. 요코하마에서도 자경단이 조직됐고 준페이가 알던 이웃집 형이나 아저씨들도 단원이 돼 죽창이나 칼, 도끼 같은 무기를 들고 조선인을 찾아다녔다.

아이들은 떼 지어 자경단원을 따라다녔다. 준페이는 부둣가에서 같은 학교에 다니던 아이의 시체를 보았다. 조센징이라고 따돌린 적이 더 많았지만 가끔은 어울려 놀기도 했다. 그 아이의 배에서 창자가 뭉글뭉글 쏟아지는 것을 보며 준페이는 헛구역질을 해 댔다. 지옥이 따로 없었다. 모든 광경은 채색해서 갓 찍어 낸 우키요에처럼 너무나도 선명하게 준페이의 가슴에 찍혔다. 지진은 준페이의 삶은 물론 영혼까지 무너뜨렸다.

* 지역 주민들이 도난이나 화재 따위의 재난에 대비하고 스스로를 지키기 위하여 조직한 민간단체.

채령이 불편한지 몸을 뒤척였다. 그 덕분에 준페이는 몸서리쳐지는 광경에서 빠져나올 수 있었다. 하지만 준페이는 다시 기억 속으로 들어갔다. 외면했던 지난 삶을 복기해야 비로소 어른이 될 수 있을 것 같았다. 어른이 돼야 채령에게 자기 마음을 표현할 수 있을 것이다.

시아버지와 남편, 그리고 두 아들을 잃은 준페이의 엄마는 자식들을 구하지 못했다는 죄책감에서 헤어나지 못했다. 준페이는 엄마와 함께 큰고모가 소개해 준 오사카에 있는 야마시타의 집으로 들어갔다. 택시 회사 사장인 야마시타는 희귀한 비단잉어를 키우는 게 취미였다. 집 한 채 값에 버금가는 잉어도 있다고 했지만 실제로 본 적은 없었다. 준페이는 연못이 있는 안마당으로 드나들 수 없었기 때문이다. 어머니와 함께 지내는 2층의 작은 방은 출입문이 밖으로도 나 있었는데 준페이는 주인집 사람들 눈에 띌까 봐 숨죽이며 그 문을 이용했다. 그 뒤로 준페이에게 비단잉어는 신분이나 처지를 가늠하는 존재가 됐다.

지진 소식을 알게 된 지로 삼촌으로부터 편지가 왔다. 양국 간의 새로운 이민법 때문에 일본도 미국도 미국행을 허락하지 않았다. 지로도 일본에 왔다가는 돌아가기 어려웠다. 하지만 언젠가 반드시 초청할 테니 부지런히 영어 공부를 하라는 내용이었다. 준페이는 밀항이라도 해서, 살아남은 것이 죄처럼 여겨지게 만드는 어머니를 떠나고 싶었다. 잊을 만하면 보내오는 삼촌의 편지와 방학 때 스즈키 할머니가 사는 교토로 놀러 가는 것이 그나마 준페이를 견딜 수 있게 해 주었다. 삼촌은 편지마다 조만간 초청장을 보낼 테니 영어 실력을 쌓으라고 썼다. 준페이는 유일한 희망인 미국행을 위해 열심히 영어 공부를 했지만 끝내 초청장은 오지 않았다. 준페이는 병이 깊어져 식모 일을 그만둔 어머니까지 돌보며 간신히 상업학교를 마쳤을 뿐 대학은 꿈도 꿀 수 없었다.

준페이는 자신의 발목을 잡고 있는 어머니와 현실이 원망스러웠다. 학교 성적과 영어 실력이 좋았던 그는 고등학교를 졸업하자마자 미쓰코시 백화점에 취직했다. 준페이는 경성 지점으로 지원했다. 월급이 더 많기도 했지만 끊임없이 지진의 공포와 살아남은 자의 죄책감을 상기시키는 어머니한테서 도망치고 싶은 이유가 더 컸다. 준페이는 병이 깊어진 어머니를 요양원에 맡기고 월급의 대부분을 보냈다. 3년이 채 못 돼 어머니가 세상을 떠났을 때엔 삼촌과의 연락이 끊긴 상태였다.

준페이는 어머니를 버려두었다는 자책감에 시달렸다. 결국 자신도 어머니처럼 과거의 미망에 사로잡혀 있음을 깨달은 그는 상사의 만류를 뿌리치고 군대에 자원했다. 돌아왔을 때 일자리가 있을지 장담할 수 없다던 상사의 말은 사실이었다. 상사는 무극양행을 소개해 주었다. 그는 상사의 소개장을 들고 가회동 저택을 찾았고 지금에 이르렀다.

준페이는 자신에게 기댄 채령이 깨지 않게 조심하며 가방에서 스케치북과 연필을 꺼냈다. 그 안엔 준페이가 그려 온 그림들이 있었다. 테라오 다케시의 재능은 큰아들을 건너뛰어 손자인 준페이가 물려받았다. 그 재능을 알아본 중학교 때 미술 선생님이 계속 그 길로 나가라고 권했다. 그러나 준페이에게 그림은 아픈 기억의 봉인을 해제하는 것이었다. 그림을 다시 그리기 시작한 것은 가회동 저택에 살면서부터였다. 준페이는 채령을 스케치북에 옮겨 놓으며 많은 것을 견뎠다.

떠나는 사람들 2

수남은 자동차를 처음 탔던 일곱 살 때처럼 기차가 겁나면서도 신기했다. 어마어마하게 큰 쇳덩 어리가 자동차보다 더 빨리 달릴 수 있다니. 조금 전 다른 기차가 허연 연기를 뿜어 올리며 지나가는 것을 보았는데도 믿기지 않았다.

자리를 찾아 앉은 수남은 승객들로 가득 찬 기차 안을 두리번거렸다. 맞은편 자리에는 늙수그레한 아주머니와 할머니가 앉았고 옆자리 주인은 중년 신사였다. 기차가 기적을 울리며 덜컹하고 움직이자 수남은 깜짝 놀라 가방을 그러안았다. 창밖으로 휙휙 스쳐 지나가는 풍경에 어지럼증이 일었다. 전봇대가 다가올 때는 부딪힐 것 같아 눈을 질끈 감으며 몸을 뒤로 젖혔다. 채령과 준페이가 타고 있는 일등실은 수남이 갈 수 없는 곳이다. 그들과 떨어져 있자 마치 혼자 어디론가 떠나는 것 같았다.

옆자리의 중년 신사가 신문을 펼쳐 들었다. 슬쩍 보았으나 아직 모르는 한자들이 많아 내용을 잘 알 수 없었다. 수남은 그동안 일본어를 읽고 쓸 줄 알게 됐어도 말은 준페이와 해 본 게 전부라 일본에서 생활할 일이 걱정됐다.

"스즈키 할머니가 도와주실 테니 너무 걱정 말아요."

준페이가 말했지만 채령과 단둘이 낯선 곳에서 살게 될 중압감이 새삼스레 밀려왔다. 그때 맞은편 자리에 앉은 두 아낙 중 젊은 사람이 말을 걸어왔다. 고부간인 두 사람은 평택에 있는 잔칫집에 간다고 했다.

"색시는 어디 가우?"

시어머니가 물었다.

"부산이오."

"거가 고향인가?"

며느리가 물었다.

"아뇨. 부산에서 연락선을 타려구요. 주인 아가씨가 일본으로 유학 가는데 함께 가는 길이에요."

"주인 아가씨는 어디 있수?"

고부가 함께 주위를 둘러보았다.

"우리 아가씨야 일등칸에 탔지요."

수남은 자신이 그곳에 탄 양 자랑스레 말했다.

"유학도 가고 일등칸도 탄 걸 보면 방귀깨나 뀌는 집안 영

앤가 보네. 주인이 뉘 댁이오?"

옆자리의 신사가 신문을 내려놓으며 물었다. 수남은 비아냥거리는 듯한 말투가 마음에 안 들어 힐긋 보았다. 포마드를 바른 머리가 번쩍거렸다. 손목의 금시계도 번쩍거렸지만 자작 나리에게서 풍기는 품위와는 거리가 멀었다.

"가회동 윤 자작 댁이랍니다."

수남이 샐쭉한 얼굴로 대꾸했다.

"아, 노다지로 돈 번 양반 말하는구먼."

경성 사람 치고 윤 자작 집안에 대한 풍문 한 번 안 들어본 사람은 없었다. 사람들의 관심이 몰리자 신사는 신나서 윤 자작 집안이 얼마나 뼈대 없는 가문이며, 윤병준 자작이 무슨 짓으로 벼슬을 얻고 재산을 불렸는지 늘어놓았다. 내, 젊은 처자 앞에서 이런 말 하기는 그렇지만, 하면서 윤병준 자작이 어떻게 죽었는지도 주저리주저리 떠들었다. 상전 흉보는 재미로 사는 행랑 사람들 덕에 수남도 알고 있는 내용이었다. 누가 들을세라 쉬쉬하던 이야기들이 생판 처음 보는 사람 입에서 흘러나오자 수남은 자기 일인 양 낯 뜨겁고 가만히 있는 게 주인에 대한 도리가 아닌 것 같았다. 신사는 맞은편 자리는 물론 통로 건너편 자리 사람들까지 자기 이야기에 귀를 기울이자 더 큰 목소리로 떠들어 댔다.

"지금 윤 자작도 만만치 않지요. 첩이 한강에 빠져 죽은 일로다 장안이 떠들썩했는걸요. 아들까지 낳아 놓고 자기 처지를 비관해서 자살한 거지요. 그 첩한테서 난 아들도 내력

대로라면 난봉꾼일 텐데 어떠우?"

신사가 수남에게 물었다. 사람들의 시선이 수남에게로 쏠렸다. 수남은 당황스러웠지만 신사가 못마땅했던 터라 야무지게 쏘아붙였다.

"점잖으신 양반이 참 남 말도 많이 하시네요. 우리 자작 나리도 그렇고 도련님도 그렇고, 그런 분들 아니거든요."

수남은 더는 상대하지 않을 생각에 차창 쪽으로 고개를 돌려 버렸다. 하지만 처음 안 사실에 가슴이 뛰었다. 신사의 말이 사실이라면 한강에 빠져 죽은 사람은 강휘의 생모이다. 수남도 강휘가 첩의 자식인 것은 알고 있었다. 그런데 그것으로도 모자라 어머니가 자살했다. 남들이 떠들 정도면 강휘도 알고 있을 것이다. 엄마가 스스로 목숨을 끊은 사실을 아는 자식의 마음은 어떠할까?

수남은 불과 며칠 전 들은 하인들의 이야기를 떠올렸다. 강휘 일이라면 늘 귀를 세우고 있었기에 풍문이나마 채령보다 더 많이 알았다.

"나리가 애국 부인횐가 하는 데다 마님 금붙이를 다 내놓은 것도 도련님 때문이잖아."

"얼마 전에는 종로 경찰서 높은 사람한테도 뇌물 바쳤다 카데예. 순금 시계라 카던데."

"왜놈 형사가 왜 그렇게 뻔질나게 드나들겄어. 그게 다 떨어지는 콩고물이 있어선 겨."

"그란디 시상에 없는 골샌님이 독립운동한다는 게 믿겨져라?"

"가짜 이름도 한두 개가 아니라. 변장술도 대단허고."

"가만히 있으마 자작 벼슬이 지절로 떨어지고, 이 재산이 모두 수중에 굴러올 낀데 와 사서 고생하는 걸까예?"

"예끼, 조선 사람 입에서 그런 소리가 나와? 우리야 목구멍이 포도청이라 친일파 나리 댁에서 녹을 먹지만서도 도련님이 독립운동을 한다니까 자랑스럽네."

"그나저나 우리 나리는 도대체 재산이 얼마나 있길래 국방헌금이다 뭐다 그렇게 퍼 주고도 버티는 겁니꺼?"

"그게 나리 수완인 겨. 그런디 양행은 전쟁 통에 망조가 들었고, 땅은 다 팔아 치웠고, 광산도 예전만 못하다던디 우리도 딴 디 알아봐야 하는 거 아녀?"

"모르는 소리 말아. 숨겨 놓은 재산이 얼만데. 조선 천지가 다 망해도 나리는 끄떡없을걸."

수남은 여전히 이야기 속에 등장하는 강휘가 잘 상상되지 않았다. 사랑채 서재에서 책을 읽고, 무언가를 쓰고, 음악을 듣는 모습이 가장 도련님다웠다. 하지만 생모 이야기를 알고 나자 슬픔을 삭이며 광야를 떠돌고 있을지 모르는 강휘의 모습이 떠올라 가슴이 아렸다.

수남은 강휘가 자신에게 잘해 준 이유를 알 것 같았다. 어린 나이에 가족과 떨어져 남의 집에 온 수남이 불쌍해서였으리라. 어머니와 헤어져 봤으니 누구보다 그 심정을 잘 알았겠지. 사랑하는 사람으로부터 받았던 게 단지 동정이었음을 안다는 건 씁쓸한 일이었다. 그 사실을 이제 깨달았다는 것도 놀라웠다. 아니, 실은 이미 알고 있었는지도 몰랐다. 살기 위해서 숨을 쉬어야 하는 것처럼, 가회동 저택에서 버티기 위해 강휘 마음은 물론 자기 마음에 대해서도 의문이나 의심을 품지 않았던 거다.

그럼 나는 왜 도련님을 사랑하게 된 걸까? 나한테 잘해 줘서? 착해서? 점잖아서? 신분이 귀해서? 학식이 높아서? 부잣집 아들이라서? 아니면 바람이 들어 허황된 꿈을 꾸고 있는 걸까? 마지막 말이 가장 맞는 것 같았다. 태술을 마다한 것만 봐도 그렇다. 어떤 것이라도 괜찮았다. 수남은 이유가 분명한 것보다 설명할 수 없는 맹목적인 감정이 더 진정한 사랑인 것 같아 뿌듯했다.

"아가씨, 자작 댁에서 월급은 제대로 받나?"

옆자리 신사의 갑작스러운 질문에 수남은 현실로 돌아왔다.

신사는 일본이나 만주 군수 물자 공장에 일할 사람을 보내는 사업을 한다고 했다. 지금도 사람을 모집하기 위해 시골에 가는 길이었다. 멀리 가는 게 싫으면 국내 방직 공장도 있다고 했다.

"공장에 가면 월급 십 원에 기숙사에서 일체 다 먹여 주고 재워 주고, 명절 때는 휴가도 보내 주고 나이롱 옷감하고 뽀나스도 준다오. 일본이나 만주로 가면 휴가는 없어도 월급은 훨씬 더 받을 수도 있고."

신사의 말에 주변이 술렁거렸다. 10원이라니. 수남이 알기로 행랑채에서 먹고 자는 일꾼들은 5원 정도밖에 못 받았다. 수남은 자기도 모르게 신사를 바라보았다.

"남의집살이 백날 해 봤자, 사람대접도 못 받고 돈도 못 모을걸. 아가씨도 관심 있는 모양인데 내가 소개하는 공장에 취직해서 돈도 벌고, 고향 부모님한테 효도도 하는 게 안 낫겠소?"

"그럴 일 없습니다."

수남은 단호한 말과 달리 속내를 들킨 듯 얼굴이 발개졌다.

"신사 양반, 우리 딸년은 밥하는 것밖에 모르는데 그래도 취직할 수 있우?"

누군가 물었다.

"있다마다요. 기술도 다 가르쳐 주고 공부도 시켜 줍니다. 돈 벌고 기술 배우고 공부까지 하니 도랑 치고 가재 잡고 미꾸라지까지 잡는 겁니다."

여기저기서 신사에게 질문을 해 댔다. 수남은 관심을 끊으려고 했지만 귀가 제 마음대로 그쪽을 향해 늘어났다. 공부를 시켜 준다는 말이 마음을 홀렸다. 가슴이 뛰었다. 당장이라도 마음만 먹으면 신사를 따라갈 수 있었다. 예전과 달리 이제는 사람을 사고팔 수 없는 거라고 태술이 말했었다. 월급 한 푼 안 주고 10년 넘게 부려 먹었으면 논 서 마지기 값을 다 한 거라고도 했다. 그러니 이대로 도망쳐도 괜찮지 않을까? 공장에 취직해 공부도 하고 돈도 벌어 강휘를 찾으러 가고 싶었다.

수남은 남자 생각에 빠져 집 걱정은 조금도 하지 않는 자신을 깨닫곤 죄책감을 느꼈다. 이제 고향엔 아무도 없다. 태술이 알아다 준 소식에 의하면 언니들은 제각각 혼인했고, 무슨 일인지 논을 다 팔아먹은 아버지는 남은 식구들을 데리고 야반도주했다고 했다. 아버지가 투전을 한 탓이라고도 했고, 막냇동생 경석이 일본 아이를 다치게 했기 때문이라고도 했다. 그 소식을 들었을 때 수남은 산 사람들 걱정보다 뜬금없이 큰언니가 궁금해졌다. 큰언니는 어디서 어떻게 살고 있을까? 식구들을 따라갔을까? 아니면 여전히 집 근처를 떠돌고 있을까?

수남은 천안에서 신사가 내린 다음에야 겨우 마음을 가라앉혔다. 그사이 기차에 좀 익숙해져 바깥 풍경을 봐도 어지럽지 않았다. 헐벗은 산기슭에 아직 쌓여 있는 눈을 보면 가슴까지 썰렁하다가도 파랗게 자라고 있는 보리나 밀을 보면 마음이 훈훈해졌다. 수남은 기차에는 익숙해졌지만 아무것도 안 하고 혼자 앉아 있는 상황은 낯설었다. 할 일이 없다는 게 영 이상했다. 가회동 저택에 온 이래 수남은 잠잘 때를 빼놓고는 늘 밀린 일들에 파묻혀 살았고, 누가 부르면 언제든지 달려갈 준비를 하고 있어야 했다.

지난 10년 동안 수남의 삶은 가회동 저택 안에서만 맴돌았다. 물론 채령을 따라 백화점에도 가고, 창경원 밤 벚꽃 놀이도 가고, 심부름 때문에 종로통에도 나가곤 했지만 대부분은 담장 안에서 지냈다. 이제 교토에 가면 채령이 학교에

가 있는 동안은 얼마든지 마음대로 할 수 있었다. 자유는 당장부터였다. 기차가 종착역인 부산에 닿을 때까지 누구한테 불려 갈 걱정 없이 혼자만의 시간을 보낼 수 있었다.

기차가 역에 서자 곤봉을 허리춤에 찬 순사가 올라타 사람들을 훑으며 지나갔다. 수남은 죄라도 지은 양 가슴이 벌렁거렸다. 학생 하나가 가방 뒤짐을 당한 뒤 끌려 내려갔다. 수남은 플랫폼에서 순사에게 발길질당하는 학생을 눈으로 좇으며 강휘를 떠올렸다. 수남은 주머니에 넣어 온 향주머니를 가만히 만지며 강휘가 무사하길 빌었다.

성환역에 기차가 멈췄을 때는 자연스레 그곳이 고향인 태술 모자가 생각났다. 수남한테 거절당한 태술은 설이 지난 뒤 무극광업에 사표를 냈다. 수남은 태술에 대한 걱정과 함께 기회를 차 버린 일이 조금 후회됐다. 그는 어떤 남자보다 미덥고 든든한 울타리가 돼 줄 신랑감이었다. 앞으로 그만한 사람을 다시 만날 수 없을지도 몰랐다. 그런데 강휘라는, 닿을 수 없는 존재 때문에 태술을 밀어내다니. 수남은 그 사실을 나중에 더 많이 후회하게 될까 봐 두려웠다.

태술은 떠나기 전날 술에 취해 방으로 찾아왔다. 자려고 누웠던 술이네와 수남은 이부자리를 걷고 일어나 앉았다. 태술은 술 냄새를 풍기며 노다지를 캐러 갈 거라고 했다.

"이놈아, 노다지가 아무한티나 쏟아지는 줄 알어? 여기서 착실하게 지내다 보면 자작 나리가 더 높은 자리도 주실 텐디 왜 헛바람이 들어 들썽거려. 당장이라도 나리한테 가서 빌고 다시 받아 달라고 혀."

술이네가 거의 우는 소리로 아들을 붙잡고 흔들었다.

"어머니, 언제까지 종노릇 하라구요. 나라고 최창학이나 방응모처럼 되지 말란 법 있어요? 인생 한 방이라구요. 머잖아 고래등 같은 기와집 지어 어머니 모실게요. 이쁜 각시도 얻고 어머니 품에 떡두꺼비 같은 손자도 안겨 드릴게요."

태술은 수남 들으라는 듯 큰소리를 쳤다. 최창학과 방응모는 10년 넘게 금광판을 전전하다 노다지를 발견한 덕에 거부가 된 사람들이었다. 그뿐만 아니라 신문에는 금광으로 떼부자가 된 사람들 이야기가 심심찮게 실렸다. 사환에서 직원으로 무극광업 부소장으로 고속 승진하던 태술은 수남에게 거절당하자 분노가 일었다. 그 감정은 묻혀 있던 욕망에 풀무질을 했다. 남의 밑에서 봉급쟁이나 하는 게 꿈이 아니었다. 논바닥과 골짜기에서 사금이 쏟아지는 것을 숱하게 본 터였다. 금과 관련된 제도나 기술도 웬만큼 습득했다.

태술은 직접 금광을 찾아 나서기로 했다. 고맙게도 어머니는 태술의 봉급을 한 푼도 축내지 않고 저축해 두었다. 그 돈을 모두 찾아 손에 쥐자 태술은 남의 집에 팔려 온 수남 따위에게 목을 맨 자신이 우스웠다. 심지어는 수남과 맺어지지 않은 게 다행으로 여겨질 정도였다. 만일 그녀와 혼인했으면 평생 자작의 신발 바닥이나 핥으며 살았을 것이다. 사내대장부가 할 짓이 아니었다.

태술이 떠난 뒤 술이네는 눈물을 달고 살았다. 그때마다 수남은 마치 자기 탓 같아 미안한 마음을 어쩌지 못했다. 술이네는 아들에 이어 젖을 먹여 키운 채령과 가회동 저택에 온 첫날부터 끼고 잤던 수남이 한꺼번에 떠나게 되자 껍데기만 남은 사람처럼 변했다. 수남은 엄마처럼 의지했던 술이네가 한없이 애잔하게 느껴져 태술한테 받은 거울을 주었다. 돌려줄 기회를 찾지 못해 갖고 있던 거였다.

"오빠가 떠나던 날 아줌니한테 전해 달라면서 주고 간 건데 깜빡 잊고 있었어요."

술이네는 아들이 남긴 물건이라는 사실에 흥분해 수남의 어설픈 거짓말을 의심하지 않았다. 거울을 쓸고 어루만지던 모습을 떠올리며 수남은 자신의 향주머니처럼 술이네에게도 거울이 큰 위안이 되리라고 믿었다. 이런저런 생각을 하다 수남은 까무룩 잠이 들었다. 밤을 거의 새운 터라 몹시 피곤했다. 잠결에도 가방은 꼭 끌어안은 채였다.

수남은 소란스러운 기색에 잠이 깼다. 대구역이었다. 큰 역인 듯 사람들이 많이 내리고 탔다. 잠든 사이 맞은편 자리와 옆자리 승객이 바뀌었다. 사람들의 말씨도 바뀌었다. 맞은편엔 모녀가, 옆자리엔 동정에 새카맣게 때가 낀 두루마기를 입은 할아버지가 졸고 있었다. 창문마다 먹을거리를 파는 장사꾼들이 달라붙어 소리쳤다.

기차가 출발했다. 배가 고파진 수남은 가방에서 주먹밥과 삶은 달걀을 꺼냈다. 사이다도 한 병 들어 있었다. 술이네가 싸 준 점심이었다. 채령과 준페이는 식당 칸에서 먹을 거라고 했다. 맞은편과 옆자리의 사람들이 신경 쓰였지만 나눠 먹을 만큼의 양은 아니었다. 먼저 베 조각을 펼쳐 소금으로 간한 주먹밥을 먹던 수남은 맞은편에 앉은 여자아이와 눈이 마주쳤다. 아이는 행색이 초라했다. 삶의 고단함이 머리카락 한 올까지 배어 있는 아이 엄마는 고개를 이쪽저쪽으로 떨구며 졸고 있었다.

창가로 붙어 앉아 밖을 내다보던 아이는 수남이 주먹밥을 먹기 시작하자 고개를 돌려 염치없을 만큼 빤히 쳐다보았다. 밥이 목에 걸릴 지경이 된 수남은 망설이다 삶은 달걀 두 개 중 한 개를 아이에게 건네주었다. 아이는 황감한 얼굴로 졸고 있는 자기 엄마를 한번 쳐다보곤 쭈뼛거리며 달걀을 받아 들었다. 수남은 남은 달걀을 마저 먹고 반 정도 마신 사이다도 병째로 건네주었다. 달걀과 사이다 병을 양손에 쥔 아이는 뜻밖의 횡재에 넋 나간 표정이 됐다.

"얼른 먹어. 사이다 김빠지면 맛없어."

수남이 말했지만 아이는 먹지 않았다. 더 이상 잠도 오지 않을 것 같아 수남은 가방에서 책을 꺼냈다. 심심할 때 읽으라고 채령이 빌려준 이광수의 『유정』이란 소설책이었다. 조선일보에 연재할 때부터 신문 오기만을 기다릴 정도로 열렬한 독자였던 채령은 책이 나오자 사서 읽고 또 읽었다. 최석과 남정임. 채령한테 하도 들어서 수남도 주인공 이름은 알고 있었다.

'얼마큼 재미있길래…….'

수남은 기대를 품고 첫 장을 넘겼다. 새삼스레 가슴이 뛰었다. 아무 걱정 없이 책을 읽을 수 있는 현실이 믿어지지 않았다. 그동안 책 한 줄 보려면 얼마나 눈치를 보아야 했던가. 아니, 아예 그럴 시간이 없었다.

소설은 채령에게 들어 알고 있는 대로 학교 교장 최석과 수양딸 남정임의 사랑을 다루고 있었다. 그런데 줄거리를 말로 듣는 것과 내용을 한 자 한 자 읽는 것은 많이 달랐다. 수남은 소설 속으로 빨려 들어갔다. 어려운 단어나 문장들도 있었지만 내용을 이해하기에는 무리가 없었다. 수남은 부모가 죽고 아버지 친구 집에서 온갖 구박과 설움을 받으며 사는 정임에게 금방 감정이입이 됐다. 최석과 정임 사이에 놓인 장벽은 자신과 강휘 사이를 가로막고 있는 신분의 차이 같았다.

자신의 마음을 그대로 옮겨 놓은 듯한 정임의 일기를 읽을 때는 심장이 뜨거워졌다. 최석이 시베리아의 눈벌판을 헤매고 다니는 장면은 강휘의 모습과 겹쳐졌다. 강휘가 있을지도 모르는 곳이다. 최석이 정임을 그리워하듯 강휘도 자신을 그리워하길 바랐다.

수남은 걷잡을 수 없이 흘러내리는 눈물을 닦다 앞사람과 눈이 마주쳤다. 잠이 깬 아이 엄마였다. 이제나저제나 수남이 봐 주기를 기다린 듯한 표정으로 달걀 반쪽을 들어 보이며 인사했다. 수남은 창피해 얼른 눈물을 훔쳤다.

"이래 귀한 걸 나눠 주고, 고맙습니더."

나머지 달걀 반쪽이 들어 있는지 아이의 양 볼이 불룩했다.

"어머니랑 나눠 먹으려고 안 먹었던 거구나. 효녀네."

수남이 코맹맹이 소리로 말했다. 아이는 사이다를 한 모금 마시고는 자기 엄마에게 건네주었다. 수남은 소설에서 빠져나와 흐뭇한 마음으로 모녀가 서로 먹으라며 실랑이 벌이는 모습을 지켜보았다.

"우리 분이가 효녀 아입니꺼. 색시 아니었으면 쫄쫄 굶을 뻔했는데 참말로 고맙습니더."

분이 엄마는 달걀 반쪽을 여전히 손에 든 채 말했다. 수남은 그만 민망해져 별거 아니라고 손사래를 쳤지만 남에게 무엇인가 나눠 주었다는 뿌듯함은 감추지 못했다. 분이 엄마는 수남에게 보답할 게 그것뿐이라는 듯 속사정을 말했다.

"아직 열시 살밖에 안 된 기 지 아부지 약값 댄다꼬 시방 부산으로 남의집살이 간다 아입니꺼. 집에서 멀건 좁쌀죽 한 사발 묵고 30리 길을 걸어왔으이 아가 을매나 허기졌겠습니꺼. 기찻삯두 겨우 마련한 형편이라……."

분이 엄마는 그예 눈물을 찍어 냈다. 분이가 덩달아 울먹이며 제 엄마 팔을 잡고 흔들었다. 아낙은 들고 있던 달걀 반쪽을 기어이 딸의 입에 넣어 주었다. 수남은 주먹밥만으로 요기가 됐는데 달걀까지 먹은 게 후회스러웠다. 두 개를 다 줬더라면 모녀가 한 개씩 나눠 먹었을 것이다. 고향을 떠나올 때 자기에게만 밥을 퍼 주었던 어머니가 어렴풋이 떠올랐다. 아이 엄마의 마음도 그럴 것이다. 수남은 분이가 자기처럼 좋은 주인 만나기를 빌었다.

"내가 시방 무신 주책이고."

부랴부랴 눈물을 훔쳐 낸 분이 엄마가 수남에게 어디까지 가느냐고 물었다.

"저도 부산까지 가요."

아낙이 반색을 했다.

"부산 어디로 갑니꺼? 우리는 동래까지 갑니더."

"저는 부산서 연락선 타고 일본에 가요."

"일본엔 무슨 일로? 아, 유학 가는구먼."

자는 줄 알았던 옆자리의 할아버지가 불쑥 끼어들었다. 수남이 대꾸할 새도 없이 앞의 아낙이 이어 말했다.

"여학생입니꺼? 책도 읽고 입성도 다른 기 우짠지 촌사람하고는 달라 보인다 했습니더."

분이의 얼굴에 부러움과 우러르는 빛이 가득했다. 수남은 예상하지 못한 상황에 당황해 자신이 주인 아가씨를 따라간다는 것을 알고 있을 주변 사람들을 둘러보았다. 하지만 그 사이 승객들은 거의 바뀌었고 아낙의 말에 관심을 가진 사람도 없었다. 수남은 뜻밖의 오해에 당황했지만 여학생이라는 단어가 입 안의 사탕처럼 달콤해 뱉고 싶지 않았다. 아니, 단박에 사르르 녹아 목구멍 너머로 사라졌다. 수남은 대답 대신 책을 펼쳐 들었다.

'내 입으로 여학생이란 말은 안 했어.'

책으로 가린 얼굴이 뜨거워지는 것이 느껴져 수남은 스스로에게 변명했다.

부산과 시모노세키를 오가는 연락선의 출항 시간은 밤 10시였고 승선은 저녁 9시부터였다. 채령 일행은 일등실 승객이라 출항 직전에 타지만 다른 승객들은 훨씬 이른 시간부터 세관 검사를 받고 승선했다. 유학생이거나 돈 벌러 가는 사람이 대부분인 삼등실 승객들은 짐 검사는 기본이고 호통에 곤봉 세례까지 받아 가며 배를 탔다.

형만은 표를 예약할 때 고민이 많았다. 수남이나 준페이에게 직원들의 한 달 월급 버금가는 돈을 치르고 분수에 넘치는 공간을 제공하는 것이 내키지 않았다. 신임하는 직원이며 일본인인 준페이보다 수남에게 드는 비용이 더 아까웠다. 아랫것들에게 단맛을 보여 주는 것처럼 위험한 일은 없었다. 그러나 채령 혼자 일등실을 쓰게 하는 것도 걱정되고, 남녀가 유별한데 준페이하고 단둘이 쓰게 할 수도 없었다. 혹시 정분이라도 나면 죽 쑤어서 개 주는 꼴이었다. 형만은 울며 겨자 먹기로 미스 차에게 가족실을 예약하라 일렀다.

채령 일행은 무극양행 부산 지사장의 안내로 저녁을 먹고 나서 시내 구경을 했다. 일본인 거류지는 우체국, 은행, 병원, 정미소, 각종 상점들이 늘어서 있어 경성의 종로통이나 진고개만큼 번화하고 활기찼다. 경성보다 시시하네, 하며 상점들을 지나치던 채령도 부산대교가 다리 한쪽을 들어 올리는 광경에는 눈이 휘둥그레졌다. 육지인 부산과 영도라는 섬을 잇는 다리로 조선에서는 처음 세워진 연륙교라고 했다. 평소에는 전차까지 다니던 다리가 큰 배가 지나갈 때면 사립문짝처럼 가뿐하게 위로 올라가는 장면은 눈으로 보고서도 믿어지지 않았다. 하루에 여섯 번씩 다리가 열리는 광경은 부산에서도 대단한 구경거리라고 했다.

대형 연락선이 출항 준비 중인 부둣가는 밤인데도 낮처럼 환하고 소란스러웠다. 짠내와 비린내 가득한 바람이 앞에 펼쳐진 검은 것이 바다임을 알려 주었다. 채령을 따라 한강으로 물놀이 가 봤던 수남은 작은 몸뚱이 하나 물에 뜨는 것도 얼마나 어려운지 알고 있었다. 그런데 동산만 한 덩어리가 물 위를 떠간다니 신기해서 입이 다물어지지 않았다. 어둠 속을 달려와 부서지는 흰 파도가 마음을 두드렸다. 수남의 가슴은 기차를 탈 때보다 더 크게 뛰었다.

준페이는 양손에 채령의 큰 트렁크를 들고 자기 가방은 옆구리에 낀 채 앞장섰다. 항구를 보자 또다시 요코하마가 떠올랐다. 준페이는 채령이 웃는 얼굴로 수남에게 조잘대는 모습을 바라보았다. 준페이에게 기댄 채 잠들었던 것을 알고서도 채령은 아무렇지 않은 얼굴로 매무새를 가다듬었다. 처음엔 채령이 그만큼 가까워졌다고 생각했으나 준페이는 곧 그녀에게 자신은 의자나 가방, 선반처럼 별 의미가 없는 존재임을 깨달았다. 채령이 수남의 귀에 대고 무어라 소곤거리자 준페이는 자기를 비웃는 것이라고 여기며 좌절했다. 기차 안에서 바보같이 굴었던 것만 기억났다. 그러나 채령은 준페이와 상관없는 이야기를 하고 있었다.

"배 안에 별거 별거 다 있대. 공중목욕탕도 있고 레스토랑도 있대. 우리 오늘 밤 자지 말고 구경 다니자. 목욕도 하고."

채령은 신이 났다.

"망측하게 첨 보는 사람끼리 어떻게 홀딱 벗고 씻는대요. 나는 안 갈래요."

경성에 있는 공중목욕탕에 대해 수남도 들은 적이 있었다. 주로 일본인 거주지인 남촌에 있었고 조선인의 출입을 막는 곳도 많았다. 막지 않는다 해도 대다수의 조선인들은 모르는 사람끼리 벌거벗고 한 통 안에 들어앉는 것을 좋아하지 않았다.

"내지엔 여자 남자 같이 목욕하는 혼탕도 있다는걸. 언제 꼭 가 봐야지."

채령이 키득거렸다. 수남은 벌써부터 형만에게 보고 편지 쓸 일이 걱정이면서도 일본에 정말 그런 목욕탕이 있는지 궁금하고 배 안을 구경할 일이 기대됐다.

가족실은 별채의 한 공간처럼 잘 꾸며져 있었다. 채령이야 별채도 자기 집이지만 심부름할 때나 들어가 본 수남은 멋진 선실에서 하룻밤 잔다는 사실에 잔뜩 들떴다. 정말 유학 가는 여학생이 된 기분이었다. 하지만 배가 출항하자마자 멀미가 시작됐다. 채령과 수남은 신분과 학식의 벽을 허물고 함께 토악질을 해 댔다. 준페이는 두 여자의 멀미 시중을 드느라 정신이 없었다.

"갑판에 올라가 찬 바람을 쐬면 좀 나아질 거예요."

채령과 수남은 준페이의 부축을 받으며 화려한 내부 시설 따위엔 눈길도 주지 못한 채 갑판 위로 올라갔다. 채령과 수남뿐 아니라 여기저기 멀미로 괴로워하는 사람들이 많았다. 평소보다 파도가 심한 탓이라고 했다. 바람을 맞으며 멀미를 가라앉히려 애쓰는 채령은 물론 수남조차 배 밑창에 있는 삼등실은 기차 삼등실과는 차원이 다르다는 사실을 알지 못했다.

조선 사람들이 대부분인 삼등실 손님들은 아무리 멀미가 심해도 갑판에 올라갈 수조차 없었다. 일본인 순사가 입구를 막은 채 지켜 서 있고, 냄새나고 좁은 공간에 짐짝처럼 실린 사람들은 〈연락선은 지옥선〉이란 노래를 떠올리고 있었다. 그 노래는 원래 〈연락선은 떠난다〉라는 인기 가요였다.

쌍고동 울어 울어 연락선은 떠난다. 잘 가소 잘 있소 눈물 젖은 손수건. 진정코 당신만을 진정코 당신만을 사랑하는 까닭에 눈물을 삼키면서 떠나갑니다.

언제부턴가 그 노래는 다음과 같이 바뀌어 불리었다.

무엇을 원망하나 나라가 망하는데. 집안이 망하는 것도 이상할 게 없구나. 실어만 갈 뿐 실어만 갈 뿐 돌려보내 주지 않네. 눈물을 삼키면서 떠나갑니다. 연락선은 지옥선.

봄에서 여름까지

　　　　　　　교토는 오랜 세월의 시간이 층층이 쌓인 건물과 거리와 나무 들로 가득했다. 그에 비하면 경성은 날마다 어제의 건물을 허문 자리에 내일의 건물이 세워지고 도로가 파헤쳐져 어수선했다. 그런 곳에서 나고 자란 채령은 처음엔 검은색 나무 판재로 지은 집들이 늘어선 교토가 속내를 드러내지 않는 사람처럼 답답해 보였다. 오랜 불황과 전쟁 탓에 사람들 표정은 물론 거리 분위기도 무겁게 가라앉아 있었다.

　하지만 벚꽃이 피면서 달라지기 시작했다. 오래된 절들과 공원, 하천가, 길가에서 피어오른 꽃구름은 교토 전체를 환하게 만들었다. 벚꽃은 피어 있을 때도 눈부시게 아름답더니 질 때도 꽃비가 내리는 것처럼 아름다웠다. 이제 꽃이 진

자리에 싱그러운 초록 잎들이 돋아나기 시작했다.

"나 어때?"

허리에 손을 올린 채령이 거울에 이리저리 모습을 비춰 보았다. 남색 바탕에 자잘한 꽃무늬가 있는 하늘하늘한 원피스였다. 잘록한 허리의 붉은 벨트가 가슴과 엉덩이를 더욱 풍만해 보이게 했다. 새로 산 브래지어도 가슴을 돋보이게 했다. 곽 씨는 채령이 몸매를 드러내는 옷을 입으면 화류계 여자 취급했다.

어머니 눈길에서 벗어난 채령은 번화가인 가와라마치에 있는 백화점에 가서 최신 유행 스타일의 옷을 마음껏 사들였다. 전쟁 중이라 물건이 많지 않다고 해도 채령의 마음에 드는 상품은 꼭 있었다. 첫 달이라 아버지로부터 받아 온 돈도 넉넉했고 어머니한테 받은 패물도 있었다. 계모인가 싶을 정도로 자신을 미워하던 어머니가 놀랍게도 일본 유학을 지지해 주었을 뿐 아니라 패물까지 주었다. 안방으로 불려 간 채령 앞에 곽 씨는 문갑에서 꺼낸 패물 상자를 밀어 놓았다.

"금붙이는 지난번 무슨 애국금차횐가 하는 데다 다 바치고 남은 거다. 갖고 있어 봤자 차고 나갈 일도 없고, 나중에 이것마저 뺏길지도 모르니 너나 가져가라. 여자는 비상금이 있어야 하니 겸사겸사 지니고 있어."

채령을 멀리 떠나보낸다고 생각하자 갑작스레 감상적이 된 곽 씨는 딸에 대한 미안함과 뭔지 모를 불안함을 패물 상자로 덮고자 했다. 상자엔 진주알로 만든 반지와 목걸이 세트, 사파이어 목걸이와 루비 반지가 있었다.

곽 씨는 오랫동안 외출은 물론 살림을 맡아 하지 않은 데다 필요한 돈은 얼마든지 쓸 수 있어 경제관념이 희박했다. 남들에게 자랑하는 용도로나 이용했던 패물이 얼마인지는 관심도 없었고, 안다 해도 그게 얼마큼의 값어치인지 몰랐다.

경제관념이 없기는 채령도 마찬가지였다. 그저 자기 취향이 아닌 장신구 모양을 일본에 가서 최신 유행으로 바꾸겠다는 생각에 받아 챙겼다. 그중 하나였던 사파이어 목걸이가 세팅이 바뀐 채 목에서 빛나고 있었다. 채령이 거울에 얼굴을 들이대고 화장을 살폈다. 조선과 일본에서 유행하는 화장술은 거의 비슷했는데 다른 점이 있다면 눈썹 모양이었다. 조선 여자들이 가느다란 초승달 모양 눈썹을 선호한다면 일본 여자들 사이에서는 눈썹 산이 있는 짙은 눈썹이 유행이었다. 그렇게 눈썹을 그리자 인상이 좀 더 강해 보이는 게 마음에 들었다. 채령은 빨간 입술 꼬리를 한껏 올리며 미소 짓는 것으로 점검을 마무리했다.

"거울 뚫어지겠으니 그만 보셔요. 오늘 모임에서 아가씨가 제일 예쁠 거예요."

수남이 윤이 나게 닦은 구두를 든 채 말했다.

"당연하지."

채령이 수남 손에서 구두를 뺏어 들며 웃었다.

일요일에 채령 혼자 외출하는 건 처음이었다. 교토에 온 지 한 달이 가까워지는 동안 채령은 시간 날 때마다 교토 지

리를 익힌다는 핑계로 수남을 끌고 놀러 다녔다. 친구를 사
귀지 못했느냐고 수남이 걱정할 정도였다.

"친구를 왜 못 사귀어? 조선 애들이고 일본 애들이고 달려
들어서 성가실 지경인데. 너랑 다니는 게 젤 편하니까 그러
지."

채령이 말했다. 학교 친구들은 아무리 친해도 수남처럼
마음대로 부릴 수 없었다.

둘은 스즈키 할머니가 권해 주는 대로 금각사나 청수사
같은 절에도 가고, 기온 신바시에 가서 짙은 화장에 화려한
기모노를 입은 게이샤를 구경하기도 했다. 지난주에는 도
시락을 싸 들고 사람들로 가득한 마루야마 공원에 꽃놀이를
다녀왔다.

"너 혼자 심심하겠다."

"심심하긴요. 볕이 좋아 이불 홑청 좀 빨아야겠어요."

날이 좋다가도 언제 또 비를 뿌릴지 모르는 게 이곳 날씨
였다. 채령이 고무공 튀듯이 경쾌한 걸음걸이로 계단을 뛰
어 내려갔다. 반질반질한 낡은 계단이 삐걱거렸다.

"미끄러져요. 조심하세요."

수남이 소리치며 따라갔다.

수남은 큰길에 있는 정거장까지 배웅을 나갔다. 채령은
노면전차 란덴을 탔다. 문이 닫힐 때 친친 하고 벨소리가 나
친친열차라고도 불렸다.

"잘 다녀오세요, 아가씨."

손을 흔들며 지켜보던 수남은 열차가 멀어진 뒤 집으로 향했다. 수남과 채령이 살고 있는 스즈키의 집은 큰길에서 너덧 개의 도로를 지난 주택가에 있었다. 집에 이르는 골목에는 식료품 가게, 서점, 미용실, 목욕탕, 의원, 양품점 같은 상점들이 있었다. 목욕탕 앞을 지날 때 수남은 채령과 처음 목욕 갔을 때가 떠올라 슬며시 웃음 지었다. 몸을 가리고 있던 옷을 벗자 봉긋하게 솟은 가슴과 거무스름한 거웃이 두덩뼈를 덮은 알몸이 나타났다. 발가벗은 몸은 자작의 딸 채령이나 몸종인 수남이나 다를 바 없었다.

둘을 더욱 가깝게 만들어 준 것은 추운 날씨와 바닥 난방이 되지 않는 다다미방이었다. 낮에는 덥다가도 밤이면 기온이 떨어져 두꺼운 이불을 덮어도 썰렁했다. 채령은 옆방에서 자는 수남을 이불 속으로 불러들이곤 했다. 서로의 체온이 닿으면 한결 따뜻해졌다. 그들은 나란히 이불 속에 엎드린 채 젖가슴 모양과 크기, 유륜 색으로 애정 운을 점치는 잡지 글을 읽으며 키득거렸다. 하지만 잠이 들면 혼자 자 버릇해 온 채령이 수남을 걷어찼다. 그러곤 다음 날 또 같이 자자고 했다.

"싫어요. 또 차려구요."

"이젠 안 그럴게. 자꾸 뭐가 발에 걸리는 꿈을 꿔서 그런 거야."

객지에서 단둘이 살게 되자 10년 동안 유지됐던 신분의 거리가 단숨에 좁혀졌다. 치마저고리 대신 블라우스와 스커트 차림이 편해진 것처럼 수남은 경성에서보다 너그러워진 채령에게도 익숙해졌다.

스즈키가 동네에 조선인이 들어온 건 처음이라고 했다. (골목엔 브래들리라는 영국인 부부도 살았는데 그들은 이 방인이어도 특별 대우를 받았다.) 가까운 곳에 학교가 있는 것도 아니고, 있다 해도 조선인 유학생이 살기에는 집세가 싼 편이 아니었다. 일하러 온 조선인들과 가난한 유학생들은 철도와 터널 공사장, 염색 공장이 많은 가모 강 주변이나 하류의 히가시쿠조 지역에 주로 살았다. 그곳은 일본 천민 부락이었다.

동네 사람들은 채령과 수남에게 호의적이지 않았다. 자주 이용하는 가게 사람들은 좀 덜했지만 표 나게 무시하는 눈길을 보내는 주민도 많았다. 수남은 원래부터 그런 대우에 익숙해서, 채령은 남의 눈길 따위에 신경 쓰지 않아서 별 문제 없이 넘어갔다.

집에 다다른 수남은 현관 옆의 가게 문을 열었다. 스즈키 할머니의 가게로 실을 비롯해 뜨개질에 필요한 부자재들을 팔았고, 실을 산 사람들에게 뜨개질을 가르쳐 주었다. 할머니는 며칠 전 브래들리 부인으로부터 주문받은 원탁 테이블 보를 뜨고 있었다. 스즈키의 뜨개질 솜씨는 꽤 알려져서 주문도 많았고 무엇이든 떠 놓으면 바로 팔렸다.

"할머니, 저 이불 홑청 좀 빨아 널고 내려올게요."

"그래요. 문은 그냥 열어 둬요. 이젠 덥네."

수남은 집으로 들어가는 현관문을 열었다. 복도를 사이에 두고 방들과 부엌이 있었고, 복도 끝의 문을 열면 작은 정원이 나왔다. 마당의 세탁장엔 수도가 있어서 빨래하기도 편했다. 수남은 복도 중간에 있는 계단을 이용해 2층으로 올라갔다. 불단이 있는 작은 마루와 다다미 8장이 깔린 8조 방, 4장이 깔린 4조 방이 채령과 수남의 공간이었다. 방이 두 개 더 있었지만 할머니 아들네의 짐이 들어차 있었다. 가회동 저택에 비하면 한없이 좁고 초라한데도 채령은 불평하지 않았다. 오히려 조선을 떠난 게 실감 나 불편한 것조차 낭만으로 여겼다. 태어나서 처음으로 자기 방을 갖게 된 수남으로서는 더 말할 것도 없었다.

수남은 부지런히 일을 마치고 가게로 내려갔다.

"오늘은 윤 짱 혼자 나갔네요."

"네. 학교에서 모임이 있대요."

수남은 친절하고 상냥한 스즈키와 함께하는 시간이 좋았다. 스즈키를 상대로 날마다 연습한 덕분에 수남의 일본어 실력은 눈에 띄게 늘었다.

"김 짱, 그럴 때는 이런 표현이 더 잘 어울려요." "그 단어도 틀린 건 아니지만 잘 쓰는 말은 아니야." 이런 식으로 스즈키 할머니가 말해 줄 때마다 수남은 공책에 적어 놓고 당장 써먹었다. 수남이 열심히 하자 스즈키는 방을 뒤져 손주들이 보던 교과서와 동화책, 잡지까지 찾아내 빌려주었다. 활자라면 무엇이든 읽는 버릇이 있는 수남은 채령의 대학교재도 들여다보았다. 영문학과라는데도 영어로 된 책보다 일본어 책이 더 많았다. 수남이 그 이유를 물었더니 채령이 어이없어하며 말했다.

"아직 1학년이잖아. 학년이 올라가야 영어를 더 많이 써."

가회동 저택에서의 생활에 비해 하는 일은 열 배 적었고 좋은 일은 열 배 많았다. 힘든 일이 하나 있다면 형만에게 보고 편지를 쓰는 것이었다. 하늘 같은 상전에게 편지 쓰는 것만으로도 어려운데 함께 지내는 채령의 행동을 낱낱이 보고해야 하니 부담이 더했다. 채령에게는 비밀이라 물어볼 수도 없어 수남은 편지 쓸 때마다 애를 먹었다. 첫 편지가 가장 어려웠다.

수남은 전에 태술이 행랑어멈들에게 대신 읽어 주던 편지 내용을 떠올리며 '기채우이량만강하옵씨고(기체후 일향 만강하옵시고)' 등의 인사말을 써 보았으나 자기 말 같지 않은 게 영 어색했다. 편지지가 찢어질 정도로 썼다 지웠다 하며 골머리를 앓던 수남은 예법이 어떻든 말하듯이 쓰기로 했다. 진짜 형만 앞이라면 말조차 제대로 하지 못했겠지만 보이지 않으니 용기가 났다.

수남은 형만이 어렵고 무섭긴 해도 싫지 않았다. 자작은 난생처음 그녀의 청을 들어준 사람이었다. 거기, 내가 가면 안 되느냐는 수남의 말을 모두 무시할 때 형만은 귀 기울여 들어 주었다. 그리고 수남을 논 서 마지기씩이나 주고 경성으로 데려가 주었다. 그 덕분에 고개 너머 가 보는 게 소원이었던 계집아이는 일본 땅까지 와서 편하게 지내고 있다.

수남이 가장 많이 본 자작의 모습은 채령과 함께 있을 때였다. 그때의 형만은 세상 누구보다 다정하고 따사롭고 너그러웠다. 수남은 지금 누리는 행복함과 편안함 또한 형만이 자신에게도 나눠 준 자애 덕분이라고 여겼다. 직접 대면하는 것도 아니고, 편지 내용 때문에 혼나는 일도 없자 수남은 점점 더 편지 쓰기가 자유롭고 편해졌다.

자작 나리, 교토는 경성보다 더 덥고 후덥지근합니다. 비도 자주 옵니다. 오늘은 니시키 시장에 장을 보러 갔어요. 시장은 엄청 크고 온갖 식품들을 다 팔아요. 자작 나리는 훌륭하고 부자시니까 별별 음식을 다 맛보셨겠지요. 처음엔 구경하는 것만으로도 배가 부를 지경이었어요. 그런데 오늘은 어쩐 일인지 더 배가 고파 덴푸라를 하나 사 먹었어요. 정말 고맙습니다. 나리가 아니었으면 어떻게 이렇게 멋진 구경을 하고 맛난 걸 먹을 수 있겠어요.

참, 채령 아가씨 이야기를 해야지요. 아가씨는 공부를 아주 열심히 합니다. 특히 영어 공부를 열심히 하는데 학교 공부로도 모자란지 독선생한테 따로 배우기로 했습니다. 동네 골목에 양코배기 부부가 살고 있는데 이름이 브래들리라고 한답니다. 영국 사람인데 영국은 일본처럼 섬나라랍니다. 그래서인지 그 나라도 일본처럼 여자가 결혼하면 남편 성을 쓴다네요. 남자는 미스터, 부인은 미세스를 붙인대요. 아가씨가 알려 주었답니다.

저도 길에서 가끔 그 사람들을 보아요. 미스터 브래들리는 대학교 교수님인데 머리가 흰색에 가깝게 노랗고 키가 작달막하고 자전거를 타고 다녀요. 미세스 브래들리는 남편보다 덩치가 좋아요. 만일 둘이 힘으로 싸운다면 부인이 이길 것 같아요. 생김새는 아주 다른데 비슷한 게 있어요. 엄청 넉살이 좋다는 거예요. 그 사람들은 골목에서 사람들을 만날 때마다 하이, 굿모닝, 어쩌구 하며 꼭 알은체를 한답니다. 저한테도 미스터 브래들리가 지나가며 인사를 하는데 망측해서 얼른 피했습니다. 잘 아는 사람한테 그러면 모르겠는데 첨 보는 사람한테도 그렇게 인사를 하니까 오지랖이 넓은 거지요. 하루는 브래들리 부인이 심심한 모양인지 동네 담벼락에 영어 배울 학생을 모집한다는 선전을 내붙였어요. 그걸 보고 아가씨가 신청을 한 거죠. 아가씨는 진짜 양코배기처럼 혀에 참기름 바른 듯이 영어를 하고 싶답니다. 다음 주부터 가기로 했대요. 아가씨는 그렇게 열심히 공부하고 있으니 자작나리께서는 모쪼록 마음 푹 놓으시기 바랍니다.

참, 아가씨는 나리께서 진지는 잘 드시는지, 잠은 잘 주무시는지 늘 걱정합니다. 물론 마님 안부도 궁금해하고요. 아가씨가 소식 드리지 못해도 공부 때문에 바빠서 그런 것이니 서운해하지 마셔요.

수남이 올림

채령은 차창 밖을 내다보았다. 눈부신 햇살이 내리쬐고 있었다. 신록은 꽃 필 때만큼이나 사람을 설레게 했다. 중국과의 전쟁에서 승리하자는 내용의 구호와 포스터, 지원병을 모집하는 광고 벽보들이 여기저기 나붙은 거리를 사람들이 무심하게 지나치고 있었다.

채령의 눈에는 연인들만 보였다. 자신도 봄이 다 가기 전에 연애를 하고 싶었다. 조선만 떠나오면 곧 운명의 상대를 만날 것 같았는데 여전히 집에서고 학교에서고 여자들한테 둘러싸여 있었다.

상대를 만나기도 전에 운명의 사랑을 할 준비가 벌써 다 돼 있는 채령은 지금 가고 있는 유학생 모임에 대한 기대가 컸다. 채령은 무엇이든 조선 것보다는 일본 것을 더 좋아했지만 남자만은 아니었다. 금발 머리 푸른 눈을 한 영화 속 주인공이 아닐 바에는 차라리 조선 남자가 나았다. 지금까지 그녀가 가까이에서 접한 일본 남자들은 주로 기혼자인 학교 선생들이었고 젊은 남자는 준페이뿐이었다. 채령은 열정이라고는 좁쌀만큼도 없어 뵈는 그들이 남자로 보이지 않았다.

유학생 모임의 참석을 권유한 사람은 영문학과 1년 선배 오정심이었다. 정심이 영문학을 택한 이유를 물었을 때 채령은 당당하게 말했다.

"클라크 게이블 대사를 자막 없이 듣고 싶어서요."

사실이었다. 채령이 가사과에 가길 바라는 아버지의 말을 듣지 않고 영문학을 택한 이유였다. 시집가더라도 살림은 어차피 아랫사람들이 할 텐데 일본까지 와서 그 공부를 하고 싶지 않았다. 자신의 대답이 농담인지 진담인지 헷갈려 하는 정심에게 채령이 쐐기를 박듯 말했다.

"나중에 꼭 할리우드에 가 볼 거예요. 거기 가면 길이나 카페 같은 데서도 배우를 볼 수 있대요. 은막의 스타들을 가까이에서 실제로 볼 수 있다니 정말 신기하지 않아요?"

정심은 유학생 모임에 채령을 초대한 게 잘한 짓인지 고민스러운 표정이 됐다. 조선인 신입생은 몇 명 되지 않아 선배 유학생들 사이에 금방 신상이 알려졌다. 채령은 조선에서 내로라하는 가문의 딸이었으므로 더 주목받았다.

일본의 지배를 받은 지 30년이 다 돼 가면서 사람들은 어느덧 그 사실에 익숙해지고 있었다. 독립을 외치며 일제에 저항하던 민족주의자나 지식인들 중에도 친일로 돌아선 사람들이 부지기수였다. 임시정부도 역할이나 활약이 지지부진한 채 중국 땅을 떠돌고 있었다. 특히 2천만 조선인들의 우상이며 지도자였던 이광수와 최남선의 변절은 충격과 좌절감을 안겨 주었다.

유학생들 역시 식민지 청년으로서의 고뇌와 한이 숙명처럼 뼛속 깊이 새겨 있었으나 당장 현실을 살아 내기에도 벅찼다. 유학생 모임도 거창한 대의명분보다 가끔씩 만나 타지에서의 고단함과 외로움을 달래자는 취지로 꾸려지고 있었다. 그래서 유학생들은 채령에게도 민족 반역자의 딸이라는 반감보다 귀족의 딸, 거부의 딸, 소문난 미모에 대한 호기심을 더 많이 가졌다. 아버지의 재력과 권력을 선망하는 사람들에 둘러싸여 살아온 채령은 자신을 향한 관심과 호기심을 당연하게 여기며 잠시 뒤 만날 남학생들을 상상했다.

동기인 하나코는 애인이 전장에 가게 됐다며 쉬는 시간마다 팔찌에 무운을 비는 수를 놓았다. 전장에 나가는 연인이나 가족이 없는 학생들도 위문품에 넣어 보낼 팔찌에 수를 놓아야 했다. 하나코는 수를 놓으며 눈물을 흘리곤 했지만 채령은 그래서 더 열정적인 연인들이 부러웠다.

모임 장소는 시라 강가에 있는 우동 가게였다. 정심이 약도를 그려 주었는데 채령도 알 만한 곳이었다. 차에서 내린 채령은 헤매지 않고 연두색 가지를 드리운 버드나무가 옆에 서 있는 우동 가게를 찾았다. 버드나무를 보자 조선 땅이 그리워 잠깐 향수가 일었다. 하지만 그녀는 그런 감정에 아무런 영향도 받지 않을 만큼 교토에서의 생활이 좋았다.

채령은 검은색 포렴을 들추며 가게 안으로 들어갔다. 혼자라면 절대 찾을 일 없을 허름한 장소마저 유학 생활의 색다른 재미로 느껴졌다. 이미 와서 앉아 있던 한 무리의 시선이 채령에게 쏟아졌다. 가게에는 정심 외에 한 명의 여학생과 다섯 명의 남학생이 있었다. 교복 차림의 남학생들과 흰 블라우스에 검정 플레어스커트를 입은 수수한 모습의 여학생들에 비하면 채령의 꽃무늬 원피스는 튀었지만 가게 안을 환하게 만들 만큼 화사했다.

자신을 바라보는 여학생들의 질시와 부러움이 섞인 시선도, 일시에 기류를 팽팽하게 만드는 남학생들의 경쟁심 가득한 눈빛도 채령에겐 익숙한 것들이었다. 전과 다른 점이 있다면 채령의 감정이었다. 무시했던 예전과 달리 남학생들을 마주하자 가슴이 벙글은 꽃봉오리처럼 부풀어 올랐다. 정심이 채령을 맞이하며 일어섰다.

"자, 드디어 다 왔습니다. 신입 회원들은 각자 소개하세요."

정심이 말했다. 신입생은 채령과 새 교복임이 완연하게 티 나는 남학생 한 명이었다. 교토대에 다닌다는 남학생이 자기소개를 했다. 채령은 어리바리해 보이는 신입생에겐 관심이 없었다. 다음은 채령 차례였다.

"저는 윤채령이고 정심 선배와 같은 과 후배예요. 잘 부탁드립니다."

채령은 앉은 채로 말한 뒤 고개를 까딱하고 숙였다. 두 개의 탁자를 이어 붙여 만든 자리 맞은편에 신입생을 포함한 네 명의 남학생이 앉아 있었다. 채령이 앉은 쪽으로는 채령을 포함한 세 명의 여학생과 한 명의 남학생이 자리했다. 탁자는 폭이 좁아 건너편 남학생의 무릎이 닿을 정도였다.

"우리도 소개해야제. 나는 교토제대 법학과 3학년 이웅준이고 부산서 왔습니다. 앞으로 잘 지냅시다."

말투처럼 투박하게 생긴 웅준이 말했다. 태도는 시원시원하고 박력 있어 보였지만 인물이 별로였다. 이웅준을 필두로 자연스레 돌아가며 자기소개가 시작됐다. 두 번째 남학생은 자기를 똑바로 보지 못하는 게 마음에 안 들었다. 풋내기 신입생은 통과. 채령은 그들과 선보러 나온 것도 아닌데한 명 한 명 평가하며 실망에 실망을 거듭했다.

"안녕하십니까? 저는 남호석이라고 합니다. 진명 나오셨죠?"

맞은편의 마지막 학생이 말했다. 인상이 서글서글한 호남이었다.

"어머, 어떻게 아세요?"

"저는 휘문 나왔습니다. 고보 다닐 때부터 채령 양 명성은익히 알고 있었습니다. 저도 교토제대에 다니고 있습니다.앞으로 자주 봅시다."

채령은 보이지도 않고 만져지지도 않는 눈빛이 공중에서얽히는 것을 느꼈다. 가슴에서 봄바람이 불었다. 하지만 무언가 미진했다. 개중에 괜찮았지만 너무 무난하고 평범해보였다. 첫사랑 상대라면 좀 더 강렬해야 했다. 그때 이웅준이 말했다.

"박정규, 니는 와 도살장에 끌리온 얼굴이고? 저눔 아는돌부처니까 내가 대신 소개하겠습니더. 도시샤 대학에 다니고 고향은 개성입니더."

채령은 자기 앞에서 도살장에 끌려온 얼굴을 하고 있다는박정규란 인물에게 급격한 호기심이 일었다. 고개를 돌려구석 자리에 앉아 있는 박정규를 바라보았지만 옆사람에 가려 잘 보이지 않았다.

　형만에게 브래들리 부부 이야기를 쓸 때만 해도 수남은
자신이 브래들리 부인 앞에 있게 될 줄은 몰랐다. 채령이 영
어 공부를 시작한 지 두 달째 접어들었을 때였다. 채령은 급
작스레 일이 생겨 못 가게 됐으니 브래들리 부인에게 갖다
주라며 짧은 편지를 써 주었다.

　수남은 채령의 편지를 가지고 골목 막다른 곳에 있는 브
래들리 씨 집으로 갔다. 초인종을 누르자 나이 든 일본인 하
녀가 문을 열어 주었다. 수남은 하녀의 안내를 따라 안으로
들어갔다. 마당엔 예쁜 꽃들이 가득 피어 있었고, 1층에는
일본 가구, 병풍, 그림 같은 것들이 과하다 싶을 만큼 들어차
있었다. 안내받아 간 2층은 서양식으로 꾸며져 있었다. 다다
미방을 터서 만든 방의 책상과 응접세트 등은 가회동 저택
별채에 있는 가구들과 비슷했다. 브래들리 부인이 책상에서
일어나 응접 의자 쪽으로 왔다. 원탁에는 스즈키 할머니가
뜬 테이블보가 덮여 있었다.

　브래들리 부인은 멀리서 볼 때보다 덩치가 더 크고, 약간
붉다 싶은 흰 얼굴에 주근깨가 가득했다. 징그러울 만큼 파
란 눈과 뾰족 솟은 코를 가진 부인이 다가오자 수남은 움찔
하며 채령의 편지를 내밀었다.

　편지를 본 브래들리 부인이 수남을 바라보며 무슨 말인가
했다. 영어는 한 마디도 몰랐지만 표정과 동작만으로 무슨

말을 하는지 짐작이 갔다. 또 채령과 닮았다고 여기는 모양이었다. 교토에 오자 자기와 채령을 혼동하는 사람이 더러 있었다. 수남은 아무리 거울을 보아도 채령과 닮은 점을 찾을 수 없었기에 그저 흘려들었다. 귀한 신분의 주인 아가씨를 닮았다니 나쁠 건 없었다.

영어가 통하지 않자 브래들리 부인이 일본어로 말했다.

"괜찮다면 함께 차 한 잔 마셔요."

수남은 자신의 일본어 수준과 비슷한 브래들리 부인의 말을 듣자 슬그머니 이야기할 용기가 생겼고, 억눌려 있던 호기심이 고개를 내밀었다. 수남은 브래들리 부인의 맞은편 의자에 엉덩이를 걸치고 앉았다.

하녀가 달착지근한 밀크티와 서양과자를 내려놓으며 수남을 힐끗거렸다. 수남은 브래들리 부인이 자신을 채령의 하녀가 아니라 손님으로 대해 주는 것 같아 기분이 좋았다. 차를 마시며 이런저런 이야기를 나누었다. 주로 브래들리 부인이 묻고 수남은 대답을 했다. 조선이라는 나라에 궁금한 게 많은 듯했다.

수남은 며칠 뒤 브래들리 부인을 또 만나러 갔다. 아예 그만두겠다는 채령의 편지를 전하기 위해서였다. 수남은 편지와 함께 조선식 경단을 조금 가져갔다. 채령이 먹고 싶다고 해서 만든 것이다. 교토로 오기 전 술이네로부터 채령이 좋아하는 음식들 요리법을 따로 배웠는데 그중에 찹쌀 경단도 있었다. 동그랗게 만든 경단에 카스텔라와 계핏가루를 묻혔더니 색도 고왔다. 수남은 스즈키 할머니와 브래들리 부인에게 줄 생각으로 조금 넉넉하게 만들었다.

그날도 브래들리 부인은 수남을 안으로 불러들여 차와 과자를 대접했다. 그리고 수남이 만든 경단을 맛있게 먹으며 만드는 법을 물었다. 수남은 몸짓까지 동원해 설명했다. 브래들리 부인이 웃으며 재미있어했다. 수남은 조금 편해지자 궁금한 걸 묻기 시작했다.

"영국은 어디에 있나요? 여기서 얼마나 먼 곳인가요?"

브래들리 부인이 일어서더니 책상 위에서 수박처럼 생긴 둥근 물체를 들고 와 수남 앞에 내려놓았다. 부인이 복잡한 그림과 깨알처럼 작은 글자가 가득한 둥근 물체를 돌리더니 한 곳을 짚었다.

"여기가 일본이에요. 조선은 여기고."

수남은 어리둥절한 채 브래들리 부인이 가리키는 곳을 들여다보았다. 경성과 교토의 거리가 수남에겐 거리를 가늠하는 기준이었다. 부인은 다시 둥근 물체를 조금 돌리더니 한 곳을 짚으며 영국이라고 했다. 수남은 당최 무슨 소린지 알 수가 없었다.

"그런데 이게 뭔가요?"

수남이 수박덩이 같은 것을 가리켰다. 인간이 살고 있는 땅덩어리를 아주 작게 축소해서 본떠 만든 지구의라고 했다. 처음 듣는 이야기였고 그동안 읽은 책들에서도 본 적이 없었다. 브래들리 부인이 반복해서 설명한 뒤에야 겨우 알아들은 수남은 휘둥그레진 눈으로 물었다.

"우리가 살고 있는 땅이 이렇게 생겼다고요? 그런데 어떻게 안 굴리다니고 서 있을 수 있어요?"

수남의 질문에 브래들리 부인은 소리내어 웃었다. 그러곤 책을 찾아 가며 쉽게 설명하려고 애썼다.

"지구에는 모든 물건을 땅으로 끌어당기는 힘이 있어요. 그래서 우리가 굴러다니거나 떠다니지 않고도 서 있을 수 있는 거예요."

수남을 이해시키기에는 부인의 일본어도 수남의 기본 지식도 너무 부족했다. 하지만 수남은 지구의에서 눈을 떼지 못했다. 푸른 곳은 바다라고 했다. 교토로 올 때 바다를 건너왔기 때문에 상상할 수 있었다. 지구의에는 땅보다 바다가 훨씬 더 넓은 면적을 차지하고 있었다. 지구의 땅들은 여러 개의 대륙으로, 대륙은 또 수많은 나라로 나뉘어 있다고 했다.

수남은 지구의를 주의 깊게 살펴보았다. 이틀이나 걸려 도착한 교토가 경성에서부터 손가락 한 마디 거리도 안 됐다. 평생을 돌아다녀도 다 가 보지 못할 것 같은 조선이나 일본의 크기가 이토록 작다는 사실이 놀라웠다. 길쭉한 일본 땅은 고개를 쳐든 누에처럼 보였고 조선은 앞발을 세운 짐승 같았다.

수남은 자기가 어디 있는지 알고 나자 강휘가 있다는 곳도 궁금해졌다. 그리고 『유정』에 등장한 장소들도 알고 싶었다. 교토에 온 뒤 그 소설을 열 번도 더 읽은 수남은 최석의 여정을 모두 외웠다. 선양, 신징, 하얼빈, 이르쿠츠크, 바이칼호수…….

브래들리 부인은 지구의에 돋보기까지 들이대고 수남이 말하는 곳들을 찾아 주었다. 수남의 발음을 알아듣지 못해 못 찾기도 하고 지구의에 나오지 않는 곳도 있지만 중국과 시베리아, 바이칼호수 등은 어디에 있는지 알 수 있었다. 브래들리 부인이 짚어 준 중국은 일본이나 조선, 영국보다 몇십 배 더 컸지만 시베리아가 있는 러시아보다는 작았다. 그리고 조선과 담장을 같이 쓰는 이웃처럼 붙어 있었다. 홀린 듯 지구의를 보다가 고개를 든 수남은 자신을 지켜보는 브래들리 부인과 눈이 마주쳤다. 처음엔 기이해 보이던 푸른 눈에 자신의 모습이 비쳤다.

브래들리 부인은 자기 이야기도 들려주었다. 브래들리 씨는 교토에 있는 한 대학에서 영어를 가르친다고 했다. 부부는 마흔 살이 가까웠지만 아이는 없었다. 부인은 글을 쓰는 사람으로 수남에게 자기 글이 실린 영국의 신문이나 잡지를 보여 주었다. 일본의 풍습이나 전통문화를 소개하는 글을 쓴다고 했다.

부인은 조선에 대해서도 많이 궁금해했다. 수남은 표현할 수 있는 모든 수단을 동원해 대답했다. 일본인 하녀는 신분도 나이도 한참 차이 나는 두 사람이 어설픈 일본말로 한참이나 이야기하는 걸 신기하다는 얼굴로 바라보았다. 헤어질 때 브래들리 부인이 수남에게 또 놀러 오라고 했다. 으레 하는 인사말일 것이다. 수남은 다시는 브래들리 부인의 집에 갈 일이 없다고 생각하자 몹시 서운했다.

수남은 얼마 뒤 브래들리 부인을 다시 만날 수 있었다. 갑자기 하녀가 고향으로 돌아가게 됐다면서 부인이 스즈키에게 일할 사람을 부탁하러 온 것이다. 마침 스즈키와 같이 있던 수남이 나섰다.

"사람을 구할 때까지 제가 도와 드려도 될까요? 하루에 한두 시간은 얼마든지 낼 수 있어요."

그렇게라도 부인과 계속 가까이하고 싶었다. 그녀는 기뻐하며 수고비를 주겠다고 했다. 처음 일하러 간 날 수남은 자신이 바라는 것을 조심스레 말했다.

"수고비 대신 영어를 배울 수 있을까요?"

브래들리 부인이 일본이나 조선에 관심을 갖는 것처럼 수남도 영국과 그 나라 말이 궁금했다. 영어는 채령이 그토록 잘하고 싶어 하는 언어이기도 했다. 부인은 흔쾌히 수락했다.

수남은 덜컥 약속해 놓고 채령이 못 하게 하면 어쩌나 은근히 걱정했다. 어차피 채령이 없을 때 하는 일이니 말하지 말까도 생각했다. 하지만 더 이상 채령에게 비밀을 만들 수는 없었다. 자작에게 보고 편지를 쓰는 것도, 강휘를 좋아하는 것도 비밀이었다. 반면 채령은 수남에게 무엇이든 다 털어놓았다. 자신이 요즘 빠져 있는 남자 이야기까지 숨김없이 했다. 놀랍게도 짝사랑이었다. 수남은 영화나 소설 속에 나오는 가짜 인물이 아닌 살아 있는 남자가 어떻게 채령을 마다할 수 있는지 이해할 수 없었다. 난생처음 뜻대로 되지 않는 일이 있다는 것을 안 채령은 다른 일에는 관심도 없었다.

"두고 봐. 정규 씨도 날 좋아하게 만들 거니까."

채령은 밤마다 잡지에서 남자 유혹하는 법을 읽어 가며 전의를 불태웠다. 남자 앞에서 눈을 게슴츠레 뜨라느니, 손수건을 떨어뜨린 뒤 줍는 체하며 가슴골을 슬쩍 보이라느니 하는 내용이었다. 거울을 보며 연습하는 채령 곁에서 수남은 강휘 앞의 자신을 상상해 봤지만 죽어도 그렇게는 못 할 것 같았다.

자작에게 채령의 일을 낱낱이 고해야 하는데 수남은 남자, 그것도 가난한 고학생에게 빠진 사실은 알릴 수 없었다. 채령이나 자작이 걱정돼서라기보다는 자기 욕심 때문이었다. 만일 형만이 알게 된다면 당장 채령을 경성으로 불러들일 게 뻔했다. 수남에게 지금 가회동 저택으로 돌아가는 일은 행복한 꿈을 중간에 깨는 것과 다름없었다. 채령이 공부를 마친 뒤에는 어쩔 수 없지만 아직은 가고 싶지 않았다. 자기 욕심 때문에 상전의 지시를 어기는 것도 켕기는데 채령까지 속여 가며 공부할 수는 없었다.

수남은 눈썹 정리를 하는 채령 옆에서 빨래를 개키며 눈치를 보다 물었다.

"아가씨, 저 낮에 잠깐 브래들리 부인네 집안일 좀 도와주고 영어 배우면 안 될까요?"

"니가 영어 배워서 뭐하게?"

채령이 거울에서 눈을 떼지 않은 채 물었다.

"할 건 없지요. 그런데 조선글이고 일본글이고 배워 보니까 재미있어요. 혹시 알아요? 나중에 아가씨가 영어 쓰는 나라에 가게 될지. 그러면 그때도 따라가야 할 텐데, 미리 입이라도 뗄 줄 알면 좋잖아요."

채령이 수남 쪽으로 고개를 돌렸다.

"그거 좋은 생각이다. 열심히 배워서 숙제 좀 대신 해 줘라."

채령은 영어로 말하는 건 좋았지만 어려운 책을 읽거나 작문은 질색이었다.

수남은 일본어 못지않게 브래들리 부인한테 배우는 영어가 흥미로웠다. 단어 하나를 익힐 때마다 새로운 지식, 새로운 깨달음을 얻었다. 브래들리 부인과 영어와 일어가 섞인 대화를 나눌 때면 늘 미지의 세계로 여행하는 것 같았다. 부인은 해면이 물을 빨아들이는 것처럼 지식을 습득하는 수남을 놀라워했다.

"수남은 아주 똑똑해요. 특히 언어에 타고난 재능이 있어요."

브래들리 부인의 말에 수남은 어리둥절해졌다. 그런 말은 채령 같은 학생에게나 해당하는 것이었다. 수남은 지금껏 부지런하다, 손끝이 야물다 같은 말이 최고의 칭찬인 줄 알고 살아왔다.

"아, 아니에요. 저, 전 학교 근처도 못 가 본걸요."

수남은 새빨개진 얼굴로 간신히 말했다.

"그런데도 스스로 노력해서 이만큼 왔으니 더 대단한 거지요. 당신은 아주 훌륭한 사람이에요."

브래들리 부인의 표정엔 진심이 담겨 있었다. 수남의 가슴속을 가득 채운 기쁨이 얼굴에도 번졌다. 그런 인정을 받은 건 태어나서 처음이었다. 집으로 돌아와서도 브래들리 부인의 말이 계속 맴돌았다. 여전히 기분 좋았지만 부인의 평가는 아무리 생각해도 과분했다. 부인의 평가가 부끄럽지 않으려면 진짜 그런 사람이 되어야 한다고 다짐했다.

날마다 다른 세상을 사는 것 같아 수남은 하루하루가 즐거웠고 다음 날이 기다려졌다. 하지만 지금 누리고 있는 시간이 자작을 속이고 얻은 것이라는 생각에 죄책감이 들었다. 그럴 때면 수남은 형만 대신 강휘에게 사실을 털어놓곤 했다. 부치지 못하는 편지였으므로 더 솔직하고 자유롭게 쓸 수 있었고, 자작을 속이고 있다는 부채감을 조금이나마 덜 수 있었다.

도련님, 안녕하신지요?

아가씨는 요즘 사랑에 빠져 있습니다. 오늘도 도시락을 싸 달래서 가지고 갔어요. 그분께 줄 거라나요. 저는 아가씨가 영화배우나 소설 주인공 말고 진짜 누군가를 좋아하는 걸 처음 보았어요. 그 사람은 더구나 가난한 고학생이래요. 나리가 아시면 큰일이 나겠죠. 아무튼 아가씨는 사랑을 하고 나서부터 더 예뻐지고 더 착해졌어요.

브래들리 부인한테 제가 영어를 배우는 건 말씀드렸죠? 말만 배우는 게 아니라 말을 통해 알게 되는 게 많아요. 하나하나 배울 때마다 내가 모르는 게 얼마나 많은지 깨닫게 돼요. 그러면 저는 제가 모른다는 사실을 알게 된 게 또 기뻐요. 그동안 그것조차 모른 채 살아왔으니까요. 책 속에 길이 있다던 도련님 말씀이 맞았어요.

지구의에서 본 덕분에 도련님이 어디쯤 계신지 알게 됐어요. 그런데 이상하게 도련님을 상상하면 텅 빈 들판을 쓸쓸히 걸어가는 모습만 떠올라요. 꿈을 꾸어도 마찬가지고요. 그럴 때마다 마음이 아프고 눈물이 나요. 당장이라도 달려가 도련님과 함께 걷고 싶어요. 열심히 책을 보며 공부하다 보면 도련님에게 갈 수 있는 길도 찾을 수 있겠지요. 곁에서 도련님을 챙겨 드리고 싶어요. 이 마음을 도련님께 고백할 수 있는 날이 올까요?

수남은 편지를 쓰다 말고 거울을 들여다보았다. 채령이 나날이 더 어여뻐지듯이 거울 속의 자신도 아름다워 보였다.

가을에서 겨울까지

　　　　　추분 무렵이 되자 아침저녁으로 바
람이 선뜩해지고 한낮의 햇살에서도 열기가 수그러들었다.
준페이는 아침부터 일에 빠져 있었다. 그는 무극양행뿐 아
니라 무극광업 쪽의 회계까지 맡고 있었다. 준페이는 일을
찾아 하며 자신을 혹사했다.

　"테라오 상, 그런다고 월급 많이 주는 것도 아닌데 쉬엄쉬
엄해요. 테라오 상 때문에 사장님 눈치 보여서 퇴근도 못 한
다고들 투덜거려요."

　준페이의 통역을 맡아 가장 많이 접하는 양 과장이 넌지
시 귀띔할 정도였다. 형만이 사업은 제쳐 두고 국민정신총
동원 조선연맹 일에 몰두하는데도 회사가 돌아가는 것은 준
페이 덕이었다. 1938년 4월 일본은 국가총동원법을 조선에

공포하였다. 형만은 7월에 창립된 국민정신총동원 조선연맹의 임원을 맡아 사업보다는 그 일에 신경 쓰느라 바빴다. 수출입 품목이 통제된 양행 사업은 어려움이 많았다. 특히 형만의 회사에서 취급하는 품목은 서민을 위한 생필품보다 유럽에서 제작한 가구, 실내장식 용품, 고급 식기류 같은 상류층을 위한 사치품들이기 때문에 더했다. 광산의 금도 채취하기 무섭게 각종 명목으로 총독부에 넘어갔다.

강휘의 행적은 여전히 실체도 없이 추정만 난무했다. 형만은 총독부에서 자신을 옭아매기 위해 강휘를 이용하고 있다고 믿었다. 하지만 잡히면 사실 여부와 상관없이 강휘는 저들이 만든 죄목을 뒤집어쓰게 될 것이다. 그러면 지금처럼 틀어막고 쓸어 덮는 것으로는 해결하지 못할 게 분명했다.

형만이 해결사로 내세운 사람은 준페이였다. 준페이는 형만의 지시에 따라 장부를 조작하고, 금을 빼돌려 총독부 관리나 경찰 고위층에게 뇌물로 건네주었다. 사랑하는 사람을 위한 일이라고 생각하면 못 할 게 없었다. 그는 자신에 대한 형만의 신임을 더 공고히 해 회사 내에서 명실상부한 2인자가 되고 싶었다. 그러면 채령도 자신을 달리 볼 거라고 믿으며 온갖 궂은 일을 하는 사이 그녀는 영영 멀어지고 있었다.

준페이는 그 생각을 떠올리지 않으려고 고개를 흔들며 다시 계산에 집중했다.

"테라오 상 편지 왔어요."

미스 차가 준페이 책상에 봉투를 올려놓았다. 국제 우편

봉투를 보는 순간 준페이의 가슴이 뛰었다. 지로 삼촌한테서 온 편지였다.

지난 3월 채령을 데려다주러 교토에 갔을 때, 준페이는 오래간만에 만난 고모할머니와 밤늦게까지 이야기를 나누었다. 할머니는 예전에 비해 많이 수다스러웠다. 준페이는 졸음을 참으며 할머니 이야기를 듣고 있었다.

"참, 지로 소식 너한테 말했던가?"

준페이는 잠이 확 달아났다.

"정말요? 어떻게 들으셨어요?"

할머니는 준페이의 고모, 그러니까 지로 삼촌의 누나로부터 소식을 들었다고 했다.

"편지가 왔대요? 잘 계시대요? 어디 사신대요?"

준페이의 질문이 쏟아졌다.

"편지에는 잘 살고 있다고 했지만 니 고모 말로는 질 나쁜 사람들하고 어울리는 것 같다고 하더라."

"고모가 그걸 어떻게 아셨대요?"

준페이가 얼굴을 찌푸렸다.

"네 고모부 친구 중에 미국에서 살다 온 이가 있는데 그 사람이 그러더래."

"말이 돼요? 미국이 얼마나 넓은데……."

준페이는 오사카에서 한동네에 살았던 고모를 별로 좋아하지 않았다. 이웃에게 어머니 험담하는 것을 우연히 본 뒤로는 발길을 끊었다. 친정 올케에게 취직자리를 소개해 줬

는데 일을 제대로 못 해 자기 입장이 곤란해졌다는 내용이
었다. 준페이는 몸이 아픈 어머니를 감싸 주기는커녕 흉보
는 고모에게 화가 나 어머니가 돌아가신 뒤 발길을 끊었다.
준페이는 고모네에서 나온 지로 소식을 믿지 않았다.

"아무리 넓어도 일본 사람들끼리는 한군데 모여 산다더
라."

"삼촌 주소 좀 알아봐 주세요."

준페이가 부탁했다.

그는 주소를 받고서도 바쁜 일들 탓에 6월이 돼서야 편지
를 썼다. 준페이는 지로에게 보낸 편지에 사랑하는 여자가
있다고, 아직은 혼자 좋아하지만 운명의 여자인 것 같다고
고백했다. 삼촌은 샌프란시스코에 살고 있었다.

조선과 미국 사이에 편지가 한 번 오가려면 한 달이 넘게
걸렸다. 준페이는 뛰는 심장과 떨리는 손길로 편지 봉투를
뜯었다. 편지에는 무슨 일을 하고 어떻게 사는지 하는 설명
없이 잘 지낸다고만 쓰여 있었다. 그 대신 준페이에게 조언
은 아끼지 않았다.

짝사랑이라니. 준페이, 아무리 좋은 집안 여자라고 해도
말이다. 그동안 유약한 사내가 된 거냐? 용기 하나 가지고 태
평양을 건너온 지로의 조카답지 않구나. 내가 곁에 있었다
면 넌 벌써 그 아가씨를 네 여자로 만들었을 거야. 처음으로
일본을 떠난 게 후회된다. 지금 당장, 아니, 이 편지만 읽고

그녀에게 달려가라. 그리고 운명의 상대라고 당당하게 말하
렴. 세상에 오르지 못할 나무가 없는 것처럼 취하지 못할 여
자도 없는 법이다. 특히 네가 이 테라오 지로의 장조카라면
더더욱! 사내가 운명의 여자를 만나기란 쉬운 일이 아니거
든. 테라오 준페이, 너는 일생에 한 번 있기 어려운 행운을 얻
은 사내니 온 힘을 다해 용기를 내라!

편지 속의 삼촌은 옛날처럼 활달하고 거침없었다. 마치
옆에서 말하는 것 같은 지로의 편지 한 구절 한 구절이 날카
로운 칼이 돼 준페이의 가슴을 찌르는 것 같았다. 그렇잖아
도 준페이는 이미 상처 입고 신음하는 중이었다. 이 편지를
진작 받았다면, 그랬다면 달라질 게 있었을까. 아니, 그날 밤
스즈키 할머니가 말한 대로 했더라면 어땠을까.
"준페이 네가 좋아하는 여자가 주인 아가씨냐?"
할머니의 느닷없는 질문에 준페이는 얼굴이 시뻘게져 자
기도 모르게 되묻고 말았다.
"어, 어떻게 아셨어요?"
"어떻게 알긴? 우리 집 고양이도 알겠던걸. 가난과 사랑은
숨길 수 없는 법이라 하지 않던."
할머니가 웃으며 말했다.
"저는 숨길 수 없는 두 가지를 다 가졌네요."
준페이가 한숨을 쉬었다.
"내가 보기엔 두 아가씨가 아주 비슷하게 생겼던데. 네가

미리 이야기해 주지 않았으면 자매인 줄 알았을 거야."

"그럴 리가요. 조선 사람들 눈엔 우리도 다 같아 보일걸요."

할머니 말에 준페이는 어이없다는 얼굴로 대꾸했다.

"어쨌거나 내 눈에는 둘이 비슷해 보이는데 왜 주인 아가씨가 좋은 거냐? 신분이 높아서? 부잣집 딸이라서?"

할머니는 살피듯 준페이를 보았다.

"저도 이유를 많이 생각해 봤는데 밝고 거침없어서인 것 같아요. 세상이 뭐든지 자기 마음대로 된다고 생각하는 채령을 보면 제 기분도 좋아져요. 할머니도 알다시피 전 힘든 일을 많이 겪었잖아요. 그래서 저는 불운을 타고난 사람이라는 생각이 들 때가 많아요. 그런데 채령하고 있으면 저도 행복해질 수 있을 것 같은 자신이 생겨요."

준페이가 그렇게 길게 이야기하는 것을 본 적이 없는 할머니는 잠자코 귀를 기울이다 그의 말이 다 끝난 다음 물었다.

"네가 그런 생각을 할 정도라면 괜찮은 아가씨로구나. 그런데 반도인과 결혼까지 할 생각은 아니겠지?"

근심 어린 기색이었다.

"왜요? 못 할 이유가 뭐가 있어요? 할머니도 조선인을 무시하세요?"

준페이의 목소리가 까칠해졌다.

"네가 뭐가 부족해서 조센징과 결혼한단 말이냐. 설령 니들끼리는 좋아서 혼인한다고 쳐도 네 자식들은 따돌림을 받거나 무시당할 거야."

할머니의 목소리는 확신에 차 있었다.

"할머니, 너무 앞서가시네요. 채령은 반도인이라고 해도 조선에서 손꼽히는 자산가에 귀족 가문의 딸이라 제게는 차례도 오지 않을걸요."

준페이가 쓴웃음을 지었다.

"그렇다면 다행이구나. 네가 만일 조센징하고 결혼한다면 난 나중에 저세상에 가서 네 할아버지와 아버지 얼굴을 볼 낯이 없을 거야. 그럴 일을 만든다면 너하고 인연을 끊을 거다."

"그러면서 조선인에게 방은 왜 내주신 거예요?"

준페이가 이해할 수 없다는 얼굴로 물었다. 그는 할머니와 인연을 끊더라도 채령과 결혼할 수 있다면 좋겠다고 생각했다.

"반도에서 건너온 유학생 중 있는 집 자식들에겐 앞다퉈 방을 내준단다. 방세 밀리거나 떼일 걱정이 없거든. 더구나 네가 중간에서 다리를 놓았으니 신원이 확실하잖니."

할머니가 웃으며 말했다. 준페이는 고개를 끄덕였다. 방세를 남보다 비싸게 받는 것도 아니니 서로 좋은 일이었다.

"남자가 결혼 전에 여러 여자 만나는 건 흠도 아니야. 그아가씨가 정 좋다면 사귀어 보는 것도 나쁘지는 않겠지. 그래, 고백은 했니?"

"아직이오. 고백하기에 전 너무 부족해요."

준페이가 시무룩해져 말했다.

"네게 부족한 건 용기뿐인 것 같은데. 아직 고백을 안 했다면 지금이 기회일 것 같구나. 젊은 처자들은 낯선 곳에서 마음이 말랑말랑해진단다. 또 교토가 낯선 곳이니 처음에 너한테 많이 의지할 거야. 조선으로 돌아가기 전에 꼭 고백을 하렴."

고모할머니나 삼촌이나 화끈한 성격은 비슷했다.

"그런 기회를 이용하는 건 남자답지 못한 짓 아닌가요?"

"그래? 이것저것 체면치레하는 걸 보니 아직 덜 좋아하는가 보구나. 그냥 떠나고 나면 아가씨에겐 곧 남자가 생길걸. 네가 좋아한다는 사실도 알지 못하고 말이야."

할머니의 조언에도 준페이는 끝내 고백하지 못한 채 경성으로 돌아왔다. 기회를 이용하는 게 영 얄팍한 짓 같아서였다.

준페이는 지로의 편지를 쥔 채 사무실을 나왔다. 그리고 연못가에 놓인 의자로 갔다. 채령을 볼까 싶어 수시로 이곳을 찾던 일이 떠올랐다. 차라리 그때가 그리웠다. 아무것도 분명하지 않았던 때.

준페이는 의자에 앉아 다시 한 번 찬찬히 편지를 읽었다. 지로와 함께했던 행복한 기억들이 떠올라 울컥했다. 이제 삼촌을 만난다고 해도 그때로 돌아갈 수는 없다. 시간이 바꿔 놓은 것들을 되돌리는 일은 아마 신도 해내지 못할 것이다. 준페이가 그날 교토의 골목에서 보았던 장면도 마찬가지다. 아무리 해도 못 보았던 것으로 할 수 없었다.

채령은 여름방학이 됐지만 경성에 돌아오지 않았다. 공부가 달려서 방학 때 보충해야 한다는 편지를 보내왔을 뿐이었다. 적당한 혼처를 서너 군데 마련해 놓고 방학이 되기만 기다리던 형만은 상심했다. 혼처도 혼처지만 딸이 너무 보고 싶었다. 곽 씨도 실망하기는 마찬가지였다. 딸이 떠난 뒤로 사람들을 불러 노는 일도 시큰둥해졌다. 하루에도 몇 차례씩 비어 있는 채령의 방문을 열어 보거나 방에 들어가서 앉아 있곤 했다. 전보다 감정 기복은 더 심해져 아랫사람들은 물론 불러들인 사람들에게도 날벼락을 내리곤 했다.

형만은 채령의 편지를 받는 즉시 준페이에게 고베 출장을 지시했다. 전보나 편지 따위로는 채령의 마음을 바꿀 수 없다는 걸 잘 알았다. 일본의 무역 중개 회사가 업무를 대행해 주기 때문에 고베에서 할 일은 크게 없었다. 준페이에게 주어진 더 큰 임무는 고베에서 가까운 교토로 가 채령의 귀국을 성사시키는 일이었다. 형만은 채령이 돌아오면 올해 안에 혼인을 시킬 계획이었다. 경성에 살면 혼인을 하더라도 교토에 있을 때보다 자주 볼 수 있을 것이다.

준페이는 준페이대로 각오를 단단히 다진 채 조선을 떠났다. 중개상은 준페이를 저녁 겸 술자리로 이끌었다. 마음은 벌써 교토에 가 있었지만 한잔하고 싶은 생각도 강하게 일었다. 그는 채령에게 고백하기로 결심했다. 형만이 본격적으로 혼처를 알아보고 있는 상황에서 채령을 데려가는 건 그녀를 그대로 남의 품에 안겨 주는 일이었다. 그럴 바에는 유학 중인 게 나았다. 준페이로선 우선 채령의 마음을 얻는 게 급했다. 그녀가 자신의 고백을 받아 준다면 그다음 난관은 얼마든지 힘을 합쳐 넘을 수 있을 것이다. 자신은 이미 형만에게 없어서는 안 될 사람이었다.

준페이는 술자리에서 사업에 관한 암울한 이야기만 잔뜩들은 뒤 곧바로 교토행 기차를 탔다. 9시가 넘어서였다. 술기운에 힘입어 준페이의 용기와 낙관은 더욱 강해졌다.

'채령을 보자마자 고백하리라. 내일이 오기 전에 그녀의 마음을 얻으리라.'

교토 역에서 란덴을 타고 동네 앞 정거장에서 내린 준페이는 골목으로 접어들었다. 가게들은 모두 문을 닫았다. 절전 정책 때문에 가로등이 골목 어귀에 한 개씩만 켜져 있어 어두웠다. 길 쪽으로 난 창들도 거의 불이 꺼져 있었다.

발소리를 죽이며 걷던 준페이는 멈칫했다. 스즈키 할머니집으로 꺾어지는 골목 어귀에 어떤 남자와 채령이 마주 보고 서 있었다. 밤마다 스케치북에 모습을 옮겨 담으며 그리워하던 그녀가 바로 눈앞에 있었다. 준페이는 달려가는 대신 잘못한 것도 없으면서 문 닫은 두부 가게 모퉁이로 몸을 숨겼다.

두 사람은 무슨 이야긴가 나누고 있었다. 조선말이라 내용은 알 수 없었지만 심각한 분위기가 느껴졌다. 차림새로 보아 남자 역시 대학생인 것 같았다. 채령은 여학교니 다른학교 학생일 것이다. 대학생이란 사실에 기가 죽으면서도

밤늦은 시간까지 여자를 집에 들여보내지 않은 남자가 못마
땅했다. 그런데 채령이 무언가 사정하는 듯했다. 한 번도 보
지 못한 애절한 목소리와 몸짓이었다. 준페이는 그 모습만으
로도 질투심이 솟구쳐 올라 사내놈을 쫓아 버리고 싶었다.

그런데 남자가 돌아섰다. 준페이 쪽을 향해 걸어오는 남
자의 발걸음은 무언가 뒤에서 끌어당기는 듯 무겁고 느렸
다. 남자가 점점 가까워지고 있었다. 준페이는 더 짙은 어둠
속으로 몸을 숨겼다. 탁탁탁탁, 열정에 들뜬 발자국 소리가
들려왔다. 채령이 쫓아와 뒤에서 남자의 허리를 끌어안았
다. 준페이는 헉 하고 터져 나오는 소리를 간신히 삼킨 채 나
무 벽에 몸을 기댔다.

"헤어지기 싫어요. 사랑해요."

바로 옆에서 채령의 목소리가 들려왔다. 달콤하고 뜨거운
목소리였다. 놀랍게도 준페이는 채령의 말을 알아들은 것
같았다. 질투심이 용암처럼 끓어올랐다. 뛰쳐나가 남자를
채령에게서 떼어 내 두들겨 패고 싶었다. 그러곤 방금 전 주
인을 잘못 찾아간 말을 토해 내게 하고 싶었다. 준페이가 주
먹을 부르쥔 순간 남자가 돌아서더니 채령을 안았다. 밤의
대기가 출렁이며 준페이를 후려쳤다. 둘은 입을 맞췄다. 마
치 서로를 삼켜 버릴 듯 격렬한 키스였다. 끓어 넘치던 용암
이 그대로 굳어 버린 듯 준페이는 손가락 하나 까딱할 수 없
었다.

근처 여관으로 가서 뜬눈으로 밤을 새운 준페이는 다음

날 수남에게 형만의 말을 전하고 경성으로 돌아왔다. 형만에겐 수남에게 들은 말들로 적당히 둘러댔다. 그러고는 아직 첫 번째 보낸 편지의 답장도 받지 못한 상태에서 지로에게 두 번째 편지를 보냈다. 이곳을 떠나고 싶으니 아무것도 묻지 말고 초청장을 보내 달라고. 빠를수록 좋다는 내용이었다. 이대로 떠난다면 밤에 본 그 장면이 자신이 기억하는 채령의 마지막 모습이 될 것이다. 하지만 그 덕분에 미련을 접을 수 있었다. 하필 이때 지로로부터 첫 번째 답장이 온 게 준페이에겐 이곳을 떠나라는 암시나 운명처럼 여겨졌다.

벚꽃이 교토의 봄을 수놓는다면 단풍은 가을을 물들였다. 채령은 정규와 사귀기 시작한 뒤 처음으로 교토 외곽에 있는 아라시야마로 소풍을 나왔다. 수남이 도시락을 싸 주었다. 한 달 전 형만에게 보고 편지를 써 온 사실을 들킨 뒤부터 수남은 채령의 검사를 받고 편지를 보냈다. 다행히 그동안에도 채령의 연애는 비밀로 해 주었다. 그 사실을 안 채령이 감격해하며 수남을 끌어안았다.

"고마워. 이 세상에 내 편은 너뿐이야."

"그런데 이렇게 나리를 속여도 되는 걸까요? 이 사실을 아시면 전 당장 쫓겨날 거예요."

채령의 호들갑이 싫지 않으면서도 수남은 근심을 내려놓을 수가 없었다.

"누구 맘대로? 넌 아버지가 나한테 준 생일 선물이야. 네

주인은 아버지가 아니라 나니까 걱정할 거 없어. 지금 날 위해서 하는 거 나중에 모두 다 갚아 줄게."

사랑을 하면서부터 채령은 더 너그러워졌다.

강에 드리운 붉은 산 그림자가 환상적인 풍경을 만들어 냈다. 아라시야마는 단풍놀이 나온 사람들로 북적거렸다. 전쟁으로 인한 이별이나 공포는 사람들로 하여금 살아 있음을 느끼게 하는 감정, 시간, 풍경 따위에 더 집착하게 했다. 그래서인지 전쟁의 그림자를 느낄 수 없었다. 여기저기서 인력거꾼들이 호객 행위를 하고 있었다.

"정말 멋지지 않아요? 헤이안 시대부터 귀족들 별장지로 유명한 곳이래요."

눈앞에 펼쳐진 풍경에 채령이 감탄하며 말했다. 무릎을 덮는 길이의 자주색 원피스에 검정색 모직 케이프 재킷을 입은 채령은 멀리서도 눈에 띄었다. 언제나처럼 교복 차림인 정규도 아름다운 경치에 넋을 잃고 주위를 둘러보았다. 그들은 강 건너 번화가로 가기 위해 다리로 갔다. 다리 난간 기둥에 쓰인 글자를 보며 정규가 말했다.

"도월교라, 달이 건너는 다리라는 뜻이군요."

"다리 이름도 낭만적이죠? 여기 온다니까 친구가 다리에 얽힌 전설을 말해 줬어요. 이곳에 있는 절에서 열세 살 된 아이들이 성년식을 치른대요. 그런데 의식을 마치고 돌아오다 이 다리를 다 건너기 전에 뒤돌아보면 절에서 얻은 지혜가 모두 사라진대요."

채령은 정규에게 바짝 붙어서 걸었다. 교토 시내를 벗어 나자 대담해진 그녀는 가슴이 정규 팔에 닿는 것도 개의치 않았다. 기모노나 하카마, 또는 정부에서 권하는 국민복이나 몸뻬를 입은 사람들이 정규와 채령을 힐끔거리며 지나쳤다.

다리를 건너는 동안 그들은 각자의 생각에 빠져 말없이 걸었다. 정규는 오늘 반드시 해야만 하는 말의 무게에 짓눌 려 있었다. 채령과의 만남을 더는 지속할 수 없었다. 채령과 사귀기 전에는 낡은 단벌 교복과 밑창이 새는 구두 한 켤레 만으로도 긍지를 가질 수 있었다. 조국 또한 왜놈들의 압제 에 신음하는 처지였으므로 호의호식하는 게 오히려 부끄러 운 일이었다. 그는 조선의 젊은이라면 당연히 일제에 저항 해야 한다고 믿었다. 독립운동을 하다 만주 벌판에서 돌아 가신 아버지의 유훈이었다. 그런 정규와 채령의 교제는 그 가 속해 있는 비밀 조직에서 비판의 대상이 되었다. 그는 교 토 남쪽에 있는 히가시쿠조에서 조선인 노동자들과 함께 살 았다.

채령과 처음 만난 날 정규는 친일파의 딸인 그녀를 멸시 의 감정으로 바라보았다. 그리고 위장용으로 나가던 유학 모임에도 이젠 발을 끊어야겠다고 생각했다. 일주일 뒤 학 교로 채령이 찾아왔다. 떠름한 정규에게 채령은 아이처럼 천진난만한 얼굴로 보고 싶어서 왔노라고 했다. 일반적으 로 말하는 남녀의 역할이나 여자로서의 체면, 자존심 같은 개념이 아예 없는 사람 같았다. 그런데 천박하다거나 이상해 보이기는커녕, 혼자 있거나 잠자리에 들어 그 모습을 생각하면 비시시 웃음이 나왔다. 학교는 다니는지 걱정스러울 만큼 채령은 자주 정규의 학교를 찾아왔다.

"지금 그쪽 학교에 있어야 하는 시간 아닙니까?"

퉁명스레 물었을 때 채령은 "아마 그럴걸요. 전 정규 씨 덕분에 곧 퇴학당하고 말 거예요." 해서 정규를 실소하게 만들었다. 그러면 채령은 정규가 웃었다며 좋아했다. 때로는 먹을 것을 싸 와 같이 먹자 하고 거절하면 억지로 주고 갔다. 늘 허기진 정규로서는 그 음식을 먹지 않을 도리가 없었다. 채령이 계속 찾아오자 조선인 고학생을 하찮게 여기던 일본 학생들도 정규를 다시 보기 시작했다. 채령이 조선 귀족이자 자산가의 딸이라는 사실이 알려지면서 노골적으로 관심을 표하는 학생도 생겼다.

정규는 민족 반역자의 딸과 사귈 생각이 없으면서도 채령이 자신에게 일편단심인 건 은근히 자랑스러웠다. 한편으로는 채령에게 마음이 흔들릴까 봐 두려웠다. 둘이 사귀는 사이냐고 대놓고 묻거나 소개해 달라는 친구들도 생겼다. 정규는 어느 순간, 채령이 제멋대로 정한 시간과 장소에 나가 있는 자신을 발견했다. 일하는 곳에 아프다고 거짓말까지 하고서였다. 정규는 친일파의 딸을 능멸하는 것도 애국하는 길이라고, 자신을 합리화했다.

그날 우동과 교자로 저녁을 먹고 정규는 채령과 함께 마루야마 공원에 갔다. 끝물에 이른 밤 벚꽃놀이를 즐기려는 사람들로 공원은 북적거렸다. 그동안 정규는 학교 가는 시간 외에는 식당에서 그릇을 닦거나 인력거를 끌거나 신문을 배달하고, 방학 때는 동네 염색 공장에서 일을 했다. 총독의 고향 방문길에 폭탄을 터뜨려 열도는 물론 조선까지 떠들썩하게 만든 것도 그들 조직원이 한 일이었다. 정규는 조국을 생각하는 뜨거운 마음으로 고된 객지 생활을 견딜 수 있었다.

유학 온 지 3년 만에 처음으로 벚꽃놀이 인파에 섞인 정규는 죄책감을 느꼈다. 채령에게 조금도 관심 없으니 다시는 찾아오지 말라고 말하려고 만났지만 끝내 하지 못했다. 그 뒤로도 정규는 더 이상 채령을 만나지 않기 위해 만났으며, 어렵게 결별을 선언한 날에는 채령의 포옹에 도리어 완전히 무너지고 말았다. 뜨거운 키스는 그를 사랑의 포로로 만들어 버렸다.

그런데도 정규는 자신이 채령을 사랑하고 있다는 사실을 인정하지 않았다. 일본말을 조선말보다 더 유창하게 하는 여자, 식민지 백성의 고통이 무엇인지 모르는 여자, 알려고조차 하지 않는 여자, 부족한 것이라고는 없는 여자가 자신을 사랑한다고 한다. 입버릇처럼 사랑을 위해 제 목숨도 걸겠다고 한다. 이 암울한 시대에 그토록 구김 없이 자랐다는 사실 자체가 혐오스러웠는데 캄캄한 장막에 뚫린 바늘구멍처럼 채령의 밝음은 찬란함으로 다가왔다. 정규는 채령의 의식을 변화시키는 것도 자신이 해야 할 일이라고 생각했다. 하지만 채령은 정규가 하는 말들을 잘 이해하지 못했다.

변절자 이광수를 최고의 작가로 생각하며 그의 소설을 줄줄이 꿰고 있는 채령을 보면 한심하기까지 했다.

"일본이 아니었으면 우리가 어떻게 지금처럼 문명된 생활을 할 수 있겠어요? 교토 올 때 이용한 기차나 연락선도 일본이 만들어 준 덕분에 편하게 이용할 수 있잖아요."

"그게 조선인들 위해서 한 일인 줄 아오? 다 조선을 침략하고 또 조선을 발판으로 중국하고 소련까지 침략하기 위한 수단이었던 거요. 당신이 일본에 타고 왔던 연락선 이름이 왜 금강환이고 흥안환인지 압니까? 금강산과 만주 흥안령까지 차지하겠다는 뜻입니다. 아니, 조선 땅은 벌써 왜놈들에게 모두 짓밟히고 유린당했어요. 이젠 놈들의 야욕을 채우기 위한 전쟁에 목숨까지 바쳐야 합니다. 당신 오빠나 동생이 징병이나 징용으로 끌려 나가 개죽음당한다고 해도 그런 말을 할 수 있습니까?"

정규의 언성이 높아질라치면 채령은 금방 겁먹은 얼굴이 돼 커다란 눈에서 눈물이 방울져 내렸다. 정규의 환심을 사기 위해 채령은 평소에는 못마땅히 여기던 강휘를 팔기도 했다.

"실은 우리 오빠도 당신과 같은 일을 해요. 만주에서 독립운동을 한대요. 이건 비밀인데 아버지도 은밀하게 오빠를 돕고 있어요. 그러니까 난 당신이 끔찍하게 생각하는 친일파의 딸이 아니라고요. 나도 당신을 돕고 싶어요. 무슨 일이든지 시켜만 줘요."

채령과 결별하리라는 정규의 마음은 피 끓는 몸 앞에서 속절없이 무너졌다. 손과 손이 만나고 입술과 입술이 닿는 순간 정규의 머릿속은 채령의 머릿속처럼 아무 생각 없이 깨끗해지곤 했다. 그러고 나면 더 깊은 자괴감에 시달렸다. 정규는 채령이 자신과 너무 다른 세상 사람인 것에 괴로워했지만 채령은 그래서 더 만족스러웠다. 소설과 영화에서도 위대하고 진정한 사랑일수록 장벽은 높았다. 그 벽이 높을수록 채령의 열정은 더욱 뜨거워졌다. 아라시야마 계곡의 붉은 단풍이 가슴속에서 활활 타오르는 것 같았다. 사람의 감정이 이렇게 격렬해질 수 있다는 걸, 자기 아닌 다른 사람을 이렇게 좋아할 수도 있다는 걸 채령은 처음 알았다. 자신이 하는 사랑에 비하면 그동안 보았던 소설이나 영화 속 사랑은 오히려 시시할 지경이었다. 이광수 소설도 마찬가지였다. 정규와는 다른 의미로 채령은 그의 소설을 읽지 않게 됐고 책도 수남에게 주어 버렸다.

"아무리 생각해 봐도 나는 나보다 정규 씨를 더 사랑하는 것 같아요. 이런 일이 가능할 줄 몰랐어요."

다리 중간쯤 이르렀을 때 채령이 감격에 겨운 목소리로 말했다.

"전설이 진짜라면 나도 이 다리를 다 건너기 전에 돌아다보고 싶군요."

"왜요?"

"그렇게 해서 당신을 잊을 수만 있다면. 목을 비틀어서라도 돌아다보고 싶소."

정규의 말은 고통에 찬 신음과 같았다.

수남은 겨울에도 여전히 바빴다. 일본어와 영어 공부도 계속했고 스즈키로부터 뜨개질도 배웠다. 수남은 테이블보나 방석 같은 레이스 실 뜨개질보다 옷이나 장갑, 목도리를 짜는 털실 뜨개질이 더 마음에 들었다.

"요코하마에 살 때 프랑스 여인네한테서 손뜨개질을 배웠지. 친구들하고 같이 배웠는데 내가 제일 빨리 배우고 솜씨도 좋았어. 하나를 배우면 두 개, 세 개로 응용해 칭찬을 받았으니까."

평소 겸손한 스즈키지만 뜨개질에 대해서만은 자부심이 넘쳤다.

"그 기술 덕분에 남편이 전사한 뒤에도 아이들을 키우고 공부시킬 수 있었지. 나 또한 외롭고 힘든 것도 견디고. 편물 기계가 들어오면서부터 손뜨개 옷은 전보다 인기가 없어졌어. 이제 눈도 어두워지고 어깨도 아프지만 평생 벗이었던 일을 그만둘 수가 없어. 사진기가 생기면서 관심이 떨어졌는데도 우키요에를 끝까지 고집했던 다케시 오빠를 닮은 게지. 준페이 할아버지 말이야."

스즈키는 사람들이 털실로 짠 헌 옷을 가져오면 풀어서 다시 짜 주기도 했다. 꼬불거리던 실은 뜨거운 김을 쐬면 새것처럼 펴졌다.

"신기하네요. 새 실 같아요."

처음 그 광경을 보았을 때 수남은 놀란 마음을 감추지 못했다.

"이 실에 새 실을 한 가닥 섞어 짜면 헌 실이란 걸 전혀 알수 없지."

스즈키가 실을 감으며 빙그레 웃었다.

수남은 헌 실을 새 실로 만든 것처럼 사람의 운명도 바꿀수 있다면 좋겠다고 생각했다.

"시상이 아무리 달라졌다고 혀도 타고난 건 어쩔 수 없는겨. 행랑 사람들 중, 남의집살이하는 신세로 태어나고 싶었다는 사람 있나 물어봐라. 그게 지 팔자니께 어쩔 수 없이 하는 거지. 그러니께 너도 분수에 맞게 살아. 그렇게 높은 디만 쳐다보고 걷다간 모가지든 발모가지든 하나는 부러지는겨."

수남이 일본어를 배우기 시작했을 때 술이네가 한 말이었다. 술이네가 팔자 도망은 못 하는 법이라고 했다. 수남은 새언어를 알아 가는 게 신나면서도 한편으로는 고향에서 할머니가 들려주던 옛날이야기에서처럼 너무 큰 욕심을 부려 화를 당하지는 않을까, 하는 두려움도 있었다.

그러나 가회동 저택을 떠나 다른 세상을 경험해 본 지금은 세상 어딘가에 운명을 바꾸는 길이 있을 거란 생각이 들었다. 헌 실을 새 실처럼 만드는 뜨거운 김 같은 게 사람 세상에도 분명히 있을 것이다.

수남은 할머니의 잔심부름을 하고 자투리 실을 얻어 뜨개
질을 했다. 그걸 보고 채령이 정규에게 줄 목도리를 떠 달라
고 했다. 수남이 짤 수 있는 것도 아직은 목도리 정도였다.

"정규 씨한테 선물해야지. 내가 떴다고 하면 많이 감동하
겠지? 같이 하고 다니게 내 것도 떠 줘."

목도리를 감아 보며 좋아하는 채령을 보자 수남은 강휘에
게도 따뜻한 목도리를 떠 주고 싶어졌다. 목도리뿐만 아니
라 조끼도, 스웨터도 만들어 입히고 싶었다. 집을 떠나 혼자
떠돌고 있는 강휘의 마음은 한여름에도 눈밭에 있는 것처럼
시릴 것 같았다. 강휘가 어린 자신에게 사탕을 건네주었던
것처럼 수남도 무언가 주고 싶었다.

수남이 심부름을 하면 스즈키는 동전 몇 닢이라도 사례를
했다. 처음 받았을 때 수남은 그 돈을 가져도 되는지 채령에
게 물었다.

"니 거니까 니 맘대로 써."

난생처음 자기 돈을 갖게 된 수남은 채령이 다 먹고 버린
드로프스 사탕 통에 돈을 모았다. 하루에도 몇 번씩 뚜껑을
열고 들여다보거나 흔들어 동전끼리 부딪히며 내는 소리에
귀를 기울이곤 했다. 적은 금액이었지만 수남에겐 채령이
펑펑 써 대는 돈보다 훨씬 크게 느껴졌다. 수남은 돈을 모아
실을 사서 강휘에게 줄 목도리를 뜨리라 결심했다. 그 목도
리를 건네줄 날이 반드시 올 것이다.

수남은 강휘가 넓은 중국 땅 어디쯤에 있는지만 알아도

좋을 것 같았다. 가회동 저택에서는 풍문으로라도 강휘 소식을 들었는데 교토로 오자 전혀 알 길이 없었다. 수남은 지난여름, 준페이가 들렀을 때 혹시라도 강휘 소식을 들으면 꼭 알려 달라고 부탁해 두었다.

수남은 행복했다. 지금까지 살아온 18년의 세월 중 가장 평화롭고 자유로웠다. 그 무렵 수남에게 일어난 가장 큰 사건은 브래들리 부부가 영국으로 돌아가게 된 것이었다. 수남은 브래들리 부인과 헤어진다고 생각하니 일이 손에 잡히지 않을 정도로 서운하고 허전했다.

"수남, 나와 함께 영국에 가지 않을래요? 내가 후견인이 돼서 수남이 제대로 공부할 수 있도록 도와주고 싶어요."

수남은 너무나 꿈같은 제안이어서 오히려 큰 고민 없이 거절할 수 있었다.

"말씀만으로도 고맙습니다. 하지만 저는 그럴 수 있는 처지가 아니에요. 대신 혼자서라도 계속 공부하겠습니다. 부인이 그동안 베풀어 주신 친절에 보답할 길은 그것뿐이네요."

브래들리 부인은 말없이 수남을 포옹했다. 그리고 영국의 자매 소설가가 썼다는 『제인 에어』와 『폭풍의 언덕』이라는 책을 선물로 주었다. 영국에서 아주 인기 많은 소설들이라고 했다.

"수남이 꼭 이 책을 읽을 수 있게 되길 바라는 마음으로 선물하는 거예요."

책은 두꺼웠고 글자가 빽빽했다. 고작 알파벳을 읽고 쓸 줄 아는 수남으로선 읽을 엄두도 나지 않았다. 그러나 수남은 자신이 조선글을 깨쳐 편지를 쓰고, 일본말과 글을 배워 의사소통을 하고 쉬운 책을 읽는 것처럼 영어로 된 책도 언젠가는 읽게 되리라 믿었다. 브레들리 부인은 수남이 질문할 때마다 찾아보고 설명해 주던 일영 사전도 함께 주었다.

수남은 그동안 모은 돈으로 털실을 샀다. 브레들리 부인에게 숄을 떠 주기 위해서였다. 비록 강의를 위한 실값이 사라졌지만 조금도 아깝지 않았다. 브레들리 부인에게 받은 것에 비하면 너무나 작은 선물이었다.

'돈은 또 모으면 돼.'

수남은 누군가에게 선물했다는 기쁨에 며칠 동안 즐거웠다. 교토의 겨울은 날씨마저 포근했다.

12월 하순에 시작되는 채령의 겨울방학은 열흘 정도로 짧았다. 신정 휴가를 지낸 다음 다시 수업이 시작됐고, 2월 초순 기말고사를 치르면 학년이 끝났다. 그때부터 새학년이 시작되는 4월까지 방학이었다. 다행히 설은 방학 중에 닿았다.

설이 가까워지자 경성이 그리웠다. 양력을 사용하는 일본은 조선 설을 구정이라고 부르며 신정을 강요했지만 조선의 최대 명절은 여전히 설이었다. 수남은 여름방학 때와 달리 이번에는 채령의 경성행을 바랐다. 술이네가 보고 싶었고, 행랑어멈들과 부대끼던 안채며 행랑채의 뜨끈뜨끈한 구들장이 그리웠다. 무엇보다 짭짤하고 매운 조선 음식이 먹고 싶었다. 가회동 저택 사람들에게 자신의 변한 모습을 보여주고 싶은 마음도 컸다.

채령도 이번 방학 때는 가지 않을 핑계를 찾지 못했다. 형만 또한 오지 않으면 유학을 중단시키겠다고 으름장을 놓았다. 수남은 스즈키에게 얻은 자투리 실로 행랑어멈들에게 줄 작은 목도리를 짜며 설레는 마음을 달랬다.

그 일은 갑작스레 찾아드는 동장군처럼 몰아닥쳤다. 기말고사를 앞두고 애인을 만나러 나갔던 채령이 양초처럼 낯빛이 하얘져 돌아왔다. 정규가 일본 경찰에 잡혀갔다고 했다. 정규가 가담한 비밀 조직이 발각되었기 때문이다.

교토 경찰서로 정규를 찾아간 채령은 다른 곳으로 옮겨갔다는 말밖에 들을 수 없었다. 채령은 제정신이 아니었다. 수남은 채령이 정규 때문에 슬퍼하고 고통스러워하는 모습에 놀랐다. 사실 정규에 대한 채령의 감정을 충동적이고 일시적인 것이라고 조금은 얕보고 있었다. 하지만 슬픔에 몸부림치는 채령을 보자 진심이 느껴졌다. 그리고 채령의 마음이 어떨지 이해됐다. 수남 또한 언제 검거될지 모르는 강휘에 대한 걱정을 몸속의 장기처럼 달고 지냈다. 강휘가 붙잡혔다는 상상만으로도 가슴이 미어지고 눈물이 쏟아졌다.

수남은 채령에게 동병상련의 감정을 느꼈다. 채령이 울면 수남도 함께 눈물을 흘렸고, 채령이 굶으면 수남도 밥이 넘어가지 않았다. 밤이면 악몽에 시달리거나 우느라고 제대로 자지 못하는 채령을 보듬어 주었다. 채령은 그 어느 때보다 수남에게 의지했다.

정규가 잡혀간 지 닷새째 되는 날 형만이 준페이와 함께 교토에 들이닥쳤다. 수남은 채령을 구원해 줄 형만이 등장하자 안도감에 앞서 충격을 받았다. 경성역에서 헤어진 지 채 1년도 안 됐는데 형만은 그사이 머리가 하얗게 세고 양 볼과 눈자위가 푹 꺼진 할아버지가 돼 있었다. 딸을 걱정하는 아버지의 모습이 고스란히 느껴져 수남은 가슴이 아팠다.

주위에 얼씬도 하지 말라는 형만의 명령에 수남은 뜨개질거리를 들고 아래층 가게로 내려갔다. 준페이에게 어찌 된 일인지 묻고 싶었지만 그는 짐만 들여놓은 뒤 모습을 보이지 않았다. 스즈키에게 물으니 급한 볼일이 있다며 나갔다고 했다. 수남은 뜨개질을 했지만 자꾸 코를 빠뜨려 다시 떠야 했다. 분위기로 보아 채령에게 안 좋은 일이 생긴 게 분명했다.

수남이 형만에게 불려 간 것은 밤이 깊어서였다. 2층에서 뭔지 모를 회오리바람이 한바탕 불어닥친 다음 채령은 얼굴이 통통 부은 채 아래층으로 내려왔다. 작은 가방을 들고서였다. 수남은 채령과 엇갈려 2층으로 올라가면서도 그게 이별의 순간임을 까맣게 몰랐다. 채령이 어디로 떠나든 자신과 함께일 것이며 그 일에 관한 명령을 듣기 위해 자작에게 불려 가는 것이라 여겼을 뿐이다.

나리가 오셨으니 이제 뭐든 다 해결되리라는 기대와 함께 수남은 2층에 다다랐다. 긴장되고 불안한 기운에 압도된 채

한옆에 꿇어앉은 수남은 형만이 바닥을 내리치는 소리에 찔끔해서 목을 움츠렸다.

"이년, 이 발칙한 년, 네년이 그동안 무슨 짓을 저질렀는지 아느냐?"

형만의 목소리에는 사람을 벨 것 같은 분노가 서려 있었다. 수남은 영문을 모른 채 달달 떨었다.

"네년이 편지에 사실대로만 썼어도, 채령이가 불령선인하고 엮여 사달이 날 때까지 모르는 일은 없었을 게야. 그 일로 우리 집안은 풍비박산이 나고 채령이는 감옥에 가게 생겼다."

수남은 눈앞이 캄캄해져 형만 앞에 엎드렸다. 자신에게 떨어질 벌보다 주인의 집안이 망하고 채령이 감옥에 간다는 게 더 두려웠다. 수남은 형만에게 썼던 거짓 편지들을 떠올리며 와들와들 떨었다. 겁났던 처음과 달리 나중에는 채령과 함께 장난치듯 내용을 꾸며 쓰곤 했다. 자작에게 감히 그런 짓을 하다니. 채령이야 딸이지만 자신은 하녀였다. 그런 처지를 잊고 간이 배 밖으로 나와 일을 저지른 것이다. 감옥에 갈 사람은 채령이 아니라 자기였다. 얼어붙은 방 안 공기는 조금만 움직여도 쩍 하고 금이 갈 것 같아 수남은 숨조차 쉴 수 없었다.

3년은 되는 듯한 시간이 흐른 뒤 형만의 목소리가 들려왔다.

"일어나거라. 네가 네 잘못을 갚을 수 있는 길이 있다."

처음보다 눅진 목소리를 듣고 수남은 그제야 숨을 토해

냈다. 눈물도 함께 쏟아졌다. 수남은 울음 섞인 목소리로 뭐든지 하겠다며 머리를 조아렸다.

"채령이는 감옥 대신 황군여자위문대에 가야 한다."

수남은 죗값을 갚을 수 있다는 형만의 말뜻을 알아차렸다.

"거, 거기 제가 갈게요. 황군……."

황군여자위문대가 어떤 곳인지 몰라도 감옥 대신 가야 하는 곳이라면 편한 데는 아닐 것이다. 채령이 간다면 사흘도 견디지 못할 게 분명했다. 게다가 채령은 지금 연인이 잡혀가 깊은 슬픔에 빠져 있다.

"채령이 대신 네가 황군여자위문대에 나가겠다는 말이냐?"

형만이 확인하듯 물었다. 수남은 고개 들어 자작을 바라보았다. 쑥 들어간 눈자위가 형만의 얼굴에 그늘을 만들었다. 당당하고 위엄 넘치던 모습과 달리 초조와 불안, 참담함이 뒤섞인 모습이 수남의 가슴을 후벼 팠다. 수남은 채령과 자작을 위해 못할 것이 없었다.

"네. 제가 가겠습니다."

수남은 결의에 찬 표정으로 대답했다. 형만의 얼굴에 안도감이 드리웠다.

"2년이다. 네가 한 짓을 생각하면 당장 요절내 쫓아내도 시원찮지만 그동안 함께 산 정이 있으니 기회를 주마. 네가 채령이 대신 다녀오면 거기서 받은 월급은 모두 네 것이다. 그뿐만 아니라 돌아오면 천 원을 얹어 주고 자유도 주겠다."

수남은 얼떨떨한 표정으로 형만을 바라보았다. 구경도 못해 본 천 원이라는 금액의 가치나 자유가 어떤 것인지 실감나지 않았다. 수남의 마음을 읽었는지 자작이 부연 설명을 했다.

"황군여자위문대에 다녀오면 넌 네 마음대로 어디든 갈 수 있다. 천 원이면 네 부모에게 땅을 사 줄 수도 있고, 동생들 공부를 가르칠 수도 있고, 네가 학교에 다닐 수도 있다는 말이다."

그제야 천 원과 자유가 어떤 것인지 느껴지기 시작했다. 자유를 생각할 때 수남의 머릿속에 가장 먼저 떠오른 건 강휘였다. 두려움으로 떨리던 가슴이 새로운 희망으로 더 크게 뛰었다.

"고맙습니다, 나리. 고맙습니다."

자유의 몸이 되면 가족을 다시 고향에서 살게 해 주고, 자신은 황군여자위문대에서 번 돈만 가지고 강휘를 찾아가고 싶었다. 상상만 하던 일이 그곳만 갔다 오면 가능해지는 것이다.

"이제 너는 이 집을 나서는 순간부터 돌아올 때까지 윤채령이다."

형만의 말에 수남은 어리둥절해졌다.

"네? 어, 어떻게요?"

"채령이 대신이라고 하지 않았느냐. 위문대엔 김수남이 아니고 윤채령이 돼서 가는 것이야. 절대 들켜서는 안 된다.”

“제가 감히 어떻게 아가씨 노릇을⋯⋯.”

자신도 없었고, 있을 수도 없는 일이었다.

“길은 만들어 줄 터이니 너는 따르기만 하면 된다. 알겠느
냐?”

나리의 말이니 믿어야 할 것이다.

“네, 그리하겠습니다.”

머리를 조아리는 수남에게 형만이 한 마디, 한 마디 힘주
어 말했다.

“다시 한 번 말하마. 너는 이 집을 나가는 순간부터 돌아올
때까지 자작의 딸 윤채령이다.”

자작의 딸! 거대한 기차가 증기를 내뿜고 기적을 울리며
가슴 한복판을 지나간 것 같았다. ‘자작의 딸’이라는 말은 천
원보다, 자유보다 더 강하게 수남의 심장을 두드렸다.

‘그래, 이제 난 윤채령이야. 자작의 딸이라고!’

수남은 자신에게 말했다.

다음 날 아침, 수남은 채령의 옷을 입고 교토를 떠났다. 가
방 속엔 이제는 희미한 향기마저 사라지고 색도 바랜 향주
머니와 채령의 옷 몇 가지, 브래들리 부인으로부터 받은 소
설책 두 권과 사전, 그리고 나달나달해진 『유정』이 들어 있
었다.

테라오 히카리

준페이는 2월 하순의 바람이 옷깃을 파고드는 요코하마 부두에 서 있었다. 바람에 머리카락과 옷자락이 날리자 가까스로 눌러두었던 온갖 감정이 펄럭거리며 고개를 쳐들었다. 요코하마는 테라오 가족의 모든 것을 삼킨, 아비규환의 풍경으로 남은 곳이었다. 준페이의 기억을 비웃기라도 하듯 중심가는 더 화려한 신식 건물들이 빽빽하게 늘어서 있었다. 지진의 참상과 상처는 그 일을 겪은 사람들의 가슴에만 남아 있는 것 같았다.

새로 지은 세관 건물이며 창고들이 늘어선 항구에는 태평양을 오가는 여객선과 화물선, 그리고 작은 어선들이 빼곡히 정박해 있었다. 부둣가는 하역 작업을 하는 인부들, 배에서 내린 사람들, 탈 사람들, 호객 행위를 하는 여관이나 식당

사람들, 걸인과 소매치기는 물론 동네 아이들을 따라온 개까지 뒤섞여 소란스럽고 활기찼다. 준페이는 부두에서 조금 떨어진 곳에 대기 중인 아사마호를 바라보았다. 십몇 년 전 지로가 밀항할 때 탔던 화물선보다 훨씬 크고 호화스러운 여객선이었다. 이미 표를 구매했고 삼촌에게 편지도 보냈는데 준페이는 내일 떠난다는 사실이 실감 나지 않았다.

준페이가 삼촌의 초청장을 받은 것은 1월 말이었다. 하와이 사탕수수 농장으로 취업 이민 간 일본인들은 계약 기간이 끝난 뒤 미국 본토로 건너가 정착했다. 미국은 자기네 국민과 마찰이 생기자 1921년 배일이민법을 공포해 일본인의 이민을 금지했다. 그 뒤로는 미국에 사는 가족의 초청장이 없으면 여권이나 비자를 얻기가 어려웠고, 초청장이 있어도 미국에서의 입국 심사가 까다롭다고 했다. 지로는 여권과 미국 입국 허가증 등을 발급받는 데 필요한 서류들을 보내왔다. 준페이는 서류에 삼촌이 위암 말기 환자라는 의사의 소견서가 첨부된 것을 보고 깜짝 놀라 편지를 읽기 시작했다.

먼저, 초청장 서류 중 의사 소견서는 가짜니까 놀라지 말거라. 너와 나는 부자 사이가 아니라서 초청하는 일이 더 어렵더구나. 제장, 삼촌이면 아버지나 마찬가지인데 미국 놈들은 그걸 이해 못 해. 아무튼 그런 이야기는 만나서 하기로 하고 우선은 친구들의 도움을 얻어 의사 소견서를 만들었다.

말기암 환자가 죽기 전에 고국의 유일한 혈육인 조카를 보고 싶다는데야 제 놈들도 초청장에 사인하지 않을 수 없겠지. 그런데 갑자기 밑도 끝도 없이 초청장을 보내 달라니. 혹시 운명의 여자를 데리고 도망이라도 오려는 게냐? 그러면 대환영이지. 사실 미국은 지금 경기가 아주 안 좋단다. 동양인에 대한 감정도 좋지 않지. 그래도 일본이나 조선보다는 나을 거야. 이곳은 어쨌거나 기회의 땅이니 일단 와서 계속 살 길을 알아보자. 너는 잘 모르겠지만 삼촌에겐 힘 있는 친구들이 아주 많단다. 혹시 몰라 초청장에 네 미래의 아내도 포함했다.

아무리 그렇다고 해도 생명이 위독하다는 가짜 서류를 만들다니. 준페이는 황당하면서도 삼촌답다는 생각에 실소가 나왔다. 아울러 채령이 보란 듯이 아무 여자하고나 결혼해서 떠나고 싶었다. 채령이 애초에 유학 가고 싶어 했던 나라는 미국이었다.

준페이는 형만에게 삼촌의 초청장을 보여 주며 사표를 냈다. 삼촌 병이 거짓이라는 이야기는 굳이 하지 않았다. 그렇게 되면 갑자기 사표를 내고 미국으로 가는 이유를 밝혀야 할 텐데 채령 때문임을 밝힐 수는 없는 노릇이었다. 형만은 초청장을 보고 준페이에게 결혼하느냐고 물었다.

"마, 만일 그 안에라도 결혼하게 되면 함께 오라고……."

준페이는 당황해서 더듬거렸다.

"숙부면 아버지나 다름없는데 당연히 가 봐야지. 하지만 사표까지 쓸 건 없네. 휴가를 줄 테니 다녀오게."

형만이 사표와 초청장을 준페이 쪽으로 밀어냈다.

"삼촌 상황에 따라 얼마나 있을지 모르는데 그러기에는 너무 폐를 끼치는 것 같습니다."

"여권이나 도항증을 얻는 데도 소속이 있는 게 도움이 될 걸세. 닷새 말미를 줄 테니까 미국에 가 있는 동안 양 과장이 일 처리할 수 있도록 인수인계나 잘해 놓도록 해."

형만의 말대로 해서 나쁠 게 없었다. 준페이는 형만을 속이는 게 걸렸지만 나중에 돌아올 수 없는 적당한 핑계를 대기로 하고 회사 일을 정리하기 시작했다. 그런 다음 교토로가 스즈키 할머니 댁에 머물며 미국행 준비를 할 계획이었다. 날짜로 보아 채령과 며칠은 한집에서 지내게 될 것이다. 채령과 부닥뜨릴 상상을 하면 가슴이 찌릿찌릿 아팠다. 달콤함을 수반한 통증이었다.

준페이는 낮에는 업무로 바빠서 잠시 잊었다가도 밤이면 교토에서 채령과 만나는 장면을 상상했다. 그 밖에도 삼촌과의 상봉, 낯선 나라에 대한 기대와 두려움으로 잠을 이룰 수 없었다. 밤마다 그는 채령에게 떠날 때 주고 갈 편지를 새로 썼다.

그는 편지에 비로소 그동안 자신이 채령을 사랑했음을 알렸다. 고백하고자 했으나 당신이 다른 남자와 사랑에 빠졌음을 알게 돼 그 마음을 접었다, 그때 내 기분은 벼랑에서 떨어지는 것 같았다, 나는 이제 당신의 행복을 빌며 미국으로 떠난다, 아마도 영원히 돌아오지 않을 것이다. 그 구절을 쓸 때 준페이는 채령이 몹시 서운해할 것이라는 근거 없는 추측에 울컥했다. 그날도 망상에 빠져 편지를 쓰던 준페이는 문밖에서 들려온 형만의 다급한 부름에 깜짝 놀랐다.

"테라오 군, 나 좀 들어가겠네."

형만이 사랑채에 있는 준페이 방에 직접 찾아온 건 처음이었다. 준페이는 구겨 버린 편지지와 쓰던 중인 편지를 허둥지둥 요 밑에 밀어 넣으며 일어섰다. 분합문 열리는 소리가 났다. 준페이가 문고리에 손을 가져가는데 문이 활짝 젖혀지며 형만이 들어섰다. 부딪힐 뻔한 준페이는 황급히 한 옆으로 물러섰다.

"긴히 할 이야기가 있으니 게 앉게."

형만이 지옥에서 빠져나온 듯 파리한 얼굴로 말했다. 혹시 아들이 잡힌 걸까? 준페이는 한 번도 본 적 없는 강휘가이 집에 얼마나 큰 영향을 미치고 있는지 잘 알았다. 형만이 이부자리를 거칠게 밀어내며 앉는 통에 요 아래 처박았던 구겨진 편지지들이 드러났다. 하지만 형만에겐 아무것도 보이지 않는 듯했다. 준페이는 사실 가끔씩 형만의 파산을 상상하곤 했다. 준페이를 감지덕지 여길 만큼 채령의 처지가 비참해지는 상황을 꿈꾼 적도 있었다. 형만의 태도로 봐서는 그런 일이 일어난 것 같았다.

준페이는 심장이 뛰어 몸까지 떨리는 것을 느끼며 형만의 맞은편에 앉았다. 준페이가 자리 잡기 무섭게 형만이 말했다.

"거두절미하고 말하겠네. 채령이에게 위급한 상황이 벌어졌어. 세상 물정 모르는 것이 교토에서 불령선인들과 얽힌 모양이야. 그놈들을 취조하던 중 활동 자금이 채령이한테서 나온 것으로 밝혀졌다네. 제 어미가 준 패물이 그놈들한테 넘어가 자금으로 쓰였다더군. 조만간 채령이한테도 검거 명령이 떨어진다고 하네."

형만의 말마다 가시가 달려 심장을 찌르는 것 같았다. 결단코 그렇게까지 바란 적은 없었다. 준페이는 그날 밤 골목에서 본 풍경을 떠올리며 허벅지 위에 올려놓은 주먹에 힘을 주었다. 이제 나와는 상관없는 일이다. 나는 곧 조선을, 그리고 일본을 영원히 떠날 것이다.

형만이 준페이의 주먹을 덥석 쥐었다.

"부탁이 있네. 우리 채령이도 미국에 데려가 주게."

준페이는 놀라다 못해 멍한 눈으로 형만을 바라보았다.

"이대로 있다가는 무슨 일을 당할지 몰라. 혼인해서 함께 떠나 주게."

형만의 표정이 진심이라고 말하고 있었다. 혼인, 그녀와! 머릿속이 하얘졌다. 고백 한번 못 해 본 채 이별일 줄 알았는데 혼인이라니! 하얘졌던 머릿속이 생각으로 채워지기 시작했다. 자유연애가 유행이라고 해도 조선이고 일본이고 아직까지는 부모가 맺어 주는 사람과 결혼하는 것이 관습이다. 그런데 채령의 아버지가 내게 자신의 딸과 혼인해 달라고 부탁하고 있다. 채령은 지금 자기주장을 할 만한 처지가 아니다. 상상이 현실이 된 것이다. 준페이는 감정이 벅차올라 간신히 고개만 끄덕였다. 채령도 감옥보다 자신과 결혼해 미국에 가는 걸 훨씬 더 좋아할 거라고 생각했다.

"고맙네! 평생 잊지 않음세."

그길로 뛰어나간 형만은 사흘 만에 자신이 가진 모든 것을 동원해 채령을 감옥 대신 황군여자위문대에 보내는 것으로 사건을 매듭지었다. 패물이라는 명확한 증거 때문에 없던 일로 할 수는 없었다. 처음 그 사실을 알았을 때 형만은 당장 안채로 뛰어가 곽 씨를 요절내고 싶은 것을 간신히 참았다. 감정대로 하다 일을 그르칠 수 있다. 곽 씨가 알게 되면 절대로 비밀을 유지할 수 없었다. 형만은 그의 전 생애를 통틀어 가장 강한 집중력을 발휘해 신중하면서도 기민하게 일을 처리해 나갔다.

형만은 전시 동원 선전 조직인 국민정신총동원 조선연맹의 기업계 대표였다. 사회 각계의 내로라하는 인사들이 모여 결성한 단체는 총독부의 강요로 만들어졌지만 형만은 누구보다 자발적이고 열성적이었다. 황군여자위문대는 조선연맹에서 추진 중인 주요 사업 중 하나로 형만이 주도하고 있었다. 국가총동원법에 따라 학교, 마을, 성별 등으로 나뉘어 만들어진 보국대는 강제 노역의 다른 이름이었다. 그뿐만 아니라 군에 필요한 젊은 여자들을 충원하기 위해 민간업자와 군이 결탁하여 인신매매급 모집을 하고 있었다. 국민정신총동원 조선연맹의 임원들은 총독부로부터 조선 민중의 불만과 비난을 잠재우기 위한 대책을 마련하라는 압박을 받았다.

연맹에서는 가장 시급하고, 또 가장 심각하게 불거진 문제부터 시행에 옮기기로 했다. 군에 보낼 여자들을 끌어모아야 했으며, 그를 위해서 사람들의 불안이나 의심을 불식해야 했다. 그들은 만주국 수립 기념일에 즈음하여 1기생 150명을 출정시킨다는 계획으로 젊은 여자들을 모집하기 시작했다. 황군여자위문대원이 되면 월급은 물론 의복까지 제공하고, 그곳에서 배운 의료 기술로 나중에 간호부로 취직할 수 있다고 선전했다. 출정 날짜는 정월 대보름을 넘긴 3월 6일로 정해졌다. 형만은 수남을 채령 대신 내보내 딸의 첫값을 탕감함과 동시에 자신의 충성심을 조선총독부에 보여 줄 생각이었다.

"수남이 찬성할까요? 가겠다고 하더라도 아가씨 역할을 제대로 해낼까요?"

준페이가 미심쩍고 걱정스러운 얼굴로 물었다.

"되게끔 해야지. 자네와 채령이는 무슨 수를 써서라도 그 안에 미국으로 떠나야만 하네."

채령과 수남의 용모가 비슷하기에 시도하는 계획이지만 도박인 건 확실했다. 그만큼 형만은 다급했다. 채령과 수남이 닮았다며 곽 씨가 자기를 의심할 때만 해도 말 같지 않은 소리로 여겼다. 두 아이에게 처녀 태가 나면서부터 형만도 얼핏얼핏 느꼈지만 자신의 딸과 천한 수남이 닮았다는 것을 인정하고 싶지 않았다. 그런데 그 덕에 이렇게 위기를 모면하게 될 줄은 몰랐다. 또 용모가 비슷하다고 해서 수남이 여대생인 채령 역할을 할 수 있는 건 아니었다. 운 좋게 수남은 조선글도 익히고 일본어도 웬만큼 했다. 수남이 공부할 때는 주제넘은 짓을 하는 게 못마땅했는데 그게 다 이번 일을 대비한 것만 같았다. 형만은 수남을 사 온 자신의 혜안에 감탄하는 한편 행운의 신이 여전히 자기 곁에 있음을 확신했다.

형만은 발 빠르게 조선에 살던 일본 처녀의 호적을 구했다. 죽은 지 얼마 안 돼 아직 사망신고를 하지 않은 사토 히카리라는 여자로 채령보다 한 살 많았다. 채령은 사토 히카리가 돼 준페이와 결혼할 것이다. 그러면 남편 성을 따르는 일본 법령대로 테라오 히카리가 되는 것이다. 채령이 정식으로 준페이의 아내가 되면 여권과 도항증을 얻기가 쉬울 것이다. 거침없이 적의 목을 베며 앞으로 돌진하는 장수처럼 형만은 진행을 방해하는 모든 것들을 그동안 쌓아 놓은 돈과 인맥으로 해결하며 나아갔다.

침대 위에 누워 있던 채령은 벌떡 일어나 차갑게 식은 음식을 먹기 시작했다. 호텔 창 너머로 불 밝힌 요코하마항이 펼쳐져 있었지만 채령의 눈에는 하나도 들어오지 않았다. 지금 그녀를 견디게 하는 것은 배신감과 분노에서 비롯된 새로운 계획이었다. 한통속이 된 아버지와 준페이에 대한 복수이기도 했다.

자신이 가장 큰 슬픔에 빠져 있을 때 아버지가 나타났다. 채령은 당연히 아버지가 모든 것을 해결해 주러 왔다고 믿었다. 아버지 성에 차는 사람은 아니겠지만 딸이 사랑하는 남자이니 정규를 구해 줄 것이다. 형만은 그동안 채령이 원하는 것은 무엇이든지 해 주었다. 채령은 정규가 얼마나 훌륭한 젊은이인지 차근차근 설명하고 자신의 사랑이 얼마나 굳건한지 보여 줄 참이었다. 그녀는 정규가 계속 감옥에 있어야 한다면 옥바라지까지 할 각오가 되어 있었다. 그러나 아버지는 사랑하는 딸과 상봉할 때 가져야 하는 모든 절차를 생략한 채 느닷없이 준페이와 결혼해서 미국으로 가라고 했다. 그것도 남의 이름으로 말이다. 형만은 채령이 생각하거나 저항할 틈을 주지 않았다.

"시간이 없어. 당장이라도 형사가 들이닥쳐 널 끌고 갈 게다. 증거들이 분명해서 손쓸 도리가 없어."

형만이 가차 없는 표정으로 말했다. 행적이 불분명한 강휘 일로도 밑 빠진 독에 물 붓는 격으로 재산이 축나고 있었다. 채령의 일까지 공개적으로 드러나면 형만이 조선총독부의 개가 돼 바닥을 핥는다고 해도 그들의 눈 밖에 날 게 분명했다. 그러면 사업은 물론 가문도 끝이었다.

"난 어떻게 되든 상관없어요. 정규 씨 곁에 있을 거예요. 그이는 내 전부예요."

형만이 울부짖는 딸의 뺨을 후려갈겼다. 얼마나 세게 때

렸는지 장지문에 부딪혀 나동그라진 채령은 울음을 그친 채
얼빠진 얼굴로 아버지를 바라보았다. 채령은 아버지가 자신
에게 한 일을 믿을 수 없었다. 형만은 사과는커녕 부들부들
떨며 말했다.

"넌 그놈들한테 이용당한 거다. 그놈들은 네가 누군지 알
고 의도적으로 접근한 거야. 자금 출처를 실토한 것도 그놈
이고 너를 계속 이용할 생각이었다더라. 이 일로 너뿐 아니
라 우리 가문도 무너지게 생겼다. 너한테는 선택권이 없어.
지금부터 네 남편은 테라오 군이다. 그를 따라 미국에 가. 그
러지 않으면 네가 할 일이라곤 경찰서에 끌려가 그놈들의
죄목을 하나둘 더 밝히는 일밖에는 없을 거다. 네가 불 인두
를 견딜 수 있느냐? 쇠꼬챙이가 살에 박히는 걸 참을 수 있
을 것 같으냐?"

얼얼한 뺨을 감싼 채 채령은 아버지가 하는 말을 듣고 있
었다. 정규가 그랬을 리 없다. 자작의 딸인 자신을 사랑하지
않으려고 얼마나 노력했던가. 채령이 패물을 건네준 사람은
정규가 아니라 그와 한방을 쓰는 친구였다. 쌀을 사고, 고기
를 사고, 밀린 방세를 내라고 준 것이다. 정규에게 죄가 있다
면 잠을 줄여 가며 일해도 가난한 것이다. 그런 형편에 대학
에 다니고 일신이 아닌 더 큰 꿈을 위해 산 것이다. 아버지는
내게 상처 주기 위해 거짓말을 하고 있는 거야. 채령은 연인
에 대한 자신의 군건한 믿음이 자랑스러웠다. 이제 아버지
에게 그런 자신의 의지를 보여 주어야 한다. 하지만 마지막

말이 채찍처럼 채령을 후려쳤다.

"난 그놈을 구할 수는 없어도 죽게 할 수는 있다."

채령은 정신이 번쩍 들었다. 아버지에겐 그럴 힘이 있었다. 무엇보다 가문이 무너지는 것을 두고 볼 아버지가 아니었다. 채령은 그제야 겁에 질린 목소리로 말했다.

"가겠어요. 미국에 갈 테니 그이를 그냥 놔두세요. 하지만 테라오와 결혼하지 않고 저 혼자 가겠어요."

정규의 연인인 자신에게 일본인이 돼 왜놈과 결혼해서 목숨을 부지하라니. 있을 수 없는 일이다.

"네 이름으론 여권이 나오기도 전에 체포될 테고, 여자 혼자 몸으로는 다른 사람 이름으로도 여권이나 도항 허가증을 받기 어려울 것이다. 무엇보다 너 혼자 무슨 수로 미국에서 살아가겠다는 거냐. 지금 이 상황에서 테라오 군만큼 괜찮은 신랑감은 없어. 넌 지금 당장 테라오 군과 이곳을 떠나야 해."

형만이 정신없이 몰아붙였다. 채령은 더 이상 버티지 못했다.

"수, 수남이는요? 데려갈 수 있는 거지요?"

채령이 간신히 물었다. 지금 그녀가 의지할 수 있는 사람은 수남뿐이었다.

"네가 아직 상황 판단이 안 되는 모양이구나. 넌 이제부터 수남이는 물론 나와도 상관없는 사람이다. 네가 살 길은 테라오 군과 결혼해 미국에 가는 것뿐이야."

형만이 냉정한 표정과 목소리로 말했다. 채령에게는 선택의 여지가 없었다.

그날 밤 집을 떠난 채령은 준페이에게 이끌려 도쿄로 갔다. 배를 탈 요코하마와 가깝기도 하고 도쿄에는 형만이 힘을 쓸 수 있는 사람들이 많이 있었다. 채령은 도쿄에 머물며 여권과 도항 허가증을 얻기 위한 심사를 받았다. 혼례식 없는 결혼사진도 찍었다. 혼인신고는 이미 돼 있었다.

채령은 하루에도 몇 번씩 도망칠 생각을 했지만 도저히 엄두가 나지 않았다. 정규와 함께라면 얼마든지 할 수 있었을 것이다. 하다못해 수남이라도 있었으면 실행에 옮겼을 것이다. 하지만 혼자서는 용기가 나지 않았다. 채령은 생각을 바꾸었다. 일단 배에 타자. 그러나 준페이가 아내와 함께 샌프란시스코에 도착하는 일은 없을 것이다. 그 전에 바다에 뛰어들 테니까. 윤심덕처럼 정인과 함께는 아니지만 사랑하는 사람을 마음에 품은 채 태평양에 몸을 던질 것이다. 자신을 마음대로 하려는 두 남자에게 그것만큼 통렬한 복수는 없었다.

자작의 딸

　　　"아가씨, 내일 아침에 배를 탄답니다."
　점심상을 들여온 히나미가 말했다. 수남은 시중을 드는
그녀에 대해 이름밖에 아는 게 없었다. 이제 출발할 수 있다
는 말에 수남의 얼굴이 환해졌다. 스즈키의 집을 떠나온 지
한 달 가까이 시모노세키항 근처 마을 여관에 갇혀 지내 온
터였다.
　채령이 된 수남은 배를 탈 수 없을 만큼 아픈 걸로 돼 있었
고 왕진 의사와 형사가 번갈아 가며 드나들었다. 그동안 자
리에 누워 있거나 여관 마당을 산책하는 게 다였던 수남은
좀이 쑤셨다. 아무것도 안 하고 놀기만 하자 팔다리에서 힘
이 빠져나가는 게 없던 병도 생길 판이었다. 수남은 채령이
피신할 시간을 벌기 위한 일이라고 짐작하며 참았다. 이해

하기 힘든 영어로 된 책들마저 없었다면 더 견디기 힘들었을 것이다.

교토에서보다 공부하거나 책 볼 시간이 많아진 건 좋았지만 수남은 한시바삐 황군여자위문대에 가고 싶었다. 3월 6일로 출정식 날짜가 잡혀 있다는 걸 모르는 수남은 여관에 묶여 있는 시간만큼 자유가 늦어지는 것 같아 애가 탔다. 게다가 수남은 강휘가 어디 있는지 알게 되었다. 스즈키가 준페이 부탁이라며 몰래 쥐여 준 쪽지에는 '만주국 하얼빈 거주 추정'이라고 적혀 있었다. 수남의 뇌리에는 추정이라는 단어가 사라진 채 '하얼빈 거주'로 박혔다. 하얼빈은 『유정』에 나온 곳이서 잘 아는 곳처럼 친근하게 여겨졌다. 수남은 브래들리 부인의 지구의에서 본 중국을 떠올리며 얕은 지식과 풍부한 상상력을 총동원해 어떤 곳일지 머릿속에 그려 보았다.

"윤 자작께서 떠날 채비 하라고 전화하셨어요. 드디어 여관을 나가는군요."

여관을 떠날 수 있다는 것은 채령이 안전하게 피신했다는 뜻이기도 했다. 기쁨이 더했다. 수남의 입가에서 벙실 웃음이 떠나지 않자 히나미도 웃으며 말했다.

"그렇게 좋으세요? 하긴 그동안 많이 답답했지요?"

"히나미 상도 저 때문에 고생 많이 하셨어요. 그동안 고마웠습니다."

수남이 밥그릇과 젓가락을 들며 말했다.

"작별 인사는 나중에 해도 된답니다. 부산까지 제가 모실 거예요."

히나미가 작은 찻잔에 차를 따라 소반 위에 올려 주었다.

"정말요? 함께 부산까지 간다니 좋네요."

수남의 말은 진심이었다. 수남이 흉내나마 채령인 척할 수 있었던 데는 히나미의 공이 컸다. 또 한 달 가까이 둘이서만 지내는 동안 정도 들었다.

"나리, 아니 아버님은 언제 오신대요?"

수남은 히나미가 어디까지 알고 있는지 잘 몰랐다. 물어볼 수도 없었다. 수남을 진짜 형만의 딸로 아는 것 같다가도 얼핏 드러나는 매서운 눈초리를 보면 모든 걸 알고 감시하는 것 같았다.

"윤 자작께선 어제 먼저 출발하셨습니다."

수남은 자작과 함께 가도 어렵고 불편하겠지만 막상 따로 간다니 서운했다.

히나미가 짐을 싸며 떠날 준비를 하는 동안 수남은 여관 뜰에 나와 앉아 있었다. 작은 마당으로 불어오는 해풍에 온기가 담겨 있었다. 수남은 스즈키의 집에서 형만이 한 말을 곱씹었다.

"황군여자위문대에서 돌아올 때까지 너는 윤채령으로 행세해야 한다. 네가 비밀을 토설하거나 다른 사람들에게 네 정체를 들키면 너와 한 약조는 무효가 될 게야. 그뿐만 아니라 너는 그 대가를 톡톡히 치러야 할 게다."

수남은 자작과 한 약속을 지키고 싶었다. 자신의 자유나 채령의 안전을 위해서인 것 못지않게 자작에게 보답하고 싶은 마음도 컸다.

채령처럼 보이기는 생각보다 어렵지 않았다. 채령의 곁에 10년 넘게 있었던 수남이 가장 잘 흉내 낼 수 있는 사람이 있다면 바로 주인 아가씨였다. 처음엔 어색했지만 히나미가 정말 채령인 양 깍듯하게 대하자 수남의 언행도 점점 더 자연스러워졌다. 하지만 자작의 딸처럼 행동하는 건 힘들었다. 채령이 형만에게 어떻게 하는지 몰라서가 아니라 잘 알아도 감히 그대로 하기 어려웠다. 채령은 다 커서도 아버지에게 응석을 부리곤 했다. 수남으로선 어린 시절에도 해 본 적이 없는 행동이었다. 수남은 채령이 부모 몰래 독립운동하는 남자를 사귀다 황군위문대에 나가게 된 상황을 떠올렸다. 다행히 누가 봐도 아버지와 전처럼 다정할 수만은 없는 상황이다.

여관에 머무는 동안 수남은 자작을 두 번 보았다. 의사와 형사가 처음 찾아왔을 때였다. 의사의 진찰은 형식적이었지만 형사가 찾아왔을 때는 발각될까 두려워 핏기가 사라진 얼굴로 달달 떨었다. 그 모습이 오히려 의사의 진단과 맞아떨어져 형사의 의심을 사지 않았다. 자작이 곁에서 주시했지만 감시보다는 걱정하는 눈길로 여겨져 수남은 든든했다.

그 뒤로도 의사와 형사는 주기적으로 드나들었다. 사전에 이야기가 된 듯한 의사와 달리 형사의 눈빛은 예리했다. 하지만 수남이 손에서 놓지 않는 영어로 된 책들이 그녀를 채령으로 보이게 했다. 사실 형사는 채령이 가짜일 수도 있다는 생각은 꿈에도 하지 않은 채 그녀의 병이 진짜인지, 혹시 도망치지는 않을지에 더 신경 쓰며 감시하고 있었다. 형만은 가끔 여관으로 전화를 걸어올 뿐 찾아오지는 않았다. 수남은 채령의 안부만큼이나 형만의 건강이 신경 쓰였다. 얼굴이 시커메지고 눈자위가 움푹 꺼진 모습에 진짜 딸이 된 양 애가 탔다.

황군여자위문대의 환송식은 부산역 광장에서 열리고 출정식은 경성역에서 치러진다고 했다. 위문대에 나가는 아이들 대부분이 경상도 출신이라 부산역에서 환송식이 열리는 것이다. 또한 그동안 있었던 여러 동원들이 가족이나 당사자를 속인 사기 모집이거나 강압에 의한 연행이라는 비난 여론을 의식한 전시성 행사이기도 했다.

환송식을 기다리는 나흘 동안 수남은 형만과 함께 부산역 2층에 있는 호텔 특실에 묵었다. 연락선을 타고 오는 내내 수남 곁을 한시도 떠나지 않았던 히나미가 호텔에서도 계속 시중을 들었다. 형만과 오래간만에 만난 수남은 채령의 안부를 묻지 않았다. 철저하게 채령이 돼야 한다는 자작의 명 때문이기도 했지만 어느 정도는 핑계였다. 수남은 채령을 입에 올림으로써 자신은 대역에 불과하다는 사실을 상기하고 싶지 않았다.

형만은 행사 준비로 바빴고 수남 또한 매일신보와의 인터뷰와 환송식에서의 연설 연습 등으로 정신없었다. 환송식에서 수남은 황군위문대를 대표해 연설해야 했다. 형만이 써 준 것이지만 연습하다 보면 수남은 그 내용이 자신의 생각인 듯 가슴이 뜨거워졌다. 신문 인터뷰는 환송식 전날에 있었다. 환송식에 앞서 채령으로서 처음 하는 공식 행사였다. 거기서 의심을 사면 모든 게 허사로 돌아가는 것이다. 준비된 질문에 준비된 대답이었지만 수남은 형만을 실망시키고 싶지 않아 밤을 새워 가며 내용을 외고 또 외웠다.

인터뷰 당일, 잠을 제대로 못 잔 데다 긴장한 수남은 아침을 먹지 못했다. 밥맛이 없다니. 늘 음식이 없었지 입맛이 없었던 적은 처음이었다. 그런 투정은 자작의 딸이나 하던 거였다. 수남은 스스로에게 놀라면서도 진짜 채령과 닮아 가는 것 같아 뿌듯했다.

"밥이 안 넘어가면 수프라도 먹거라. 배 속이 든든해야 배짱도 생기는 법이야. 히나미, 수프 좀 시키게."

맞은편에 앉아 신문을 보며 커피를 마시던 형만이 말했다. 히나미가 보고 있어 할 수 없이 하는 아버지 노릇이라고 해도 수남은 자작의 다정한 목소리를 듣자 목이 메었다. 부산에서 지내는 동안 형만은 채령에게 하던 것과는 비교도 안 됐지만 근엄하면서도 자애로운 아버지의 모습으로 수남을 대했다. 수남은 문득문득 형만에게 아버지라고 부르며 어리광 피우고 싶은 충동을 느꼈다.

인터뷰 시간이 다가오고 있었다. 히나미는 교토에서 가져온 채령의 가방에서 수수한 투피스를 꺼내 주었다. 정규가 화려한 옷을 부담스러워한다며 산 옷이었다. 그 옷을 입고 나비처럼 나풀거리며 집을 나서던 채령이 떠올랐다. 흰색 블라우스를 받쳐 입은 투피스는 수남에게도 잘 맞았다.

마지막으로 매무새를 점검하던 수남은 물끄러미 거울 속의 자신을 응시했다. 한 달 넘게 잘 먹고 잘 쉰 터라 피부는 뽀얘졌고 씻을 때 말고는 물 묻힐 일이 없어 손도 보들보들해졌다. 수남은 손을 들어 복숭아처럼 보드랍고 발그스름한 자신의 뺨을 쓸어 보았다. 채령과 닮았다는 말을 수남은 처음으로 수긍했다. 머리를 양 갈래로 땋은 거울 속의 수남은 경성에서 여학교를 다니던 때의 채령과 더 닮아 보였다. 수남은 자신보다 채령과 더 비슷한 것 같은 거울 속의 모습을 보자 기자를 만날 걱정이 조금은 누그러들었다.

수남은 채령의 표정을 떠올리며 그 모습을 흉내 내 보았다. 눈을 내리뜬 도도한 표정, 새침한 표정, 화났을 때 서릿발처럼 차가운 표정……. 그러자 채령과 더 비슷해졌다. 거울 속으로 히나미의 모습이 비쳤다. 수남의 얼굴에 장난스러운 미소가 번졌다.

"히나미 상."

수남의 부름에 히나미가 돌아섰다. 그 순간 수남의 표정이 싹 바뀌며 미간이 접혔다.

"이 블라우스 말고 다른 걸로 줘. 옷이 구겨졌잖아."

처음 하는 반말과 차가운 모습에 히나미가 당황한 얼굴을 했다.

"그게 제일 수수해서······. 수수한 옷으로 입으시라는 자작의 명이십니다."

"그럼 다림질을 제대로 하든지. 인터뷰하는데 이렇게 구겨진 옷을 입고 하란 말이야?"

살찬 수남의 태도에 히나미가 머리를 조아리며 절절맸다.

처음엔 장난이었다. 화내는 척해서 놀라게 한 다음 장난임을 밝힐 생각이었다. 그런데 히나미가 절절매는 모습을 보자 수남은 쾌감을 느꼈다. 자신이 그동안 히나미를 시중드는 사람이 아니라 상전인 듯 대했다는 생각까지 들었다. 수남은 차가운 표정을 풀지 않은 채 블라우스를 벗어 건넸다. 인터뷰를 잘하기 위해서야. 수남은 자기 행동을 스스로에게 해명하며 인터뷰 장소인 자작의 방으로 갔다. 응접실이 따로 있는 커다란 방이었다. 기자가 곧 도착한다고 했다.

방으로 들어서는 수남을 본 순간 형만은 깜짝 놀랐다. 수남이 살짝 무릎을 굽히며 인사한 다음 의자에 앉았다. 형만은 신문으로 황급히 고개를 돌렸지만 글자가 눈에 들어오지 않았다. 옆에 앉은 수남을 다시 확인해 보고 싶었다. 수남은 경성을 떠나기 전 채령의 모습 그대로였다.

형만은 딸이 아버지를 제일로 알던 예전으로 돌아와 자기 옆에 있는 것만 같았다. 하지만 채령은 며칠 전 준페이와 함께 떠났다. 형만은 요코하마 부둣가의 택시 안에서 배가 고동을 울리며 멀어져 가는 모습을 지켜보았다. 언제 다시 만날지 기약 없는 이별이었다. 신문으로 가린 형만의 눈앞이 뿌예졌다.

　수남이 인터뷰하는 동안 형만은 옆에 앉아 부연 설명을 했다. 수남은 형만이 지켜보고 있으면 더 부담될 줄 알았는데 오히려 진짜 아버지가 곁에 있는 듯 의지가 됐다. 기자가 마지막으로 현재의 심정을 물었다. 예상 질문에 없던 내용이었다. 수남은 물론 형만도 당황한 눈치였다. 기자가 다시 한 번 물었다. 수남은 심호흡을 하며 마음을 가라앉힌 뒤 말했다.

　"물론 부모님과 집을 떠나 머나먼 곳으로 가는 게 두렵고 슬픕니다. 하지만 천황 폐하와 나라에 충성하는 황군여자위문대 1기생이 돼서 기쁘고 영광스럽습니다. 대일본제국과 아버님은 물론 저 자신을 위해 떠나는 길이니 눈물을 흘리는 대신 웃으며 떠나겠습니다. 황군의 성전 수행에 보탬이 될 수 있도록 열심히 본분을 다하고 건강한 모습으로 돌아오겠습니다."

　떨리던 목소리가 차츰 안정되고 나중엔 당당함마저 느껴졌다. 실제로 수남은 말하는 동안 진짜 채령이 된 듯 자신감이 생겼다. 형만이 놀란 눈길로 수남을 바라보았다. 눈이 마주친 수남이 시선을 피하지 않고 말했다.

　"이런 기회를 만들어 주신 아버지께 감사드립니다. 아버지, 오래오래 건강하셔야 해요."

　자리에서 일어난 수남이 형만에게 다가가 어깨를 끌어안았다. 기자가 흐뭇한 표정으로 그 모습을 지켜보았다. 당황한 형만이 슬며시 수남의 팔을 떼어 내며 말했다.

"수고했다. 출정식 때도 그만큼만 하거라."

수남은 역할을 제대로 해낸 자신이 자랑스러웠다. 떠나기도 전에 임무를 다하고 돌아온 자신의 모습이 상상돼 마음이 설렜다.

1939년 3월 6일 오전 8시, 환송식을 마친 열대여섯 살에서부터 스무 살 안팎까지의 소녀들은 허리까지 내려오는 누비저고리와 검정색 몸뻬 차림으로 경성행 특급 열차에 올랐다. '황군여자위문대 1기'라는 어깨띠를 두른 채였다. 사람들이 함성과 함께 박수를 쳐 주었다. 기차 두 칸에 나눠 탄 아이들은 평생 처음 받아 보는 치사와 환대에 얼떨떨한 얼굴이었다. 특히 형만과 나란히 단상에 앉아 있다 대표 선서와 연설까지 한 수남은 흥분이 쉽게 가라앉지 않았다. 비록 형만 쪽에서 써 준 것이기는 하나 그렇게 많은 사람들 앞에 서서 실수 없이 읽은 자신이 대견스러웠다. 수남의 손을 잡고 만세 삼창까지 한 형만도 흡족한 얼굴이었다. 아직 경성 출정식에서의 역할이 한 차례 더 남아 있지만 똑같은 내용을 반복하는 것이라 처음보다는 걱정이 덜 됐다.

황군위문대원들은 기차 창에 머루 송이처럼 매달린 가족과 작별 인사를 나누었다. 떠난다는 게 비로소 실감 난 듯 소녀들은 새삼스레 울음을 터뜨렸다. 창밖의 가족들도 마찬가지였다. 전송 나온 대부분의 엄마들은 딸과 영원히 헤어지는 것처럼 오열했다. 수남은 그 모습을 부러운 마음으로 바라보았다. 자신을 배웅해 주는 사람은 한 명도 없었다. 히나미하고는 오늘 새벽 호텔에서 작별 인사를 나누었고, 경성역까지 함께 간다는 자작은 벌써 국민정신총동원 조선연맹임원들과 일등실에 타고 없었다.

단상에서 형만은 딸을 황군여자위문대 1기로 보내는 자신의 충성심을 피력하며 이후 딸에 대한 어떤 특별 대우도 원치 않는다고 선언했다. 만일 그러는 자가 있으면 자신의 충성심을 폄훼하는 것이며 천황 폐하에 대한 불충이라고까지 했다. 그리고 각오를 실천하겠다는 듯 그 순간부터 딸에 대한 관심을 거두었다.

가족과 작별하는 대원들의 모습을 물끄러미 바라보던 수남의 눈에 객실 끄트머리 의자에 우두커니 앉아 있는 여자아이가 들어왔다. 수남은 자신보다 서너 살 어린 듯한 그 아이와 창밖을 번갈아 보았다. 목에 무명 목도리를 감은 그 아이도 수남처럼 작별 인사를 나눌 가족이 없는 듯했다. 그런데 낯이 익었다. 어디서 보았을까. 기억을 뒤지던 수남은 며칠 전 시모노세키에서 부산으로 오던 배에서 보았다는 것을 깨달았다.

돌아오는 배에서 수남과 히나미는 이등실을 썼다. 7, 8명쯤 되는 일본 사람들이 먼저 자리 잡고 여기저기 누워 있었다. 정체가 탄로 날까 봐 입을 다물고 있던 수남은 뱃멀미를 핑계 삼아 갑판 위로 올라갔다. 히나미도 함께였다. 속이 울렁거렸지만 전처럼 심하지는 않았다.

뱃전으로 달려드는 갈매기들과 하얗게 부서지는 파도를 구경하던 수남은 자신을 바라보는 시선을 느끼고 고개를 돌렸다. 열대여섯 살쯤 돼 보이는 아이가 우두커니 서 있었다. 무명 목도리를 두른 여자애였다. 주위를 살펴보았지만 가족으로 보이는 사람들은 없었다. 혼자 배를 탄 걸까? 수남은 궁금해 아이에게 말을 걸고 싶었지만 히나미가 지켜보고 있어 참았다. 채령이라면 허름한 옷차림의 아이에게 말을 걸지 않을 것이다.

'위문대에 오기 위해 배를 탔던 거구나.'

배웅하는 사람이 없는 걸 보면 아이는 배에서 혼자였던 게 맞다. 가족은 일본에 있는 걸까? 수남은 먹먹해 보이는 아이의 얼굴에 가슴이 뻐근했다. 자신의 마음과 닮은 표정이었다. 하지만 수남은 마음을 다잡았다. 나는 김수남이 아니고 자작의 딸이야, 윤채령이라고. 지금까지 순조로웠다고 마음을 놓아서는 안 된다. 나와 저 아이는 신분이 달라. 채령 아가씨라면 저런 아이를 동정하는 일 따위는 없을 것이다. 수남은 앞으로도 그 아이에게 관심을 가져서는 안 된다고 자신에게 일렀다.

수남은 채령을 머릿속에 그리며 허리를 꼿꼿하게 펴고 앉았다. 세상에 혼자인 듯, 주위 사람들에게 신경 써서는 안 된다. 수남은 턱을 약간 치켜들고 눈을 내리깔았다. 그러다 맞은편에 앉은 아이가 자신을 빤히 바라보고 있는 것을 알곤 당황했다. 아이는 수남에게서 눈을 떼지 않았다.

"왜 그렇게 쳐다보니? 내 얼굴에 뭐라도 묻었니?"

수남의 목소리가 새침해졌다. 채령이라면 더 쌀쌀맞게 말했을 것이다.

"그분 맞지예? 저 기억 안 나십니꺼?"

앞의 아이가 빨개진 얼굴로 말했다.

"니, 니가 누군데?"

수남은 자기를 알아보는 사람이 있나 싶어 당황했다.

"작년 이맘때 부산 가는 기차 안에서 지한테 달걀하고 사이다 주셨다 아입니꺼."

아이가 흥분한 기색으로 말했다.

생각났다. 그 애 엄마가 자신을 여학생으로 착각했던 것도 떠올랐다. 아이는 꾀죄죄했던 그때보다 깔끔하고 살도 붙고 키도 큰 것 같았다.

"그래, 생각난다. 이름이 뭐였지?"

"분입니더."

"맞다, 분이. 1년 새 많이 컸네. 몰라보겠다."

"지도 아까 아가씨가 사람들 앞에서 말할 때는 몰라봤십니더. 그런데 요래 앉아서 뜯어보니까 생각이 나는 깁니더."

수남이 자신을 알아보자 분이는 신이 나 재잘거렸다. 그때보다 몸집만 커진 게 아니라 더 야무져진 것 같았다. 남의 집살이를 하다 보면 눈치가 빨라지는 법이다.

"이렇게 만나다니. 정말 반갑다."

분이 덕분에 수남은 더 당당해질 수 있었다. 자신은 신분이 급조된 게 아니라 1년 전부터 유학 가는 여학생이었던 것이다. 분이가 증인이다.

"지는 이제 마음이 푹 놓입니더. 아가씨같이 귀한 분이 가는 덴데 을매나 좋겠습니꺼."

분이의 말에 수남은 어깨가 저절로 펴졌다.

"어머니도 배웅 나오셨니?"

"어머니는 지가 이래 가는 것도 모르십니더."

갑자기 분이가 시무룩한 얼굴을 했다.

"아니 왜? 소식 안 전했어?"

분이가 몸을 수남이 쪽으로 굽히더니 속삭이듯 말했다.

"지는 주인집 딸 대신 가는 집니더."

수남은 가슴이 쿵 내려앉았다. 그때 기차가 덜컹하고 움직였다. 몸을 앞으로 숙이고 있던 분이가 뒤로 벌러덩 넘어졌다. 소녀들이 우르르 창가로 달라붙었다. 일어나 앉은 분이도 가족과 작별 인사를 나누는 아이들을 부러운 눈길로 바라보았다. 수남은 두근거리는 가슴을 남몰래 쓸어내렸다. 자신과 마찬가지인 분이의 상황을 자세히 알고 싶지 않았다.

창문에 붙어 있던 사람들이 쫓아오다 차츰 멀어졌다. 진짜 이별이었다. 기차 안에 침울한 분위기가 감돌았다. 양복 상의에 당코바지를 입은 남자가 객실 안으로 들어왔다. 개떡처럼 머리에 눌러 붙은 모자를 쓴 남자가 막대기로 벽을 탁탁 치자 침울하던 분위기가 일시에 긴장감으로 바뀌었다. 허리춤에 찬 총집이 보였다. 옆에는 칼을 찬 군인 두 명이 서 있었다. 말을 하지 않아 일본인인지 조선인인지 짐작할 수 없는 군인들은 스물 안팎으로 대원들 또래였다. 소녀들은 총과 칼을 찬 사람들의 등장에 겁먹은 얼굴이 됐다.

그들은 잠시 뒤 환송식에서의 환대에 비하면 빈약하기만 한 주먹밥 한 덩이씩을 받아 들자 완전히 현실로 돌아왔다. 소녀들은 어제까지만 해도 가난한 집의 천덕꾸러기 딸들이었다. 대부분은 학교 문턱도 밟아 보지 못했으며 동네 밖도 나가 보지 못한 채 살다 가족을 위해 떠나왔다.

당코바지가 대원들을 훑어보았다. 눈길만 닿아도 주머니 속까지 털릴 것처럼 매서운 눈초리였다. 소녀들은 몸을 움츠렸다. 인솔자와 군인 한 명이 옆 칸으로 가고 남은 군인이 문을 지켰다. 코밑이 가뭇가뭇해지기 시작한 앳된 얼굴의 군인은 부동자세로 서서 시선 둘 곳이 마땅치 않다는 듯 허공을 바라보았다.

처음엔 서먹하기도 하고 군인도 무서워 조용했지만 얼마 지나지 않아 소녀들은 가까이 앉은 아이와 서로의 고향과 이름과 나이를 묻고 오게 된 연유를 이야기하기 시작했다. 귓속말로 소곤거리던 소녀들은 군인으로부터 아무런 제지도 받지 않자 목소리가 높아졌고, 기차 안은 곧 봄날 제비 둥지처럼 소란스러워졌다. 개중 활달한 아이는 군인을 향해 농 섞인 말을 던지기도 했다. 얼굴이 시뻘게진 군인은 소녀들의 희롱이 싫지 않은 기색이었다. 그 모습을 보고 아이들은 또 키득거렸다. 머잖아 오빠 같고 동생 같은 군인들의 부상을 치료해 주고, 그들을 위문할 일이 설렘으로 다가왔다. 집에서 하던 일에 비하면 힘든 것도 아니다. 게다가 황군여자위문대에서 돌아오면 간호부로 취직도 할 수 있다고 했다.

각자 모집원한테 들은 이야기들을 펼쳐 놓으며 꿈에 부풀었던 소녀들은 시간이 지나자 하나둘씩 잠들기 시작했다. 밤잠을 설친 데다 새벽부터 출정식 예행연습을 하느라 다들 지쳐 있었다. 소녀들은 자면서 간호부가 되는 꿈을 꾸었다. 간혹 대화를 나누는 아이들도 작은 소리로 소곤거렸다. 수남은 조용해진 기차 안을 둘러보았다. 수남도 지난밤 제대로 자지 못했다. 하지만 한 달 넘게 호사를 누리며 지낸 몸은 며칠 밤을 새운다고 해도 끄떡없을 것 같았다.

수남은 옆의 아이와 자리를 바꿔 앉은 분이를 돌아다보았다. 분이는 나무껍질처럼 튼 손을 저고리 소매 사이에 넣은 채 잠들어 있었다. 가회동 저택에 있을 때 자신의 손 같았다. 수남은 이리저리 꺾이는 분이의 머리를 자기 어깨 쪽으로 끌어당겼다. 수남과의 만남이 큰 횡재라도 되는 양 좋아하는 분이는 열네 살로 가장 어렸다. 설이 지나 열아홉 살이 된 수남 또래가 가장 나이 많은 축에 속했다. 그 생각을 하다 수남은 고개를 저었다. 정신 차려야 돼. 채령은 스무 살이었다. 수남은 자신의 호적 나이도 스무 살임을 떠올리며 마음을 가다듬었다. 수남은 2년 뒤 자신에게 펼쳐질 미래를 떠올렸다.

자유를 얻은 삶은 잘 그려지지 않았다. 구경도 못 해 본 큰

돈으로 무엇을 할지 막연했다. 하지만 한 가지만은 분명했다. 강휘를 찾아가는 것. 자유의 몸이 돼 찾아가면 도련님이 뭐라고 할까?

수남은 기차가 황군위문대 임무를 위해서가 아니라 강휘를 만나기 위해 달리는 것만 같았다. 시간이 흐를수록 강휘와 만날 날이 가까워지는 것이다. 가슴이 벅차올랐다. 한참을 깨어 있던 수남은 뒤늦게 꾸벅꾸벅 졸기 시작했다.

드디어 기차가 종착역에 닿았다. 하얀 눈이 온 세상을 덮은 곳이었다. 어찌된 영문인지 기차에서 내리는 사람은 수남뿐이었다. 털모자를 쓰고 외투를 입고 수염을 기른 남자가 눈에 푹푹 빠지며 다가왔다. 강휘였다. 그가 수남을 보더니 채령아, 하고 불렀다. 난 채령이가 아니라 수남이에요, 말하고 싶었지만 목소리가 나오지 않았다. 어찌나 안타까운지 발을 동동 구르고 답답한 가슴을 부여잡았다. 가슴을 치며 소리 내려 애를 쓰는데 누군가 팔을 잡았다. 수남은 흠칫 놀라 눈을 떴다. 자신의 주먹 쥔 손이 가슴 위에 놓여 있었다. 분이가 걱정스러운 얼굴로 바라다보고 있었다. 수남은 혹시 잠꼬대라도 했나 싶어 불안해졌다.

"나쁜 꿈 꿨습니꺼?"

분이가 걱정스레 물었다. 다행히 맞은편의 두 아이는 머리를 맞댄 채 자고 있었다.

"여기가 어디쯤이지?"

수남은 분이가 아무것도 눈치채지 못했기를 바라며 물었다.

"쫌 전에 경산 지났십니더."

수남은 분이 몰래 한숨을 토해 내며 기차 안을 둘러보았다. 아직 자는 아이도 있고 그사이 사귄 친구와 이야기를 나누는 아이도 있었다.

"대표 선서 하는 꿈을 꿨어. 근데 막 소리가 안 나오는 거야. 긴장했었나 봐."

수남은 천연덕스레 거짓말을 하는 자신에게 놀랐다.

"아가씨처럼 공부 마이 한 사람도 떨립니꺼? 내라면 죽어도 못 할 긴데 아까 참말 멋졌십니더."

분이의 칭찬이 싫지 않았다.

"엄청나게 연습한걸. 너도 그렇게 연습하면 할 수 있어."

"어데예. 유학까정 한 여학생이랑 이래 나란히 앉아서 가니까네 벌써 출세한 기분입니더. 대학교에서는 무슨 공부합니꺼?"

해맑게 웃으며 묻는 분이의 말에 수남은 심장이 뛰기 시작했다. 예상하지 못한 질문이었다.

"여, 영어."

"그게 뭐라예?"

"서양 사람들 말."

"그라믄 아가씨는 일본말도 하고, 또 다른 말도 할 줄 아는 깁니꺼? 참말 대단합니더!"

분이가 존경하는 눈빛으로 바라보았다. 수남은 슬그머니 분이의 눈길을 피했다. 심장 뛰는 소리가 기차 소리보다 더 크게 귀를 울렸다. 그러면서도 분이가 존경에 찬 눈빛으로 자신을 우러러보는 게 좋았다. 수남은 분이에게 언니라고 부르라고 했다. 분이는 황송한 얼굴이 됐다.

"언니는 좋겠십니더. 내는 고향 살 때 우리 어무이가 보리쌀 팔아서 학교에 넣어 줬는데 아부지가 술 먹고 교실까지 쫓아와가 끌어냈다 아입니꺼. 가시나 공부 갈쳐서 뭐하냐고요."

분이가 한숨을 내쉬었다. 수남은 화제가 바뀌자 안도와 함께 아쉬움을 느꼈다.

"우리 어무이가 내를 아부지 약값 델라꼬 남의집살이 가는 착한 아라고 했잖습니꺼? 실은 그기 아닙니더. 우리 아부지가 지를 팔아묵은 깁니더."

수남은 할 말이 없었다. 자기 또한 스스로 나섰다고는 해도 팔려 간 것이었다. 그것도 일곱 살 나이에.

"주인집 딸 대신 왔다는 소리는 무슨 말이야?"

수남은 그제야 물어볼 수 있었다.

"우리 주인집 딸은 여고보에 다니는데 공부는 뒷전인 날라립니더. 공부하기 싫으니까네 덜컥 위문대에 지원을 한 깁니더. 집이 발칵 뒤집혔지예. 주인이 취소해 달라카이 어디서든 한 명 채우라꼬 해서 지가 온 깁니더. 선금 주고 지를 델꼬 왔는데 그 돈을 감해 준다 카면서요. 우리 어무이가 반대할지 모른다꼬 집에 알리지도 말라 캤어요. 지는 좋습니더. 거서 버는 돈은 다 지 꺼 아닙니꺼. 공부도 시키 주고, 간호 기술도 가르쳐 준다 캤습니더. 거 가서 공부하면 내도 언니만큼은 못하더라도 까막눈은 면할 수 있겠지요?"

분이 얼굴에 희망의 빛이 번졌다. 수남은 스스럼없이 자기 이야기를 할 수 있는 분이가 부러웠다. 수남은 앞으로 꿈속에서조차 거짓말을 해야 했다.

그때 당코바지가 다시 나타나 대원들을 깨웠다. 그러곤 모두 일본 국가인 기미가요와 일본에 대한 충성을 맹세하는 황국신민서사를 외워야 한다고 했다. 학교를 다녔거나 이장이 열심히 시켰던 마을 아이들은 대충이라도 알았지만 전혀 모르는 아이들이 대부분이었다.

"환송식에서는 그냥 넘어갔지만 출정식에서는 절대 그런 일이 있어서는 안 된다. 대전역 지난 다음에 일차 검사하겠다. 통과하지 못한 사람은 점심을 굶게 될 것이다."

아이들은 지금껏 점심은 다반사로 굶으며 살아왔다. 하지만 똑같은 조건에서 자기만 굶는 건 억울한 일이다. 대원들 얼굴에 걱정의 빛이 드리웠다.

"먼저 일어서서 해 볼 사람. 잘하면 상이 있다."

분이가 수남의 옆구리를 찔렀다. 맞은편의 두 아이도 수남을 바라보았다. 수남은 숨이 멎을 것 같았다. 채령이 하던 게 어렴풋이 기억났으나 정확하게 알지 못했다. 채령은 학생이라 기미가요나 황국신민서사를 반드시 외워야 했지만 수남은 일본 왕이 사는 쪽에 대고 절하는 궁성요배나 잘하면 됐던 것이다.

"언니, 언니가 하이소. 상 준다 안 합니꺼."

분이가 채근했다. 수남은 눈앞이 캄캄해지고 등줄기로 땀이 흘렀다. 이렇게 빨리 정체가 탄로 나고 마는 걸까. 아이들 앞에서 군인들에게 끌려 나가는 자신의 모습이 떠올랐다. 아이들에게 그들과 다를 바 없는 처지를 들키고 싶지 않았다. 그때 누군가가 자기가 하겠다면서 일어섰다. 수남 자리의 아이들이 기회를 놓쳤다며 자기 일처럼 안타까워했다. 보통학교를 졸업했다는 에이코는 창씨개명까지 한 아이답게 기미가요를 부르고 황국신민서사를 줄줄 외웠다. 당코바지는 흡족한 듯 고개를 주억거렸다. 수남은 자신을 위기에서 구해 준 에이코에게 절이라도 하고 싶었다.

군인이 기미가요 가사와 황국신민서사가 등사된 종이를 군데군데 나눠 주었다. 일본어를 아는 아이들이 두세 명 더 있어서 대원들은 그 아이들을 중심으로 모였다. 수남은 다행히 기미가요의 곡조가 흉내 낼 수 있을 만큼 떠올라 자기 주위로 모여든 아이들에게 가르쳐 줄 수 있었다. 그뿐만 아니라 황국신민서사도 줄줄 읽어 의심 살 일은 없었다. 하지만 앞으로도 이런 위기는 숱하게 찾아올 것이다.

수남은 자신이 채령 역할을 잘 해낼 수 있다고 자만하고 있었음을 깨달았다. 환송식까지 무사히 마친 터라 남들 앞에서 채령 행세를 하는 일이 쉬울 줄 알았다. 그런데 아니었다. 다시 생각해 보니 지금까지 수월하게 넘어갈 수 있었던건 히나미와 자작 덕분이었다. 히나미로부터 깍듯하게 대접

받고, 형만이 딸이라고 하는 자신을 의심할 이유가 없었던 것이다. 하지만 이제부턴 자신이 윤채령임을 증명해야만 했다. 분이도 완벽한 증인은 아니었다. 어떤 사소한 것에서 의심을 살지 몰랐다. 수남은 실수하지 않으려면 말을 적게 해야 한다는 결론을 내렸다.

기차 안은 아이들이 기미가요와 황국신민서사를 외우는 소리로 가득했다. 수남은 남들 눈치채지 못하게 속으로 연습했다. 시간이 지나 원래부터 알고 있던 것처럼 외우게 되자 진짜 채령의 모습과 한 발 더 가까워진 것 같았다.

점심을 굶었던 대원들도 수원역을 지날 때쯤에선 모두 통과했다. 주먹밥과 단무지를 받지 못했어도 다른 아이들이 몰래 자기 것을 떼어 주었기에 쫄쫄 굶은 아이는 없었다. 경성역이 가까워지자 대원들은 외운 것들을 되뇌며 풀어 두었던 띠를 서로의 어깨에 둘러 주었다.

대부분의 소녀들은 기차도 처음 타 보는 터라 말로만 듣던 경성 땅을 밟아 본다는 사실에 들떠 있었다. 시내 구경은 못 하더라도 역 광장에서 식을 한다니 경성 하늘과 공기는 맛보는 것이다. 대원들은 나라님이나 다름없는 총독 앞에서 다시 주인공이 된다는 생각에 한껏 고양돼 있었다.

경성이 고향이나 다름없는 수남은 더 설렜다. 잠깐이라도 가회동 저택에 들러 술이네를 비롯한 행랑 식구들과 작별 인사를 나누고 싶었다. 하지만 불가능한 일이었다. 오늘 아침 신문에 인터뷰 기사가 났을 테니 혹시 마님이 역으로 찾아오지 않을까? 바깥출입을 거의 하지 않는 곽 씨 대신 채령의 유모였던 술이네가 올지도 모른다. 수남은 술이네와 마주할 걸 생각하자 겁이 더럭 났다. 술이네까지 속일 자신은 없었지만 한편으로는 시험해 보고 싶기도 했다. 설령 들킨다고 해도 술이네라면 채령을 위해 비밀을 지켜 줄 것이다.

그런데 경성역에 다다를 즈음 출정식이 취소됐다는 소식이 들려왔다. 일손이 시급한 군부대 상황을 핑계로 댔지만 사실은 출정식 테러 첩보가 입수된 때문이었다. 대원들은 기차를 바꿔 탈 겸 내려 플랫폼에서 단체 사진을 찍는 것으로 아쉬움을 달래야 했다. 형만을 비롯한 조선연맹 임원들도 함께였다. 지역에서 올라온 임원들은 중앙의 고관들에게 눈도장 찍을 수 있는 기회가 사라진 것을 아쉬워했다.

황군여자위문대원들은 경성역에서 군용열차로 바꿔 탔다. 누런 종이로 창문을 가린 기차는 곧 출발했다. 수남은 아무것도 보이지 않는 창을 바라보며 밖에 서 있을 자작에게 다짐했다.

'무사히 제 역할을 다하고 돌아오겠습니다, 아버지.'

출렁이는 아침

　　　　　　　　"정말 저녁 식사 안 할 거예요? 오늘은 치바 미도리 디너쇼 하는 날인데요."

　준페이가 침대 머리에 비스듬히 기댄 채 잡지를 보고 있는 채령에게 재차 물었다. 함께 가지 못해 아쉬운 얼굴이었다.

　"안 먹는다고 몇 번을 말해요. 그리고 치바 미도리가 뭐 대단하다고 난리예요?"

　채령이 쏘아붙였다. 채령이 무슨 말을 해도 토를 달거나 반기를 드는 일이 없는 준페이가 그 말만은 수긍할 수 없다는 표정을 지었다. 배우이자 엔카 가수인 치바 미도리는 게이샤였던 전력도 문제 되지 않을 만큼 인기가 많았다. 샌프란시스코와 로스앤젤레스 교민들의 초청 공연을 가는 길에 딱 한 차례 선상 디너쇼를 하는 날이 오늘이었다. 물론 일등

실 승객에게만 주어지는 특전이었다. 준페이는 한숨을 내쉬
는 것으로 모든 말을 대신한 뒤 객실을 나갔다. 나가기 전 손
을 씻으며 슬쩍 거울을 보는 것도 잊지 않았다.

채령은 혼자가 되자 잡지를 바닥에 내팽개쳤다. 그러곤
침대에서 내려와 걸을 것도 없이 바로 붙어 있는 1인용 탁자
앞에 앉았다. 채령은 엎드린 채 양 주먹으로 탁자를 내리쳤
다. 다시 고개를 든 채령은 말이 일등실이지 옹색하기 짝이
없는 객실 안을 둘러보았다. 누우면 꽉 차는 싱글 침대 두 개
가 창가와 복도 쪽 벽에 붙어 있었고 그 사이에 탁자가 있었
다. 침대 사이 벽면에는 물바가지만 한 세면대와 거울이 달
려 있었다. 화장대도 따로 없이 거울 아래 놓인 선반이 그 역
할을 했다. 발치 쪽으로는 한 자나 될까 한 옷장이 있고, 객
실 밖에 있는 화장실이나 욕실은 공용이었다. 준페이와 같
이 쓰니 방도 공용이나 다름없었다.

배를 탄 첫날 객실을 본 채령은 어이가 없었다. 20년을 사
는 동안 이런 방은 처음이었다. 명색이 부부이니 같은 객실
을 쓰는 것은 어쩔 수 없겠지만 달랑 한 칸일 줄은 몰랐다.
일등실엔 침실과 거실이 분리되고 욕조와 화장실이 안에 구
비돼 있는 특별실도 있었다.

"지금 나더러 여기서 지내라는 거예요?"

교토를 떠나 도쿄와 요코하마에서 머물 때도 그들은 계속
침실 두 개와 거실이 있는 스위트룸에서 묵었다. 배는 경성
에서 교토로 갈 때 탔던 연락선보다 갑절은 큰데 객실 크기

는 3분의 1도 안 됐다. 연락선을 생각하자 채령은 눈물이 솟구쳤다. 그때는 새롭게 펼쳐질 삶에 대한 기대로 얼마나 설렜던가. 고작 1년 전인데 아득한 옛날 같았다. 교토에서의 기억은 정규를 빼놓으면 남는 게 없었다. 채령은 사랑의 추억이 바늘이 돼 가슴속에 한 땀, 한 땀 상처를 새기는 것 같은 고통을 느꼈다. 정규 씨는 감옥에서 얼마나 힘들까? 그가 못 견디게 그리웠다.

그 못지않게 수남도 보고 싶었다. 수남이라도 옆에 있다면 정규에 관한 시시콜콜한 이야기를 펼쳐 놓으며 마음을 달랠 수 있을 것이다. 정규 일로 힘들 때 채령은 수남으로부터 진정 어린 위로를 받았다. 채령은 수남과 연락선에서 함께 뒹굴며 뱃멀미를 하던 것까지 그리웠다. 시골에서 데려온 뒤 그림자처럼 붙어 다녔던 수남의 빈자리가 새삼 크게 느껴졌다. 수남은 경성으로 돌아갔을까? 나도 없이? 채령이 눈물을 비치자 준페이는 큰 죄라도 지은 것처럼 쩔쩔맸다.

"미안해요. 그런데 내 처지로는 이 방도 과한 거예요."

여러 명이 다다미방을 함께 써야 하는 이등실이나 더 많은 사람들이 선반처럼 매달린 침대에서 간신히 잠만 자는 삼등실도 있었다. 만일 준페이 혼자였다면 망설이지 않고 삼등실을 택했을 것이다. 하지만 채령에게는 이등실도 권할 수가 없었다. 불편한 것도 있지만 남의 시선 때문이기도 했다. 다른 사람들과 함께 방을 쓴다면 채령과 준페이가 부부가 아니라는 것을 단박에 들키고 말 것이다. 그리고 샌프란시스코에 도착했을 때 일등실 승객은 이등실이나 삼등실 승객에 비해 이민국 통과가 더 쉽다고 했다. 그래서 이등실에 비하면 갑절이 넘고 삼등실과 비교하면 네 배가 넘는 돈을 지불하고 일등 보통실을 끊은 것이다.

일본을 떠났다고 모든 게 해결된 것은 아니다. 형만의 계획대로 일이 풀리고 있는지, 아니면 들통났는지 알 수 없으니 조심 또 조심해야 했다. 준페이는 인기 스타 치바 미도리가 같은 배에 탄 걸 알았을 때 쾌재를 불렀다. 사람들 시선이 그쪽에 쏠릴 테니 채령의 신분이 탄로 날 걱정이 줄어든 것이다. 준페이는 채령이 어디서든지 눈에 띄게 빛나는 게 걱정스러웠다. 채령이 갖게 된 히카리라는 이름은 '빛'이라는 뜻이었다. 원래부터 그 이름이었던 것처럼 채령과 딱 맞았다.

"아버지가 돈 넉넉하게 줬을 거 아니에요. 그런데 방이 이게 뭐예요? 딴 주머니라도 찼나 보죠?"

채령이 의심하는 눈초리로 준페이를 바라보았다. 비록 형식일 뿐이라도 자신의 성을 가진 아내에 대한 책임감으로 가득 차 있던 준페이는 자존심이 상했다. 물론 형만은 큰돈을 내놓았다. 그 덕분에 놀랄 만큼 빠르게 서류를 만들 수 있었고, 배를 타기 전까지 채령을 호텔 스위트룸에서 지내게 할 수 있었다. 아끼지 않고 쓴 탓에 형만으로부터 받은 돈은 금덩이 세 개를 제외하곤 이제 한 푼도 남아 있지 않았다.

"금이 통하지 않는 곳은 없을 걸세. 앞으로는 자네가 알아서 하겠지만 그래도 미국에 도착하면 이 금으로 채령이가 원하는 걸 할 수 있게 해 주게. 내 마지막 아비 노릇일세."

형만이 특수 제작해 금덩이를 숨긴 가방을 내놓으며 한 말이었다. 준페이는 비밀 유지를 위해 채령에게 알리지 않았지만 샌프란시스코에 도착하면 자신의 명예를 걸고 형만의 말을 지킬 결심이었다.

준페이는 자신과 채령의 첫출발을 의미하는 배표만큼은 순전히 자기 돈으로 사고 싶었다. 아내가 된 그녀를 위해 그동안 저축해 둔 돈으로 비싼 값을 지불했는데, 아버지 돈을 빼돌리기라도 했다는 듯 채령이 바라보자 모욕당한 기분이었다. 준페이는 얼굴을 붉히며 강한 어조로 말했다.

"난 그런 사람 아닙니다. 이만한 방도 월급쟁이 테라오 준페이로서는 엄청나게 무리한 거예요. 테라오 히카리인 당신은 이 사실을 분명히 아셔야 합니다. 불편하더라도 보름만 참으세요."

배를 타기 전에는 채령과 눈도 제대로 마주치지 못하던 준페이였다. 그런 사람의 명령조 말에 채령은 약이 올라 다시 눈물이 나려고 했다. 자기 호적에 올랐다고 나를 마음대로 할 수 있을 줄 알아?

"자리 좀 비켜 주겠어? 남 앞에서 옷을 갈아입을 수는 없잖아."

채령은 준페이가 이제 아버지 부하 직원이 아니라고 자신과 처지가 같아진 줄 안다면 큰 오산임을 분명히 했다. 그러곤 한 칸짜리 객실이 얼마나 불편한지 알려 주겠다는 듯 준페이를 똑바로 쳐다보며 윗옷의 단추를 풀었다. 준페이는 귓불까지 벌게져 허둥지둥 나갔다. 그 뒤로 채령은 객실이 독방인 듯 하고 싶은 대로 했다. 일등실 승객들에게는 잘 꾸며진 사교실, 흡연실, 독서실, 아동실 같은 공간이 준비돼 있었다. 이등실이나 삼등실 승객들에게는 허용되지 않는 곳이었다. 하지만 채령은 식사 때 외에는 거의 객실을 나가지 않았다. 준페이의 아내 역할은 식사 시간만으로도 충분히 치욕적이었다. 가끔은 아프다며 방으로 음식을 가져오게 해서 먹기도 했다. 준페이는 대부분 밖에서 지내다 잘잘 때나 조용히 들어와 입구 쪽 침대에 누웠다.

채령은 벌떡 일어나 세면대 앞으로 갔다. 그곳도 두 걸음이 채 안 됐다. 채령은 거울에 비친 자신의 모습을 물끄러미 바라보았다. 꺼칠한 얼굴과 푸석한 머리, 수수하다 못해 후줄근한 차림을 한 여자는 절대로 자신이 아니었다. 죽어서도 남에게 호적을 팔아야 했던 히카리라는 여자와 어울리는 모습이었다. 채령은 도망치지 못한 게 한스러웠다. 교토에서, 도쿄에서, 요코하마에서 도망칠 기회는 많았지만 실행에 옮기지 못했다. 그녀는 어딘가에 숨어 살며 정규를 기다리는 자신을 떠올렸다. 그의 고뇌에 찬 목소리가, 눈길이, 자신의 몸을 더듬는 성급한 손길이, 뜨거운 숨소리가 실제인 듯 느껴졌다.

아버지가 자신과 정규를 떼어 놓으려고 과하게 겁을 준 걸 수도 있다. 벌써 풀려난 정규가 자기를 찾고 있을지 몰랐다. 내가 불령선인과 결혼이라도 한다면 아버지 입장이 난처해지겠지. 재산과 가문을 지키기 위해 준페이 따위의 아내로 만들다니. 새삼스레 아버지를 향한 분노가 치밀었다. 채령은 이를 악물었다. 그 결과가 어떤지 보여 주고 말겠어. 아버지는 딸이 죽었대도 세상에 내놓고 슬퍼할 수도 없을걸. 죽은 건 윤채령이 아니라 테라오 히카리일 테니까. 나, 윤채령은 영혼이 돼서라도 정규 씨와 헤어지지 않을 거야.

비장한 각오를 다지고 있는데 배 속에서 꼬르륵 소리가 났다. 채령은 거울 속의 여자에게 부끄러워하며 배를 끌어안았다. 채령이 치바 미도리 디너쇼에 가지 않겠다고 한 진짜 속내는 그 자리에 어울릴 만한 옷이 없기 때문이었다. 차라리 굶는 게 나았지 치바 미도린지 하는 천한 게이샤를 돋보이게 하는 들러리 노릇은 하고 싶지 않았다.

자포자기 상태였던 채령은 옷이고 화장품이고 하나도 챙기지 않았다. 호텔 방에만 틀어박혀 있는 채령을 위해 준페이가 사다 준 옷들은 테라오 히카리로 살아야 하는 삶이 얼마나 촌스럽고 한심할지 확인시켜 주었을 뿐이다.

'너 죽겠다는 거 맞아?'

채령은 자기 안에서 들려오는 질문에 '물론이지.' 하고 자신 있게 대답했다. 스즈키의 집도 좁고 불편했지만 즐겁게 지냈다. 정규와 사귀는 동안 가난한 애인에게 맞추면서도 행복했다. 방을 탓하는 건 내가 철없고 허영심이 많아서가 아니야. 정규 씨하고라면 삼등실에 짐짝처럼 실려 가도 기꺼이 감수했을 것이다. 하지만 난 샌프란시스코에 도착하기 전 물에 뛰어들어 죽을 거잖아. 생의 마지막을 준페이 따위와 한방에서 지내게 됐는데 화나는 게 당연한 거 아니야? 채령이 거울 속의 여자에게 되물었다.

아사마호를 탄 지 8일이 지났으니 이제 6일 남았다. 날씨의 적극적인 협조 덕분에 예정된 날짜에 샌프란시스코에 도착할 거라고 오늘 아침 선장이 말했다. 바다 위에 떠 있는 배가 감옥이라면 독방 같은 객실에만 틀어박혀 지냈는데도 8일은 너무 빨리 지나갔다. 앞으로 6일은 더 빠르게 흘러갈 것이다. 배에 오른 뒤 아침을 맞이할 때마다 오늘이 생의 마지막 날이라고 되뇌고 있는 채령은 초조해졌다.

채령은 세상이 떠들썩하게 죽고 싶었다. 그래야 아버지와 준페이에게 더 큰 복수가 될 테고, 정규가 나중에라도 애인이 어떻게 자신과의 사랑을 지켰는지 알게 될 것이다. 그런데 치바 미도리가 시중꾼들과 사람들의 관심을 줄줄이 거느린 채 배 안을 휘젓고 다니고 있었다. 이등실과 삼등실 사람들마저 기회만 닿으면 치바 미도리를 보려고 기웃거렸다. 그런 시선과 대우는 자신이 받아야 하는 것이다. 죽으려는 마당에 그게 부럽지는 않았지만 자신의 죽음이 치바 미도리가 내뱉는 말 한마디보다 더 사소하게 취급될지 모른다고 생각하면 죽고 싶은 마음도 사라졌다.

채령이 어떤 모습으로 물에 뛰어들까 고민하는 동안 준페이는 새로운 각오로 하루하루를 보냈다. 그는 잘 때를 제외하고 거의 밖에서 지냈다. 불편해하는 채령에 대한 배려도 있지만 그보다 다른 목적이 더 컸다. 준페이는 형만이 돈과 권력과 인맥으로 불가능해 보이던 일을 해내는 것을 몇 년간 옆에서 보았다. 그동안 형만의 지시에 따라 어쩔 수 없이 일들을 처리하면서 늘 편치 않았다. 하지만 앞으로 자신이 채령을 지켜 줘야 한다고 생각하자 못 할 게 없었다. 돈도 권력도 없는 준페이가 해야 할 일은 인맥을 넓히는 것뿐이다.

요코하마에 머무는 동안 어린 시절을 기억해 낸 덕분에 준페이는 용기 낼 수 있었다. 그 시절의 준페이는 주위들은 몇 마디 단어로 가게나 거리에서 만난 외국인들에게 스스럼없이 말을 걸던 소년이었다. 그때보다 나이도 지식도 경험도 많아졌다. 그리고 아름다운 아내를 가진 남자가 됐다. 준페이는 날마다 단정하게 차려입고 나가 사람들과 어울렸다. 일본인이든 외국인이든 일등실 승객을 알아 둬서 나쁠 건 없었다. 자신도 일등실에 묵기에 당당했다.

일등실의 외국인은 대부분 사업이나 여행을 위해 일본에 왔다 본국으로 돌아가는 미국인이었다. 준페이는 그들과 친분을 쌓고자 애썼다. 인맥으로까지 발전되지 않더라도 당장 영어 실력을 키우는 데 큰 도움이 됐다. 삼촌 말에 중학교 다닐 때부터 꾸준히 영어 공부를 해 독해력이나 문법 실력은 어느 정도 갖추었지만 회화 실력은 어린아이 수준이었다. 준페이의 당면 과제는 입국 심사였다. 통역이 있다고 하지만 영문학도 채령 앞에서 버벅거리는 꼴을 보이고 싶지 않았다.

대부분의 미국 사람들은 적극적으로 다가오는 준페이에게 친절하게 응대했다. 배 안이라는 특수한 상황이 평소라면 무시할 동양인에게 호의를 베풀게 했다. 그들은 준페이가 그림을 그려 주자 더 관심을 보였다. 밀항할 때 할아버지의 작품 덕을 봤다는 삼촌 말이 아니더라도 준페이는 우키요에에 감탄하는 서양인들을 보며 자랐다.

준페이는 스케치북을 들고 다니며 원하는 사람들에게 그림을 그려 주었다. 카메라가 있는 사람들도 준페이가 그려 주는 초상화를 좋아했다. 기모노나 하카마 차림으로 바꾸어 우키요에풍으로 그려 주었기 때문이다. 카메라로는 할 수 없는 일이다. 미국인들은 준페이의 그럴듯한 솜씨에 동양의 예술 작품을 손에 넣은 양 좋아했다.

일본인들도 자기 모습을 그려 달라고 부탁해 오곤 했다. 준페이는 50대인 사사키를 눈여겨봤다. 아버지와 함께 하와이 노동자로 갔다 샌프란시스코에 눌러앉은 그는 재팬타운에서 호텔과 식당을 운영하고 있다고 했다. 고급 양복을 빼입은 그는 한눈에도 성공한 사람 같아 보였다. 준페이는 그로부터 샌프란시스코의 사정이며 입국 심사 등 많은 이야기를 들었다. 준페이는 지로 삼촌을 아는지 물어보고 싶은 것을 꾹 참았다. 스즈키 할머니가 미국에서 삼촌의 평판이 좋지 않다는 이야기를 해 준 게 생각나서였다. 고모 말을 믿지는 않지만 만에 하나 사실이라면 군이 선입견이나 편견을 심어 주고 싶지 않았다. 준페이는 사람들로부터 그림의 대가를 받지 않았다.

"절 친구로 생각하신다면 그냥 받아 주세요. 선물이니까요. 대신 나중에 혹시라도 만났을 때 절 기억해 주시면 돼요."

그런 준페이에게 호감을 가져 도움이 필요하면 연락하라고 명함을 건네는 신사도 있었다. 샌프란시스코에 오면 일자리를 소개해 주겠다는 부인도 있었다. 준페이는 그들의 명함이나 주소, 연락처 등을 소중하게 챙겼다.

미국 남자들이 준페이에게 보이는 호감에는 채령에 대한 관심도 포함돼 있었다. 채령의 검은 머리와 살짝 치켜 올라간 가는 눈매, 서늘한 웃음기가 서린 꼭 다문 입매가 평소 그들이 그려 온 신비스러운 동양 여자 이미지와 딱 맞았다. 그래서 남편조차 절절매게 만드는 도도한 매력을 지닌 채령이 식당에 나타나면 훔쳐보지 않을 수 없었다. 파티나 사교실에서 볼 수 없어 더 궁금해했다. 일본 남자들 또한 마찬가지였다. 어딘지 모르게 색다른 분위기를 풍기는 채령에게 호기심을 느꼈다.

아사마호의 일본 여자들은 치바 미도리와 테라오 부인, 두 젊은 여자에게 은근히 신경을 썼다. 치바 미도리야 자기들도 한 번 더 보자고 목을 빼는 상황이니 주시 대상에서 금방 제외됐다. 테라오 부인은 지루한 선상 생활에서 안줏거리 삼기 좋은 인물이었다. 하지만 남의 부인을 대놓고 욕하기에는 자신들이 지닌 교양과 품위가 마음에 걸렸다. 그들은 삼삼오오 모이면 예의 바르고 부지런한 준페이가 게으르고 거만한 여자를 아내로 얻었다고 걱정하는 것으로 험담을 대신했다. 거의 방에 틀어박혀 지내는 채령을 두고, "우리하고 어울리기 싫다는 거야, 뭐야?" 하고 흉보면서도 다행으로 여겼다.

채령은 자신에게 와 닿는 눈길에 예전과 달리 위축감을 느꼈다. 전에는 자신에게 쏟아지는 시선을 즐겼다. 그러나 지금은 그 눈길이 일등실 승객에게 걸맞지 않은 자신의 초라한 차림새나 일등실이 과분해 보이는 준페이의 아내이기 때문이라고 생각했다. 그런데도 준페이는 노다지를 캔 졸부처럼 우쭐거리며 배 안을 돌아다니고 있었다. 그에 대한 비웃음까지 자신에게 보내는 거라고 채령은 오해했다.

아버지한테서 돈을 받고 자신과 결혼한 것이라고 생각하는 채령은 준페이가 벌레보다 싫었다. 그녀는 준페이가 자신을 오래전부터 좋아해 왔다는 것을 알지 못했다. 수남이 귀띔해 준 적이 있지만 "경성 천지에 나 안 좋아하는 남자 있어?" 하고 흘려들었기에 기억에 남아 있지도 않았다. 생각났다고 해도 채령은 인정하지 않았을 것이다. 그녀는 남자가 여자를 사랑하면 어떻게 하는지 잘 알았다. 자기 한 몸보다 대의를 위해 사는 정규조차도 틈만 나면 채령을 안고 싶어 했다. 괴로워하며 이별을 말하다가도 채령의 입맞춤에 무너졌다. 그게 사랑이다. 그런데 준페이는 한 달 넘게 단둘이 생활하는데도 그런 기미를 조금도 보이지 않았다. 서류상일지언정 부부인데도 말이다.

설령 좋아하지 않더라도 여자와 단둘이 있으면 흑심을 품는 게 남자라고 했다. 그가 부부인 점을 내세워 허튼짓을 한대도 분하겠지만 자신을 객실 안에 있는 가구 취급하는 것도 기분 나쁘기는 마찬가지였다. 준페이가 밤마다, 두어 발짝 거리에 잠든 채령에게 가고 싶은 마음을 누르기 위해 얼마나 용을 쓰는지는 파도나 알았다.

채령이 아무리 함부로 굴어도 지금은 자신보다 약자라고 준페이는 생각했다. 강압적으로 굴복시키는 건 남자로서 할 짓이 아니다. 마음을 얻기 전까지는 그녀의 몸도 욕심내지 않으리라는 다짐과 실천은 준페이식의 사랑이자 자존심이었다. 아내를 지켜야 한다는 목적 앞에서 준페이는 스스로도 놀랄 만큼 적극적인 사람으로 변모해 가고 있었다.

그사이 채령은 하루는 날이 추워서, 하루는 파도가 높아서, 하루는 기분이 안 좋아서 죽기를 미루고 있었다. 그러는 동안에도 배는 쉬지 않고 나아가 제 날짜에 드디어 샌프란시스코항에 다다랐다. 배에서의 생활에 멀미가 난 사람들이 모두 나와 갈매기보다 더 소란스레 육지를 반겼다.

채령도 배를 탈 때의 계획과 달리 살아서 갑판 위에 서 있었다. 그녀는 가까워지는 샌프란시스코를 홀린 듯 바라보았다. 허리에 안개를 휘감은 채 우뚝 솟은 빌딩들은 영화의 한 장면이나 신기루인 것만 같았다. 멀리 보이는 금문교도 마찬가지였다. 안개에 잠긴 붉은색 다리는 마치 천상으로 난 길 같았다. 그 다리가 놓이기 위해 중국인 노동자가 몇십 명이나 죽었음을 모르는 채령은 흥분을 감추지 못했다. 경성은 제쳐 놓고 도쿄와도 비교할 수 없을 만큼 멋져 보였다.

갈매기들이 뱃전으로 날아들었다. 그때까지 샌프란시스코를 코앞에 두고 바다에 뛰어드는 것도 극적일 거라는 생각을 버리지 않고 있던 채령은 바다 대신 객실로 뛰어 들어갔다. 가방을 열어 빈약한 화장품을 동원해 화장을 하고 가지고 있는 것 중에서 가장 괜찮은 옷으로 바꿔 입었다. 그러는 바람에 일등실 승객들 중 가장 뒤에서 하선했다.

"히카리, 어제 내가 한 이야기 잘 기억하고 있죠?"

준페이의 물음에 채령은 처음 듣는다는 표정으로 바라보았다. 준페이는 어느 때보다도 화사한 빛을 내는 채령에게 불안감을 느끼며 어제 한 이야기들을 되풀이했다. 사사키 말로는 동양인의 입국 심사가 아주 까다롭다고 했다. 전엔 중국, 일본, 조선 사람들은 배에서 내리는 대로 무조건 앤젤섬에 있는 이민국으로 끌려가 며칠씩 조사를 받았다고 했다. 그때는 몇 달씩 이민국 수용소에 갇혀 지내는 사람도 많았단다.

"요즘도 여전히 조사가 까다롭다고 하더군. 미국 놈들이 철저하게 조사하는 건 서류나 초청자와의 관계가 사실인지에 관한 걸세. 서류를 위조하는 경우가 많으니까. 아마 자네를 초청한 친척 질문을 많이 할 거야."

지난밤 준페이는 채령에게 입국 심사 때 알아 두어야 할 것들을 설명했다. 아버지나 다를 바 없는 삼촌이 아프다는 것. 곧 세상을 떠날 수도 있을 만큼 심각하기에 만나러 왔다는 것. 그 때문에 결혼도 급하게 했다는 것 등등. 채령은 모두 처음 안 사실들이었다. 꾸며 낸 것인지 진짜인지조차도 알 수 없었다. 채령은 그때까지도 미국 땅에 발을 디디겠다는 의지가 없어서 준페이의 말을 귀담아듣지 않았다. 하지만 화려한 도시를 보자 채령은 자신이 꿈꾸던 세계가 눈앞에 있음을 깨달았다.

"테라오 히카리라는 걸 잊으면 안 돼요."

준페이가 자신에게도 주지시키듯 말했다. 그동안 준페이는 히카리라는 이름이 입에 붙도록 꿈속에서도 연습했다. 이제 채령이 없는 곳에서는 그녀를 히카리 또는 아내라고 칭하는 게 자연스러웠다.

준페이의 말에 채령은 콧방귀를 뀌었다. 배에서 내리면 저 일본 놈이 아버지한테 받아 챙겼을 돈을 되찾아 당장 떠날 거야. 그리고 윤채령으로 살아갈 것이다. 어떻게? 질문이 들려오는 순간 채령은 진로를 결정했다. 배우가 되는 거다. 처음 한 생각이었지만 오래전부터의 꿈인 것처럼 익숙했다. 그 꿈을 찾아 스스로 떠나온 것 같았다.

채령은 두렵지 않았다. 벼락출세를 바라지도 않았다. 영화 잡지에서 읽은 내용에 따르면 할리우드 배우들도 처음부터 스타였던 건 아니다. 고생고생하며 단역으로 출연하다 감독이나 제작자의 눈에 띄고, 그러다 스타가 됐다. 치바 미도리도 술과 몸을 팔던 게이샤 출신이다. 그런 여자도 성공해서 잘났다고 돌아다니는데 자신이 못 할 이유가 없었다. 채령은 영화감독이나 제작자가 이민국 앞에서 자기처럼 매력적인 동양인 여배우를 찾고 있을 것만 같았다. 바닷물에 뛰어들지 못한 것조차 앞으로 펼쳐질 화려한 삶을 위한 운명의 개입으로 여겼다. 정규와의 이별이 생애 첫 시련이었던 채령은 아직 좌절이나 실패에 익숙하지 않았다.

배가 항구에 닿자 선장과 승무원들이 두 줄로 늘어서서 일등실 선객을 배웅했다. 채령은 벌써 배우나 된 듯이 우아하고 기품 있게 걸었다. 짐을 든 채 잔뜩 긴장한 얼굴로 따르고 있는 준페이는 남편이라기보다는 시중꾼 같아 보였다. 항구의 입국장 앞은 수속을 기다리는 사람들과 배를 갈아탈 사람들로 가득했다. 아사마호에서 내린 일등실 손님들 중에서도 본국으로 돌아오는 미국 사람들이 가장 먼저 수속을 했고, 그다음엔 국적이 다른 서양인 그리고 동양인 순이었다.

준페이는 채령을 이끌어야 한다는 생각에 먼저 심사를 받았다. 심사관은 풀밭처럼 수북한 황금색 털이 팔뚝을 뒤덮은 배불뚝이 남자였다. 한 번도 웃어 본 적 없을 것 같은 무뚝뚝한 표정을 보자 준페이의 마음은 더욱 졸아들었다. 요코하마에서 샌프란시스코가 아니라 겨울에서 여름으로 건너온 듯 목덜미로 땀이 흘렀다. 뒤에서 자신을 지켜보고 있을 채령을 생각하며 준페이는 의연해지려고 안간힘 썼다.

하지만 달달 외다시피 한 말 몇 마디를 한 뒤 결국 통역의 도움을 받아야 했다.

심사관은 준페이가 일본에서 어떤 일을 했는지, 무슨 일로 미국에 왔는지, 언제 돌아갈 건지 꼬치꼬치 캐묻고 서류를 꼼꼼히 살핀 다음 통과시켜 주었다. 이제 세관과 보건국만 통과하면 됐다. 가방 속 금덩이가 걱정이었지만 절대 들키지 않을 거라고 자신했던 형만을 믿기로 했다. 누군가를 속여야 할 때 스스로 그 사실을 믿는 것처럼 좋은 방법은 없다. 준페이는 아까보다 더 떨리는 마음으로 채령이 무사히 통과하기를 빌었다.

채령은 머잖아 자신의 팬이 될 심사관에게 웃는 얼굴로 인사하며 서류를 내밀었다. 그녀 인생에서 자신의 미소가 통하지 않았던 적은 없었다. 하지만 웃는 근육이 아예 없는 듯한 심사관은 채령을 무시한 채 서류를 들여다보았다. 머쓱해져 심사관을 노려보던 채령은 그가 쳐다보자 당황해 눈길을 피했다. 심사관이 무어라 질문을 했다. 하지만 그의 말은 너무 빠르고 그녀가 공부해 온 영어와 억양도 달라 도통 알아들을 수가 없었다. 심사관은 혼인 서류를 가리켰다. 무언가 잘못된 것 같았다. 그제야 겁이 난 채령은, "나는 테라오 준페이의 아내, 히카리입니다."를 연발했다. 학교에서는 발음도 좋고 영어를 잘하는 축에 속했는데 막상 미국 사람 앞에 서니 간단한 말조차 생각나지 않았다.

질문과 상관없이 같은 대답만 반복하자 심사관이 채령의

서류를 들고 일어서며 따라오라고 했다. 그러곤 준페이까지 한옆에 있는 조사실로 불러들였다.

"서류가 잘못됐나 봐요. 제대로 안 하고 뭐 한 거예요?"

준페이를 보자 마음이 놓이면서도 화가 난 채령이 조그만 소리로 힐난했다. 준페이는 후들거리는 다리로 간신히 버티고 서서 통역을 불러 줄 것을 요청했다. 채령이 없었으면 내지 못했을 용기였다.

둘의 혼인신고 날짜가 삼촌의 초청장을 받은 뒤인 것과 초청장에 채령의 이름이 없는 것이 문제가 됐다. 심사관은 둘에게 따로 이런저런 질문들을 했다. 진짜 부부가 맞는지 확인하기 위한 것인데 그런 질문까지 할 줄 몰랐던 준페이와 채령은 당연히 서로 다른 대답을 했다. 가장 결정적인 것은 누가 봐도 어색한 둘의 사이였다. 위장 부부라고 판단한 심사관은 그들을 앤젤섬으로 가는 배에 태웠다. 준페이의 얼굴이 하얗게 질렸다. 사사키한테 들었던 최악의 상황이 된 것이다.

14일 동안 배를 타고 건너간 육지에서 그들은 다시 바다로 나오게 됐다. 자칫하면 추방을 당할 수도 있었다. 삼등실에서 내린 동양인들이 대부분인 배 안에는 두려움 가득한 침묵이 감돌고 있었다. 여객선에 비하면 변소처럼 작은 배의 굴뚝에서 시커먼 연기가 뿜어 나왔다.

"이게 뭐예요? 이제 어떻게 되는 거예요? 도대체 뭐가 문제예요?"

채령이 짜증을 부렸지만 준페이는 아무 대답도 하지 못했다. 머릿속이 완전히 마비된 채 아무 생각도 나지 않았다. 삼촌이 이 사실을 알고 도와주기를 바랄 뿐이었다.

파도가 부딪히는 갯바위엔 바다사자들이 누워 햇볕을 쪼이고 있었다. 물새들도 빼곡하게 앉아 있었다. 쫓겨날 일 없는 동물들이 부러울 지경이었다. 앤젤섬 주변은 물살이 엄청나게 셌다. 긴 항해를 견디며 온 사람들은 섬으로 가는 짧은 시간에 뱃멀미를 하며 지쳐 떨어졌다. 그리고 천사라는 이름과 달리 결코 호의적이지 않을 것 같은 건물들이 있는 섬에 내렸다.

이민국 건물은 선착장과 바로 이어져 있었고 섬 기슭에는 야자수와 소나무가 즐비하게 서 있었다. 조선 소나무와는 약간 달랐지만 낯선 풍경 속에서 유일하게 익숙해 보이는 나무가 그나마 위안을 주었다.

채령과 준페이는 격리되어 서로 다른 방으로 이동했다.

"당신은 테라오의 아내 히카리입니다. 그 사실만 잊지 말아요. 내가 목숨을 바쳐서라도 안전하게 해 줄 겁니다."

헤어질 때 테라오가 비장한 목소리로 말했다. 챙겨 주는 사람 하나 없이 지저분하고 냄새나는 사람들 틈에서 채령은 처음으로 준페이의 부재가 아쉬웠다.

사람들은 조사실에서 신체검사부터 받았다. 채령은 백인 여자 앞에서 옷을 모두 벗어야 했다. 같은 여자끼리라 하더라도 수치스러운 나머지 숨이 넘어갈 것 같았다. 그리고 통역을 대동한 남자 심사관한테 숱한 질문들을 받았다. 역시 준페이와 진짜 부부인지 확인하는 절차였다. 채령은 정신을 차리고 지난밤 준페이가 해 준 말들을 떠올렸다. 자신의 꿈을 이루어 줄 도시에 입성하느냐 쫓겨나느냐 하는 문제가 걸려 있었다.

"시삼촌이 아파서 미국에 오는 남편과 급하게 결혼했어요."

"몇 번 안 만나고 결혼했어요. 일본은 그렇게 중매결혼을 한다고요."

"남편 고향은 요코하마예요. 시아버지는 오래전 지진으로 돌아가시고 어머니는 그 뒤 병으로 돌아가셨대요."

1년 전 부산 가는 기차 안에서 들었던 이야기도 어렴풋이 떠올랐다. 채령은 그걸 기억하고 있다는 게 신기했다.

"삼촌은 남편과 가장 가까운 사람이에요. 아버지나 마찬가지라고요."

심사관은 둘이 살았던 집에 관해서도 물었다.

"결혼하자마자 떠날 거라 살림집은 구하지 않고 남편의 고모할머니 댁에서 살다가 왔어요."

채령은 자신의 대답이 틀리지 않았기를 간절히 바랐다.

"부부 관계요? 날마다 해요. 신혼부부잖아요."

통역이 비죽이 웃으며 전한 질문에 치욕감을 느낀 채령이 쏘아붙였다.

채령은 이민국 사무소 뒤쪽에 있는 이민자 수용소에 머물며 며칠 동안 취조에 가까운 심사를 받았다. 샌프란시스코에서 살고 싶은 채령은 자신은 준페이의 아내 테라오 히카리라고 간절하게 말했다. 최선을 다했는데도 심사관은 준페이와 채령을 위장 부부로 판단했다. 지로의 초청장이 있는 준페이는 입국을 허락받았고 채령은 추방 명령을 받았다.

채령은 겁이 나고 막막했다. 다시 돌아가라니. 돌아가면 어디로 간단 말인가. 아버지 말대로라면 감옥밖에 갈 곳이 없었다. 이민자 수용소를 경험하고 나니 감옥이 어떤 곳일지 조금이나마 짐작이 갔다. 준페이가 앤젤섬을 떠나기 전 채령을 만나러 왔다. 채령은 혼자 남는다고 생각하니 더 무섭고 불안했다. 혐오스럽고 증오하는 일본 놈밖에 의지할 데가 없는 자신의 처지가 한심하고 분했다.

"뭔가 잘못된 게 분명해요. 추방되기 전에 데리러 올게요. 목숨 걸고 맹세해요."

준페이가 충혈된 눈으로 채령을 보았다. 채령은 눈물을 보이지 않으려고 입술을 깨물었다.

2부

저물지 않는 시간

1939년~1954년

깰 수 없는 꿈

황군여자위문대원들은 군인들이 깨우는 소리에 눈을 떴다. 소녀들은 군인들의 지시에 따라 부스스한 얼굴로 보퉁이를 끌어안은 채 기차에서 내렸다. 분이가 수남 옆에 바짝 붙어 섰다. 밖은 아직 컴컴했고 새벽의 찬 기운이 옷 속으로 파고들었다. 소녀들은 하룻밤 새 언어도 풍경도 낯선 다른 나라에 와 있는 사실에 놀라 웅성거렸다. 수남도 배 타고 바다 건너서 갔던 일본과 달리 기차에 앉은 채 국경을 넘었다는 게 신기하기만 했다. 군인 하나가 만주국이라고 귀띔해 주었다.

만주국은 1932년 일본이 랴오닝성, 지린성, 레이룽장성 등 중국 동북 지역에 세운 괴뢰정부다. 대륙 침략에 필요한 군인과 물자를 지원하는 기지로 삼기 위해서였다. 만주국이 어떤 곳인지, 얼마나 넓은지 알지 못하는 수남은 그저 강휘가 가까이 있다는 사실만으로 친근한 느낌이 들고 가슴이 뛰었다. 이렇게 쉽게 올 수 있는 곳이었다니. 하얼빈이 여기서 얼마나 먼지, 어느 방향인지 누구라도 붙잡고 묻고 싶었지만 조심 또 조심해야 했다.

강휘 동생으로 돼 있는 자기가 하얼빈이 어딘지 물었다가는 사람들의 의심을 살 수도 있다. 그는 지금 쫓기고 있는 처지였다. 만일 자기 때문에 강휘에게 나쁜 일이 생긴다면 수남은 스스로를 용서하지 못할 것 같았다. 자신의 정체를 들켜도 마찬가지였다. 꿈같은 기회를 제 발로 걷어차는 꼴인 것이다.

역 밖으로 나오자 널찍한 광장 건너편에 높은 갈색 건물들이 보였다. 새벽인데도 역 광장은 마차와 인력거와 자동차, 여행 가방을 든 사람들, 음식 장수나 잡상인들로 북적거렸다. 그들이 목청껏 지르는 소리에 거리는 더 활기차게 느껴졌다. 대원들은 군인의 지휘대로 움직이면서도 주위를 힐끔거리기 바빴다. 경성에서 10년을 살고 교토까지 다녀온 수남도 신기한데 대부분 시골 출신인 다른 대원들은 말할 것도 없었다.

자신이 내린 곳이 선양 역이라는 것을 안 수남은 가슴이 터질 지경이었다. 이광수의 소설 『유정』에 따르면 하얼빈은 선양에서 멀지 않았다. 수남은 운명이 자신을 강휘에게로 한 걸음 한 걸음 이끌어 주는 것 같았다.

대원들은 포장 친 몇 대의 트럭 짐칸에 나눠 탔다. 시루 속 콩나물처럼 빼곡하게 박혀 앉아서도 하나같이 설레는 표정을 감추지 못했다. 트럭은 한 시간쯤 뒤 어느 부대 앞에 도착했다. 큰 건물도 있고 군인들도 많이 오갔다. 그들은 먼저 식당으로 갔다. 군인들이 배식을 해 주었다. 따뜻한 밥과 고기 기름이 제법 떠 있는 뜨끈한 국물은 물론 반찬도 두 가지나 있었다. 기차에 탄 뒤 식어 빠진 주먹밥만 먹은 소녀들은 허겁지겁 음식을 거둬 넣었다.

대원들은 그날부터 맥박을 재고, 상처를 소독하고, 붕대 감는 법 등을 배웠다. 아이들은 그것만으로도 벌써 간호부가 된 듯 들뜨고 어깨가 펴졌다. 기본적인 일본어와 일본 노래도 배웠다. 노래는 군인들의 사기 진작을 위한 군가라고 했다. 소녀들은 곧 부대에 배치돼 간호부로 일하며 끼니도 거르지 않고 월급 받을 꿈에 부풀었다.

사흘간의 교육을 마치고 부대 배치를 위한 이동이 시작됐다. 이번에는 열 명에서 열다섯 명씩 나뉘어 움직였다.

"몸 성히 잘 지내거래이."

"편지하꾸마."

"나중에 조선서 만나자."

짧은 기간이었지만 서로 정이 든 소녀들은 이별을 슬퍼하기보다는 미래를 기약하며 헤어졌다.

수남과 같은 조가 된 분이는 팔짝팔짝 뛰며 좋아했다. 노래 잘하고 우스갯소리를 잘해 분위기를 잘 띄우는 필녀도 같은 조가 됐다. 수남은 누구보다 친동생처럼 정이 든 분이와 헤어지지 않게 되어 기뻤다.

분이는 아무리 못 하게 해도, "지 좋아서 하는 깁니더. 말리지 마이소. 귀하게 자란 분이 언제 이런 거 해 봤겠십니꺼." 하며 남의 눈에 띄지 않게 수남의 시중을 들곤 했다. 수남은 부담스러우면서도 은근히 기분이 좋았다. 히나미나 자작 앞에서는 채령인 척하는 게 왠지 눈치 보이고 떳떳지 못했는데 분이 앞에서는 자연스럽고 당당했다.

나흘째 되는 날 아침 일찍 수남과 분이, 필녀를 비롯한 열두 명의 대원은 다시 선양 역에서 기차를 탔다. 이번엔 객석이 아니라 화물칸이었다. 소녀들은 창문이 없어 캄캄한 화물칸의 바닥에 앉았다. 짐들이 잔뜩 실려 있어 빠듯하게 끼어 앉아야 했다. 총을 멘 군인 두 명도 함께 탔다. 대원들 중에서는 수남이 가장 나이가 많았다. 인원이 줄어들고 최고 연장자가 되자 수남에겐 대원들을 돌봐야 한다는 책임감이 생겼다. 그리고 하얼빈과 가까운 선양 역을 떠나자 어디로 가는지 정말 궁금해졌다. 어둠이 눈에 익기 시작했을 때쯤 수남이 한 군인에게 어디로 가느냐고 물었다. 하지만 "바카야로, 조용히 해."란 대답만 돌아왔다. 그 군인은 대원들끼리 이야기하는 것도 막았다.

가다 서기를 반복하며 지루하게 달리던 기차가 멈춘 곳은 지린 역이었다. 수남은 처음 들어 보는 지명을 기억해 두었다. 기차에서 내린 대원들은 역 밖으로 나가 다시 트럭에 옮겨 탔다.

트럭이 울퉁불퉁한 길을 달리기 시작하자 찢어진 포장 틈 새와 입구로 흙먼지 섞인 차가운 바람이 들이닥쳤다. 잔뜩 움츠린 소녀들은 목도리나 보퉁이, 옷자락 등으로 입을 막은 채 흔들리는 몸을 가누려고 애썼다. 포장 틈으로 보이는 노을 진 풍경은 갈수록 황량해졌다. 불에 타거나 무너진 건물들도 많았고 가끔씩 군인들의 행렬도 보였다. 차를 피해 한옆으로 물러서 있던 그들은 여자들을 보고 휘파람을 불거나 모자를 벗어 흔들었다. 군인 무리에 끼어 있는 부상병을 보자 전장이라는 사실이 실감 났다. 수남은 며칠 배운 실력으로 부상병을 제대로 돌볼 수 있을지 걱정됐다.

꾸벅거리며 졸고 있는 분이의 머리를 자기 어깨에 누이던 수남은 대각선 맞은편에 앉은 한 아이와 눈이 마주쳤다. 무명 목도리를 두른 그 아이였다. 생각해 보니 교육받을 때도 말을 나눈 적이 없었다. 며칠째 함께 지냈는데 아직 이름도 나이도 몰랐다. 심지어 같은 조가 된 것도 지금 알았다. 수남은 말을 걸기에는 거리가 있어 그냥 미소만 보냈다. 그 애의 얼굴에도 희미한 웃음이 떠올랐다.

험한 길을 달리던 트럭이 드디어 멈춰 서자 군인 하나가 내리라고 명령했다. 사방은 이제 코앞도 보이지 않을 만큼 어두웠다. 갑자기 손전등 불빛이 대원들 얼굴에 쏟아졌다. 앞이 캄캄해진 소녀들은 더듬거리며 트럭에서 내렸다. 사정 없이 흔들리며 온 탓에 온몸이 두들겨 맞은 것처럼 아팠다.

머릿속까지 뒤죽박죽돼 시간이나 공간 감각도 없었다.

볏단처럼 늘어선 건물들이 트럭 불빛에 드러났다. 부대 안인 모양이었다. 대원들은 군인이라고 하기엔 나이 들어 보이는 남자를 따라 건물의 방 하나로 들어갔다. 그을음이 잔뜩 낀 남포등 불빛에 흙벽과 다다미 깔린 바닥이 보였다. 벽이 겨우 바람을 막아 줄 뿐 다른 난방장치는 없었다. 남자는 자신을 군무원 기무라라고 소개했다.

"앞으로 내가 너희들을 관리할 것이다."

그러곤 인솔해 온 군인한테서 받은 명단과 대원들을 물품 대조하듯 확인했다. 기무라는 대원들이 알아듣든 말든 일본어로 말해서 수남이 자연스레 통역을 하게 됐다.

"얘들아, 소지품 펼쳐 놓으래."

아이들이 끌어안고 있던 보퉁이를 주섬주섬 펼쳐 놓았다. 여분 옷 한두 벌, 속옷, 버선, 빗, 생리대용 천 등이 전부인 소지품 가운데 수남의 책들은 단연 눈에 띄었다. 출발할 때 최소한의 짐만 싸라는 지침에 따라 수남은 어쩔 수 없이 브래들리 부인으로부터 받은 영어 소설 두 권은 빼놓았다. 수남은 남은 짐을 챙기는 히나미에게 꼭 그 책들을 가회동 저택에 보내 달라고 부탁했다. 그리고 틈틈이 공부 삼아 보려고 일영 사전과 강휘에게로 가는 지도 같은 『유정』만 챙겨 왔다. 대원들의 소지품 중 뺏긴 것은 수남의 사전과 소설책뿐이었다. 수남은 향주머니를 옷소매 안에 넣어 두길 잘했다고 생각했다.

"일에 지장 없도록 볼 테니 제발 돌려주세요. 부탁합니다."

수남의 사정에 기무라는 무슨 책인지 검토해야 한다고 했다. 그러곤 다음 날 아침에 기상나팔 소리에 맞춰 일어나 대기하고 있으라고 했다. 기무라가 나가자 대원들은 노인처럼 허리와 다리를 두드리며 널브러졌다. 선양을 떠난 지 며칠 된 것 같았다. 얇은 요 위로 냉기가 올라왔다. 이불도 허술해 서로의 체온으로 추위를 이길 수밖에 없었다. 옆 사람을 끌어안은 채 곯아떨어진 소녀들은 자면서도 앓는 소리를 냈다.

한쪽 가장자리에 누운 수남은 잠이 오지 않았다. 책을 빼앗기자 가슴을 들어낸 것처럼 휑했다. 검토하고 돌려준댔으니까 내일 받을 수 있을 거야. 수남은 마음을 달래며 잠들려고 애썼다. 분이가 달라붙었다. 답답하고 불편했지만 따뜻해서 떼어 내고 싶지 않았다. 교토의 다다미방에서 채령과 함께 붙어 자던 때가 떠올랐다. 수남은 밤이면 둘이 한 이불 속에 누워 수다 떨던 일이 아주 오래전 일처럼 느껴졌다.

아가씨는 무사할까? 정규 씨랑은 어떻게 됐을까? 내가 대신 윤채령 노릇을 하고 있는 걸 알면 뭐라고 할까? 기분 나빠 할까, 아니면 재미있어할까? 어찌 됐든 내가 돌아갈 때까지 그림자처럼 조용히 지내야 할 텐데 지루한 걸 못 참는 성격에 잘 견딜 수 있을까? 수남은 그 어느 때보다도 채령이 궁금하고 그리웠다.

다음 날 기상나팔 소리가 울리자 귀 밝은 아이들이 먼저 일어나 나머지 대원들을 깨웠다. 추운 곳에서 잔 대원들의 얼굴은 푸르뎅뎅하고 부석부석했다. 이부자리를 정돈한 소녀들은 오늘부터 펼쳐질 일을 상상하며 이야기꽃을 피웠다. 밖이 궁금해진 수남이 문을 열자 찬 기운이 밀려들었다. 다들 수남 뒤로 몰려들어 밖을 내다보았다. 2층짜리나 단층짜리 막사가 첩첩이 서 있고, 부대 뒤로는 조선 산보다 더 높고 험해 보이는 산이 병풍처럼 둘러서 있었다. 부대는 잎이 푸른 침엽수와 빈 가지인 활엽수가 적당히 섞인 산자락에 있었다.

군인들이 아침을 가져왔다. 그들은 소녀들을 힐끔거리느라 국을 흘리고 밥덩이를 떨어뜨렸다. 대원들 또한 자신들이 치료해 줘야 할 데는 없는지 밥 퍼 주고 국 떠 주는 손을 몰래 살폈다. 아침은 조밥에 멀건 된장국과 장아찌가 전부였다. 교육받을 때 정도의 음식을 기대하던 소녀들은 실망하면서도 조 알갱이 하나 남기지 않고 싹싹 긁어 먹었다.

수남은 밥을 먹으면서도 책을 가져간 군무원이 오기만 기다렸다. 드디어 기무라가 나타났다. 수남은 그의 손부터 보았지만 아무것도 들고 있지 않았다. 기무라는 대원들에게 대뜸 일본 이름을 붙여 주기 시작했다. 아키코, 하나코, 미야코, 유키코, 후미코……. 소녀들은 강아지 이름 짓듯 자신들에게 붙여진 일본 이름에 어리둥절했지만 곧 놀리듯 서로의 이름을 부르며 장난쳤다. 수남은 하루코였다. 채령으로 불리는 것에 겨우 익숙해지려는데 다른 이름이라니. 이름이 바뀌면 자작의 딸 역할도 끝날 것 같아 서운했지만 봄을 뜻하는 이름인 건 마음에 들었다. 이름대로 앞으로는 봄 햇살처럼 환한 일만 일어날 것 같았다. 분이는 미야코였다.

"자, 이동한다."

수남의 통역에 대원들이 우르르 몰려 나갔다. 기무라는 그들을 부대 안에 있는 의무실로 데려갔다. 대원들은 드디어 업무를 시작한다는 기쁨으로 들떴다. 기무라가 대기실의 긴 나무 의자에 앉아 있으라고 명령한 뒤 제일 먼저 아키코를 불렀다. 아키코는 자기 이름인 줄도 모르고 있다 다른 아이들이 말해 줘서야 허둥지둥 들어갔다. 수남에게 통역을 시킬 줄 알았는데 기무라 혼자 따라 들어갔다.

잠시 뒤 나온 아키코는 비죽비죽 울음이 터질 것 같은 얼굴이었다. 대원들이 웅성거리며 모여들자 군인이 총부리를 들이대며 제지했다. 기겁해 제자리에 앉은 소녀들은 입을 다문 채 힐끔거리기만 했다. 의무실에 들어갔다 나온 아이들 표정은 모두 아키코 같았다. 분이도 겁나는지 떨며 수남의 옷자락을 부여잡았다. 분이 손을 꼭 잡고 있던 수남은 이름이 불리자 불안한 마음으로 일어섰다.

인체 해부도가 붙어 있는 의무실 안엔 책상과 등받이 없는 동그란 의자, 진찰대로 보이는 간이침대가 있었고 한옆으로는 이동용 칸막이가 서 있었다. 지난밤 잔 곳보다 나을 것 없는 허름하고 허술한 방이었다.

마흔 살쯤 돼 보이는 무표정한 군의 옆에 의무병과 기무라가 서 있었다. 군의는 수남의 얼굴도 보지 않고 이름과 나이를 물었다. 수남이 대답하자 턱짓으로 칸막이 뒤를 가리켰다. 떨리는 목소리로 무얼 하는 거냐고 묻는 수남에게 의사는 검진을 할 거라고 했다. 부상 군인을 치료하기 위해선 간호부들도 검진을 하는 모양이라고 생각하며 수남은 칸막이 뒤로 갔다. 진찰대 중간 양쪽에 걸이가 달려 있었다. 따라온 의무병이 몸뻬와 속옷을 모두 벗고 누워 다리를 걸이에 올려놓으라고 했다. 수남이 놀란 얼굴로 쭈뼛거리자 의무병은 위협적인 말투로 재촉했다. 병원에 가 본 적도, 진찰을 받아 본 적도 없는 수남은 더는 묻지 못한 채 지시를 따랐다.

수남이 할 수 있는 생각은 고작, 진찰은 다 이렇게 하는 건가 보다 하는 것이었다. 그렇더라도 처음 보는 남자 앞에서 속옷을 벗은 채 다리를 벌리고 누워 있는 게 너무 수치스러웠다. 눈을 질끈 감은 수남은 바들바들 떨며 진찰대를 움켜잡았다. 잠시 뒤 기척에 놀라 눈을 뜨니 군의가 진찰대 옆 의자에 앉았다. 그리고 아랫부분에 무언가 차가운 것이 닿았다. 소스라치게 놀란 수남의 몸은 돌덩이처럼 굳었다. 금속성의 기구가 몸속으로 들어와 안을 헤집는 동안 수남은 숨이 턱턱 막히고 오한 든 것처럼 와들와들 떨렸다. 수치스럽고 창피한 마음에 정신을 추스르기 힘들 정도인데 군의는 손등에 난 사마귀 검사하듯 아무렇지 않은 표정이었다.

"성병 없음. 처녀."

의무병이 군의의 말을 서류철에 받아 적었다. 간호부 일을 하는데 왜 이런 진찰이 필요한지 따지고 싶었지만 수남은 아무 말도 못 했다.

진찰을 다 마친 소녀들은 꺼림칙한 기분으로 기무라를 따라 의무실을 나갔다. 그때 군인 하나가 오더니 기무라에게 무어라 말했다.

"어제 책 가지고 있던 사람, 너지?"

기무라가 수남에게 물었다. 수남은 반가워 "하이." 하고 힘차게 대답했다.

"너는 연락병을 따라가고 나머지는 나를 따라온다."

대원들은 무슨 말인지 몰라 가만히 서 있었다.

"저 사람 따라 먼저들 가 있어. 나도 책 찾는 대로 갈게."

수남이 대원들에게 말했다. 분이가 엄마와 떨어지는 아이처럼 불안한 얼굴로 수남을 보았다. 수남은 분이의 어깨를 토닥여 주고는 연락병에게로 갔다. 몇 발자국 걷다 돌아다보니 분이는 대원들 틈에 끼어 종종걸음으로 가고 있었고, 무명 목도리 아이가 외따로 떨어진 채 자신을 쳐다보고 있었다. 수남은 아직도 그 아이의 이름을 몰랐다. 어젯밤이나 오늘 아침 모두 정신이 없어 그 애와 말해 본다는 걸 까먹었다. 그래도 왠지 친근한 느낌이었다. 이따 만나면 꼭 먼저 말을 걸리라 다짐하며 수남은 그 아이에게 빨리 대원들을 쫓아가라고 손짓했다.

연락병은 수남을 막사 중 한 군데로 데려갔다. 높은 사람이 있는 곳 같았다. 수남은 자신이 대표로 업무 지시를 받으

러 온 것이라고 짐작했다. 일을 시작한다고 생각하자 조금
전의 불쾌한 기분이 누그러들며 설레기까지 했다. 그런 수
치스러운 일은 이제 더는 없을 것이다.

방으로 들어가자 안경 쓴 군인이 책상 앞에 앉아 있었다.
차갑고 깔끔한 인상의 그는 군인보다 사무원처럼 보였다.
부대의 총지휘자 모리 소좌였다. 연락병은 소좌에게 경례한
뒤 서류철을 책상 위에 올려놓았다. 검진 내용이 적혀 있을
거라 생각하니 새삼스레 수치심이 몰려와 얼굴이 홧홧했다.
고개를 숙이던 수남은 책상 위에서 자신의 사전과 책을 발
견했다. 반가운 나머지 몸이 저절로 그쪽으로 기울어졌다.
수남을 지켜보던 모리 소좌가 사전을 집어 후루룩 펼쳐 보
며 물었다.

"네 책인가?"

"네."

수남이 큰 목소리로 대답했다.

"이 사전은 어디서 났지?"

"브래들리 부인한테 선물로 받은 것입니다."

"그 사람이 누군가?"

"한동네 살던 영국 부인입니다."

모리 소좌의 얼굴에 호기심이 어렸다.

"영어를 할 줄 아나?"

수남은 소좌가 영어를 시킬까 봐 걱정됐다.

"조, 조금 합니다."

"어떻게 알지?"

서류철에 채령의 인적 사항이 기록돼 있을 것이다. 수남은 갑자기 불안해졌다. 뭔가 의심할 만한 것을 발견한 걸까? 그래서 떠보는 것일까? 가슴이 쿵쾅거리고 다리가 후들거렸다. 본격적인 시험대에 오른 것 같았다. 보퉁이를 안은 팔에 힘을 주며 수남은 언제 어디서나 당당한 채령을 떠올렸다. 나는 자작의 딸이야. 나는 아무 잘못도 없어. 공연히 벌벌 떨 것 없다고. 윤채령이라면 이상하고 불쾌한 진찰에 대해 따지고, 자기 책을 내놓으라고 호령했을걸. 그런 생각을 하자 수남은 배짱이 생겼다.

"브래들리 부인한테서도 배우고 학교에서도 배웠습니다."

"학교라? 고등학교?"

"대학 다니다 왔습니다."

일본 사람처럼 말하는 채령에 비하면 수남의 일본어 실력은 한참 모자랐다. 하지만 앞에 앉은 사람이 그것까지 알 리 없을 것이다.

"그래? 조선에서?"

"아니요. 교토에서요. 교토여전 1학년을 다니다 왔습니다."

수남의 대답에 모리 소좌가 의자 등받이에 기대고 있던 몸을 앞으로 기울였다. 그는 교토 태생이었다.

"호오, 여기는 어떻게 오게 됐지?"

소좌는 노골적으로 관심을 보였다. 채령을 대신해서 온 것은 물론 독립운동에 가담한 조선인과 사귄 죄 때문이라고도 말할 수 없었다. 수남은 환송식에서 낭독한 연설 내용을 그대로 되뇌었다. 천황 폐하, 성전, 신민 등의 단어가 들어간 말들이었다. 소좌의 미간이 접혔다. 거짓말인 줄 알아차렸나? 수남은 심호흡을 했다.

"무슨 일을 하는 줄이나 알고 왔나?"

모리 소좌가 물었다.

"황군여자위문대는 전선에서 부상 군인을 치료하고 위문해 주는 임무를 띠고 왔습니다."

소좌의 입이 비웃는 것처럼 약간 비뚤어졌다.

"간호 교육도 받았습니다. 아직은 서툴지만 하다 보면 차차 실력이 늘 겁니다."

수남은 대원들을 대표하는 마음으로 덧붙였다.

"네 실력이 늘려면 부상병이 계속 생겨야겠군."

소좌가 수남을 뚫어지게 바라보았다.

"그, 그게 아니고⋯⋯."

뜻밖의 말에 당황한 수남은 말을 잇지 못했다.

"이름이 뭔가? 일본 이름들이 있다던데."

수남은 모리 소좌의 눈길이 불안하고 부담스러웠다.

"하루코입니다."

소좌가 서류철을 힐끗 보았다.

"하루코, 너는 네 동료들이 있는 곳으로 가지 않아도 좋다."

수남은 어리둥절한 표정으로 모리 소좌를 바라보았다. 소좌가 책상 위의 종을 들어 한 번 흔들자 아까 그 연락병이 뛰어 들어왔다.

"하루코는 앞으로 관사에서 기거한다. 안내해 주도록."

연락병이 놀란 눈으로 수남을 보았다.

"다른 지시 사항은 내가 일러 줄 테니 관사에 대기시켜 놔."

연락병이 문 쪽으로 돌아섰다. 수남은 책상 위를 바라보았다. 책이 아직 거기 있었다.

"가지고 가라."

소좌가 책을 수남 쪽으로 밀었다. 얼굴이 환해진 수남이 얼른 책을 집어 들고 소좌에게 인사한 뒤 연락병을 따라갔다. 소좌는 수남이 나간 쪽을 바라보다 서류철로 시선을 돌렸다. 새로 들어온 군수품 목록에는 대원들의 일본 이름과 나이, 성병과 처녀성 여부 등이 적혀 있었다. 하루코 이름 옆엔 '일본어 잘함' '책 소지'라고 쓰여 있었다.

일본은 군인들이 점령지 여자들을 강간하거나 납치하는 일이 많아져 문제가 되자 위안소를 설치하기 시작했다. 처음엔 주로 일본의 화류계 여자들이 위안부로 왔는데 성병에 걸린 사람들이 많고 절대적인 수도 부족했다. 그러더니 점차 조선인 위안부 수가 많아졌다. 군인들은 그들이 어떻게 오게 됐는지, 그 일이 여자들에게 어떤 의미인지 관심이 없었다. 적군을 죽이고, 동료가 죽는 모습을 겪고, 자기 또한 언제 죽을지 모를 전쟁터에서 당연히 누려야 할 권리라고 여겼다.

위안소에 여자들이 새로 오는 날은 부대 안이 술렁거렸다. 아직 남자 경험이 없는 대부분의 조선 처녀들은 우선 장교들 차지였다. 그러나 모리 소좌는 위안소를 이용하지 않았다. 말도 못 알아듣고, 군인들을 짐승 취급하며, 목숨 걸고 반항하는 조센징이 불쾌했다. 그는 신징에 있는 요정에 일본 여자 하나를 정해 두고 욕구를 풀러 다녔다. 그에게 위안소 여자들은 군수품 중 하나에 불과했으므로 그들이 병에 걸려 죽든 도망치다 맞아 죽든 상관하지 않았다. 얼마든지 또 데려올 수 있는 여자들보다 총 한 자루 잃는 게 더 아까웠다.

그런 그가 인간 군수품에게 관심을 갖게 된 건 중국 유격 부대의 기습 공격과 철도 파괴 등이 잦아져 부대 밖으로 나갈 여유가 없어서였다. 한시도 마음을 놓을 수 없는 상황에서 부대 총지휘관이 여자 때문에 신징까지 드나드는 건 문제 삼을 만한 일이었다. 그런 차에 보기 드문 이력을 지닌 수남을 보자 구미가 당긴 것이다. 자기 고향인 교토에서 학교를 다니다 왔다니 더 호기심이 생겼다.

수남은 영문도 모른 채 관사에 갇혀 이제나저제나 소좌가 오길 기다렸다. 점심은 연락병이 날라다 주었다. 대원들과 함께 먹은 허술한 아침에 비하면 된장국과 우엉조림, 단무지 무침이 있는 썩 훌륭한 식사였다.

밥을 먹고 일할 거리가 있나 주위를 살펴보았으나 관사 안은 깔끔하게 정리되어 있었다. 문 하나를 열어 보았다가 소좌의 침실임을 알고 깜짝 놀라 닫은 뒤 다른 문은 열어 볼 엄두도 내지 못했다. 수남은 돌려받은 일영 사전을 보며 마음을 가라앉혔다. 수남은 단어 하나라도 더 알고 뜻을 깨치는 게 재미있었다. 사전을 보면 영어와 일어를 동시에 공부할 수 있고 상식도 늘릴 수 있으니 일석이조였다. 자신을 대학생인 줄 알고 있는 소좌에게 실력이 들통나지 않으려면 더 부지런히, 열심히 공부해야 했다.

연락병이 가져다준 저녁을 먹고 난 뒤 밤이 이슥해서야 소좌가 왔다. 수남은 자기도 모르게 그를 반겼다. 왜 자신만 따로 두는지 몰라도 이제 정확한 업무 지시를 받게 될 것이다. 소좌가 자기 방으로 간 사이, 연락병이 수남을 부엌으로 데려갔다. 간단한 취사도구와 그릇이 있는 간이 부엌이었다. 연락병이 찻물 내리는 방법을 설명했다. 소좌는 아침과 잠자리에 들기 전 항상 차를 마신다고 했다. 수남은 일본에서 1년 가까이 생활한 터라 낯설지 않았다. 연락병이 찻상을 마루에 내려놓고 관사를 나갔다.

실내복으로 갈아입은 소좌가 찻상 앞에 앉더니 수남에게 옆으로 오라고 했다. 단둘이 되자 수남은 긴장이 됐다.

"앞으로 네가 할 일을 일러 주겠다. 아침 여섯 시에 차 준비, 그리고 내가 나간 뒤 관사 청소와 빨래다. 당분간 네 식사는 연락병이 가져다줄 것이다. 앞으로 부엌살림이 갖추어지면 식사도 맡아야 한다. 이 안에서는 자유롭게 생활할 수 있지만 관사 울타리 밖으로 나가는 일은 허락 없이 금지, 연락병 외에 부대 내의 누구와도 접촉 금지다."

수남은 예상치 못한 소좌의 말에 어리둥절했다. 전쟁터에 와서 고작 좁은 관사 살림이라니. 교토에서보다 더 쉽고 편한 일이었다.

"저, 여기서 일해도 월급은 받을 수 있는 거죠?"

수남이 걱정스러운 얼굴로 물었다. 소좌가 수남을 바라보더니 피식 웃으며 말했다.

"그건 나중에 너희를 이곳으로 보낸 사람들이 계산해 줄 것이다."

우리를 이곳으로 보낸 사람? 당연히 자작이었다. 나리께선 그런 말씀 없으셨는데. 수남은 이상했지만 소좌에게 다시 확인할 용기가 나지 않았다. 차를 다 마신 뒤 소좌가 일어섰다. 상을 들고 따라 일어서는 수남에게 소좌가 문 하나를 열며 말했다.

"앞으로 이 방을 쓰도록 해라. 책상을 사용해도 좋다."

작은 방에는 책상과 책장이 있었다. 수남은 놀라 소좌의 얼굴과 방을 번갈아 보았다. 책상이라니. 수남은 뛰는 가슴을 누르며 굽신굽신 허리를 숙였다.

소좌가 흡족한 표정을 지었다. 눈앞에 있는 군수품은 인물도 그만하면 괜찮았고, 대학물을 먹었으니 육군사관학교를 나온 자신과 어느 정도 대화가 될 것이다. 꽃을 오래 즐기려면 햇빛도 쏘여 주고 양분도 공급해 주며 가꿔야 하는 것이다. 그는 서둘지 않기로 했다. 성급하게 굴다 상대에게 경계심과 적대감을 심어 주고 싶지 않았다. 사람을 강간범 취급하는 여자는 질색이었다. 아무리 배웠다고 해도 조센징 처지에 이 정도 대우면 감지덕지겠지. 소좌는 자신이 꽤나 양심적인 사람인 것 같아 뿌듯한 마음으로 자리에 들었다.

수남도 작은 다다미방에 누웠다. 소좌 방과 수남의 방 사이에는 부엌이 있었다. 그런데도 수남은 자기 방의 소리가 새어나갈까 봐 조심스러웠고, 소좌 방에서 무슨 소리가 나면 바짝 긴장했다. 나쁜 사람 같지는 않았지만 남자와 단둘이 한 공간에 있는 게 두려웠다. 수남은 조용히 일어나 방문 고리를 소리 나지 않게 잠갔다. 비로소 조금 마음이 놓였다.

수남은 다시 자리에 누웠다. 이부자리에서 약간 퀴퀴한 냄새가 났지만 찬 바람이 숭숭 들어오던 지난밤과는 비교도 할 수 없게 아늑했다. 높게 난 들창으로 달빛이 비쳐 들었다. 수남은 소좌로부터 지시받은 일을 생각했다. 어째서 자신에게만 다른 업무가 맡겨졌는지 알 것 같았다. 자작의 딸을 특별 대우 하는 게 틀림없었다. 형만이 미리 손을 써 놓은 것이다. 월급은 이곳으로 보낸 사람이 줄 거라고 하지 않던가. 수남은 고마움에 가슴이 뭉클했다. 이 먼 곳에서도 형만으로부터 보호받고 있다는 사실에 마음 든든했다.

'아이들도 자리에 들었을까? 다 같이 자겠지. 방은 춥지 않을까? 업무를 시작했을 테니 대우도 달라졌겠지. 그나저나 말이 안 통할 텐데, 통역하는 사람은 따로 있을까?'

따로 지내게 되자 강휘 못지않게 대원들이 생각났다. 분이는 잘 있을까? 가족과 헤어져 남의집살이를 하다 또다시 이 머나먼 곳까지 와 있는 분이는 자신의 처지와 비슷했다. 떨어져 있으니 더 혈육 같았다. 솔직히 수남은 관사 살림 하고 소좌 차 시중이나 드는 것보다 언니처럼 챙겨 주며 대원들과 함께 간호 기술을 배우고 싶었다. 무심결에 다친 강휘를 치료해 주는 장면을 상상하다 수남은 고개를 휘휘 저었다. 무슨 방정맞은 생각이람.

수남은 잠을 청했지만 낮에 한 일이 없어서인지 정신이 더욱 또렷해졌다. 내일부터 업무 시작이다. 크게 할 일이 없는 만큼 영어 공부를 더 열심히 하리라 마음먹었다. 2년 동안 꾸준히 하면 꽤 늘 것이다. 조선글을 아는 것도 신기해하던 강휘가 일본어에 영어까지 하는 자신을 보면 얼마나 놀랄까? 비록 학교를 다닌 적은 없지만 실력이 더 늘면 강휘 곁에서 할 일도 있을 것이다. 밥해 주고 빨래해 주는 것도 좋지만, 일본어나 영어로 강휘를 도울 수 있다면 더 당당할 것 같았다.

너무 벅찬 상상을 하느라 지친 눈꺼풀이 서서히 무거워졌다. 산짐승 울음소리가 아스라이 들려왔다. 까무룩 잠들었던 수남은 누군가 자신을 흔들고 있음을 느꼈다. 눈이 떠지지 않는 걸 보면 꿈인 모양이었다.

"수남아, 일어나. 얼른 도망쳐."

뜻밖에 큰언니 목소리였다. 꿈이 분명한데 모습은 보이지 않고 목소리만 들렸다.

"언니! 언니 맞지? 어떻게 여기까지 왔어?"

꿈이든 뭐든 수남은 큰언니가 다시 찾아와 준 게 반가웠다.

"수남아, 얼른 일어나서 도망쳐."

언니는 대답 대신 같은 말을 되뇌었다.

"안 돼. 내가 도망치면 채령 아가씨가 위험해져. 그리고 위문대 임무 마치고 돌아가면 나리가 돈도 주고 자유도 준댔어. 그럼 우리 집도 도울 수 있고, 도련님을 찾아갈 수도 있어."

큰언니는 둘째 날 밤에도 찾아왔다. 그리고 또 똑같이 도망치라고 말했다. 이번엔 수남의 팔까지 잡아당겼다. 팔의 감촉이 실제인 것처럼 생생했다.

"언니, 난 여기 길도 모르고 돈도 한 푼 없어. 그런데 어떻게 도망을 쳐?"

언니는 여전히 보이지 않았다. 소리로 들리고 몸으로 느껴질 뿐이었다.

"언니, 내 걱정은 마. 전쟁터라니까 불안한 모양인데 여기 되게 편하고 모리 소좌도 아주 점잖아."

수남은 언니를 안심시키려 애썼다.

다음 날 저녁, 관사로 돌아온 소좌는 연락병에게 술상을 보라고 시켰다. 연락병이 나가자 수남더러 옆에 앉으라고 했다. 그러곤 술을 마시며 교토 이야기를 했다. 수남도 채령과 구경 다닌 데가 많아 소좌가 말하는 곳을 웬만큼 알았다. 게다가 교토는 행복한 추억이 많은 곳이었다. 수남은 소좌의 말에 즐거운 마음으로 대꾸했다. 소좌는 기분 좋게 취해 자기 방으로 들어갔다. 수남은 너무 편해 좀이 쑤실 지경이었다.

그날 밤에도 찾아온 언니는 억센 아귀힘으로 수남을 잡아 끌었다. 언니가 저승으로 끌고 갈 것만 같아 수남은 안간힘을 쓰며 버텼다. 언니의 손을 떼어 내느라 용을 쓰다 겨우 깬 수남은 한숨을 토해 냈다. 역시 언니는 사람을 괴롭히는 귀신이었던 걸까. 무당은 아기 낳다 죽은 언니 귀신이 수남을 자기 애로 생각해 들러붙었다고 했다. 귀신을 떼어 내는 방법은 수남이 언니를 모르는 척하는 것뿐이었다. 하지만 수남은 그럴 수 없었다. 언니는 자신을 돌봐 주는 유일한 존재였다. 수남은 처음으로 큰언니가 무서워졌다. 산 사람인 자신과 죽은 사람인 언니와의 경계가 확실하게 느껴졌다. 이제 언니가 나타나면 알은척하지 말아야겠다고 다짐하며 자리에서 일어났다.

방문을 열자 소좌의 코 고는 소리가 들려왔다. 밖으로 나가니 마당에 하얀 달빛이 쏟아지고 있었다.

'도련님도 저 달을 보고 있겠지?'

수남은 마당에 서서 달을 바라보았다. 그때 또 산짐승 울음소리가 들려왔다. 안골 살 때도 밤마다 여우가 울었다. 그러면 할머니의 옛날이야기가 더 실감 났다. 도시에 살면서 잊었던 기억이 떠올라 수남은 귀를 기울였다. 그런데 다시 들으니 짐승이 아니라 여자들 울음소리 같았다. 비명 소리도 섞여 있는 듯했다. 머리가 쭈뼛 선 수남은 관사 안으로 뛰어 들어갔다. 온몸을 파고든 한기가 이불을 뒤집어써도 가시지 않았다.

정말 사람 소리였을까? 누굴까? 부대 안에서 나는 소리라면 대원들의 것일지 몰랐다. 비명은 부상당한 군인들이 질러야 하는데 왜 여자 목소리일까? 아이들한테 무슨 일이 생긴 걸까? 아니면 위문대원들 말고 또 다른 여자들이 있는 걸까? 그럼 그 여자들은 왜 저러는 걸까? 마음이 불안하고 어수선해진 수남은 벌떡 일어나 방 안을 서성거렸다. 내일 당장 소좌에게 부탁해서 대원들을 찾아가 봐야겠다고 생각했다. 어떻게 지내는지 직접 확인해야 마음이 놓일 것 같았다. 수남은 보통이 옷갈피에 넣어 둔 향주머니를 꺼내 손에 쥐고서야 잠이 들었다.

다음 날 아침 소좌가 군인들을 이끌고 작전을 나간다고 했다. 작전이 뭔지는 몰라도 이때가 기회다 싶었다.

"저, 오늘 위문대원들 좀 만나고 와도 될까요? 인사도 제대로 못 하고 헤어져서요."

수남이 소좌에게 조심스레 물었다.

"잠깐 만나고 와도 좋다."

뜻밖에 소좌는 순순히 허락했다. 그리고 연락병에게 무언가를 지시했다. 연락병이 나가며 수남에게 묘한 웃음을 보냈다.

수남은 부랴부랴 청소를 해 놓고 연락병에게 알아 둔 대원들의 숙소를 찾아갔다. 작전을 나가서인지 부대 안엔 여기저기 보초를 선 군인들 말고는 사람들이 보이지 않았다. 부대 정문 쪽에 있는 2층 건물이 대원들의 숙소였다. 수남의 걸음이 빨라졌다. 어서 아이들을 만나 조선말로 그동안 밀린 이야기를 나누고 싶었다. 특히 분이와 필녀, 그리고 무명 목도리 아이가 어떻게 지내는지 궁금했다.

수남은 대원들의 숙소 앞에 다다랐다. 가로로 긴 2층 건물은 크기에 비해 문이 많았다. 그 문들은 비어 있는 집처럼 굳게 닫혀 있었다. 건물 앞에서 기웃거리고 있는데 누군가가 빨래 바구니를 들고 오다 수남을 보곤 멈춰 섰다. 엉거주춤한 모양새가 어딘지 불편해 보였다. 수남은 머리를 단발로 자른 그 아이가 필녀임을 금방 알아차리지 못했다. 먼저 알아본 필녀가 죄라도 지은 듯 주위를 살피며 수남을 이끌고 아래층 방 하나로 들어갔다. 활달해서 분위기를 띄우는 데 앞장섰던 모습과 많이 달랐다.

밖에 있다 어두컴컴한 방에 들어가자 수남은 아무것도 보이지 않았다.

"그동안 잘 지냈어? 이제 와서 미안해. 다른 애들은 어디 있어? 업무 시작했어? 근데 너 어디 아픈 거야?"

수남은 어둠 속에서 질문을 해 댔다.

"언니. 참말 암것도 모릅니꺼?"

필녀가 퉁명스레 말하며 벽 위쪽의 천을 걷자 손수건만 한 창이 나타났다. 그 창으로 들어온 빛이 방 안을 어슴푸레

비쳤다. 두 사람 눕기도 빠듯할 만큼 좁은 방엔 나무 침상과 작은 궤짝, 양동이 하나가 전부였다. 대원들에게 이런 독방 하나씩을 주는 모양이었다.

"뭘 몰라? 너희도 일 시작했다며."

수남은 방을 둘러보며 대꾸했다.

갑자기 필녀가 침상 위에 철퍼덕 주저앉더니 꺽꺽거리며 울기 시작했다. 수남은 깜짝 놀라 옆에 앉았다.

"왜 그래? 무슨 일 있어?"

"언니, 우리 속았습니더. 간호부 시키 준다는 거 말짱 거짓말입니더."

"그게 무슨 소리야?"

수남의 목소리가 떨렸다.

"왜놈 노리개로 끌리온 깁니더."

그 뒤 필녀가 들려준 이야기는 차마 믿기 어려운 내용이었다. 수남이 와 있는 건물은 위안소였다. 대원들은 첫날부터 군인을 스무 명도 넘게 받았다고 했다. 그 뒤로도 마찬가지였다. 수남은 진찰받을 때의 불쾌했던 기분이 떠올라 부르르 몸을 떨었다. 아이들이 겪은 일은 상상조차 힘들었다.

"짐승이 따로 없십니더. 피가 철철 나는데도 막무가내로 달기드는 깁니더. 말 안 들으면 두들기 패민서 말입니더. 지옥이 여깁니더. 분이는 기절했다 카데예. 이제 막 초경 시작한 어린 아를……. 시상천지에 이런 일이 우째 있을 수 있습니꺼?"

필녀는 새삼 분노에 찬 기색으로 몸을 떨며 말했다. 수남은 필녀보다 더 심하게 떨고 있었다.

"부, 분이는 지금 어디 있어? 어느 방이야?"

수남이 간신히 물었다.

"젤 끝방이라예. 여럿이 떠들다간 무슨 치도곤을 당할지 모르니까 조용히 혼자 가 보이소. 서로 말도 못 하게 합니더. 언니, 분이 보고 나서 꼭 지 방에 다시 와 주이소. 뭔 수를 써야지 이대로는 안 됩니더."

필녀는 수남 다음으로 나이가 많았다. 대원들 중 제일 연장자가 되자 필녀 역시 책임감을 느끼는 모양이었다.

필녀의 방을 나온 수남은 저승에서 빠져나온 기분이었다. 눈앞의 세상이 달라 보였다. 겨우 분이 방 앞까지 간 수남은 방문을 열기가, 분이를 만나기가 두려웠다. 간신히 문을 두드렸지만 안에선 아무런 기척이 없었다. 수남은 가슴이 철렁 내려앉아 얼른 문을 열었다. 무덤 속 같은 컴컴한 방 침상 위에 이불을 뒤집어쓴 채 웅크린 분이 모습이 어슴푸레 보였다. 방으로 들어가 문을 닫자 아무것도 보이지 않았다. 수남이 창문을 가린 천 조각을 걷자 필녀의 방과 똑같은 구조가 드러났다. 수남이 다가가자 분이가 신음 같은 비명을 질렀다. 일본군인 줄 아는 모양이었다. 수남이 분이 옆에 앉으며 말했다.

"분이야, 나야."

분이의 신음과 움직임이 멈췄다. 수남이 등을 쓰다듬어

주자 몸을 일으킨 분이가 멍한 표정으로 바라보았다. 며칠 새 거죽만 남은 사람처럼 변해 있었다. 수남은 목이 멨다.

"세상에, 어떻게 이런 일이. 어떻게……."

수남은 말을 잇지 못한 채 분이를 끌어안았다. 작은 새처럼 바들바들 떨던 분이가 툭툭, 눈물을 떨구었다. 수남은 같이 우는 일밖에 할 게 없었다. 한참을 울고 난 분이는 기력을 찾은 듯 그동안 있었던 일을 숨도 쉬지 않고 쏟아 놓았다. 그리고 일러바치듯 자기 몸에 난 멍 자국과 상처들을 보여 주었다. 가시지 않는 충격과 더해 가는 분노로 수남의 온몸은 불붙은 것처럼 뜨거워졌다. 당장 뛰어나가 분이와 대원들을 짓밟은 군인 놈들의 멱을 따고 싶었다. 놈들의 대장인 모리를 요절내고 싶었다.

"이젠 몸을 베리 삐릿으니 고향으로 갈 수도 없고 우짭니꺼. 돈 벌고 기술 배워가 집안 일으키고, 동생들 공부시킬라 캤는데 이제 무슨 낯으로 간다 말입니꺼. 식구들을 우째 본단 말입니꺼. 먼저 온 여자들 중에는 성병 걸리가 독한 주사 맞다 반병신 되고, 왜놈 아를 밴 사람도 있다 캅니더. 우리도 그짝 나면 우짭니꺼? 우리한테 우째 이런 일이 일어난 긴지 언니가 말 좀 해 보이소. 언니는 공부 마이 한 사람 아닙니꺼."

수남은 대답을 바라는 그 눈을 마주 볼 수 없었다.

"언니 아부지는 조선서 아주 높은 사람이지요? 혹시 언니 아부지가 우리를 일로 보낸 깁니꺼?"

대원들에게 어떤 일이 일어났는지 알게 된 순간부터 떠오른 생각이었다. 설마 하며 지웠던 얼굴이고, 필녀나 분이 입에서 나올까 봐 두려웠던 이름이었다. 자작 나리는 이곳이 어떤 덴 줄 알고 있었던 걸까? 알고서도 우리를 보낸 걸까? 그래서 나만 소좌 관사로 빼돌린 걸까? 수남도 묻고 싶었다.

"언니 아부지한테 연락해서 우리 좀 구해 달라 해 주이소, 야?"

분이가 수남을 잡고 흔들었다. 수남의 몸이 허깨비처럼 이리저리 흔들렸다. 분이의 손이 순간 멈추었다.

"그런데 언니, 왜놈 대장하고 살림 차렸다는 기 참말입니꺼? 아이지예?"

분이가 수남을 보았다. 아니기를 간절히 바라는 눈빛이었다.

"뭐? 누가 그런 소릴 해? 내가 일본말 할 줄 아니까 관사 청소하고 빨래하면서 있는 거야. 오늘 밤 소좌 오면 따질 거야. 당장 대원들한테 원래 약속했던 일을 시켜 주든지 아니면 집으로 돌려보내 달라고 할 거야."

수남은 결연한 어조로 말했다.

"참말이지요? 다른 언니들이 대장하고 살림 차렸다 캤을 때도 지는 안 믿었심더. 언니는 그럴 분이 아이라고 말입니더."

신뢰로 가득한 분이의 눈빛을 보며 수남은 각오를 다졌다.

"조금만 참아. 오늘 저녁 작전 갔다 오면 당장 소좌한테 따질 테니까."

갑자기 분이의 얼굴이 울상이 됐다.

"전부터 있던 언니들이 그카는데 작전 갔다 오면 군인들이 반미치광이가 된다 캅니다. 여서 더하면 우찌 되는지 너무 무섭십니더. 계속 이러고 사느니 차라리 죽는 기 낫십니더. 언니가 대장한테 말 좀 해 주이소. 언니 아부지한테도 말해가 제발 우리 좀 살려 주이소."

분이가 믿을 사람은 수남밖에 없다는 듯 팔을 잡고 흔들었다. 도망치라며 큰언니가 팔을 잡고 흔들던 느낌이 선명했다. 수남은 온몸에 소름이 돋았다.

"알았어. 당장 가서 아버지한테 편지 쓰고, 소좌한테도 따질게."

수남은 마음이 급했다. 모리가 오기 전에 자작에게 편지를 써야 했다. 그리고 소좌에게 할 말도 준비해야 했다. 말도 제대로 못 하고 버벅거리면 낭패였다.

"언니만 믿겠습니더. 다른 언니들한테도 기운 내자고 할게예. 지도 기운 채리고 기다리고 있겠습니더."

분이 얼굴에 희망의 빛이 번졌다. 수남은 다짐이 담긴 손길로 등을 토닥였다.

분이의 방을 나온 수남은 필녀 방 쪽을 바라보았다. 꼭 들르라고 했지만 가 봤자 신세 한탄이나 분노밖에 나눌 게 없었다. 대원들을 지옥에서 구해 내기 위해선 자작이나 소좌의 힘이 필요했다. 수남은 관사 쪽으로 걸음을 옮겼다.

수남은 대원들 만날 생각에 들떠 한달음에 달려왔던 길을 한없이 무거운 마음으로 되짚어갔다. 낮에는 관사 보초가 없었다. 당장 자작에게 편지를 쓰기 위해 방으로 들어간 수남은 책상 위에 놓인 보자기로 싼 물건을 보았다. 수남은 의아해하며 보퉁이 위에 놓인 종이쪽을 집어 들었다.

'깨끗이 단장하고 기다릴 것. 소좌님 명.'

수남은 왠지 모를 불안함에 휩싸여 보자기를 끌렀다. 기모노와 비누, 그리고 화장품이 있었다. 수남은 의자 위에 털썩 주저앉았다. 불안함이 공포로 바뀌었다. 외출을 허락한 소좌가 한 말이 떠올랐다.

"대원인지 뭔지를 보고 오면 네 처지가 더욱 감사할 것이다. 오늘은 특별한 날이 될 테니 준비하고 있어라."

분이와 아이들 만날 기쁨에 들뜬 수남은 소좌의 말을 대원들과 만나는 특별한 날이라고 받아들였다. 하지만 그게 아니었다. 기모노와 비누, 화장품은 앞으로 관사에서 할 일이 청소나 빨래가 다가 아니라는 의미였다. 수남에게 맡겨진 일도 다른 대원들과 마찬가지 역할인 것이다. 필녀와 분이한테서 들은 이야기가 지옥 속 풍경처럼 펼쳐졌다.

수남은 하얗게 질렸다. 상대가 한 사람이고 높은 사람이라고 해서 다른 게 아니었다. 도망치라던 큰언니의 목소리가 또다시 들려왔다. 수남은 벌떡 일어섰다. 그래, 도망쳐야 해. 수남은 갈팡질팡하며 겨우 보따리를 싸서 관사를 빠져나왔다. 호랑이한테 쫓기는 꿈을 꿀 때처럼 다리가 헛놓이기만 할 뿐 나아가지 않았다. 그리고 뒤꼭지가 당겼다. 위안소가 있는 쪽이었다.

자신만 믿고 기다리겠다는 분이가 거기에 있었다. 분이만이라도 데리고 갈까? 수남은 황급히 고개를 저었다. 그쪽은 경비 초소가 있는 정문이라 도망도 못 가 보고 바로 붙잡힐 것이다. 그보다 먼저 방마다 뻗어 나온 대원들 손이 발목을 휘감을 것 같았다. 어느 쪽이든 꼼짝없이 그들과 같은 신세가 될 것이다. 분이의 얼굴을 떨쳐 버리고자 애쓰며 수남은 위안소와는 반대편 산 쪽으로 갔다.

수남은 관사에서 가장 가까운 철조망 틈새로 빠져나갔다. 망루나 철조망 쪽에서 경계를 서는 군인들까지 신경 쓸 겨를이 없었다. 산으로 들어서자 가랑잎 밟히는 소리가 천지를 울리는 것 같았다. 가랑잎 사이에 눈과 얼음이 엉겨 붙어 있어 바닥은 차갑고 미끄러웠다. 어디선가 산짐승이 튀어나올 것 같았지만 지금은 사람이 더 무서웠다. 수남은 정신없이 등성이 쪽으로 올라갔다.

숲 냄새가 오래전 기억을 불러왔다. 고향 뒷산은 수남의 놀이터였다. 수남은 큰언니와 함께 산골짜기를 뛰어다니며 놀았다. 그때 산은 엄마처럼 수남을 안아 주고 먹을 것을 주었다. 이번에도 그럴 것 같았다. 냄새를 양껏 들이마시자 겁은 줄어들고 기운이 솟았다. 관목을 헤치며 달리는 동안 몸이 뜨거워지고 가벼워졌다.

한참을 달리자 부대가 시야에서 완전히 사라졌다. 멀리

도망친 것 같아 마음이 조금 놓였다. 가쁜 숨을 몰아쉬며 걸음을 늦추던 수남은 뒤에서 들려오는 소리에 깜짝 놀라 돌아다보았다. 병사 두 명이 쫓아오고 있었다. 하나는 관사 보초였다. 수남은 눈앞이 캄캄해졌다. 곧바로 기모노를 입고 모리에게 짓밟히는 모습이 떠올랐다.

수남은 숨이 가쁘다 못해 심장이 아플 때까지 뛰고 또 뛰었다. 수북이 쌓인 낙엽과 그 속에 숨어 있는 얼음판이 앞으로 나아가는 것을 방해했다. 결국 무엇엔가 걸려 넘어지고 말았다. 가까이 온 군인들은 사냥개가 다 잡은 동물을 희롱하듯 킬킬거리며 수남을 내려다보았다. 수남은 그제야 다른 병사들에게 알리지 않고 조용히 따라온 그들의 속셈을 알아차렸다. 일부러 부대 망루에서 안 보이는 곳까지 도망치게 놔둔 것이다.

관사 보초가 허리춤을 풀며 다가왔다.

"저리 가지 못해! 모리 소좌가 용서하지 않을 거야."

수남은 부들부들 떨면서도 힘을 다해 소리쳤다. 지금 기댈 곳은 소좌의 권력뿐이었다.

"무슨 소릴 하는 거야. 도망친 네년이야말로 용서받지 못할 거다."

보초가 능글맞게 웃으며 말했다.

"쓸데없는 소리 말고 빨리 끝내. 나도 급하다고."

다른 한 놈이 재촉했다. 수남은 손에 잡히는 대로 보초에게 던졌지만 아무런 위협도 되지 않는 나무뿌리나 가랑잎 따위였다. 게다가 켜켜이 쌓인 가랑잎들에 몸이 더 깊이 묻혀 움직이기도 힘들었다. 보초가 덮치는 순간 수남과 놈의 입에서 동시에 비명이 터져 나왔다. 보초는 바지가 흘러내린 채 수남에게서 떨어져 나뒹굴었다. 뒤통수에서 피가 흐르고 있었다. 누구야, 외치던 다른 군인도 똑같이 비명을 지르며 쓰러졌다.

허겁지겁 일어나던 수남은 깜짝 놀랐다. 무명 목도리 아이가 눈앞에 서 있었다. 그 애가 달려와 수남의 손을 잡아끌었다.

"얼른 도망치자, 수남아!"

큰언니 목소리였다.

"언니? 큰언니 맞지? 언니!"

수남은 울음을 터뜨렸다. 언니는 열다섯 살에 죽었다. 그래서 저보다 작아진 큰언니를 몰라봤던 것이다. 수남이 세상에 나올 수 있도록 도와준 언니가 또 한 번 목숨을 구해 주었다.

둘은 손을 맞잡고 달리기 시작했다. 어릴 때처럼 바람에서 언니의 숨결이 느껴졌다. 수남은 일곱 살로 돌아가 늑대 새끼처럼 달렸다. 뒤에서 총소리가 들려왔다. 그중 한 발이 수남을 맞혔다.

샌프란시스코

앤젤섬에서 나올 때도 파도는 거칠었다. 배에서 준페이는 턱이 아프도록 어금니를 물었다. 채령을 감옥 같은 섬에 두고 혼자 나오다니. 처음 본 순간 사랑에 빠졌고 드디어 아내가 된 여자를 지옥 같은 곳에 남겨 두다니. 준페이의 심정은 아프고 쓰라렸다. 그나마 가방이 무사한 게 다행이었다.

준페이가 무사히 샌프란시스코에 발을 디딜 수 있었던 건 지로의 공이었다. 그는 조카가 앤젤섬에서 조사받는 것을 알고 백방으로 손을 썼다. 준페이는 18년 만에 만나는 삼촌을 붙잡고 인사 대신 엉엉 울며 아내를 구해 달라고 애원했다. 마흔이 넘은 지로는 준페이가 기억하는 아버지와 할아버지를 반반씩 닮아 있었다. 그 모습을 보자 준페이는 갑자기 어린아이가 된 듯 그동안 억누르기만 했던 모든 감정이 폭발했다.

"뭐야, 준페이. 사내답지 못하게 첫인사가 우는 거라니. 이래서야 지로의 조카라고 할 수 있나. 이제 걱정 마라. 삼촌이 모두 해결해 줄 테니 일단 집으로 가자."

지로는 어색해진 일본어로, 그러나 어제 헤어진 사람처럼 스스럼없이 말하며 준페이의 어깨를 끌어안았다. 이제 살았다 싶은 마음으로 준페이는 지로의 차에 올라탔다. 자동차까지 있는 걸 보면 삼촌의 큰소리가 허튼소리만은 아닐 것이다. 한시가 급한 준페이의 마음과 달리 차들이 뒤엉켜 길이 계속 막혔다. 수많은 자동차의 행렬을 보자 준페이는 차를 성공의 척도로 삼았던 자기 생각이 의심스러워졌다. 여기선 자동차가 특별하거나 대단한 것이 아닐지도 몰랐다. 그는 불안한 심정으로 차창 밖을 두리번거렸다. 거리엔 높은 건물들이 즐비했고 사람들로 북적거렸다.

"여기도 30년 전쯤 큰 지진이 나서 쑥대밭이 됐었다더라. 사실인지 아닌지 몰라도 저 언덕들이 지진 때문에 생긴 거래. 샌프란시스코에는 망할 놈의 언덕이 정말 많아."

지로가 투덜거렸다. 차는 부릉거리며 가파른 언덕을 오르고 있었다. 준페이에겐 앞으로 이곳에 살면서 넘어야 할 삶의 언덕들로 보였다.

"지금 봐선 지진 났었다는 게 믿어지지 않지? 내가 왔을 때도 벌써 재건이 끝난 상태였어."

"요코하마도 마찬가지예요. 언제 지진이 났었나 싶더라고요."

"바로 그거야. 간토에 지진이 났을 때 당장이라도 달려가고 싶었지. 날마다 바닷가에 가서 일본 쪽을 바라보곤 했어. 요코하마도 여기 사람들처럼 잘 이겨 낼 거라고 애써 좋게 생각했다. 무슨 일이 벌어졌는 줄도 모르고 말이야. 준페이, 네가 와서 얼마나 좋은지 모르겠다. 너는 내 아들이나 마찬가지야. 네 아내도 반드시 꺼내 주마. 여기서 테라오 집안을 다시 한 번 일으켜 보자꾸나."

지로가 의욕에 찬 목소리로 말했다. 준페이가 할 수 있는 일은 삼촌을 믿는 것뿐이었다.

도심을 빠져나간 차는 얼마 뒤 길에 쓰레기가 굴러다니는 지저분한 동네로 들어섰다. 집이고 사람이고 모든 게 꾀죄죄했다. 사람들 생김새로 보아 재팬타운은 아니었다. 지로가 삼층집 앞에서 차를 멈추었다. 준페이는 주위를 두리번거리며 차에서 내렸다.

문을 열자 좁고 가파른 계단이 나타났다. 지로가 가방을 하나 들고 앞장서 올라갔다. 준페이도 나머지 가방을 들고 그 뒤를 따랐다. 밟을 때마다 계단이 삐걱거렸다. 3층 건물이 모두 삼촌 집인 줄 알았는데 여러 세대가 살고 있었다. 2층에 있는 문들 가운데 한 곳의 초인종을 누르자 바로 문이 열렸다. 얼굴이 가무잡잡하고 쌍꺼풀 진 눈이 커다란 여자아이가 서 있었다. 그 뒤로 낮인데도 어둑한 실내가 보였다.

"자, 자, 마리나. 들어가서 소개해 주마."

지로가 마리나라는 아이를 안으로 몰며 들어섰다. 방으로 보이는 곳들은 문이 닫혀 있었고 트인 공간은 부엌뿐이었다. 식탁과 작은 조리대, 개수대가 있는 부엌 한옆에 둘이 앉으면 꽉 찰 듯한 소파가 있었다. 그게 거실이었다. 집은 한눈에도 넷이 쓰기에 옹색해 보였다. 선반 위의 라디오가 제일 비싼 물건으로 보일 만큼 살림살이는 초라했다. 낡고 더러운 카펫이 깔린 부엌 겸 거실은 아사마호의 객실만도 못했다. 잔뜩 찌푸린 채령의 얼굴이 떠올랐다.

지로가 준페이의 마음을 아는지 모르는지 쾌활한 목소리로 마리나를 소개했다.

"자, 여긴 내 딸 마리나야. 열한 살이고. 마리나, 이 사람은 아빠가 말한 조카란다. 너와는 사촌이지. 준페이라고 부르면 돼."

마리나가 수줍은 기색으로 머리카락을 꼬았다. 아이는 삼촌을 닮은 데는 물론 일본 사람 피가 섞인 느낌도 없었다. 준페이는 마리나에게 어정쩡한 눈인사를 건넨 뒤 자신이 숙모라고 불러야 할 마리나 엄마를 찾아 두리번거렸다. 숙모는 사진으로만 남아 있었다. 마리나를 부풀려 놓은 듯한 얼굴은 그다지 예쁘지 않았다. 삼촌은 열 몇 살 때부터 요코하마 처녀들의 마음을 후리고 다니던 바람둥이였다. 웬만한 미모에는 코웃음 치던 삼촌이 누구나 다시 쳐다볼 만한 일본 미인이나 푸른 눈의 금발 미녀와 결혼했을 줄 알았던 준페이는 실망했다. 그리고 아름다운 채령이 자신의 아내라는 사실이 새삼스레 뿌듯했다.

"욕실과 가까운 방으로 주려고 마리나 방과 바꿨다. 너흰 신혼 아니냐."

지로가 방문 하나를 열며 말했다. 제일 먼저 둘이 누우면 저절로 달라붙게 될 침대가 눈에 들어왔다.

"침대는 나와 아빌라가 쓰던 거다. 좀 좁지만 신혼부부에게는 제격이겠지? 시트는 새로 갈아 끼웠다."

안으로 들어간 삼촌이 침대를 탕탕 치며 너스레를 떨었다. 준페이는 소심한 동작으로 침대 끝에 걸터앉아 방 안을 둘러보았다. 방엔 침대와 붙박이 옷장과 작은 화장대가 놓여 있었다. 자세히 보니 벽을 새로 칠한 듯 바닥에 하늘색 페인트가 떨어져 있었다. 전체적으로 낡은 분위기에 비해 그나마 산뜻한 느낌을 주었다. 준페이는 삼촌이 자신에게 신경 써 준 사실에 감동받았다. 창문이 시늉뿐인 게 마음에 걸렸지만 하는 수 없었다. 준페이는 아까부터 궁금했던 숙모 이야기를 물었다.

"재작년에 사고로 세상을 떠났다. 내 인생에 여자는 더 이상 없어. 여기 와서 여러 여자를 만났지만 날 남자답게 살게 해 준 사람은 아빌라뿐이었지."

준페이와 만난 뒤 계속 너스레를 떨던 지로가 담담한 목소리로 말했다.

"삼촌 많이 힘드셨겠어요."

준페이는 삼촌이 무슨 말을 하는지 알 수 있었다. 채령도 자신에게 그런 존재였다. 준페이는 다시 마음이 급해졌다. 그런 사람과 영원히 헤어질 수도 있는 상황이 벌어졌다. 이렇게 앉아 있을 시간이 없었다.

"추방당하기 전에 어서 히카리를 빼내야 해요."

"네 아내를 빼내려면 돈이 필요해. 여기저기 말해 두었으니까 며칠 새 마련될 거야. 그동안만 좀 참으려무나."

지로가 난감한 기색으로 말했다.

"돈이라면 여기 있어요."

준페이가 허둥지둥 가방 바닥을 뜯어 감쪽같이 숨겨 둔 금덩이를 꺼냈다. 그게 무엇인지 알아차린 지로의 얼굴이 환해졌다.

"장인이 아내를 위해서 쓰라고 주신 거예요. 히카리는 교토에서 대학을 다니다 왔는데 여기서도 계속 공부하게 해 주고 싶어요. 하지만 사람을 빼내 오는 게 우선이니까 이걸 가져가세요."

지로가 금덩이를 집어 들어 이리저리 살폈다. 이로 깨물어 보기도 했다.

"순금이로구나. 이거면 돼. 기다리고 있어라."

지로는 그 길로 집을 뛰쳐나갔다. 준페이도 따라가고 싶었지만 지로는 혼자 가 버렸다.

준페이는 사촌 마리나와 둘만 남았다. 마리나가 콜라와 쿠키가 차려진 식탁을 가리켰다. 준페이는 채령이 무사히 앤젤섬에서 나올 때까지 물 한 모금 마시고 싶지 않았지만 마리나의 성의를 무시할 수 없어 식탁에 앉았다. 마리나도 맞은편에 앉았다. 콜라를 입에 대는 순간 준페이는 자기도 모르게 벌컥벌컥 다 마셨다. 막혔던 가슴이 뚫리듯 꺼억 하고 트림이 나왔다. 민망해진 준페이가 얼굴을 붉혔다.

"더 줄까요?"

마리나의 말을 시작으로 둘 사이에 말문이 터졌다. 준페이는 대화를 시작하기 전 영어를 잘 못하니 이해해 달라는 말부터 했다.

"그만하면 훌륭하니 걱정 마세요. 앞으론 더 잘하게 될 거예요."

마리나의 아이답지 않은 칭찬과 격려에 준페이는 웃음이 나왔다. 그렇게라도 웃으니 마음도 한결 편했다. 마리나는 수줍어하던 처음과 달리 한 마디를 물으면 다섯 마디, 열 마디로 대답하는 수다스러운 아이였다. 덕분에 준페이는 많은 것을 알 수 있었다.

마리나 엄마 아빌라는 멕시코 출신이었다. 지로와 함께 운영하던 멕시칸 식당은 아빌라가 강도의 총에 맞아 세상을 떠나며 문을 닫았다고 했다. 요즘엔 지로가 무슨 일을 하는지 마리나도 알지 못했다. 집세는 몇 달이나 밀린 상태였고 오늘 끌고 나왔던 차도 빌린 것이었다. 준페이는 앞으로의 생활이 걱정스러워졌다.

"그래도 아빠는 날 굶기거나 학교에 안 보낸 적은 없어요.

친아빠처럼 때리지도 않고요."

마리나가 웃으며 말했다.

"친아빠가 있어?"

삼촌과 조금도 닮지 않아 그러리라고 짐작은 하고 있었다. 애 딸린 여자하고 결혼하다니. 못마땅하면서도 한편으로는 평범함하고는 거리가 먼 삼촌과 어울리는 것 같기도 했다.

"여덟 살 때까지 친아빠와 살았어요. 친아빠가 죽은 다음 할머니와 살았는데 엄마가 데리러 왔어요. 지로는 정말 친절해요."

마리나는 엄마가 죽은 뒤 지로가 자기를 할머니 집에 보내려고 했지만 가지 않겠다고 고집을 부렸다고 했다.

"가 봤자 두들겨 맞으며 집안일하고, 구걸하러 거리로 내쫓길 게 뻔하니까요."

준페이는 아무렇지 않게 그런 말을 하는 마리나가 측은했다. 한편으로 가슴속에 품었던 미국의 환상에 조금씩 금이 가기 시작했다. 저녁 식사 시간까지 준페이는 짐 정리를 했다. 채령이 작은 방과 하나뿐인 침대를 보고 뭐라고 할지 걱정이 되면서도 진짜 부부로서의 삶이 시작되는 것 같아 설렜다.

저녁때가 돼도 지로는 돌아오지 않았다. 준페이는 마리나가 차려 준 저녁을 먹었다. 아이는 살림에 능숙했다. 마리나 덕분에 채령이 좀 편하게 지낼 수 있을 것 같으니 다행이었

다. 밤이 깊어졌다. 마리나는 자러 들어가고, 준페이는 알아
듣지도 못하는 라디오를 켜 놓은 채 거실 소파에 앉아 있었
다. 밖에서 술 취한 사람들이 떠드는 소리가 들려왔다.

준페이는 지로에게 금을 몽땅 내준 걸 후회했다. 채령을
구해 낼 금으로 삼촌이 딴짓을 하고 있을 것 같아 속이 탔다.
지로가 할아버지의 우키요에를 훔쳐 갔던 것에서부터 잊었
던 기억들까지 줄줄이 떠올랐다. 지로는 더할 나위 없이 재
밌고 친절한 삼촌이었지만 그다지 좋은 사람은 아니었던 것
같다. 할아버지에게나 아버지에게 지로가 빌린 돈을 받으러
오는 사람들도 있었다. 이곳에서 평판이 안 좋다는 말도 사
실일 것 같았다. 일본 사람이면서 재팬타운이 아닌 다른 동
네에 사는 것만 봐도 그렇다.

'금을 다 가져가도 좋아요. 제발 그 사람만은 꺼내 주세요.
안 그러면 삼촌과 영원히 절연할 거예요.'

소식 없는 지로에게 욕했다 매달렸다 하며 뜬눈으로 밤을
새운 준페이는 새벽녘에야 소파에 쓰러져 잠이 들었다. 깜
짝 놀라 일어나니 벌써 아침이었다. 식탁 위에는 잼 바른 빵
과 맛있게 먹으라는 쪽지가 열쇠와 함께 놓여 있었다. 마리
나가 부엌에서 음식을 만드는 것도, 학교에 가는 것도 알지
못할 만큼 깊이 잠들었던 모양이다.

준페이는 기운을 차리기 위해 퍽퍽한 빵을 억지로 베어
물었다. 그래도 아침이 되자 지난밤의 지옥 같던 마음이 조
금 가라앉으며 지로를 믿어 보자는 쪽으로 바뀌었다. 친자

식도 아닌 마리나를 데리고 있는 걸 보면 삼촌은 나쁜 사람이 아니다. 그렇더라도 걱정이 한두 가지가 아니었다. 마리나 말대로라면 삼촌은 직장이 없는 게 분명했다. 당연히 돈도 없을 것이다. 채령이 와도 당장 먹고살 일이 걱정이었다. 준페이에겐 얼마간의 돈이 있었다. 배표를 사고 남은 돈이었다. 어제 미처 생각하지 못해 지로에게 금만 내준 게 얼마나 다행인지. 하지만 그 돈으로 며칠이나 버틸 수 있을지 의문이었다.

준페이는 또다시 불안해지기 시작했다. 불안한 생각이 불행을 불러오는 거야. 준페이는 마음을 다독거렸다. 다시 생각해 봐. 잘 곳이 있고 이곳 사정을 잘 아는 삼촌이 있는 게 얼마나 다행이야. 그리고 배에서 받은 명함이나 연락처가 있잖아. 당장은 갖고 있는 돈으로 버티면서 일자리를 찾아 보자. 삼촌은 반드시 히카리를 구해 올 거야.

그러나 일자리를 주겠다고 했던 미국인들을 찾아가기에는 영어 실력이 너무 부족했다. 준페이는 이민국을 거치며 그 사실을 절실하게 깨달았다. 같은 일본 사람도 생면부지의 사람은 써 주지 않을 것 같았다. 준페이는 배에서 만난 사사키를 찾아가 소개장을 부탁하기로 했다. 전차를 잘못 타기도 하고 길을 헤매기도 하며 겨우 재팬타운에 도착한 준페이는 거리를 다니는 일본 사람들과 간판에 적힌 일본 글자를 보자 가슴이 뭉클했다.

사사키는 준페이를 반갑게 맞아 주었다. 준페이는 자신의 사정을 대강 설명한 뒤 소개장을 부탁했다.

"전에 하던 일을 계속하리라는 기대는 접어야 하네. 우리 호텔의 야간 벨 보이가 갑자기 그만두었는데 우선 그 일이라도 해 보겠나?"

사사키가 물었다. 준페이는 이것저것 가릴 처지도 아니었지만 근무 시간이 밤 10시부터 다음 날 아침 6시까지라는 게 무엇보다 마음에 들었다. 방에 침대가 하나뿐인 문제도 해결할 수 있고 낮에 다른 일을 할 수도 있었다. 사사키는 낮에 할 일도 주었다. 호텔 식당 설거지 자리였다. 처음 이민 와서 고생하던 때가 떠오른다며 준페이를 돕고 싶어 했다. 자기네 호텔에서 일하면서 영어 실력을 키운 다음 회계 자리를 뽑는 데가 있으면 소개해 주겠다고까지 했다. 준페이는 일이 잘 풀리자 앞날의 좋은 징조로 여겼다.

채령도 앤젤섬에서 풀려났다. 샌프란시스코항에 도착한 지 열흘 만이었다. 채령을 꺼내는 데는 금덩이 하나로 충분했다. 지로는 나머지 두 개로 빚을 갚고, 밀린 집세를 내고, 도박을 하다 돈을 다 날렸다. 준페이는 채령이 나온 것으로 만족해 금덩이의 사용처는 따지지 않았다.

지로는 또다시 빌린 차를 운전하며 뒷좌석의 채령을 살펴보았다. 채령은 준페이한테서 받은 꽃다발을—지로가 준페이에게 사도록 일렀다—옆자리에 내려놓은 채 밖을 내다보고 있었다. 지로는 거만해 보이는 조카며느리가 그다지 마음에 들지 않았다.

채령은 번화한 차창 밖을 보며 수용소를 떠올리고 있었다. 산과 아름다운 바다가 있는 곳이었지만 그곳에 갇힌 사람들에겐 감옥이나 다를 바 없었다. 너른 방에 3층으로 된 침대가 다닥다닥 붙어 있었다. 3층에 누우면 어지러웠고, 아래층에 누우면 위층 침대가 내리누르는 것처럼 답답했다. 그마저도 움직일 때마다 소리가 나 신경을 긁었다. 이불은 냄새나고 꿉꿉해서 몸에 닿는 것조차 싫었다. 화장실과 세면장은 당연히 공동이었고, 식사 또한 허술하기 짝이 없었다. 가회동 저택의 하인들도 그보다 나은 대접을 받을 것이다.

채령은 말이 통하지 않는 중국인은 물론 일본인들과도 떨어져 혼자 지냈다. 수용소에는 가족의 초청으로 왔다 조사받는 일본인과 중국인이 대부분이었다. 하인만도 못한 굴욕적인 대우를 받다가 쫓겨날 거라고 생각하면 분하고 억울해서 잠도 오지 않았다. 그동안 세상의 중심에 속해 살아온 채령은 미국에 닿는 순간 하찮은 존재로 전락했다. 준페이가 자신을 꺼내 줄 거라는 기대도 점차 사라졌다. 천지를 호령하는 줄 알았던 일본인도 미국에선 보잘것없는 처지임을 며칠 새 절절히 체감한 때문이었다.

하지만 준페이는 약속을 지켰고, 채령은 수용소 사람들의 부러운 시선을 받으며 앤젤섬을 빠져나왔다. 다시 만난 준페이가 더할 수 없이 반가웠다. 이제 의지할 사람은 싫으나 좋으나 준페이밖에 없었다. 그는 지옥 같은 곳에서 구해 줬을 뿐 아니라 꽃까지 들고 마중 나와 주었다.

채령은 지로가 고리타분한 일본 노인네일 줄 알았다. 그런데 차를 끌고 나온 지로의 활기찬 몸짓이나 말투에서는 미국 냄새가 풀풀 났다. 채령은 미국 생활에 대한 기대가 높아졌다. 차창 밖으로 보이는 거리에선 자유와 낭만이 넘쳐 흘렀고 행인들은 대도시 시민답게 세련돼 보였다. 채령은 수용소에 관한 기억은 잊자고 다짐하며 곧 다다르게 될 근사한 저택을 상상했다.

그러나 기대와 달리 구질구질한 동네와 좁은 집, 그리고 침대 하나 겨우 있는 방에 들어서자 채령은 말했다.

"테라오 상, 그동안 수고했어요. 나중에 아버지한테 말해서 다 보상해 줄게요. 이제 떠날 테니 아버지 돈을 돌려주세요. 안 받았다고 거짓말할 생각은 말아요. 날마다 끼고 다니던 가방에 돈 들어 있는 거 다 아니까."

준페이는 채령을 무사히 집으로 데려왔다는 기쁨과 앞날에 대한 설렘으로 가득 차 있었다. 그런데 채령이 요코하마와 샌프란시스코의 거리만큼이나 자신의 생각과 동떨어진 말을 하자 맥이 빠졌다. 앤젤섬에서 헤어질 때의 눈빛은 분명히 전과 달라 보였는데 착각일 뿐이었다. 채령은 그동안 자신을 떠날 궁리만 하고 있었던 것이다.

"사장님이 금을 주신 건 맞아요. 샌프란시스코에 무사히 도착하면 당신을 위해 쓰려고 했어요. 그런데 그 금은 당신을 이민국에서 빼내 오는 데 다 들어갔어요."

준페이의 목소리가 떨렸다.

"그럼 이제 하나도 없단 말이에요?"

놀란 얼굴로 채령이 물었다. 준페이가 고개를 끄덕였다. 거짓말할 주변머리도 없는 위인의 말이니 믿을 수밖에 없었다. 금덩이가 얼마큼 있었는지 몰라도 자유보다 중요한 건 없었다. 그까짓 돈은 아버지한테 얼마든지 있었다.

"좋아요. 그럼 아버지한테 사실대로 편지하겠어요. 돈이 올 때까지만 신세 질게요. 그동안 이 방에서 같이 지낼 수 없다는 건 당신도 알고 있겠죠?"

채령이 팔짱을 낀 채 준페이를 똑바로 쳐다보았다. 잠시 침묵하던 준페이가 결심한 듯 말했다.

"당신은 아버님께 편지해서는 안 돼요. 윤채령이 미국에서 편지를 해서는 안 된다고요."

준페이는 어쩔 수 없이 샌프란시스코를 떠나기 전의 일을 이야기했다. 하지만 정규 이야기는 단 한 마디도 꺼내지 않았다. 그저 '그 일'이라고만 했다. 그런데도 가슴이 쓰라렸다. 이 상황에서도 자신을 떠나려고 하는 건 그 불령선인을 아직 못 잊었다는 뜻이다. 맹렬히 솟구치는 질투심을 감추지 못한 준페이의 목소리가 높아졌다. 이야기를 듣는 채령의 얼굴은 점점 창백해졌다.

"사장님은 당신을 감옥에 보내지 않기 위해 큰 모험을 하신 거예요. 수남의 정체가 발각돼도 위험하지만 위문대에 갔을 당신이 미국에서 편지를 보내도 마찬가지예요. 사장님께선 당신 오빠 때문에 이미 감시받고 있었는데 당신 일로 더 심해졌을 거예요. 남의 신분으로 미국에 온 게 탄로 나면 당신은 여기서 당장 추방당하고 말아요. 그리고 당신 아버지도 무사하지 못할 겁니다."

털썩 주저앉아 침대보를 움켜잡은 채령의 눈에 눈물이 고였다. 준페이가 겁을 주고 있는 거라는 생각은 들지 않았다. 그의 말은 사실일 것이다. 이제 꼼짝없이 이민자 수용소보다 덜할 것도 없어 보이는 집에서 살아야 한다. 차라리 준페이와 사랑하는 사이라면 마음이 편할 것 같았다. 그럼 어디든, 어떤 상황이든 기꺼이 견딜 수 있을 것이다.

앤젤섬에 있는 동안 채령은 준페이가 자신을 좋아하는 건 아닌가 착각했다. 그의 말이나 행동, 표정에서 저절로 느껴졌기 때문이다. 그런데 준페이가 정규와 자신의 일을 알고 있음을 확인하자 그 생각은 사라졌다. 남자가, 그것도 일본 사람이 독립운동하는 남자와 연애하다 감옥까지 갈 뻔한 조선 여자를 좋아할 리 없었다. 처음 생각했던 대로 아버지와 준페이의 거래가 틀림없었다. 채령은 자신의 처지가 더 비참하게 여겨져 입술을 깨물었다.

"그럼 내가 그냥 감옥이나 위문댄지 뭔지에 가면 됐잖아요. 누가 이렇게 해 달랬어요?"

채령은 막막해진 마음을 감추며 쏘아붙였다.

"거긴 전쟁터고 여자들은 어떤 험한 꼴을 당할지 몰라요."

준페이가 슬쩍 외면하며 말했다. 채령은 찔끔해 입을 다물었다. 둘은 어떤 험한 꼴을 당할지 모를 수남 얘기는 하지 않았다.

"어쨌든 우리는 부부이고 함께 이 방을 써야 해요. 대신 난 야간에 근무하고 아침에나 돌아오니까 편하게 자요."

준페이가 달래듯 말했다. 벌써 취직했다는 말에 채령은 준페이가 좀 달라 보였다. 그런데 그가 하는 일이 고작 호텔 문지기에 식당 설거지꾼이라는 사실을 알고 나자 한숨이 나왔다.

준페이는 자기 말대로 날마다 아침에 들어왔다. 휴무 때는 거실 소파에서 자 채령을 불편하게 하지 않았다.

"준페이, 그렇게 일하다가는 지레 죽고 말겠다. 그리고 새 신부를 날마다 혼자 있게 해서야 쓰겠니? 히카리한테는 침대가 태평양 같겠구나."

피곤에 지친 얼굴로 아침을 먹는 준페이에게 지로가 말했다. 준페이는 민망해져 얼굴을 붉혔고 채령은 샐쭉한 표정으로 빵을 씹었다. 시리얼을 먹으며 어른들의 표정을 살피던 마리나가 지로에게 무슨 말을 한 거냐고 물었다. 마리나는 어른들끼리 일본말을 하면 시무룩해졌다. 채령에게 일본말을 배우겠다고 몇 차례 시도했지만 둘 다 끈기가 없어 계속 이어지지 않았다.

"준페이하고 히카리한테 둘이 있는 시간이 더 필요하다고 말한 거야. 두 사람은 신혼부부잖니."

마리나가 키득키득 웃었다.

"마리나, 학교 늦겠다."

준페이가 말했다.

지로에게 두 사람의 상황을 말한 걸 후회했지만 이미 엎질러진 물이었다. 물론 모든 걸 다 말한 건 아니었다. 채령이 집에 온 다음 날 거실 소파에서 자고 있는 준페이를 본 지로의 추궁에 위장 결혼이란 사실만 밝혔다. 채령을 처음 보았을 때 지로는 그녀가 여느 일본 여자들과 분위기가 다른 것 같다고 했다. 준페이는 조선에서 자리 잡은 부모 때문에 그곳에서 나고 자란 실제 히카리의 이야기를 했다.

지로는 채령이 위장 결혼을 해서까지 미국에 온 이유를 물었다. 준페이는 사업상 문제가 생긴 그녀의 아버지가 딸만은 편히 살라고 미국에 보낸 거라고 둘러댔다. 준페이의 이야기를 다 들은 지로의 표정은 복잡했다.

"히카리를 빼내느라 금덩이 말고도 그동안 쌓아 놓은 인맥을 최대한 이용했다. 미국 놈들은 우리 일본 사람들의 불법에 그렇게 관대하지 않아. 혹시라도 밝혀지면 우리까지 곤란해질 거야. 꺼내 줬으니 당장 내보내도록 해라."

조카며느리를 빼내는 데 들어가고 남은 금덩이 두 개를 유용한 일이 양심에 걸렸는데 남이라면 상관없는 일이었다. 누구나 오고 싶어 하는 기회의 땅에서 쫓겨나지 않게 해 준 수고비로 그 정도는 받아 마땅했다.

"삼촌, 우리가 위장 부부인 건 맞지만 히카리는 내가 오래전부터 좋아했던 여자예요. 편지에 썼던 사람이 히카리예요. 이 일도 제가 자청해서 한 겁니다. 거짓 결혼이라고 해도 저한테는 다시없는 행운이라고요. 히카리는 제 운명의 여자입니다. 그녀의 마음을 얻을 수 있도록 노력할 거예요. 진짜 부부가 될 거라고요. 그러니 시간을 좀 주세요."

준페이의 간청에 한동안 침묵에 잠겨 있던 지로가 말했다.

"네 마음이 그렇다면 앞으로 히카리를 네 아내로 생각하겠다. 네 식구 중 세 사람이 그렇게 생각하면 그게 진짜가 되겠지."

그 뒤 지로는 둘의 신혼 생활에 관한 농담을 종종 했다. 조카를 지원하는 나름의 방식이라고 생각하는 모양이었다. 준페이가 자러 들어간 뒤 채령이 설거지를 하려고 하자 지로와 마리나가 동시에 말렸다.

"내가 학교 갔다 와서 할 테니 그냥 두세요."

"아니, 내가 하마. 히카리, 이제 더 이상 깰 접시도 없다. 넌 준페이한테나 가 봐라."

"힘들게 일하고 왔는데 잠을 방해하면 안 되죠."

채령은 퉁명스레 말한 뒤 자기 접시를 개수대에 넣고 소파로 갔다. 앉기도 싫을 만큼 낡고 더러운 소파였지만 어쩔 수 없었다. 이 집에서 마음에 드는 건 하나도 없었다. 채령은 라디오 주파수를 음악이 나오는 채널에 맞춘 뒤 눈을 감았다. 자신의 처지를 확인시키는 눈앞의 광경이 사라지고 음악 소리가 들리자 자기만의 공간에 있는 것 같았다.

"히카리."

눈을 뜨니 마리나가 책가방을 멘 채 앞에 서 있었다.

"학교 갔다 올게요. 이따 같이 일본어 공부해요."

채령은 억지 미소를 지으며 고개를 끄덕였다. 마리나는 새아빠하고만 살다가 젊은 여자가 있으니 좋은지 채령을 졸졸 따라다녔다. 채령도 마리나가 있는 게 좋았다. 마리나가 없었으면 꼼짝없이 집안일을 도맡아 했을 판이었다. 마리나는 집안일뿐 아니라 채령의 심부름까지 기꺼이 했다. 준페이가 지로 몰래 마리나에게 군것질값을 쥐여 주었기 때문이다.

"우선은 샌프란시스코가 어떤 덴지 알아야 하니까 여기저기 구경 다니며 쉬어요. 수입이 나아지면 당신이 하고 싶은 걸 맘껏 하게 해 줄게요."

채령이 이민국 수용소에서 나와 지로 집에 온 날 준페이가 말했다. 채령은 아버지에게 얼마나 큰돈을 받기로 했길래 이렇게 잘하나 하는 생각이 들었다.

준페이는 주급을 받으면 제일 먼저 채령에게 용돈을 주었다. 예전 씀씀이에 비하면 보잘것없는 액수였지만 불평할 처지는 아니었다. 지로의 집에 사는 대신 준페이가 생활비를 책임지는 모양이었다.

따지고 보면 집주인과 아무 상관 없는 사이인 채령으로선 지로의 눈치를 보지 않을 수 없었다. 지로가 신경 긁는 소리를 해도 화낼 수 없는 이유였다. 채령은 자신의 비참한 처지에 분통이 터졌지만 별 도리가 없었다. 할 수 있는 일이라곤 밖으로 나가 돌아다니는 것뿐이었다. 잠시나마 상상의 나래를 펼쳤던 배우의 꿈은 앤젤섬에서 이미 사라졌다. 영화판이라고 다르지 않을 것이다. 채령은 인종차별까지 받아 가며 배우가 될 생각은 없었다.

채령은 낡고 지저분한 지로의 집은 물론 남미 이주자들이 모여 사는 동네가 싫었다. 이곳에서 동양인은 지로네 식구뿐이었다. 지로는 마리나 엄마가 살아 있을 때부터 동네 사람들과 친하게 지내 안전하다고 했지만 준페이는 채령에게 늦게 다니지 말라고 신신당부했다. 실제로 채령 혼자 걸으면 휘파람을 불거나, 무언가를 던지거나, 손가락으로 째진 눈을 만들며 놀리는 아이들이 많았다.

그동안 채령이 가졌던 열등감은 오직 자신이 일본인이 아니라 조선인이라는 사실 하나였다. 그런데 지금은 일본 사람으로 살아야 하는 게 너무 싫었다. 조선인 윤채령은 자작의 딸이었지만 일본인 테라오 히카리는 죽은 자식의 호적을 팔 만큼 가난한 집의 딸이었고, 호텔 보이의 아내였다.

채령은 지로의 집과 동네, 그리고 준페이의 직장이 있는 재팬타운을 뺀 나머지 샌프란시스코를 좋아했다. 지로 말에 의하면 인구 천 명도 되지 않던 곳이 거의 100년 만에 지금처럼 발전할 수 있었던 건 황금 열풍 덕분이라고 했다. 황금이 발견되기 시작하면서 미국 본토는 물론 세계 곳곳에서 일확천금을 꿈꾸는 사람들이 이곳으로 몰려들었다는 것이다.

무극광업 소유주의 딸인 채령은 금과 아주 친숙했다. 자신이 태어난 뒤 논과 산에서 금이 나왔다며 아버지로부터 복덩이라는 소리를 수도 없이 들으며 자랐다. 그녀는 금덩이가 쏟아졌던 샌프란시스코와 자신이 운명적인 관계인 것 같았다. 또한 도시 어딘가에 자신을 위한 행운이 노다지처럼 숨어 있을 것만 같아 날마다 발바닥이 뜨거워지도록 쏘다녔다.

채령은 도시의 유명한 곳부터 구경을 다녔다. 그녀는 화려하고 높은 건물들과 멋지게 차려입은 사람들로 북적거리는 마켓스트리트를 가장 좋아했다. 근사한 저택이 즐비한 러시안힐이나 노브힐도 좋았다. 화려하고 고급스러운 그곳들이야말로 자신과 어울리는 장소였다. 도로 곳곳에 궤도 위를 달리는 케이블카가 있어 가파른 언덕을 오르내렸다.

노면 전차인 케이블카를 타고 경사진 도로를 올라가노라면 언덕배기에 있던 가회동 저택이 떠올라 눈물이 나곤 했다. 자신이 얼마나 그 집을 벗어나고 싶어 했는지는 기억나지 않았다.

삶으로의 횡단

수남은 기둥에 걸려 있는 손바닥만 한 거울 앞에 섰다. 심호흡을 한 뒤 목덜미께에서 모아 쥔 머리채를 가위로 잘랐다. 서걱서걱 머리카락 잘리는 소리가 뼈를 자르는 소리처럼 들렸다. 머리채가 바닥으로 떨어져 내렸다. 인생의 한 부분을 잘라 낸 것 같았다. 오래전 가회동 저택에서 머리를 깎일 때도 같은 느낌이었지만 그때는 남의 손에 억지로 당한 일이고 지금은 스스로 한 일이다. 수남은 거울 속의 자신을 바라보았다. 단발머리가 되자 채령과 더 비슷해졌다.

'그래, 난 자작의 딸이야.'

"머리 자르니까 딴 사람 같다. 순사 아니라 순사 할애비라도 몰라보겠어."

세화가 웃으며 뒷머리를 다듬어 주었다.

수남은 보름 가까이 머물렀던 천 노인의 집을 둘러보았다. 좁은 마당과 쓰러져 가는 대문, 허름한 세 칸 집은 고향집 같았고, 천 노인 부부는 이제는 늙었을 아버지와 어머니 같았다. 천 노인 부부의 딸 세화는 고향 언니들 중 한 명 같았다. 머나먼 만주 땅에서 기억조차 가물가물한 조선의 고향 집이 느껴지는 게 신기했다. 절체절명의 순간에 나타나 도와준 큰언니와 천 노인 때문인지도 몰랐다.

수남은 큰언니 손을 잡고 계속 도망쳤다. 정신을 차린 군인들이 쫓아왔다. 나무뿌리에 걸려 신발이 벗겨지고 가시덤불에 옷이 찢어졌다. 나뭇가지나 가시가 사정없이 얼굴과 몸에 생채기를 냈지만 수남은 아픔을 느끼지 못했다. 총알이 어깨에 맞아서야 온몸이 부서지는 듯한 통증을 느끼며 고꾸라졌다. 수남은 언니의 손을 놓친 채 골짜기 아래로 굴러떨어졌다. 벼랑처럼 가파른 골짜기였다. 그때 천 노인은 산기슭에서 지난겨울 쌓아 둔 땔나무를 지게에 실으려던 참이었다. 갑작스레 산등성이 쪽에서 들려온 총소리에 천 노인은 나뭇단 아래로 몸을 숨겼다. 일본말로 고함 소리가 들려왔다. 천 노인은 산 너머 부대의 군인들이 탈영병이나 중국 유격대원을 쫓는 모양이라고 짐작하며 숨을 죽였다. 잠시 뒤 굴러 내려오던 무언가가 근처에서 멈추었고 총알들이 날아와 여기저기 박혔다. 천 노인은 꼼짝도 할 수 없었다.

얼마나 시간이 흘렀을까. 사람 기척이 사라지자 숨죽였던 산이 다시 깨어나기 시작했다. 꿩이 울고 노루가 뛰었다. 군인들은 철수한 모양이었다. 천 노인은 겨우 숨을 내쉬며 일어나 주위를 살폈다. 멀지 않은 곳에 사람이 쓰러져 있었다. 뜻밖에도 여자였고, 땋아 내린 머리 모양으로 보아 조선 처녀였다. 천 노인은 여자에게 다가갔다. 어깨 부분이 피로 물들어 있었다. 여자의 목에 손을 대 보니 아직 숨이 붙어 있었다. 행색으로 보아 도망 나온 위안소 여자가 분명했다. 군인들은 여자가 죽었다고 생각해 그냥 가 버린 것 같았다.

불행 중 다행으로 어깨 끝을 맞힌 총알은 살점과 함께 떨어져 나가고 없었다. 높은 곳에서 굴러떨어졌는데 부러진 데도 없는 듯했다. 천 노인이 목도리를 풀어 어깨를 동여매는데도 여자는 깨어나지 않았다. 천 노인은 개울가의 가랑잎을 헤치고 얼음 조각을 떼다 입에 대 주었다. 수남이 눈을 떴다.

"정신이 좀 들우?"

"언니는요?"

수남이 간신히 물었다. 노인의 조선말이 눈물겹도록 반가웠다.

"누가 또 같이 있었소? 여기로 굴러 내린 사람은 색시뿐이야. 지금 이러고 있을 때가 아니라 얼른 피해야 해. 군인들이 수색 나올지 몰라."

노인은 지게 위에 잔뜩 웅크린 채 누운 수남을 땔나무로 둘러싸 나뭇단처럼 보이게 했다. 천 노인은 수남을 근처 조선인 마을에 있는 집으로 데려갔다. 다행히 천 노인의 집은 마을과 조금 떨어진 외딴집이었다. 남에게 복을 지으면 그 복이 자식에게 돌아간다고 믿는 천 노인 부부는 수남을 지극정성으로 돌봐 주었다. 수남은 도망치는 중에 향주머니와 책이 든 보따리를 잃어버린 게 몹시 애석했지만 목숨보다 소중한 건 없었다. 천 노인 부부의 보살핌 덕분에 수남의 상처는 탈 없이 아무는 중이었다.

천 노인 부부는 20여 년 전 조선을 떠나왔다고 했다.

"간도 바람이 휘몰아칠 때였지. 나라에서도 간도로 가면 땅도 주고, 농기구도 대 준다고 선전해 가며 사람들을 부추겼어. 영감하고 나는 송곳 꽂을 땅도 없는 조선보단 낫겠지 하는 마음으로 올망졸망한 육 남매를 데리고 무작정 떠나왔지. 그 뒤에 겪은 세월을 생각하면, 아이고 무서워라."

수남은 할머니의 신산스러운 인생 이야기를 듣자 막막한 처지에 대한 걱정이 슬며시 누그러들었다. 할머니의 고생에 비하면 자신은 그동안 편하게 먹고살았고 운도 좋았다. 부대에서 도망치고 천 노인을 만나 목숨을 구한 일이 가장 큰 행운이었다.

"사람 목숨이 얼마나 모진 줄 알아? 사람은 죽지 않으면 살아지게 돼 있어."

꽁꽁 언 땅에 어린 자식의 시체를 누이고 돌무덤을 만들고 돌아와서도 남은 자식들 생각에 밥을 먹어야 했던 할머니가 한 말이었다. 그 이야기를 하면서도 할머니는 눈물이다 말랐는지 덤덤했다. 할머니의 기억에 기대 눈물을 쏟은 건 수남이었다. 무엇보다 분이와 위문대 아이들이 생각나 견딜 수 없었다. 도와 달라던, 언니만 믿겠다던 분이의 목소리가 귀에 쟁쟁했다. 산짐승 소린 줄 알고 들었던 그들의 울음과 비명이 칼날이 돼 가슴을 난도질했다.

이젠 내가 도망친 걸 알았겠지. 그 사실을 알았을 때 분이는 어땠을까? 분이에게는 구해 주겠다고 한 수남이 생명의 동아줄 같았을 것이다. 그 줄을 잡았다 놓친 분이는 다른 아이들보다 더 큰 배신감과 절망을 느꼈을 것이다.

수남은 분이와 아이들이 꿈에 나타나 밤마다 식은땀을 흘리며 깨어났다. 강휘 생각을 하는 것도 미안했다. 수남은 자기 때문에 남은 아이들이 해코지를 당하지는 않았을지 걱정됐다. 도망치다 총을 맞은 나도 죽지 않았으니 그곳에 남은 아이들도 살아지게 될까?

수남에게 또 한 번의 행운이 찾아왔다. 하얼빈에 사는 천 노인의 막내딸 세화가 소식도 없이 집에 온 것이다. 지난 설에 못 온 터라 잠깐 짬을 내 들렀다고 했다. 수남은 세화가 하얼빈에 산다는 것만으로도 특별해 보였다. 분이와 대원들에게 미안해 강휘 생각을 하지 않으려던 수남의 다짐은 맥없이 무너졌다. 천 노인한테서 대강의 이야기를 들었는지 세화는 수남에게 아무것도 묻지 않았다. 오히려 수남이 계속 하얼빈에 대해 물었다. 여덟 살 때 만주로 온 세화는 조선말이 어색하긴 했지만 소통에는 문제가 없었다.

"하얼빈에 누가 있어? 아, 애인이 있나 보구나."

세화 말에 수남의 얼굴이 빨개졌다.

"아니에요. 오빠가 있어요. 정말이에요. 여기서 얼마나 걸려요?"

신징 역에서 기차를 갈아타는 시간까지 하면 예닐곱 시간 걸린다고 했다. 가회동 저택에 살 때는 감히 나설 엄두도 내지 못할 거리였다. 하지만 경성에서 교토까지, 또 부산에서 만주까지 온 것으로도 모자라 죽음의 고비를 넘어선 지금은 한달음에 달려갈 수 있을 것 같았다. 그렇게 가까운 곳에 도련님이 있는 것이다.

"걸어가면 얼마나 걸릴까요?"

수남이 물었다.

"그 먼 데를 어떻게 걸어가? 혹시 기찻삯이 없어서 그래?"

"그것도 그렇지만 검문이 더 무서워요."

수남이 겁먹은 기색으로 말했다.

"차비는 내가 빌려줄게. 그리고 모든 사람을 다 검문하는 건 아니야. 수상해 보이면 하고 여자들보다 남자를 주로 해."

수남은 나중에 갚기로 하고 세화의 호의를 받아들였다.

머리를 자르고 중국옷을 입고 세화와 동행한 덕에 수남은 무사히 하얼빈 역에 내렸다. 역 주변은 브래들리 부인이 보여 주었던 잡지 속 유럽 거리와 비슷했다. 경성은 물론 교토 중심가보다도 화려한 건물들이 많았고 사람들로 북적거렸다. 수남은 느꺼운 감정을 주체하기 어려웠다.

드디어 왔다. 2년 뒤에나 가능할 줄 알았는데 교토를 떠난 지 두 달 만에 온 것이다. 수남의 흥분을 가라앉히려는 듯 강에서 맵찬 바람이 불어왔다.

"쑹화강인데 백두산에서 시작해서 흘러내리는 물이야. 우리 동네에 있는 강도 쑹화강이고. 지금은 저렇게 썰렁하지만 날이 풀리면 뱃놀이도 하고 그래."

강바람은 지린의 들판을 휩쓸던 천 노인 동네의 바람보다 맵찼지만 수남은 춥지 않았다.

"너 이 역에서 안중근이란 조선 사람이 이톤지 사톤지 하는 일본 놈 쏘아 죽인 거 알아?"

세화는 하얼빈 시내를 안내해 줄 의무가 있다는 듯 보이는 것마다 설명해 줬다. 마음이 들떠 세화의 이야기가 제대로 들리지 않았는데 그 말만은 수남 귀에 쏙 박혔다.

"언제요?"

수남의 눈이 반짝였다. 마치 분이와 위문대원들, 그리고 자신한테 일본 놈들이 한 짓을 알고 대신 복수해 준 것 같았다.

"글쎄, 나 태어나기 전이라니까 30년쯤 됐을걸."

세화가 자신 없는 소리로 대답했다. 요새 일이 아니라 좀 실망했지만 수남은 곧 미리 혼내 준 거라고 생각하기로 했다. 수남은 새삼스러운 눈길로 역을 둘러보며 강휘 생각을 했다. 도련님도 그런 일을 하시는 걸까? 수남은 행인들을 살폈다. 이 사람들 사이에 강휘가 있을 것만 같았다. 하지만 이곳에서 강휘를 만나기란 한강 모래밭에서 바늘 찾기나 마찬가지일 것이다.

멋진 건물들 사이에 돌이 깔린 널찍하고 반듯한 도로가 나 있었다. 중앙로라고 했다. 그 위로 자동차와 마차와 말과 인력거가 뒤섞여 달렸고, 각양각색의 사람들이 오갔다. 하얼빈에는 동양인뿐 아니라 브래들리 부인처럼 머리카락과 피부, 눈동자 색이 다른 사람도 많았다. 세화가 러시아 사람들이라고 일러 주었다. 각기 다른 인종을 한자리에서 그렇게 많이 보는 건 태어나 처음이었다. 복잡한 거리와 분주한 사람들을 보자 수남은 정체가 탄로 날 걱정이 좀 가셨다. 누구도 자기 따위에게 관심 둘 것 같지 않았다.

세화는 수남에게 일자리를 소개해 주겠다며 당분간 자기 집에서 지내라고 했다. 그렇게 고마울 수가 없었다. 세화는 스무 살에 중국 남자에게 시집갔는데, 남편은 아편쟁이에 도박꾼이고, 남편이 죽은 뒤 아이를 시부모에게 맡겨 두고 돈을 벌러 하얼빈으로 왔다고 했다. 아픔을 많이 겪어서인지 인정이 많았고, 집까지 가는 동안에도 이곳저곳을 가리키며 자세하게 설명해 줬다.

"저기 보이는 동네는 부가전인데 중국 사람들이 많이 살아. 되놈들은 지저분하고 시끄러워. 저 동네 가면 아편굴 천지야. 저쪽 부두구는 딱 봐도 부자 동네 같지? 공원도 있고 호텔도 있고 은행도 있고, 하얼빈에서 제일 알아주는 동네야. 근데 거기 사는 쪽발이들이나 양코배기들은 우리 같은 사람 인간으로 쳐 주지도 않아."

"그럼 조선 사람들은 어디 살아요?"

강휘를 찾으려면 알고 있어야 했다.

"뭐, 조선 놈들은 여기저기 두루두루 사는데 당최 알고 지낼 생각 말아. 예전에는 독립운동하는 사람도 많았다는데, 지금 여기 사는 조선 놈들은 겉만 뻔드레하지 죄다 밀수업자 아니면 룸펜, 브로커 같은 종자들이니까. 지금도 조선에서는 만주에 있다고 하면 무조건 대단한 일 하는 줄 알고 있을걸. 네 오빠도 그럴지 몰라."

세화가 비웃음을 머금은 채 말했다. 수남은 반박하는 대신 반드시 강휘를 찾아내 세화의 말이 틀렸음을 보여 주리라 결심했다.

세화의 집은 역 주변의 신시가지를 지난 마가구에 있었다. 사원과 묘지, 절, 신사, 극장들이 들어선 번화가를 벗어나자 그곳의 그림자인 것처럼 칙칙한 빈민가가 나타났다. 주로 러시아 사람들이 산다고 했다.

세화는 버짐처럼 페인트칠이 군데군데 일어난 건물로 들어섰다. 나선형 계단을 올라가는 동안 세화는 만나는 사람들과 스스럼없이 인사했다. 세화는 로자로 불렸다. 러시아어로 장미라는 뜻이라나. 방엔 삐걱거리는 침대와 작은 서랍장 하나뿐이었다. 그러나 벽에는 어떻게 입고 다니나 싶게 화려한 옷들이 죽 걸려 있었다.

세화가 담배를 피워 물었다. 지린 집에서는 참은 모양이었다. 그녀는 카페에서 일한다고 했다.

"처음 와선 쪽발이나 되놈들 집에서 식모로 일했지. 그런데 마지막 식모 살던 되놈 주인 여편네가 도둑 누명을 씌우는 거야. 한 푼도 못 받고 쫓겨났지. 당장 오갈 데도 없고 해서 그때부터 카페에 나갔어. 일해 보니 카페가 팁도 있고 자유도 있고 벌이도 더 나아. 댄서로 뛰면 수입은 훨씬 더 좋은데 난 춤은 젬병이야."

세화가 벽에 걸린 옷 중에서 조금 덜 화려한 것으로 골라 수남에게 건넸다.

"자, 이거 입어. 면접 보러 가게."

"어, 어디로요?"

수남은 그런 옷을 입고 갈 만한 곳이 어딜지 불안했다.

"카페. 모레부터 개업하는 카페에 나가기로 했거든. 직장 옮기는 사이 잠깐 짬이 나서 집에 갔던 건데 널 만난 거지. 마침 사장이 사람 좀 구해 달라니, 너 나 만난 거 행운인 줄 알아라."

세화가 담배 연기를 뿜어내며 말했다.

"저, 저는 카페보다 먹고 자면서 일할 수 있는 집에 식모로 들어가고 싶은데요."

수남이 잘할 수 있는 일이라곤 살림뿐이었다. 그리고 도망친 처지니만큼 사람들이 많은 곳보다 틀어박혀 지낼 수 있는 일자리가 필요했다. 인생의 최종 목적지인 양 생각하던 하얼빈에 왔지만 강휘를 찾는 일보다 먹고사는 게 더 급했다. 도망자 신분으로 무턱대고 강휘 앞에 나타나는 건 짐이 되는 일이다. 수남은 우선 일을 시작한 뒤 강휘를 찾기로 했다. 같은 지역에 있다는 것만으로도 마음이 든든하고 여유가 생겼다.

수남은 식모 자리가 날 때까지 세화가 나가는 카페 주방에서 일하기로 했다. 세화가 친척 동생이라고 한 덕에 사람들은 별 의심 없이 수남을 대했다. 일주일쯤 되는 날 술에 취한 세화가 주방으로 와 물었다.

"너 영어 못 하지? 영어 할 줄 아는 사람 찾는 집이 있다는데."

할 줄 안다고 나설 실력은 못 됐지만 수남은 기회라는 직감이 왔다.

"저 대학에서 영문학과 다니다 왔어요. 1학년밖에 안 다녀서 잘은 못해도 조금 할 수 있어요. 읽고 쓰는 것도 할 줄 알고요. 소개해 주세요."

수남은 서슴없이 채령의 이력을 말하며 부탁했다.

"대학 다니다 왔다고?"

세화는 물론 주방에 있던 사람들도 눈이 둥그레졌다. 자신을 보는 시선이 달라지자 수남은 마음이 움츠러들면서도 어깨가 저절로 펴졌다.

다음 날 수남은 부두구의 고급 주택가에 있는 존스 씨 집으로 면접을 보러 갔다. 마크 존스는 하얼빈에 있는 미국 총영사관 1등 서기관이었다. 존스 서기관의 집은 가회동 저택 별채와 비슷해 낯설지 않았다. 면접은 존스 부인이 보았다. 재닛 존스는 일곱 살, 다섯 살 난 두 아들의 엄마이고 셋째 아이를 임신 중이었다.

재닛이 수남에게 이름을 물었다. 그녀는 벌써 네 번째 면접인 데다 둘째 아들 월터와의 실랑이로 급격하게 피곤해진 상태였다.

"윤채령입니다."

재닛은 이름을 제대로 발음하지 못했다. 수남이 다시 가르쳐 주고 재닛이 이상한 발음으로 따라 하다가 둘은 함께 웃었다. 딱딱하던 분위기가 한결 부드러워졌다. 수남은 브래들리 부인과의 좋았던 기억이 떠올라 재닛이 친근하게 여겨졌다. 서양 여인네들은 왠지 모두 친절하고 좋은 사람들일 것 같았다.

"어느 나라 사람이에요? 일본인? 중국인?"

"조선 사람입니다."

수남은 식민지에서 온 사실이 감점 요인이 될까 봐 걱정했지만 재닛은 별다른 언급 없이 하얼빈엔 어떻게 오게 됐는지 그리고 영어는 어디서 배웠는지 물었다.

"오빠를 찾아왔어요. 대학교 영어영문학과를 1학년까지 다녔고요. 영국 부인한테서도 좀 배웠어요."

수남은 서툴지만 천천히 또박또박 말했다. 오래간만에 영어로 말하자 브래들리 부인과의 즐거웠던 시간이 떠올랐다. 재닛은 수남의 영어 실력이 흡족하지 않았다.

그런데 수남에게 월터가 호감을 보이자 고민스러웠다. 의젓한 첫아이 로빈과 달리 월터는 못 말리는 개구쟁이에다 엄마가 동생을 임신한 뒤론 고집과 떼가 늘었다. 그런 아이가 수남 앞에서는 얌전해졌다. 면접 순서를 기다리는 동안 수남이 놀아 준 덕이었다.

　　재닛이 보기에 수남은 영어가 서툴기는 했지만 영민하고 교양도 있었다. 태도나 분위기가 동양 여자치고 괜찮은 편이었다. 그런데 일은 잘할까? 대학물 좀 먹었다고 잘난 척하거나 건방지게 굴지는 않을까? 재닛은 그 부분이 걸렸지만 5개월이라는 한정된 기간이 쉬이 결정하게 했다.

　　"좋아요. 당신을 채용하겠어요. 그런데 미리 말해 둘 게 있어요. 우리는 8월 초순에 본국으로 돌아가요. 5개월 뒤에는 그만둬야 하는데 괜찮겠어요?"

　　수남은 이것저것 가릴 처지가 아니었다. 카페 주인이 자꾸 홀에서 일하라고 했고, 더 이상 세화에게 신세 지기도 미안했다. 다섯 달 동안 영어 실력이 더 늘고 하얼빈 생활에 익숙해지면 또 다른 기회가 생길 것이다. 수남은 하겠다고 했다.

　　"좋아요. 앞으로 마음에 들게 일하면 떠날 때 다른 집에 소개해 줄게요. 반가워요."

　　재닛이 손을 내밀었다. 수남은 살짝 무릎을 굽히며 손을 잡았다.

　　수남의 이름은 월터가 부르는 대로 체리가 됐다.

　　"우리나라에서 많이 부르는 이름이에요."

수남은 몰래 한숨을 쉬었다. 채령에서 하루코가 됐다가 이제는 체리로 불리게 됐다. 진짜 이름은 언제나 찾게 될까. 하지만 수남은 아들을 낳게 해 달라는 염원이 담긴 이름, 그조차도 죽은 언니 것을 물려받은 자기 이름도 마음에 들지 않았다.

존스 서기관 집에서의 생활이 시작됐다. 재닛이 우려했던 것과 달리 수남은 집안일을 잘했다. 영어가 서툴러도 눈치와 행동이 빨라 불편하지 않았다. 두 아이도 수남을 잘 따라 나중에 두고 가야 한다는 게 아쉬울 정도였다. 수남 또한 서양 요리 빼고는 어려운 게 없었다. 다행히 음식은 요리가 취미인 재닛이 주로 만들었다. 입덧이 끝나 요리를 할 만하다고 했다. 때로는 마크가 만들기도 했다. 조선에서는 남자가 부엌에 들어가면 큰일 나는 줄 아는데 미국에선 벼슬 높은 남자라도 요리하는 게 흉이 되지 않는 모양이었다.

존스 부부가 수남을 더욱 특별하게 생각하게 된 사건이 일어났다. 월터가 2층 계단에서 굴러떨어지는 것을 수남이 재빠르게 받아 낸 것이다. 부부는 몸을 다치면서까지 자기 아들을 구한 수남에게 감동받았다. 그 일로 월터는 수남을 더 따랐고 존스 부부 역시 더욱 신임하게 됐다.

토요일 오후에 외출 시간이 주어졌다. 수남은 그 시간에 강휘를 찾아 동네인 부두구와 건너편의 부가전을 돌아다녔다. 강휘의 상황이나 자신의 처지 때문에 드러내 놓고 찾을 수는 없었다. 자신이 체리로 불리는 것처럼 강휘 또한 다른 이름을 사용할지도 모를 일이었다. 수남은 구경 삼아 거리를 돌아다니며 사람들을 살피는 게 고작이었다. 강휘와 인상이 비슷한 사람을 보고 가슴이 뛰었던 게 한두 번이 아니었다. 실망감이 외로움으로 바뀌어 뼛속 깊이 사무칠 때면 세화를 찾아가 조선말로 수다를 떨었다. 주급을 모아 기찻삯을 갚고 세화는 물론 지린의 천 노인 부부에게도 선물을 사 보냈다. 그리고 그다음부터는 한 푼도 쓰지 않고 모았다.

수남은 그동안 애국이나 독립을 생각해 본 적이 없었다. 자신은 그저 주인이 시키는 일을 하고 굶지만 않으면 된다고 여겼다. 강휘가 한다는 일도 그의 안위만 걱정했지 깊이 생각하지 않았다. 하지만 부대에서 겪은 일로 수남은 다시 생각하게 되었다. 가회동 저택 하인들은 강휘에 대해 이러쿵저러쿵 이야기하는 것을 좋아했다. 이야기 속 강휘는 홍길동처럼 신출귀몰하고 천하무적이었다. 수남은 도련님 같지 않은 모습에 서운해했던 자신이 부끄러웠다. 그리고 하인들이 왜 그렇게 신바람 내며 이야기했는지 알 것 같았다.

수남은 강휘가 자랑스러웠고, 그를 만나면 온 힘을 다해 돕겠다고 마음먹었다. 그것만이 버려두고 온 분이와 대원들에게 죄스러운 마음을 씻는 길이다. 수남은 여전히 분이의 비명 소리와 도망칠 때의 공포가 되살아나는 악몽을 꾸곤 했다. 땀에 흠뻑 젖은 채 깨어나면 형만이 황군여자위문대의 일을 어디까지 알고 있는지 궁금해졌다. 나리도 모르셨을 거야. 부대에서 자기들 마음대로 바꾼 걸 거야. 알았다고 해도 자작은 자신을 소좌 관사로 빼돌려 주었다. 흑심을 품은 모리가 나쁜 놈이지 자작에겐 잘못이 없다. 수남은 강휘와 채령의 아버지이자 자신의 아버지이기도 한 형만을 미워하고 싶지 않았다.

강휘를 찾는 일은 종로에서 김 서방 찾기만큼이나 막막했다. 수남은 강휘가 이곳에 없을지 모른다는 생각을 애써 외면했다. 강휘를 찾아다니는 일 자체가 외로움을 견디는 힘이었다. 가슴 한구석엔 강휘가 이미 혼인했거나, 자신을 반기지 않을지 모른다는 두려움도 있었다. 간직하고 있으면 좋아하는 사람과 연결된다는 향주머니조차 잃어버리지 않았는가.

수남이 오빠를 찾는다는 걸 안 재닛이 남편에게 부탁했다. 마크가 도와주겠다며 강휘에 대해 물었다. 수남은 망설이다 조선에서 들었던 강휘와 관련한 소문을 이야기해 주고 맞는지 모를 인상착의도 설명해 주었다. 수남은 실망하게 될까 두려워 큰 기대는 하지 않았다.

6월이 되자 한낮엔 좀 덥다 싶을 만큼 기온이 올라갔다. 수남이 중국에 온 뒤 마음까지 시리게 하던 한기가 이제 좀 녹는 것 같았다. 존스 서기관이 저녁에 손님이 올 거라면서 식사 준비를 하라고 일렀다. 가끔 집에서 조촐한 파티가 벌어지곤 하던 터라 수남은 별 생각 없이 지시대로 저녁 준비를 했다. 함께 음식을 만들며 재닛은 몇 번이나 무슨 말을 하려다가 참는 눈치였다. 수남은 자기가 잘못한 게 있나 싶어 슬그머니 걱정됐다.

손님이 오자 재닛이 응접실로 식전 차를 내오라고 일렀다. 수남이 차를 가져가자 재닛이 흥분한 얼굴로 말했다.

"체리, 네 앞에 있는 손님이 누군지 보렴."

수남은 수염이 덥수룩하고 안경을 쓴 깡마른 남자가 누군지 알 수 없었다. 수남이 어리둥절한 표정으로 존스 부부를 돌아다보았다. 마크는 어깨를 으쓱했고, 재닛은 곧 있을 수남의 반응을 기대하는 미소를 띠고 있었다. 수남은 다시 남자 쪽으로 고개를 돌렸다. 남자가 수남에게 시선을 고정한 채 부스스 일어섰다. 온갖 감회가 서린 표정을 짓고 있는 사람은 강휘였다. 수남은 재닛이 손에서 쟁반을 가져가는 것도 알지 못한 채 멍하니 서 있었다. 온몸이 굳은 듯 꼼짝할수 없었고 말도 나오지 않았다.

그런데 반가움보다 놀라움이 더 컸다. 꿈속에서도 잊은적 없는 도련님을 몰라보다니. 그럴 만큼 강휘는 수남이 그동안 가슴에 품고 있던 모습과 달라져 있었다. 가회동 저택에서의 강휘는 그림자만으로도 수남을 설레게 하던 존재였다. 집을 떠난 뒤에도 수남에게 그는 불을 환하게 밝힌 남포등처럼 빛나는 사람이었다. 하지만 코앞에 있는 강휘는 날이 밝은 뒤의 등 같았다. 날이 밝고 불이 꺼지면 남포등은 빛속에 감추었던 유리 등피의 그을음과 녹슬고 우그러진 테를 가진 실체를 드러낸다. 상상 속에서 빠져나온 강휘는 역전이나 시장통에서 숱하게 마주치는 사람들과 다를 바 없었고, 평범함을 넘어 후줄근해 보이기까지 했다.

무엇보다 강휘는 늘 수남이 고개를 쳐들고 올려다봐야 할 만큼 큰 사람이었다. 그런데 자리에서 일어선 그의 키는 수남보다 조금 더 클 뿐이었다. 못 보는 사이 수남이 자란 것이다. 수남은 강휘의 현재 모습에 충격은 물론 실망까지 느꼈다. 그리고 자신이 강휘에게 실망하고 있다는 사실에 당황했다. 인생의 목표, 아니 삶의 목적을 잃어버린 기분이었다.

수남이 복잡한 머릿속 때문에 아무 말 못 하고 있는 사이 강휘가 먼저 입을 열었다.

"네가 채령이니? 맞아?"

전보다 낮고 메마른 것 같았지만 분명히 강휘의 목소리였다. 그의 말은 수남을 더 당황스럽게 했다. 수남은 그동안 강휘와 만나는 장면을 수없이 상상했다. 기차에서 꾸었던 꿈 말고는 강휘는 언제나 수남을 단번에 알아보았다. 그런데 지금 그는 수남에게 채령이냐고 묻고 있다. 수남이 그리던 감격적인 상봉과 점점 멀어지고 있었다.

수남은 자신이 누구인지 솔직하게 말하고 싶었지만 존스 부부가 지켜보고 있어서 어쩔 수 없이 고개를 끄덕였다.

"네가 어떻게 여길……."

수남의 손을 덥석 잡은 강휘는 말을 제대로 잇지 못했다.

강휘는 채령에게 다정한 오빠가 아니었다. 하지만 몇 년 만에 이역만리에서 만나니 감격스러운 모양이었다. 게다가 남의집살이를 하는 모습에 충격받은 기색이었다. 왜 안 그

렇겠는가. 수남은 자신이 채령이 아니란 걸 알면 강휘의 실
망이 얼마나 클까 싶어 착잡했다. 존스 부부는 기대보다 미
지근한 수남의 반응을 너무 기뻐 실감이 나지 않는 거라고
여겼다.

그동안 부엌에서 따로 식사를 했던 수남은 가족 식탁에
함께 앉아 저녁을 먹게 되었다. 주인의 특별한 배려였지만
수남은 연극하는 것 같은 자리에서 어서 벗어나고 싶었다.

존스 서기관은 강휘와 구면이었다. 부가전에 미국 선교회
에서 운영하는 교회가 있었다. 장동준이라는 이름을 쓰고
있는 강휘는 교회에서 운영하는 야학의 교사였다. 그런데
일본 측에서 야학이 조선인과 중국인들의 불온한 지하 서클
이라며 영사관으로 폐쇄 요청을 해 왔다. 그 일의 담당자였
던 존스 서기관은 강휘와 두세 차례 만났다. 수남이 오빠 이
야기를 할 때 서기관의 머릿속에는 장동준밖에 떠오르는 사
람이 없었다고 했다.

저녁 식사가 끝나고 드디어 수남은 자신의 작은 방에서
강휘와 마주하게 됐다. 침대와 작은 서랍장, 벽에 붙은 조그
마한 거울이 전부인 단출한 방이었다. 강휘는 수남을 침대
에 앉히고 자신은 맞은편 서랍장 위에 걸터앉은 뒤 그동안
간신히 참고 있었다는 듯 질문을 쏟아 냈다.

"여긴 어떻게 온 거야? 언제 왔어? 집에 무슨 일 생긴 거
야? 네가 왜 이런 일을 하고 있어? 어머니, 아버지는 무고하
셔? 너 혼자 왔어? 수남이는 같이 안 왔어?"

강휘 입에서 자기 이름이 나오자 수남은 그와 처음 대면한 듯 격한 감정에 휩싸였다. 도련님은 나를 잊지 않았다! 수남은 침대 위에서 미끄러져 내려와 바닥에 무릎을 꿇었다. 당황해하는 강휘 앞에서 수남은 눈을 질끈 감고 진실을 말했다.

"도련님, 용서해 주세요. 저는 아가씨가 아니라 수남이예요. 죄송해요."

수남이 무릎을 꿇자 놀라 일어섰던 강휘는 서랍장 위에 도로 털썩 주저앉았다. 채령을 만난 것만으로도 잔뜩 흥분한 상태였던 강휘는 실은 그 애가 수남이라는 사실에 충격을 받았다. 한동안 수남을 바라보던 강휘가 간신히 입을 뗐다.

"네가 채령이가 아니라 수남이라고? 채령이랑 닮았는데?"

처음 보았을 때는 채령이 달라졌다고 생각했다. 못 본 지 오래됐으니 당연하다고 받아들였는데, 수남이라고 하니까 오히려 기억 속의 채령과 더 닮은 것 같았다. 무엇보다 수남이 어떻게 이곳에 있고 영어를 하는지 이해되지 않았다.

강휘는 수남을 일으켜 침대에 앉게 했다. 그러곤 딱딱한 표정으로 말했다.

"자, 그동안 무슨 일이 있었는지, 여긴 어떻게 온 건지 사실대로 말해 봐."

강휘는 수남이 집에서 도망 나온 거라고 추측했다. 그는 수남이 자신을 따르던 걸 알고 있었다. 수남이 만약 자신을 찾아온 거라면 피곤한 일이었다. 자칫하면 자신의 거취가 알려질 수도 있는 데다 강휘는 지금 자기 한 몸 추스르기도 버거운 상태였다. 그리고 존스 서기관 가족에게 채령인 척 속인 것도 꺼림했다. 생각해 보니 원래부터 맹랑한 구석이 있던 아이였다.

강휘가 채근하자 수남은 입을 열었다. 실은 그동안 아무에게라도 털어놓고 싶은 이야기였다. 채령과 교토로 유학을 떠났던 것에서부터 시작해, 채령과 정규의 연애, 그로 인해 채령 대신 위문대에 간 것, 그리고 부대에서의 일과 도망쳐 나온 것, 천 노인의 도움으로 목숨을 구한 것……. 자신이 하얼빈으로 온 진짜 이유만 빼놓고 모두 말했다.

"하얼빈엔 절 구해 준 지린 할아버지 딸을 따라서 온 거예요. 일자리를 알아봐 주겠다고 해서요. 달리 갈 데도 없고, 돌아갈 수는 더더욱 없어서요."

강휘는 계속되는 충격에 할 말을 잃었다. 그는 아버지가 자기 자식을 위해 다른 사람을 아무렇지 않게 사지에 보낼 만큼 괴물일 줄은 몰랐다. 도쿄를 떠난 이래 강휘는 한순간도 윤형만 자작의 아들로 산 적이 없었다. 하지만 그가 싫었던 건 가문과 자신의 출신 성분이었지 윤형만이라는 인간 자체는 아니었다. 오히려 가슴 한구석에는 아버지에 대한 연민이 있었다.

생모의 죽음이 자살임을 알았을 때, 그 일을 겪은 아버지에게 동병상련의 정을 느끼기도 했다. 속수무책으로 사랑하는 이의 죽음을 겪은 사람의 내면이 온전할 리 없었다. 아버지에게서 불합리하거나 파행적인 모습을 볼 때도 치유될 수 없는 내상 탓이라고 이해하기까지 했다. 하지만 어려서부터 데리고 있던 수남에게 한 일은 받아들이기 힘들었다. 인간으로서 할 짓이 아니었다. 강휘는 잠깐이나마 오해했던 게 너무 미안했다.

"고생이 많았겠구나. 내가 대신 사과하마. 미안하다."

그 말에 수남의 눈물 둑이 터졌다. 역시 도련님은 내 편이었어. 겉모습은 변했을지 몰라도 마음은 바뀌지 않았어. 꺼진 줄 알았던 남포등 불꽃이 살아났다. 수남은 흐느껴 울었다. 그동안 가슴속에 쌓여 있던 온갖 감정이 눈물이 돼 흘렀다. 강휘가 착잡한 눈길로 그 모습을 지켜보았다. 얼마 뒤 어느 정도 진정된 수남이 눈물을 닦으며 코맹맹이 소리로 말했다.

"나리 잘못이 아니에요. 위문대엔 내가 가겠다고 한 거예요. 나리는 위문대에서도 절 편한 자리로 빼내 주셨는걸요. 모리 소좌가 나쁜 놈이에요."

강휘가 한숨을 내쉬더니 화제를 돌렸다.

"채령이 소식은 아니?"

"저도 교토에서 헤어진 뒤로 소식을 듣지 못했어요. 아마 어딘가에 숨어 있을 거예요. 저는 계속 아가씨 이름으로 살아야 해요. 정체를 들키면 아가씨가 무슨 일을 당할지 모르니까요."

강휘가 어이없다는 얼굴로 수남을 바라보았다.

"그 지경이 돼서도 채령이 걱정을 하다니, 너 어디 모자란 거야? 그런데 무슨 생각으로 말도 안 되는 사기극을 받아들인 거니?"

조금은 가벼워진 강휘의 말투에 수남의 기분도 밝아졌다. 한바탕 울고 나니 속도 후련했다.

"자유랑 돈 때문에요. 임무를 마치고 돌아가면 나리가 절 풀어 주신다고 했어요. 돈도 많이 주신다고 했고요. 그럼 우리 집도 도와줄 수 있고 공부도 할 수 있잖아요. 부대에서 도망쳤으니 이젠 다 틀렸지만요."

시무룩한 기색으로 말하던 수남이 좋은 생각이라도 난 듯 눈을 반짝였다.

"나중에 돌아가서 아가씨가 무사하면 자유라도 달라고 해 볼래요. 나리도 그건 들어주시겠죠?"

수남은 강휘를 만나자 그와 헤어졌던 때, 아니 처음 만났던 일곱 살짜리로 돌아간 기분이 되어 자기도 모르게 응석 부리는 말투가 됐다. 그때 수남은 상전은 물론 다른 하인들 앞에서까지 내보일 수 없는 속내를 강휘에게만은 내보이곤 했다. 그가 그렇게 할 수 있도록 해 주었다. 지금도 마찬가지였다. 더 환해진 남포등 불빛이 그을음을 감추었다.

강휘가 어처구니없다는 듯 웃자 수남의 얼굴도 환해졌다. 둘은 만난 뒤 처음으로 웃으며 마주 보았다.

"채령이랑 상관없이 이미 넌 자유야. 사람을 돈으로 산다는 것 자체가 말도 안 되는 일이었어. 그런데 내가 여기 있는 줄은 어떻게 안 거야? 딴사람으로 산 지 벌써 몇 년젠데."

강휘는 수남이 자길 찾아온 거면 피곤한 일이라던 생각을 잊은 채 물었다. 꼬맹이 수남이가 다 큰 처녀가 돼 자기 앞에 있는 게 신기하기만 했다. 수남은 강휘의 상황도 모르면서 무작정 그를 찾아왔노라고 말할 수가 없었다.

"아까 말한 것처럼 세화 언니 따라서 온 거예요. 그런데 도 련님이 하얼빈에 계시다는 소리를 얼핏 들었던 게 생각났어 요. 그래서 우연히 부인에게 말했는데 존스 씨가 도와주셨 어요. 이렇게 도련님을 찾게 될 줄 저도 진짜 몰랐어요."

변명하듯 말하는 수남을 보며 강휘는 존스 서기관의 말을 떠올렸다.

"당신 동생으로 여겨지는 아가씨가 토요일마다 하얼빈을 모두 뒤질 기세로 찾아다니고 있어요. 그 아가씨가 우리 집 에 있으니 만나러 오지 않겠소?"

강휘는 말없이 손을 들어 수남의 머리를 쓰다듬었다. 머 리에서 흘러내린 손이 어깨와 등을 어루만졌다. 수남이 발 개진 얼굴로 물었다.

"도련님은 혼인……하셨겠죠?"

안개의 삶

                한 달 내내 샌프란시스코를 쏘다닌 채령은 도심은 물론 언저리 골목들까지 훤히 알게 됐다. 시간이 지나는 동안 처음 느꼈던 흥분은 사라졌다. 채령은 자신이 가난하고, 영어도 못 하는 아무것도 아닌 존재라는 사실만 더 잘 알게 해 주는 시내 구경이 점차 시들해졌다. 아침에 눈을 뜨면 오늘은 뭐 하고 하루를 보내나 하는 생각이 들 만큼 노는 것도 지겨웠다.

  한동안 우울함과 무기력증에 빠져 있던 채령은 돈을 벌어야겠다고 결심했다. 돈이 있어야 이 집을 떠날 수 있고, 돈을 벌어야만 이 집을 떠나서도 살 수 있다는 걸 깨달은 것이다. 하지만 일자리를 어떻게 찾아야 할지 막막했다. 거리를 다니다 보면 직원 채용 공고가 눈에 들어왔지만 무턱대고 찾

아갈 용기가 나지 않았다. 채령은 준페이에게 일자리를 알
아봐 달라고 했다.

"일본 사람 가게는 말고요."

표면상 남편인 준페이의 직업을 아는 사람 밑에서 일하고
싶지 않았다. 호텔 보이의 아내로 취급받을 수는 없었다. 준
페이가 펄쩍 뛰었다.

"지금 여긴 미국 사람들도 일자리가 부족한 상태예요. 당
신이 할 수 있는 일은 없어요. 있다 해도 당신에게 일을 시킬
수는 없어요. 영어 공부 하면서 조금만 기다려 줘요."

채령은 준페이에게 신세 지며 푼돈을 받아 쓰는 게 자존
심 상했다. 준페이가 야간 근무까지 하면서 침대를 내주는
것도, 지로가 자신에게 빈정대는 것도 싫었다. 채령은 직접
일을 찾아보기로 했다. 부족한 영어 실력의 동양인이 할 수
있는 일은 식당 주방 일이나 호텔 청소부, 세탁부 같은 일들
뿐이었다. 채령은 기왕이면 고급 레스토랑이나 백화점에서
일하고 싶었다. 화려한 곳에서 상류층 사람들을 보며 대리
만족이라도 하고 싶었다. 하지만 그런 곳들은 아예 자격이
되지 않거나 면접에서 영어를 제대로 알아듣지 못해 떨어졌
다. 채령은 할 수 없이 지로에게 부탁했다.

"준페이에게는 비밀이에요."

준페이는 채령이 지로를 싫어하는 걸 알고 있었다. 그런
데도 취직을 부탁했다고 하면 밸도 없다고 생각할 것이다.
준페이 따위에게 무시당하는 건 결코 참을 수 없었다.

채령이 처음 취직한 곳은 부둣가에 있는 식당이었다. 그런데 접시를 깨뜨리고, 손님에게 음식을 쏟아 하루 만에 쫓겨났다. 두 번째 식당에서는 주문을 잘못 받고, 함부로 하는 손님과 싸워 그만둬야 했다. 호텔 청소는 침대 시트 하나만 갈아도 구토가 치밀 정도로 힘들었다. 바에서는 원숭이라고 조롱하는 손님에게 물을 끼얹고 그만두었다. 채령이 일하기를 포기한 결정적인 계기는 조선 사람 때문이었다.

마지막으로 일한 식당에서는 사흘을 버텼다. 그동안 귀도 어느 정도 틔어 실수 없이 주문을 받을 수 있었다. 새로 온 손님에게 주문 받으러 간 채령의 눈이 멈췄다. 분명히 조선 남자였다. 채령은 같은 동양 남자라고 해도 조선인과 일본인, 그리고 중국인을 구별할 수 있었다. 샌프란시스코에 와서 처음 보는 조선인이었다. 지로 말로는 하와이 노동자로 왔다 정착한 조선인들이 샌프란시스코에도 있다는데 그동안 한 번도 보지 못했다. 메뉴판을 테이블 위에 놓는데, 같은 조선인이라 반가워선지 아니면 두려워선지 가슴이 뛰었다. 남자도 채령에게 무엇을 느꼈는지 음식을 주문하며 힐끗거렸다. 영어가 꽤 능숙했다.

남자의 주문을 주방에 전한 뒤 채령은 야외 테이블에서 주문한 맥주를 가지고 밖으로 나갔다. 부두 잡역부인 듯한 세 남자가 자기네 말로 떠들고 있었다. 그중 한 명이 뭐라고 떠들며 맥주를 내려놓는 채령의 손목을 잡았다. 채령이 손을 뿌리치는 사이 다른 남자가 히죽거리며 엉덩이를 툭 쳤다. 백인 여자들에게는 말도 못 걸면서 동양 여자라고 무시하는 게 분명했다.

채령이 화를 내자 한 명이 일어서더니 아예 어깨를 끌어안았다. 채령이 소리치는 순간 아까 그 조선 사람이 나타나 남자의 손목을 잡아 비틀었다. 그들은 셋이나 되는데도 일이 커지길 원하지 않는지 덤벼들지 않았다. 돈을 테이블 위에 올려놓고 욕설을 퍼부으며 가 버렸다. 그 꼴을 보자 채령은 속이 다 시원했다. 채령이 고맙다고 말하려는 순간 남자가 조선말로 물어왔다.

"혹시 조선 사람입니까?"

자신을 구해 준 남자로부터 듣는 조선말에 채령은 울컥했다. 그렇다고 하려던 순간 멈칫했다. 자신은 테라오 히카리였다. 조선 사람에게 윤채령임을 밝혔다간 무슨 일이 생길지 몰랐다. 채령은 대답 대신 일본 여자처럼 여러 번 허리를 굽히며 '아리가토 고자이마스'를 연발했다. 그러자 남자가 바닥에 침을 뱉으며 돌아섰다. 혼잣말이라고 하기엔 큰 소리가 채령의 귀에 꽂히듯 들려왔다.

"왜년을 다 도와주고 재수 옴 붙은 날이네."

왜년이라는 단어는 채령이 그동안 히카리, 또는 준페이의 아내라는 자리에서 느끼던 감정과 비교할 수 없을 만큼 큰 치욕으로 다가왔다. 서양인들에게 '원숭이'니 '바나나'니 조롱을 받을 때와도 다른 기분이었다. 그날로 일을 그만둔 채령은 더는 일자리를 알아볼 생각을 하지 않았다.

준페이는 한 달에 두 번 쉬는 날도 그냥 놀지 않았다. 화구를 준비해 초상화를 그리러 다녔다. 공원이나 거리엔 다른 화가나 사진사도 있었지만 일본 사람은 준페이뿐이었다. 고향을 떠난 지 오래돼 향수에 젖은 일본인들과 동양풍 그림에 호기심을 가진 다른 인종의 사람들이 고객이었다. 한 푼이라도 더 벌기 위해 시작했지만 그림 그리는 일은 준페이의 숨통을 틔워 주었다.

지로는 수입이 일정치 않은 데다 기분파여서 돈이 생기면 하루 이틀 만에 다 써 버렸다. 늘 집세 걱정, 생활비 걱정에 시달리는 준페이는 돈이 생겼다며 지로가 당장 필요하지도 않은 물건을 사들이거나 먹자판을 벌일 때마다 간신히 화를 삭였다. 꿈속에서조차 가족을 먹여 살려야 한다는 책임감에 짓눌려 있던 그는 그림 그리는 동안만큼은 현실을 잊을 수 있었다. 초상화 주문이 없을 때면 자신이 하고 싶은 대로 그렸다.

어느 날 아침 사사키가 퇴근하려는 준페이를 사무실로 불렀다.

"자네 혹시 지로라는 자를 아는가?"

준페이는 그 말을 듣는 순간 올 것이 왔다는 느낌이 들었다. 모른다고 할까? 하지만 사사키는 이미 둘의 사이를 알고 있는 눈치였다.

"테라오 지로를 말씀하시는 거라면 압니다. 그분은 제 삼촌입니다."

사사키의 미간이 접혔다. 검지로 책상을 톡톡 치며 생각하던 그가 말했다.

"그렇다면 자네에게 더 이상 일을 맡길 수 없네."

삼촌이 무언가 정당치 못한 일을 하면서 살아왔음을 알고 있었지만, 준페이는 사사키로부터 삼촌의 비리를 들어야 할일이 두려웠지 이렇게 해고를 당할 줄은 몰랐다. 사사키는 냉정하고 단호했다. 미국에 처음 온 준페이를 챙겨 주고 염려해 주던 모습은 온데간데없었다.

"난 지로 때문에 아버지를 잃었네. 나뿐 아니라 그자 일당에게 피해 입은 일본인들이 많아. 앞으로 재팬타운에서 일자리를 구하기는 쉽지 않을 걸세."

지금 일자리만 잘리는 게 아니라 재팬타운에서 직장을 구하기가 어려울 거라니. 준페이는 발밑이 꺼지는 것 같았다. 그래도 구걸하듯 매달리고 싶지는 않았다.

"잘 알겠습니다. 사람을 구할 때까지만 나오겠습니다."

"아니, 자네가 지로의 조카란 걸 알고도 당장 자르지 않는다면 내 명예에 손상이 갈 걸세. 여기 오늘까지 일한 급여네. 자네한테는 미안하지만 날 이해해 주게."

사사키가 서랍에서 누런 봉투를 꺼내 준페이 앞에 밀어 놓았다.

준페이는 출근하는 사람들 틈에 끼어 전차를 타고 집으로 갔다. 현관문을 열고 들어가는 순간 지로가 무슨 너스레를 떨었는지 마리나와 채령이 웃는 소리가 들려왔다. 다른 때 같았으면 채령과 지로의 화목한 광경에 기분 좋았을 것이다. 하지만 지금은 화가 치밀었다. 준페이는 감정을 꾹꾹 눌러 담은 채 아침을 먹고 마리나가 학교에 가기를 기다렸다. 그리고 자러 가는 대신 채령에게 방으로 들어가라고 했다. 채령은 준페이의 심상치 않은 기색에 순순히 자리를 피했다.

준페이는 마주 앉은 지로에게 에둘러 말하지 않았다. 일자리를 잃은 마당에 배려나 존중 따위는 하고 싶지 않았다.

"저 오늘 직장에서 쫓겨났어요. 사사키 상 말로는 삼촌 때문에 아버지를 잃었다고 하더군요. 제가 삼촌 조카인 이상 재팬타운에서 일자리를 얻기도 어려울 거래요. 그동안 삼촌은 어떻게 산 겁니까?"

준페이 얼굴에 원망하는 빛이 가득했다. 잠시 준페이의 눈길을 견디던 지로가 자신이 미국에 처음 오던 때 이야기를 들려주었다.

요코하마에 정박 중인 화물선에 몰래 숨어든 지로는 바다 한가운데서 선원에게 들켰다. 선장 앞으로 끌려가며 지로는 바다에 던져질 거라고 생각했다. 밀항자에게 그런 대우를 해도 문제 삼을 사람은 없었다. 몸과 가방 뒤짐을 당한 끝에 지로가 훔쳐 간 아버지의 우키요에가 나왔다. 배의 선주이며 사업가인 산체스는 예술품 수집에 열성적인 사람이었다. 특히 동양의 전통 예술품에 빠져 있었다. 무역 외에 예술품 구매도 선장의 일 중 하나였다. 지로의 예견대로 우키요에가 그를 살렸다.

지로는 손짓 발짓으로 자신이 일본에서 유명한 우키요에 화가라고 허풍을 쳤다. 그 덕에 선원으로 신분을 세탁해 무사히 샌프란시스코에 입성해 산체스 앞으로 불려 갔다. 골드러시 때 칠레에서 온 그는 황금을 캐 부자가 된 뒤 샌프란시스코에 정착했다. 산체스는 여러 사업을 벌였는데 그중 비중 있는 일이 샌프란시스코 전역의 도매상에 채소와 과일을 대는 일이었다. 그런데 일본인들이 아예 농장을 만들어 직접 재배한 채소와 과일을 싼 가격에 팔기 시작했다. 시장이 잠식당하는 것에 기분이 상한 산체스는 일본인들과의 문제 해결을 지로에게 맡겼다.

"내 주인은 일본인들이 아니라 산체스였다. 밀항한 날 살려주고, 샌프란시스코에 무사히 들어오게 해 주고, 그 뒤에도 살게 해 준 사람이니 말이다. 당연히 난 내 주인 편에 서야 했어. 물론 합법적이고 정당한 일만 한 건 아니지. 일본인들 약점이나 비리를 캐다 주기도 하고 때로는 폭력을 가하는 친구들 무리에 끼기도 했지. 하지만 네 사장 아버지를 내가 죽이진 않았어."

"삼촌이 친구라고 하는 사람들이 그럼 그 사람들이에요?"

"맞아. 산체스 씨가 갑자기 세상을 떠나고 산체스 주니어가 사업을 물려받은 뒤 우리는 다 쫓겨났다. 원래 주인이 바뀌면 제일 먼저 전 주인의 가신들이 내쫓기는 법이지. 사실 나는 주니어하고 사이가 좋았어. 그 애가 어릴 때 내가 많이 놀아 줬거든. 그래서 나만은 자기 곁에 두고 싶어 했지. 하지만 의리가 있지 나만 남아 있을 수는 없었다. 주로 남미 출신들이었던 친구들은 뿔뿔이 흩어졌지. 사실 그때는 미국 경기가 호황이어서 무얼 해도 먹고살 만했거든. 개중에는 성공한 친구들도 있어. 난 이미 일본 사람들한테는 악명 높은 지로가 됐으니 계속 그 친구들과 어울릴 수밖에. 끔찍한 대공황을 그럭저럭 지나온 것도 그 친구들 덕분이다. 지금도 가끔 일이 들어오곤 하지."

"그 일들도 불법인가요?"

"뭐, 관행으로 여겨질 수 있는 일들이지. 걸려도 크게 문제되지 않을 만한."

"전 삼촌이 그런 일은 이제 그만두셨으면 좋겠어요. 제가 더 열심히 벌게요."

준페이는 뾰족한 대책도 없이 말하며 자신도 지로의 허풍을 닮아 가는 모양이라고 생각했다.

준페이는 낮에는 초상화를 그리고 밤에는 지로가 소개해 준 부두에서 창고지기로 일했다. 크게 할 일이 없어 구석의 간이침대에서 푹 잘 수 있었다.

샌프란시스코엔 안개가 자주 끼었다. 안개가 심한 날은 코앞도 보이지 않았고, 그런 날은 초상화 손님이 없었다. 금문 공원에 자리 잡은 준페이는 안개 속에서 꾸역꾸역 샌드위치를 먹었다. 한 푼이라도 아끼려고 집에서 싸 가지고 나온 것이다. 자신과 가족의 미래도 안개 속처럼 뿌연 것 같아 울적했다. 준페이는 기운을 내 풍경을 그리기 시작했다. 담장 너머로 벚꽃이 피어오른 일본 티가든도 풍경화에 담겼다.

잘 꾸며진 일본식 정원과 전통차를 파는 카페가 있는 티가든은 안개에 잠겨 오히려 더 운치 있어 보였다. 준페이는 그림에 열중하고 있어 중년 부인이 와서 지켜보고 있는 것도 몰랐다. 기모노를 입은 부인의 모습은 아름다웠다. 안개가 여인을 더 신비롭게 해 줄 것이다. 완성된 그림이 머릿속에 떠올라 준페이는 자기도 모르게 말했다.

"초상화를 그려 드릴까요? 돈은 받지 않겠습니다."

지금 무슨 소릴 한 거야. 물감값도 없는 주제에. 정신이 든 준페이가 마음속으로 외쳤다. 손님을 끌기 위해서야. 준페이는 변명했다. 누군가를 그리고 있어야 손님도 모여드는 법이므로.

"그래 주신다면 감사하지요."

중년 부인은 흔쾌히 모델이 돼 주었다. 돈을 받는 게 아닌만큼 준페이는 개인 작업처럼 편하게 그렸다. 그사이 안개가 스러졌다. 준페이는 사람들이 모여들어 구경하는 것도 모를 정도로 몰입했다. 완성된 그림이 만족스러워 초상의 주인에게 주고 싶지 않을 정도였다. 중년 부인은 그림을 가지고 돌아갔다.

며칠 뒤 공원에 갔을 때 준페이는 그 중년 부인을 다시 보았다. 이번에는 나이 든 신사도 함께였다. 준페이가 반가운 마음에 인사를 했다. 신사가 자신은 티가든의 대표 하기와라라며 이야기 좀 할 수 있느냐고 물었다. 준페이는 얼결에 그림 도구를 챙겨 들고 그들의 뒤를 따라갔다. 왜 그러는지 궁금하면서도 불안했다. 지로의 조카인 걸 알고 여기서도 쫓아내려는 걸까.

티가든 정원에는 둥치 굵은 소나무와 늘어진 버드나무, 유도화 숲 사이로 벚꽃이 만발해 있었다. 비단잉어가 가득한 연못가 카페에서 사람들이 일본식 차와 포춘 쿠키, 또는 화과자를 먹고 있었다. 사람들은 쿠키에 들어 있는 운세 쪽지를 펼쳐 보며 재미있어했다. 준페이는 잉어가 있는 연못을 보자 가회동 저택이 생각났다. 그곳의 잉어는 자신이 얼마나 보잘것없는지 일깨워 주었지만 티가든의 잉어는 채령이 자신의 아내임을 상기시켜 주었다. 준페이의 불안감이 좀 가셨다.

티가든 안에는 하기와라 가족이 거주하는 사택이 있었다. 아래층은 공사 중이었고, 준페이는 2층 응접실로 안내받아 갔다. 준페이가 초상화를 그려 주었던 중년 부인이 차를 내왔다. 차를 마시며 하기와라가 티가든에 대해 설명했다.

"이곳은 원래 1894년 박람회 때 일본관 자리였지요. 우리 아버지는 일본관 정원을 디자인하셨어요."

박람회가 끝난 뒤 하기와라 아버지는 당국의 허가를 받아 일본관 자리를 계속 일본식 전통 정원으로 가꾸어 왔다고 했다.

"지금은 처음보다 다섯 배나 넓어졌지요. 미국 사람들에게 일본 문화를 알리는 데 우리 티가든이 큰 역할을 하고 있다고 자부합니다."

온 가족이 합심한 결과였다. 일본을 떠나려고만 했던 준페이는 다른 나라에서 고국의 문화를 지키고 가꾸는 하기와라 가족에게 감동받았다. 하기와라가 준페이를 보자고 한 용건을 말했다.

"티가든을 좀 더 널리 알리기 위해 여러 방안을 모색하고 있어요. 공원에서 그림 그리는 걸 여러 번 지켜보았는데 우키요에풍 그림에 조예가 있더군요."

"네. 할아버지께서 요코하마에서 우키요에 공방을 하셨어요. 아버지도 함께하셨고요. 저는 작업 과정을 보기도 하고 직접 돕기도 하면서 자랐지요."

"어쩐지⋯⋯. 아래층을 기념품 가게로 만드는 중이에요. 앞으로 티가든 풍경이나 일본 풍물 그림을 엽서로 만들어 팔 계획이에요. 또 포춘쿠키를 먹는 손님들 중 당첨 쪽지가 나온 사람한테 초상화를 직접 그려 주는 행사도 생각하고 있어요. 그동안 마땅한 화가를 찾지 못했는데 테라오 씨를 보게 된 겁니다. 우리 티가든의 전속 화가로 모시고 싶군요."

준페이는 뜻밖의 제안에 얼떨떨했다. 그림 그리는 일로 취직한다는 생각에 가슴이 뛰었지만 삼촌 일이 마음에 걸렸다. 준페이는 솔직하게 지로 이야기를 했다. 하기와라도 지로를 알고 있었다. 준페이가 그의 조카라는 사실에 놀랐지만 이 일과 연관 짓고 싶지 않다고 했다. 그럼 문제될 게 없었다. 근무 조건도 오전 9시부터 폐점 시간인 오후 6시까지였다. 지금 하고 있는 야간 창고지기를 계속해도 됐다. 월급이 많은 건 아니었지만 날씨에 따라 수입이 들쑥날쑥한 것보다 훨씬 나았다. 무엇보다 그림으로 인정받아 취직한 게 기뻤다. 그 소식을 마침 생일이 다가오는 채령에게 가장 먼저 알리고 싶었다.

준페이는 채령을 형편에 버거운 고급 식당으로 데려갔다. 채령이 어리둥절한 얼굴로 말했다.

"이런 데 와도 돼요? 길에서 돈이라도 주운 거예요?"

"그동안 고생시켜 미안해요. 앞으로는 조금씩 나아질 거예요."

채령은 그동안 구경만 하던 고급 식당에 오자 단번에 얼굴이 환해졌다.

"미리 말해 줬으면 더 꾸미고 왔을 거 아니에요."

채령이 다른 여자들을 힐끔거리며 핀잔을 주었다.

"지금도 이 식당에서 제일 예쁘니 걱정 말아요."

준페이는 자기가 말해 놓고도 부끄러웠다. 채령은 칭찬이 싫지 않은 얼굴이었다. 준페이는 티가든 이야기를 했다. 채령도 그곳을 알고 있었다. 처음에 시내 구경 다닐 때 들어가서 차까지 마신 적이 있었다. 채령은 그곳에서 먼저 준페이에게 제안했다는 사실에 놀랐다. 그동안 준페이가 초상화 그리는 일을 한다는 걸 알았지만 하찮게 생각하고 있었다.

"앞으로 당신 용돈도 조금 더 올려 줄게요."

그래 봤자 얼마 안 되겠지만 채령은 표나게 좋아했다. 전이라면 거들떠도 안 볼 잔돈푼에 반색하는 채령을 보며 준페이는 자신의 무능을 탓했다. 그는 채령이 더 이상 일하려고 하지 않자 마음이 놓였다. 준페이는 채령이 온전히 자신에게 의지해 지내기를 바랐다. 그녀에게 능력이 생기면 그 길로 떠날 것만 같았다.

"그런데 나한테 왜 이렇게 잘해 줘요?"

채령이 음식을 먹다 말고 불쑥 물었다. 그녀가 준페이의 속마음을 궁금해한 건 처음이었다. 진심을 고백할 기회였다. 머릿속에 온갖 말들이 떠올라 뒤엉켰다. 할 말을 찾느라 분주한데 채령이 새침한 기색으로 말했다.

"나중에 아버지한테, 약속한 것보다 더 많이 보상해 주라고 꼭 이야기할게요."

준페이는 맥이 빠져 고백할 마음도 사라졌다.

채령은 조금씩 집안일을 하기 시작했다. 가끔은 음식도 만들었다. 마리나와 수다 떨며 소리 내 웃기도 했다. 준페이는 티가든 한구석의 조그만 작업실에서 엽서용 그림을 그리면서 채령의 웃음소리를 떠올렸다. 한밤중 창고에서도 그녀의 미소를 떠올리면 주위가 환해지는 느낌이었다. 준페이는 자기에게 관심도 없는 채령을 이렇게 지치지도 않고 좋아하는 스스로가 이상할 정도였다.

어느 날 밤 지로가 흥분해서 창고로 찾아왔다. 준페이는 채령에게 무슨 일이라도 생겼나 싶어 가슴이 철렁했다. 지로는 준페이가 내어 준 의자에 앉을 생각도 않고 숨 가쁘게 이야기를 꺼내 놓았다.

"낼 아침까지 기다리려다 도저히 참을 수가 없어서 왔다. 오늘 무슨 일이 있었는 줄 아니?"

채령이 떠나 버린 걸까. 한동안 평온함에 행복했었다. 자신은 행복과 어울리지 않는 사람이다. 불운을 타고난 존재였다. 아주 짧은 순간 떠오른 생각들로 준페이는 얼굴이 창백해졌다. 채령이 없으면 모든 게 의미 없다. 지로의 말이 이어졌다.

"오늘 산체스 주니어가 제 아버지가 모아 놓은 미술품들로 산체스 컬렉션 전인가 뭔가를 한다길래 구경 가지 않았겠니. 그런데 갤러리에 우리 아버지 테라오 다케시의 우키요에도 걸려 있지 뭐냐. 오늘 다케시 아들이라고 기자랑 인터뷰까지 했다. 우키요에 만드는 방식도 설명해 주고. 내가 색칠했다니까 더 관심 있어 하더라."

준페이도 놀라 자리에서 벌떡 일어났다.

"그게 정말이에요? 할아버지 그림은 대지진 때 불타서 한 장도 안 남았어요. 그런데 여기서 보게 되다니. 갤러리가 어디예요? 저도 시간 내서 가 봐야겠어요."

"그래서 사람 일은 알 수가 없다는 거다. 그때는 내가 아버지 그림을 훔쳐 간 불효자였지만 지금은 아버지 작품을 미국에 알린 효자 아니냐."

지로가 어깨를 으쓱거렸다.

"어련하시겠어요."

채령이 떠난 줄 알고 핼쑥했던 준페이 얼굴에도 미소가
번졌다.

"그래서 말인데 우리가 우키요에 공방을 차리면 어떻겠
니? 네가 그림을 그리면 내가 제작을 하마. 그때는 그렇게
지겨웠는데 뼈에 새겨졌는지 제작 과정이 그대로 생각나지
뭐냐. 네가 색칠까지 하면 찍어 내고 홍보하는 건 내가 하마.
샌프란시스코에 테라오 우키요에 공방을 다시 차리는 거
다."

흥분한 지로는 숨도 쉬지 않고 말했다.

"돈이 어디 있어서 가게를 차려요? 그리고 우키요에는 요
코하마에서도 사양산업이었잖아요. 삼촌이 맨날 투덜거리
던 거 아직도 기억나요."

"유행은 돌고 도는 거야. 그리고 여긴 요코하마가 아니라
미국 아니냐. 동양인은 무시하면서 중국 자기다, 일본 실크
다 하면 껌뻑 죽는 게 미국 놈들이야. 가게는 내가 산체스 주
니어에게 부탁해 보마. 산체스가 떠날 때 한 번은 도와주
겠다고 했었거든. 그동안 아무리 어려워도 손 벌린 적 없었
는데 이번이 기회인 것 같다. 건물도 많이 갖고 있으니 가게
자리 한 칸 내주는 건 일도 아닐 거야. 그 애도 제 아버지 컬
렉션 중에서 우키요에가 가장 화제를 끌었다는 걸 잘 알고
있으니 관심이 있을 거다. 내가 전에 이야기했었지? 그 애하

고 나하고 친하다고."

지로가 큰소리쳤다.

"만일 실패하면 전 안정된 직장을 잃고 빚만 지는 거잖아
요."

지로가 미덥지 않은 준페이는 불안했다.

"준페이, 사내란 언제가 기회인지 알아차려야 하고 또 때
가 오면 과감하게 낚아챌 줄 알아야 하는 거다. 네가 그러니
까 여태껏 여자 하나 못 휘어잡고 있는 것 아니냐. 이번 일이
돈을 벌 수 있는 기회야. 다행히 네 가짜 처는 사치스러운 여
자니 네가 돈을 많이 벌면 사족을 못 쓸 거다."

그 말은 자기 아버지에게 약속한 것보다 더 많이 보상해
주라고 하겠다는 채령의 말과 다르지 않았다. 채령에게는
아무 말도 못 했으면서 지로에게는 발끈해서 말했다.

"전 그런 식으로 히카리를 제 여자로 만들고 싶지 않습니
다."

"그래그래. 그건 너희 부부 일이니 알아서 하고, 테라오 공
방은 차리기로 하는 거다."

그동안 집세까지 조카에게 미루고 빈둥거리던 지로는 적
극적으로 움직였다. 그 결과 계획대로 산체스 주니어로부터
가게 자리를 하나 빌렸다. 티가든에서는 준페이의 공방 개
업을 반기며 엽서 그림을 계속 맡기겠다고 했다. 공방을 열
기도 전에 거래처가 생긴 준페이는 한껏 고무됐다. 시내 중
심가에 있는 가게는 위치가 좋았고 처음 1년은 그림으로 월

세를 대신하기로 해 조건도 나쁘지 않았다.

준페이는 우키요에뿐 아니라 틈만 나면 스케치해 두었던 샌프란시스코의 풍경과 건축물들을 그렸다. 그의 그림은 제법 인기가 좋았다. 준페이는 채령을 낡고 비좁은 집과 위험하고 지저분한 동네에서 하루빨리 벗어나게 해 주고 싶었다. 그는 가게의 간이침대에서 쪽잠을 자며 열심히 작업했다.

채령이 가게에 나와 일하고 싶어 했다. 준페이도 그녀와 한 공간에 있는 건 환영이었다. 그렇잖아도 채령을 자주 보지 못해 힘들던 참이었다. 귀족의 딸로 온갖 호사를 누리며 안목을 키운 채령에겐 남다른 심미안이 있었다. 같은 물건도 그녀가 진열해 놓으면 더 돋보이거나 고급스러워 보였다. 채령은 가게 일에 재미를 느끼며 적극적으로 나섰다. 준페이는 가회동 저택에서 일할 때처럼 팔에 토시를 낀 채 그림을 그리다 말고, 생기 넘치는 채령을 훔쳐보았다.

환한 밤

수남은 외출 시간에 강휘를 만났다. 그는 다시 예전의 빛을 되찾았다. 하지만 등피의 그을음과 녹슬고 우그러진 테까지 다 보이는 빛이었다. 수남은 그동안 강휘를 남포등도 아닌 별 같은 존재로 여기고 있었음을 깨달았다. 별은 실체를 알 수도 없고 가까이 할 수도 없다. 그저 멀리서 우러러볼 수 있을 뿐이다. 하지만 남포등은 달랐다. 곁에 있을 수도 있고, 심지를 돋울 수도 있고, 등피의 그을음을 닦아 줄 수도 있다.

수남은 뒤늦게 깨달은 사실에 새로운 기쁨을 느꼈다. 일주일이 토요일 오후를 위해 있는 것 같았다. 금요일만 돼도 벌써 마음은 강휘 곁에 가 있어 일이 손에 잡히지 않았다. 토요일 점심 식사 후 수남은 서두르다 재닛이 아끼는 찻잔을 깼다. 미안해 어쩔 줄 몰라 하는 수남에게 재닛이 말했다.

"다치지 않았으면 됐어. 그런데 누가 보면 오빠가 아니라 애인 만나러 가는 줄 알겠구나."

수남은 정신이 번쩍 들었다. 강휘는 친오빠로 돼 있다. 남들에게 의심 살 행동을 해서는 안 된다.

"죄송해요. 오래간만에 다시 만나니 너무 좋아서 그만……. 단둘인 데다 다정하고 친절한 오빠였거든요. 터울이 많이 져서 절 잘 데리고 놀아 주었어요. 방학 때 도쿄에서 집에 올 때면 선물도 꼭 사다 주고요."

수남의 말이 주절주절 길어졌다.

"부럽다. 나는 형제가 없어서 외롭게 자랐는데. 어서 준비하고 나가 봐."

재닛이 웃으며 말했다. 재닛은 자신들의 온정으로 불쌍한 식민지의 남매가 상봉한 사실에 뿌듯해했다.

강휘가 결혼하지 않았다는 사실을 알았을 때 수남은 기쁜 마음을 필사적으로 숨겨야 했다. 강휘가 알면 어이없어할 것 같았다. 강휘가 외출 시간에 만나자고 했을 때 수남은 당연히 그의 집으로 가 청소와 빨래를 해 주어야 한다고 생각했다. 별 같은 상전이어서가 아니라, 남포등의 등피를 닦는 것처럼 챙겨 주고 싶었다.

밤마다 수남은 자신이 차린 저녁을 강휘와 마주 앉아 먹는 모습을 상상했다. 하지만 강휘는 수남을 집에 데려가지 않았다.

"앞으로는 제가 청소랑 빨래랑 다 해 드릴게요."

함께 밥을 먹자는 말은 차마 하지 못했다.

"손바닥만 한 방인데 할 게 뭐가 있다고. 그리고 너도 일주일 내내 남의 집 일 하느라 힘들었을 텐데 잠깐이라도 쉬어야지."

밖에서 처음 만났을 때 강휘는 수남을 쑹화강 공원으로 데려갔다. 날이 따뜻해지자 강변 공원에는 소풍객이 늘어났다. 세화의 말대로 강 위에는 놀잇배도 떠다녔다. 수남은 나들이 나온 사람들 틈에 섞여 강휘와 걷고 있는 게 꿈만 같았다.

"도련님."

강휘가 돌아다보았다.

"그냥 불러 보았어요."

수남이 배시시 웃으며 말했다. 강휘와 함께 있음을 자꾸 확인해 보고 싶었다.

"이제 그렇게 부르지 마라."

강휘가 불쑥 말했다.

"네?"

수남은 깜짝 놀라 그 자리에 멈춰 섰다.

"넌 채령이라면서. 채령이가 나더러 뭐라 부르디?"

"오빠……요."

"그래, 앞으로는 그렇게 불러. 꼬맹이 너, 지금부터 도련님이라고 부를 때마다 알밤 한 대씩이다."

강휘가 장난스레 말하곤 휘적휘적 걸어갔다. 그 자리에

선 채 강휘의 말을 되새겨 보던 수남은 조심스레 발음해 보았다. 오빠, 오빠. 호칭 하나 바뀌었을 뿐인데 도저히 뛰어넘을 수 없을 것 같던 벽 하나가 사라진 느낌이었다.

"오빠!"

수남이 소리쳐 부르며 강휘에게 뛰어갔다. 멈춰 선 강휘가 빙그레 웃으며 기다려 주었다.

강휘도 토요일 오후를 기다렸다. 수남을 만나면서부터 늘 한겨울 북쪽 나라처럼 시리던 가슴 한구석이 따뜻해지는 느낌이었다. 돌이켜 보면 스물여섯 살이 되도록 외롭지 않은 적이 없었다. 강휘는 진즉부터 자신의 외로움이 태생적이라는 사실을 알고 있었다. 그는 어디에서든 속할 데가 없는 이방인 같은 존재였다. 아버지가 어울리길 원하는 무리에서는 첩의 자식이라는 출신 성분이 그를 금 밖으로 밀어냈다. 자작의 아들이라는 신분 또한 사람들이 그를 멀리할 충분한 이유가 됐다.

장수는 강휘가 그래도 이 세상에 속해 있다고 느끼게 해준 유일한 친구였다. 토막촌이 철거돼 오갈 데 없는 장수를 집에 데려왔을 때 강휘는 자기가 속해 있는 자리가 한 뼘 더 넓어진 것 같았다. 하지만 아버지는 보잘것없는 집안의 아이라고 못마땅해했다. 장수는 얼마 뒤 과외 자리를 얻었다며 나갔다. 과외 선생이라기보다는 심부름꾼에 가까운 자리란 걸 알면서도 붙잡을 수 없었던 강휘는 두고두고 부끄러웠다. 장수는 간신히 고보를 졸업했지만 대학 진학은 엄두도 못 냈다. 장수를 도쿄로 데려간 사람은 강휘였다.

"집에서 보내 주는 생활비를 아껴 쓰면 우리 둘이 충분히 생활할 수 있을 거야. 일단 가서 무슨 일이든 하면서 다음을 생각해 보자."

여름방학을 맞아 집에 온 강휘는 장수부터 만났다. 그리고 장수와 함께 도쿄로 갈 생각에 방학 내내 즐겁게 생활할 수 있었다. 아버지 비위를 맞추려고 파티도 마다하지 않았고, 여자들을 만나기도 했다. 하지만 강휘는 자신보다 가문이나 재산에 더 관심을 보이는 여자들에게 마음이 가지 않았다. 할아버지의 죽음이나 생모의 자살을 떠올리면 연애하고 싶은 마음도, 결혼하고 싶은 생각도 사라졌다.

도쿄로 간 장수는 강휘의 방에서 지내며 대학 입학 준비를 했다. 강휘는 장수의 첫 등록금을 마련하기 위해 책값이며 사교비를 부풀려 청구했다. 골샌님 같은 강휘가 탐탁지 않았던 형만은 사교비 액수가 늘어나는 것을 오히려 환영했다. 그래도 등록금은 만만치 않은 액수였다. 강휘는 장수를 위해 겨울방학에도 집에 가지 않았고, 아버지에게 심지어 여자 문제로 사고 쳤다는 거짓 편지까지 써 돈을 타 냈다.

장수가 입학했을 때 강휘는 마치 자식을 대학에 보낸 것처럼 흐뭇했다. 대학에 간 뒤 장수는 유학생들로 구성된 비밀 단체에 가입했다. 강휘로서는 있는 줄도 모르고, 알았다고 해도 들어가지 못했을 항일 조직이었다. 장수는 그 사실을 철저히 비밀에 부쳤다. 하지만 한 공간에 살면서 완벽하게 숨길 수는 없었다. 강휘는 비밀이 많아진 장수가 여자를 사귄다고 오해했다. 미안하다고 이야기할 때마다 자기한테 신세 지는 처지에 연애까지 하기 때문이라고 짐작했다. 강휘는 둘 사이에 말 못 할 비밀이 생기는 게 안타까웠다. 그는 진심으로 친구의 연애를 축하해 줄 수 있었다.

일하러 간다던 장수를 길에서 보았을 때 강휘는 다시 예전으로 돌아갈 수 있는 기회라고 생각하며 그의 뒤를 밟았다. 여자와 함께 있을 때 우연히 마주친 척해 장수를 편하게 해 줄 요량이었다. 그 장면을 상상하는 강휘 입에선 비죽이 웃음이 새어 나왔다. 하지만 강휘가 보게 된 사람들은 장수의 연인이 아니라 유학생들이었다. 개중에는 강휘와 장수의 고보 동창도 있었다. 학생들이 연루된 시국 사건마다 주모자였던 그는 강휘를 늘 경멸 어린 시선으로 보았다.

강휘는 그들 앞에 나서지 못했다. 장수가 철저하게 비밀을 지킨 이유를 알 수 있어서였다. 자작의 아들인 자신은 그들에게 경찰만큼이나 경계해야 할 대상인 것이다. 강휘는 자신에게 비밀로 한 장수에게 배신감을 느꼈고 깊은 상처를 받았다. 그나마 아슬아슬하게 남아 있던 발밑의 땅마저 꺼지는 것 같았다. 형만의 아들 윤강휘로는 더 이상 발을 딛고 설 자리가 없었다.

강휘는 당장 하숙을 정리해 장수가 오갈 데 없도록 만들고 싶었다. 자신이 내어 준 방과 음식 덕분에 명분 있는 일을 하며 살고 있는 장수에게 시기심마저 느꼈다. 애국이니 독립운동이니 한다고 뿌듯해할 수 있는 게 민족 반역자의 자식 덕이라는 걸 깨닫게 해 주고 싶었다. 하지만 자기 또한 아버지 것으로 누리며 사는 처지에 지나지 않았다. 그러면서 장수에게 권력을 행사하려는 자신이 혐오스러웠다.

강휘는 아버지에게 편지를 쓰고 장수에게도 두 달의 말미를 남겨 둔 다음 도쿄를 떠났다. 그리고 5년 가까이 중국을 떠돌았다. 처음엔 말석에서나마 임시정부 일을 돕기도 하고, 항일 무장 조직에 가담하기도 했다. 그러나 애초에 거창한 명분에 뜻이 없던 그는 일을 진행하는 과정에서의 어려움이나 조직 생활에서 느끼는 작은 실망을 극복하지 못했다.

독립운동 같은 큰일을 하니 사소한 잘못은 저질러도 된다고 생각하거나, 입으로는 자유와 평등을 떠들면서 실생활에서 사람을 차별하고 함부로 대하는 사람, 또는 자리에 연연해 암투를 벌이는 사람들을 보면 그 조직에 계속 머물고 싶은 생각이 사라졌다. 무엇보다 강휘에게는 나라를 되찾아야 한다는 신념이나 열망이 없었다. 아버지의 안위가 걱정돼서는 물론 아니었다. 그는 조선은 물론 자기 자신에게서조차도 지키고 싶은 게 없었다. 만주에서 시작해 중국 남쪽까지 떠돌아다니던 강휘는 발길을 다시 북쪽으로 돌려 하얼빈에 도착했다. 1년 전 일이었다.

"전 오빠가 선생님이 된 게 너무 놀라워요. 경성에는 아주 위험하고 엄청난 일을 하는 걸로 소문이 나 있거든요. 고등계 형사들도 오빠 핑계로 맨날 드나들면서 나리 재산을 뜯어

갔어요. 그 때문에 나리가 파산할지 모른다고 할 정도로요."

"집하고 인연을 끊으려고 떠나왔는데 그런 일이 있었다니 씁쓸하네. 내가 이나마 살아가고 있는 것도 아버지 덕인 건가."

강휘가 쓴웃음을 지었다.

"그럴지도 모르지요. 나리가 얼마나 자식들을 끔찍하게 생각하는지 오빠는 모르실 거예요."

수남은 가짜 딸인 자기도 형만에게는 그런 자식이라고 생각했다.

"그런데 오빠는 어떻게 해서 학생들을 가르치게 된 거예요? 여긴 언제부터 계셨던 거고요?"

하얼빈에 도착한 강휘는 처음 만주에 있을 때 알았던 지인의 소개로 미곡상에 취직했다. 부가전에 있는 조선인 쌀가게로, 숙식이 제공되고 간단한 장부 정리만 하는 일이라 보수도 적었다. 월급이 많으면 그 값을 해야 하는 법이니, 강휘는 적게 받고 적게 일하는 게 좋았다. 남는 시간엔 책을 보거나 빈둥거리면 좋겠다 싶었는데 막상 가 보니 배달꾼이 세 명이나 있는 제법 큰 도매상이었다. 그런데 장부 정리는 주먹구구식이었다. 시키는 사람도 없는데 강휘는 체계를 잡아 금전출납부를 정리해 나갔다.

강휘는 대학에서 문학을 전공하고 싶었으나 아버지의 강요로 상과에 입학했다. 비록 도중에 그만뒀지만 그때 한 공부가 밥값을 하며 사는 데 큰 도움이 됐다. 어디를 가든 강휘에겐 장부 정리나 문서 작성 같은 업무가 주어졌다. 처음엔 반듯한 필체 때문이었지만 차츰 상당한 문장력과 꼼꼼한 성격, 그리고 상과 관련 지식이 한몫하면서 그 계통의 최적임자로 인정받곤 했다.

주인인 홍 사장은 봉급을 조금 더 올려 준 뒤 공부를 가르쳐 주라며 자기 아들을 강휘에게 들이밀었다. 중학교 시험에서 떨어진 아이였다.

하얼빈에는 조선인 중등학교가 없었다. 소학교를 졸업한 조선 아이들은 중국인이나 일본인 학교에 들어가야 하는데 학교들이 조선인에게만 높은 점수를 요구했고 그나마도 인원수를 제한했다. 대다수의 조선 아이들은 상급 학교에 진학하지 못한 채 방황하다 아편 밀매업이나 폭력 조직에 휩쓸리는 경우가 많았다.

마다할 평계를 찾지 못한 강휘는 홍 사장 아들에게 시험 과목을 가르쳤다. 공부에서 손을 놓은 지 오래됐어도 그 정도 수준은 어렵지 않았다. 홍 사장 집에서 과외를 하고 저녁까지 먹고 온 날, 배달꾼인 창수가 자기에게도 공부를 가르쳐 줄 수 있느냐고 물었다. 창수는 가게에 딸린 방에서 강휘와 함께 지내고 있었다.

"어려울 거 없어. 어차피 밤에 할 일도 없는데 뭐. 오늘 밤부터 하는 거다."

강휘는 죽지 못해 공부하는 홍 사장 아들보다 배움에 목마른 창수를 가르치는 게 훨씬 재미있었다. 얼마 뒤에는 출퇴근을 하는 두 아이도 배우겠다고 나섰다. 시간이 지나자 소문을 듣고 찾아온 아이들이 한 명, 두 명 늘어나기 시작했다. 시장통을 떠돌던 아이들은 물론 부모 손에 이끌려 오는 아이도 있었다. 가게 문을 닫은 뒤 그 아이들을 가르치며 강휘는 지금까지 알지 못했던 기쁨과 보람을 느꼈다.

그러나 남의 집에 매인 처지에 월급을 받으며 일하는 가게에서 아이들을 가르치는 것은 눈치가 보이는 일이었다. 그는 고심하다 미국 선교회에서 운영하는 교회를 찾아가 시설을 이용할 수 있게 해 달라고 부탁했다. 무료 급식이나 무상 진료를 하며 선교 활동을 해 온 교회에서는 대환영이었다.

"처음엔 조선 애들만 가르칠 생각이었는데 중국 애들도 몰려왔어. 다 같은 애들인데 가를 것 있나 싶더라. 쫓아 다니며 지켜보던 경찰도 정말 공부만 가르치니까 제풀에 나가떨어지데. 나는 이 일이 그동안 내가 한 일 중에서 제일 대단하다 싶은데 네 눈에는 시시해 보이니?"

강휘가 웃으며 물었다. 수남이 당황해 손사래를 쳤다.

"아니에요. 저는 선생님이 오빠랑 더 어울린다고 생각해요. 진짜예요."

일본군과 싸우는 강휘의 모습은 아무리 해도 그려지지 않는데 아이들을 가르치는 모습은 이미 여러 번 본 것처럼 익숙했다. 수남은 강휘와 스스럼없이 대화를 나누는 게 꿈만 같았다. 강휘 일이라면 아주 작은 것까지 다 알고 싶은 수남은 그의 이야기를 듣는 게 너무 좋았다.

강휘 또한 수남의 이야기가 흥미로웠다. 한동안 강휘는 무기력증에 빠져 있었다. 처음엔 교육이 아이들의 미래를 변화시켜 줄 것이라고 기대했다. 강휘는 의욕적으로 아이들을 모집하고 후원금을 모으러 뛰어다녔다. 하지만 생활고나 박약한 의지 탓에 다시 아편굴이나 사창가 삐끼로 돌아간 아이들과 마주칠 때면 맥이 빠졌다. 그런 일이 반복되자 회의가 밀려와 다 그만두고 싶어졌다. 그러던 차에 나타난 수남은 강휘에게 새로운 힘을 주었다. 한 여자아이가 자기 앞에 성장한 모습으로 나타날 때까지 스스로 이루어 낸 것들이 놀라웠다. 까막눈이었던 수남이 조선글뿐 아니라 일어, 영어까지 안다는 사실이 믿어지지 않았다.

"저 혼자 한 것도 아닌걸요. 조선글은 태술 오빠한테, 일본어는 테라오 상하고 스즈키 할머니한테, 영어는 브래들리 부인한테 배운 거예요. 그리고 여기 오기까지 많은 사람들이 도와주었고요. 제가 젤 놀라운 건 오빠를 만났다는 거예요. 가끔 이게 다 꿈이라는 꿈을 꾸다 놀라서 깨곤 해요."

수남이 꿈이 아님을 확인하겠다는 듯 눈을 크게 뜨고 강휘를 바라보았다. 강휘가 웃음을 터뜨렸다.

"그건 나도 그래. 꼬맹이가 어떻게 지금 내 앞에 있을 수 있는지 자다가도 신기해서 팔을 꼬집어 보곤 해."

강휘는 무엇이 수남으로 하여금 계속 공부하게 했는지 궁금했다. 수남은 박람회장에서 글자를 몰라 고생했던 일을 들려줬다. 강휘도 채령과 수남을 데리고 박람회장에 갔던 기억이 났다. 세세한 건 하나도 생각나지 않고 수남을 잃어버린 일만 떠올랐다.

"처음엔 그래서 시작했지만 계속 공부했던 건 오빠 방에 있는 책들을 읽고 싶어서였어요. 어떤 내용들일까 무척 궁금했거든요."

수남은 자기도 모르게 이야기하곤 깜짝 놀랐다. 도련님 책을 감히. 하지만 강휘는 호기심 어린 얼굴로 수남을 바라보았다.

"그래, 그 책들을 읽어 보았니? 뭐가 제일 재밌던?"

"오빠 책들은 너무 어려워 재밌는 게 별로 없었어요. 하지만 아가씨 책들은 다 볼만해요. 그중에서 가장 재밌던 건 『유정』이었어요. 오빠도 아시죠?"

"유정? 그게 뭔데?"

"그 유명한 소설을 모른단 말씀이세요?"

수남이 놀란 얼굴을 했다.

"혹시 이광수 소설을 말하는 거야?"

강휘의 미간이 접혔다.

"네! 정말 재미있어요. 아가씨도 저도 몇 번이나 읽었는지 몰라요. 그런데 그 책을 잃어버렸어요. 가지고 있다면 오빠도 보실 수 있을 텐데, 너무 아까워요."

진심으로 안타까워하는 수남의 표정에 강휘가 픽 웃으며 말했다.

"아까울 거 없다."

강휘는 수남이 칭송해 마지않는 이광수가 민족을 배반한 변절자라는 사실을 말해 줄까 하다가 그만두었다. 변절자가 어디 이광수뿐이랴. 자신이 한때나마 존경했던 최남선도 일본 관동군이 만주에 세운 대학에 교수로 와 있었다. 물론 독립을 위해 하는 일도 없고, 광복을 염원하지도 않는 자신은 그들을 욕할 자격도 없었다. 강휘가 실망스러운 것은 일신을 위해 일본과 타협하고 굴복했으면서 그럴듯한 명분을 내세워 자신들의 행태를 합리화하고 변명하는 모습이었다. 대다수 조선 지식인들의 모습이기도 했다. 게다가 강휘는 이광수의 소설을 통속 연애소설이라고 생각했기에 흥미도 관심도 없었다. 하지만 수남은 계속 소설책 속에 빠져 있었다.

"바이칼호수에 꼭 가 보고 싶어요."

"네가 거길 어떻게 알아?"

강휘가 깜짝 놀라 물었다. 그도 최남선의 역사책들을 읽으며 한민족의 시원이라는 바이칼호수에 가 보리라 꿈꾼 적이 있었다.

"소설에 나와요. 하얼빈도 나오고요. 최석이 바이칼호수로 가기 전에 하얼빈에 머무르거든요."

수남은 꿈꾸는 듯한 얼굴이 됐다.

강휘는 어리다고만 여겼던 수남에게 힘을 얻고 위안을 받게 될 줄 몰랐다. 그동안의 무기력증이나 회의는 자신이 희생하고 베푼다고 생각한 데서 온 거였다. 돌이켜 보니 도쿄를 떠나온 이래 가슴 밑바닥에 내내 그런 생각이 깔려 있었다. 안락함과 영화를 버리고 온 것에 대한 보상 심리였다. 돈이나 명예를 바란 건 아니었다. 그가 원하고 기대했던 건 고결하고 높은 이상을 실현하는 사람들과의 만남이었다. 하지만 흠 없는 사람은 어디에도 없었다. 자기 또한 오점투성이면서 그때마다 실망한 채 쉽게 포기하고 떠났다. 하얼빈에서는 상대가 아이들이었기에 그나마 버틴 것이다.

그런데 이제 보니 너무나 미성숙한 생각이었다. 안락한 현실을 버리고 이상을 좇아 거친 광야를 떠돌고 있다고 생각했지만 그 또한 나약한 도피였을 뿐이다. 강휘는 가회동 저택의 후계자가 될 자신이 없었다. 아버지를 따라 금광이나 소작지에 가는 게 죽기보다 싫었다. 아버지의 가르침에도 불구하고 사람들 앞에서 당당하게 굴 수가 없었다. 돌아서면 무시하고 경멸할 거라는 생각에, 앞에서 굽실거리는 사람들에게도 믿음이 가지 않았다.

그는 아버지와 집으로부터 벗어나고 싶었다. 장수의 일이 그에게 도망칠 핑계를 만들어 주었다. 떠나온 뒤에도 마찬가지였다. 이런저런 이유로 자신을 합리화한 채 계속 현실에서 도망치며 살았다.

강휘는 일곱 살이나 어린 수남한테서 삶을 새로 배우는 느낌이었다. 수남과 함께 있는 게 점점 더 좋아져서 집까지 바래다주고 돌아서는 순간부터 벌써 다음 토요일 오후를 기다렸다. 수업 중에도 다음에 수남을 만나면 무얼 할까 생각하다 슬며시 미소 짓는 모습을 아이들에게 들키곤 했다.

"오빠 방에 가서 먹으면 안 돼요?"

어느 날 영화를 보고 저녁 먹으러 식당으로 가려는 강휘에게 수남이 말했다. 그동안 몇 번이나 방 구경을 시켜 달라고 졸랐지만 강휘는 가 봤자 앉을 자리도 없다면서 거절했다.

"혹시 방에 누구 숨겨 둔 거 아니에요?"

수남이 버티고 서서 말했다.

"나 혼자 지내기도 좁은 방에 누가 있다고, 참."

"그런 게 아니면 왜 안 데리고 가요? 오빠가 어찌 지내는지 보고 싶단 말이에요."

"너도 참, 뭐가 그렇게 보고 싶다는 건지. 정 그러면 가자."

강휘의 방은 시장통 허름한 건물 2층에 있었다. 그는 수남에게 자신의 거처를 보이는 게 창피했다. 그녀가 자신을 대단한 사람으로 보는 게 민망하면서도 초라한 현실을 보여 주기는 싫었다.

"제대로 앉을 데도 없는데 왜 자꾸 오겠다고 하는지, 원."

문을 딴 강휘가 얼른 들어가더니 어지러이 널려 있던 옷가지와 책들을 치웠다. 수남은 입구에 서서 방 안을 들여다보았다. 한 몸 누이기에도 빠듯해 보이는 낡은 침상과 책상 하나가 전부인 작은 방이었다. 청소할 것도 빨래할 것도 없어 보이는 가난한 살림살이였다. 도련님은 어째서 대궐 같은 넓은 집을 버리고 이역만리에서 이러고 사는 걸까? 행랑채 하인들이 말하던 독립운동을 하는 것도 아니었다. 자살한 어머니에 대한 기억 때문에 편하게 살고 싶지 않은 걸까? 가회동 저택의 사랑채와 너무나 대조적인 방을 보자 수남은 가슴이 아팠다.

방에 들어앉고 얼마 뒤 비가 쏟아지기 시작했다. 여름이 되면서 하얼빈엔 비도 많이 오고 번개도 자주 쳤다. 강휘와 함께 있는 수남은 호두 껍데기 속에 든 것처럼 아늑했다. 강휘가 작은 상을 펴고 시장에서 사 온 음식을 올려놓았다. 만 둣국과 볶음국수였다. 방은 물론 상도 작아 고개를 숙이면 머리가 맞닿았고 상 밑으로는 무릎이 맞닿았다. 함께 먹으니 조촐한 음식도 진수성찬 같았다.

"오빠는 왜 여태 혼인하지 않으셨어요?"

식사를 끝내고 차를 마시던 수남이 문득 생각났다는 듯 물었다. 그동안 수도 없이 하고 싶었던 질문인데 강휘는 심 드렁한 어조로 대답했다.

"난 가정을 꾸리고 싶은 생각이 없어. 누군가를 책임질 만 한 그릇이 못 되고, 무엇보다 자식한테 이 현실을 물려주고 싶지 않아."

아무리 멀리 떠나도 혈육의 연을 끊을 수 없다는 건 강휘 도 잘 알았다. 가명을 쓰고 고아 행세를 해도 자신은 윤형만 자작의 아들인 것이다. 강휘는 아버지로부터 먼지 한 톨도 물려받고 싶지 않았다. 그의 소원은 아버지보다 하루라도 일찍 죽는 거였다. 수남은 남의 일처럼 말하는 강휘가 안타 까워 그를 안아 주고 싶은 마음을 간신히 참았다.

그날 밤 집으로 돌아온 수남은 목욕을 한 뒤 거울 앞에 섰다. 거울 속의 얼굴은 행복감으로 빛나고 있었다. 강휘와 가까워지는 것만큼 욕심이 늘어 갔다. 일주일에 한 번, 몇 시간 만나는 것으로는 그 갈증이 채워지지 않았다. 헤어질 때면 다시는 못 만날 것 같은 불안함에 발걸음이 떨어지지 않았다. 지난 5년 동안 마음에 품고 있는 것만으로도 어떻게 충만할 수 있었는지 이상할 정도였다.

수남은 꿈속에서 강휘와 입 맞추며 더할 수 없는 행복을 느끼다 소스라치게 놀라 눈을 떴다. 피투성이가 된 분이가 자신을 바라보고 있었다. 분이 뒤에는 위문대원들이 그림자처럼 둘러서 있었다. 굶주린 까마귀 떼가 달려들어 쪼아 대는 것처럼 심장이 아팠다. 강휘를 만나는 기쁨에 들떠 까맣게 잊고 있던 아이들이었다.

밖에는 또 비가 세차게 내리고 있었다. 비는 무섭고 불안한 감정을 일깨웠고, 세상을 가를 듯 번쩍이는 번개는 안 좋은 기억을 비췄다. 번개 빛에 드러나는 분이와 필녀의 모습은 눈 뜬 채 꾸는 악몽 같았다. 수남은 심란하고 두려운 마음을 주체할 수 없었다.

한번 떠오른 분이 생각은 지워지지 않았다. 전보다 더 강하게 머릿속을 파고들었다. 사람은 몸과 마음이 따로 있는 게 아니었다. 분이와 대원들은 이제 사랑하는 사람을 만나도 그와 함께한다는 행복보다 고통스러운 기억에 몸부림치게 될 것이다. 일본 군인들이 아이들에게 저지른 짓은 살인

이나 마찬가지였다. 그들은 꽃잎 같은 소녀들의 몸을 으스
러뜨리고 혼까지 짓이겼다. 밤마다 수남은 강휘에 대한 열
망과 분이를 남겨 두고 도망친 죄책감으로 괴로워했다.

그러는 사이 7월이 됐다. 저녁이면 사람들은 공원으로 몰
려나왔다. 노천카페에서 술 마시는 사람도 늘어났고, 쑹화
강에서 뱃놀이하는 사람도 많아졌다. 강휘를 향한 수남의
마음도 점점 더 간절해져 어느 날 밤에는 몰래 집을 빠져나
가 부가전 시장통까지 달려가기도 했다. 수남은 자신의 감
정을 더는 숨기지 못하고 강휘에게 고백해 둘의 관계를 망
쳐 버릴까 봐 겁났다. 강휘에게 자신은 그가 종종 쓰는 호칭
대로, 그 집에서 일하던 꼬맹이일 뿐이었다. 오빠라고 부른다
고 해서 달라지는 건 없었다. 강휘가 결혼하지 않겠다는 것도
어쩌면 자신의 감정을 눈치채고 선을 긋는 건지 몰랐다.

'아무래도 상관없어. 오빠 가까이 있을 수만 있으면 돼.'

수남은 그렇게 허전한 마음을 달랬다. 그녀는 강휘가 새
벽까지 잠 못 이루다 한달음에 존스 서기관 집 앞으로 달려
와 서성거린다는 것을 알지 못했다. 강휘 역시 수남과 떨어
져 있고 싶지 않았다. 일주일에 반나절 만나는 것으로는 갈
증만 더할 뿐이었다. 수남을 들여보내고 돌아설 때면 도로
불러내고 싶은 마음에 발길이 떨어지지 않았다. 하지만 강
휘는 자신의 감정을 인정하지 않았다.

수남은 존스 가족이 미국으로 돌아가면 매여 사는 일이 아
닌 다른 일자리를 알아보기로 마음먹었다. 좀 더 자유롭게

강휘를 만나고 싶고, 강휘에게 직접적인 도움을 주고 싶었다. 야학에서 아이들에게 영어를 가르칠 수도 있을 것이다.

수남과 강휘는 만날 때마다 자연스럽게 두 사람의 미래를 이야기하곤 했다. 두 사람 모두 각자의 기쁨에 겨워 서로의 얼굴이 얼마큼 환하게 빛나고 있는지 깨닫지 못했다. 사랑이나 결혼 같은 단어는 한 마디도 나오지 않았지만 그들은 앞으로도 함께였다. 그런데 한 통의 전화가 산통을 깼다.

재닛이 응접실 청소를 하고 있던 수남에게 전화를 바꿔 주었다. 강휘인가 싶어 서둘러 받았더니 뜻밖에도 세화였다. 세화가 존스 서기관 집으로 전화해 온 건 처음이었다. 그녀는 잔뜩 소리를 낮춘 채 물었다.

"너 혹시 조선에서 대단한 집 딸이었어?"

느닷없는 질문에 수남은 당황했다.

"그, 그건 왜요?"

"맞지? 그렇지 않으면 어떻게 대학을 다니고 영어도 하겠어. 어제 가게에 어떤 수상한 작자가 사람 찾는다면서 왔는데 딱 넌 거 같더라. 대충 둘러대서 보냈는데 아무래도 찜찜해. 군대에서 보낸 사람일 수도 있으니까 조심해."

부대에서 도망친 뒤 그림자처럼 따라다니던 두려움이었다. 강휘를 만나 잠시 잊고 있었지만 이제 배가된 공포가 몰려왔다. 그 후 수남은 현관 벨소리만 나도 깜짝깜짝 놀라고 사람 그림자만 보아도 가슴이 철렁 내려앉았다. 더 두려운 것은 만일 자신이 잡히면 강휘도 안전하지 못하다는 사실이었다. 정체가 밝혀지면 경성에서 들었던 소문들을 모두 강휘가 한 일로 뒤집어쓸 수도 있다. 독립운동은 도둑질보다 살인보다 더 무서운 죄목이었다.

수남은 밤마다 강휘가 잡혀가는 꿈을 꾸었다. 자신 또한 잡혀가서 고문당하는 꿈을 꾸기도 했다. 그때마다 한 번도 자백하지 않은 적이 없었다. 경찰이 눈만 부릅떠도 자신이 채령 대신 황군여자위문대에 들어갔다 도망쳤으며, 부가전의 야학 선생 장동준이 경찰이 쫓는 윤강휘란 사실을 줄줄 털어놓았다. 꿈에서 깨면 수남은 강휘에 대한 자신의 사랑이 고작 그 정도라는 사실이 실망스럽고 괴로웠다. 꿈에서조차 그를 지켜 주지 못하는 자신은 곁에 있을 자격이 없었다. 수남은 하얼빈을, 강휘 곁을 떠나야 한다고 생각했다. 하지만 어디로 갈지 막막했다. 자신을 반겨 줄 곳은 세상 어디에도 없었다.

수남은 브래들리 부인이 후견인이 돼 줄 테니 영국에 함께 가자고 했던 것을 떠올렸다. 그때는 가당치 않은 일이라고 여겼는데 이제 수남은 어디로든 떠날 수 있었다. 오직 하나, 강휘와 헤어지기 싫은 마음이 그녀를 가로막았지만 지금은 떠나는 게 그를 위한 길이다.

수남은 재닛에게 부탁하기로 했다. 미국에 가면 지금보다 훨씬 빨리 영어를 배울 수 있을 것이다. 나중에 안전해지면 다시 돌아와 강휘를 더 많이 도울 수도 있다. 다행히 존스 가족은 수남을 마음에 들어 했고, 전적으로 브래들리 부인에게 신세 졌을 영국행보다는 할 일이 확실하게 있는 미국행이 더 떳떳했다. 그런데 막상 재닛에게 말하려니 거절당하면 어쩌나 걱정됐다. 수남은 용기를 내어 부탁했다.

"부인, 절 미국에 데려가 주실 수는 없나요? 미국까지 가는 비용은 제가 모아 놓은 돈으로 치를게요. 모자라면 제 봉급에서 제하셔도 돼요."

그러잖아도 재닛은 아이들이 따르고, 일도 마음에 들게 하는 체리를 두고 가야 하는 게 아쉬웠다. 미국에 돌아가면 자신은 임신 8개월에 접어들고, 남편은 사직한 뒤 정계에 진출할 계획이었다. 2년 만의 귀국이라 새로 적응해야 할 일도 많을 터였다. 재닛은 수남의 부탁에 오히려 반가운 마음이 들어 어떻게 해서든지 그녀를 데려가리라 결심했다.

"마크하고 의논해 볼게."

며칠 뒤 저녁 존스 부부가 수남을 응접실로 불러 앉혔다.

"체리, 네 부탁을 들어주기로 했어. 우리와 함께 가자. 우리하고 살면서 네 나라가 독립하길 기다리는 것도 나쁘지 않을 거야. 그리고 네가 원한다면 거기서 계속 공부할 수 있도록 도와줄게."

데려가 주는 것뿐 아니라 공부까지 시켜 주겠다니. 이보다 더 좋을 수는 없었다. 그런데 수남은 하나도 기쁘지 않았다. 스스로 원한 일이었지만 겨우 다시 만난 강휘와 헤어질 생각을 하면 한없이 슬펐다.

강휘는 그녀의 미국행을 반겼다. 누가 자꾸 뒤를 쫓는 것 같다는 수남의 말에 내심 걱정하던 차였다.

"정말 잘됐다. 여기 계속 있다간 어떤 위험한 일을 당할지 몰라. 게다가 제대로 공부할 수 있게 됐으니 얼마나 좋아. 넌 충분히 해낼 수 있을 거야."

수남은 강휘가 자신을 떠나보내고 싶어 하는 것 같아 서운했지만, 강휘로서는 어쩔 수 없는 일이었다. 처음으로 마음을 다해 지키고 싶은 게 생겼는데 지금은 그럴 힘이 없었다.

"그런데 이름은 어쩔 거야? 저 사람들은 널 채령이로 알고 있는데. 이번 기회에 사실을 털어놓는 게 어때?"

"아뇨. 아가씨 이름으로 가야만 해요. 그래야 아가씨가 안전하고 나리도 덜 힘드실 거예요."

수남은 비록 부대에서 도망쳤지만 돌아갈 때까지 윤채령으로 살아야 한다는 자작과의 약속은 지키고 싶었다.

"하긴 나라 없는 백성이 이름이 뭐 그리 중요하겠니. 나라나 글은 뺏어 가도 머릿속에 든 건 어쩌지 못하겠지. 그리고 대학 가려면 고등학교 졸업장이 있어야 할 테니 채령이 이름으로 할 수밖에 없겠다. 가거든 편지해. 주소 아는 대로 어떻게 해서든 채령이 졸업 증서를 보내 줄게."

수남의 귀에는 편지하라는 소리만 들렸다.

떠날 날이 다가오고 있었다. 하얼빈 역에서 출발해 시베리아 횡단 열차로 갈아타고 모스크바까지 간다고 했다. 그곳에서 다시 기차를 타고 폴란드와 독일을 거쳐 프랑스 마르세유항까지 간 다음 여객선을 타고 대서양을 건너 뉴욕으로 가는 여정이었다. 영국 사우샘프턴항에서 출항한 배가 프랑스 마르세유항에 들러 뉴욕에 도착하기까지 5일밖에 안 걸린다고 했다.

수남은 짐 정리로 분주한 날들을 보냈다. 재닛은 하얼빈에서 사 모은 중국 그릇, 러시아산 소품 가구를 반드시 가져가야 한다고 고집했다. 강휘와 헤어질 날이 가까워진다는 사실을 잊기 위해선 바쁜 게 나았다. 수남은 일부러 더 부지런히 움직였다.

출발 4일 전이 됐다. 커다란 물건은 이미 정리해서 부치고 가져갈 짐만 남은 상태였다. 마크도 귀국을 앞두고 휴가 중이었다. 아침을 먹고 난 뒤 재닛이 말했다.

"체리, 깜짝 선물이 있어. 네 오빠가 며칠만이라도 너와 함께 지내고 싶다고 부탁해서 네게 휴가를 주기로 했다."

떠나기 전 겨우 한 번이나 만날 수 있을까 생각하고 있던 수남은 뜻밖의 말에 가슴이 벅차올랐다.

"고맙습니다, 부인. 고맙습니다."

"그렇게 고마워할 거 없어. 미국에 가면 당분간 휴가도 휴일도 없을 테니. 오빠랑 즐거운 시간 보내고 이르쿠츠크 역에서 합류하기로 하자. 네 짐은 챙겨 가고."

재닛이 온정을 베푸는 사람의 뿌듯함을 한껏 드러낸 채 말했다. 수남이 마음을 가라앉힐 새도 없이 강휘가 데리러 왔다.

"존스 부인 말이 무슨 소리예요? 내 짐을 모두 싸래서 그러기는 했는데. 어디로 가는 거예요?"

수남은 너무 좋아 제정신이 아니었다.

"바이칼호수에 가고 싶다며. 이번에 가면 언제 돌아올지 모르는데 이 오빠가 꼬맹이에게 주는 마지막 선물이야."

강휘의 말에 수남은 기쁜 만큼 가슴이 내려앉았다.

"정말요? 진짜 고마워요. 그런데 마지막이란 말은 취소하세요. 안 하면 가지 않을 거예요."

"그래, 취소한다, 취소해. 가기 전에 이 옷부터 입어. 기차 시간 다 돼 가니까 자세한 이야기는 가면서 해 줄게."

강휘가 중국옷 치파오를 내놓았다. 수남은 어리둥절한 채 옷을 갈아입었다. 그런대로 잘 맞았다. 강휘는 낡고 작은 트렁크 한 개에 들어 있는 수남의 짐을 들고 앞장섰다.

그들은 바이칼호수를 향해 떠났다. 강휘는 수남과의 여행을 위해 그동안 하얼빈에서 쌓은 모든 인맥을 동원했다. 바이칼호수는 소련에 있었고 국경을 넘기 위해서는 허가증이 필요했다. 만주를 점령하고 만주국을 세운 일본은 소련과 국경 분쟁이 잦았고, 소련은 일본인은 물론 조선인에게도 적대적이었다. 소련 정부는 일본의 첩자라는 이유를 대며 연해주에 거주하던 13만 명에 가까운 조선인들을 아무것도 없는 중앙아시아로 강제 이주시켰다. 그런 상황에서 조선인이 국경을 넘는 건 위험한 일이었다. 강휘와 수남은 중국인 부부로 위장해 기차를 탔다.

"오누이라고 하면 더 의심을 살 것 같아 그러니 이해해 다오."

강휘는 들뜬 마음을 감추기 위해 무뚝뚝한 표정으로 말했다. 수남은 강휘와 함께 여행하는 것도 감격스러운데 가짜로나마 부부 노릇을 하게 되자 심장이 터질 것 같았다.

기차는 그동안 수남이 탔던 것들과 다르게 복도와 문 달린 객실로 이루어져 있었다. 소련과 중국의 국경인 만저우리 역은 다음 날 아침에나 닿기 때문에 침대칸을 끊은 것이다. 4인실인 객실에는 의자 겸 2층 침대가 양쪽으로 있고, 가운데에 작은 탁자가 있었다. 맞은편 자리 승객은 프랑스인 부부였다. 수남과 강휘는 말이 통하지 않는 그들과 간단히 눈인사를 나누었다.

강휘가 의자 아래 수납칸에 가방을 넣기 전 책을 꺼내며 수남에게도 필요한 게 없느냐고 물었다. 수남은 허둥지둥 가방에서 뜨개질거리를 꺼냈다. 강휘에게 줄 목도리를 짜기 위한 것이다. 떠날 때 주고 가려고 털실을 사 놓았지만 그동안 짐 싸느라 바빠 뜰 시간이 없었다. 부부로 위장하자 평소보다 어색해진 두 사람에게 뜨개질은 대화거리를 만들어 주었다.

"그런 것도 할 줄 알아? 뭐 만드는 건데?"

"오빠 목도리요. 겨울에는 엄청나게 춥다면서요."

"그렇게 소원이던 여행인데 왜 그런 건 하고 그래. 그냥 바깥 풍경 보면서 쉬어."

강휘가 핀잔주듯 말했다.

"이것도 제 소원 중 하나였어요."

말해 놓고 수남은 얼굴이 빨개졌다. 스즈키 할머니한테 뜨개질을 배울 때 꿈꾸었던 일이었다. 목도리가 아니라 스웨터를 떠 주고 싶었지만 실력도 시간도 부족했다.

"소원도 참 소박하다."

강휘는 웃으며 말하고는 책을 펼쳐 들었다. 그 뒤 한참을 말없이 한 사람은 책을 읽고 한 사람은 뜨개질을 했다. 앞자리의 중년 부부가 쉴 새 없이 대화를 나누는 모습과는 대조적이었지만 수남은 계속 강휘와 이야기를 나누는 기분이었다.

수남은 가끔씩 고개를 들어 창밖을 내다보았다. 역 주변을 벗어나니 풀밭과 거친 황야가 번갈아 가며 한없이 이어졌다. 자기 아버지는 논 서 마지기에 감지덕지하며 딸을 팔았는데, 자식하고 맞바꿀 만큼 귀한 땅이 아무도 돌보지 않은 채로 끝없이 펼쳐진 모습을 보자 기분이 씁쓸했다.

수남은 책에서 시선을 떼지 않는 강휘를 훔쳐보았다. 그와 나란히 앉아 여행을 가고 있다는 사실을 자꾸 확인하고 싶었다. 망상에 가깝다고 생각했던 꿈들이 하나하나 현실이 되고 있었지만 두 사람 사이엔 또다시 이별이 기다리고 있다. 수남은 가회동 저택에서처럼 기약 없는 작별을 하고 싶지 않았다. 그때는 이별인 줄도 몰랐고, 알았다고 해도 어려서 어찌할 도리가 없었을 것이다. 수남은 떠나기 전 강휘에게 자신의 마음을 고백하리라 결심했다. 결과는 미리 생각하고 싶지 않았다.

수남은 마음을 가라앉히기 위해 뜨개질에 집중했다. 이번엔 강휘가 밖을 보는 척하며 수남을 훔쳐보았다. 창밖에서 비쳐 드는 오후의 햇살이 수남의 형상을 금빛 실루엣으로 만들었다. 맞은편 부부는 서로를 몰래 훔쳐보는 젊은 남녀가 동양의 관습대로 얼굴도 못 본 채 결혼한 신혼부부일 거라고 짐작했다. 그들은 수시로 서로의 뺨을 어루만지고 입을 맞추며 사랑을 속삭였다. 수줍은 신혼부부에게 애정 표현은 이렇게 하는 거라고 가르쳐 주기라도 하듯.

저녁때가 돼 기차가 오래 정차하자 강휘가 몰려든 음식 장수한테서 먹을 것을 사 왔다. 빵, 만두, 꼬치구이 같은 것들이었다. 기차 통로를 지나는 판매원에게 따뜻한 차도 주문했다. 프랑스인 부부는 식당 칸으로 식사하러 갔다. 강휘와 수남은 단둘만 남자 편하게 펼쳐 놓고 음식을 먹기 시작했다.

"우리도 식당에 가면 좋겠지만 사람 많은 데는 피하는 게 좋을 것 같아서……."

초라한 식탁이 미안한 강휘가 변명하듯 말했다.

"저는 이게 더 좋아요."

수남은 아무것도 안 먹어도 배가 불렀지만 음식이 입에 들어가니 더 좋았다. 강휘는 뺨이 볼록해진 채 오물거리는 수남의 입가에 묻은 빵가루를 떼어 주었다. 그 모습을 맞은편 자리 부부가 봤다면 학습 효과라고 생각했을 것이다. 기차가 흔들리는 바람에 수남의 뜨거운 차가 강휘 옷자락에 쏟아졌다.

"이를 어째요. 미안해요. 뜨겁죠?"

수남이 울상을 하며 강휘의 옷자락을 닦았다.

"괜찮아. 괜찮대도."

강휘가 만류하느라 얼결에 수남의 손을 잡았다. 수남의
동작이 얼어붙은 듯 멈췄다. 강휘도 당황스러웠지만 자신까
지 그러면 더 어색해질 것 같아 마치 여동생 손인 양 아무렇
지 않은 척했다. 수남은 정신이 기차 밖으로 사라진 듯 아득
해졌다. 하지만 손을 빼고 싶지 않았다. 이 또한 하얼빈에서
강휘를 다시 만난 이후 밤마다 꿈꾸던 일이었다.

수남은 머릿속이 백지처럼 깨끗해졌지만 강휘는 몇 배
로 복잡해졌다. 자기 손보다 거칠고 마디 굵은 작은 손을 놓
고 싶지 않았다. 수남은 채령이나 다를 바 없는 누이일 뿐이
다. 존스 서기관 집 근처를 배회하면서도 그는 자신의 감정
을 일시적인 감상이나 충동이라 여겼다. 객지 생활을 오래
하다 보면 고향 까마귀도 반가운 법인데 한집 살던 계집아
이가 여자가 돼 나타났으니 당연한 거라고. 그런데 손바닥
이 땀으로 축축해지자 혼란스러웠다. 겨우 손잡은 것 가지
고 이리 마음이 설레다니. 고보 다닐 때 이웃 학교 여학생에
게 느껴 보곤 처음인 감정이었다.

강휘는 더 이상 수남이 동생 같은 존재라고 우길 수 없었
다. 그는 욕구를 해결하기 위해 여자를 산 적도 있고 짧은 동
거도 두어 차례 했다. 그런 자신이 겨우 동생 같은 계집아이

손잡은 것으로 설렌다는 게 어이없다 못해 못마땅했다. 여행이라는 특별한 상황에서 오는 감상일 거라고 치부했지만 손이 놓아지지도, 설레는 감정이 사그라지지도 않았다. 수남이 죽은 듯이 잡혀 있던 손을 꼼지락거리더니 마주 잡았다.

그들은 아무 명목도 해명도 없이 손을 꼭 잡은 채 불편한 식사를 마친 다음 뒷정리를 할 때서야 마지못해 손을 놓았다. 강휘가 쓰레기를 버리러 객실 밖으로 나갔다. 수남은 강휘와 잡았던 자신의 손을 신기한 듯 내려다보았다. 부드러운 강휘의 손에 비하면 닭발처럼 뻣뻣하고 못생긴 손이었다. 하지만 강휘와 잡았던 손이라고 생각하자 자기 몸 중 가장 소중하게 여겨졌다.

기차는 쉬지 않고 달렸다. 실내등에 불이 들어왔다. 실내가 환하니 붉은 놀 속에 젖어 들며 점점 어두워지는 바깥 풍경이 하나도 보이지 않았다. 강휘는 책을 읽는 척했고 수남은 보이지도 않는 밖을 기웃거렸다. 식사하면서 술까지 마셨는지 불콰해져 돌아온 부부는 자리에 들기 전 긴 이별이라도 하는 사람들처럼 입맞춤을 나누었다. 민망해진 수남과 강휘는 이리저리 시선을 피하다가 서로 눈이 마주치면 후다닥 다른 쪽으로 돌렸다. 위 칸으로 올라간 프랑스인 남편이 강휘와 수남에게 프랑스어로 말했다.

"젊은이들, 이 밤은 다시는 안 온다오."

"그래요. 우리는 잠들면 귀신이 잡아가도 몰라요."

부인도 말했다. 수남과 강휘는 잘 자라는 인사로 받아들였다.

"너도 피곤하면 누워. 내가 위 칸으로 올라갈게."

강휘는 자리에 누운 부부가 신경 쓰여 작은 소리로 말했다.

"전 괜찮아요. 피곤하면 오빠 먼저 주무세요."

서로에게 자라고 하면서도 둘 다 움직이지 않았다. 어느 결엔가 그들의 사이는 점점 가까워져 기차가 흔들릴 때마다 서로의 몸이 닿았다.

"저 사람들 자는데 불 꺼야 하지 않을까요?"

수남의 말에 강휘가 일어나 전등의 스위치를 껐다. 안이 캄캄해지자 붉은빛이 대지를 물들인 풍경이 어슴푸레하게 보였다.

"안이 환할 때는 밖이 하나도 안 보이더니 불을 끄니까 보이네요."

수남이 중얼거리듯 한 말이 강휘에게 많은 생각을 하게 했다. 밝은 빛 속에 있는 사람은 남의 어둠을 알지 못하는 법이다. 자신이 그나마 인간답게 살 수 있었던 것은 어쩌면 첩의 자식이었기 때문인지 몰랐다. 자신이 윤 자작 집안의 당당한 적자였어도 지금처럼 살고 있을까? 그렇다는 대답이 나오지 않았다. 자작의 아들, 자산가의 후계자 신분을 한껏 누리며 아버지처럼 괴물이 돼 가고 있을지도 모른다. 상상만으로도 끔찍해 강휘는 고개를 저었다.

새벽녘이 돼서야 강휘는 위 칸으로 올라갔다. 자기가 앉아 있으면 수남도 눕지 못할 거라는 사실을 뒤늦게 깨달은 것이다.

"내일을 위해서 눈 좀 붙이자."

수남은 강휘가 코 고는 소리를 듣고서도 잠들지 못했다. 강휘와 함께 있는 지금이 오히려 꿈같아 잠드는 순간 현실로 돌아가 버릴 것 같았다.

그들이 만저우리 역에 내린 것은 다음 날 새벽이었다. 관원의 검문검색을 무사히 통과한 수남과 강휘는 갈아탈 기차 시간을 기다리며 식당에서 아침을 먹었다. 하룻밤을 한 공간에서 지내고 나자 수남은 하얼빈을 떠나던 때보다 강휘가 훨씬 더 가까워진 느낌이었다. 그러나 강휘는 화난 것처럼 행동과 말이 퉁명스러웠다.

그들은 하얼빈 역을 떠난 지 사흘째 되는 날 점심때서야 목적지인 포트바이칼 역에 도착했다. 호숫가 마을에서 하룻밤 묵을 계획이었다. 수남은 기차에서 내리기 전 목도리를 강휘에게 건네주었다.

"올해 겨울은 춥지 않겠네. 고맙다."

강휘는 진심으로 고마워하며 가방에 챙겼다. 수남은 떠나기 전 무엇이든 줄 수 있다는 게 기뻤다.

둘은 여행객 틈에 섞여 기차에서 내렸다. 동양인은 수남과 강휘뿐이었다. 역 주변에서 여인네들이 먹을 것을 들고 나와 팔았다. 꽃을 파는 아이들도 있었다. 기차에서 내린 사람 수보다 더 많은 것 같았다. 작은 역을 빠져나온 수남과 강휘는 방부터 얻으려고 마을로 들어갔다. 야트막한 바위산은 초록으로 우거져 있었다. 아름드리 자작나무의 흰색 둥치가 햇살을 받아 은색으로 빛났다. 나무로 지은 집과 울타리는 자연의 일부 같았다. 길가에서 풀을 뜯고 있는 얼룩빼기 소들도, 수줍은 얼굴로 여행객을 쫓는 아이들도 지천에 피어 있는 들꽃처럼 소박하고 순수해 보였다.

마을엔 관광객들을 위한 숙소를 운영하는 집이 몇 군데 있었다. 정식 여관은 아니고 집의 방 한 칸을 빌려주는 정도였다. 강휘는 서툰 러시아어로 조선의 촌로처럼 생긴 할머니와 대화를 나누었다. 방은 하나뿐이었다. 관광철이라 방을 구하기 쉽지 않을 거라고 했다. 강휘는 수남과 다른 집에 묵고 싶지 않았다. 방을 따로 잡아야 할 만큼 의지가 약하지 않다고 자신하면서도 강휘는 침대가 두 개인 것에 안도의 숨을 내쉬었다. 알록달록한 카펫이 깔린 방은 소박하고 정갈했다. 강휘는 저녁 식사까지 부탁했다.

"어쩔래? 좀 쉴래?"

강휘가 물었다. 프랑스인 부부가 함께했던 기차 객실과 달리 단둘이서 한방에 묵는다고 생각하자 수남의 얼굴은 뜨거운 김을 쐰 것처럼 달아올랐다.

"바, 밖에 나가서 얼른 구경해요."

수남은 마음과 다른 말을 했다.

"그러자."

수남과 강휘는 가방만 내려놓은 뒤 서둘러 방을 나와 호숫가로 나갔다.

강휘가 길가에 음료수와 빵, 과일을 놓고 파는 소년한테서 사과를 샀다. 강휘는 호수 물에 사과를 씻어 수남에게 건넸다. 물은 정신이 번쩍 들 정도로 차가웠다. 그런 물에서 수영하는 서양인들이 놀라웠다. 강휘와 수남은 호숫가에 앉아 사과를 먹으며 남자는 물론 여자들도 거리낌 없이 수영복 차림으로 즐기는 모습을 한동안 구경했다.

바이칼호수 주변엔 노랗고 흰 야생화 무리가 바람에 살랑거리고 있었다. 한여름의 햇살도 바이칼호수 앞에서는 열기를 뿜지 못했다. 살갗에 와 닿는 햇살은 서늘했다. 수남은 오는 동안 기차 안에서도 호수를 보았지만 그 앞에 직접 서자 느낌이 달랐다. 수남은 브래들리 부인의 지구의에서 본 초승달처럼 가늘고 긴 호수를 기억했다. 하지만 눈앞의 호수는 바다처럼 넓어 모양을 가늠하기 어려웠다. 하늘과 물의 경계가 느껴지지 않을 만큼 광대한 호수가 가슴에 들어앉는 것 같았다. 그리고 그만큼 가슴속이 넓어진 기분이었다.

수남의 눈길이 기슭의 돌들에 멈췄다. 부드러운 물결에 씻겨 둥글둥글했다. 수남은 돌멩이 하나를 집어 손바닥 위에 올려놓았다. 둥근 돌이 되기까지 얼마나 긴 시간이 걸렸을까? 불가능을 가능케 한 그 물결이 자신의 마음속에서도 넘실대는 것 같았다. 수남은 비로소 바이칼호수 앞에 선 기쁨이 밀려왔다.

강휘 역시 바이칼호수 앞에 서자 한때 꿈에 그리던 곳에 와 있다는 사실에 감정이 북받쳤다. 강휘가 바이칼호수에 오고 싶었던 이유는 이곳이 한민족의 시원인 까닭이었다. 만년 전 호수 주변에 살던 사람들은 따뜻한 곳을 찾아 남쪽으로 남쪽으로 내려갔다. 소련을 지나고 중국을 지나 그들이 뿌리내린 곳이 한반도다. 지금은 비록 작은 땅덩어리마저 뺏긴 채 식민지 백성이 됐지만 한민족의 조상은 바다 같은 호수와 하늘처럼 끝이 보이지 않는 광활한 대륙을 떠돌며 살던 사람들이었다.

쪼그라들고 구겨졌던 강휘의 마음은 만년의 세월 앞에서, 거대한 자연 앞에서, 바람을 한껏 받은 돛처럼 활짝 펴졌다. 이곳에 수남과 함께 오다니. 아니, 수남이 자신을 이곳으로 이끈 것이다. 어떤 인연이, 어떤 운명이 저 아이와 날 다시 만나게 한 걸까. 그리고 이곳, 바이칼호수 앞에 나란히 서게 한 걸까.

강휘는 한없이 경이로운 심정으로, 무슨 생각엔가 잠긴 채 서 있는 수남을 바라보았다. 그녀는 내리쬐는 햇살보다 환했다. 강휘는 수남을 아로새길 듯 눈도 깜빡이지 않고 한참을 지켜보았다.

늦은 밤 수남과 강휘는 마당에 놓인 평상에 나란히 앉았다. 그들이 묵는 집은 삼대가 함께 살고 있었다. 수남과 강휘는 그 식구들 틈에 끼어 저녁을 먹었다. 말은 통하지 않았지만 서로에 대한 호의만으로 충분히 즐거운 시간이었다. 손녀 두 명이 늦게까지 수남과 강휘 주변을 맴돌다 엄마 손에 이끌려 자러 들어갔다. 집에서 깨어 있는 사람은 수남과 강휘 둘뿐이었다.

아쉬운 수남의 마음을 알기라도 하듯 해가 지지 않았다. 그런데 해가 지지 않으니 별이 보이지 않았다. 환한 기차 안에서 어두운 바깥 풍경을 볼 수 없었던 것처럼 별 또한 어둠이 있어야 빛나는 것이다. 환한 밤과 빛나는 별을 동시에 가질 수는 없었다.

"오빠, 오빠가 처음 도쿄 갔다 와서 제게 향주머니 선물해 주셨던 것 생각나요?"

침묵을 깨고 수남이 물었다.

"그랬나?"

강휘가 무심한 목소리로 대꾸했다.

"오빠는 잊으셨나 보네요. 그때 채령 아가씨가 향주머니를 간직하고 있으면 좋아하는 사람하고 이어진다고, 그래서 사랑 고백할 때 향주머니를 많이 선물한다고 이야기해 줬어요."

수남의 목소리도 담담했다.

"그런 게 어딨어? 다 물건 팔려는 상술이야."

강휘가 피식 웃으며 말했다. 수남은 동요하지 않고 이야기를 이어 나갔다.

"상술이든 뭐든 제겐 오빠가 제게 해 준 말처럼 여겨졌어요. 그 말을 가슴에 새긴 채 향주머니를 간직해 왔는데 그만 잃어버렸어요. 그럼 이제 제 사랑은 이루어질 수 없는 건가요?"

강휘는 얼굴에 와 꽂힌 수남의 시선을 느꼈다. 그는 수남이 무슨 말을 하는지 알아들었다. 그녀는 지금 오랫동안 간직해 온 마음을 드러내고 있는 것이다. 강휘는 대답할 수 없었다. 이미 답이 정해져 있기 때문이었다. 대답을 기다리던 수남이 강휘를 향해 몸을 틀고서 입을 열었다.

"지금 이 말을 하지 않으면 영원히 후회할 것 같아요. 오빠, 사랑해요. 처음 본 그 순간부터 오빠는 한순간도 제 마음을 떠나 본 적이 없어요."

수남의 떨리는 목소리가 가볍게 공기를 흔들었다. 강휘는 수남 모르게 심호흡을 했다.

"내일이면 떠날 애가 무슨 소리야? 여행 때문에 감상적이 됐나 보다. 그런 시답잖은 이야기나 할 거면 들어가서 자라."

강휘가 퉁명스레 말했다. 하지만 수남은 물러서지 않았다. 마음을 밝히고 나자 더욱 용기가 생겼다.

"떠날 게 아니었다면 감히 오빠한테 이런 얘기 할 수 없었을 거예요. 당장 오빠 마음을 원하는 것도, 대답을 바라는 것도 아니에요."

"아니, 그럴 거 없다. 지금 대답하마. 난 널 동생 이상으로 생각해 본 적이 없어. 앞으로도 네가 날 오라비로 생각하는 동안은 나도 널 누이로 여길 것이다. 하지만 그 이상은 안 돼."

강휘의 어조는 단호했다. 그는 흔들리지 않으려고 안간힘

을 썼다. 자신이 마음을 받아 준다면 수남은 형만을 용서할
수밖에 없을 것이다. 그렇게 만들 수 없었다. 그 결과가 나쁘
지 않았다고 해도 말이다.

"생각 한번 해 볼 여지도 없으신가 보네요. 그만큼 제가 부
족한 거겠죠."

수남이 시무룩한 기색으로 말했다. 강휘는 그제야 수남을
마주 보았다.

"그래서가 아니야. 난 여기까지 온 널 존경해. 네가 앞으로
어떻게 변하더라도 마찬가지야. 고백해 줘서 고마워. 난 너
한테 고백받은 걸 자랑스럽게 생각할 거다. 진심이야."

강휘의 목소리가 뜨거웠다. '사랑'을 '존경'으로 바꿔 말
했지만 그 또한 틀리지 않았다. 강휘는 어느덧 수남을 사랑
하면서 존경했고, 존경하면서 사랑했다.

"오빠, 그만하세요. 저 같은 애한테 존경하신다고 하니까
민망하고 쑥스럽네요."

수남이 어쩔 수 없다는 듯 웃으며 말했다.

수남은 얼마 못 가 꾸벅꾸벅 졸기 시작했다. 여기까지 오
는 동안 거의 자지 못한 데다 평생의 숙제 같았던 고백을 하
고 나자 긴장감이 풀리며 피곤이 몰려왔다. 수남은 강휘 어
깨에 기대 잠들었다. 강휘는 언제까지 그대로 앉아 있고 싶
은 마음을 누르고 수남을 안아다 침대에 눕혔다. 가붓한 무
게에 가슴이 아려 왔다. 이 작은 몸으로 여기까지 왔다니. 그
리고 또 내일 머나먼 길을 떠날 것이다.

강휘는 침대 옆에 앉아 삶의 고단한 흔적이 가득한 수남의 손을 잡고 바이칼의 영험한 신들에게 기도했다. 그녀를 보살펴 달라고. 그리고 이마에 가만히 입을 맞췄다.

나무 없는 과수원

1939년 9월 1일, 독일의 폴란드 침공을 시작으로 세계는 20여 년 만에 다시 편을 나누어 싸우기 시작했다. 미국은 멀리 떨어진 대륙에서 벌어지는 전쟁에 참전하지 않을 것을 선언했다. 대신 나라 전체를 거대한 군수공장으로 만들어 전쟁 물자 대기에 바빴다. 그 덕분에 대공황으로 오랫동안 침체돼 있던 경제가 다시 살아나고 있었다.

산체스 주니어가 가겟세를 그림으로 받아 준 덕분에 근근이 꾸려 나가던 공방은 전쟁으로 인한 호황 덕을 보기 시작했다. 공방에서는 우키요에 제작은 물론 준페이가 도안한 그림으로 장식한 편지지나 편지 봉투, 엽서, 수첩 등을 판매했다. 물건들은 아기자기하고 예쁜 것을 좋아하는 여자들한테 인기가 많았다. 그보다 더 큰 수입원은 야한 옷차림에 선정적인 표정과 몸짓을 한 여자들을 그린 핀업 그림이었다. 핀업 구매자는 젊은 남자들이었다. 그 아이디어를 낸 사람은 채령이었다.

"요새 핀업 걸 그림이 인기던데 당신도 그려 봐요."

준페이는 시류에 편승해서 지나치게 상업적인 그림을 그리는 게 썩 내키지 않았다. 채령은 돈 벌 기회라며 준페이를 설득했다.

"지금 나온 핀업 걸 그림들은 거의 비슷해요. 화풍이 다른 당신이 그리면 색다른 느낌을 줄 거예요."

채령은 시중에 나와 있는 핀업 걸 화보를 모아다 준페이에게 주며 이런저런 제안을 했다. 채령의 추측은 정확하게 맞아떨어졌다. 준페이의 그림은 에로틱하면서도 섬세해서 폭발적인 반응을 얻었다. 잡지사나 출판사 등에서 그림 요청이 올 정도였다.

1940년 가을, 테라오 가족은 공방을 시작한 지 1년 만에 살림집을 공방 건물 2층으로 옮길 수 있었다. 전에 살던 집에 비해 넓고 깨끗하고, 무엇보다 안전했다. 채령과 마리나는 지저분한 동네를 벗어나 번화가에 살게 된 걸 기뻐했다. 이사하던 날 지로는 붉어진 눈시울로 요코하마에서도 아래층은 공방, 2층은 살림집이었던 기억을 끄집어냈다. 준페이도 지진에 무너져 내린 가문을 다시 일으킨 듯 감회가 새로웠다. 또한 채령이 위험한 동네를 오가지 않아도 돼 흐뭇했다.

지로는 새집으로 이사하며 가장 넓은 방을 준페이 부부에게 양보했다. 그리고 이제는 그들이 진정한 부부가 될 것을 기대했다. 하지만 1년이 다 돼 가도 조카 부부 사이엔 변화가 없었다. 어느 날 지로는 작심하고 채령이 공방에 없는 틈을 타 준페이에게 속내를 털어놓았다.

"니들이 여기 온 지 벌써 3년이고 이사 온 지도 1년이 다 돼 간다. 지금까지 히카리가 널 받아들이지 않았다면 너를 남자로 보지 않거나 딴 놈을 마음에 품고 있는 게 분명해. 그러지 않고서는 불가능한 일이 네 방에서 벌어지고 있는 거다. 넌 언제까지 그런 여자를 바라보고만 있을 셈이냐? 무슨 수를 써서라도 네 여자로 만들든가 아니면 깨끗하게 단념하고 새 여자를 만나는 게 좋겠다. 나는 글렀고 우리 집안 대를 이을 사람은 너뿐이야. 네 나이도 벌써 서른이 다 돼 가니 이제 시간 낭비 그만하고 결단을 내려라. 나도 더는 기다릴 수 없다."

준페이는 묵묵부답인 채 새로운 도안을 만드는 일에 집중했다. 지로는 펜을 쥔 조카의 손등에 힘줄이 불거지는 것을 보지 못했다. 다음 날 아침 준페이와 마리나가 집에 없는 사이, 지로는 채령을 불러 앉혔다.

"그동안 모르는 척했지만 나도 니들 사이를 대강 알고 있다. 더는 니들 부부 일에 눈감고 있을 수가 없구나. 넌 언제까지 내 조카를 바보로 만들 셈이냐? 너도 알다시피 준페이는 테라오 집안의 대를 이을 남자다. 이제 준페이 자식을 품에 안아 보는 일이 내게 남은 낙이야. 준페이를 남편으로 받아들이든지 아니면 놓아주든지 선택하거라."

시아버지나 다름없는 지로의 최후통첩에 채령은 가슴이 내려앉았다. 미국에 온 뒤 가장 행복한 날들을 보내고 있는 채령에게 지로가 찬물을 끼얹은 것이다. 한동안 넋 나간 듯 앉아 있던 채령은 집 안을 둘러보았다. 이사 오면서 가구 하나, 커튼 하나까지 세심하게 골라 꾸민 집이었다. 집안일도 취미를 붙이니까 나름대로 재미있었다. 채령은 거실 창엔 흰색 레이스 커튼을 달고 소파마다 등받이를 씌웠다. 식탁보도 몇 개 준비해 바꿔 가며 깔았다. 그리고 꽃을 한 아름씩 사다가 집 안을 장식하곤 했다. 집 꾸미는 데 너무 사치를 부린다고 지로가 못마땅해해도 준페이는 채령이 달라는 대로 돈을 주었다.

준페이는 잘 꾸며진 집에 들어서면 자신이 제법 능력 있는 가장이 된 기분이 들어 좋았다. 그리고 원하는 것을 다 해 줄 수 있는 남자로 채령에게 한 발 더 다가선 것 같아 뿌듯했다. 마리나는 멋진 실내장식과 예쁜 식탁보, 고급 그릇들에 홀려 채령을 더 좋아했다. 채령은 제대로 알지도 못하면서 자신만 탓하는 지로가 답답하고 서운했다.

'부부로 생각하지 않는 건 내가 아니라 준페이라고요.'

채령은 자신의 마음이 언제부터 바뀌기 시작했는지 잘 알지 못했다. 준페이가 한결같이 잘해 주는 게 꼭 아버지와의 거래 때문은 아니란 걸 깨달으면서부터였을까. 아니면 열정적으로 일하는 모습 때문이었을까. 어쩌면 자신의 처지를 객관적으로 받아들이면서부터인지도 몰랐다. 미국에서 동양인 여자는 거의 최하층 계급이었다. 식당에서 잠깐 일하는 동안에 뼈저리게 경험한 일이었다. 그런데 준페이는 자신을 가회동 저택에 살 때와 똑같이 대했다. 언제나 최우선으로 생각하고 위해 주었다. 그 덕분에 준페이와 있으면 현재의 처지를 잊을 수 있었다.

"널 호강시켜 주겠다고 밤낮없이 일하는 거 아니냐. 네 남편만큼 마누라를 끔찍하게 생각하는 위인도 드물 거다."

며칠째 들어오지 않는 준페이의 소식을 물었을 때 지로가 한 말이었다. 그의 말은 맞았다. 아버지를 떠나온 지금 자신을 그만큼 위해 줄 사람은 준페이밖에 없었다. 그리고 그는 약속한 대로 좋은 집에서 살게 해 주었다. 자신이 핀업 걸 그림을 제안한 덕분이지만, 밤을 새워 그림을 그린 사람은 준페이였다. 가랑비에 옷이 젖는 것처럼 준페이는 서서히 채령의 마음속으로 스며들었다.

심장처럼 가슴에 박혀 있다고 여겼던 정규 생각은 점점 희미해졌다. 정규를 잊다니. 채령은 그런 자신을 받아들일 수 없어 준페이에게 일부러 못되게 군 적도 많았다. 준페이가 공방에서 며칠씩 돌아오지 않으면 어떻게 지내는지 궁금하고 보고 싶으면서도 그 마음을 표현하기에는 자존심이 허락하지 않았다. 아니 두려웠다.

준페이는 자신과 정규의 일을 알고 있었다. 직접 말한 적은 없지만 '그 일'이라고 할 때 준페이 얼굴에는 분명 경멸이 어려 있었다. 그런 준페이에게 먼저 다가가면 자기를 헤프고 천박한 여자로 볼 것 같았다. 이사하며 지로가 큰 방을 양보했을 때 채령은 이제 준페이와 진짜 부부로 살아도 좋겠다고 생각했는데 준페이는 침대를 하나 더 샀다. 채령이 평소에 원했던 머릿장 장식이 멋진 침대였다.

"침대를 두 개 들여놓을 수 있어 다행이에요. 새 침대는 당신 거예요. 그리고 난 주로 공방에 있을 거니까 편히 지내요."

나란히 놓인 침대를 보며 준페이가 흐뭇한 얼굴로 말했다.

"삼촌 눈치 보이니까 잠은 방에 올라와서 자요. 불편할 것도 없어요. 우린 친구 같은 사이잖아요."

실망한 채령이 비꼬듯이 말했다.

세월이 흐른 만큼 준페이가 가진 책임감이나 동정심도 사라질 때가 됐다. 안고 싶은 욕구도 생기지 않는 여자와의 거짓 부부 노릇에 싫증 났을 수도 있다. 어쩌면 그만 끝내자는 말을 직접 하기 어려워 지로를 내세운 것일 수도 있다.

만약 이 집을 떠나야 된다면 어디로 가지? 한없이 막막했다. 비참하게도 그 순간 준페이에 대한 감정이 선명해졌다. 채령은 준페이를 사랑하고 있었다. 단지 사랑의 모습이 여러 개라는 걸 깨닫지 못했을 뿐이다. 그동안 정규에게 느꼈던 무모하리만큼 열정적인 감정만 사랑이라고 믿은 것이다.

그날 밤 채령은 작은 테이블에 미리 차를 준비해 두고 준페이와 마주 앉았다. 하루 종일 궁리해서 생각을 정리했지만 막상 꺼내려니 가슴이 무너지는 것 같았다. 하지만 해야한다. 그 말마저 준페이에게 미뤄서는 안 된다.

"오늘 지로 삼촌한테 이야기 들었어요. 그동안 내가 너무 내 생각만 했던 것 같아요. 언제라도 좋은 여자가 생기면 말해요. 당장 떠날게요. 혹시 벌써 있는 건가요? 그럼 지금 당장 짐을 싸야겠네요."

느닷없는 말에 어리둥절해진 준페이에게 채령은 덧붙였다.

"이만큼 성공한 데는 내 덕도 있는데 설마 빈손으로 내쫓지는 않겠죠?"

약한 모습을 들키지 않으려고 더 도도한 표정을 지었다.

준페이의 얼굴이 일그러졌다. 지로의 말처럼 그녀가 아직도 딴 남자를 마음에 품고 있는 게 확실했다. 4년 전 밤 교토의 골목에서 본 풍경이 방금 전 본 것처럼 또렷했다. 그때 자신이 느꼈던 감정도 마찬가지였다. 가슴 밑바닥에 억눌려 있던 분노가 솟구쳐 올랐다. 지금 내 앞에서 오만한 표정을 짓고 있는 저 여자는 여전히 날 자기 아버지 밑에서 일하던 부하 직원 다루듯이 한다. 그뿐인가. 온갖 고생하며 돌봐 줬더니 뻔뻔하게 제 공을 내세우고 있다. 준페이는 주먹을 부르쥐었다.

이젠 마음 따위 바라지 않을 것이다. 더는 아끼지도 않을 것이다. 이미 다른 놈, 그것도 불령선인에게 몸과 마음을 줘 버린 헌 계집이다. 그런 여자를 보물처럼 소중히 다루며 애

면글면해 온 자신이 한심하다 못해 화가 치밀었다. 여기서 나가 봤자 허드렛일이나 하다가 결국 거리의 여자로 전락해 버릴 주제에 떠나겠다고 큰소리치는 채령이 한없이 미웠다. 그 정도로 내가 싫다니. 하지만 절대 보내 주지 않을 것이다. 영원히 옆에 두고 모욕하고 능멸할 것이다. 무참히 짓밟아 주리라.

"내 옆에 있어."

준페이가 어금니를 문 채 말했다. 채령이 간절하게 듣고 싶은 말이었다. 심지어 그녀는 그동안 주인 아가씨 대하듯 깍듯하던 준페이가 반말과 명령조로 말하자 오히려 친밀감을 느꼈다.

"넌 내 허락 없이 아무 데도 못 가."

그 말이 채령에겐 더할 수 없는 사랑의 고백으로 들렸다. 그녀는 이글거리는 눈빛으로 다가오는 준페이를 보며 눈을 감았다. 달콤한 입맞춤을 기대하고 있던 채령은 준페이가 거친 손길로 한쪽 가슴을 움켜쥐는 바람에 깜짝 놀라 눈을 떴다. 열기로 가득 찬 준페이의 얼굴이 코앞에 있었다. 그는 채령의 가슴을 부서뜨릴 듯이 손에 힘을 주었다. 채령은 너무 아파 짧은 비명을 내지르면서도 다시 눈을 감았다. 떠나지 않아도 된다는 안도감이 뭔지 모를 모욕감을 덮어 버렸다.

3월이 되자 낮에는 반팔을 입어도 될 만큼 기온이 올라갔다. 준페이는 외출에서 돌아온 지로가 심상치 않은 기색으로 내미는 종이를 받았다. 한옆의 매장에서 정리를 하고 있던 채령도 다가가 함께 들여다보았다. 1942년 4월 7일 화요일 낮 12시까지 일본인들은 주거지를 떠나라는 명령문이었다. 서부 해안의 워싱턴, 오리건, 캘리포니아 주에 사는 일본인들에게 알리는 것으로 준페이가 사는 곳도 해당됐다. 4월 7일까지는 3주도 채 남지 않았다.

"이게 무슨 소리예요?"

종이의 글을 찬찬히 읽은 채령이 핼쑥한 얼굴로 준페이와 지로를 바라보았다. 둘은 눈길을 피하며 한숨을 내쉬었다.

지난해 12월 일본이 하와이 진주만을 공습했다는 뉴스에 미국인들은 충격을 받았고 일본인들은 걱정과 동시에 흥분했다. 1894년 청나라와의 싸움에서 승리한 이래 일본은 어떤 전쟁에서도 진 적이 없었다. 진주만 공습 후에도 태평양 지역에서 승전을 이어 나가고 있었다. 미국에 사는 일본인들은 조국의 군인들이 당당하게 미국 본토로 진군하는 모습을 상상했다. 일본이 승리하면 그동안 미국인들한테 당한 인종차별과 수모를 설욕할 수 있을 것이다. 지로는 그날을 꿈꾸며 흥분했지만 준페이는 걱정이 앞섰다.

"미국이 선전포고도 없이 당했는데 우리를 곱게 보겠어요? 어떻게든 불이익을 주겠지요. 세무 조사나 규제가 더 심해질 수 있으니 장부 정리부터 잘해 둬야겠어요."

상황은 준페이가 예견한 것보다 훨씬 더 안 좋은 쪽으로 흘러갔다. 미국 전역에 일본인들에 대한 적대감이 퍼졌다.

특히 태평양 연안에 거주하는 일본인들은 조국과 내통해 미국에 위해를 가할 집단으로 여겨져 미국인들의 공분을 샀다. 정치가나 유명 인사들도 일본인들을 강제격리 하라며 신문 칼럼을 쓰거나 라디오 방송에 나와 이야기했다. 어떤 인사들은 대통령에게 직접 촉구하기도 했다. 불안한 가운데서도 설마 했는데 드디어 샌프란시스코 곳곳에 명령문이 붙은 것이다.

"재팬타운에 가 봤는데 거의 쑥대밭 분위기야. FBI한테 끌려간 사람들도 많다더라. 은행 계좌도 묶이고 정리 세일하는 데도 많아. 우리도 어서 정리하자."

지로가 한숨을 쉬며 말했다.

일본인들은 수용소에 격리된다고 했다. 대부분 국적을 바꾸지 않은 이민 1세대는 물론 시민권을 가진 2세, 아버지가 일본인인 혼혈 2세도 포함됐다. 그들이 가져갈 수 있는 짐은 한 사람당 트렁크 두 개뿐이었다. 지로는 가족을 대표해 사무소에 가서 등록을 하고 왔다. 일본인과 상관없는 마리나는 제외됐다. 마리나가 따라가겠다고 울며 애원했지만 불가능했다.

"오래 있지 않을 거야. 그동안 할머니 집에 가 있어. 아빠가 가서 편지할게."

지로가 마리나를 달래는 동안 준페이는 그늘진 눈으로 채령을 바라보았다. 그들은 지로가 바라던 대로 진짜 부부가 됐다. 극렬하게 반항할 줄 알았던 채령이 순순히 자신을 받아들이자 준페이는 허탈하기도 하고 실망스럽기도 했다. 준페이는 채령을 안을 때마다 그녀가 적극적이면 닳고 닳은 여자처럼 여겨져 기분 나빴고, 소극적이면 자기를 여전히 싫어하는 것 같아 화가 났다. 어둠 속에서는 순간적인 감정에 겨워 달콤한 말도 속삭이곤 했지만 낮에는 전보다 더 무뚝뚝해졌다. 채령은 자신에게 늘 전전긍긍하는 준페이보다 무심한 지금의 준페이가 더 남자답고 좋았다.

채령은 준페이가 어두운 눈빛으로 바라보자 자신을 위하는 마음에 무슨 수를 써서라도 두고 갈까 봐 겁났다. 현재의 삶에 만족하고 익숙해진 채령은 이제 준페이가 원하던 대로 그를 떠나서는 아무것도 할 수 없게 돼 버렸다.

"아마 우리가 위험한 존재가 아니라는 걸 알면 바로 내보내 줄 거예요. 얼른 짐을 싸야겠어요. 산체스 주니어한테 살림살이를 맡기고 갈 수 있어서 다행이에요."

채령 말대로 그 점은 아무런 대책 없이 모든 걸 두고 떠나야 하는 재팬타운 사람들보다 행운이었다.

준페이 가족은 수백 명의 사람들과 함께 만자나르 임시집합소로 배정됐다. 캘리포니아 내륙에 위치한 만자나르는 스페인어로 사과 과수원이라는 뜻이다. 예전에는 비옥한 땅이었지만 지금은 황량한 사막이었다. 사람들은 명령대로 트렁크 두 개의 짐만 든 채 기차에 올랐다. 준페이는 기차에서 사사키 가족과 식당에서 함께 일하던 사람들을 만났다. 비참한 처지에 아는 사람을 만나는 게 민망하기도 하고 위안도 됐다. 모두 불안한 얼굴로 소곤거렸다.

기차 안은 창을 가려 공기가 탁했고 군인들이 지키고 있어 분위기가 살벌했다. 채령은 금방이라도 토할 것처럼 속이 메스껍고 몸이 자꾸 까라졌다. 채령의 상태가 나빠지자 준페이는 그동안의 무뚝뚝한 태도를 버리고 예전처럼 절절맸다.

열 시간도 넘게 걸린 뒤 기차는 임시 집합소가 있는 역에 사람들을 내려놓았다. 집합소는 아무것도 없는 사막 위에 세워져 있었다. 철조망이 둘러쳐진 황무지 위에 한눈에도 급조한 듯한 막사들이 줄지어 있었다. 아직 화장실이나 샤워 시설조차 제대로 갖추어지지 않은 상태였다. 사람들은 우선 질병 검사를 하고 예방주사를 맞았다. 군인들이 짐을 검사했다. 카메라와 일본어로 된 책은 반입할 수 없었다.

집합소는 캠프라 불렸고 그 안에서는 일본어 사용이 금지됐다. 이민 2, 3세대는 영어가 가능했지만 1세대 노인들은 영어를 할 줄 몰랐다. 교도소나 포로수용소 같은 환경에 젊은 사람들은 분노했고, 노인들은 그들을 가라앉히느라 애썼다. 총을 찬 군인들이 사방을 지키고 있었다.

준페이 가족은 네 살배기 아들 유토를 둔 와타나베 부부와 함께 막사의 방 중 17호실에 배정받았다. 직사각형의 방엔 담요 몇 장과 촉수 낮은 백열등이 달려 있을 뿐이었다. 처음 보는 사람들과 한방에서 생활해야 한다는 사실에 모두 당혹스러움을 감추지 못했다. 열 명이 같이 쓰는 방도 있으니 17호실은 양호한 편이었다. 지로와 준페이, 와타나베는 방을 어떻게 나눠 써야 할지 의논했다.

준페이가 채령의 의견을 물었으나 그녀는 계속된 헛구역질에 지쳐 눕고만 싶어 했다. 준페이가 걱정하자 와타나베 부인이 조심스레 혹시 임신한 것 아니냐고 물었다. 채령은 준페이와 지로의 눈길을 받으며 머릿속으로 날짜를 더듬었다. 임신이 맞는 것 같았다. 채령이 고개를 끄덕이자 준페이의 표정이 복잡해졌다. 치솟는 환희를 암담한 현실이 짓눌렀다. 앞날을 모르는 채 황무지 위에 내동댕이쳐진 상황에서 무조건 기뻐할 수만은 없었다. 채령은 다시 헛구역질을 했다. 지로가 눈물을 글썽이며 좋아했다.

"고맙구나, 고마워. 조상님이 이 시련을 견디라고 복을 내려 주시나 보다."

지로의 말에 채령은 왈칵 눈물이 솟구쳤다. 준페이가 서둘러 세 사람의 담요를 모아 바닥에 깔았다. 채령을 담요 위로 옮기며 그제야 실감이 나는지 금방이라도 울 것 같은 얼굴이 됐다. 지로가 옆에서 조심, 조심을 외쳤다.

"침상부터 만들어야겠다. 아가, 너는 아무 걱정 말고 좋은 생각만 하면서 쉬고 있거라. 준페이, 목재가 다 없어지기 전에 서두르자."

지로가 채령 곁에 있고 싶어 하는 준페이를 데리고 나갔다. 와타나베도 함께였다. 캠프를 건설하고 남은 자재 더미 주변엔 쓸 만한 목재를 차지하려는 사람들로 북적거렸다.

방에는 채령과 와타나베 부인, 그리고 엄마 곁을 떠나려 하지 않는 유토만 남았다. 와타나베 부인이 걱정스러운 기색으로 물었다.

"혹시 주사 맞았어요?"

집합소에 들어오기 전 누구나 의무적으로 맞아야 했다. 아무 생각 없이 고개를 끄덕이던 채령의 얼굴에 공포의 표정이 드리웠다. 임신 중에 약을 잘못 먹어 기형아를 낳았다는 이야기가 생각났다. 채령이 몸을 떨었다. 와타나베 부인이 깜짝 놀라 채령의 팔다리를 주물렀다.

"미안해요. 내가 괜한 이야기를 했나 봐요. 태아에게 해롭지 않은 주사일 수도 있으니 너무 걱정 말아요. 테라오 상을 불러와야겠어요."

채령이 일어서려는 와타나베 부인의 팔을 움켜잡았다. 그녀는 고개를 저으며 간신히 말했다.

"남편에겐 알리지 말아 주세요. 부탁이에요. 그리고 죄송하지만 의사에게 괜찮은지 물어봐 주시겠어요?"

의사에게 다녀온 와타나베 부인이 태아에게 해로운 주사는 아니라고 했다. 처음엔 기뻤지만 채령은 자꾸 자신을 위로하기 위한 거짓말이라는 생각이 들었다.

17호실엔 이틀 만에 세 개의 방이 만들어졌다. 판자로 막은 허술한 벽이었지만 그래도 각자의 공간이 생기니 한결 나았다. 지로가 가장 작고 전등조차 없는 칸을 자청했고, 준페이 부부와 와타나베 가족은 칸막이 가운데 전구를 놓아 불빛을 나눠 쓰기로 했다. 어느 한쪽이 마음대로 불을 끄거나 켤 수 없었고 작은 소리조차 옆 칸에 다 들렸다. 채령은 밤마다 배 속에서 뭐가 하나 부족한 아이가 자라는 꿈을 꾸거나 사람이 아닌 흉측한 물체를 낳는 악몽을 꾸었다. 공포에 짓눌린 채령은 배 속의 아이가 세상에 나오지 말고 그냥 사라지기를 간절히 기도했다.

임시 집합소였던 만자나르는 정식 수용소가 됐다. 시간이 지나도 시설이나 상황이 개선되지 않자 더는 견디지 못한 사람들이 시위를 벌이거나 탈출을 시도했다. 감시병들은 주저 없이 총을 쏘았고 몇몇 희생자 중에 지로도 있었다. 그토록 기다리던 손주도 보지 못하고 유언 한마디 남기지 못한 채였다.

수용소의 첫 장례식은 군인들의 삼엄한 경비 속에서 치러졌다. 땅을 팔 삽이나 곡괭이도 제대로 없고, 무덤 앞에 세울 비석도 장식할 꽃도 없는 초라한 장례식이었다. 그날 밤 준페이는 지로의 주머니 속에 들어 있던 마리나에게 보내는 편지를 읽으며 울음을 삼켰다. 채령 또한 지로의 죽음에 집안의 기둥이 뽑힌 것처럼 막막한 슬픔을 느꼈다.

한 달쯤 되자 수용소에서 고용 프로그램을 운영하기 시작했다. 준페이는 양계장에서 일을 하고, 채령은 제빵실에서 입덧에 시달리며 하루 종일 밀가루 반죽을 했다. 그리고 그해 12월 캠프 내 병원에서 아이를 낳았다. 아기 울음소리가 들렸지만 채령은 무서워 눈을 뜰 수 없었다.

"테라오 부인 축하해요. 딸이에요. 산모와 아기 모두 건강해요."

간호부가 문을 열고 준페이에게도 알렸다.

"히카리, 수고했어. 고마워."

준페이의 감격에 찬 목소리를 듣고서야 채령은 눈을 떴다. 옆에 놓인 빨갛고 조그만 아기는 정상이었다. 채령은 배 속에 있는 내내 두려워하며 사라지기를 빌었던 자기 딸을 서먹한 기분으로 바라보았다. 준페이는 아기 이름을 백합이라는 뜻의 유리코라고 지었다.

1944년 11월, 4선에 성공한 루스벨트 대통령은 미국 서부지역 일본인들에게 내린 강제수용 명령을 철회했다. 수용소 관리국에서도 원하는 사람은 나가도 좋다고 했다. 하지만 사람들은 한겨울 날씨에 선뜻 수용소를 떠나지 못했다. 일본인들에 대한 미국 사회의 적대감은 여전했고, 일본인들이 수용소에서 해방되는 것을 반대하는 여론이 절대적이었다. 일본 사람들은 은행 예금은 물론 집, 가게 같은 부동산도 모두 잃은 상태였다. 게다가 재팬타운은 다른 인종 노동자들이 차지했다는 소식이 들려왔다.

바깥 상황이 어떻든 채령은 한시바삐 수용소를 떠나고 싶었다. 여전히 두 가구가 한방에서 생활하고 있었고, 유리코는 잠시도 가만히 있지 못하고 돌아다니며 말썽을 부리는 23개월짜리였다. 그사이 와타나베 부인도 유토 동생을 낳아 밤마다 두 아이가 경쟁하듯 울며 서로를 깨웠다. 채령은 보통 아이보다 예민하고 까탈스러운 유리코에게 지쳐 있었다.

준페이는 산체스 주니어에게 편지를 보냈다. 지로의 죽음과 자신들의 상황을 알리며 도움을 청하는 내용이었다. 그림과 예금, 가재도구를 맡기고 왔지만 지로가 없는 현재로선 산체스의 양심과 호의에 기대야 했다. 산체스는 즉시 답장을 보내왔다. 그는 그동안 준페이의 핀업 걸 그림을 팔아 꽤 재미를 보았다. 산체스는 지로의 죽음을 애도하며 준페이에게 자기 회사로 오라고 제안했다.

"나는 문구 사업을 시작할 생각이오. 전쟁이 끝나면 교육열이 더 높아질 테고 문구류 수요도 급증하리라 전망하기 때문이오. 나는 당신의 실력을 높이 사고 있소. 우리 회사로 와 디자인 파트를 맡아 주는 건 어떻겠소? 공방을 계속한다고 해도 기꺼이 도와주겠소."

준페이는 산체스의 제안을 받아들였다. 삼촌 없이 공방을 하고 싶지 않았을뿐더러 자식까지 둔 가장으로서 모험보다는 안정을 택했다.

준페이 가족은 새해가 되기 전에 수용소를 떠났다. 만자나르 수용소에서 가장 먼저 떠난 사람들이었다. 산체스 주니어는 깨끗하고 조용한 주택가에 자그마한 정원이 딸린 2층집과 자동차를 마련해 두었다. 냉장고와 세탁기 등 가전제품까지 갖추어진 집에 들어선 채령은 기뻐 어쩔 줄 몰라 했다. 수용소에서 돌아온 그들에게 새집은 지상낙원 같았다. 준페이는 자동차도 자동차지만 유리코가 마음껏 안전하게 뛰어놀수 있는 환경이 더 마음에 들었다.

준페이는 마리나를 데려오기로 했다. 그 아이를 딸처럼 생각했던 지로에 대한 의리와 더불어 채령의 일을 덜어 주고 싶은 마음 때문이었다. 채령도 찬성했다. 일본 사람 집에 올 메이드를 구하기는 어려웠다. 학교도 그만둔 채 방황하던 마리나는 지로가 없는데도 자신을 불러 주자 감격스러워했다. 자기가 할 일이 무엇인지 눈치 빠르게 알아채 집안일과 아이 돌보기를 맡았다. 다행히 유리코는 마리나를 잘 따랐다. 채령은 유리코에게서 벗어난 것을 진심으로 기뻐했다.

부부 방에는 유리코도 함께 잘 수 있을 만큼 널찍한 침대가 놓여 있었다. 하지만 유리코는 마리나와 자는 걸 더 좋아했다. 아직 젊은 부부도 단둘인 게 좋았다. 그들은 만자나르 수용소에서 지내는 동안 지로를 잃고, 아이를 얻고, 고달픈 하루하루를 살아 내느라 애증으로 뒤얽혔던 예전의 감정 따위는 까맣게 잊었다. 집을 떠나기 전보다 훨씬 친밀한 사이가 돼 돌아온 부부는 신혼인 것처럼 새집, 새 침대에서 열렬히 사랑했다. 준페이는 비로소 자신이 채령을 가회동 저택에서 처음 본 순간부터 사랑했노라고 고백했다. 얼마 뒤 채령은 둘째 아이를 임신했다.

준페이는 아침마다 채령과 유리코의 배웅을 받으며 출근했다. 야자수가 늘어선 도로를 달리며 준페이는 지로를 떠올렸다. 6년 전 처음 왔을 때 자신만 믿으라던 삼촌의 말은 허풍이 아니었다. 지금 누리고 있는 모든 것들은 따지고 보면 삼촌의 은덕이었다. 준페이는 머잖아 태어날 둘째가 삼촌을 닮은 아들이었으면 좋겠다고 생각했다. 안개가 끼지 않은 맑은 하늘을 보자 이제 모든 액운은 끝나고 행복만 펼쳐질 것 같은 예감이 들었다.

뉴욕

오빠, 그간 무고하셨는지요? 오랜만에 안부를 전합니다.

1945년 5월 25일, 오늘은 제 인생에 아주 큰 의미가 있는 날입니다. 드디어 학교를 졸업했습니다. 이날이 오다니요! 4년 전 입학했을 때는 영원히 오지 않을 것만 같았던 순간입니다. 오늘을 맞은 건 저 혼자만의 힘이 아니에요. 채령 아가씨의 졸업 서류를 보내 주신 오빠를 비롯해 많은 분들의 도움 덕분입니다.

오늘 하루, 식당에 휴가를 냈어요. 저 자신에게 주는 선물이지요. 오늘 밤은 마음 놓고 지난 시간을 돌아보려 합니다. 그동안 추억에 잠기는 것조차 사치일 만큼 바쁘게 살아왔으니까요.

뉴욕에 첫발을 디디던 순간이 생생하게 떠오르네요. 1939년

9월 1일이었어요.

존스 가족을 따라 퀸메리호에서 내린 수남은 엘리스 섬에 있는 이민국에서 서류 심사와 신체검사를 받았다. 수남은 정식 비자를 받아서 온 게 아니었다. 존스 서기관은 수남이 일본군 위안부로 끌려갔다가 탈출한 일을 근거로 망명을 신청했다. 미국행 서류를 준비할 때 수남은 어쩔 수 없이 부대에서 도망친 사실을 재닛에게 털어놓았다. 아직 외교관 신분인 마크의 신원보증 덕에 남미나 남동유럽에서 온 사람들 틈에서 수남은 유일한 동양인으로 이민국을 통과했다.

수남은 거대한 자유의 여신상과 마천루가 솟아 있는 도시를 도저히 인간이 만들었다고 생각할 수 없었다. 사람이 어떻게 저리 높은 건물을 지을 수 있는지, 또 어떻게 저리 높은 곳까지 올라가 살 수 있는지 이해되지 않았다. 수남은 앞으로 살면서 새롭게 알게 될 것들을 생각하니 가슴이 더 뛰었다. 채령이 미국 서쪽에 있음을 알지 못하는 수남은 아가씨가 그토록 노래하던 미국에 자신이 대신 와 있다는 사실에도 감격했다. 자유의 여신상이 치켜든 횃불이 자신의 앞날을 밝혀 줄 것만 같았다.

1939년 9월 1일은 제2차 세계대전이 시작된 날이었다. 수남은 일본이 중국하고 싸운다는 것만 알았지 온 세계가 편을 나눠 싸우는 전쟁이 벌써 두 번째라는 사실도 모르고 있었다. 사람들을 내려놓은 퀸메리호는 전쟁이 벌어진 탓에 영국으로 돌아가지 못하고 한동안 뉴욕 항에 그대로 있었다. 그 이야기를 들었을 때 수남은 고향으로 가지 못하는 배가 자신의 처지 같다고 생각했다. 얼마 뒤 퀸메리호는 겉면을 회색으로 바꾼 다음 화려한 내부 장식을 뜯어내고 침대를 들여 연합군 병력 수송선으로 쓰였다. 본래의 자기가 아닌 다른 사람 역할을 하게 된 것도 수남과 비슷했다. 사람뿐 아니라 세상 모든 것에는 수많은 곡절과 자기대로의 운명이 있었다.

맨해튼에 있는 존스 부부의 새집은 센트럴파크가 내려다보이는 최고급 아파트였다. 플로리다의 부호인 재닛 아버지가 외동딸을 위해 마련해 준 것이다. 마크는 하얼빈 근무를 마지막으로 외교관직을 그만두었다. 그는 1년 뒤에 있을 하원 의원 선거를 목표로 뉴욕 사교계에 발을 들이밀었다.

그의 집에서는 인맥을 쌓기 위한 파티가 자주 열렸다. 요리사와 부엌 일 하는 하녀가 따로 있어 수남은 그 외의 집안일과 아이들 돌보는 일을 했다. 사람들은 플로리다 출신의 촌뜨기 부부가 미개하고 야만적인 동양인에게 아이들을 맡겼다며 쑥덕거렸지만, 존스 부부는 그 사실을 정치적으로 활용했다.

"내 남편은 박애주의자예요. 그 정신을 실천하기 위해 아시아에서 체리를 데려왔지요. 그녀는 식민지 출신 아가씨예요. 남편과 나는 그녀가 우리에게 온 것을 하나님의 뜻이라고 여깁니다. 우리는 기꺼이 후견인이 돼 그녀가 기회의 땅

미국에서 꿈을 펼칠 수 있도록 도와줄 거예요. 당신들은 머 잖아 여대생이 된 그녀를 볼 수 있을 것입니다."

지역신문에 실린 하원 의원 출마 후보자 아내들의 인터뷰 에서 재닛이 한 말이었다. 그리고 자기 말을 증명하고자 수 남을 어학원에 보내 주었다. 이민자들을 위한 사설 영어 학 원이었다. 대학에 가려면 좀 더 수준 높은 영어가 필요했다. 비록 학원이었지만 정식으로 처음 공부하는 수남은 이미 대 학생이 된 기분이었다. 저녁에 학원에 가기 위해 집을 나설 때마다 수남은 존스 부부에 대한 고마움을 되새겼다.

수남이 다니는 학원의 수강생은 대부분 동양에서 온 이민 자들이었는데 중국 사람이 가장 많았다. 학원을 차린 원장 은 중국인 3세로 뉴욕에서 나고 자란 사람이었다. 대학을 나 왔지만 제대로 된 일자리를 얻지 못하다 어학원을 차린 그 는 종종 인종차별의 부당함을 수업 주제로 삼았다.

"우리 할아버지가 처음 미국에 와서 백인 집에서 일을 했 는데 주인 여자가 거리낌 없이 발가벗고 돌아다니더래요. 미국은 풍습이 그런가 보다 생각했는데 알고 보니 주인 여 자가 중국인 하인을 아예 사람으로 취급하지 않은 거였어 요. 동물이나 벌레처럼 여겼던 거지요. 그때로부터 몇십 년 이 지났는데도 동양인을 대하는 미국인들의 태도는 조금도 바뀌지 않았어요."

학생들 또한 일상에서 늘 경험하는 일이어서 강의실 안은 때때로 백인 성토장이 되곤 했다.

수남은 처음엔 그 자리가 불편했다. 믿기 어려울 만큼 부당한 대우나 억울한 일을 당한 사람들 앞에서 주인 자랑하는 것도 민망했고, 아무 말 없이 앉아 있는 것도 눈치 보였다. 그렇다고 수남이 미국인과 동등한 대우를 받는 것은 아니었다. 그동안 차별을 의식하지 못했을 뿐이었다.

존스 부부는 뉴욕에 오자마자 개를 키웠다. 수남이 미국에서 와서 신기했던 것 중 하나가 개를 집 안에서 키우는 거였다. 마당에서 음식 찌꺼기나 얻어먹다 복날 사람들에게 잡아먹히는 조선 개와 달리 미국엔 집 안에서 주인과 함께 살며 사람 못지않은 호사를 누리는 개들이 많았다. 존스 부부도 개에게 맥스와 루시라는 사람 이름을 붙여 주고 애지중지했다.

"여기선 개도 호강을 하네요."

미국의 모든 것이 좋아 보였던 수남이 무심코 한 말에 재닛이 조선의 풍습을 물었다. 수남이 이야기 끝에 개고기를 먹는다고 하자 재닛은 사람을 잡아먹는다고 한 것처럼 호들갑을 떨었다. 그 뒤로 존스 부부는 수남에게 농담 같지 않은 농담을 하곤 했다.

"체리, 너한테 맥스하고 루시 산책을 맡겨도 되는 거지?"

"체리, 내가 남긴 스테이크도 먹으렴. 네가 배고프면 우리 맥스와 루시가 위험해."

수남은 우스갯소리라고 생각하면서도 은근히 기분 나빴다. 그렇지만 주인에게 실망하기보다 보잘것없는 동양인인 자기한테 남다른 사랑을 베풀어 주는 것에 늘 고마워했다.

돌이켜 보면 수남은 태어나면서부터 차별받으며 살아왔다. 딸이라서, 가난해서, 신분이 낮아서, 못 배워서, 조선 사람이라서……. 그동안 수남은 그게 부당하다는 생각을 하지 못했다. 여자가 남자에게, 가난한 사람이 부자에게, 신분 낮은 사람이 높은 사람한테, 무식한 사람이 많이 배운 사람한테, 조선 사람이 일본 사람들에게 무시당하고 차별받는 걸 당연하게 여겼다.

미국은 유럽에서 온 사람들이 원주민을 총칼로 쫓아내고 세운 나라였다. 흑인들 또한 노예로 삼기 위해 아프리카에서 강제로 끌고 왔다. 노예제도나 사람을 사고파는 일은 법으로 금지됐지만 흑인들에게 가해지는 무시와 차별은 여전했다. 철도나 다리 건설, 사탕수수밭 인부 등으로 받아들이기 시작한 동양인들도 마찬가지 취급을 받았다. 흑인과 동양인의 출입을 금하는 식당도 있었고, 버스에는 출입문과 좌석이 따로 정해져 있었다. 흑인은 백인과 결혼할 수 없었고 백인에게 무조건 선생님이라고 불러야 했다. 백인들은 자기들이 다른 인종보다 우월하고 도덕적이라고 믿었다.

존스 부부는 자기네끼리 말할 때 흑인이나 일본인, 중국인을 니거, 잽, 칭크라고 불렀다. 수남은 처음엔 인종을 비하하는 모욕적인 표현이라는 것도 몰랐다. 미국 생활에 적응하고 영어가 늘면서 알게 됐는데, 알면 알수록 일본이 조선에 하는 짓이나 다를 바가 없었다.

시간이 지날수록 수남은 자신이 운 좋게 주인 잘 만난 개와 같은 신세라는 생각이 들었고, 그때마다 은혜를 모르는 사람이 된 것 같아 괴로웠다.

1941년 봄, 스물한 살이 된 수남은 헌터 공립여자사범대학의 입학 허가서를 받았다. 설립자인 아일랜드계 이민자의 성을 딴 학교로, 아파트에서 나와 센트럴파크를 가로질러 가면 20분쯤 걸리는 가까운 곳이었다. 학비가 싼 공립학교에 합격할 수 있었던 것은 마크가 써 준 다소 과분한 내용의 추천서 덕분이었다. 또 강휘가 보내 준 채령의 졸업 증서 덕이기도 했다. 재닛이 학기 중에는 집안일도 조금 줄여 주겠다고 했다.

입학할 날만 기다리며 꿈에 부풀어 있던 수남에게 날벼락 같은 일이 일어났다. 지난 선거에서 실패하고 다음 선거를 준비하던 마크 존스가 귀향을 결정한 것이다. 뉴욕에서 낳은 막내아들이 심한 천식에 시달리자 의사는 공기 좋고 따뜻한 곳으로 이사할 것을 권했다. 마크는 재닛의 친정인 플로리다로 가기로 했다. 수남은 머릿속이 하얘질 만큼 막막했다.

"체리, 함께 가자. 그곳엔 우리 아버지가 내는 기부금으로 운영하는 학교가 있어. 그 학교에 전액 장학금을 받고 입학할 수 있도록 도와줄게. 플로리다가 뉴욕보다 공기 좋고 인심도 좋은 거 너도 알잖아."

그동안 수남은 재닛을 따라 두 번 플로리다에 갔다. 추수

감사절과 크리스마스 때였다. 재닛 말대로 공기나 날씨는 훨씬 좋았지만 인심이 좋다는 생각은 들지 않았다. 플로리다가 고향이고 그 지역 부호의 딸인 재닛과 자신의 처지는 달랐다. 수남은 그곳에 머무는 내내 흘깃거리며 자신을 쳐다보거나 무시하는 눈초리에 시달려야 했다. 남부 사람들은 흑인보다 동양인에 대한 편견이 더 심했다. 재닛의 부모도 딸이 동양인을 가까이 두는 것을 못마땅하게 여겼다. 수남은 그 동네에서 유일한 동양인이었다.

수남은 다양한 인종이 뒤섞여 사는 뉴욕이 오히려 편했다. 그런데도 재닛의 말에 솔깃했다. 전액 장학금을 받으면 봉급을 그대로 모을 수가 있다. 자작에게 받을 돈은 포기했지만 수남은 고향 집을 도와주고 싶었다. 자신은 대학을 졸업하면 스스로의 힘으로 살아갈 수 있을 것이다.

수남은 고민을 거듭했다. 뉴욕에 남으면 학비는 물론 집세와 생활비까지 직접 해결해야 했다. 또한 존스 가족이라는 울타리도 없어진다. 그동안 영어도 많이 늘고, 도시에도 꽤 익숙해졌지만 혼자 살 자신은 없었다. 하지만 존스 가족을 따라간다면 주인 발밑에서 꼬리 흔들며 밥을 얻어먹는 개의 처지를 벗어날 수 없을 것이다. 그 생활에 길들어 영원히 헤어나지 못할 것 같았다. 막막하고 두려웠지만 수남은 뉴욕에 남기로 결정했다. 강휘가 바이칼 호숫가 마을에서 해 준 말이 용기를 주었다.

"난 여기까지 온 널 존경해. 네가 앞으로 어떻게 변하더라도 마찬가지야."

강휘는 여기까지 온 자신을 존경한다고 했다. 힘들 때마다 그 말은 큰 위안이 됐다. 그동안 하얼빈으로만 여겼던 '여기'가 어쩌면 단순히 지역을 뜻하는 게 아닐지도 모른다는 생각이 들었다. 내가 해냈다는 게 믿기지 않는 일들, 내 힘으로는 불가능해 보이는 영역들을 말하는 게 아니었을까? 그렇다면 뉴욕에 남아 혼자 힘으로 살아가는 일도 '여기'에 해당됐다. 수남은 비로소 결심할 수 있었다.

"부인, 호의는 고맙지만 전 여기 남고 싶어요. 그동안 절 보살펴 주셨으니 이제 저 혼자 힘으로 살아 보겠어요. 제게 베풀어 주신 친절은 결코 잊지 않겠습니다."

재닛은 서운해하면서도 동의했고 마크는 오히려 반겼다. 재닛은 고향으로의 이사인지라 수남의 손이 지금처럼 절실하지 않았고, 플로리다에서 다시 출마할 마크는 동양인 하녀를 데려가는 게 부담스럽던 터였다.

존스 가족은 5월 중순 플로리다로 떠났다. 그들을 배웅하며 수남은 육친과 이별하는 듯한 허전함을 느꼈지만 당장 혼자만의 삶을 시작해야 했다. 존스 가족이 떠나기 전 수남은 맨해튼 남쪽 끝자락에 있는 차이나타운에 작은 방을 얻었다. 학교 근처는 집세가 비쌌고, 통금 시간이 있는 기숙사에서 살면 늦게까지 일을 할 수 없었다.

중국인 거리는 부대의 악몽이 있지만 자신의 목숨을 구해 준 천 노인 가족이 사는 곳이 생각나기도 하고, 강휘와 함께

한 하얼빈의 추억도 되새길 수 있어 친근했다. 피부색이 비슷한 사람들이 사는 차이나타운에 들어서면 마음이 편해졌다. 뉴욕에서 피부색은 첫 번째 신분증이었다. 미국으로 처음 이주한 동양인은 중국 사람들이라고 했다. 그들은 수가 많은 만큼 뉴욕의 동양인들 중 가장 큰 타운을 형성하고 살았다. 고국이 일본의 침략을 받고 전쟁 중인 터라 뉴욕의 중국인들은 일본인들을 싫어했다. 하지만 일본을 적으로 여기는 조선인들에게는 호의적이었다. 차이나타운 곳곳에 일본 제품 불매운동 포스터가 붙어 있었다.

'당신이 일본 제품을 사면 그 돈은 우리 민족을 죽이는 데에 쓰입니다.'

일본이 생산한 실크의 판매 자금이 군사 무기 제작에 쓰인다고 해서 여자들은 실크 스타킹 거부 운동을 벌였다.

공동 부엌과 화장실을 사용하는 데다 창문이 없는 수남의 방은 하얼빈에 있는 세화의 방이나 강휘 방 못지않게 좁고 초라했다. 그래도 수남은 난생처음 자기 힘으로 장만한 공간이 한없이 자랑스러웠다. 더구나 재닛이 주고 간 침대와 작은 탁자까지 있었다.

수남은 탁자 위에 이르쿠츠크 사진관에서 찍은 사진 액자를 올려놓았다. 바이칼 호숫가 마을에서 이르쿠츠크로 온 강휘는 기차를 타기 전 수남을 시내에 있는 사진관에 데려갔다. 수남 혼자 한 장, 둘이 함께 한 장을 찍었는데 강휘는 수남의 독사진을 보내왔다. 처음엔 몹시 서운했지만 둘이 함께 있는 사진은 강휘가 갖고 있을 거라고 생각하니 오히려 기뻤다. 그 사진 속의 나는 어떤 모습일까. 오빠 옆에서 너무 뻣뻣하게 서 있는 건 아닐까. 오빠는 얼마나 자주 사진을 볼까. 사진을 볼 때마다 궁금했다.

수남은 9월 입학 전까지 석 달 동안 잠시도 쉴 틈 없이 일했다. 일상 영어에 능통해도 수남이 구할 수 있는 일은 식당 주방에서 음식 재료 다듬기나 설거지 같은 허드렛일뿐이었다. 수남이 일하는 식당 종업원 중에는 중국계가 많았다. 수남은 그들에게 하루 한두 마디씩이라도 중국어를 배우려고 애썼다. 지금까지 그래 왔듯 앞날은 알 수 없었다. 공부를 마친다고 해도 이곳에서 일자리를 얻는다는 보장은 없었다. 윤채령의 신분으로 조선에 돌아가는 건 불안했고, 김수남으로서는 논 서 마지기에 팔려 간 하녀의 신분을 벗어나기 어려웠다. 수남은 졸업한 뒤 강휘가 있는 중국으로 가고 싶었다.

미국에 온 뒤 강휘와의 관계를 생각하는 수남의 마음에는 약간의 변화가 생겼다. 거절의 말 아래 숨겨진 강휘의 진심을 느껴서만은 아니었다. 이제 수남에겐 강휘를 별이나 등불처럼 품지 않고도 살아갈 힘이 있었다. 그런데도 강휘를 향한 마음은 여전했고, 그 사실은 수남에게 자신감과 여유를 주었다. 수남은 공부를 마치고 중국으로 돌아가 강휘의 당당한 연인이자 동지가 되고 싶었다.

미국은 다른 대륙에서 벌어지는 전쟁 덕에 호황을 누리고 있었다. 일자리가 늘어났고 식당들은 밤마다 북적거렸다. 주방 일거리도 산더미처럼 나왔지만 수남은 학비와 생활비가 되어 주는 일이 힘들지 않았다. 더구나 밤이면 자신만의 공간에서 주인에게 불려 나갈 걱정 없이 마음대로 쉴 수 있었다. 채령의 유학길을 따라나섰던 기차에서 처음 느꼈던 자유와는 비교가 안 되는 진짜 자유였다.

혼자 살아가는 일이 순조롭게 풀리자 수남은 자신만만해졌다. 보통학교도 못 다녔으면서 대학 다닐 일이 걱정되지도, 겁나지도 않았다. 그동안 남들이 눈치채지 못할 정도로 채령 역할을 해냈으니 공부도 그렇게 할 수 있을 거라고 생각했다. 아주 근거 없지는 않았다. 수남은 채령이 열심히 공부하는 모습을 본 적이 없었다. 채령의 교과서들을 더 열심히 본 사람은 수남이었다. 채령은 늘 노는 일이나 치장하기에 더 관심이 많았다. 그런데도 여고보에도 붙고 유학도 갔다.

그동안 자신이 못 했던 것은 기회가 주어지지 않았기 때문이다. 이제 기회를 얻었으니 아가씨에게 가능한 일이라면 나도 할 수 있을 것이다, 라고 수남은 생각했다. 그러나 수남은 입학하고 첫 수업에서 교수의 말을 거의 알아듣지 못했다. 우쭐거리며 잘난 척하다 한 방에 나가떨어진 기분이었다. 수남은 계속된 행운에 자만하고 방심했음을 시인했다.

24시간 공부만 해도 수업을 따라가기 힘들었지만 수남은 일을 쉴 수 없었다. 일터를 학교와 집 근처에 한 개씩으로 줄였어도 집에 오면 밤 12시였다. 씻는 시간도 아까워 그대로 책상 앞에 앉아 책을 닳도록 보고 또 보았다. 좌절 속에서도 몰랐던 걸 깨칠 때 느끼는 희열 덕에 수남은 견딜 수 있었다.

학생을 뽑을 때 인종이나 종교, 정치적 제한을 두지 않는다는 설립 이념답게 수남의 학교엔 히스패닉은 물론 흑인이나 동양인 학생이 많았다. 그러나 조선인은 수남 혼자뿐이었다. 그동안 한 번도 보지 못했을 만큼 뉴욕에 사는 조선인은 극소수였다. 수남으로선 다행이었다. 소문은 바람처럼 구름처럼 못 가는 데가 없었다. 부대에서 도망친 자신이 뉴욕에서 버젓이 학교에 다니고 있는 게 알려져 좋을 일은 없었다.

황군여자위문대의 근무 기간은 2년이니 도망치지 않았으면 이번 봄에 경성으로 돌아갔을 것이다. 그랬으면 아가씨도 자유의 몸이 됐겠지. 나도 자유와 돈을 받았을 테고. 그 생각을 하다 수남은 부르르 떨며 고개를 저었다. 도망치지 않았다면 겪었을 일들이 떠올라서였다. 그 어떤 것으로 보상받을 수도, 치유될 수도 없는 끔찍한 일이었다. 부대에서 도망친 건 백 번, 천 번 잘한 일이었다.

수남이 입학한 해 겨울, 일본이 진주만을 공습했다. 많은 피해를 본 데다 자존심에 더 큰 상처를 입은 미국은 참전을 결정했다. 즉각 남자들에게 징집 명령이 떨어졌고, 사람들은 끓어넘치는 애국심에 자부심을 가졌다. 일본인에 대한 혐오와 증오가 공공연하게 표출됐으며 학교 게시판에도 일본 놈들은 미국을 떠나라는 벽보가 붙었다. 중국인은 물론 일본의 침략을 받은 동남아시아 국가의 학생들도 미국인들 못지않게 일본을 싫어했으며 미국이 일본을 응징해 주기를 바랐다.

다음 해 4월, 서부 지역 일본인들의 수용소행은 큰 뉴스가 됐다. 그 행렬 속에 채령과 준페이가 있다는 것을 알 리 없는 수남은 자신을 괴롭힌 못된 놈을 누군가 대신 혼내 주는 것 같아 시원했다. 학교에 몇 명 있는 일본 학생들이 잔뜩 풀이 죽어 다니는 것도 고소했다. 일본인들도 미국에서는 자신들 이 무시하고 짓밟던 조선 사람과 다를 바 없는 처지였다.

며칠 뒤 일본 놈은 미국을 떠나라는 벽보 옆에, 아무 잘못 없는 일본인이나 일본계 미국인들을 수용소에 가둔 행위가 정당한 것인지 묻는 벽보가 붙었다. 누군가 엑스 자를 긋고, 찢어 버렸지만 벽보는 다음 날 또 붙었다. 수남은 벽보 내용 이 어이없었다. 미국을 공습하지 않았더라도 일본은 처벌받 아 마땅했다. 잊고자 가슴 깊숙이 눌러두었던 분이가 떠올 라 다시 악몽에 시달렸다. 분이를 비롯한 위문대원 아이들 이 모두 원혼이 돼 수남을 원망하며 울부짖는 꿈이었다.

한편으로 그 벽보는 다른 생각거리를 안겨 주었다. 조선 의 딸들은 가족이나 남자 형제를 위해 희생하는 일을 당연 하게 여기며 살아왔다. 수남의 삶 또한 그랬다. 하지만 가난 하고 신분이 낮고 여자로 태어난 것은 자기 잘못이 아니다. 식민지 백성이 된 것 또한 나라가 힘이 없기 때문이다. 그런 데도 고통은 개인이, 백성이 받았다.

수업 시간에 교수가 벽보를 주제 삼아 발표를 시켰다. 일본인을 수용소에 가두는 것이 정당한가에 관해서였다. 백인 학생들은 물론 아시아계 학생들도 앞다퉈 정당함을 역설했다.

"국가와 국민은 분리할 수 없다고 생각합니다. 일본은 선전포고도 없이 공습해 많은 사상자가 생기는 등 피해를 입혔어요. 미국에 사는 일본인은 자기 나라의 잘못에 죗값을 치를 책임이 있습니다."

"일본은 아시아의 여러 나라를 식민지로 삼은 침략 국가예요. 자기네 국민이 처절하게 당하는 모습을 보고 자신들이 다른 나라에 어떤 짓을 했는지 깨달아야 합니다."

다들 비슷한 의견이었다. 수남은 그 말들에 동의하면서도 뭔가 다른 생각이 꿈틀거리는 것을 느꼈다. 하지만 일어서서 말할 자신이 없어 가만히 앉아 있었다.

"이 문제에 다른 의견을 가진 학생은 없나?"

교수가 학생들을 둘러보았다. 수남은 마음속에선 하고 싶은 말들이 고개를 들었으나 교수와 눈이라도 마주칠까 봐 고개를 숙였다. 그때 누가 손을 들었다. 강의실 안의 눈길이 모두 그 학생에게 쏠렸다. 중국계인 아이링이었다. 수남은 수업을 두 개나 함께 듣고 있어 그 아이가 똑똑하다는 것을 알고 있었다. 인사한 적은 있지만 이야기를 나눠 본 적은 없었다. 교수의 지명을 받은 아이링이 일어서서 말했다.

"우리 아버지 고향인 중국은 지금 일본과 전쟁 중이에요. 일본은 난징에서 민간인을 수십만 명이나 죽이는 등 나뿐 짓을 많이 저질렀어요. 할아버지를 비롯한 많은 친척들도 일본군 폭격에 죽었습니다. 일본은 중국의 적이지요. 하지만 미국에 살고 있는 일본 사람들이 수용소로 끌려갔다고 해서 마냥 기쁘지만은 않아요. 동양인에 대한 명백한 차별이기 때문입니다. 제1차 세계대전 때 미국은 독일, 이탈리아와 싸웠지만 미국에 살고 있는 독일계나 이탈리아계 사람들은 어떤 불이익도 받지 않았어요. 그런데 왜 일본인은, 심지어 시민권을 가지고 있는 2세들까지 감옥 같은 수용소로 끌려가야 하지요? 요즘 방송이나 신문에서는 일본인이 부정직하고 열등한 민족이라고 선전하고 있어요. 이건 일본인에게만 해당하는 이야기가 아닙니다. 아시안에 대한 미국인의 일반적인 생각이지요. 이번 일본인에 대한 행위는 와스프(WASP), 즉 미국의 앵글로색슨계 백인 신교도들이 다른 인종이나 종교에 갖고 있는 뿌리 깊은 편견이나 고정관념을 보여 주는 것이라 할 수 있습니다.”

조리 있는 아이링의 이야기를 듣는 동안 수남의 가슴은 뜨거워졌다. 수남이 뉴욕에 혼자 남기로 결정하면서 했던 생각들과 비슷한 내용이었다. 그러나 아이링은 박수보다 야유를 더 많이 받았다. 수남은 자기도 모르게 손을 번쩍 들었다. 후회했지만 교수가 벌써 지목했다. 후들거리는 다리에 힘을 주며 일어선 수남은 아이들의 눈길에 심호흡을 했다. 지식이 얇고 영어 실력이 짧은 그녀는 적합한 단어를 찾느라 끙끙거리며 천천히 이야기했다.

"저…… 제 생각도 아이링 양과 비슷해요. 저는 일본의 식민지에서 태어났어요. 33년째 조선 사람들은 말과 글을 뺏기고…… 살던 땅도 빼앗겼습니다. 그뿐인가요. 일본이 벌이는 전쟁에 동원돼 생명을 잃고, 저, 그, 맞아요. 영혼까지 잃었습니다. 그들은 짐승 같은 짓도 서슴지 않습니다. 저도…… 그 피해자입니다."

수남은 한동안 말을 잇지 못했다. 상처투성이 분이의 모습이 머릿속에 가득 찼다. 수남은 자신이 하려던 말을 바꾸고 싶었다. 조선 사람이라는 이유만으로 당했던 일을 일본인에게 똑같이 되갚아 주고 싶었다. 수용소에 갇힌 그들에게 돌을 던지고 침을 뱉고 싶었다. 수남의 얼굴에 파르르 경련이 일었다. 강의실 안은 소리가 사라진 듯 조용했다. 수남은 간신히 감정을 추스른 채 말을 이어 나갔다. 한 마디, 한 마디 힘겹게 나오는 목소리는 젖어 있었다.

"제가 경험자이기에 말할 수 있습니다. 아무 잘못 없는 일본 사람들을…… 수용소에 가두는 건 옳지 않아요. 미국은 세계에서 가장 강한 나라라고 합니다. 또한 자유와…… 평등의 나라라고 하지요. 저는 미국이 그 강한 힘을 인종과…… 종교, 신분과 남녀 차별을 없애고…… 온 인류의 평화와 자유와 평등을 위해 써야 한다고 생각합니다. 그래야만 진정한 강대국이라고 할 수 있을 것입니다."

말을 끝낸 수남은 자리에 털썩 앉아 손바닥에 얼굴을 묻고 울음을 삼켰다. 뜨거운 박수가 쏟아졌다. 정신이 하나도 없었지만 오랫동안 안에서 맴돌던 생각을 꺼내 놓고 나니 속이 시원했다.

수업이 끝난 뒤 아이링이 다가왔다.

"오늘 네 이야기 인상적이었어."

"네가 먼저 이야기한 덕분에 용기 내서 한 거야. 평소 너한테 많이 배우고 있어."

수남이 수줍은 얼굴로 말했다.

"동양인 학생회를 만들었는데 나오지 않을래?"

수남에겐 과외 활동이나 친구를 사귀는 일조차 사치였다. 수남이 시간이 없다고 하자 아이링이 물었다.

"맨해튼에 너희 나라 사람들 모임이 있는 거 혹시 모르진 않겠지?"

수남은 놀란 눈으로 고개를 저었다.

"저런. 웨스트 115번가에 한인 교회가 있어. 뉴욕에 사는 한인들은 모두 그 교회를 중심으로 활동하는 모양이야. 학생회도 있더라. 시간 내서 한번 가 봐."

결코 반가운 소식이 아니었다. 유학생 중에 채령을 아는 사람이 있을지 몰랐다. 당장이라도 그 사람이 나타나 수남더러 가짜라고 할 것 같아 가슴이 두방망이질했다.

"아, 알려 줘서 고마워. 일하러 가야 해서, 이만 실례해."

수남은 서둘러 대화를 끝내고 자리를 떴다.

의지가지없는 동양인 여자애가 뉴욕에서 살아가기란 살얼음판 위를 걷는 것처럼 아슬아슬하고 조마조마한 일이었

다. 집세와 생활비는 물론 다음 학기 학비도 모아야 했다. 수
남은 돈을 아끼기 위해 빵을 물에 불려 먹기도 하고, 볶은 양
배추만으로 몇 끼를 때우기도 했다. 배고픔을 참지 못하고
손님이 남긴 음식을 몰래 먹은 적도 있었다. 강휘에게 편지
를 쓰고 싶어도 우푯값이 없었다. 어쩌다 편지를 쓸 때면 수
남은 강휘가 걱정할 만한 이야기는 하지 않았다.

어마어마한 폭설과 강풍이 몰아닥치는 겨울이 가장 힘들
었다. 혼자 보내는 두 번째 겨울, 수남은 난방도 하지 못한 방
에서 옷이란 옷은 모두 꺼내 껴입고서도 덜덜 떨며 존스 가
족을 따라가지 않은 것을 후회했다. 또한 자신이 방에서 혼
자 얼어 죽거나 굶어 죽어도, 또는 병들어 죽어도 아무도 알
지 못할 거라고 생각하면 외로움과 두려움이 엄습해 왔다.

큰언니를 불러 보았지만 부대에서 도망치던 수남을 구해
준 이후로 나타나지 않았다. 현실은 물론 꿈에서도 보이지
않았다. 언니는 이제 귀신의 자리로 돌아간 모양이었다. 귀
신조차 그리울 때면 수남은 당장 한인 교회로 달려가 조선
사람들을 만나고 싶었다. 그리고 정체를 들키든 말든 그들
을 붙잡고 조선말로 실컷 떠들고 싶었다. 실제로 교회 근처
까지 간 적도 있었다. 교민들이 펴내는 신문을 구해 보기도
했다.

아이링 말대로 교회를 주축으로 여러 단체들이 활동하고
있었다. 형편이 어려운 유학생이나 뉴욕을 찾은 독립운동가
들에게 교회 건물 위층에서 숙식을 제공한다고 했다. 마치

커다란 나무의 가지에 둥지를 짓는 새들처럼, 서러운 타국 생활에 지친 조선 사람들이 교회로 찾아들어 서로 의지하고 온기를 나누며 지내는 것이다. 수남도 그들과 깃을 비비며 살고 싶었다.

교민 단체들은 제2차 세계대전이 발발하고부터 조국 광복을 후원하는 일을 중점적으로 하고 있었다. 임시정부와 스스로의 힘으로 나라를 되찾고자 창설한 한국광복군을 후원하기 위해 모금 운동을 벌였다. 수남은 신문을 보자 그들과 교류할 자신이 더욱 없어졌다. 후원금을 낼 형편이 못 됐고 시간도 없었다. 게다가 윤채령은 교민들이 배척해 마지않는 친일파 귀족의 딸이었다. 채령의 신분으로는 더더욱 한인 단체에 들어갈 수 없었다.

수남은 하얼빈을 떠난다는 편지를 보내온 강휘를 생각했다. 언제나 그렇듯이 그 편지도 짧고 건조했다. 간단한 안부와 앞으로 하얼빈 주소로 편지를 보내지 말라는 내용뿐이었다. 수남은 1년에 한두 차례 오는 강휘의 편지를 받을 때마다 종이가 아깝고 우푯값이 아까웠다. 그리고 서운했다.

'기왕 쓰는 거 편지지 한 장이라도 채워서 보내 주지. 나한테 그렇게 할 말이 없는 걸까.'

수남은 강휘로부터 따뜻한 위로와 칭찬과 격려의 말을 듣고 싶었다. 대여섯 줄의 편지 말미에 "나중에 또 연락하마."라는 말마저 없었으면 야속해서 울었을 것이다. 그는 지금 또 어디를 떠돌고 있는 걸까?

지린 할머니 말대로 죽지 않으면 살아지는 게 맞았다. 죽을 것처럼 힘든 하루하루를 버티다 보니 어느덧 3학년이 됐다. 그리고 좋은 일도 생겼다. 가난한 유학생에게 지원하는 장학금을 받게 된 것이다. 성적이 안 좋으면 철회되기 때문에 공부를 소홀히 할 수 없었다.

여유가 조금 생긴 수남은 전공 수업을 따라가기 위해 주말 일은 그만두었다. 수남은 영어교육학을 전공하기로 했다. 교양 과목으로 들은 사회학이나 역사, 철학도 흥미로웠지만 학년이 올라갈수록 더 어려워질 책들을 읽을 엄두가 나지 않았다.

아이링도 수남과 전공이 같았다. 함께 듣는 수업이 많아 같이 보내는 시간도 늘어났다. 둘은 종종 점심 도시락을 먹으며 수다를 떨곤 했다. 수남은 아시안 학생회 회장으로 대외 활동이 활발한 아이링에게 남의 신분으로 살고 있는 자신의 처지를 솔직하게 말하지 못했다. 친구를 속인다는 게 미안했지만 어쩔 수 없었다. 하지만 강휘 이야기만은 사실대로 털어놓았다.

"맙소사, 몇 년을 혼자 좋아하다 고백했는데 거절당했다고? 그런데 여전히 좋아하고 있는 거야? 4년이나 못 만나고 연락 끊긴 지도 1년이 돼 가는데 그 마음이 바뀌지 않았단 말이야? 너 바보 맞지?"

아이링이 놀렸지만 수남은 누군가와 강휘 이야기를 하는 것만으로도 소식 없는 사람에 대한 걱정과 서운함이 조금은 사라졌다.

1944년 새해가 시작됐다. 지난달 내내 광장이나 공원마다 커다란 크리스마스트리가 불빛을 반짝거리며 서 있었고, 백화점과 상점들은 대목을 맞아 북적거렸다. 참전국인 미국 사람들에겐 사랑하는 아들, 가족, 애인, 친구, 이웃하고의 작별과 영원한 이별이 일상사가 되었다. 사람들은 추수감사절, 크리스마스, 새해 첫날 같은 기념일엔 더욱 의미를 부여하고 집착했다. 그러나 수남 같은 이방인에겐 뼛속 깊이 외롭고 육체적으로도 몇 배는 더 힘든 시기였다.

"체리, 이번 주말에 뭐 할 거야?"

쓰레기를 버리고 정리를 마친 첸이 물었다. 수남과 함께 근무하는 첸은 아이링네 부모와 고향이 같아 아이링과는 친척처럼 가까운 사이였다. 그 사실을 알기 전에도 수남은 자신의 일을 슬쩍슬쩍 덜어 주는 첸을 좋은 동료로 여겼다. 우연히 아이링과의 사이를 알고부터는 더 가까워졌다. 낙천적이고 느긋한 기질의 첸과 함께 있으면 덩달아 마음의 여유가 생기는 것 같았다.

"잘 거야. 주말 내내 자라고 해도 잘 수 있을 거 같아. 넌 뭐할 거야?"

수남은 중국어로 말했다. 꾸준히 연습한 터라 일상적인 대화를 나눌 정도의 실력이 됐다. 겨울방학이지만 일할 때 빼놓고는 학교 도서관에서 살다시피 하고 있어 시간이 없기는 마찬가지였다. 하지만 지난주 내내 연장 근무로 너무 힘들어서 이번 주말엔 좀 쉬고 싶었다.

"크리스마스랑 연말에 죽어라 일했으니 좀 놀아 주자고. 너 스케이트 탈 줄 알아? 못 타면 가르쳐 줄 테니 센트럴파크 스케이트장에 가자."

첸도 중국어로 말했다. 아이링보다 훨씬 유창한 그는 좋은 중국어 선생이었다.

노는 것도 귀찮다고 말하려던 수남은 첸의 말에 생각이 바뀌었다. 스케이트장은 센트럴파크 옆에 살았던 수남에게 익숙한 장소였다. 겨울이면 거의 날마다 로빈과 월터를 데리고 다녔던 수남은 자연스레 스케이트를 배웠다. 얼음 위를 미끄러지듯 달릴 때의 쾌감이 생생하게 떠올랐다. 수남은 첸의 말대로 고생한 자신에게 무언가 보상해 주고 싶었다.

"좋아. 가자. 스케이트는 가서 빌리면 되고. 아이링한테도 연락해서 같이 갈까?"

"아이링은 스케이트 못 타. 같이 가면 걸음마 연습부터 시켜 줘야 할걸. 이번엔 우리 둘이 가자."

수남과 첸은 스케이트장 입구에서 만났다. 밖에서, 그것도 환한 햇살 아래 만나는 건 처음이었다. 두세 벌 있는 옷으로 이렇게 저렇게 구색을 맞추던 수남은 애인 만나러 가는 것도 아닌데 왜 이래, 하는 생각에 평소처럼 입고 나왔다. 신경 쓴 티가 역력한 첸을 보자 수남은 날마다 입던 옷차림 그대로인 자기 모습이 신경 쓰였다.

겨울 햇살을 받아 반짝이는 스케이트장은 활기로 가득 차 있었다. 스케이트장에 울려 퍼지는 신나는 음악에 더욱 흥겨웠다. 수남과 첸은 스케이트를 빌려 신고 스케이트장 안으로 들어섰다. 한두 바퀴 돌며 예전 실력을 되찾은 수남이 사람들 사이를 요리조리 헤치며 달리자 첸이 따라왔다. 수남은 도망치는 척하다 급선회를 해 얼음 가루를 흩날렸다. 둘은 서로 추격전을 벌이기도 하고, 다른 사람과 부딪쳐 넘어지려는 상대를 붙잡아 주다 함께 나뒹굴기도 했다. 벌떡 일어난 첸이 손을 내밀었을 때 수남은 스스럼없이 그 손을 잡고 일어났다. 신나게 달리고 깔깔거리며 웃는 동안 핏기 없던 수남의 뺨이 발갛게 달아올랐다. 그림자처럼 달라붙었던 온갖 걱정이 떨어져 나가는 것 같았다.

시간은 아주 빠르게 흘러갔다. 센트럴파크 가로등에 불이 들어오기 시작했다. 주위 빌딩들도 불을 밝히자 동화 속 세상처럼 환상적으로 변했다. 하지만 수남에겐 현실로 돌아가야 할 시간이었다. 수남을 바래다준 첸이 집 앞에서 붙잡았다.

"저녁 먹고 들어가. 내가 살게."

수남도 행복하고 즐거웠던 하루를 뻣뻣한 빵을 먹으며 쓸쓸하게 마무리하고 싶지 않았다.

"너도 돈 없으면서 뭘. 각자 내자."

둘은 근처에 있는 아시안 누들 식당으로 갔다.

"우리 맥주도 한 잔씩 마시자. 맥주값은 내가 낸다."

첸이 맥주 두 병을 주문했다. 실컷 놀고 식당에서 맥주를 마시는 여유 있는 주말은 처음이었다. 수남이 뉴욕에서 누리는 최고의 호사였다.

"우리 사귈래?"

첸이 맥주를 벌컥벌컥 들이켠 다음 잔을 내려놓으며 말했다.

"뭐? 벌써 취한 거야?"

맥주를 한 모금 마신 수남이 웃으며 말했다.

"취하긴. 나 말짱해. 너 좋아한 지 한참 됐어. 진작에 말하고 싶었지만 어색해질까 봐 참고 있었어."

첸의 느닷없는 고백에 수남은 맥주를 두어 모금 더 마셨다. 술기운이 퍼지는 게 느껴졌다. 온몸이 나른해지고 기분이 좋아졌다. 수남은 첸의 고백이 싫지 않았다. 동료로만 여겨 왔던 첸이 새삼스레 남자로 보이기까지 했다. 수남은 그런 자신에게 당황했다.

"계, 계속 참지 그랬어. 난 지금 누굴 사귈 형편이 못 돼. 공부도 해야 하고, 돈도 벌어야 해. 그리고 졸업하면 여길 떠나야 할 수도 있고."

수남은 첸과 사귈 수 없는 이유를 나열했다. 좋아하는 사람이 있다고 하면 가장 확실한 거절이 될 텐데 이상하게 그말이 나오지 않았다. 술이 몇 모금 들어가자 소식 없는 강휘에 대한 야속함이 비어져 나왔다. 그가 옆에 있다면 보란 듯이 첸과 사귀고 싶었다.

"좋아하는 사람 있다는 거 알아. 그런데 그 사람은 지금 여기 없잖아. 내가 싫은 게 아니라면 너무 깊이 생각하지 마.

일단 사귀어 보는 거야. 그럼 나머지는 저절로 해결될 거야."

첸이 수남을 지그시 바라보았다. 아이링에게 강휘 이야기를 들은 모양이었다. 수남도 알았다. 누군가를 좋아하면 어떤 힘이 생기는지.

"당장 대답을 바라는 거 아니야. 내가 널 좋아한다는 걸 알았으면 해서 말한 거야."

드디어 긴 겨울이 끝나고 뉴욕엔 봄 햇살이 내리쬐었다. 토요일, 일찍부터 학교 도서관에 나와 공부하던 수남은 계속 벽시계를 힐끗거리다 가방을 챙겼다. 마음은 벌써 42번가에 있는 극장에 가 있었다.

"데이트 가?"

도서관 앞 복도에서 만난 아이링이 웃음 띤 얼굴로 수남의 차림새를 훑으며 물었다.

"데이트 아니라니까."

수남이 빨개진 얼굴로 대꾸했다. 그녀는 큰맘 먹고 봄 치마를 새로 샀다.

"그래그래, 데이트 아니야. 데이트하기 딱 좋은 봄날 토요일에 예쁘게 차려입고 첸하고 실컷 동료의 정을 나누려무나."

아이링이 놀리곤 도서관 안으로 도망갔다. 수남은 '예쁘게'란 말에 빙긋 웃으며 걸음을 재촉했다.

수남은 그날 첸의 고백을 받아들이지 않았다. 그런데도
어색해지기는커녕 다른 동료들이 둘이 사귀는 줄 알 만큼
더 가까워졌다. 첸은 일이 끝나면 수남을 집까지 바래다주
었고 주말이면 둘이 따로 만나기도 했다.

첸도 수남처럼 마지막 학년만 다니면 졸업이었다. 그는
종종 농담처럼 결혼 이야기를 비치곤 했다. 주위 사람들은
물론 스스로에게도 친구일 뿐이라고 우겼지만 수남은 첸이
미래나 결혼 이야기를 해 주는 게 좋았고 그와 함께 보내는
시간이 즐거웠다. 아이링이나 다른 여자 동료들을 대하는
감정과 분명히 달랐다.

수남은 차츰 첸이 강휘를 밀어내고 마음을 차지해도 어쩔
수 없다는 생각이 들었다. 강휘는 너무 멀리 있었고 추억만
으로 마음을 달래는 일에 지쳐 있었다. 공부와 일에 치여 다
른 생각은 할 겨를도 없던 수남은 첸과 만나면서 자신의 상
황을 돌아보게 됐다. 조선 나이로 벌써 스물넷, 혼기를 훌쩍
넘긴 나이였다. 많이 배우고 나이 먹은 여자는 조선은 물론
미국에서도 남자들이 탐내는 신붓감이 아니었다. 결혼이 목
표가 아니더라도 수남은 함께 있어 줄 사람이 필요했다. 따
지고 보면 강휘와 자신은 아무 사이도 아니었다. 더 이상 바
람 같고 구름 같은 사람이나 그리워하며 세월을 보낼 수는
없었다.

그러나 강휘와 이대로 영영 끝이라고 생각하면 가슴이 아
려 왔다. 일곱 살 때 강휘가 마음에 들어왔으니 거의 20년

이 돼 간다. 그 긴 세월 동안 수남은 그를 밖으로 내보낸 적이 없었다. 강휘를 떼어 내는 일은 몸속의 장기 하나를 떼어 내는 것이나 마찬가지다. 그렇게 하고도 견딜 수 있을까? 살수 있을까? 그런 복잡한 마음 때문에 첸을 선뜻 받아들이지 못했다. 하지만 이제 대답할 때가 된 것 같았다. 수남은 오늘 첸을 만날 생각에 어젯밤부터 달뜨고 설렜다. 이런 감정보다 더 확실한 게 또 있을까. 수남은 영화를 본 다음 첸에게 대답하겠다고 결심했다.

수남과 첸이 보기로 한 영화는 게리 쿠퍼와 잉그리드 버그만이 나오는 〈누구를 위하여 종은 울리나〉였다. 미국 청년 로버트 조던은 스페인 내전에 참전해 자유와 정의를 위해 싸우는 공화 정부파 의용군이 돼 파시스트와 맞선다. 게릴라 활동을 펼치던 중 스페인의 시골 처녀 마리아와 사랑에 빠진다.

수남은 영화 보는 내내 강휘를 향한 그리움이 홍수처럼 넘쳐흘렀다. 부상당한 로버트가 마리아를 강제로 떼어 보내는 장면을 보자 수남은 강휘가 자기의 고백을 거절한 이유를 알 것 같았다.

영화 보는 내내 울고 또 우는 수남 때문에 첸은 당황했다. 영화가 끝나고 극장에 불이 켜진 뒤에도 수남은 울음을 멈추지 않았다. 그녀가 도저히 자신의 인생에서 강휘를 떼어 낼 수 없음을 인정하고 있을 때 첸도 어떤 사실을 깨닫고 있었다.

극장에서 나오자 햇살이 더 눈부셨다. 수남은 첸이 자신에게 지금까지와는 다른 감정임을 알아차렸다. 갑자기 서먹해진 것이다. 수남 또한 첸과 더 이상 지금처럼 지낼 수 없음을 깨달았다. 어물어물하던 그들은 함께하려고 했던 계획들을 취소했다. 수남은 학교 도서관에 무언가를 빠뜨리고 와서 돌아가야 한다 했고, 첸은 잊었던 약속이 생각난 체했다.

둘은 거리에서 어정쩡하게 헤어졌다. 수남은 학교 도서관 말고는 갈 곳도 없었다. 첸과 만날 생각에 마음이 급해 버스를 타고 왔지만 갈 때는 걸어가기로 했다. 첸하고는 이제 동료로서도 예전처럼 지내기 힘들 것이다. 강휘를 떼어 낼 수 없으면서도 수남은 첸과의 헤어짐이 마치 연인과의 이별처럼 슬프고 허전했다.

환한 햇살이 자신만 비켜 가는 듯한 울적한 기분으로 터벅터벅 걷던 수남의 눈이 한곳에 멈췄다. 한복 입은 한 무리의 여자들과 양복 입은 남자들이 걸어오고 있었다. 분명히 조선 사람들이었다. 수남은 자기도 모르게 얼른 음료수 가판대 뒤로 몸을 숨겼다. 수남이 뉴욕에 산 5년 동안 조선인을 본 것은 일부러 한인 교회 앞으로 갔을 때뿐이었다. 그런데 맨해튼 한복판에서 열 명도 넘는 사람들을 한꺼번에 보다니. 대부분 수남보다 나이가 많아 보이는 그들은 노래를 부르고 깃발을 흔들며 행진하고 있었다. 그들은 저벅저벅, 수남의 마음속으로 들이닥쳤다.

낯선 옷을 입은 사람들이 행진을 하자 사람들은 퍼레이드인 양 구경하며 관심을 가졌다. 조선인들은 '뉴욕 한인 공동회' '조국 광복 사업 후원회'라고 쓰인 어깨띠를 두르고 있었다. 모금함을 든 사람도 있었고 한인회에서 발간한 영자 신문을 나눠 주는 사람도 있었다. 그중 한 중년 부인이 짧은 연설을 했다. 식민지 한국의 상황을 알리고, 그동안 동포들은 물론 미국인들도 모금에 동참한 덕에 한국광복군에 트럭을 사 주었으며 임시정부에도 후원금을 보냈다는 내용이었다. 그들은 눈물을 흘리며 조선말로 애국가를 부르고 대한 독립 만세를 외쳤다. 구경하던 사람들이 박수를 쳤다. 모금함에 돈을 넣는 사람들도 있었다. 수남도 감정이 북받쳤다.

수남은 그날 본 광경에 강렬한 인상을 받은 한편 가책을 느꼈다. 처음 한인회 활동 소식을 알았을 때는 돈과 시간을 핑계로 모르는 척했다. 하지만 사실 여유가 아니라 마음이 없던 거였다. 채령의 신분도 핑계였다. 강휘를 잊을 수 없는 자신이 살 길은 조선이 독립해 김수남으로 돌아가는 것뿐이다. 정규와 사귄 죄로 숨어 지내는 채령도 나라를 되찾아야 제대로 살 수 있다. 아무리 일본하고 친한 자작이라고 해도 딸이 영원히 숨어 지내는 것보다는 조선의 독립이 나을 것이다. 그리고 일본이 물러가면 강휘를 볼모 삼아 자작의 돈을 뜯어 가는 무리도 사라질 것이다. 조국 광복은 자신과 상관없는 일이 아니었다. 아니, 어떤 사람보다도 밀접한 연관이 있었다. 수남은 뉴욕의 동포들 앞에 나설 용기를 냈다.

수남은 조국 광복에 보탬이 되는 일이라면 무엇이든 하고 싶었다. 후원금을 내고 싶었지만 여전히 돈이 없었다. 수남은 주급에서 조금씩이라도 떼어 놓았다 한 달에 한 번 성금을 내리라 결심했다. 할 수 있는 일이 더 없을까 고민하던 수남은 학생들에게 조선의 상황을 알리기로 했다. 벽보를 쓰기로 마음먹은 수남은 아이링과 상의했다. 교내 아시안 학생회 회장인 아이링은 수남의 제안을 환영하며 적극적으로 도왔나.

수남은 한인 학생회에서 발간한 신문을 통해 조선의 자세한 상황을 알 수 있었다. 일본은 일찍이 '아시아는 하나'라는 대동아공영론을 내세워 조선과 중국의 침략을 정당화했다. 태평양전쟁 또한 대동아전쟁이라고 칭하며 서구 열강이 지배하고 있는 동남아시아를 해방시키기 위해서라고 주장하고 있었다. 일제는 수남이 떠나던 때보다 훨씬 더 악랄하게 조선의 숨통을 죄고 있었다. 조선인들은 일본식 이름으로 창씨개명을 해야 했으며, 학교에서는 더 이상 조선말과 글을 사용할 수 없었다. 조선어 신문들도 모두 폐간됐다. 그뿐만 아니라 군수물자로 사용하기 위해 놋그릇, 숟가락, 솥뚜껑까지 빼앗아 갔으며 곡식도 모두 수탈해 갔다. 또 조선인을 전쟁의 소모품으로 쓰기 위한 악행도 극에 달한 상태였다. 수많은 남녀노소 조선인들이 군인으로, 일본군 위안부로, 탄광이나 전쟁 시설 건설 현장의 노무자로 끌려갔다. 수남은 그동안 먹고살기 위해서라는 평계로 조국의 상황에 무심하고 무지했던 자신이 부끄러웠다.

아이링이 나서서 아시안 학생회 주최로 한국 후원의 날을 준비했다. 회원들이 열성적으로 홍보해 준 덕분에 교내 생들뿐 아니라 다른 학교 학생들도 많이 참석했다. 교수들도 눈에 띄었다. 수남은 그날 청중들에게 조선의 상황을 알리는 연설을 했다. 잔뜩 긴장하고 떠는 바람에 실수도 많았지만 황군여자위문대라는 개인적인 경험이 담긴 수남의 연설은 진솔하고 감동적이었다. 분이와 대원들이 당한 이야기에 눈물을 훔치는 학생들도 있었다. 연설이 끝난 뒤 학교 신문 기자와 인터뷰도 했다. 한국의 날 행사는 성황리에 끝났고 후원금도 적지 않은 액수가 모였다. 수남은 다음 날 웨스트 115번가에 있는 한인 교회를 찾아갔다. 교민들은 수남을 육친인 듯 반겨 주었다.

오빠, 어느덧 날이 밝아 오네요. 뉴욕에서의 생활을 돌이켜 본 지난밤은 바이칼 호숫가 마을에서 보았던 백야처럼 환했습니다.

한인 교회를 찾아가 동포들과 어우러지는 순간 그동안의 외로움과 서러움이 눈 녹듯 사라졌어요. 그리고 며칠 뒤 잘 했다고 칭찬이라도 하는 것처럼 오빠로부터 편지가 왔습니다. 놀랍게도 광복군이 됐다는 소식이었어요. 마치 오빠가 그날, 42번가로 동포들을 보내 준 것 같았습니다. 조국 광복 후원회 활동으로 바빴던 지난 1년은 뉴욕에서 보낸 가장 즐겁고 보람찬 해였어요. 저 자신이 의미 있고 힘 있는 존재가 된 것 같아 한없이 뿌듯했습니다.

오빠, 얼마 전 독일이 연합군에게 항복한 날 타임스스퀘어에서는 한바탕 축제가 벌어졌어요. 마치 전쟁이 끝난 것처럼 사람들이 몰려나와 소리 지르고 춤추고 노래 부르고 난리도 아니었어요. 우리 한국 국민도 그렇게 환희에 차 축제를 벌일 날이 오겠지요?

전 여객선 표를 구하는 대로 여길 떠날 작정이에요. 먼저 오빠가 계신 곳으로 가겠습니다. 오빠 곁에서 광복이 오는 그날까지 작은 힘이나마 보태고 싶어요. 만날 때까지 부디 건강하시길 빕니다.

1945년 5월 26일 새벽
수남 올림

저주받은 집

6월의 태양이 내리쬐고 있었다. 장미가 만발한 공원의 분수가 시원한 물줄기를 쏘아 올렸다. 채령은 벤치에 앉아 유리코가 다른 아이들과 함께 분수 물줄기 사이를 뛰어다니는 것을 바라보았다. 온몸이 흠뻑 젖은 채 흥분한 유리코를 마리나가 쫓아다니며 돌봤다. 그들은 오랜만에 시내에 나와 준페이와 점심을 먹었다. 백화점에서 쇼핑을 한 다음 준페이는 회사로 들어가고, 채령과 유리코, 마리나는 집 근처 공원에 들렀다.

임신 5개월째에 접어든 채령의 배는 둥그스름했다. 수용소에서 임신과 출산을 겪어야 했던 유리코 때와 달리 모든 게 여유롭고 편안했다. 제대로 된 기저귀나 옷, 이불도 없이 유리코를 키웠던 설움을 털어 버리려는 듯 채령은 아기용품을 잔뜩 사들였다. 방에는 아직 태어나지도 않은 아기의 요람, 모빌, 기저귀, 옷 들이 쌓였다. 채령은 드디어 격에 맞는 출산을 하는 것 같아 그날이 더 기다려졌다.

요즘 준페이는 계속되는 전쟁의 결과가 미국에 살고 있는 자신들에게 또 나쁜 영향을 미칠까 봐 불안해했다. 얼마 전 그는 우울한 얼굴로 도쿄를 공습한 미국이 일본 남쪽에 있는 오키나와를 점령했다고 말해 주었다. 일본이 무사하길 바라는 마음은 채령도 준페이 못지않았다. 채령은 현재의 평화에 균열을 일으킬지 모를 변화가 싫었다.

채령은 미약한 태동을 느끼며 배를 어루만졌다. 그녀는 배 속의 아이가 아들이길 바랐다. 평범한 삶의 소중함을 깨닫고 준페이에게 전적으로 의지하게 되자 채령은 아들을 낳아 남편을 기쁘게 해 주는 것은 물론 테라오 가문의 대를 잇고 싶었다.

유리코가 해맑은 얼굴로 콩콩콩 뛰어왔다. 마리나도 뒤쫓아 왔다. 구불구불한 검고 긴 머리카락을 흩날리며 다가오는 마리나에게선 빛이 흘러나왔다. 가무잡잡한 피부는 반짝반짝 윤나고, 풍만한 가슴과 잘록한 허리, 굴곡을 만들며 부풀어 오른 엉덩이는 옷으로 감춰지지 않았다. 유리코를 따라다니다 젖은 옷 때문에 그녀의 몸매는 더욱 육감적으로 보였다. 해군복을 입은 한 무리의 젊은 군인들이 휘파람을 불었다. 군인들뿐 아니라 주변 남자들 대부분의 시선이 마리나를 좇고 있었다. 그녀는 뭇 남자들의 시선을 즐기며 머리를 쓸어 넘겼다.

채령은 그동안 마리나를 어리게만 여겼기에 가슴골이 드러나거나 몸매가 훤히 비치는 옷을 입고 있어도 신경 쓰지 않았다. 어쩌면 하녀나 다를 바 없는 그녀를 하찮게 여기고 있었는지 모른다. 그런데 싱그러운 젊음의 기운이 뿜어 나오는 마리나의 모습과 그녀를 향한 남자들의 시선을 보자 정체를 알 수 없는 이상한 감정에 휩싸였다. 문득 그녀를 보는 준페이의 눈길이 의심스러워졌다.

유리코가 먹을 걸 달라고 칭얼거렸다. 한참을 뛰어놀더니 배가 고픈 모양이었다.

"마리나, 유리코 먹을 것 좀 사 와."

채령이 지갑에서 돈을 꺼내며 냉랭한 목소리로 말했다. 마리나 옆에 있자 자신은 여자로서의 매력이 끝난 것만 같았다. 둘째를 낳고 나면 가슴은 더 처질 테고 허리도 굵어질 것이다. 이제 남자들의 시선은 고사하고 준페이의 눈길조차 사로잡기 어려울지 몰랐다. 하마 같은 모습으로 보료 위에 널브러진 어머니가 환영처럼 떠올랐다. 채령은 악령이라도 본 듯 진저리를 쳤다. 유리코가 다시 분수대로 가려고 했다.

"안 돼. 마리나 올 때까지 엄마 옆에 앉아 있어."

채령이 엄하게 말하자 유리코가 악을 쓰며 울기 시작했다. 한번 고집을 부리면 직성대로 해야 풀리는 아이였다. 채령은 어쩔 수 없이 유리코에게 이끌려 분수대로 갔다. 유리코는 부산을 떨며 뛰어다녔다. 딸을 따라다니다 그만 휘청하고 미끄러진 채령은 물 젖은 바닥에 그대로 나뒹굴었다. 넘어질 때 낮은 분수 꼭지에 허리를 부딪혔는데 정신이 아득할 정도로 아팠다. 채령이 바로 일어나지 못하자 사람들이 모여들었다. 군인들도 그 무리에 끼어 있었다. 채령은 젊은 남자들한테 자기 꼬락서니가 어떻게 보일지 걱정됐다. 누군가 외쳤다.

"피 나요, 피!"

다리를 타고 흐른 피가 바닥의 물과 섞여 번지고 있었다. 채령은 비명을 질렀다.

채령은 열흘 동안 입원했다 집으로 돌아왔다. 감염 때문에 치료가 더 필요했기 때문이다. 아들이었던 배 속의 아이는 이제 없었다. 병원에서 내내 울던 채령은 집에 와서도 우울한 상태를 벗어나지 못했다. 그렇게 사라지길 바랐던 유리코는 수용소에서도 별일 없이 태어났는데 그토록 낳고 싶었던 아들은 허무하게 사라졌다. 유리코 때문이다. 채령은 유리코가 자기를 괴롭히기 위해 태어난 것 같았다. 임신하면서부터 지금까지 자신을 편하게 해 준 적이 없었다. 그러더니 결국은 소중한 아들을 잃었다.

"히카리, 그 애는 우리 아이가 될 운명이 아니었나 봐. 나도 그렇게 나약한 자식은 싫어. 다음엔 유리코처럼 강한 아이를 낳자."

준페이의 말은 조금도 위로가 되지 않았다. 다음에도 유리코가 방해할 것 같았다.

'아니야. 나한테 그런 불운이 계속될 리 없어. 다음엔 반드시 건강한 아들을 낳을 거야.'

채령은 벌떡 일어났다. 뭐라도 먹고 기운을 차려야겠다는 생각에 아래층으로 내려가다가 거실에서 들려오는 웃음소리에 걸음을 멈추었다. 준페이를 가운데 두고 소파에 앉은 마리나와 유리코가 장난치며 깔깔거렸다. 준페이가 양쪽을 번갈아 보며 환하게 웃고 있었다. 퇴원한 뒤 자신에게는 굳은 표정만 보여 주던 사람이었다. 준페이에게 얼굴을 들이밀며 웃는 마리나의 입술이 새빨갰다. 자신이 병원에 있는 동안 세 사람은 새롭게 한 가족이 된 것 같았다.

채령은 어금니를 물었다. 자신이 아이를 잃고 고통에 빠져 있을 때 이 집에서 무슨 일이 벌어졌는지 모른다. 부엌을 차지한 마리나는 자신보다 더 안주인 같았다. 마리나가 팔뚝에 얼굴을 비벼 대는데도 준페이는 뿌리치지 않고 바보처럼 히죽거렸다. 지로 때문이 아니라 준페이 자신이 마리나와 살기 바랐던 것일 수도 있다. 내 일을 덜어 주기 위해서라고 핑계 댔지만 수용소에서부터 내통하고 있었는지 모른다. 채령은 눈앞에서 불이 튀는 것 같았다.

감히 나한테, 이 윤채령한테 모욕을! 채령은 달려가 마리나의 머리끄덩이를 잡아 바닥으로 끌어내렸다. 순식간에 일어난 일이라 모두 어리둥절한 얼굴이었다. 채령은 얼떨떨한 표정으로 일어서는 마리나의 뺨을 후려갈겼다. 그것으로도 분이 풀리지 않아 발로 마구 찼다.

"히카리, 이게 뭐하는 짓이야? 애한테 왜 그래?"

준페이가 소리치며 마리나를 감싸 안았다. 유리코도 채령을 때리며 악을 썼다.

"엄마 싫어. 엄마 미워. 죽어. 죽어 버려."

채령은 유리코의 악다구니에 허물어지듯 주저앉았다. 자신이 배 속의 딸에게 수도 없이 했던 말이었다.

8월이 됐다. 퇴근한 준페이는 평소와 다름없이 욕실로 들어가 씻고 나왔다. 채령은 마리나에게 난동을 피운 뒤 아무 말도 하지 않고, 아무것도 관심을 보이지 않은 채 방에만 틀어박혀 있었다. 준페이가 채령을 힐끗 보더니 의자에 앉으며 말했다.

"일본이 항복했다는군."

준페이의 귀가에 일어나 앉아 있던 채령의 표정에는 변화가 없었다.

"조선은 해방됐어."

그 말을 듣는 순간 채령의 머리에 가장 먼저 떠오른 생각은 이제 가회동 집에 가도 된다는 것이었다. 자신을 감옥에 가두거나, 아버지를 망하게 할 일본이 없어졌다. 더 이상은 히카리로 살지 않아도 됐다.

"나 집에 갈래. 조선으로 갈래."

채령이 벌떡 일어나 소리쳤다. 영혼이 빠져나간 사람처럼 늘어져 있던 채령이 처음 한 말이었다. 준페이의 표정이 일그러졌다.

"가면 누가 환영이라도 해 줄 줄 아나 보지? 조선이 해방됐다는 게 무슨 의미인 줄 알아? 당신 아버지가 배신자로 낙인찍혔다는 뜻이기도 해. 아마 장인만큼 조선이 해방되는 걸 원치 않은 사람도 없을걸. 장인은 앞으로 그 대가를 톡톡히 치러야 할 거야. 만일 돌아간다면 당신도 같이 겪어야 하겠지. 안전하게 지금 같은 삶을 누리고 싶다면 여기 내 옆에 있는 게 좋을 거야."

준페이는 짐승이 으르렁거리듯 말했다. 그리고 소유권을 주장하듯 벌떡 일어서 채령을 안으려고 했다. 채령이 준페이를 힘껏 떠다밀었다.

"꺼져, 이 일본 놈아."

채령의 입에서 나온 말은 영어였다.

순식간에 당한 일이라 벽에 부딪혔던 준페이가 달려들어 채령에게 따귀를 날렸다.

"뭐? 일본 놈? 조센징 주제에 감히. 지금까지 누구 덕에 편히 살고 있는데. 넌 죽어서도 테라오 히카리야."

준페이가 채령의 잠옷 앞자락을 잡아 뜯었다. 단추가 떨어져 사방으로 튀었다. 채령이 반항하며 소리 질렀다.

"난 히카리가 아니야. 윤채령이야."

이번엔 조선말이었다.

"일본말로 하지 못해? 넌 히카리야."

준페이가 어금니를 물며 말했다.

"아니야, 난 윤채령이라고. 윤형만 자작의 딸 윤채령이라고. 이 쪽발이야."

채령이 악을 썼다.

"지금 뭐라고 한 거야? 일본말로 해."

분노에 찬 준페이가 채령의 멱살을 잡고 흔들었다.

"안 해. 절대 안 해. 집에 갈 거야. 당장 갈 거야."

옷장을 열어젖힌 채령이 걸려 있던 옷들을 바닥에 내던지기 시작했다. 달려든 준페이가 일본말로 하라면서 채령을 때리기 시작했다. 채령의 입술이 터져 피가 흘렀다.

"싫어. 날 사랑한다면서 넌 왜 조선말 안 배웠어? 나랑 말하고 싶으면 니가 조선말 배워서 해."

채령은 자신이 조선말보다 일본말을 더 좋아했다는 사실은 잊은 채 소리쳤다.

그 뒤 채령은 일본어나 영어를 아예 못 하는 사람처럼 조선어로만 말했다. 오랫동안 쓰지 않았던 그녀의 조선어는 어설펐다. 유리코는 알아듣지 못하는 말로 떠드는 엄마를 두려운 눈빛으로 바라보며 멀리했다. 마리나 역시 영문도 모르는 채 당한 뒤로 채령에게 반감을 품고 있었다. 준페이는 돌아가겠다는 채령도, 그녀를 때린 자신도 용서할 수 없었다. 둘 사이에는 지진으로 순식간에 갈라진 땅처럼 불길 솟는 심연이 가로놓였다.

1945년 8월 15일 정오, 히라누마 다케오로 창씨개명한 형만은 라디오에서 흘러나오는 히로히토 일왕의 항복 선언문을 듣고 있었다. 태양처럼 영원할 것 같던 일왕의 떨리는 목소리에 형만은 쓰러지듯 의자 등받이에 몸을 기댔다. 그는 단 한 순간도 일본의 패망을 생각해 본 적이 없었다. 그래서 태평양전쟁에 충성을 다했다. 자기 자신과 가문의 안위를 위해서였다. 형만은 환갑의 나이에 맞닥뜨린 횡액에 무엇을 어떻게 해야 할지 아무 생각도 나지 않았다.

열어 놓은 창으로 떠들썩한 함성 소리가 들려왔다. 그 소리는 집 안에서도 났다. 하인들마저 들썩이고 있었다. 형만은 정신이 번쩍 들었다. 기미년의 만세 운동과는 차원이 달랐다. 그때는 함성을 잠재울 일본 경찰이 서슬 퍼렇게 대기 중이었지만 지금은 그들도 제 목숨 보존하기에 급급할 것이다. 그건 형만을 지켜 줄 사람이 없다는 뜻이었다. 환갑잔치를 치르고 새벽에 비명횡사한 아버지가 떠올랐다. 더워서 땀이 흐르는데도 오한이 났다.

형만은 허둥지둥 일어나 의자를 밟고 올라섰다. 바퀴 달린 의자는 미끄러지며 주인을 바닥에 내동댕이쳤다. 형만은 의자를 벽에 붙여 놓고 다시 올라갔다. 그러곤 부들부들 떨며 일왕의 사진과 일장기 액자를 떼어 냈다. 그중 한 개가 바닥에 떨어져 유리가 박살 났다. 형만은 숨길 곳을 찾아 두리번거리다 비밀 캐비닛 속에 넣고 잠갔다. 하지만 그것들을 숨겼다고 해서 그동안 형만이 한 일까지 감춰지지는 않을 것이다.

그는 지난 몇 년 동안 누구보다도 많은 국방헌금을 냈고,

조선 사람들을 군인과 위안부와 노무자로 내모는 일에 앞장서 총독부로부터 훈장까지 받았다. 채령으로 알려진 수남이 도망치다 죽은 뒤 더 열성적이 됐다. 소식을 알고 혹시나 싶어 부대 근처와 인근 도시까지 뒤졌으나 찾지 못했으니 죽은 게 확실했다. 수남이 어떤 상황이었는지 왜 도망쳤는지는 알려고도 하지 않았다.

형만은 사장실 문을 열고 나갔다. 개점휴업 상태인 무극양행엔 양 과장 혼자 나와 사무실을 지키고 있었다. 무극광업도 마찬가지였다. 금 산출량이 급감한 데다 캐내는 족족 총독부 손에 들어가 형만에게는 아무 이득이 없었다.

"별도의 지시가 있을 때까지 집에서 대기하게."

양 과장은 테라오 준페이의 일을 이어받아 해 온 사람으로 형만의 비밀을 누구보다 많이 알았다. 혼란한 시기에 그런 사람을 옆에 두고 싶지 않았다. 양 과장을 내보낸 뒤 형만은 밖으로 나가 보았다. 현관에서 내려다보이는 안채와 사랑채 마당에는 하인들이 삼삼오오 모여 웅성거리고 있었다. 형만은 집사를 불러 하인 단속, 문단속을 시켰다. 그러곤 2층 자신의 방으로 갔다. 그곳에선 종로통이 훤히 내다보였다. 거리엔 저수지 수문을 연 것처럼 흰옷 물결이 쏟아지고 있었다.

"해방됐다고 제 놈들한테 콩고물이라도 떨어질 줄 알고 난리들인가, 원."

형만은 인상을 쓰며 중얼거리다 다시 집사를 불러 거리로 나가 동태를 살피고 오라고 시켰다.

사흘 뒤 공식적으로 일본은 패전국이 됐고 조선은 독립됐다. 서대문 형무소 문이 열리고 어제까지 불령선인, 불순분자로 불렸던 사람들이 백성들의 환호 속에서 만세를 부르며 나왔다. 하인들 중에도 나라의 해방이 자신의 해방인 양 태도가 달라진 자들이 있었다. 역사의 흐름을 되돌릴 수 없음을 깨달은 형만은 절망과 공포에 휩싸였다. 아버지가 을사 10적쯤이었다면 현재의 자신은 저들이 말하는 민족 반역자 명단 최상위에 들었다.

별채 은신처에 숨어 지내는 동안 형만은 낮이고 밤이고 성난 군중이 몰아닥쳐 문을 부수고 불을 지르고, 종내는 끌려 나가 복날의 개처럼 맞아 죽는 상상에 시달렸다. 때로는 자신이 사지로 몰아넣은 사람들 손에 난도질당하는 꿈을 꾸다 깨어나기도 했다. 그는 사람들을 믿지 못해 집사가 가져오는 음식도 먼저 먹어 보라고 으르댔다. 눈을 뜨고서도 도끼날에 머리통이 빠개지거나 불구덩이에 내던져진 채 버르적거리는 자신의 환영을 보았다.

일본이 항복문서에 서명한 9월 2일 밤 은신처를 뛰쳐나간 형만은 안채로 갔다. 산송장이 된 것 같은 형만의 몰골에 술이네는 소스라쳐 놀랐다. 술이네를 물린 형만은 정말 산송장 상태인 곽 씨를 내려다보았다.

곽 씨가 쓰러진 건 수남이 채령 대신 황군여자위문대에 나간 날이었다. 신문 기사를 보고 진짜 채령으로 여긴 곽 씨는 그날 밤 형만의 멱살을 잡았다. 형만은 감정을 다스리지 못하고 사실을 말했다. 모든 원인은 곽 씨였다. 형만의 반대를 이기고 보낸 유학과, 들려 보낸 패물 때문에 딸의 인생이 망가졌음을 안 곽 씨는 뒤로 넘어갔다. 그 뒤 반신불수가 된 채 술이네의 간병으로 목숨을 부지하고 있었다. 술이네가 지극정성으로 보살폈지만 곽 씨 몸에선 악취가 풍겼다. 형만이 지금 제정신이었다면 한시도 견디지 못했을 냄새였다.

형만은 밤이 깊어질 때까지 곽 씨 곁에 우두커니 앉아 있었다. 아내에게서 나는 송장 냄새가 자신의 몸에서 나는 것 같았다. 괘종시계가 자정을 알렸다. 종소리에 정신을 차린 형만은 곽 씨에게 다가갔다. 그러곤 허리끈을 아내의 목에 감았다. 곽 씨는 버르적거리며 형만의 손을 떨쳐 냈다.

"채, 채여이……."

그녀는 딸의 이름을 필사적으로 불렀다. 이대로 죽을 수는 없었다. 해방이 됐으니 채령이 돌아올 것이다. 죽는 것도 딸을 보고 난 뒤였다. 형만은 혼자서는 아무것도 할 수 없으면서 삶에 집착하는 곽 씨에게서 자신의 모습을 보며 혐오감을 느꼈다. 그 감정이 죽일 힘도, 죽을 힘도 주었다. 형만은 몇 번이나 실패한 끝에 목을 맬 수 있었다. 그 순간엔 채령도 강휘도 생각나지 않았다. 오로지 앞으로 겪게 될 치욕을 피해 죽어야 한다는 생각뿐이었다. 곽 씨를 먼저 저세상으로 보낸 것은 그가 아내에게 마지막으로 보인 애정이었다.

한 인간의 삶은 죽음으로 완성되는 법이다. 윤형만 자작은 해방과 더불어 자결함으로써 자신이 살아온 삶을 규정지었다. 가회동 저택이 무주공산이 됐다는 소식은 빠르게 퍼져 나갔다. 일가붙이들은 저마다 친분을 앞세우며 자식 없는 장례식의 상주 노릇을 하려 들었고, 호사가들은 조문을 핑계로 몰려들었다. 생전의 위세와는 거리가 먼 초라한 장례식이 끝난 뒤 일가붙이들은 가회동 저택에 눌러앉았다. 형만의 눈치를 보며 안채를 드나들던 곽 씨의 친정붙이들과 형만에게 인정받지 못하던 아버지 대의 먼 친척들이었다.

우왕좌왕하던 하인들은 밀린 봉급 대신 뭐라도 하나 집어 들고 떠나거나, 갈 곳이 마땅치 않은 사람들은 누가 새 주인이 될지 눈치 보며 남아 있었다. 집 안에서는 날마다 사돈의 팔촌까지 분탕질을 벌였다. 그들은 어딘가에 숨겨 놓았을 금붙이나 땅문서를 찾아 온 집 안을 헤집었다. 서로 도적이라고 핏대를 세우면서 뒤로는 값나가는 가구며 옷이며 그릇들을 앞다퉈 빼돌렸다.

술이네는 곽 씨의 친정붙이들에게도 인정받은 반찬 솜씨 덕분에 계속 안채 행랑에 남게 됐다. 술이네는 태술, 채령, 수남, 강휘 등 돌아올 젊은이들을 위해 어떻게든 가회동 저택에 버티고 있어야 한다고 생각했다. 술이네는 채령 대신 수남이 황군여자위문대에 나가고 채령은 어딘가에 숨어 있는 걸로 알고 있었다. 곽 씨와 형만이 다투는 소리에서 짐작한 것이다.

술이네는 천애 고아가 된 채령을 생각하면 시도 때도 없이 눈물이 났다. 나리가 자식 생각해서라도 그리 험하게 가셔서는 안 되는 건디, 하며 자기라도 기다리고 있어야 한다고 다짐했다. 주인 생전보다 권한이 축소되고 대우도 못해졌지만 술이네는 상관하지 않았다. 쫓겨나지 않도록 새 주인들 비위를 맞추며 빌붙어 지내던 중 갑자기 고향 이장으로부터 시어머니가 운명했다는 전보가 날아왔다.

술이네는 상전이 여럿이라 허락 구하느라 하루를 보내고 다음 날 성환으로 내려갔다. 상주 없는 초라한 빈소를 동네 사람들이 지키고 있었다. 마당에 쓰러져 숨이 끊어진 채로 발견된 시어머니는 태술의 사망 통지서와 편지를 움켜쥐고 있었다고 했다. 술이네는 천지가 무너진 듯 그 자리에 주저앉았다.

노다지를 찾겠다고 호기롭게 떠난 태술은 2년 만에 돈을 다 까먹고 거지꼴로 나타났다. 술이네의 사죄와 간청에 형만은 그를 다시 받아 주었다. 술이네는 뼈를 갈아서라도 형만에게 은혜를 갚겠다고 생각했다. 외아들인 덕에 군대 징집을 면한 태술은 마음잡고 현장에서 열심히 일하는가 싶더니 1년쯤 지나 또 돈을 벌겠다며 일본의 탄광으로 떠났다. 잘 지낸다, 돌아와 호강시켜 주겠다는 내용의 편지도 몇 차례 왔다. 이제 해방이 됐으니 아들도 돌아올 거라고 믿었는데 사망 통지서라니. 술이네는 믿을 수 없었다. 이장 말로는 편지와 사망 통지서가 함께 왔다고 했다.

"대엿새 전인가, 노인네한테 읽어 줬더니 애간장이 끊어지게 울더라구유. 마음에 걸려서 오다가다 들렀는데 그때마다 울고 있더니 그제 그만……. 저녁이라 바로 전보도 못 치고 어제야 쳤어유."

술이네는 이장에게 편지를 읽어 달라고 부탁했다. 태술은 형만이 자신에게 공금횡령 누명을 씌워 억지로 징용에 보냈다고 했다. 자신은 절대 그런 짓을 하지 않았으며 다시 받아준 게 고마워 열심히 일했다고, 무사히 돌아가면 다시는 어머니 곁을 떠나지 않겠다고 했다. 그동안 가회동 저택으로 온 편지들과는 전혀 다른 내용이었다. 진실을 알리기 위해 성환으로 부친 모양이었다.

"엄니, 이곳은 지옥이나 다름없어요. 왜놈들은 조선 사람 목숨을 모기만치도 안 여겨요. 탄광 앞에 죽은 사람들 시체가 거름 더미처럼 쌓여 있어요. 엄니, 보고 싶어요. 배가 고파요. 집에 가고 싶어요."

아들의 절규가 쇠스랑날이 돼 심장에 찍혔다. 그 자리에서 피가 철철 흘렀다.

아들과 시어머니의 초상을 한꺼번에 치른 술이네는 살고 싶은 마음이 조금도 없었다. 하지만 산목숨을 끊기는 쉬운 일이 아니었다. 술이네는 태술의 편지와 사망 통지서를 움켜쥐고 이를 악물었다. 형만이 세상에 없는 게 원통했다. 아들을 죽을 자리로 내몬 것도 모르고 끼니마다 따신 밥을 해 바친 게 분해 죽을 지경이었다. 미리 알았더라면 그 원수 같은 놈이 곱다시 목숨을 끊게 놔두지 않았을 것이다. 밥에 독이라도 타서 고통에 몸부림치다 숨통이 끊어지게 했을 것이다. 그동안 자작이 천연덕스레 자신을 대한 걸 생각하면 무덤을 파헤쳐서 눈알이라도 뽑고 싶었다. 자작뿐이 아니었다. 따지고 보면 막둥이를 잃은 것은 곽 씨 탓이다. 그런데 속도 없이 그 집에 붙어살며 그년이 낳은 아이에게 젖을 먹이고, 종당엔 반신불수가 된 몸뚱이까지 지극정성으로 돌보았다.

"내가 속창아리도 없는 년이여."

술이네는 멍이 지도록 제 가슴을 쳤다.

자식을 여섯이나 낳았지만 그녀에겐 한 명도 남아 있지 않았다. 넷이 죽었고, 시집간 두 딸은 살았는지 죽었는지 생사조차 알지 못했다. 세상에 나오다 죽은 두 아이는 팔자소관이라고 쳐도 막둥이와 태술은 아니었다. 윤씨 집안 때문에 생목숨을 잃은 것이다. 억지로라도 밥을 목구멍으로 넘겨야 할 이유를 찾아낸 술이네는 다시 가회동 저택으로 돌아왔다. 내 자식들 원한을 네놈 자식들에게 갚아 주리라. 술이네는 밤마다 이를 갈며 강회와 채령이 돌아오길 기다렸다.

해방되기 전 이미 삼팔선이 그어진 한반도는 둘로 나뉘어 북쪽은 소련, 남쪽은 미국의 통치 아래 놓였다. 제 나라로 돌아가며 남긴 일본인들의 재산은 적산으로 분류됐다. 형만 부부는 죽고 자식들도 소식이 없는 가회동 저택과 금광, 토지 또한 미 군정청으로 넘어갔다. 미 군정청은 가회동 저택의 별채를 부속 사무실로 쓰고 안채와 사랑채는 군무원과

502

그 가족들에게 나눠 주었다. 옛 주인의 일가붙이들은 쫓겨났지만 그 집에서 27년을 산 술이네는 별채 식모로 안채 행랑방에 계속 남았다.

1945년 12월 초순, 눈이 푸슬푸슬 내리는 밤이었다. 술이네는 방구석에 놓인 궤짝에서 양주병을 꺼냈다. 별채 식당에서 빼돌린 것이다. 병뚜껑에 술을 따라 한입에 털어 넣은 그녀는 부르르 진저리를 쳤다. 술 한 모금은 온몸으로 빠르게 퍼져 나갔다. 술이네는 벽에 기대앉은 채 손바닥으로 방바닥을 두드리며 넋두리 같은 타령을 흥얼거렸다. 끝없이 흘러내린 눈물이 곰보 자국마다 맺혔다. 왜놈들한테서 해방이 됐다는데 좋은 일은 하나 없이 세상천지에 혼자 남은 것 같았다.

앉은 채로 설핏 잠이 들었던 술이네는 아들이 살아 있는 꿈을 꾸다 번쩍 눈을 떴다. 밖에서 남자 목소리가 들려왔다.

"태술이냐?"

술이네는 방문을 벌컥 열었다. 문 앞에 시커먼 그림자가 서있었다. 찬바람에 정신이 들었다.

"누, 누구유?"

"내요."

미 군정청 소속 군무원이었다. 바깥 행랑채에 기거하고 있는 그는 무엇인가 둘러메고 있었다.

"무슨 일이래유?"

"이 집 사람인가 보오."

그가 둘러메고 있던 것을 방 안에 내려놓자 사람이 자루처럼 널브러졌다. 에구머니나, 술이네는 화들짝 놀라 물러앉았다.

"대문 앞에 이 색시가 쓰러져 있지 뭐요. 술이네를 찾는 거 같길래 데려왔어요."

군무원이 돌아가고 난 뒤 술이네는 엎어지듯 다가가 들여다보았다. 때에 절고 냄새나는 옷을 입었지만 분명히 채령이었다. 기다리고 기다리던 윤씨네 자식이었다. 파인 자국마다 분노가 뿜어져 나오던 얼굴에 경련이 일었다. 드디어 왔구나. 술이네의 심장이 벌렁거렸다. 술이네는 핏발 선 눈으로 채령을 바라보았다. 이 집에서 버틴 보람이 있었다. 드디어 자식의 한을 풀 수 있게 됐다. 따지고 보면 막둥이 목숨과 바꾼 젖을 먹고 산 년이다. 그런 년이 정신을 잃은 채 목숨을 내어놓고 있다.

술이네는 벌벌 떨리는 두 손을 채령의 목으로 가져갔다. 비쩍 말라 광대뼈와 쇄골이 도드라진 채령은 밤새 죽었다고 해도 아무도 의심하지 않을 것 같았다. 황새 목처럼 가는 채령의 목을 움켜쥐던 술이네는 손바닥에 느껴지는 맥박에 소스라쳐 손을 풀었다. 잠시 뒤 마음을 다잡고 다시 채령의 목을 감싸 쥐던 술이네는 끝내 울음을 터뜨리며 손을 떨구었다. 아들 대신 젖을 먹이며 자식 잃은 슬픔을 달랬었다. 자신을 엄마처럼 따르는 채령을 키우며 기쁨을 맛보고 새로운 힘을 얻었다. 유학 떠난 지 일곱 해 만에 처음 보는 채령은 자식이나 다름없었다. 그동안 제 부모 못지않게 술이네도 채령을 그리워했다. 달덩이처럼 환했는데 얼마나 고생을 했으면 이렇게 북어처럼 말라비틀어졌을까. 안쓰러움에 가슴이 뻐근했다.

앞으로도 복수할 기회는 또 있을 것이다. 지금은 당장이라도 숨이 끊어질 것 같은 채령을 돌봐 주고 싶었다. 먼저 물수건으로 몸을 닦아 주려고 윗도리를 벗기자 안감 솔기가 뜯어져 있고 그 안에 있는 무엇인가 잡혔다. 뒤져 보니 꼬부랑글씨가 잔뜩 쓰여 있는 종잇장들과 사진이었다. 술이네는 활짝 웃는 사진 속 모습과 너무 다른 현재의 몰골에 혀를 차며 그것들을 따로 보관해 두었다. 아래옷을 마저 벗기려는데 채령이 쥐어짜듯 비명을 지르며 저항했다. 술이네는 깜짝 놀라 손을 멈추었다. 비명이라고 해도 방을 벗어나지 못할 만큼 가냘픈 소리는 곧 잦아들었다. 채령은 아직 정신을 되찾은 상태가 아니었다.

술이네는 까부라진 채령의 몸을 닦아 주었다. 술이네 손길에 짐짝처럼 흔들리는 채령의 몸은 멍 자국과 상처로 가득했다. 이게 뭔 일이여. 술이네가 상처를 살피느라 허벅지 안쪽을 어루만지자 채령이 다시 쳇소리를 내며 몸을 뒤틀었다. 덫에 걸린 새가 마지막 힘을 짜내 지르는 소리처럼 날카로웠다. 모양새와 하는 짓을 보니 험한 꼴을 당한 게 틀림없었다. 왜놈 앞잡이 윤형만 딸인 걸 누가 알아본 걸까. 술이네는 태술의 일을 당한 뒤에야 형만이 수많은 사람들을 사지로 내모는 일에 앞장섰음을 알았다. 자식을 잃고서도 목숨 끊기가 쉽지 않은데 얼마나 지은 죄가 많았으면 스스로 목을 맸을까.

"아이고 불쌍해서 어쩔까나. 우리 애기씨 불쌍해서 어쩔까나."

술이네는 자신 또한 아비에 대한 원한을 그 자식에게 대신 갚을 작정이면서도 눈물을 질금거렸다. 채령의 옷을 자기 옷으로 갈아입힌 뒤 솜이불을 덮어 주고, 복숭아 통조림을 따 국물을 입에 넣어 주었다. 낮에 들어온 부식품에서 몰래 빼놓았던 것이다. 물컹한 과육도 잘게 이겨 입에 넣어 주었다. 정신을 잃은 상태에서도 채령은 허겁지겁 받아 삼켰다. 그리고 그 기운으로 밤새도록 열에 들떠 헛소리를 지껄였다. 험한 꼴을 당했으리라는 짐작이 틀리지 않았다. 술이네는 한숨을 내쉬며 찬 물수건을 얹어 주고 몸을 쓸어 주는 일 말고는 할 게 없었다.

다음 날부터 술이네는 채령을 거두었다. 챙겨야 할 사람이 생기자 기운이 솟았다. 채령은 입이 짧았던 전과 달리 아무거나 잘 받아먹었다. 그동안 얼마나 고생했으면 그럴까 싶어 혀를 차다가도, 배가 고파 죽겠다는 태술의 편지가 떠오르면 채령을 굶겨 죽이고 싶었다. 술이네는 하루에도 몇 차례씩 지옥을 들락거렸다.

닷새쯤 지나 기운을 차린 채령에게 술이네가 물었다.

"애기씨, 그동안 어디서 어떻게 지내신 겨? 무슨 일을 당했길래 꼴이 그런 거예유? 시상에 온몸이……."

채령이 갑자기 자기 귀를 틀어막으며 부들부들 떠는 바람에 술이네는 말을 멈췄다.

"아이고, 애기씨. 안 물을게. 안 물을 테니 진정해유."

채령을 달래며 술이네는 속으로 자신을 책망했다.

'그걸 꼭 말로 들어야 알어?'

술이네는 채령이 이미 제 아버지 대신 벌을 받았다는 생각에 복수심이 누그러들며 측은해졌다. 채령은 깨어 있을 때는 잔뜩 웅크린 채 방 한구석에 처박혀 있었다. 아버지 어머니가 왜 보이지 않는지, 집은 어째서 다른 사람들이 차지하고 있는지, 아무것도 묻지 않았다. 이미 다 알고 온 건지도 모른다. 그래서 더 넋이 나간 걸 수도 있다.

술이네는 일이 넘쳐 채령을 제대로 들여다보지 못할 때가 많았다. 아픈 막둥이를 방 안에 혼자 두었을 때처럼 애가 달았다. 이럴 때 수남이라도 있었으면 하고 술이네는 생각했다.

"수남이 년은 애기씨가 이 지경이 된 것도 모르고 어디 가서 죽었는지, 살았는지……."

술이네는 행주치마에 눈물을 닦다 팽 하고 코를 풀었다. 해방이 됐는데도 돌아오지 않는 수남이 걱정됐다. 오던 날부터 옆구리에 끼고 잔 수남 또한 딸이나 마찬가지였다.

술이네는 방에만 틀어박혀 있는 채령에게 교토에서 가져온 가방에 들어 있던 책들을 내주었다.

"애기씨 외가 식구들이 죄 빼돌리고 남은 거예유."

곽 씨 일가붙이들은 채령의 가방에 있던 옷가지, 화장품들은 물론 가방까지 가져갔지만 일본어나 영어로 된 책들은 내팽개쳤다. 술이네가 그것들을 챙겨 둔 것이다.

채령은 꼬부랑글씨가 가득한 책들을 읽다가 하염없이 울곤 했다. 술이네는 그 모습을 보며 넋 나간 채 멍하니 있는 것보다 울기라도 하는 게 낫다고 생각했다. 술이네는 밤마다 채령에게 그동안 가회동 저택에서 일어난 일들을 들려주었다. 하지만 형만이 자기 아들에게 어떤 짓을 했는지는 차마 말할 수 없었다. 그 말을 하는 순간 채령의 숨통을 끊어 놓아야 할 것 같았다.

12월 하순, 또 한 명의 채령이 나타났다. 술이네는 어리둥절했다. 마치 여행에서 돌아오는 듯 커다란 트렁크를 들고 선 채령이 안마당을 둘러보았다. 자신이 가회동 저택의 진정한 주인이라는 듯 당당한 모습이었다.

"아가씨!"

그제야 수남은 정신이 돌아온 얼굴로 입을 열었다. 술이네는 완전히 정신 나간 표정이 됐다. 술이네는 그동안 수발든 사람이 수남이라는 사실이 진짜 채령이 돌아온 것만큼이나 놀라웠다. 방 안에선 제대로 된 상봉 장면이 펼쳐졌다. 부모의 죽음을 안 채령은 이를 앙다물고 주먹을 부르쥔 채 울음을 삼켰다. 술이네는 수남에게 했던 이야기를 다시 늘어

놓으며 눈물을 찍어 내다가도 새삼 분한 얼굴로 수남을 흘겨보았다.

'저런 앙큼한 년, 그동안 애기씬 줄 감쪽같이 속았지 뭐여. 지 입으루다 애기씨라고 한 적은·없다만서두. 그래도 내가 애기씨라고 하면 아니라구 했어야지 입 딱 닫구설랑 능갈맞게……'

술이네는 그동안 함께 지내면서 전혀 눈치채지 못했다는 게 이상해 수시로 그 이유를 생각해 보았다. 처음엔 양장 옷차림이나 머리 모양 때문이었을 것이다. 얼굴도 둘이 닮았고, 옷 속에서 나온 꼬부랑글자가 적힌 물건들 때문에 의심 없이 채령이라고 믿었다. 그래도 스무 날 넘게 속았던 건 수남에게서 풍겨 나오는 분위기 때문이었다. 수남은 예전에 행랑방에서 끼고 자던 때와 많이 달랐다. 단순히 나이가 들었기 때문은 아닌 것 같았다. 어쨌든 그동안 상전인 것처럼 천연덕스레 굴던 수남이 괘씸했지만 그녀가 당했으리라 짐작되는 일이 술이네의 마음을 누그러뜨렸다.

'처녀가 험한 꼴을 당했으니 이제 깨진 사발 신세가 된 겨.'

술이네는 한때 며느릿감으로 생각한 수남의 불행에 새삼 가슴이 아팠다. 원한이고 복수고 집어치우고 떠날걸. 이런 꼴이나 보자고 버텼나 싶어 한숨이 나왔다. 그러다가 태술 생각에 정신을 차렸다. 동정심 따월랑 개나 줘 버리고 이제는 원수 갚을 때만 기다리는 겨. 진짜 복수할 상대가 눈앞에 있었다.

수남만큼이나 채령도 많이 달라져 있었다. 그동안 어떻게 지냈는지, 제멋대로이고 거침없던 모습은 찾아볼 수가 없었다. 채령은 집에서 무슨 일이 벌어졌는지 다 안 뒤에도 잠자코 있었다. 코앞에 있는 자기 방을 군무원의 첩이 사용하고 있는데도 보고만 있었다. 셋이 함께 좁은 행랑방에서 지내면서도 불평하지 않았다. 부모의 죽음에 상심하고, 자기 처지에 잔뜩 풀 죽은 듯한 채령을 보니 술이네는 원수 갚을 생각은커녕 가엾기만 했다.

넋을 어디다 빼놓고 몸만 와 있는 것 같던 수남은 채령을 보자 자신이 누군지, 해야 할 일이 무엇인지 깨달은 사람처럼 정신을 차리기 시작했다. 처음으로 단둘이 됐을 때 수남과 채령은 처음 본 것처럼 끌어안고 울기만 했다. 서로에 대한 걱정, 각자의 상처로 인한 고통, 현실의 막막함이 뒤섞인 울음을 한바탕 쏟아 놓는 동안 교토에서처럼 자매애가 생겨났다.

할 일도, 갈 데도 없는 채령과 수남은 술이네가 별채로 일하러 가면 각자의 지난날을 풀어 놓고 서로의 이야기를 듣기 바빴다. 수남과 채령은 서로가 비슷한 시기에 미국의 동쪽과 서쪽에서 살았던 사실을 신기해했다. 수남은 미국에서 교민회 활동을 하고, 중국에서도 사용해 한국말이 어색하지 않았다. 하지만 한국말이 많이 서툴러진 채령은 말을 하다 답답하면 영어나 일어로 말했고, 그러면 수남도 영어나 일어로 대답했다. 특히 영어로 말할 때면 둘은 경쟁적으로 실력을 뽐내곤 했다. 채령은 수남이 자기보다 영어가 유창하자 은근히 자존심이 상했다.

채령은 자기 이름으로 황군여자위문대에 간 수남에게 차마 무슨 일이 있었는지 묻지 못했다. 그 대신 자신 또한 편하지만은 않았음을 알려 주려고 샌프란시스코에서의 이야기를 들려주었다. 행복했다고 생각했던 시간까지도 묻어 버리고 싶을 만큼 아픈 기억들이었다. 그런데 수남은 탈 없이 부대에서 도망쳤다. 수남에 대한 빚을 던 것은 물론 자기 이름에도 오점이 남지 않았으니 거기까지는 다행으로 여겼다. 그 뒤부터가 채령의 심사를 긁었다. 자신이 기억에서조차 영원히 지워 버리고 싶은 삶을 살고 있을 때 수남은 윤채령이 돼 뉴욕에서 대학에 다니고 있었다. 그 이야기를 할 때 수남의 얼굴에서는 자부심이 넘쳐흘렀다.

채령은 자랑스럽고 당당한 수남의 기억에 질투심이 걷잡을 수 없이 소용돌이쳤다. 그리고 자기 이야기를 모두 털어놓은 게 후회됐다. 설령 고생 안 하고 살았다고 해도 누군지 모를 일본 여자 이름으로, 그렇게 무시하던 준페이와 결혼한 것 자체가 수치스러운 일이었다.

"둘이서만 지낸다고 아랫것에게 너무 격의 없이 대해서는 안 된다. 나무에 기생해서 사는 넝쿨처럼, 곁을 주면 언제든지 타고 올라와 성가시게 구는 게 천한 것들 습성이야."

교토로 유학을 떠날 때 아버지가 따로 불러 해 주었던 말이다. 그 말을 듣지 않고 마음껏 기어오르게 놔둔 탓에 주제 넘게 미국에 가고, 대학까지 다녔다. 그것으로도 모자라 수남은 지금 자신과 동등한 위치라도 되는 양 착각하고 있는 게 분명했다. 수남은 아버지가 자신의 생일 선물로 사 준 아이였다. 황군여자위문대에서 도망쳤으니 아버지가 수남에게 자유를 준다고 한 약속도 무효였다.

수남은 채령이 준페이와 결혼해 아이까지 낳았다는 사실에 충격을 받았다. 사랑에 목을 매던 채령이 연인은 감옥에 보내고, 정도 없는 사람과 결혼해 살아야 했던 심정이 어땠을지 짐작 갔다. 수용소 이야기도 마찬가지였다. 수남은 수용소가 어떤 곳인지 알고 있었다. 수용소에서 나온 일본인들이 잡지나 신문에서 증언한 기사들을 읽었다. 그곳은 감옥이나 다름없었다. 귀하디귀하게 자란 채령이 수용소에 간 것으로도 모자라 그곳에서 아이까지 낳았다니. 아버지 덕에 어디선가 편히 숨어 지낼 줄 알았던 채령이 자기 못지않게 고생했다는 사실에 수남은 적잖은 위안을 받았다.

채령과 마음을 나누며 수남은 조금씩 다시 살 기력을 찾아갔다. 하지만 불시에 찾아드는 고통스러운 기억은 간신히 찾은 기운을 단숨에 무너뜨리고 마음과 몸을 갉아먹었다.

여기에서 거기까지

1945년 6월 11일, 수남은 드디어 북대서양을 건너는 여객선에 올랐다. 뉴욕에 온 지 6년 만이었다. 짐은 처음 올 때처럼 작은 트렁크 하나가 전부였다. 책이며 방에 있던 가구, 다른 계절의 옷들은 모두 팔아 여비에 보탰다. 아이링과 한인 교민회 사람들이 항구로 환송을 나와 주었다.

우편선을 겸한 임시 여객선의 손님 대부분은 유럽 국적의 여자와 아이들이었다. 전쟁을 피해 미국에서 지내 온 그들은 고향으로 돌아간다는 기쁨에 들떠 있었다. 객실도 제대로 갖추지 않은 배였지만 활기가 넘쳐 났다. 강휘에게로 가는 수남 또한 그들 못지않게 설레었다. 독일과 이탈리아의 항복으로 유럽의 전쟁은 끝났지만 일본은 아직 중국과 미국을 상대로 싸우고 있었다.

수남은 강휘에게 보내는 편지에도 썼듯이 유럽의 종전 소식을 듣고부터 중국으로 갈 결심을 했다. 대학을 졸업해도 동양인에겐 제대로 된 일자리가 주어지지 않았다. 여전히 파트타임 일을 하며 일본이 패망하기를 기다리고 있느니 하루라도 빨리 중국으로 가서 조국의 독립에 힘을 보태고 싶었다. 그리고 강휘와 함께 광복의 기쁨을 맞이하고 싶었다.

교민회에서 먼 길을 여자 혼자 가는 건 위험하다고 반대했지만 수남은 결심을 바꾸지 않았다. 지금까지 그녀의 삶은 불가능해 보이는 일에 대한 도전의 연속이었고 충칭까지 가는 일도 그중 하나였다. 강휘가 마지막으로 보낸 편지의 주소지인 충칭은 대한민국 임시정부와 광복군 총사령부가 있는 곳이다. 강휘는 옮겨 다닐지 몰라도 그곳에 가면 그의 거취를 알 수 있을 것이다.

"여자라 위험한 길이면 누구에게나 마찬가지겠지요. 반대로 생각하면 여자 혼자라 덜 위험할 수도 있어요. 세상은 여자 한 명에게는 위협을 느끼지 않으니까요. 그리고 하얼빈까지는 미국에 올 때 거쳤던 길을 되짚어가는 거니까 초행이 아니에요. 하얼빈에서 충칭까지는 철도가 이어져 있고요."

수남은 마음을 굳힌 뒤 빠르게 떠날 채비를 했다.

"대단하구나! 거기가 어디라고. 네 사랑 인정한다, 인정해. 우리 부모님 고향하고 가까운 곳이라니까 도울 일 있으면 뭐든지 말해."

아이링이 말했다. 거기가 어디라고. 아이링의 말이 수남의 오래된 기억 하나를 불러냈다.

"거기, 내가 가면 안 돼요?"

채령의 몸종으로 삼으려던 안 서방 딸이 싫다고 울 때 수남이 나서며 했던 말이다. 마름의 말도 기억났다. 거기가 어디라고. 그때의 풍경이나 정황은 희미했지만 그 말만은 뚜렷하게 생각났다. 그때 수남은 고작 일곱 살이었다. 마을도 벗어나 본 적 없는 어린 여자아이가 부모와 집을 떠나겠다고 나선 것이다.

거기, 내가 가면 안 되느냐는 한마디로 수남의 인생은 바뀌었다. 무슨 생각이었던 걸까. 수남은 그 아이에게 묻고 싶었다. 배불리 먹을 수 있다는 말 때문이었을까? 가난한 가족을 위해서였을까? 공주처럼 차려입은 채령이 부러워서였을까? 저절로 굴러가는 자동차가 신기해서였을까?

수많은 질문에 마음 깊은 곳에서 일곱 살 수남이 '거기'에 대한 호기심 때문이었다고 대답했다. 강휘가 여기까지 온 널 존경한다고 했던, 바로 '여기'에 다다를 수 있었던 것은 어린 수남이 품었던 새로운 세계에 대한 동경과 열망 덕분이었다. 어쩌면 더 거슬러 올라가 수남이 태어날 수 있었던 것 자체가 세상에 대한 호기심 때문이었는지 모른다. 큰 언니가 들려준 바깥세상 이야기가 삶을 포기하려던 배 속의 수남에게 마지막 힘을 내게 했다. 그 뒤에도 수남은 늘 무엇이 있을지 모를 그곳을 꿈꾸며 살아왔다. 그런 생각들을 하자 목적지가 뚜렷한, 강휘에게로 가는 길은 오히려 안전하고 쉽게 여겨졌다.

수남이 마음을 바꾸지 않자 교민회에서는 임시정부에 보낼 성금을 모금하는 한편 수남의 여정에 필요한 서류들을 준비했다. 그들은 수남이 사랑을 찾아가는 것임을 알지 못했다. 오로지 독립운동에 투신하려는 줄 알고 열성적으로 지원했다. 수남은 그 점이 몹시 미안했지만 충칭에 도착하면 헌신적인 활동으로 보답하리라 다짐했다.

교민회에서 가장 공들인 것은 신분증이었다. 수남은 중국인으로 국적이 바뀌었다. 유럽을 거칠 때나, 시베리아 횡단 열차를 탈 때는 추축국[*]인 일본보다 연합군 국가인 중국 국적이 안전할 거라는 판단 때문이었다. 중국 땅에서는 말할 것도 없었다. 임시정부 김구 주석에게 보내는 편지는 혹시 있을지 모를 일본군의 검문을 우려해 수남이 내용을 외워 전하기로 했다. 돈을 보관할 복대를 만들어 속옷 안에 두르며 수남은 거창한 임무를 띤 첩보원이라도 된 것처럼 긴장하고 설렜다. 이 정도면 강휘도 왜 왔느냐고 나무라지 못할 것이다. 수남은 무엇보다 그게 기뻤다.

수남은 미국을 떠나기 전 아이링 집에 초대받았다. 아이링의 아버지는 수남이 충칭에 간다고 하자 자기 고향인 우

---

[*] 제2차 세계대전 때에 일본, 독일, 이탈리아를 중심으로 삼국동맹의 편에 섰던 나라.

한과 옆 동네라며 이런저런 정보를 주었다.

"25년 전 이야기니 저 양반 말 믿지 말거라. 당신도 가물가물한 고향 이야기는 그만두고 잘 부탁한다는 편지나 한 통 써 줘요."

남편에게 핀잔을 주며 아이링의 엄마는 수남에게 치파오를 한 벌 선물했다.

수평선 위로 흰 구름이 피어오르고 갈매기가 날아다니는 바다는 평화로웠다. 폭탄이 오가고, 배가 부서지고, 사람들이 죽던 전장이었다는 게 실감 나지 않았다. 수남은 배에서 어린아이들과 친해졌다. 지루해하던 아이들이 수남을 따르자 어른들도 호의적이 돼 식사에 초대하곤 했다. 선실로 손님의 등급을 가르는 호화 여객선에서는 있을 수 없는 일이었다. 미국에서 이방인으로 지내는 동안 느꼈던 소외감이나 외로움, 고국에서 벌어지는 전쟁의 불안함, 고향으로 간다는 기쁨에서 비롯된 관대함이 마음의 문을 열게 한 것이다.

수남은 솔직하게 사랑하는 사람을 찾아 중국으로 가는 길이라고 말했다. 한국의 상황도 설명했다. 대부분 돈과 권력을 가진 남자의 아내들은 수남을 도울 일이 없을까 궁리했다. 프랑스 부인은 수남이 자기네 나라 통행증을 받을 때 도와주겠다고 했다. 영국 부인은 여비에 보태라며 돈을 주었다.

소련 국적의 부인은 모스크바까지 동행을 제안했다. 고만고만한 아이가 셋이라 배에서도 늘 분주한 부인이었다. 아이들을 돌봐 주면 모스크바까지 수남의 통행증 문제를 해결해 주는 것은 물론 여비까지 대 주겠다고 했다. 그리고 남편에게 부탁해 시베리아 횡단 열차를 이용할 때 도움이 되는 편지를 써 주겠다고 했다. 그보다 고맙고 반가운 제안이 없었다. 수남은 처음 뉴욕으로 가던 퀸메리호에서의 자신을 떠올렸다. 잔뜩 주눅 들어 존스 가족 시중이나 들던 때에 비하면 놀랄 만한 변화였다.

프랑스 마르세유항에 내려 육지에 오르자 전쟁의 흔적은 처참하고 끔찍한 모습으로 도처에 펼쳐져 있었다. 그 또한 뉴욕 갈 때 보았던 풍경들과 사뭇 달랐다. 폭격에 부서진 건물의 잔해를 헤집으며 사람들이 쓸 만한 물건들을 찾고 있었다. 헐벗은 채 울고 있는 아이들과 꺼칠한 개들이 보였다. 굶주리기는 아이들이나 개들이나 마찬가지였다. 여기저기 총을 든 군인들이 보였고, 고향으로 돌아가는 피난민 행렬도 이어졌다. 어디에도 뉴욕의 타임스스퀘어에서 벌어졌던 축제 같은 분위기는 나지 않았다. 포탄이나 총알이 날아다니지 않을 뿐 유럽은 여전히 전쟁 때문에 고통받고 있었다. 수남이 죽을 만큼 힘들었다고 생각한 뉴욕에서의 생활도 직접 전쟁을 겪은 유럽에 비하면 안전하고 편한 것이었다.

수남은 소련 부인 덕분에 모스크바까지 무사히 갈 수 있었다. 폭격에 끊긴 철도 때문에 기차 운행이 중단되거나 지연됐지만 수남이 아이들을 돌보고 있는 동안 부인이 다른 이동 수단을 알아보았다. 수남은 진심을 다해 아이들을 보살피는 것으로 행운에 보답했다.

무사히 하얼빈에 도착한 수남은 감회에 젖었다. 그곳에서 보낸 시간들이 쑹화강 물결처럼 가슴에서 넘실거렸다. 부가전 시장통에 가면 강휘가 있을 것만 같았다. 세화도 궁금하고 천 노인 부부도 보고 싶었지만 아직 갈 길이 멀었다. 수남은 긴장을 늦추지 않고 강휘를 향해 한 발 한 발 나아갔다.

아이링의 아버지가 써 준 편지와 치파오가 많은 도움이 됐다. 그 편지에 따르면 수남은 미국으로 이민 간 동포 2세로, 바쁜 부모님 대신 몸이 편찮으신 할아버지를 만나러 충칭에 가는 길이었다. 부디 효심 깊은 동포를 도와 달라는 편지를 보여 주면 사람들이 벌 떼처럼 모여들어 떠들어 댔다. 덕분에 없던 기차 자리가 생기고, 지체되는 시간을 단축해 줄 교통수단이 나타나고, 잘 방도 생겼다. 먹을 것을 나눠 주는 사람도 많았다.

수남이 충칭에 도착한 것은 8월 5일이었다. 뉴욕에서 충칭까지의 거리나 전시라는 상황을 생각하면 두 달도 안 걸렸다는 게 기적 같았다. 수많은 사람들의 도움과 운이 따라 준 덕분이었다. 수남은 감격에 찬 눈으로 충칭 시내를 바라보았다. 하지만 도시의 첫인상은 그다지 좋지 않았다.

거리는 마구잡이로 지어진 건물들로 어수선하고 지저분했으며 그늘마다 사람들이 자리를 깔고 누워 있었다. 남자들은 애고 어른이고 하나같이 웃통을 벗고 있는 데다, 시끄럽고 더럽고 공중도덕이라고는 찾아볼 수 없었다. 뉴욕 차이나타운에 사는 중국인들은 양반이었다. 게다가 푹푹 찌는 더위와 악취 섞인 습기 때문에 가만히 서 있어도 숨이 차고 땀이 흘렀다. 강휘가 이런 곳에서 지내고 있는 것이다. 이제 고통도 기쁨도 함께 나누리라. 남이 보기에는 길에 누워 있는 사람들과 다를 바 없이 지저분한 꼬락서니였지만 수남은 당당하게 걸음을 떼어 놓았다.

시내 중심가에 있는 광복군 총사령부는 그리 크지 않은 서양식 3층 건물이었다. 추레한 중국 여자가 다가오자 경비병은 경계의 눈초리로 바라보았다. 건물 외에는 아무것도 보이지 않는다는 표정으로 여자가 다가왔다. 경비병이 가로막자 여자가 울음이 터지기 직전의 목소리로 물었다.

"저 한국 사람이에요. 혹시 이동빈이란 분 여기 계신가요?"

강휘가 이곳에서 쓰는 이름이었다.

"이동빈이오? 아, 정훈 과장님 말씀이오? 그런데 뉘십니까?"

"그분 여기 있어요? 정말 있는 거 맞죠? 수남이가 왔다고 전해 주세요. 김수남요."

수남은 벅찬 소리로 외쳤다.

수남은 곧 사령부 안에 있는 작은 사무실로 안내되었다. 마주한 수남과 강휘는 아무 말도 하지 못한 채 서로를 뚫어져라 바라보았다. 홀쭉해진 볼 때문에 광대뼈가 도드라져 험상궂어 보이는 강휘는 의심 가득한 얼굴이었다. 두 달 가까이 길 위에서 보낸 탓에 새까맣게 그을고, 제대로 먹지 못해 뼈와 가죽만 남은 듯한 수남을 한눈에 알아보지 못한 것이다. 강휘는 물론 그를 찾아 머나먼 길을 온 수남조차 둘이 마주 서 있다는 사실이 실감 나지 않았다.

"수남이 맞니?"

강휘가 먼저 입을 열었다. 목소리가 떨렸다.

"네, 맞아요. 저 수남이에요."

그제야 수남이 강휘에게 달려들어 목을 끌어안았다. 그리고 꾹꾹 참았던 울음을 터뜨렸다. 마치 유령을 보는 듯한 얼굴로 서 있던 강휘가 수남을 떼어 내 찬찬히 살폈다. 도저히 믿어지지 않는다는 표정이었다.

"참말 수남이니? 정말 미국에서 여기까지 온 거야?"

강휘도 눈자위가 붉어지고 목소리가 떨렸다. 수남은 고개를 끄덕였다. 눈물로 얼룩진 얼굴이 꼬질꼬질했다. 둘은 서로를 눈 속에 집어넣을 것 같은 기세로 보고 또 보았다. 수남이 배시시 웃은 다음에야 강휘가 너도 참, 하더니 수남이 내던진 가방을 집어 들고 앞장섰다. 경비병이 호기심 어린 눈길로 그들을 바라보았다.

강휘가 수남을 데려간 곳은 사령부 건물에서 조금 떨어진, 허름한 건물 2층에 있는 작은 방이었다. 복도 한구석에 공동 부엌과 세면장이 있었다. 이곳에서도 그의 방은 여전히 초라했고 두 사람이 들어서자 가득 찰 만큼 비좁았다. 강휘가 벽에서 수건을 떼어 내 비누와 함께 주며 말했다.

"세면장 가서 우선 씻어. 난 나가서 먹을 것 좀 구해 올게."

수남은 그제야 오랫동안 씻지 못한 데다 땀으로 범벅인 자기 꼴을 깨닫고 부끄러워졌다. 수남은 강휘가 나간 다음 세면장으로 갔다. 찬물을 아무리 끼얹어도 강휘를 만났다는 흥분은 가시지 않았다. 수남은 몇 가지 안 되는 옷 가운데 제일 깨끗한 걸로 갈아입었다. 빨래도 미룬 채 방으로 달려왔지만 강휘는 아직 돌아오지 않았다. 수남은 머리를 말리며 벅찬 심정으로 방 안을 둘러보았다. 좁은 침상과 낡은 책상 하나가 전부였다.

하얼빈의 작은 방에서 머리를 맞대고 밥을 먹던 광경이 떠올랐다. 뉴욕에서 지내는 동안 가장 그리웠던 기억이기도 했다. 책상 위에 중국어로 된 책 몇 권이 놓여 있었다. 한 권을 들어 후루룩 펼쳐 보던 수남의 손이 멈추었다. 이르쿠츠크의 사진관에서 함께 찍은 사진이 끼워져 있었다. 받자마자 액자에 넣어 놓은 수남의 사진에 비해 많이 낡아 있었다.

수남은 사진을 들여다보았다. 걱정했던 것과 달리 강휘 옆의 수남은 아주 예쁜 모습으로 환하게 웃고 있었다. 열아홉 살이었던 자신은 물론 강휘도 지금보다 훨씬 앳돼 보였다. 수남은 인기척에 얼른 사진을 제자리에 넣어 두고 책상에서 떨어졌다. 강휘가 가쁜 숨을 몰아쉬며 방으로 들어왔다. 그러곤 책상 위의 물건들을 아무렇게나 밀어내더니 종이봉투 안에서 먹을 것을 꺼내 놓았다.

"여긴 배급제라 먹을 게 넉넉하지 않아. 변변치 않지만 저녁 시간이 될 때까지 우선 요기라도 해."

강휘는 젖은 머리의 수남을 제대로 보지 못하고 말했다. 강휘가 가져온 먹을거리는 기름에 튀긴 과자와 참외, 사탕수숫대 같은 것들이었다. 그동안 굶어 죽지 않을 만큼의 음식으로 끼니를 때우며 온 수남은 허겁지겁 먹기 시작했다. 강휘는 수남이 눈앞에 있다는 게 꿈만 같았다. 만져 보고 싶고 안아 보고 싶었다. 수남이 진짜 앞에 있음을 그렇게 확인해 보고 싶은 걸 간신히 참았다.

"참, 저 주석님 봬야 해요. 뉴욕 교민회에서 성금도 모아 주고 인사도 전해 달라고 했거든요. 편지가 아니라 제가 외워 왔기 때문에 직접 만나서 말씀드려야 해요."

계속 굳은 표정인 강휘에게 수남이 당당하게 말했다. 여기까지 왔다고 나무랄 강휘에게 내미는 비장의 무기였다.

"그런데 주석님이 저같이 보잘것없는 사람도 만나 주실까요?"

말하는 동안 수남은 자신의 남은 임무가 아주 막중하다는 것을 깨달은 듯 긴장한 기색이 됐다. 강휘가 웃었다. 오늘 수남을 만난 뒤 처음 웃는 거였다.

"지구 반 바퀴를 돌아서 여기까지 온 너를 누가 보잘것없다고 하겠니. 선생님은 기꺼이 만나 주실 거야. 바로 가서 면담 요청해 놓을게. 그동안 좀 쉬고 있어."

그러면서도 강휘는 일어나지 않았다.

"전 오빠가 맘대로 여기까지 왔다고 화내실 줄 알았어요."

안심한 수남이 양 볼이 불룩한 채 말했다.

"그렇잖아도 화낼 참이다. 여기가 어디라고 겁도 없이 혼자 올 생각을 했어? 오다가 무슨 변이라도 당했으면 어쩔 뻔했어."

강휘가 야단치듯 말했지만 수남은 이번에도 해냈다는 기쁨에 목이 멨다. 무사히 여기, 강휘에게로 온 것이다. 수남이 캑캑거리자 강휘가 물컵을 들려 주었다.

"그래도 이렇게 무사히 오빠 앞에 와 있잖아요. 오빠도 제가 와서 좋으시죠?"

수남이 얼굴을 들이밀며 말하자 강휘는 어쩔 수 없다는 듯 웃으며 검지로 수남의 이마를 밀었다. 강휘에겐 수남의 존재가 늘 기적 같았다.

저녁 6시 무렵, 수남은 강휘를 따라 임시정부 청사로 갔다. 길가의 식량 배급소 앞은 사람들로 북새통을 이루었고 그들이 떠드는 소리가 고막을 찔렀다.

"백범 선생님이 요청하신 덕분에 우리는 한꺼번에 배급을 받아. 임정 직원이 충칭에 있는 동포들 집집마다 다니며 식량을 나눠 주기 때문에 우리나라 사람들은 저렇게 배급소 앞에 줄 서지 않아도 돼."

강휘의 설명을 들으며 길을 걷는 동안 수남의 가슴은 더 높이 더 크게 뛰었다. 강휘 생각에 가려져 있던, 아니 뒷전으로 밀려나 있던 김구 주석과의 만남이 주는 의미가 새삼스레 다가왔다. 주석은 임시정부의 최고 높은 분이다. 형만 앞에 서는 것만으로도 떨던 자신이 주석을 뵙게 되다니. 이런 영광이 없었다.

경비병이 지키고 선 문 위에 쓰여 있는 '대한민국 임시정부'라는 글자를 보자 수남은 조선이 벌써 독립한 것 같은 감동이 밀려왔다. 해외 동포들이 어째서 조선이라는 이름 대신 대한민국이란 국호를 고집하는지 알 것 같았다. 독립에 대한 염원이자 확신이었던 것이다. 수남은 자신도 앞으로는 헷갈리지 말고 그 이름으로 불러야겠다고 다짐했다.

문 안으로 들어서자 긴 계단을 사이에 두고 건물들이 서 있는 게 보였다. 모두 임시정부에서 사용하는 건물이라고 했다. 주석의 집무실로 가기 위해 계단을 오르는 수남의 다리가 후들거렸다.

"오빠, 저, 다리가 떨려서 못 걷겠어요."

수남이 흥분한 기색으로 말하자 강휘가 웃으며 팔을 잡아 주었다.

그리 넓지 않은 집무실은 소박했다. 천장에 매달린 선풍기가 털털털 소리를 내며 돌아가고 있었다. 동그란 안경을 쓰고 회색 치파오를 입은 주석이 웃는 얼굴로 수남을 맞이했다. 웃을 때 얼굴 가득 주름이 잡혔다. 신문이나 잡지에 실린 사진 속에선 우락부락하고 건장한 느낌이었는데 직접 보니 순박하고 인자한 할아버지 같았다.

수남은 주석의 '백범(白凡)'이라는 호가 뜻하는 바를 알고 있었다. 백정이나 범부처럼 천하고 평범한 존재라고 스스로를 낮추는 의미와, 보통 사람들이 김구 선생처럼 애국심을 지녀야 독립할 수 있다는 뜻이 함께 담겨 있었다. 배우고 가진 사람들만이 큰일을 할 수 있는 게 아님을 일깨워 주는 호였다. 주석에게선 그런 호를 지은 성정과 진심이 느껴졌다. 마치 친할아버지를 만난 듯 울컥 눈물이 솟았다. 수남은 터질 것처럼 뛰는 가슴을 간신히 진정하며 허리 숙여 인사했다.

"뉴욕에서 왔다고? 반갑소. 이름이 뭐지?"

위엄이나 권위를 내세우지 않는 소탈한 목소리 또한 친근하게 여겨졌다.

"김수남입니다."

수남은 떨면서도, 강휘가 자신을 여동생 윤채령이라고 소개할까 봐 얼른 대답했다. 더는 남들 앞에서 강휘의 여동생이 되고 싶지 않았다. 강휘가 바로 이어 말했다.

"뉴욕에서 혼자 힘으로 대학을 졸업했습니다. 미주 북동부 교민회 활동도 열심히 했고요. 전에 신문 보여 드렸을 겁니다."

수남은 강휘가 자신에게 계속 관심 갖고 있었다는 사실에 놀랐고 또 자신을 자랑스러워하는 것 같아 기뻤다.

"그래, 기억나네. 지켜 주고 싶은 사람이 생겨서 다시 찾아왔다던 이 동지 말도 기억나는구만. 그 사람이 이 처자라고 생각해도 되는 거지?"

주석이 웃으며 말하자 강휘는 얼굴이 벌게져 딴청을 부렸다. 내가 지켜 주고 싶은 사람이라고? 수남은 저절로 벙실 웃음이 나왔다.

수남은 주석에게 교민회에서 모은 성금을 전했다. 혹시라도 잃어버리거나 도둑맞을까 봐 땀띠가 나도록 허리에 차고 온 돈이었다. 그리고 한 마디라도 잊을세라 밤마다 되뇌었던 교민회의 인사를 또박또박 전달했다.

"저 또한 광복군의 일을 돕고 싶습니다. 앞으로 무슨 일이든 시켜 주십시오."

그 말까지 덧붙인 수남은 무사히 임무를 마쳤다는 안도감에 한숨을 내쉬었다.

"이 동지가 아주 대단한 인재를 영입했구먼. 고생했소, 그리고 환영하오. 앞으로 할 일이 많을 거요."

주석은 비서를 불러 성금을 전해 주며 미주 동포들이 보내온 것이니 귀하게 쓰라고 일렀다. 그리고 수남과 한 장, 강휘까지 셋이 한 장씩 사진을 찍었다. 식사 시간을 기다리는 동안 주석은 수남에게 차를 대접하며 미국 동포들의 생활과 교민회 상황에서부터 수남의 유학 생활, 이곳까지 오는 동안 일어났던 일들에 대해 물었다. 수남은 주석이 감탄하고 칭찬할 때마다 마치 상을 받는 기분이었다. 강휘는 옆에 앉아 수남의 이야기를 거들기도 하고, 수남이 질문을 잘 이해하지 못하면 설명해 주기도 했다.

수남은 백범 선생이 강휘의 모든 것을 알고 있으며, 두 사람이 부자지간처럼 끈끈하게 이어져 있다는 인상을 받았다. 마음을 털어놓을 사람이 한 사람이라도 있었으니 강휘가 그동안 덜 외로웠을 거란 생각에 지난 일인데도 안심이 됐다.

"이거 보자마자 이별이군. 시안 다녀와서 또 봅시다. 수남 양은 그동안 여독도 풀고 이 동지하고 회포도 풀면서 지내 시오. 이 동지는 급한 일만 처리하고 당분간은 자유롭게 지 내게."

백범이 한 말에 강휘가 당황한 얼굴로 아니라고, 정상적 으로 근무하겠다고 했다. 수남은 강휘의 옆구리를 꼬집고 싶은 것을 간신히 참았다.

"총사령관 대신 내리는 명령일세."

임시정부 청사 식당에서 임정 요인들과 저녁을 먹으면서 수남은 주인공이 돼 질문 공세를 받았다. 마치 미주 북동부 한인 교민회 대표로 자리한 기분이었다. 주석을 만나는 동 안 어느 정도 단련이 된 수남은 대답도 잘하고 당당하게 자 신의 의견을 피력했다. 책자나 사진으로만 보던 사람들과 밥을 먹고 대화도 나누자 수남은 조국 광복을 위해 일하고 싶은 꿈이 벌써 이루어진 것 같았다.

식사 후 수남과 강휘는 거리로 나왔다. 당분간 강휘의 방 은 수남이 쓰고, 강휘는 사령부 안에 있는 공동 숙소에서 지 내기로 했다. 하지만 둘 다 그만 각자의 숙소로 돌아가자는 말은 하지 않았다. 임시정부가 있는 위중구는 충칭의 중심 지역이었다. 도시는 해가 져도 기온이 떨어지지 않았다.

"많이 덥지? 하도 더워서 중국 4대 화로라고 한다더라. 강 가로 가자. 그곳에 가면 그래도 강바람이 불어서 좀 나아."

강휘는 더운 게 마치 자기 잘못인 양 미안해했다.

"저는 오늘 처음인걸요. 오빠는 날마다 이 더위를 겪으셨잖아요."

뉴욕의 끔찍한 겨울을 경험한 수남은 사실 추위보다 더운 게 나았다. 얼어 죽는 사람은 있어도 더워 죽는 사람은 없을 것 같았다.

강휘는 충칭의 상황을 들려줬다. 수남이 태어나기 전 상하이에 수립된 임시정부는 그동안 중일전쟁의 전세에 따라 여기저기 옮겨 다녔다. 이곳을 전시 수도로 삼은 중국 정부를 따라 충칭에 자리 잡은 지 5년째라고 했다.

"여기저기 옮겨 다닌 내 처지가 어쩐지 임시정부랑 비슷한 것 같네요."

수남이 무심코 한 말에 강휘가 소리 내 웃었다.

"제 처지를 임정에 비하다니 통이 아주 커졌구나."

수남도 멋쩍은 표정으로 따라 웃었다. 강휘의 설명이 이어졌다.

전시 수도가 되면서 온갖 기관들과 공장 등이 이전해 와 갑자기 커진 충칭은 가옥난과 공해가 심각한 수준이었다. 석탄을 때기 시작하는 9월부터 4월까지는 어찌나 공기가 안 좋은지 충칭 인구의 반이 폐병에 걸렸다는 말이 있을 정도였다. 그동안 한국 사람들도 폐병으로 많이 사망했고, 백범의 장남도 마찬가지였다.

"오빠는 건강한 거죠?"

수남이 걱정스러운 얼굴로 강휘를 살폈다.

"난 좀 더 뒤에 왔으니까."

그동안 자신만 편하게 지내온 것처럼 수남은 강휘를 비롯한 임정 사람들과 광복군들이 힘든 상황에서 지내는 게 안타까웠다. 그리고 이제라도 그 어려움을 나눠 질 수 있다는 게 기뻤다.

"그런데 저 나무들은 왜 뿌리가 땅속에 있지 않고 밖으로 나와 있어요? 신기해요."

수남이 뿌리들이 벽을 타고 흘러내린 나무를 가리키며 물었다. 충칭에 도착하면서부터 궁금했던 것이었다.

"신기하지? 황갈수라고 하는데 줄기가 어디든 닿으면 뿌리가 된다더라. 생명력이 아주 강한 게 볼 때마다 너 같다고 생각했다."

강휘 말에 수남의 얼굴이 함박꽃처럼 환해졌다.

"사방이 저 나무인데 그럼 내 생각을 그만큼 많이 했다는 말이네요."

"네 생각이 아니라 너 같다고 생각했다고. 영어만 쓰느라고 그새 조선말을 잊은 거야?"

강휘가 쑥스러움을 감추느라 핀잔주듯 말했다. 수남은 그거나 저거나요, 하며 생글생글 웃었다.

밤이 돼도 거리에는 자리를 깔고 누운 사람들이 줄어들지 않았다. 더위를 피하는 건 줄 알았는데 집이 없는 노숙자들이라고 했다. 그 말을 듣고 보니 보따리와 그릇, 화덕 같은 초라한 살림살이가 주변에 늘어서 있었다. 아이들은 물론 갓난아이도 있었다. 집도 없이 거리에서 살고 있다니. 수남은 잠든 아기들을 보자 날이 추워지면 어떻게 살지 걱정됐다.

수남은 충칭에 오자마자 강휘를 만난 것이 새삼 고마웠다. 이곳에 도착해서 강휘를 기다려야 했다면 아마 하루가 1년 같았을 것이다.

"광복군들은 모두 일본군이랑 싸우러 다니는 줄 알았는데 오빠를 보니 각기 하는 일이 따로 있나 보네요. 저는 이렇게 금방 오빠를 만날 줄 몰랐어요."

"총사령부가 시안에 있었을 때는 나도 훈련받고 무장 투쟁도 나갔었지. 초모 활동도 많이 나가고."

강휘는 임시정부 일을 하다 산하에 있는 광복군으로 차출된 경우였다.

"초모 활동이 뭐예요?"

"중국에 있는 한국 국적 청년들을 모집하는 일이야. 병력을 모으고 힘을 키우는 게 광복군의 중요한 사업 중 하나거든. 사령부가 여기로 옮겨 오면서부터 정훈처 소속이 됐어."

"정훈처에선 무슨 일 하는 거예요?"

"기밀 사항이지만 특별히 너한테만 이야기해 줄게. 신입 대원 교육하는 차원에서."

강휘가 장난스레 말했다. 어느새 둘 사이에 놓여 있던 6년의 시간은 자취를 감추었다. 수남은 바이칼 여행에서 함께 돌아와 충칭의 거리를 걷고 있는 기분이었다. 만저우리로 가는 기차 안에서 손을 잡았던 기억이 떠올랐다. 그때처럼 강휘의 손을 잡고 싶었다.

"광복군 관련 책자 만들고, 홍보 선전 하고, 신입 대원 교육이 주 임무야. 그런데 나는 임정 연설문이나 각종 문서도 작성해. 임정과 광복군 양쪽의 일을 다 하는 셈이지."

수남은 강휘의 말이 제대로 귀에 들어오지 않았다. 김구 선생의 말이 머릿속을 맴돌았다. 우뚝 멈춰 선 수남이 물었다.

"근데 정말 저 지켜 주려고 광복군 되신 거예요?"

어둠 속에서 수남의 눈이 반짝거렸다. 당황하던 강휘가 뒤늦게 어이없다는 표정을 지었다.

"누가 누굴 지켜? 지금 보니 네가 날 지키게 생겼는데. 그런데 넌 진짜 요즘 같은 시국에 미국서 여기가 어디라고 감히 올 생각을 한 거냐? 무사히 왔기 망정이지 무슨 변이라도 당했으면 내가……."

강휘가 말을 돌리며 새삼 언성을 높였다.

바이칼 호숫가 마을에서 수남의 고백을 거절한 것을, 그녀를 떠나보낸 것을 강휘는 후회하지 않았다. 수남은 더 큰 세상에서 날개를 펼칠 자격이 충분했다. 그는 수남이 떠난 뒤 그녀를 더욱 사랑하게 됐다. 수남이 공부를 마치고 마음 편히 돌아올 수 있도록 나라를 되찾고 싶었다. 드디어 그에게 지키고 싶은 게 생긴 것이다. 다시 임시정부를 찾아갔을 때 강휘는 김구 선생에게 자신이 윤형만 자작의 아들이란 사실을 털어놓았다. 또한 그동안의 고뇌와 갈등, 그리고 방황에 관해서도 모두 이야기했다. 뿌리내리기 위해서였다.

백범은 강휘의 모든 것을 이해하고 받아 주었다.

"오욕 칠정을 지닌 인간들이 모인 곳에선 별별 일이 다 벌어지지. 실망스럽기도 하고, 회의도 생기고, 좌절감도 느끼고. 그 감정 또한 인간이니 당연한 것이야. 난 그럴 땐 우리의 목표를 생각한다네. 어두운 발부리가 아니라 조국 광복이라는 드높은 곳에서 빛나는 별을 바라보며 걷는 것. 때로는 그게 계속 나아갈 수 있는 힘을, 그리고 견딜 수 있는 힘을 주지."

누구보다 외롭고 고단할 선생의 인간적인 토로에 마음을 연 강휘는 수남에 대한 속내까지 털어놓았다. 그에게 빛나는 별은 수남이었다. 그러나 강휘는 그 사실을 수남에게 밝히지 못했다.

수남은 사무적이고 간단한 내용의 편지를 받기까지 강휘가 절절한 마음이 넘쳐 나는 편지지를 몇 장이나 구겨 버렸는지 알지 못했다. 강휘는 수남에게 당장 돌아오라고 하고 싶었고 정말 그렇게 할까 봐 편지할 수 없었다. 졸업 소식과 함께 오겠다는 수남의 편지에도 강휘는 답장하지 못했다. 오지 말라고 하기에는 그녀가 너무 그리웠고, 오라고 하기에는 너무 멀고 위험한 길이었다. 무사히 온다고 해도 열악한 환경에서 고생할 게 뻔했다. 그래도 수남과 함께 있고 싶었다. 시시때때로 바뀌는 마음 때문에 답장을 미루는 사이 수남이 신기루처럼 눈앞에 나타난 것이다.

강휘는 수남이 또다시 사라질까 봐 두려웠다. 하얼빈에서도 느닷없이 나타났다 몇 달 만에 떠난 수남은 신기루 같았다. 그녀를 보내고 미칠 것처럼 힘들었던 기억들이 생생하게 떠올랐다.

"내가 뭐요?"

수남이 뒷말을 재촉하며 빤히 바라보자 강휘가 퉁명스레 말했다.

"못 보는 동안 아주 넉살이 늘었구나. 이제 그만 들어가 쉬어. 나도 가서 밀린 일 해야 돼."

강휘가 강가로 가던 발길을 돌렸다. 그러곤 빠른 걸음으로 걷기 시작했다. 수남은 종종걸음으로 그를 쫓았다.

수남을 방 앞까지 데려다준 강휘는 문단속 잘하고 자라며 돌아섰다. 수남이 그의 팔을 잡았다. 그리고 말했다.

"같이 있어요."

멈칫했던 강휘는 자석에 붙은 쇠붙이처럼 수남이 이끄는 대로 따랐다. 방으로 들어간 수남이 어둠 속에서 강휘의 허리를 안았다. 그러곤 땀 냄새 섞인 그의 체취를 깊이 들이마셨다. 심장 뛰는 소리가 서로의 몸을 타고 전해졌다. 누가 먼저랄 것도 없이 둘은 서로의 입술을 찾았다. 일곱 살과 열네 살에 처음 만난 어린 계집아이와 소년은 어느덧 스물다섯 살과 서른두 살의 어른이 돼 있었다. 6년 전 마음을 억눌렀던 남자는 더 이상 감정을 숨길 수 없었다. 여자 또한 참고 참았던 그리움이 폭발했다. 그들은 그동안 자신들을 가로막았던 모든 것을 벗어던지고 오로지 한 여자와 한 남자가 돼 사랑을 나누었다.

수남은 다음 날 저녁나절까지 깨지 않았다. 그동안 부족했던 잠이 한꺼번에 쏟아졌던 것이다. 간간이 방을 찾은 강휘가 땀을 닦아 주고, 부채질을 해 주고, 머리를 쓸어 올려 주는 것을 모두 꿈이라고 여겼을 만큼 단잠이었다. 실컷 자고 일어난 수남은 잠에서 깼는데도 강휘 방에 있다는 사실에 마음을 놓았다. 자면서도 지난밤의 일이 꿈일까 봐 걱정이었다. 수남은 수건, 부채, 책상 위의 먹을 것 등 강휘가 다녀간 흔적을 보고 미소 지었다.

그날 밤 수남과 강휘는 다시 강가로 산책을 나갔다. 더운데도 그들은 서로의 손을 꼭 잡고 있었다. 도심을 휘감아 흐르는 양쯔강은 세계에서는 세 번째이고 아시아에서는 가장 긴 강으로 상하이까지 이어져 있다고 했다. 아무 말 하지 않아도 마음속 말들이 이어진 팔을 통해 강물처럼 서로의 마음으로 흘러들었다. 양쯔강보다 더 길게 굽이치는 이야기였다. 수남과 강휘는 때때로 그 말을 알아들었다는 듯 잡은 손에 힘을 주었다. 그들이 알고 지내 온 세월의 강에서 건져 올린 기억들이 둘의 관계를 더욱 끈끈하고 풍성하게 만들어 주었다. 그들은 어느 결에 서로에게 연인이고 오누이이자, 때로는 어머니 아버지가 돼 있었다.

밤이 이슥해서야 방으로 돌아온 강휘는 숙소로 돌아가는 대신 수남에게 말했다.

"난 너보다 많이 부족한 사람이야. 그리고 네게 해 줄 수 있는 것도 없어. 보다시피 이 보잘것없는 방조차도 내 힘으로 얻은 게 아니야. 앞으로도 그럴 테고. 게다가 어제 말한 대로 충청은 살기 힘든 곳이야. 그런데도 내 곁에 있을 수 있겠니?"

고개를 힘차게 끄덕이는 수남의 눈에 눈물이 가득 차올랐다.

"상관없어요. 오빠만 있으면 돼요."

"내 아내가 돼 줘."

강휘가 뜨거운 목소리로 말했다. 그의 눈에도 물기가 어렸다. 수남은 대답 대신 강휘의 입술에 자신의 입술을 포개었다.

혼자서도 좁은 침대가 넓다 싶을 만큼 붙어 누운 강휘가 수남 어깨의 흉터를 어루만졌다. 부대에서 도망치다 총을 맞은 자리였다. 그동안 수남은 추우면 그곳부터 시렸고, 몸살이라도 나면 그곳부터 아팠다. 흉터에 강휘의 입술이 닿자 비로소 상처가 아무는 것 같았다.

"선생님이 오시면 말씀드리고 간단하게라도 혼례식을 올리자."

강휘가 말했다. 갑자기 수남이 강휘의 가슴을 꼬집었다.

"아얏."

수남이 소리 내 웃었다.

"꿈이 아니네요. 먼저 청혼해 줘서 고마워요. 오빠가 안 하시면 내가 하려고 했거든요."

"정말? 까딱했으면 또 선수를 뺏길 뻔했구나. 나도 꿈이 아닌지 확인해 봐야겠다."

둘은 아이들처럼 서로를 간질이며 키득거렸다. 그러다 먼저 현실을 떠올린 건 강휘였다.

"그나저나 모두 힘든 처지에 나만 이렇게 행복해도 되는 건지 모르겠다."

수남은 강휘가 그만큼 행복하다는 사실에 기뻤다.

"오빠는 맡은 일을 열심히 하셔요. 전 도울 일이 있으면 도우면서 당장 일할 거리가 있나 알아볼게요. 혼인하면 우리 살림은 우리 힘으로 꾸려 가야죠. 돈 많이 벌어서 광복군과 임시정부에도 후원할 거예요."

수남이 강휘의 기운을 북돋았다.

"선생님이 네 말을 들으면 장가 잘 든다고 하시겠다. 그런데 무슨 일로 돈을 벌 건데?"

수남의 씩씩한 말투에 강휘가 웃으며 물었다.

"이래 봬도 저, 혼자 힘으로 대학 졸업했어요. 더구나 여긴 오빠 옆인데 무슨 일인들 못 하겠어요. 당장 할 수 있는 일을 하면서 영어 선생 자리를 찾아봐야겠어요."

강휘는 수남이 보여 준 졸업장에 채령의 이름이 적혀 있는 것을 안타까워했다.

"속상한 일이다만 어쩔 수 없지. 내가 알고 있으니 됐다."

다음 날부터 수남은 강휘를 사령부 사무실로 내보내고 일자리를 찾을 겸 해서 혼자 시내를 돌아다녔다. 앞으로 여기서 살려면 길부터 익혀야 했다. 남편에게 짐이 되는 사람은 되고 싶지 않았다. 아직 혼례식은 올리지 않았지만 수남은 자신이 이미 강휘의 아내라고 생각했다.

수남은 일자리를 찾아다니는 시간 외에는 신혼 방이 된 작은 방을 꾸미느라 애썼다. 이부자리도 빨고 대청소도 했다. 수남은 강휘가 책갈피 속에 끼워 둔 둘이 함께 찍은 사진을 사기 녹사진이 있던 액자에 넣어 책상 위에 세워 놓았다. 꽃도 몇 송이 꺾어다 장식했다.

저물지 않는 시간 1

빨아 널었던 이불을 걷어다 침대를 정리하고 있는데 갑자기 방문이 벌컥 열리며 강휘가 뛰어 들어왔다. 그의 얼굴이 심상치 않았다. 수남이 깜짝 놀라 물었다.

"무슨 일이에요? 공습이에요?"

대답 대신 강휘가 수남을 끌어안았다. 숨이 막힐 정도로 강한 힘이었다. 수남은 불안해졌다.

"정말 무슨 일이에요?"

팔을 풀어 수남의 손을 잡은 강휘가 붉게 충혈된 눈과 떨리는 목소리로 말했다.

"수남아, 됐다! 일본이 항복했다!"

수남은 어리둥절했다.

"그게 무슨 소리예요? 자세히 좀 말해 봐요."

지난 7월 미국, 영국, 소련은 독일 포츠담에 모여 패전국의 사후 처리를 논의했다. 일본 문제를 협의할 때는 중국의 국민당 총재 장제스도 참석했다. 그들은 일본의 패배를 기정사실화하고 한국을 비롯한 일본 식민지들의 독립을 확정했다. 그러나 일본은 포츠담 선언을 거부하며 전투를 계속하고 있었다. 결국 미국이 나가사키와 히로시마에 원자폭탄을 투하한 다음에야 포츠담 선언을 받아들였다. 아직 공식 발표는 나지 않았지만 장제스 총재를 통해 소식이 알려진 것이다.

수남은 얼떨떨했다. 이렇게 느닷없이 오는 거였다니. 지난 36년을 생각하면 긴 세월이지만 충칭에 온 지 닷새밖에 되지 않은 수남에겐 광복이 더할 수 없이 빠르게 온 것 같았다. 강휘와 한국으로 돌아간다는 꿈이 이루어진 게 기쁘면서도 독립에 힘을 보태겠다는 포부를 시도조차 해 보지 못한 건 서운했다. 그저 강휘와 함께하는 즐거움에만 빠져 있다 해방을 맞은 것 같아 기쁨을 누리기도 염치없었다.

주석은 다음 날 비행기로 돌아왔다. 해방 소식에도 백범의 표정은 밝지 않았다. 남의 힘으로 이룬 독립이 못내 아쉬웠던 것이다. 광복군을 창설한 것도 한국인의 힘으로 독립을 쟁취하기 위해서였다. 광복군은 그동안 중국과 함께 일본군에 맞서 싸웠고, 얼마 전에는 연합군의 요청으로 대원을 인도와 버마 전투에 투입했다. 그 일은 광복군이 연합군의 일원으로 인정받기 시작했다는 의미였다. 또한 시안에서는 특수 대원 1기생의 훈련이 끝났다. 주석이 시안에 갔던 것도 미군과의 공동작전 수행을 협의하기 위해서였다. 특수 대원들은 모든 준비를 마치고 출정 명령만 기다리고 있는 상황이었다. 그들은 한반도에 침투해 일본군을 무찌르고 조국 땅을 되찾을 계획이었다. 그런데 일본이 항복을 한 것이다.

오랫동안 준비해 온 계획을 제대로 시도조차 해 보지 못한 채 광복이 되자 주석과 임정 요인들은 허탈해했다. 백범은 국제사회에서 한국의 발언권이 약해질 것을 우려했다. 일본과 직접 전쟁을 치른 중국은 당당한 전승국이지만 대한민국은 강대국의 도움으로 해방을 맞은 나라가 되었다. 그 결과 한반도는 광복과 함께 남북으로 나뉘어 각각 미국과 소련의 통치를 받게 됐다.

임시정부와 광복군 총사령부는 귀국을 추진했다. 어떻게 이루어졌든 조국 광복은 꿈에도 그리던 소원이었고, 고국 땅은 어서 빨리 밟고 싶은 곳이었다. 그런데 미군은 정식 정부를 수립할 때까지 자신들이 남한의 유일한 통치기관임을 내세워, 임시정부 요인들이나 광복군이 단체의 성격으로 귀국하는 것을 허락하지 않았다. 주석이든 총사령관이든 개인 자격으로만 입국이 허용됐다. 임시정부에서는 귀국과 앞으로의 계획을 두고 연일 회의가 벌어졌다.

어수선하고 복잡한 상황에서 강휘와 수남의 혼례식 이야기는 꺼낼 수도 없었다.

"차라리 잘됐다. 늦어진 김에 혼례식은 경성에 가서 올리자. 그리고 식 같은 거 아니라도 이미 우린 부부야."

강휘가 서운해하는 수남을 다독였다. 수남은 벌써부터 부부라고 생각하고 있었지만 강휘의 입을 통해 그 말을 들으니 기뻤다.

수남은 얼마 없는 짐이나마 살뜰히 정리하며 귀국 준비를 했다. 그런데 자꾸 불안함이 고개를 쳐들었다. 아무리 세상이 바뀌었다고 해도 형만은 결혼을 허락하지 않을 게 분명했다. 신분 차이는 물론이려니와 자신은 형만과의 약속을 어기고 부대에서 도망쳤다. 만일 그 일로 무슨 사달이라도 났다면 수남은 며느리는커녕 원수가 될 처지였다. 모든 일이 잘 풀려 결혼한다고 해도 자신을 늘 사나운 눈초리로 바라보던 곽 씨가 무서웠다. 또 채령이 몸종이었던 자신을 손위 올케로 여겨 줄지도 의문이었다.

강휘와의 결혼은 산 넘어 산으로 쉬운 게 하나도 없었다. 지금처럼 중국에서 사는 게 차라리 나을 것 같았다. 형만에게 쫓겨나 강휘와 헤어지는 꿈을 꾸며 수남은 흐느꼈다. 강휘가 깜짝 놀라 수남을 흔들어 깨웠다. 수남은 꿈에서 깬 다음에도 울음을 그치지 못한 채 두려운 마음을 털어놓았다. 강휘가 수남을 꼭 끌어안았다.

"걱정할 거 없어. 아버진 이제 옛날의 기세등등하던 자작 나리가 아니야. 널 무시하거나 부대에서 도망쳤다고 나무랄 자격도 없고. 만약 아버지가 널 인정하지 않으면 절연하고 너랑 살 테니 마음 푹 놓아. 난 이제 너 없이는 살 수 없어."

강휘의 말에 수남은 가슴이 뭉클했다. 부부가 되고 나자 강휘는 그동안 어떻게 참았을까 싶게 적극적이고 거침없이 마음을 표현했다. 그러면서도 수남의 의견을 존중하고 또 그 마음을 헤아리려 애썼다. 수남은 부부가 된 뒤 전과는 다른 의미로 강휘를 더 존경하고 의지했다.

광복군 총사령부는 광복군의 개인 자격 입국을 거부하기로 결정했다. 대신 광복군의 임무를 해방된 조국의 건국군으로 바꾸어 공식 입국을 추진했다. 중국에는 전부터 살고 있던 한국 국적의 청년들과 일본군으로 끌려온 한국 청년들이 많았다. 그들을 흡수해 정식으로 수립될 새 정부의 군대로 출범시키겠다는 계획이었다. 되찾은 나라를 지키려면 힘이 있어야 했다. 김구 주석은 장제스 총재와 교섭해, 광복군이 계속 남아 확군 활동 하는 것을 수락받았다.

광복군 간부와 대원들은 주요 도시로 나뉘어 확군 활동을 하기로 했으며 강휘는 상하이로 배치받았다. 수남은 빨리 한국으로 가지 않아도 되는 게 은근히 기뻤다. 강휘가 편이 돼 준다고 해도 자기 때문에 가족과 인연을 끊는 건 편치 않았다. 수남은 강휘의 가족과 만나는 일을 조금이라도 늦추고 싶었다. 강휘가 확군 활동을 하는 동안 수남은 임시정부를 도우며 충칭에 있기로 했다. 귀국 준비 중인 임시정부는 미군과 계속 접촉하느라 통역할 사람이 더 필요했다. 수남은 언제가 됐든 중국에 있다 강휘와 함께 돌아가기로 결심했다.

상하이로 떠날 날을 앞두고 강휘는 주석의 부름을 받았다. 김구 선생은 강휘에게 부모의 죽음을 알렸다. 한국 상황을 알아보다가 윤형만 자작의 소식을 들었다고 했다. 민족 반역자의 죽음이야 만세 부를 일이었지만 강휘의 신분을 알기에 표정이 어두웠다.

"그리 가시다니 안됐네. 벌써 한 달은 지난 일이라는군. 집 안 상황도 혼란스러운가 보이. 지금이라도 한국에 가겠다면 임무에서 제해 주고 교통편도 알아봐 주겠네."

침묵이 흘렀다. 살아서 치러야 할 죗값을 스스로 탕감해 버린 아버지의 죽음에 강휘는 아무 생각도 나지 않았다. 아버지보다 단 하루라도 먼저 죽어, 아무것도 물려받지 않기를 소원했던 기억만이 떠올랐다. 강휘가 갈라진 목소리로 말했다.

"아닙니다. 여기 계신 분들 중 가족을 잃은 경우가 어디 한둘입니까. 선생님도 마찬가지시고요. 저는 임무를 완수한 뒤 건국군으로 귀국하겠습니다."

강휘는 벌겋게 충혈된 눈을 부릅뜬 채 어금니를 물었다.

한밤중 옆이 허전해 잠에서 깬 수남은 구석에 앉아 숨죽여 오열하는 강휘를 보았다. 수남은 자는 척했지만 가슴이 미어지는 것 같았다. 강휘는 그동안 광복이 됐어도 아버지 생각에 온전히 기뻐할 수 없었을 것이다. 또 민족 반역자인 아버지의 죽음을 드러내 놓고 슬퍼할 수도 없다. 부모를 미워하는 것도 그들 생전에나 부릴 수 있는 투정이다. 10년 넘게 보지 못한 부모가 스스로 목숨을 끊었는데 그 사실조차 몰랐으니 자식으로서 얼마나 애통하고 절통할까. 수남은 강휘의 아픈 마음이 고스란히 느껴졌다.

"내가 먼저 한국으로 돌아가겠어요."

다음 날 수남이 말했다. 죽음 앞에서는 원망과 두려움도 자취를 감추었다.

"집안 상황이 어떤지 알고나 가겠다는 거야? 그리고 지금 간다고 달라질 게 뭐가 있겠어. 괜히 봉변당할 수도 있으니까 나중에 나하고 같이 가."

강휘가 무거운 목소리로 만류했다.

"아니에요. 예전 같으면 몰라도 이제 전 오빠 아내잖아요. 저라도 먼저 가서 부모님 묘소에 잔 올리고 당신 소식을 전하겠어요. 또 혹시라도 아가씨가 돌아왔다면 혼자 얼마나 슬프고 무섭겠어요. 아가씨 돌보며 오빠를 기다릴게요."

수남은 고집을 피웠다. 부모와 의절하더라도 자신을 택하겠다고 한 강휘였다. 하지만 이제는 의절할 부모가 없다. 수남은 강휘의 하나 남은 혈육인 채령이라도 대신 돌보고 싶었다. 몸종이 아니라 손위 올케로서.

채령은 술이네가 뒤늦게 생각났다며 꺼내 준 수남의 졸업장을 물끄러미 내려다보았다. 술이네는 수남의 옷 속에서 발견한 것들을 잘 둔 채 잊었고, 수남은 잃어버린 줄 알고 찾지도 않았던 것이다. 졸업장엔 김수남이 아니라 'C. R.
YOON'이라는 자기 이름이 적혀 있었다. 수남이 대학에 다
닌 사실을 말로 들을 때와 졸업장을 눈앞에서 보는 것은 또
달랐다. 졸업장의 이름은 윤채령인데 기억은 자기 게 아니
었다. 대신 절대 자기 것으로 하고 싶지 않은 기억들이 수십,
수백 개의 가시를 세운 채 달려들었다.

가장 아픈 가시는 유리코였다. 적의에 찬 눈초리로 자신
을 쳐다보던 아이. 그 아이는 제 엄마를 어떻게 기억할까. 배
속에서 잃은 아들도 생각났다. 채령은 떼어 두고 온 자식이
둘인 것 같았고 그 아이들이 사무치게 그리웠다. 채령은 턱
이 아프도록 이를 물었다. 더 이상 수남에게 속내를 드러내
지 않을 것이다.

"이 졸업장 진짜야? 보통학교도 안 다닌 너한테 이게 가능
한 일이야?"

채령은 인정하고 싶지 않았다.

"그러게요. 아가씨 이름이 적힌 졸업장을 보니까 내가 학
교 다닌 게 맞나 싶네요."

수남이 허허로운 미소를 지으며 남 일처럼 말했다. 채령
은 졸업장 따위 별것 아니라는 듯한 수남의 태도가 마음에
들지 않았다. 가진 자의 여유 같았다. 채령은 졸업장에 찍힌
이름이 아니라 수남의 기억을 갖고 싶었다.

수남은 채령에게 강휘와 혼인한 사실을 끝내 말하지 못했
다. 상하이에서 겪은 일도 마찬가지였다. 어느 한 가지만 이

야기할 수는 없었다. 상하이에서의 일은 좋았던 기억들을 집어삼키고서도 배가 고프다는 듯 아가리를 벌린 채 수남까지 삼키려 들었다. 수남은 살기 위해 먹고, 말하고, 웃었다.

며칠 뒤 채령은 부모의 산소에 가기로 했다. 형만과 곽 씨는 봉화 선산에 묻혔다. 할아버지 윤병준 자작 생전에 그럴듯하게 꾸며 놓은 선산이었다. 술이네는 원수 무덤에 차마 절할 수 없어 일 핑계를 대고 가지 않았다. 핑계만은 아닌 것이 그녀는 채령과 수남까지 거둬 먹여야 하는 처지였다.

채령은 술이네를 통해 외가 쪽 친척에게 연락했다. 늙은 외삼촌과 외사촌 오빠가 달려왔다. 채령은 오랫동안 떠나 있던 터라 한국 물정이나 지리를 알지 못했고 선산은 초행이었다. 채령은 수남을 대동하고 외삼촌과 외사촌 오빠를 길잡이 세워 산소로 향했다. 외삼촌은 장례식 때 사람들이 쫓아와 민족 반역자라고 소동을 벌이는 바람에 비석도 제대로 세우지 못했다며 산소가 그대로 있을지 걱정했다.

채령은 비석이 뽑혀 쓰러지고 봉분이 여기저기 짓밟힌 부모의 산소를 보고 망연자실했다. 미 군정청 소속이 된 집을 처음 보았을 때보다 더 충격이었다. 외삼촌과 외사촌이 대강 정리하고 제수를 차려 놓았다. 혹시 누군가 또 쫓아와 훼방을 놓을까 봐 서두는 기색이 역력했다. 채령은 참담했다. 앞으로 한국에서 살아갈 자신이 겪을지도 모를 일이었다. 아버지가 남긴 유산이 민족 반역자의 딸이라는 오명뿐이라는 사실을 받아들이기 어려웠다. 채령은 먼저 얼굴도 모르

는 조부모 앞에 잔을 올렸다. 그리고 합장한 부모의 무덤 앞
에 서자 온갖 회한이 밀려왔다.

"아버지 어머니, 채령이가 왔어요."

채령은 부모가 다정히 함께하는 모습을 한 번도 보지 못
했다. 그녀에게 안채는 사나운 곰이 웅크리고 있는 음습한
동굴 같았다. 반면에 별채는 따뜻하고 환한 볕살 아래 갖은
꽃들이 피어나고, 연못 속에선 화려한 비단잉어들이 헤엄치
는 곳이었다. 어머니와 아버지는 극단의 풍경 속에 각기 떨
어져 살았다. 채령은 안채에서 벗어나 별채에 속하고 싶었
다. 아버지도 채령을 별채로 불러냈지 안채 걸음을 하지 않
았다. 어머니가 자신을 미워한 건 어쩌면 그래서였을지 모
른다. 자신이 받아야 할 남편의 사랑을 독차지한 딸에 대한
질투.

채령은 안채에서 도망치려고만 했지 한 번도 딸로서, 같은
여자로서 한 여인의 삶을 이해하려고 한 적이 없었다. 엄마
가 되면서 어머니에게 본능적이고 동물적인 애정은 느끼게
됐다. 하지만 채령이 미국을 떠나온 이유 중에는 어머니처럼
변할지 모른다는 두려움도 들어 있었다. 채령에게 어머니는
이해나 사랑보다 혐오의 대상에 가까웠다. 채령은 어머니가
켜켜이 쌓인 상처와 외로움으로 불린 몸피 안에 스스로를 가
둔 채 살았음을 그녀의 무덤 앞에 서서야 깨달았다.

채령은 나뒹구는 비석에서 어머니의 이름을 찾았다. 곽수
임. 어머니에게도 이름이 있었다는 사실 자체를 처음 안 것

처럼 낯설었다. 남의 이름으로 살았던 자신이나, 이름을 잊은 채 살았던 어머니나 다를 것 없었다. 채령은 서글픈 미소를 띠고 무덤을 바라보았다.

'어머니, 아버지와 함께 누워 계시니 행복하세요? 한 번도 제대로 딸 노릇을 한 적이 없었던 절 용서해 주세요.'

슬프게도 어머니한테는 더 할 말이 없었다. 채령의 눈길은 무덤 속 아버지에게로 향했다.

'아버지, 어떻게 그렇게 가실 수가 있어요? 만신창이가 되어서라도 절 기다려 주셨어야지요. 그렇게 쫓아 버린 제가 어떻게 살았는지 원망도 한풀이도 받아 주셔야 하는 거 아닌가요? 아버지가 제게 주신 사랑은 어떤 것이었나요? 돌이켜 보니 아버진 절 새장 속의 새처럼 아끼셨어요. 물론 세상에 둘도 없는 귀한 새였죠. 전 황금 새장 속에서 호강하며 편하게 지냈어요. 날개 끝이 잘린 것도 모른 채요.'

형만은 채령을 사랑했지만 별채는 강휘의 것이었다. 강휘가 집을 떠나 가문에 해가 되는 일을 하고 있을 때도 마찬가지였다. 채령의 얼굴에 원망과 서운함이 드리워졌다.

'아버진 어떤 상황에서도 오빠가 돌아오길 기다리셨으면서, 저는 남의 호적에 묻어 바다 건너로 보내 버렸어요. 그것도 좋아하지 않는 사람과 강제 결혼을 시켜서요. 물론 절 위한 최선의 방법이라고 생각하셨겠지요. 그렇게 하지 않았다면 저도 어떤 고초를 겪었을지 모를 일이고요. 저에 대한 사랑이었고, 어쩔 수 없었던 선택이라는 거 인정해요. 하지만

여기서 견뎠다면 적어도 영원히, 죽어서도 지우고 싶은 기억을 갖게 되지는 않았을 거예요.'

채령은 북받치는 울음을 되삼켰다. 눈은 새빨갛게 충혈됐고 얼굴빛은 새하얘졌다.

'지금 생각하니 아버진 절 이해하거나 인정하신 적이 없었어요. 그저 봐주셨던 거예요. 아버지가 절 새장 속의 새처럼 키우지 않고 조금만 믿고 인정해 주셨더라면 어땠을까요? 그랬다면 지금 제가 이렇게 초라한 부모님 무덤 앞에 서 있는 일은 없었을 거예요. 그토록 아픈 기억도 갖지 않았을 테고요. 아버지가 딸을 버리고서라도 지키고 싶어 하셨던 가문은 이제 다 무너졌어요. 앞으로 전 집안을 다시 일으켜 세울 거예요. 그 일은 아버지로 인해 만들어진 기억을 지우는 일이에요. 제가 살기 위한 길이기도 하고요. 절 지켜봐 주세요, 아버지.'

긴 이야기를 마친 채령의 얼굴 위로 한 줄기 눈물이 흘렀다. 채령이 물러난 뒤 채령의 외가 식구가 잔을 올렸다. 그 뒤에야 수남은 절을 할 수 있었다. 아무도 수남에게는 잔을 주지 않았다.

'저 수남이에요. 이제 돌아왔어요. 그이는 잘 지내고 있으니 염려 마셔요.'

쏟아 놓고 싶은 수많은 말을 눈물과 함께 삼키며 수남은 피가 나도록 입술을 깨물었다.

집으로 돌아온 뒤 며칠 동안 골똘히 생각에 잠겨 있던 채령은 화장을 하기 시작했다. 계속 돌아가겠다고 고집을 부리자 배표를 구해 와 자기 앞에 던져 주던 준페이가 떠올랐다. 그는 때린 것을 끝까지 사과하지 않았다. 채령은 그것으로 그동안 빚진 것을 갚았다고 생각했다. 준페이와 유리코, 그리고 마리나가 장난치며 웃는 모습이 그려졌다. 자기가 없어도 셋은 그렇게 웃으며 잘 살 것 같았다.

채령은 이제 인생에서 그들을 지워 버리기로 했다. 거기서 있었던 일도 마찬가지였다. 자신은 결코 일본인과 결혼한 적이 없는 것이다. 아이를 낳은 적도 없다. 한국 땅에서 단 한 사람, 수남이 그 사실을 알았지만 떠들고 다닐 일은 없을 것이다.

채령은 트렁크에서 가장 좋은 옷을 꺼내 입었다. 샌프란시스코를 떠날 때 그녀가 챙긴 것은 옷뿐이었다. 채령은 로버트 대령이 사무실과 숙소로 쓰고 있는 별채로 갔다. 그리고 아버지의 집무실이었던 곳으로 안내받아 대령과 만났다. 대령은 영어로 인사해 오는 젊고 세련된 여자에게 강한 호기심을 느꼈다. 그녀에게선 급조나 모방이 아닌 몸에 밴 듯한 품위가 느껴졌다.

"당신은 누구요?"

"난 이 집 주인이에요."

대령은 자기에게 잘 보이려 하지도 않고, 주눅도 들지 않은 여자의 모습이 마음에 들었다.

"이 집 주인은 이미 사망한 걸로 아는데? 일본에 협조해서 재산을 모았고, 그래서 재산도 환수된 거고."

대령은 여전히 몸을 등받이에 기댄 채였다.

"그분은 돌아가신 내 아버지예요. 아버지가 일본에 협조한 건 어쩔 수 없는 일이었어요. 아버지가 진짜 친일파였으면 어떻게 독립운동하는 아들이 있을 수 있겠어요? 그리고 또 독립운동하는 남자를 후원하다 감옥까지 갈 뻔한 딸이 있을 수 있겠어요? 모두 아버지가 몰래 후원했기에 가능한 일이었어요."

채령은 꼿꼿한 자세를 유지한 채 말했다.

"그 딸이 당신이오?"

대령은 채령에게 관심을 가졌다. 영어도 꽤 훌륭한 편이었다.

"맞아요. 아버지는 날 살리기 위해 어쩔 수 없이 일본군 위문대로 보냈어요. 난 거기서 도망쳐 뉴욕으로 가 공부했고요. 뉴욕에서도 열심히 독립운동을 했어요. 난 일본과 싸우는 당신들 편이었다고요."

채령은 수남의 졸업장과 뉴욕 한인 학생회 신문에 실린 기사를 책상 위에 내놓았다. 대령이 그것들을 들여다보았다. 채령의 말투에서는 동부보다 서부 억양이 느껴졌지만 그런 건 상관없었다. 채령은 팔짱을 끼고 말했다.

"아버진 얼마든지 자신을 위해 구명할 기회가 있었는데도 자결로 사죄하셨어요. 목숨보다 소중한 게 어디 있겠어요. 그거면 어떤 죄라도 갚고도 남은 게 아닌가요? 재산까지 빼앗아 가는 건 가혹하고 부당한 처사라고 생각해요. 이제 진짜 주인인 내가 돌아왔으니 재산을 돌려줘요."

채령의 말은 명령에 가까웠다. 로버트 대령은 그녀가 자기 집 행랑채에서 식모와 함께 거주한다는 것을 알고, 우선 안채부터 비워 주고 사랑채도 차차 돌려주겠다고 했다. 채령도 별채는 양보하겠다고 화답했다. 대령은 채령에게 자신의 통역관 및 비서가 될 것을 제안했다. 채령으로서는 그 제안을 마다할 이유가 없었다. 현재 한국에서 가장 큰 실권자는 미군이었다.

곧 안채가 비워졌다. 수남은 물론 술이네까지도 안채를 되찾은 채령을 자랑스러운 마음으로 지켜보았다. 채령은 곽씨가 쓰던 안방으로 옮겨 가며 자기 방이었던 건넌방은 수남과 술이네에게 주었다. 그리고 예닐곱 칸 되는 안채 행랑방을 세놓았다.

해방되면서 일제가 지어 붙였던 경성이란 이름은 서울로 바뀌었다. 만주나 다른 나라에서 돌아온 귀환 동포들로 서울은 주택난이 엄청나게 심했다. 오갈 데 없는 사람들은 다리 밑에 토막집을 짓거나 일본이 파 놓은 방공호에 들어가 살았고, 심지어는 산에 굴을 파고서도 살았다. 원래 살던 사람들 또한 꽉꽉한 현실에 남들을 생각할 여유가 없었다. 나라를 되찾고 도시 이름이 바뀌었어도 잘살던 사람들은 계속 잘살았고, 없는 사람들은 여전히 죽어났다. 천덕꾸러기 신세가 된 귀환 동포들은 동냥아치나 좀도둑 또는 폭력배로 전락하기도 했다.

채령은 복덕방 업자에게 세를 제대로 낼 사람을 엄선해서 소개해 줄 것을 단단히 일렀다. 술이네는 혼란에 빠졌다. 안채를 되찾을 때와는 다른 심정이었다. 결국은 망할 거라고 생각했는데 그게 아니었다. 윤씨 가문은 곧 아무 일도 없었던 것처럼 예전의 영화를 되찾을 것 같았다. 잠시 접어 두었던 복수심이 고개를 쳐들었다. 자신은 아들 둘을 다 잃고, 살아도 산목숨이 아닌데 형만은 땅속에 편히 누워 자식이 다시 가문을 일으키는 모습을 지켜보게 된 것이다. 술이네는 다시 원수 갚을 궁리를 하기 시작했다.

수남의 임신을 제일 먼저 알아차린 사람은 한방을 쓰는 술이네였다. 어떤 상황에서도 식욕을 잃지 않던 수남이 밥술을 뜨지 못하고 까부라졌다. 채령이 온 뒤 조금씩 살이 붙던 얼굴도 다시 헬쑥해졌다.

"수남이 너, 몸에 이상 있는 거 알어, 몰러?"

"기운이 없는 게 암만해도 죽으려나 봐요."

수남이 시부저기 웃으며 대꾸했다. 술이네가 수남의 등짝을 후려쳤다.

"이 등신아, 시집가서 애를 몇이나 낳았을 나이에 그렇게 몰러? 너 시방 애 서는 겨. 달거리 안 하지?"

순간 영혼이 빠져나간 듯 수남은 텅 빈 얼굴이 됐다. 그리고 그 자리에 절망감과 공포심이 덮치듯 들어찼다.

"애비가 누구여?"

술이네가 혀를 차며 물었다. 뻔한 일이지만 묻지 않을 수 없었다. 임신 사실을 안 수남은 처음 왔을 때보다 더 기진한 얼굴로 입을 다물었다. 하지만 머릿속에서는 그날의 기억이 현재의 상황인 것처럼 재생됐다. 수남은 머리를 벽에 찧었다. 머리통을 깨서라도 그 기억을 꺼내 버리고 싶었다. 깨문 입술에서 피가 흘렀다.

"애 밴 사람이 이게 뭔 짓이여. 누구 씨든 간에 에미가 됐으믄 몸 보전을 잘해야지."

술이네가 막으며 나무랐지만 수남에게는 아무 소리도 들리지 않았다.

수남은 강휘, 그리고 상하이로 배치받은 광복군들과 함께 충칭을 떠났다. 양쯔강을 따라 운항하는 배를 타고서였다. 수남은 마치 신혼여행이나 나들이를 가는 것처럼 들떴지만 부모 잃은 강휘를 생각해 그 마음을 감추었다. 강휘가 혹시라도 자신이 시부모의 죽음을 반기고 있다고 생각할까 봐 걱정됐다. 하지만 서울에 돌아갈 일이 덜 두려운 건 사실이었다.

첫 번째 대한민국 임시정부가 있던 상하이에는 유럽의 조계지들이 많았던지라 강을 끼고 유럽식 건물들이 즐비하게 들어서 있었다. 항구는 각기 조국의 광복과 패망을 맞아 고향으로 가려는 한국 사람들과 일본 사람들로 뒤엉켜 아수라장이나 다름없었다. 상하이와 목포, 제물포 사이를 오가는 정기선은 제대로 뜨지 않았고 표를 구하기도 어려웠다. 일본보다 거리가 가까운 한국 사람들은 작은 나룻배든 뭐든 물에 뜨는 것이라면 아무거나 잡고 고국으로 돌아가고 싶어 했다. 그로 인해 인명 사고도 수시로 일어났다. 상황을 살핀 강휘는 위험하다며 수남의 한국행을 막았다. 수남도 막상 상하이에 오자 강휘와 헤어지기 싫었다.

"미군이 임정 가족들을 위해서 배를 마련해 준다니까 여기 있다가 그 배로 가는 게 좋겠다."

수남은 그 말을 핑계 삼아 슬그머니 주저앉았다. 상하이 지대장은 수남에게 홍커우 공원 근처 여관에 방을 얻어 주었다. 홍커우 공원은 윤봉길 의사가 1932년 일본 왕의 생일과 상하이 점령을 기념하는 기념식에 폭탄을 던진 곳이었다. 그 의거를 계기로 장제스 총재는 중국 사람 백만이 못 한 일을 조선인 한 명이 해냈다며 조선인의 독립운동을 도와주게 됐다고 한다. 비록 강대국의 힘으로 독립했지만 이면에는 수많은 조선 사람들의 헌신과 희생이 있었던 것이다. 수남은 잠시나마 큰 의미가 있는 동네에 머무르는 것이 기뻤다.

광복군은 확군을 위해 상하이뿐 아니라 장쑤성 일대를 다 다니느라 바빴다. 강휘는 대원들과 함께 행동했지만 대엿새에 한 번씩 수남이 묵고 있는 여관으로 찾아왔다. 수남은 임시정부 요인들의 가족이 도착할 때까지 할 일을 찾았다. 정식 일자리보다 언제든지 그만둘 수 있는 날품 일이어야 했다.

수남은 여관에서 멀지 않은 큰 세탁소에서 일하기로 했

다. 호텔에서 나오는 빨랫거리를 받아다 하는 곳으로 세탁소 뒤편에 수도가 설치된 빨래터 시설이 있었다. 남편과 함께 세탁소를 운영하는 주인 여자는 짬짬이 빨래터에 나와 일꾼들을 감독했다. 뜻밖에 안주인은 한국 사람이었다. 그녀는 수남도 한국 사람인 것을 알고 무척 반가워했다. 빨래꾼들은 애벌, 세탁, 헹구기 등으로 나뉘어 맡은 일을 했다. 일한 지 오래된 사람일수록 쉽고 편한 일을 했고 수남처럼 날품 일꾼은 가장 힘든 과정을 맡았다. 강휘가 얼굴이 상했다고 가슴 아파했지만 수남은 여관비 걱정하며 앉아 있는 것보다 일하는 게 훨씬 마음 편했다.

"임정 식구들 올 때까지만 할 거니까 너무 마음 쓰지 말아요. 힘든 일도 아니에요."

주인 여자는 한국말을 하는 게 좋은지 감독을 평계로 걸핏하면 빨래터에 나와 수남에게 수다를 늘어놓곤 했다. 감독을 안 하면 일을 설렁설렁 한다며 중국 사람들 흉을 보기도 하고, 해방이 돼 고향으로 돌아가는 사람들을 보니 싱숭생숭하고 울적하다며 마음을 털어놓기도 했다. 일꾼들은 수남이 안주인과 친하게 지내자 눈치껏 쉬운 일로 바꿔 주었다. 수남도 한국어로 이야기할 수 있어 좋았다. 아직도 말하려면 영어 단어가 먼저 떠오를 때가 많았고 영어식 말투가 나와 강휘한테 놀림받곤 했다. 앞으로 한국에서 살려면 더 자연스럽도록 연습해야 했다.

"색시는 험한 일 하게 생기지는 않았는데 생각보다 일을 잘 하네. 여기서는 뭐 하고 살았수?"

주인 여자가 물었다. 수남은 미국에서 공부를 마치고 돌아왔고 얼마 전 결혼했다고 이야기했다. 미국에서 대학을 졸업한 것도 자랑스러웠고, 특히 남편이라는 존재는 어떤 울타리보다 든든했다. 이젠 더 이상 남의 집 하녀나 가난한 고학생이 아니었다. 해방된 조국 땅에서는 존중받으며 살게 될 것이다.

"남편은 광복군이에요. 임정 가족들이 오면 한국으로 돌아갈 거예요. 미군이 배를 내준다고 했거든요."

세상이 바뀌었으니 독립운동한 것도 당당하게 말할 수 있었다. 수남은 강휘의 아내인 게 새삼 가슴 벅찼다. 주인 여자가 지금까지와는 다른 눈빛으로 수남을 보았다.

"어쩐지, 뭐가 좀 달라 보이더라니. 이런 양반을 허드레 일꾼으로 쓰다니 영광이네."

주인 여자의 너스레에 빨래를 헹구는 수남의 손놀림이 더욱 힘차졌다.

"색시는 미국서 대학까지 다니고 독립운동하는 신랑을 뒀으니 환대받고 고향에 갈 수 있겠수. 나야 중국 사람하고 결혼했으니 죽으나 사나 여기 살면 되지만 저기서 지내던 여자들은 안됐어. 해방이 됐다 한들 어떻게 얼굴 들고 고향엘 갈 수 있겠어?"

주인 여자가 빨래터 근처의 건물 하나를 턱짓으로 가리키며 말했다. 다른 집에 가려 귀퉁이만 보이는 2층짜리 건물이었다.

"왜요? 저기가 어딘데요?"

수남의 질문에 주인 여자가, 알아듣는 사람도 없는데 몸을 기울이더니 작은 소리로 말했다.

"조선 여자들이 왜놈 군인들 받던 데잖아. 해방되면서 다 풀려났다는데 만신창이가 된 몸에다 빈손으로 고향에 간들 누가 반겨 주겠어. 왜놈 받은 값을 장부에 적기만 했지 실제로는 한 푼도 못 받았다는데."

수남은 맹수의 발톱이 느닷없이 뒷덜미에 와 박히는 것 같았다.

"······아주머니가 어떻게 아세요?"

수남은 여자를 외면한 채 물었다.

"거기서 일하던 할멈이 해 준 말이야. 거기 여자들 기모노를 우리 세탁소에 맡겼었거든. 일본 여자들은 기생이나 몸 팔던 애들이라 군인들한테 병을 옮긴다고 나중에 싹 다 조선 처녀들로 바꿨어. 열댓 살도 안 된 애들을 가둬 놓고 하루에도 수십 놈씩······. 애고, 무서워라."

주인 여자가 몸서리를 쳤다. 뒷덜미에 박힌 맹수의 날카로운 발톱이 지그시 수남의 머릿속으로 파고들었다. 한동안 잊고 있던 분이가 그 발톱에 찍혀 나타났다.

"그나저나 정신 줄 놓은 애는 어떻게 됐나 모르겠네. 담장에 전기 철조망을 쳐 놨었는데 도망치다 감전되는 바람에 머리가 살짝 돈 애가 있었거든. 가끔씩 이 앞으로 지나가면 불쌍해서 먹을 거라도 쥐여 줬는데……."

피눈물을 흘리는 분이의 모습이 빨래 통 물에 비쳤다. 그 뒤로 유령 같은 대원들 모습이 차례로 나타났다. 숱하게 꾸었던 악몽과 실제의 일이 뒤섞여 이젠 어떤 게 사실인지 구분조차 할 수 없었다. 수남은 입을 꾹 다문 채 빨래를 마구 흔들어 헹구었다. 분이의 얼굴이 흩어지자 대원들도 사라졌다.

일을 마친 수남은 누가 붙잡기라도 하듯이 허둥지둥 여관으로 돌아왔다. 다른 때라면 저녁거리를 샀을 텐데 속이 메슥거리는 게 식욕이 하나도 없었다. 수남의 기분을 알기라도 하듯 여관방에 강휘가 와 있었다.

"일이 있어서 급작스레 왔어. 원래 밤에 가야 하는데 네가 너무 보고 싶고 걱정돼서 그냥 갈 수가 있어야지. 새벽에 가야 돼."

함께 있을 때조차도 그리운 강휘였지만 그날은 더 반가웠다. 수남은 강휘의 목을 끌어안고 뺨을 비비며 눈을 감았다. 잊자. 그때 일은 이제 그만 잊자. 어쩔 수 없었잖아.

"어째 얼굴이 더 상한 것 같네. 많이 힘들지?"

강휘 품에 기댄 채 수남은 고개를 저었다. 내 잘못도 아니잖아. 내가 그때 무슨 일을 할 수 있었겠어. 나라도 도망친 게 잘한 거야. 그러지 않았으면 지금 이 시간도 없어.

수남은 강휘와 밖으로 나가 저녁을 사 먹고 황푸 강변을 산책했다. 그런데 길에서 혼자 있는 여자만 보면 모두 끌려온 조선 여자들로 보였다. 그날 밤 수남은 강휘에게 물었다.

"만일 중국 부대에서 내가 나쁜 일을 당했으면, 오빠는 어쨌을 거 같아요? 그래도 날 아내로 맞이할 수 있어요?"

"왜 일어나지도 않은 일을 생각하고 그래. 그런 나쁜 생각은 잊어버려."

강휘가 말했다.

"그때 생각이 떠오르면 아찔하면서도, 당신 생각이 궁금해져요."

강휘가 진지한 얼굴로 수남의 눈을 들여다보았다. 그리고 수남의 뺨을 감싸 쥔 채 말했다.

"네게 무슨 일이 있든 넌 내가 사랑하는 김수남이야. 네가 내 모든 것을 받아들인 것처럼 나도 그래. 어떤 일이 생겨도 그 사실은 변하지 않아."

수남은 강휘의 품에 얼굴을 묻었다. 모든 걱정과 두려움, 불안함을 치료하는 약은 강휘였다. 어떤 근심 고통도 강휘와 함께 있으면 자취를 감추었다.

저물지 않는 시간 2

　　　　　　　　다음 날 일이 끝난 수남은 망설이
다 주인 여자가 말한 건물 쪽으로 가 보았다. 어둑한 골목 끝
에 있는 2층 건물 외부엔 작은 창들만 나 있었다. 건물 앞으
로 난 좁고 긴 마당 입구는 쇠창살로 된 대문이 가로막고 있
었다. 주위의 집들과 별 차이점이 없는 건물을 살피던 수남
은 흠칫했다. 비어 있는 줄 알았는데 1층 구석 창에서 희미
한 불빛이 새어 나오고 있었다. 잠긴 줄 알았던 대문의 문고
리도 철사로 허술하게 묶여 있어 얼마든지 손으로 풀 수 있
었다. 수남은 지옥으로 난 문이 열릴 것만 같아 얼른 손을 뗐
다. 하지만 수남은 결국 그 문을 열고 말았다.

　바깥마당으로 들어서자 건물 중앙에 안으로 들어가는 문
이 있었다. 그 위에 '장가 댁 오락소'라는 간판이 붙어 있고

문 입구에 극장 매표소같이 생긴 작은 방이 있었다. 장교, 사병, 군무원에 따른 요금표와 더불어 '용사 여러분 수고하십니다. 몸과 마음을 다해 봉사하겠습니다.'란 문구가 붙어 있었다. 수남은 그것들을 모두 떼어 내 찢어발기고 부수고 싶었지만 쳐다보는 것조차 끔찍했다.

제법 널찍한 뜰을 가운데 두고 미음 자 형태로 지어진 2층 건물에 작은 창 달린 방문이 수십 개는 돼 보였다. 방문에는 일본 이름과 이용 수칙 등이 붙어 있었다. 문이 활짝 열린 방도 있고, 문짝이 아예 뜯겨 나간 방도 있었다. 나무 침상 하나와 궤짝 하나뿐인 방들은 휑했다. 이불이며 궤짝, 살림살이가 2층 난간에 걸쳐져 있거나 마당에 나뒹굴고 있는 모양새로 보아 사람이 살고 있을 것 같지 않았다.

빛이 새어 나오던 쪽을 어림짐작으로 보았지만 불 켜진 방은 없었다. 잘못 본 거였어. 뭐가 좋아서 아직까지 남아 있겠어. 마음에 얹혔던 짐을 누군가 들어낸 것 같은 기분으로 돌아서려는데 1층 구석방 문에 달린 작은 창에서 빛이 새어 나왔다. 그 빛은 마치 수남에게 신호라도 보내듯 깜빡거렸다. 수남의 얼굴에 공포가 몰려왔다.

'오갈 데 없는 부랑자일 거야.'

수남은 애써 생각하며 돌아섰다. 다시는 이곳에 발을 들여서는 안 된다고 자신에게 말했다. 그 순간 수남이 구해 주길 믿고 기다리겠다던 분이가 떠올랐다. 간절하던 눈빛과 목소리가 방금 전인 것처럼 또렷했다. 아직도 분이가 방 안

에서 자신을 기다리고 있는 것만 같았다. 깜빡거리는 불빛
이 분이가 보내오는 구조 요청 같았다. 어서 이곳을 빠져나
가라는 외침과 앞으로 다가가 방문을 열라는 속삭임이 동시
에 들려왔다. 외침은 속삭임을 이기지 못했다. 방문 앞까지
간 수남은 무심코 밟은 나무 발판이 삐걱거리는 소리에 화
들짝 놀랐다. 돌아서라는 마지막 경고 같았다.

'이제 그만 잊어.'

모질게 마음먹고 돌아서는 순간 방문이 열렸다. 수남의
발은 땅에 붙은 듯 떨어지지 않았다.

"배고파……."

한국말이었다. 가냘픈 여자 목소리에 수남은 천천히 고개
를 돌렸다. 유카타를 입은 여자가 방문가에 앉아 자신을 올
려다보고 있었다. 수남은 숨을 쉴 수 없었다. 빛은 그 여자가
들고 있는 손전등에서 나오는 것이었다. 여자는 손전등의
불을 껐다 켰다 했다. 아직 캄캄하지 않아 어슴푸레 보이던
얼굴이 불을 켜면 오히려 사라졌다. 분이는 아니었다. 수남
은 간신히 숨을 내쉬며 여자에게 저녁거리로 산 만두 봉지
를 내밀었다. 채뜨리듯 봉지를 가져간 여자는 기모노 같은
일본 옷들과 살림살이로 어지러운 방에서 허겁지겁 먹기 시
작했다. 스무 살이 채 안 돼 보였다.

수남은 그 자리에 선 채 여자를 물끄러미 내려다보았다.
양 볼이 미어져라 만두를 밀어 넣던 여자가 수남을 보곤 혜,
웃었다. 제정신이 아닌 것 같다. 세탁소 안주인이 말하던

여자가 맞았다. 수남의 가슴이 무너져 내렸다. 그리고 몸도 주저앉았다. 나무 발판 위에 털썩 앉은 수남은 한참 뒤 간신히 여자에게 이름과 나이를 물었다.

여자는 영순이랬다, 에이코랬다, 열여섯 살이랬다, 열여덟 살이랬다, 횡설수설했다. 하지만 수남은 다 알아들었다. 한국 이름은 영순이고 여기서 불린 이름은 에이코다. 그리고 열여섯 살에 끌려와 지금은 열여덟 살이 된 것이다.

"여기 있던 사람들은 다 어디 갔어?"

수남이 물었다.

"몰러. 다 갔어라. 군인들이 다 가라고 했어라."

"너는 왜 안 갔어?"

"여기 옷 많어라. 방도 많어라."

영순이 양팔을 한껏 벌렸다. 방에 잔뜩 쌓여 있는 옷이나 살림살이는 다른 방에서 가져온 것들이었다. 만두를 다 먹고 난 영순은 루즈를 꺼내 입술에 새빨갛게 칠하고 나서 씨익 웃었다. 수남은 눈물을 삼키며 영순의 등을 쓰다듬었다.

수남은 강휘가 오지 않는 날이면 먹을 것을 사 가지고 영순에게 갔다. 가끔씩 제정신이 돌아오는 영순에게서 고향이 전라도라는 것과 돈 벌게 해 준다는 꾐에 빠져 왔다는 것을 알아냈다. 끌려온 여자들 대부분의 사연일 것이다. 영순의 온몸 또한 상처투성이였다. 제정신이 아닌 상태에서도 영순은 상처의 이유만은 또렷하게 기억했다. 이곳에서 영순은 사람이 아니라 짐승 취급을 받았다. 상처는 그 흔적이었다.

수남에겐 부서지고, 찢기고, 짓밟힌 채 나뒹구는 물건들이
여기서 지내던 여자들 그 자체로 보였다. 또한 수남에게 영
순은 분이였다.

"여기 군인 없어서 좋아라. 여기 우리 집이여라."

영순은 수남이 사다 준 음식을 게걸스레 먹으며 해맑게
웃었다.

"여긴 네 집이 아니야. 언니가 곧 진짜 집에 데려다줄게."

주인 여자 말대로 영순이 한국으로 돌아가 손가락질당하
게 될지라도 이곳보다는 나을 것이다. 혹시 만에 하나 집에
서 받아 주지 않으면 나라에서 살 방도를 찾아 줄 것이라고
수남은 믿었다. 주권을 찾은 나라는 이전의 조선과 다를 테
니까. 분이에게 한 약속은 지키지 못했지만 이번엔 반드시
지키리라 다짐했다. 그래야만 분이와 위문대원들에 대한 죄
책감을 덜 수 있을 것 같았다.

강휘가 와서 이틀을 지냈다. 며칠 있으면 주석과 정부 요
인 1진이 상하이에 도착한다는 소식을 전해 주었다. 김구 선
생과 측근들은 비행기로 귀국하고 나머지 사람들을 위한 배
가 뜰 거라고 했다. 헤어질 날이 다가오는 게 안타까운 수남
은 일도 나가지 않고 강휘 곁에 있었다. 강휘도 그러길 원했
다. 그들은 잠시 동안의 이별도 슬퍼하며 사랑을 나누었다.
서로의 손길이 닿는 곳, 숨결이 닿는 곳마다 꽃이 피고, 나비
가 날아오르고, 향기가 퍼졌다. 몸이 마음이고 마음이 몸이
었다. 둘은 하나였다.

"선생님 도착하실 때 맞춰서 올게. 그동안 잘 지내고 있어. 이제 곧 한국으로 갈 거니까 일도 그만하고."

강휘는 못내 아쉬운 걸음을 떼어 놓았다. 수남은 강휘가 시야에서 사라질 때까지 먹먹한 가슴으로 지켜보았다.

강휘에게 일을 그만두겠다고 했지만 수남은 떠나기 전까지 계속할 생각이었다. 고향으로 갈 영순에게 적은 돈이라도 쥐여 주고 싶었다. 수남은 그날 저녁에도 일을 마치고 영순에게 갔다. 그런데 방이 비어 있었다. 또 어디 구걸하러 간 모양이었다. 가끔 음식이나 못 보던 물건이 있는 것을 모른 척해 온 터였다. 수남을 만나기 전까지 영순은 그렇게 연명해 왔을 것이다. 자기가 날마다 오는 것도 아니면서 집에만 있으라고 할 수도 없었다.

수남은 영순을 기다렸다. 곧 한국으로 갈 수 있다는 이야기를 빨리 해 주고 싶었다. 쫓아내도 찾아오고, 모두 떠난 뒤에도 남아 있던 곳이니 돌아오지 않을 염려는 없었다. 수남은 피곤한 나머지 깜빡 잠이 들었다. 잠깐인 줄 알았는데 눈을 뜨니 캄캄했다. 영순은 아직 오지 않았다. 무슨 일일까 걱정하는데 밖에서 인기척이 들렸다. 수남은 영순이라고 생각하며 몸을 일으켰다. 그 순간 방문이 벌컥 열리며 시커먼 그림자들이 들이닥쳤다.

수남이 비명을 지르자 무엇인가 머리를 강타했다. 정신을 잃으며 쓰러지는 수남의 눈에 사람 그림자가 둘로, 셋으로 보였다. 얼마 후 깨어난 수남은 재갈이 물리고 손이 묶인 상태였다. 그리고 시커먼 그림자 중 하나가 자신을 덮치고 있었다. 수남이 배 속 깊은 곳에서 끌어 올린 비명을 지르며 몸부림치자 주먹이 날아왔다. 몸을 움츠리자 사정없는 발길질이 날아왔다. 수남은 지옥 불구덩이로 떨어져 내렸다. 차라리 다시 정신을 잃고 싶었다. 아니, 죽고 싶었다. 놈들의 소리가 쇠꼬챙이가 돼 귓속으로 파고들었다.

"빨리 해."

"근데 미친년 맞아?"

"그게 무슨 상관이야."

"삿쿠 껐어?"

"조센징 년은 괜찮아."

"점호 시간 늦어. 서둘러."

"걱정 마. 조센징 년 밟아 주고 왔다고 하면 훈장 받을걸."

그들은 상하이의 일본인들을 무사히 귀환시키기 위해 남은 일본 군인들이었다. 평소 드나들던 위안소에 떠나지 않은 여자가 있다는 사실이 은밀히 퍼졌고, 상관은 부하들의 그곳 출입을 알면서도 묵인하였다.

세 번째 놈이 다가들었을 때 수남은 끝내 정신을 잃었다.

"수남이 요새 무슨 일 있어?"

영자 신문을 보고 있던 채령은 아침상을 들여온 술이네에게 물었다. 언제나 먼저 일어나 안방으로 오던 수남이었는데 며칠째 얼굴을 볼 수 없었다. 그러고 보니 아무리 늦어도 나와 주던 밤 마중도 없었다.

"그게, 그것이, 수남이 년이 애를 뱄구먼유."

술이네가 말했다. 계획의 실행을 앞두고 가슴이 벌렁댔다. 채령이 놀란 기색으로 물었다.

"아니, 어쩌다. 그래, 애 아버지가 누구래?"

술이네는 침을 꿀꺽 삼켰다. 드디어 때가 왔다.

"아무래도 도련님 아이지 싶네유."

술이네의 목소리가 떨렸다. 채령은 수남의 임신을 안 순간보다 더 충격받은 얼굴이었다.

"수남이가 그래?"

얼마 뒤 채령이 물었다.

"아녀요. 그런디 수남이 년이 처음 집에 왔을 때 열에 떠서 헛소리를 엄청 했어유. 그때 계속 오빠, 오빠 하더라구유. 나중에 오빠가 누구냐고 족쳤더니 도련님하고 중국에서 만난 얘기를 하는 거예유. 암만 해도 보통 사이가 아닌 것 같았어유. 젊은 사람들인디 뭔 일인들 없었겠어유."

술이네는 자신이 수남을 채령이라고 생각했던 가장 큰 이유가 강휘에 대한 호칭 때문이었음을 뒤늦게 깨달았다. 강휘를 오빠라고 부를 사람은 채령밖에 없었다. 술이네는 말못 할 일을 당한 채령이 무의식 상태에서 제 핏줄을 찾는 거라고 생각했다. 수남임을 안 뒤 술이네는 그녀에게 강휘를 오빠라고 부른 이유를 물었다.

"아가씨 노릇을 했으니 오빠라고 부를 수밖에요."

수남이 씁쓸한 기색으로 말했다.

"너 혹시, 도련님한테 당한 거여? 그 종자가 상전이라고 널 건드린 겨?"

술이네가 슬쩍 물었다.

"아니에요! 강휘 오빠는 그런 사람 아니에요!"

수남이 펄쩍 뛰었는데도 술이네는 복수 계획에 강휘를 이용했다.

채령도 수남한테서 임시정부가 있던 충칭에서 강휘를 만났다는 이야기를 들었다. 뉴욕 교민회에서 걷어 준 성금을 김구 주석에게 전하러 갔다가 우연히, 라고 말이다. 강휘와 그 이상 뭐가 있었다는 이야기는 듣지 못했다. 하긴, 감히 자기한테 강휘와 정분났다는 이야기를 할 수 없었을 것이다. 어쩌면 강휘의 일시적 욕망에 당한 건지 모른다. 그래서 숨긴 걸 수도 있다. 가끔씩 표정이 어두워지는 것도 그래서인가 보다.

채령은 술이네의 말을 믿었다. 같은 방을 쓰니 자기보다 수남의 사정을 더 잘 알 테고, 술이네가 감히 거짓말을 할 리 없다고 생각했다. 오빠도 그렇지 어디 여자가 없어서 집에서 부리던 종년을. 채령은 상 밑에서 주먹을 쥐었다.

"수남이가 말하기 전에는 애 아버지에 대해서 아는 척하지 마. 혹시 유모한테 말하더라도 나는 모르는 걸로 하고. 그리고 무슨 짓을 하지 않는지 잘 지켜봐."

그러지 않아도 술이네는 수남이 무슨 짓을 하지 못하도록 열심히 감시하고 있었다. 아이를 지우기 위해 간장 물을 퍼 마시거나 몸을 함부로 하다 술이네에게 들킨 적이 여러 번이었다. 술이네는 누구 씨인지도 모르는 아이를 반드시, 무사히 세상에 내놓게 할 작정이었다. 만주의 비적 떼든, 왜놈이든 정체 모를 씨로 윤씨 가문의 대를 잇게 하는 것보다 더 큰 복수는 없었다. 술이네는 강휘가 돌아오지 않을 거라고 생각했다. 수남은 형만 부부가 죽은 걸 중국에서 알았다고 했다. 그러면 강휘도 알았을 것이다. 집이 싫다고 제 발로 떠나 부모가 죽었는데도 오지 않은 사람이 이제 와 나타날 리 없었다.

임신 사실을 안 수남은 한국으로 오는 길에 바다에 빠져 죽지 못한 것이 한스러웠다. 영순의 방에서 돌아온 수남은 이틀을 꼬박 앓았다. 얼굴과 온몸이 멍과 상처투성이였다. 빈방을 뒹굴며 짐승 같은 울음을 토해 내던 수남은 정신이 번쩍 들었다. 강휘가 불그죽죽한 멍 자국으로 뒤덮인 자신의 꼴을 보기 전에 떠나야 한다. 임시정부 가족들도 만나서는 안 된다. 수남은 강휘가 당장이라도 올 것 같아 허겁지겁 방 정리를 했다. 강휘의 물건은 트렁크에 담고 자기 물건 몇 가지만 보자기에 쌌다. 이르쿠츠크에서 찍은 사진도 독사진만 챙겼다. 둘이 함께 찍은 사진은 강휘에게 남기고 싶었다. 배편이 생겨 갑작스럽게 떠난다는 편지와 강휘의 짐을 주인에게 맡긴 뒤 도망치듯 여관을 빠져나왔다.

부둣가로 나온 수남은 표를 구해 아무 배에나 올랐다. 가

다가 배가 뒤집힌대도, 가라앉는대도 상관없었다. 차라리 그러길 바랐다. 중국에 살던 동포들의 귀국 행렬은 피난민 행렬만큼이나 초라하고 고단했다. 그래도 사람들의 얼굴엔 드디어 해방된 조국으로 돌아간다는 기쁨이 가득했다. 배 위에서는 와자지껄 이야기꽃이 피었다. 하나같이 독립운동 가였고 애국지사였던 중국살이를 풀어 내는 한옆에 꼬부라 진 채 수남은 뱃멀미에 시달렸다.

"이보우, 괜찮아? 쯧쯧, 정신대* 끌려갔다 오는 색신가 보 네."

누군가 관심을 보였지만 수남은 눈을 감은 채 대꾸하지 않았다. 그녀는 아무 생각도 하고 싶지 않았다. 생각이란 걸 하면 바다로 뛰어들 일밖에 없었다. 일본군한테 짓밟힌 분 이와 위문대 아이들의 마음을 이해한다고 여겼던 건 착각이 었다. 부대에서 아무 일 없이 도망쳤기에 할 수 있었던 생각 이었다. 자신을 짓밟고 지나간 짐승 같은 놈들의 목소리는 시도 때도 없이 쇠꼬챙이가 돼 골수를 쪼아 댔다. 또한 강휘 와의 좋았던 기억을 짓이기고, 삼켜 버렸다. 강휘의 손길과 숨결에 꽃이 피고 나비가 날아오르고 향기가 퍼지던 몸은 오욕 덩어리가 되고 말았다. 몸과 마음 모두가 폐허로 변했 다. 숨을 쉰다고, 밥을 삼킨다고, 눈을 뜨고 있다고 해서 살 아 있는 게 아니었다.

* 일제강점기 시절 일본이 자행한 강제인력 수탈의 하나. '어떤 목적을 위해 솔
선해서 몸을 바치는 부대'라는 뜻으로 일제가 전쟁을 위해 동원한 인력 조직.

하루 반나절 만에 목포항에 도착한 사람들은 전염병이 돌아 배에서 내릴 수 없었다. 이틀을 항구에서 대기하던 배는 부산으로 가서야 사람들을 내려놓았다. 미군들이 배에서 내리는 사람들 몸에 살충제를 뿌려 댔다. 수남을 비롯한 귀국 동포들이 해방된 조국에 도착해 처음 받은 대우였다.

부산항에서는 연락선이 일본에서 돌아오는 사람들을 쏟아 놓고 있었다. 반대로 돌아가는 배를 타려는 일본인들도 끝없이 밀려들었다. 사람들 틈에서 수남은 이리 치이고 저리 치이다 부딪혀 나뒹굴곤 했다. 그 많은 사람들 중 갈 곳 없는 사람은 자신뿐인 것 같았다. 그녀는 자신의 몸뚱이가 거추장스럽고 혐오스러웠다. 수남은 옷 솔기를 뜯어 몇 가지 꺼내 넣은 뒤 보퉁이마저 없애 버렸다. 사진과 졸업장, 뉴욕 교민회 신문 기사 등이었다. 이까짓 게 무슨 소용이야 싶으면서도 본능이 시킨 일이었다.

한 달 가까이 굶기를 밥 먹듯이 하고 한뎃잠을 자며 떠돌던 수남은 가회동 저택 앞에 와 있는 자신을 발견하였다. 생각조차 하지 않으려고 애썼는데 몸이 찾아온 것이다. 수남에겐 그곳이 고향이었다. 먼발치에서 술이네를 보았지만 부를 수 없었다. 발길을 돌렸다가 다시 찾기를 반복하던 수남은 탈진해 대문 앞에 쓰러졌다.

강휘의 집인 가회동 저택에 오자 수남은 자신이 당한 일이 더 고통스럽게 다가왔다. 무슨 일이 있었는지 눈치챈 술이네에게 강휘와의 관계를 밝힐 수 없었다. 술이네가 자신을 채령으로 아는 게 차라리 편했다. 안 그랬으면 술이네는 입을 열 때까지 닦달했을 것이다. 수남은 하루에도 몇 번씩 떠나고 싶었지만 강휘를 생각하며 견뎠다.

김구 선생과 임시정부 요인들이 돌아왔으니 강휘도 머잖아 올 것이다. 비록 상하이 여관방에서는 정신없이 도망쳤지만 수남은 이대로 사라져서는 안 된다는 생각이 들었다. 적어도 강휘에게 떠나는 이유는 밝혀야 한다. 강휘가 받아 준다고 해도 더는 함께 살 수 없을 것 같았다. 그의 품에 안길 때마다 오물로 가득한 괴물의 아가리 속 날카로운 이빨에 짓이겨지던 순간이 떠오를 것이다. 강휘가 아무리 다정하게 사랑을 속삭여도 놈들의 더러운 목소리가 삼켜 버릴 것이다. 그런데도 어떤 날은 유혹이 혀를 날름거렸다.

"네게 무슨 일이 있든 넌 내가 사랑하는 김수남이야. 어떤 일이 생겨도 그 사실은 변하지 않아."

벼랑 끝에 매달린 사람이 간신히 잡고 있는 나무줄기처럼 연약했지만, 강휘의 그 말은 수남의 목숨을 지탱하는 힘이었다.

영원히 불지옥 구덩이에서 허우적거릴 것 같던 수남은 채령이 돌아오자 조금씩 헤어나기 시작했다. 그러자 그 기억을 불 인두로 지진 자국처럼 새기고서라도 살아질 것 같았다. 그러던 중 임신 사실을 알게 된 수남은 다시 절망의 나락으로 떨어졌다.

그 뒤 수남은 방에만 틀어박혀 있어 강휘로부터 편지가

온 사실을 몰랐다. 우체부에게서 편지를 받은 술이네는 발신인이 누구인지 물었다. 윤강휘라는 말에 기겁해 수취인도 확인하지 않고 편지를 아궁이에 넣었다. 강휘가 돌아오지 않을 거라 여기고 일을 꾸민 술이네는 그 편지가 당연히 채령에게 온 것이라고 생각했다. 사연 중에 자신의 계획이 들통날 내용이 있을지 모른다는 두려움에 태워 버린 것이다. 갑작스레 떠난 수남의 안부를 걱정하며 자신도 곧 돌아가리라는 강휘의 편지는 아무도 보지 못한 채 사라졌다.

1946년 7월이 됐다. 수남이 추정하는 산달은 한 달 뒤였다. 지옥보다 더 무서운 세상이 아가리를 벌릴 그날이 성큼성큼 다가오고 있었다. 수남은 강휘가 황갈수 같다고 했던 자신의 끈질긴 목숨이 치욕스러웠다. 또한 불러 오는 배가 한없이 혐오스러웠다.

마루 응접실에서 채령이 손님을 맞이하는 소리가 들려왔다. 남자 손님인 모양이었다. 수남은 방문을 닫아 건 것으로도 모자라 구석으로 피해 앉았다. 그런데 남자의 입에서 강휘의 이름이 흘러나왔다. 수남이 숨차하며 문 앞까지 기어간 순간 채령의 통곡 소리가 들려왔다.

"오빠가 죽다니. 어떻게 이럴 수 있어요. 10년 만에 온 소식이 사망 소식이라니요. 오빠, 오빠."

문고리를 잡았던 수남의 손이 툭 떨어졌다. 수남은 간신히 정신을 모아 문밖을 내다보았다. 마루에 채령과 마주 앉은 남자의 등이 보였다. 그는 강휘가 어떻게 숨졌는지 말하고 있었다. 시골로 작전을 나갔던 대원들은 항복을 거부하며 숨어 있던 일본군 총에 세 명이나 목숨을 잃었다. 강휘도 그중 한 명이었다. 몇 달 전 일이지만 그동안 연고를 알 수 없어 유품을 간직하고 있었는데, 김구 선생이 뒤늦게 알고 지시를 내려 이제 찾아오게 됐다고 했다.

그 순간 산통이 시작됐다. 수남은 터져 나오려는 비명을 삼켰다. 강휘의 사망 소식을 안 순간 그를, 자신을 능욕하고자 악마의 새끼가 세상에 나오려고 했다. 수남은 이를 악물며 소리를 목구멍 안으로 되넘겼다. 결단코 산 채로 세상에 내놓지 않으리라. 견디고 견디던 수남은 외마디 긴 비명을 내지르며 정신을 잃었다. 술이네가 수남을 추스르며 아이를 받는 동안 채령은 강휘의 유품에 들어 있던 수남과 둘이 찍은 사진, 백범과 찍은 사진, 그리고 가락지 한 개를 옷장 깊숙이 감추었다. 강휘의 죽음에 슬픔을 표하며, 뒤늦게 알았음을 미안해하고, 수남에게 언제든지 경교장으로 찾아오라는 백범의 편지는 태워 버렸다.

수남은 아들을 낳았다. 달수를 채우지 못했으니 온전치 않거나, 악마의 씨인 만큼 괴물의 형상을 하고 있을 줄 알았는데 멀쩡하게 생긴 아이였다. 수남은 강휘의 목숨을 가져간 것만 같은 악마의 새끼에게 젖을 물릴 생각도 없었지만, 젖도 말라붙은 샘처럼 돌지 않았다. 몸의 모든 수분이 증발했는지 눈물도 나지 않았다. 대신 자신과 강휘의 기막힌 운명에 대한 한탄만이 혈관을 타고 흘렀다. 하지만 그녀는 자신을, 강휘를 그렇게 만든 놈들을 원망하고 저주할 힘조차 없었다. 악마의 새끼를 엎어 놓을 기력조차 없었다. 수남은 누군가 벗어 던진 옷가지처럼 껍데기만 남은 영혼과 육체로 누워 있었다.

채령은 수남이 낳은 강휘의 핏줄을 골칫덩이로 여기다 수남이 아이를 남 보듯 하자 마음이 바뀌었다. 채령은 다시는 결혼하고 싶지 않았다. 만일 다시 결혼하고 자식을 낳는다면 그 자식을 볼 때마다 떼어 낸 아이들이 생각날 것이다. 그러면 테라오 히카리로 살았던 삶을 결코 잊지 못할 것이다. 하지만 자신이 되찾은 것들을 물려줄 대상이 없다는 사실은 허전한 일이었다.

채령은 수남을 배려하는 것처럼 아기를 아예 안방으로 데려가 술이네에게 맡겼다. 수남은 아이가 보이지 않자 겨우 음식을 목구멍으로 넘길 수 있었다. 배 속에서 제대로 양분을 취하지 못한 아기는 살겠다고 버둥질하며 분유건 밥 끓인 물이건 꼴깍꼴깍 받아 넘겼다. 꼬물거리는 아기를 보고 있노라면 채령의 마음속 깊은 곳에서 독하게 억누르고 있던 모정이 끓어올랐다. 세상에 나오지 못한 아들이 어미를 찾아온 것만 같았다.

술이네는 어느 날 밤 아기에게 빈 젖을 물린 채 앉아 있는 채령을 보고 망측해하면서도 회심의 미소를 지었다. 아이를 장조카라고 철석같이 믿는 게 분명했다. 계획을 망칠 수도 있었던 강휘가 죽은 걸 보면 하늘이 무심하지는 않았다. 그 날 밤 태술에게 원수를 갚았음을 알린 술이네는 또다시 윤씨 집안의 아이를 돌보게 됐다. 이제 끝까지 채령 곁에 남아 망조 든 씨로 대를 잇는 걸 지켜보는 일만 남았다. 평생 흑으로 남을 애를 처리해 주었으니 수남에게도 좋은 일을 한 셈이었다.

수남은 삼칠일이 지나기 전 가회동 저택을 떠났다. 채령이 수남에게 돈을 건넨 다음 날이었다. 채령은 자신의 모든 비밀을 알고 있는 수남을 떨쳐 버리고 싶었다.

"처녀가 애 낳느라 많이 힘들었을 거야. 네게 자유를 줄 테니 이제 우리 집을 떠나. 그리고 애 걱정은 말고 좋은 사람 만나 가정 꾸리고 살아라. 이 돈은 내 대신 위문대에 나간 보상이야. 졸업장값이기도 하고. 앞으로 다시 보는 일 없도록 하자."

수남은 아무것에도 미련을 두지 않으려고 주는 돈을 받았다.

1948년 대한민국 정부가 수립됐다. 친일파의 행적을 조사하고 처벌하기 위한 '반민족 행위 특별 조사 위원회'의 활동이 시작되었다. 채령은 당사자인 윤형만 자작의 자살과 광복군으로 순국한 강휘, 수남의 것을 가로챈 자신의 이력, 미 군정청에서 일한 경력 등을 기술한 탄원서를 제출했다. 그 결과 일제의 전쟁을 직접적으로 지원한 기록이 남아 있는 금광과 그곳 땅만 빼놓고 재산 전부를 돌려받았다. 채령은 무덤 앞에서 아버지에게 말한 대로 거의 모든 것을 되찾았다.

채령은 수남이 낳은 아이에게 가문의 항렬에 따라 진수라는 이름을 지어 주었다. 그녀는 진수를 강휘의 호적에 올리지 않았다. 따지고 보면 강휘는 첩의 자식일뿐더러 가문을 위해 한 일이 없었다. 오히려 집안과 자신에게 피해를 입혔다. 자기가 미국으로 쫓기듯 간 것도 강휘가 먼저 저지른 일들 때문이었다. 강휘 일이 아니었다면 형만은 정규와 관련된 일쯤 얼마든지 덮을 수 있었을 것이다. 무엇보다 강휘가 살아 있다고 해도 자기처럼 집안의 재산을 되찾았을지 의문이었다.

채령은 또 진수를 강휘의 아들로 올렸을 때 수남이 나중에라도 어미의 권리를 주장할 게 가장 우려됐다. 그러면 법적으로 고모인 자신은 닭 쫓던 개 꼴이 되는 것이다. 결국 진수가 모두 물려받겠지만 강휘의 아들로서가 아니라 자신의 아들로서여야 했다. 호적상 처녀인 채령은 진수를 양자로 입적했다. 그리고 자기 자식에게 못 다한 사랑까지 퍼부었다. 그러면서 한편으로 진수가 부모로부터 버림받은 고아 출신이라는 것, 그런 진수를 위해 자신이 결혼도 하지 않고 엄마가 됐다는 것, 모든 것을 누리게 해 주고 친자식처럼 사랑해 주는 세상의 단 한 사람이라는 것을 끊임없이 아이에게 주지시켰다.

진수는 채령을 맹목적이고도 절대적으로 우러르며 성장했다. 하지만 십 대 중반을 넘어서면서부터 엄마에게 이유 모를 증오를 느끼곤 했다. 그 감정은 진수에게 더할 수 없는 괴로움과 죄책감을 안겨 주었고 결국은 채령을 떠나게 만들었다. 도망치듯 미국으로 유학을 간 그는 학위를 딴 뒤에도 그곳에서 일자리를 잡은 채 귀국을 미루었다.

이승만이 남한의 대통령이 된 뒤에도 국민들의 신망을 받던 백범 김구는 1949년 6월 26일 경교장에서 괴한의 총에 사망했다. 수남온 도로를 가득 메운 장례 행렬 속에서 육친을 잃은 것처럼 오열했다. 강휘의 사망을 알았을 때도, 아이를 낳았을 때도, 그 아이를 두고 떠날 때도 나오지 않던 눈물이 끝없이 쏟아졌다.

수남은 가회동 저택을 떠나 여기저기 떠돌며 채령이 준 돈을 흐지부지 쓰고 살았다. 유년기와 말년을 제외한 평생을 통틀어 그녀가 일하지 않고 지낸 유일한 시기였다. 수남은 세상 무엇에도 마음 붙이고 싶지 않아 가족도 찾지 않았다. 어디든 닿기만 하면 뿌리내리는 황갈수처럼 끈질긴 자신의 생명력이 말라 없어지기만을 기다렸다.

전쟁이 터졌을 때 수남은 서울에 있었다. 백범 장례식에 왔다가 그대로 눌러앉은 것이다. 채령에게 받은 돈도 다 떨어진 상태라 무슨 일이든 해야 했고, 일을 하기에는 번잡한 서울이 나았다. 수남은 굶어 죽지 않을 만큼만 벌며 되는 대로 살았다. 전쟁이 났어도 수남은 무덤덤했다. 그녀의 몸과 마음은 이미 전쟁터보다 더 처참했고 참혹했다. 그토록 되찾고 싶어 했던 땅에서 동족끼리 총을 쏘아 댔다. 포탄이 우박처럼 쏟아지고, 건물이 무너져 내리고, 그 자리에 불길이 치솟았다. 사람들이 파리 목숨처럼 죽어 나가고 시체 썩는 냄새가 진동했지만 수남은 피난도 가지 않았다. 죽음이 찾아와 준다면 천지신명께 감사할 일이었다.

일본군에게 유린당한 처녀들처럼 찢기고 짓밟혔던 한반도는 휴전으로 전쟁을 일시 멈추었다. 사람들은 폐허가 된 자리에서 다시 일어서고자 발버둥 쳤다. 그때 수남은 큰 요릿집에서 일하고 있었다. 주방에서 일했지만 주인은 그녀를 술자리로 불러냈다. 수남은 전과 달리 자리를 가리지 않았다. 지키고 싶은 게 없었다. 또한 맨정신으로 버틸 수 없어 늘 술에 취해 살았다.

거리에서 전쟁고아들을 볼 때면 수남은 어쩔 수 없이 자신이 낳고 버린 아이를 떠올렸다. 그 아이도 거지가 돼 거리를 떠돌 것 같았다. 아이 생각이 나는 날이면 폭음으로 정신을 잃거나 아무에게나 시비 걸어 싸움을 벌였다. 자신을 아무리 함부로 내팽개쳐도 점점 더 강해지는 아이 생각 때문에 수남은 견딜 수 없었다.

악마의 씨라 할지라도 그 아이는 수남의 생명을 받은 아이였다. 아이에겐 아무런 죄가 없었다. 수남이 악착같이 세상 밖으로 나왔던 것처럼 그 아이도 자기에게 주어진 생명을 포기하지 않았을 뿐이다. 수남에겐 그 아이를 미워할 권리가 없었다. 그 아이의 목숨을 좌지우지할 권한 또한 없었다. 문득문득 수남은 모진 목숨을 타고난 그 아이가 난리 통에 어떻게 됐는지 알고 싶었다. 살아 있다면 아홉 살이었다. 아마도 술이네는 아이의 행방을 알 것이다.

1954년 봄, 수남은 어렵게 구한 책가방을 들고 가회동 저택으로 갔다. 부서지고 무너진 건물들이 즐비하던 거리는 복구 작업이 한창이었다. 또한 삶을 복구하기 위해 안간힘 쓰는 사람들로 도시는 기운을 되찾고 있었다. 환하고 따뜻한 볕살이 구석구석 비추었다.

수남은 채령이 그 아이를 키울 거라고는 꿈에도 생각하지 않았다. 어떻게 해서 생겨난 아이인지 술이네한테서 들었을 것이다. 채령이 돈을 주며 떠나라고 한 것은 수남 스스로 할 수 없는 일을 대신 처리해 주기 위해서라고 여겼다.

가회동 저택이 가까워졌다. 수남은 가회동 저택의 사랑채와 별채가 폭격에 부서진 것을 이미 알고 있었다. 처음 그 모습을 보았을 때 아무런 감정이 생기지 않았다. 그 건물들이 골백번 더 무너진대도 자신의 인생이 허물어진 것만큼은 아닐 것이다. 건물은 얼마든지 새로 올릴 수 있지만 인생은 아니었다. 그 생각을 증명하듯 건물 잔해를 치운 자리에 새 건물들을 짓고 있었다. 예전 같은 대단한 위용의 건물이 아니라 평범한 주택들이었다.

그 광경을 보자 수남은 갈등이 일었다. 별채와 사랑채가 흔적도 없이 사라진 것처럼 자신에게 있었던 일도 모두 지난 일이다. 수남은 구렁텅이로 다시 발을 들이밀려는 자신을 나무랐다. 지금이라도 돌아서. 아이의 행방을 안다 한들 뭐가 달라지겠어. 데려와 키울 것도 아니잖아. 그 아이를 눈앞에 두는 것 자체가 지옥이다. 그러나 그녀의 발걸음은 멈춰지지 않았다. 술이네에게 가방이나 전해 달라고 하고 영원히 잊을 거야. 이마저도 하지 않으면 평생 아이를 잊지 못할 것이다. 수남은 다짐하며 가회동 저택 안채로 들어섰다. 안채는 담장이 약간 부서졌을 뿐 멀쩡했다.

머리가 하얗게 센 술이네가 마루에 걸터앉아, 부리는 사람인 듯한 여자에게 잔소리를 하고 있었다. 곰보 자국으로 주름 들어설 자리가 없는 얼굴은 여전했지만 흰머리와 빠진 이 때문에 폭삭 늙어 보였다. 술이네의 모습에서 흘러간 세월을 보자 수남의 감정이 흔들렸다.

"아주머니."

술이네는 짙은 화장과 화려한 차림의 수남을 알아보지 못했다.

"아주머니, 저 수남이에요, 수남이."

"아이고머니나. 니가 시방 귀신이여, 사람이여?"

그제야 알아본 술이네가 수남을 붙잡고 눈물을 쏟아 냈다. 수남을 마루로 올려 앉힌 술이네는 좀 전에 잔소리를 퍼붓던 여자에게 수정과를 내오라고 시켰다.

"부리는 사람도 있고 출세하셨네요. 아가씨가 잘하는 모양이에요."

수남이 서글픈 미소를 지으며 말했다.

"출세는 뭐. 죽을 수 없으니 사는 거지. 그래, 그동안 어떻게 지낸 겨? 이것아, 그렇게 말도 없이 사라져서 얼마나 서운했는 줄 알어?"

술이네가 다시 눈물을 질금거렸다.

"저도 죽을 수 없어서 살았죠, 뭐. 아가씨는 여전하죠?"

"여전하다마다. 사랑채랑 별채 자리에 집 짓는 거 봤지?"

"네. 그 대단하던 건물들이 흔적도 없이 사라졌네요. 터를 팔았나 봐요. 집이 여러 채 올라가는 것 같던데."

"팔기는. 다 애기씨가 짓는 거여. 앞으로 집 장사가 크게 돈이 될 거라고. 잔뜩 지어서 팔든지 세주든지 할 거랴. 아무래도 아버지 사업 피를 아들이 아니라 딸이 물려받은 모양이여. 배포도 사업 수완도 웬만한 남자 저리 가라여."

술이네가 혀를 내둘렀다.

"아가씬 어디 있어요? 집 짓는 데 있어요?"

채령이 보고 싶었다. 둘 다 외로운 처지니 가끔 드나들며 동기간처럼 지내고 싶기도 했다. 그러다 보면 자신과 강휘의 관계를 자연스레 이야기하게 될 날도 올 것이다.

"집 짓는 데 있을 새가 어딨어? 학교 나갔지. 미국서 어려운 공부를 하고 왔다더니 대번에 미군 대장 비서가 되지 않았겠어. 아, 그때는 너도 있었지? 너 집 나가고, 미군이 물러간 다음에 바로 여학교 선생으로 나가데. 부산 피난 가서 대학교로 옮겨 갔어. 시방 대학교 영어 선생이여. 그래서 사람은 배우고 봐야 하는 겨."

수남의 얼굴에 씁쓸한 미소가 번졌다. 뉴욕에서 대학 다닌 기억이 전생의 일 같았다. 그리고 그 기억 속 주인공은 자신이 아니라 진짜 채령인 것 같았다. 술이네는 수남이 결혼은 했는지, 했으면 남편은 어떤 사람인지, 아이는 낳았는지, 어디 사는지, 질문을 쏟아 놓았다.

수남은 건성으로 대답하며 마루를 둘러보았다. 이 집에 산 적이 있었던가. 옛날 일을 떠오르게 하는 물건은 하나도 없었다. 덤덤하던 수남의 시선이 장식장 위에 놓인 액자에 꽂히듯 멈췄다. 사내아이의 발가벗은 돌 사진이었다. 술이네가 수남의 시선을 따랐다.

"애가 궁금해서 온 거지? 배 아파 낳은 자식인디 왜 안 그렇겄어. 애는 호강에 요강하면서 잘 크고 있으니께 걱정 말어."

술이네가 주위의 기척에 신경 쓰며 작은 소리로 말했다.

"애 데려간 사람들이 좋은 사람들인가 보네요."

수남의 시선은 사진에 달라붙어 있었다.

"시방 뭔 소리여? 애는 애기씨가 키우고 있구먼. 저 사진 속 애가 진수여. 애기씨는 진수가 도련님 앤 줄 철석같이 믿고 있다니께."

술이네의 얼굴에 음흉한 미소가 번졌다.

쇠망치로 얻어맞은 듯한 수남의 머릿속에 술이네가 술 취해 했던 말들이 떠올랐다. 가회동 저택에 돌아온 지 얼마 안 돼서였다. 그때는 자기 괴로움에 빠져 한 귀로 듣고 한 귀로 흘려보낸 이야기였다. 태술이 형만 때문에 징용에 끌려 나가 죽었으며 자신은 태술의 원수를 갚기 위해 산다고 했다. 수남은 악마의 새끼인 그 아이가 어째서 강휘의 아이로 둔갑했는지 알아차렸다. 수남의 얼굴에서 핏기가 사라졌다.

"아주머니……."

술이네가 몸을 기울이며 수남의 말을 가로막았다.

"너 나한테 백번 절해도 시원찮다. 애기씨는 결혼할 생각이 없는 것 같은디, 그럼 이 재산이 다 누구한테 가겄어? 니 아들한테 가는 거여. 출세는 내가 아니라 니가 했다. 나야 이제 다 산 목숨이고. 넌 니 아들 클 때까지 조용히 있어. 자식은 나중에 다 지 핏줄 찾게 돼 있으니께."

수남은 귓전에 쏟아지는 술이네의 퀴퀴한 숨을 느끼며 정신이 멍해졌다. 인간이란 존재는 도대체 어디까지 악해지고, 무슨 짓까지 할 수 있는 건지……. 그때 대문 쪽에서 낭랑한 목소리가 울려 퍼졌다.

"학교 다녀왔습니다."

집안 분위기를 한순간에 바꿔 놓는 명랑한 목소리였다. 수남은 차마 그 아이를 바라볼 수 없었다. 하지만 자기도 모르게 눈길이 그쪽으로 향했다. 책가방을 멘 채 뛰어 들어오는 아이를 보는 순간 수남은 그대로 굳었다. 통통한 뺨이 복숭아 같은 아이는 강휘를 똑 닮은 모습이었다. 수남이 기억하고 있는 강휘의 처음 모습보다 키가 더 작고, 좀 더 통통할

뿐이었다. 수남은 믿을 수 없어 머리를 흔들고 눈을 감았다 떴다 했다.

아이는 단숨에 안채 마당을 가로질러 뜰 위로 올라와 마루에 닿았다.

"어여 와. 선상님 말씀 잘 듣고 공부 잘한 겨?"

아이를 맞이하는 술이네의 얼굴에 웃음이 퍼지고 목소리에선 살가운 정이 묻어났다. 손주를 사랑하는 여느 할머니와 다를 바 없었다.

"대학교 선생님 아들인데 당연히 잘했지. 근데 이 아주머니는 누구야?"

아이가 가방을 벗어 던지며 수남을 빤히 쳐다보았다. 수남은 아이를 눈 속에 새겨 버릴 것처럼 뚫어져라 보았다.

"으, 응. 핼미 조카여. 인사햐."

술이네가 수남을 쿡 찌르며 꿈뻑꿈뻑 눈짓을 보냈다. 수남은 황급히 시선을 거두었다.

"안녕하세요? 할머니, 나 규만이랑 딱지치기하기로 했어. 놀다 온다."

아이는 수남에게 건성으로 인사한 뒤 밖으로 뛰어나갔다.

"에구, 목이라도 축이지 않구. 진수야, 위험하니께 집 짓는 델랑은 가지 말어. 나중에 엄니한테 혼나."

술이네가 아이 뒤에 대고 소리쳤다.

"알았어요."

수남의 영혼을 뒤흔든 목소리는 대문 밖으로 사라졌다.

수정과 잔을 집어 드는 수남의 손이 덜덜 떨렸다.

"지 엄마가 그렇게 알고 키워선가, 자랄수록 도련님을 닮아 가는 거 같아. 너는 도련님 어렸을 때 못 봤지? 신기한 일도 다 있지. 아주 판박이여, 판박이."

술이네가 아이를 키운 사람의 뿌듯함을 내비치며 말했다.

"애기씨가 애한테 정성 쏟는 걸 보면 너도 감복할 겨. 시상천지에 그렇게 사이 좋은 모자가 없다니께. 입성이든 먹을 거든 최상으로 입히고 멕이니께 걱정 푹 놓고 너나 맘 편히 살어. 이제 결혼도 하고 애도 낳고. 너도 남들처럼 재미지게 살아 봐야지."

술이네의 말이 흘러 지나갔다.

술이네는 수남이 왔다 간 걸 알면 채령이 좋아하지 않을 거라며 가방을 숨겼다. 그런 건 아무래도 상관없었다. 허겁지겁 밖으로 나온 수남은 진수가 아이들과 노는 것을 훔쳐보았다. 아무 구김도 걱정도 없는 해맑은 모습이었다. 사랑을 듬뿍 받고 자란 아이답게 목소리는 밝고 자신이 넘쳤다. 술이네 말대로 잘 먹고 잘 입은 진수에게선 부잣집 도련님다운 귀티가 흘렀다. 자신은 해 줄 수 없는 일이었다. 수남은 흘러내리는 눈물에 화장이 번져 엉망이 된 얼굴로 비탈길을 내려왔다.

수남은 아이가 강휘의 자식일 수도 있다는 생각은 하지 못했다. 아니, 아주 잠깐 했었다. 그이 아이일 수도 있잖아. 하지만 찰나의 생각만으로도 강휘를 욕보인 것 같았고, 그에게 큰 죄를 진 것 같아 황급히 떨쳐 버렸다. 악마의 씨를 그이하고 연결 짓다니. 그리고 다시는 그 생각을 하지 않았다.

집으로 돌아온 수남은 잊으려고만 했던 그 시절의 기억을 끄집어내 꼼꼼하게 되짚어 보았다. 충청을 떠나기 전 아이가 들어선 게 분명했다. 해방과 자작의 죽음 같은 큰일들이 밀어닥쳐 몸의 변화를 알지 못했던 것이다. 뉴욕에서도 많이 힘들 때면 생리를 거른 적이 있었기에 더했다. 무지한데다 알려 주는 사람도 없었던 수남은 임신의 징후들을 힘들어서라고만 생각했고, 강휘가 걱정할까 봐 아무렇지 않은 척하기에만 급급했다.

그러면 조산도 아니었다. 아이는 어미의 몸이 불지옥 속으로 떨어졌을 때에도 꿋꿋하게 자신을 지켜 제 달에 세상에 나온 것이다. 어미가 돼서 그것도 몰랐다니. 배 속에 있는 아이에게 했던 생각과 행동을 떠올리며 수남은 목 놓아 울었다. 회한에 뼈가 삭는 것 같다가 걷잡을 수 없는 환희가 밀려왔다. 강휘와 끝난 게 아니었다. 자신이 참혹한 고통 속에 빠져 있던 순간에도, 강휘가 죽어 가던 순간에도 둘은 아이로 이어져 있었으며 앞으로도 영원히 그럴 것이다.

며칠을 미친 사람처럼 울다 웃다 하며 지내던 수남은 요릿집을 그만두었다. 자신은 강휘 아들의 엄마였다. 계속 정신 줄을 놓은 채 살 수는 없었다. 수남은 아이가 자신을 찾기를 기대하지 않았다. 평생 자기를 엄마인 줄 모르고 살아도 괜찮았다. 그래도 자신은 진수의 엄마였다. 또한 아들 덕분에 영원히 강휘의 아내일 수 있었다.

취직을 하려고 했지만 수남은 기록상 보통학교 입학도 하지 못한 무학이었다. 수남은 요릿집에서 알고 지낸 손님을 통해 영어 과외를 시작했다. 졸업장이 없기에 과외비를 낮추었다. 영어를 할 줄 아는 사람이 많지 않았고, 수남이 잘 가르친다는 소문이 퍼지자 점점 학생이 늘고 과외비도 올라갔다. 쿠데타가 일어나고 정권이 바뀌고 명문 학교 입시 경쟁률이 높아지자 수남의 몸값도 올라갔다. 하지만 수남은 호의호식에는 큰 관심이 없었다. 그녀의 정신은 온통 진수에게 가 있었다. 수남은 채령이나 아이가 눈치채지 못할 만큼 거리를 둔 채 그들 주위를 맴돌며 살았다.

진수가 고등학생일 때 거동이 불편해진 술이네는 시설로 보내졌다. 수남은 틈만 나면 술이네를 찾아가 마음껏 아들 이야기를 나누었다. 술이네는 자신이 진짜 바랐던 게 뭐였는지도 잊은 채 친손주인 것처럼 진수를 그리워했다. 수남은 알뜰하게 돈을 모아 작은 집을 장만했다. 만에 하나 진수가 생모의 존재를 알았을 때 그동안 잘 지냈음을 보여 주고 싶었다. 죽을 때 그 집을 아들에게 물려줄 수 있다면 더 바랄 게 없었다.

수남은 진수가 소년에서 청년이 되고, 대학교와 대학원을 다니고 결혼해서 유학 가는 것까지 다 지켜보았다. 진수의 유학지가 뉴욕이라는 사실을 알아냈을 때 수남은 행복한 상상에 잠겼다. 그 애도 내가 걸었던 거리를 걷겠지. 어쩌면 내가 다녔던 학교 앞을 지나칠지도 몰라. 내가 일했던 식당에서 밥을 먹을 수도 있고. 센트럴파크에도 가고, 차이나타운, 타임스스퀘어에도 가겠지. 나와 달리 내 아들은 돈 걱정 없이 마음껏 누리면서 지내겠지. 제 색시와 함께 행복하게 살 거야.

진수 덕분에 뉴욕의 기억이 새롭게 빛났다. 수남의 삶도 빛났다.

새롭게 시작될 이야기

　　　　　　　　수남 할머니는 만나기 시작한 지 7개월 만에 세상을 떠났다. 그나마도 마지막 두 달은 치매가 심해져 제대로 이야기를 나눌 수 없었다. 일주일에 한두 번씩 찾아가는 내게 할머니는 어떤 날은 엄마라고 부르며 어린양을 하다가, 어떤 날은 돌변해 적대적인 감정을 표출하곤 했다. 자신의 진실을 모두 알고 있는 사람에게 갖는 양가적 감정 같았다.

처음부터 할머니의 이야기를 기록하던 나는 언제부턴가 받아 적는 것이 벅차 녹음을 하고 있었다. 이야기가 막바지에 다다랐을 때 할머니가 녹음기를 힐끗 보더니 내게 물었다.

"내 이야기를 글로 쓸 거요?"

나는 선뜻 대답할 수 없었다.

"할머니는 어떻게 하길 바라세요?"

대답 대신 되물었다. 이야기가 계속될수록 내 고민도 더해졌다. 윤성우 이사는 내게 정식으로 윤채령 평전을 청탁해 왔다. 계약 조건은 내가 일찍이 받아 보지 못한 최상급 대우였다. 보수도 만만치 않았고 글을 쓰는 동안 별장을 집필실로 제공하겠다고 했다. 그러나 윤 이사가 써 주길 바라는 윤채령 삶의 한 부분은 수남의 것이다. 운명처럼 찾아든 그이야기가 내 영혼은 물론 피와 살과 섞여 온몸을 흐르고 있었다.

나는 일단 적당한 평계로 대답을 미루었다. 하지만 가진건 많고, 기다려 본 경험은 적을 윤 이사가 언제까지 내게 목을 매지는 않을 것이다. 그만한 조건이라면 나보다 훨씬 이름 있고 실력 있는 사람들도 군침을 흘리며 달려들 터였다.

"제가 할머니 이야기를 글로 쓰길 바라세요?"

나는 처분을 바라는 사람처럼 할머니를 바라보았다. 노인의 입가에 경련이 일더니 힘겹게 말을 이었다.

"강 선생에게 모두 털어놓으면서도 한없이 두려워요. 진실의 무게는 때로 죽음을 불러올 만큼 무거운 것이라오. 진수를 데려간 것도 실은 그것이었어요."

드디어 아들, 진수 이야기가 나왔다. 수남 할머니는 아들이 미국에서 교통사고로 사망한 사실을 좀처럼 입에 올리지 않았다. 먼발치에서 지켜본 아들이 얼마나 잘 자랐는지, 얼마나 자기 아버지와 닮았는지 등만 행복한 표정으로 이야기했다. 할머니의 얼굴이 환할수록 나는 비극적 결말을 미리 알고서 영화를 볼 때처럼 마음이 아팠다. 그리고 할머니가 그때의 기억 속으로 들어갈 일이 걱정됐다. 폐허가 된 상하이 군 위안소에서 겪은 일을 이야기할 때 쇼크가 왔었기에 더했다. 나는 섣불리 묻지 않았고 할머니도 미루고 미루었다. 하지만 결국 꺼내야만 할 때가 온 것이다.

"사고가 아니라 자살이었어요."

할머니가 꽉 잠긴 목소리로 말했다. 나는 아무 말도 하지 못했다.

1970년대 말, 되찾은 선대의 재산을 바탕으로 엄청난 부를 일군 채령은 여자 중고등학교를 설립했다. 몇 해 뒤엔 초등학교도 만들었다. 실질적으로 공부를 했는지 몰라도 그녀는 엄연한 교육학 박사였다. 부와 명예를 모두 거머쥔 그녀는 자신은 물론 아버지 윤형만의 삶을 포장하기 시작했다.

"그때까지 난 모든 걸 받아들였어요. 내가 살았던 삶을 버젓이 제 것으로 해도, 윤형만을 독립운동 후원가로 둔갑시켰어도 말이오. 내 아들의 어머니였으니까요. 어머니에게 흠집이 난다면 자식에게도 상처가 되지 않겠소. 그런데 아이의 출생까지 왜곡하는 데는 참을 수가 없었어요."

1980년대 초 채령은 한 여성지와의 인터뷰에서, 독신인 자신이 엄마로 살게 된 까닭을 이야기했다. 해방 후 오갈 데 없는 귀국 동포들을 자기 집에 재워 주곤 했는데 그중 누군가가 아기를 낳아 놓고 사라졌다. 아이를 보는 순간 그 아이와 자신이 탯줄이 아닌 영혼으로 이어져 있었음을 느꼈다. 그래서 그 아이를 거둬 양자로 입적했으며, 그애를 위해 평생 독신으로 살았다는 것이다. 그보다 숭고한 박애 정신과 모성애가 없었다. 그때까지 채령이 엄마 노릇을 하지만 호적에는 강휘의 아들로 올라 있는 줄 알고 있던 수남은 기가 막혔다. 채령의 아들로 올린 건 상관없지만 고아로 만든 건 참을 수 없었다.

"나는 학교로 윤채령을 찾아갔어요."

채령은 넓고 화려한 이사장실에서 수남을 맞이했다. 진수를 낳고 그 집을 떠난 뒤 직접 대면하는 것은 처음이었다. 어느덧 환갑을 넘긴 채령과 수남의 머리에는 희끗희끗한 서리가 내려앉았고, 얼굴엔 잔주름이 살아 낸 세월만큼 드리워져 있었다. 수남에겐 채령에 대한 옛정이 조금도 남아 있지 않았다. 진수를 잘 키워 주었다는 고마움마저 인터뷰를 본 뒤 분노로 바뀐 상태였다. 수남은 마침내 등나무 줄기처럼 얽히고설킨 두 사람의 관계를 완전히 분리할 수 있었다.

수남은 채령에게 다른 건 다 눈감아 주겠으니 진수의 출생만큼은 사실대로 말하라고 했다. 그러지 않으면 자신이 채령 대신 위문대에 끌려간 것, 채령이 일본 남자와 결혼해서 애까지 낳은 것, 그리고 자신의 이력을 바꿔치기해 살아온 사실을 모두 세상에 알리겠다고 위협했다. 하지만 채령은 눈도 깜짝하지 않았다.

"알리려무나. 네가 네 헛소리를 증명할 것들을 찾기 전에 진수가 먼저 제 아비는 첩의 자식이고, 그런 아비한테 제 어미가 겁탈당해 태어났다는 걸 알게 될걸. 또 어미가 저를 돈 몇 푼에 팔아넘기고 뛰쳐나가 술집을 전전했다는 걸 알면 애가 퍽도 좋아하겠다. 내 생각엔 그런 부모의 자식보다 고아인 게 더 나을 것 같은데."

그 사람에게 겁탈을 당했다니. 더 이상의 모욕이 없었다.

"겁탈이란 말 당장 취소해. 그리고 사과해. 그이하고 나는 혼인했어. 우리는 사랑하는 부부였다고. 진수는 그 사이에서 태어나 아이야."

수남은 파랗게 질린 얼굴로 떨며 소리쳤다.

"죽은 사람이라고 제멋대로 꾸며 대는구나. 그게 사실이라면 돈 받고 떠나는 대신 그때 진실을 밝혔어야지. 넌 돈 받은 걸로 더 이상 말할 권리가 없어진 거야. 그리고 네가 그렇게 떳떳하면 그동안 왜 애 앞에 나서지 못하고 먼발치서 빙빙 돈 건데? 썩 꺼져. 다시는 우리 앞에 나타나지 마. 다시 나타나는 순간 진수가 제 추악한 출생에 대해 알게 될 테니까."

채령이 되레 수남을 협박했다.

아무 소득 없이 돌아온 수남은 가슴을 치며 울고 또 울었다. 자신을 고아로, 입양된 아이로 알고 살아왔을 진수를 생각하면 가슴이 저렸다. 얼마나 아프고 외로웠을까. 진수가 돌아오지 않는 건 그래서일지도 모른다. 강휘가 중국을 떠돌았던 것처럼. 그런데도 어미가 돼서 자식이 행복하게 잘 사는 줄로만 알았다.

수남은 애가 탔다. 가만히 있으면 채령이 말하는 게 사실이 돼 버릴 것이다. 아버지 윤강휘는 집의 종이었던 김수남을 겁탈했고, 어미는 자식을 낳은 뒤 돈을 받고 버렸다. 채령은 조카에게 그 사실을 차마 밝힐 수 없어 차라리 고아라고 했다고, 또 한 번 거룩한 모성애를 자랑할 것이다. 책에 기술되는 역사는 성공한 사람들의 기록이라고 자신하는 채령은 그렇게 만들고도 남을 사람이었다.

자기 명이 이토록 길 줄 몰랐던 수남은 죽기 전에 아들에게 진실을 말해 줘야 한다고 생각했다. 수남은 용기 내 아들에게 편지를 쓰기 시작했다. 충격받을까 봐 겁내면서 여러 번에 나눠 진실을 써 내려갔다. 진수의 부모가 어떤 사람들이었는지, 둘이 얼마나 서로를 사랑하고 존중했는지, 아버지는 어떻게 돌아가셨는지, 어째서 자식을 직접 키울 수 없었는지, 채령이 무슨 짓을 했는지……. 수남은 자신이 당한 일도 솔직하게 털어놓았다.

편지를 쓰면서 수남은 아들이 자신을 찾아오는 상상을 했다. 채령처럼 큰 재산이나 명예를 물려줄 수는 없지만 진실한 사랑은 줄 수 있다. 수남은 진수에 대한 채령의 사랑을 가짜라고 단정했다. 그러나 모든 진실을 알게 된 진수는 수남을 찾는 대신 채령의 비밀을 묻은 채 세상을 떠났다. 미국 동부 해안도로에서 직접 몰던 자동차와 함께 바다로 추락한 사고였다. 수남은 아들의 죽음이 진실의 무게를 이기지 못한 자살이라고 굳게 믿고 있었다.

"내 손으로 그 아이를 죽게 한 것이오. 모진 어미에게서 태어나느라고 힘들었을 애를 결국 내가 그렇게 만든 거예요. 세상에 이런 운명이 또 있단 말이오. 더는 살고 싶지 않았어요. 하지만 질긴 목숨은 여전히 날 놓아주지 않았지요. 어째서 내게 이런 일들이 일어나는지 묻고 싶어 종교에 빠지기도 했지만 답을 찾지 못했어요. 그저 내게 주어진 운명이 그랬던 거였소. 그때 분이를 만나지 못했다면 나는 반미치광이가 돼 떠돌았을 거요."

수남 할머니는 걱정과 달리 차분하게 말했다. 하지만 나는 노인이 자신의 마지막 생명을 태워 기억을 비추고 있음을 느꼈다.

한 시설에서 만난 분이는 수남보다 더 어린 나이에 벌써 이가 다 빠지고 온몸은 골병이 든 상태였다. 무너지고 찢기고 파인 그녀의 몸과 영혼은 영원히 회복되지 못했다. 지린 이외에도 여러 지역의 일본군 위안소로 옮겨 다닌 분이가 해방을 맞이한 곳은 인도네시아의 한 섬이었다. 다른 곳과 달리 인도네시아에선 그래도 조금씩 돈을 벌었다. 악착같이 모은 돈은 해방된 뒤 타고 나오던 배가 뒤집혀 물속으로 사라져 버렸다. 겨우 집으로 돌아갔지만 어머니는 이미 세상을 뜬 뒤였다. 남은 가족의 냉대와 동네 사람들의 손가락질을 견디지 못하고 도시로 나온 분이는 여기저기 떠돌다 결혼했다. 아이를 낳을 수 없는 몸이 된 분이의 결혼은 두 번 다 남편들의 주벽과 폭력으로 파탄 났다.

수남은 분이를 집으로 데려와 동생처럼, 딸처럼 거두었다. 그녀에게 생명 줄을 내린 수남은 또다시 목숨을 이어 나갔다. 1991년 군 위안부 피해자의 최초 증언이 나온 뒤 사회적으로 위안부에 대한 관심이 커졌지만 수남은 모든 걸 묻어 두기로 했다. 자신이 위안부로 갔던 기록은 어디에도 없었고, 그 사실을 증명하기 위해선 채령과 다시 맞부딪혀야 했다. 수남은 그러다 진수의 아들도 다칠까 봐 두려웠다. 그게 무서워 채령이 진수의 아들을 데려다 키우는 걸 알면서도 관심을 두지 않았다.

수남은 분이만이라도 등록시키려 했지만 그녀는 공포에 질린 채 완강히 거부했다. 그런 분이에게 갑자기 치매가 찾아왔다. 수남에겐 분이가 그때의 기억을 되살리는 대신 차라리 그 기억을 잃어버리는 쪽을 택한 걸로 여겨졌다. 분이는 모든 걸 잊은 뒤에도 수남만은 그림자처럼 따라다녔다. 수남은 자그마치 20년 동안 분이를 돌보았다.

수남의 재산은 젊은 시절 사 두었던 작은 집 한 채가 전부였다. 집을 산 무렵부터 무자격자라는 소문이 돌아 더 이상 과외를 할 수 없었다. 수남은 또다시 청소 일을 하고 설거지 일을 했다. 그마저도 나이가 들자 자리가 없었다. 수남은 서울에서 경기도로 집을 옮기고, 그 집을 줄이고, 전셋집으로, 월세로 바꾸다, 마지막엔 폐지까지 주우며 분이를 거두었다. 수남은 빚을, 아니 죄를 갚는 일이라고 여겼다.

"분이를 두고 도망쳤던 나는 상하이에서 또 한 번 도망쳤어요."

상하이 군 위안소에서 일본군들에게 당하고 정신을 잃은 수남은 누군가의 손길에 깨어났다. 눈을 뜨니 영순이 눈물을 글썽이며 자신을 어루만지고 있었다. 수남은 비명을 지르며 영순을 떠밀어 버린 채 그곳을 뛰쳐나왔다. 언니, 언니. 영순이 불렀지만 돌아보지 않았다. 평생을 악몽으로 따라다녔던 분이와 달리 영순은 생각도 나지 않았다. 자신의 고통이 다른 사람 생각을 지워 버린 것이다.

수남은 가끔씩 자기도 모르게 분이를 영순이리고 불렀고, 그러면 분이는 자신을 영순이라고 생각했다. 기초 생활 수급자가 된 수남은 3년 전 분이가 세상을 떠나고, 낙상으로 거동이 불편해져서야 요양원에 들어와 쉴 수 있었다. 그리고 자신의 전 생애를 다시 살듯 힘겹게 털어놓은 뒤에야 영원한 휴식을 취할 수 있게 됐다. 그녀가 자신의 인생으로부터 받은 보상은 윤형만이 『친일 인명사전』에 오른 게 전부였다.

윤채령 박사가 다큐멘터리 출연에 응한 것은 부친의 친일 행적을 해명하기 위해서였다. 우리는 박사의 삶과 직접적으로 연관된 부분에서의 해명이나 주장은 방송에 내보내는 것으로 합의하고 촬영을 했더랬다. 그것들을 편집으로 거른 건 정말 다행이었다.

조촐한 장례식이 끝난 뒤 나는 수남 할머니의 유품 상자를 전해 받았다. 그곳엔 열 권이 넘는 일기장과 잔금이 거미줄처럼 그어져 제대로 보이지 않는 빛바랜 흑백사진 한 장, 그리고 내게 남긴 편지가 있었다. 나는 서둘러 편지를 펼쳤다. 일기장과 달리 많이 흐트러진 글씨체였다.

내 인생의 마지막 벗 강 선생에게

이제 정신이 맑은 날보다 흐린 날이 더 많아지고 있소. 더 늦기 전에 미리 작별 인사를 하려 합니다.

지난 7월, 신문에서 윤채령의 부고 기사를 보았어요. 증오의 감정만 남아 있을 줄 알았는데 내 몸 한쪽을 잘라 낸 것처럼 아프고 허전했어요. 평생 비밀을 품고 산 그 사람 또한 많이 외롭고 고통스러웠을 거란 생각이 들었어요. 윤채령이 떠났으니 이제 정말 모든 것을 잊자고 결심했어요. 마치 그 사람의 마지막을 지켜보기 위해 기다린 것처럼 내 삶도 곧 끝날 거란 예감이 들었어요. 질기고 긴 목숨이 끝난다고 생각하니 기쁘기까지 했다오.

떠날 준비를 하던 중 그 다큐멘터리를 본 거요. 더 이상 어떤 일에도 놀라지 않을 줄 알았는데, 〈자작의 딸〉을 보고 나는 큰 충격에 빠졌습니다. 윤채령이 가로챈 내 이야기가 버젓이 텔레비전에까지 나온 거요. 그리고 김구 선생과 찍은 사진. 내게도 없는 그 사진이 윤채령 것으로 둔갑해 화면에 나오는 것을 보자 더는 참을 수가 없었어요. 나마저 사라지고 나면 우리 둘의 삶은 영원히 뒤바뀐 채 남겠구나 생각하니 무서워졌소. 그건 진실에 대한 두려움보다 더 큰 것이었소. 그래서 강 선생에게 연락했던 거요. 하지만 알다시피 내게는 내가 살아 낸 삶 그 자체 말고는 증명할 게 하나도 없어요. 상처로 가득한 인생을 강 선생에게 낱낱이 들려주는 것밖에 할 수 있는 일이 없었습니다.

내가 했어야 할 일을 떠넘겨 미안합니다. 윤채령이 내 삶을 가로챘던 그때 사실을 밝혔어야 했습니다. 그 뒤 윤채령이 자기 아버지 삶까지 바꾸고 미화할 때, 그때라도 진실을 말해야 했어요. 하지만 나는 그때마다 눈감고 타협하며 거짓이 진실로 자리 잡는 것을 묵인한 것이오.

이제 차마 말하지 못한 마지막 고백을 하려 합니다. 다큐멘터리에서 윤채령의 삶이라고 그렸던 부분은 분명히 나의 삶이었소. 하지만 윤채령이 자작의 딸이라는 운명을 떨쳐 내기 위해 노력했다는 내용과 달리, 나는 그 이름에 흠뻑 취해 살았습니다. 가짜일지언정 자작의 딸인 게 말할 수 없이 좋았지요. 김수남은 결코 가질 수 없었던 기회, 신분, 재산, 가문, 그리고 아버지의 사랑…….

같은 핏줄인 윤강휘를 사랑하지 않았다면, 또 자작이라는 칭호가 오명이 되는 세상이 오지 않았다면 나는 영원히 자작의 딸로 살고 싶어 했을 것이오. 윤채령에게 호락호락 그 자리를 내주지 않았을지도 모릅니다. 아들을 위해서라고 핑계 댔지만 실은 가슴 깊은 곳에 숨겨진 또 하나의 진실이 윤채령의 왜곡을 입 다물게 했던 것이오. 이 부끄러운 고백까지 해야 내 이야기는 끝나는 것입니다.

내 이야기를 믿어 주고 진심을 다해 들어 준 강 선생, 고맙습니다. 그 마음을 어찌 말로 다 표현할 수 있겠소. 무거운 짐은 강 선생에게 맡기고, 나는 염치없이 가벼운 마음으로 이승을 떠납니다. 훨훨 날듯이 그 사람과 내 아들이 있는 곳으로……

김수남

툭툭, 눈물이 수남의 마지막 고백 위에 떨어졌다. 그 눈물은 내 마음속으로도 흘러들었다. 공교롭게 나는 윤채령, 김수남 두 인물의 마지막을 배웅한 사람이 됐다. 나는 수남의 삶 못지않게 채령의 삶에도 인간적인 연민을 느꼈다. 그녀가 미국에서 겪은 일은 수남의 고생보다 결코 덜하지 않았다. 비밀을 안고 살았던 그 후의 삶 또한 마냥 편치만은 않았을 것이다.

내게 그들의 삶을 기록할 기회가 주어졌다. 한쪽은 편하게 작업할 수 있는 데다 썩 괜찮은 보상이 따르는 일이다. 다른 한쪽은 수남의 인생처럼 무슨 일이 벌어질지 모르는 험난한 길이다. 보상은커녕 진실을 밝힌 대가를 치러야 할 수도 있다. 갈등이 없다면 거짓말이다. 수남 할머니와 만나는 동안에도 나는 내가 기획하고 글을 쓴 다큐멘터리가 잘못된 것임을 세상에 알려야 할 일이 겁났다. 피할 수 있다면 피하고 싶었다. 수남 할머니와 함께한 시간을 내 인생에서 베어 낸 채 윤성우 이사와 계약서를 쓰고 싶은 유혹에도 시달렸다.

하지만 한 인간의 삶에서 어느 부분을 블록 조각이나 자동차 부품처럼 바꿔 낄 수는 없는 법이다. 그렇게 하는 순간 삶은 미세한 균열을 일으키다 끝내 전체가 무너지고 만다. 남의 삶을 토대로 집을 짓는 순간부터 채령의 삶은 일그러지고 부패해 갔다. 그렇게 키워졌기 때문이라고 면죄부를 주는 건 어릴 때나 해당되는 이야기다. 자신이 한 일에 대한 책임은 결국 스스로 질 수밖에 없다. 남이 보기에 성공적인 삶을 살았을지 몰라도 채령은 순간순간, 다른 사람의 시간이 자신의 삶과 부대끼는 것을 감당해야 했을 것이다. 나 또한 수남 할머니와의 시간을 없었던 일로 쳐 버린다면 평생 스스로를 부끄러워하고 자신과 불화를 겪으며 살게 될 것이다.

할머니의 마지막 고백이 내게 수남의 삶을 선택할 수 있는 용기를 주었다. 내가 그런 것처럼 윤성우 이사와 그의 아이들에게도 기회를 주고 싶었다. 채령과 수남 중 누구를 자신의 할머니로 받아들일 것인지 선택할 기회를.

애초 채령의 인터뷰에서 내 마음을 끌었던 부분은 교육계의 대모가 된 성공 스토리가 아니라 그녀가 자기 것으로 바꿔치기한 수남의 삶이었다. 지금으로 치면 아직 부모 품에서 응석이나 부릴 스무 살 여자애가 파도처럼 덮쳐 오는 운명을 개척하며 나아간 여정에 매혹당했다.

좁은 땅덩어리마저 반으로 나뉘어 섬 같은 국토를 가진 현재의 우리에게, 70년도 더 전에 한반도 남쪽 끝에서 출발해 국경을 넘고, 대륙을 횡단하고, 바다 건너 지구 반대편 땅에 다다랐다 돌아온 이야기는 상상만으로도 내 가슴을 뛰게 했다. 그 길을 진짜 걸었던 사람은, 기억을 가로챈 채령이 아니라 어깨에 총상의 흉터를 지닌 수남이다. 세상에 나오는 일 자체가 운명과 맞서는 일이었던 김수남이다.

나는 이제 수남과 함께 먼 길을 떠나려 한다. 수남이 온 영혼과 몸에 아로새긴 삶의 흔적. 내 소설은 그 흔적을 오롯이 복원하는 과정, 진실을 찾아가는 여정이 될 것이다. 제대로 할 수 있을지 두렵다. 진실의 무게를 알기에 더 두렵다. 용기를 얻기 위해 사진을 들여다본다.

이르쿠츠크 사진관, 바이칼호수 그림을 배경으로 그녀가 서 있다. 강휘가 지켜보고 있어 긴장한 모습이다. 점차 사진의 구겨진 자국과 잔금들이 사라진다. 닳고 해진 귀퉁이도 깨끗해진다. 바랜 탓에 희미했던 모습이 또렷해진다. 열아홉 살 수남이 웃는다. 활짝 웃는다. 그리고 묻는다.

"거기, 내가 가면 안 돼요?"

등장인물들로부터 인생을 배우다

초등학생 시절, 아이들이 읽을 책은 그리 많지 않았다. 세계
명작 전집류와 조혼파의 명랑소설들이 다였다. 그 책들을 일찌
감치 읽어 치운 나는 고학년이 되면서부터 어른들 책을 기웃거
렸다. 이광수, 김래성, 미우라 아야코 같은 작가들의 소설을 주
로 읽었는데 그중에서 가장 인상적인 작품은 이광수의『유정』
이었다. 주인공의 슬픈 사랑은 가슴을 먹먹하게 했고, 드넓은
지리적 배경은 가슴을 뛰게 했다. 경성에 사는 등장인물들은
조선을 벗어나 일본, 중국, 러시아 등을 자유롭게 다녔다.

1970년대 초반, 국교 정상화는 됐지만 일본은 감정적으로
여전히 먼 나라였다. 오늘의 중국, 러시아는 중공, 소련으로 불
리는 공산국가로 우리의 적대국이었다. 반공이 국시였던 시대
의 학생답게 나는 반공 소녀였다. 그런 내게 서울에서 기차를
타고 평양, 신의주를 지나 중국, 러시아까지 가는 등장인물들
의 행로는 놀랍다 못해 충격적이었다.(나중에 이광수가 친일
문학가였다는 것을 알고 또 얼마나 충격을 받았는지…….) 정
치, 외교 문제가 아니더라도 보통 사람들에게 해외여행은 달나
라 여행만큼이나 꿈같은 시절이었다.

그때부터 누가 가고 싶은 곳을 물어오면 나는 잘 알지도 못하면서 바이칼호수를 대곤 했다. 남들 다 아는 흔한 곳은 말하고 싶지 않은 문학소녀의 허세였을 수도 있다. 아무튼 수남이라는 아이가 가슴속에 들어앉은 것도 그때부터였는지 모르겠다. 상상 속에서나 갈 수 있는 곳이라 생각했기에 나 대신 그 길을 가 줄 인물이 필요했던 것이리라.

한동안 잊고 있던 수남은 작가가 되고 난 뒤 다시 나타나 마음을 흔들기 시작했다. 하지만 그 아이를 내세워 무슨 이야기를 어떻게 풀어 가야 할지 막막하고 막연했다. 2004년 『유진과 유진』을 쓰고 나자 수남을 통해 하고 싶은 이야기가 무엇인지 어렴풋이 드러나기 시작했다. 일제강점기, 한 소녀가 한반도 남쪽 끝에서 출발해 중국, 러시아, 유럽까지 가는 모습이었다. 그 길은 시대적 상황, 신분, 성별, 인종, 배움의 차이 등 수많은 장애물을 뛰어넘는 과정이기도 했다.

수남을 통해, 두 동강 난 작은 국토에서 살고 있는 사람들의 가슴속에 대륙이라는 드넓은 공간을 들여놓아 주고 싶었다. 또한 현실에 매몰된 채 앞만 보고 달려야 하는 사람들에게 다른 시대에 살았던 이들의 삶을 보여 주고 싶었다. 운명을 개척하며 자기 공간을 확장해 가는 수남의 담대한 모습은 상상만으로도 통쾌하고 신났다.

수남의 자취를 따라가다 보니 채령이 등장했다. 채령은 제 성격답게 주변 인물로 결코 만족할 수 없다는 듯 강렬한 존재감을 드러냈다. 그 결과 수남의 이야기는 수남과 채령, 두 소녀의 이야기로 넓어지고 그들과 연관된 새로운 인물들이 탄생했다. 가회동 저택과 윤형만 자작, 곽 씨, 술이네, 강휘, 준페이, 태술……. 얽히고설킨 인물들은 스스로 생명력을 얻어 왕성하게 각자의 이야기를 펼쳐 나갔다. 말하고 싶은 것도 '운명을 개척하며 자기 공간을 확장해 가는 수남의 이야기'에서 '수남과 채령의 인생 이야기'라는 좀 더 포괄적이고 근원적인 이야기로 바뀌었다. 덕분에 인물들의 삶과 마음을 더 깊이 들여다볼 수 있었다.

구체적인 구상을 시작한 지 10년 만인 2014년, 이제 쓸 때가 됐다는 마음속 소리가 들려왔다. 그해 6월, 문단 동료들과 함께 블라디보스토크에서 시베리아 횡단 열차에 올랐다. 닷새 만에 바이칼호수에 다다랐을 때 나는 흐르는 눈물을 주체할 수 없었다. 어린 시절의 꿈을 이뤘다는 기쁨 때문이었을까? 아니면 머잖아 같은 곳을 보게 될 수남 대신 울었던 걸까? 지금도 모르겠다.

2014년 8월, 세 달 기한으로 증평에 있는 21세기문학관 창작 집필실로 갔다. 그동안 사 모은 일제강점기 관련 책을 여행 가방 가득 담고서였다. 새롭게 역사 공부를 하며 인물들을 실제적인 시간 속에 들여놓았다. 구체적인 역사와 어우러지자 허구의 이야기가 실제 있었던 일처럼 생생하게 다가와 빨리 쓰고 싶은 조급증이 일 정도였다.

그런데 막상 쓰기 시작하자 경험해 보지 않은 시공간을 구현하고, 그 안에서 인물들을 살게 하는 일은 쉬운 게 아니었다. 턱없이 빈약한 상상력 탓에 등장인물들은 활기를 잃었다. 그럴 때면 원고를 중단하고 작품의 무대를 찾아다녔다. 가회동 저택과 별채를 실감 나는 공간으로 그리기 위해 전국에 있는 한옥과 근대 건축물들을 찾아 달려갔다. 수남과 채령의 자취를 좇아 여기저기 쏘다녔고, 그들이 배를 타고 갔던 길을 따라 비행기에도 올랐다. 현재의 공간에 인물들을 풀어 놓은 채 나는 그들이 살았던 때로 돌아가 보고 듣고 생각했다. 비로소 시공간과 어우러진 인물들에게 생기가 돌기 시작했다.

인간은 한없이 복잡하고 다면적인 존재로 완전한 선인도 악인도 없다. 누구든지 자신의 욕망이나 이익 앞에서 흔들리며 살아간다. 그런 인간을 일제강점기라는 역사적 프레임에 가둬 이분법적으로 그리고 싶지 않았다. 그 마음으로 인물들을 대하자 그들도 내게 솔직하고 깊은 속내를 드러내 주었다. 글을 쓰는 과정은 나보다 앞서 살았던 그들로부터 인생을 배우는 시간이기도 했다.

나는 이 소설을 청소년뿐 아니라 이제는 성인이 된 나의 오랜 독자들, 삶의 무게에 눌려 자신 또한 한때는 십 대였음을 잊고 지내는 어른들이 함께 읽었으면 좋겠다. 더불어, 응원하며 기다려 준 많은 분들의 사랑에 보답하는 작품이 됐으면 정말 좋겠다.

2016년 5월
이금이

참고 자료

Photographs of Manzanar, Ansel Adams, CreateSpace Independent
    Publishing Platform, 2012
Imprisoned, Martin W. Sandler, Walker Childrens, 2013
NYK MARITIME MUSEUM Guidebook
San Francisco's JAPANTOWN, The Japantown Task Force Inc., Arcadia
    Publishing, 2005
『동아시아의 민족이산과 도시』 김경일·윤휘탁·이동진·임성모, 역사비평사, 2004
『부관 연락선과 부산』 최영호 외, 논형, 2007
『백범일지』 김구 저, 도진순 주해, 돌베개, 2002
『일계인 디아스포라』 임채완·임영언·박구용, 북코리아, 2013
『일제강점기』 박도 엮음, 눈빛, 2010
『중국으로 끌려간 조선인 군위안부들』 정신대연구회 엮음, 한울, 1995
『한국광복군 연구』 한시준, 일조각, 1993
『한국광복군 총사령 지청천』 이현주, 역사공간, 2010
『해방 후 중국·대만지역 한인의 귀환』 장석흥 외, 역사공간, 2012
「이방인의 순간포착 경성 1930」 청계천문화관, 청계천문화관, 2011
「일제시기 조선박람회(1929년) 연구: 조선인의 근대적 시각 체험을 중심으로」
    전민정, 성균관대학교, 2004
「제2차 세계대전 중 미국 내 일본인 강제 격리 수용소 생활과 그 이후」『미국학 논집』
    제41집 제3호, 이창신, 2009
「한국과 일본의 신여성복식 비교 연구: 20세기 전반부를 중심으로」
    유정이, 홍익대학교, 2007

거기, 내가 가면 안 돼요?

2017년 7월 3일 1판 1쇄

지은이	이금이
편집	김태희, 장슬기, 나고은, 김아름
디자인 기획	PaTI(파주타이포그라피학교)
	아트디렉션 오진경, 디자인 김윤정, 그림 고진영
제작	박흥기
마케팅	이병규, 양현범, 박은희
인쇄	천일문화사
제책	J&D바인텍

펴낸이	강맑실
펴낸곳	(주)사계절출판사
등록	제406-2003-034호
주소	(10881) 경기도 파주시 회동길 252
전화	031)955-8588, 8558
전송	마케팅부 031)955-8595 편집부 031)955-8596
홈페이지	www.sakyejul.co.kr
전자우편	skj@sakyejul.co.kr
페이스북	facebook.com/sakyejul
인스타그램	www.instagram.com/yoloyolo_book

ⓒ 이금이

ISBN 979-11-6094-060-2 04810
ISBN 979-11-6094-050-3 (세트)

이 도서의 국립중앙도서관 출판예정도서목록(CIP)은 서지정보유통지원시스템 홈페이지
(http://seoji.nl.go.kr)와 국가자료공동목록시스템(http://www.nl.go.kr/kolisnet)에서
이용하실 수 있습니다.(CIP제어번호: CIP2017013581)